한국 여성문학 자료집 ❺
한국전쟁기 여성문학 자료집

한국 여성문학 자료집 **5**

한국전쟁기 여성문학 자료집

구명숙 · 김종회 · 이덕화 · 이재복 · 김진희 · 송경란 편

역락

서문

『한국전쟁기 여성문학 자료집』은 숙명여대 한국어문화연구소 기초연구 과제팀의 연구결과물 중의 하나이다. 한국연구재단의 지원을 받아 '해방 이후부터 1960년대까지 한국 여성문학 자료 수집・정리'라는 프로젝트를 진행하면서『한국 여성문학 자료집』세 권을 출간한데 이어『한국여성수필 선집 1945-1953』과 함께 이 자료집을 출간하게 되었다.

전쟁기라고 하면 1950년 6월 25일 한국전쟁 발발로부터 1953년 7월 27일 휴전협정까지로 보는 경우가 많다. 그러나 본 자료집은 휴전 협정 이후의 혼란을 고려하여 1953년 말까지로 시기를 한정하고 이 시기에 여성작가들이 발표한 시, 소설, 수필 작품 중에서 전쟁을 소재로 한 작품만을 엄선하였다.

시 작품으로 김남조・노영란・노천명・모윤숙・이영도・조애실・홍윤숙 등 7명의 시 작품 52편을 선별하였다. 한국전쟁을 소재로 하여 전쟁의 의미나 그 현실을 고발한 시, 전쟁의 비극적 모티프를 적용하여 전쟁에서 겪은 인간의 내면적 고통과 인간성 말살의 비정성을 형상화한 시, 전쟁 상황 속에 있는 인간・생활・자연・사물 등에 대한 서정과 분열된 의식 및 상실감을 보여주는 시, 군의 전투 의욕을 고취하고 국민을 전쟁에 동원하려는 목적을 가진 시 등이 이에 해당한다.

소설 작품으로는 강신재・김말봉・손소희・윤금숙・임옥인・장덕조・전숙희・조경희・최정희・한무숙 등 10명의 소설 작품 37편을 선별하였다. 선별한 10명의 작가들은 종군작가단과 피난문단에서 활약하면서 작품을 통해 '증언양식' 또는 '생존과 성장의 서사'라는 전쟁소설의 특성은 물론 전쟁의 혼란과 실존의식, 전후사회적 증후까지 보여주었다. 전쟁의 현장성 (전방과 전투)과 전쟁체험(살육, 기아, 공포 등)을 형상화한 소설, 전쟁으로 인한 피해양상 즉 이산, 죽음, 이별, 부상 등을 다룬 소설, 전쟁의 후방 이야기들(피난과 피난지생활), 반공 및 반전, 국가재건 등의 이데올로기, 여성의 시련이나 수난의식, 여성들간의 유대감, 가족애 등을 전경화한 소설 등이 이에 해당한다.

수필 작품으로는 김말봉·김향안·노천명·모윤숙·박기원·손소희·윤금숙·이명온·장덕조·전숙희·정충량·조경희·최정희·한무숙 등 14명의 수필 작품 29편을 선별하였다. 전쟁으로 인한 육체적·정신적 고통, 전쟁의 잔혹상으로 인해 해체되는 인간상과 사회의 모습을 서술하거나 전쟁에서 비롯되는 죽음, 피난, 이별, 신체 손상 등의 구체적인 체험과 파괴적 현실에 대한 두려움과 불안한 내면을 솔직하게 고백한 수필, 이념의 갈등과 통일에의 염원을 담고 있는 수필, 전쟁의 상처를 성찰적 방식으로 치유하고 인간존재의 가치를 회복하려는 수필 등이 해당한다.

그 결과 『한국전쟁기 여성문학 자료집』에 전쟁기를 전후하여 꾸준히 창작활동과 사회활동을 병행하며 여성문학의 맥을 이어간 여성작가 21명의 작품 118편을 수록하였다.

이를 위하여 각 지역의 도서관과 지역에 산재되어 있는 군 기관지와 신문, 잡지들을 탐색하고 해당 수록작품들을 일일이 읽어가며 목록화하는 등의 작업을 끈기 있게 진행하였다. 그 과정에서 전쟁기의 특성을 잘 보여주는 『전선문학』, 『코메트』, 『훈장』 등의 군 기관지와 『고난의 90일』, 『적화삼삭구인집』, 『전시문학독본』, 『전쟁과 소설』, 『피난민은 서글프다』 등의 전시판 단행본, 『문예』, 『문화세계』, 『신경향』, 『신사조』, 『신천지』, 『여성계』, 『영문』, 『희망』, 『자유예술』, 『학원』 등의 잡지는 물론이고, ≪경향신문≫, ≪연합신문≫, ≪부산일보≫, ≪동아일보≫, ≪태양신문≫, ≪매일신문≫, ≪국제신보≫ 등의 신문에 수록된 작품들 가운데 기존의 작품목록과 작품집들에 잘못 기재된 사항을 점검할 수 있었다. 뿐만 아니라 그동안 묻혀 있던 기관지나 문학잡지, 동인지는 물론 그 속에 수록된 작품을 새롭게 발굴할 수 있었다. 특히 손소희의 「마선」(≪매일신문≫)과 조경희의 「시동생」(≪연합신문≫) 등의 단편소설과 김향안·전숙희·조경희·정충량·최정희·한무숙 등의 몇몇 수필 작품들은 신문의 원본 상태 불량으로 해독이 어려워 오랫동안 조명을 받지 못한 작품들이다. 그러다가 이번 기회에 원본을 복원하기 위한 지난한 해독과정을 거친 끝에 원본 그대로 입력하였고 이를 자료집에 수록하게 되었다.

그동안 연구자들은 한국전쟁기문학에 대해 그 한계만을 지적해 왔다. 전쟁의 원인을 근본적으로 탐색하려는 모습을 찾아보기 어렵다거나 작가의 신변체험이나 감상성에 의존하는 경향이 강하다는 것이다. 특히 군 기관지 작품의 경우에는 군 영웅을 형상화하고 애국 및 반공의식을 고취하거나 전쟁을 증언하는 작품이 다수를 차지한다고 보았다. 이러한 지적들은 몇몇 작품에 국한한 것이며 남성작가들의 작품을 토대로 논의한 것이므로 여성작가의 작품들까지 포함하여 더 많은 작품을 검토한 후에 재논의해야 할 필요가 있다.

사실 해방 후 분단과 전쟁의 소용돌이 속에서 상당수 작가들의 납북이나 월북, 월남 등이 이어지면서 전쟁기 한국문단에는 공백이 생겼으며 재편 또한 불가피해졌다. 이러한 상황에서 기성 여성작가들의 작품활동이 더욱 두드러졌고 신진 여성작가들의 작품활동 또한 활발해졌다. 이러한 측면에서 당시 문학사적 공백을 메우는 데 여성작가들이 기여했다는 사실을 간과해서는 안 될 것이다.

전쟁이라는 역사적 격동기의 한복판에서 여성작가들은 한국 현대사의 목격자로서 또는 체험자로서 글쓰기를 지속하였다. 이들은 전쟁의 현실을 사실적으로 묘사하는 데 그치지 않고 전쟁의 상처에서 비롯된 두려움과 불안을 내면화하면서도 끊임없이 여성으로서 전쟁을 겪어내는 삶의 방식을 모색하고 개인적 혹은 시대적 가치관의 변화를 보여주었다. 그들의 말대로 전쟁이라는 살풍경 속에서 가족의 생명과 보호를 책임져야 했던 여성들은 자신의 시각으로 당대 현실의 기억하고 복원해 나갔으며 남성 중심의 거시적인 역사의 흐름 속에서 누락된 일상적 삶의 역사적 의미를 증명해줄 수 있었다. 이는 여성문학의 총체적 맥락을 파악하고 한국현대문학사를 새롭게 정립하는 데도 귀중한 토대를 제공할 것이다. 따라서 『한국전쟁기 여성 문학 자료집』에 수록된 작품들을 통해 전쟁기문학에 대한 재검토가 활발히 이루어지고 좀 더 많은 연구자들이 한국전쟁기 여성문학에 대한 논의에 적극 참여할 수 있기를 기대한다.

『한국전쟁기 여성문학 자료집』출간은 많은 사람들의 도움이 있었기에 가능했다. 무엇보다도 한국연구재단에서 2차년도 연구 수행의 미진함을 해소할 수 있도록 3차년도 연구 수행의 기회를 주었기에 연구를 지속할 수 있었다. 또 작품의 게재를 흔쾌히 허락해 주고 아낌없는 격려를 보내준 작가와 유족들께 머리 숙여 깊이 감사의 인사를 전한다. 그리고 이 자료집에 실린 작품들을 꼼꼼하게 읽고 해설까지 써주신 공동연구원 이덕화 교수(평택대)와 격려와 조언을 아끼지 않으신 김종회 교수(경희대), 이재복 교수(한양대)께도 감사드린다. 서로 격려하고 단합하며 성실하게 작품 선별과 입력, 교정 작업을 수행해준 김진희, 송경란, 이현정, 김지혜, 김은정, 박윤영, 권미나, 지하연 등의 연구원들의 노력에 진심으로 고마운 마음을 전한다. 어려운 상황에서도 흔쾌히 자료집 출간을 도와준 역락출판사 이대현 사장님과 전희성 편집자께도 감사드린다.

2012년 2월
연구책임자 구명숙

차례

일러두기

1. 이 자료집에 수록된 작품들은 1950년 6월 25일부터 1953년 12월 31일까지 발표된 여성작가의 시, 소설, 수필로서 한국전쟁을 다루고 있다. 소설의 경우에는 시기적 특성과 분량을 고려하여 단편소설만을 선별대상으로 하였다.
2. 이 자료집에 수록된 작품은 총 118편이며, 해당 작가는 21명이다. 장르별로 보면, 시의 경우 7명 작가의 시 52편이, 소설의 경우 10명 작가의 소설 37편이, 수필의 경우 14명 작가의 수필 29편이 수록되어 있다. 수록 작가의 기준은 1950년 6월 25일부터 1953년 12월 31일까지 신문, 잡지, 단행본을 통해 전쟁을 주제로 한 작품을 발표한 여성작가로서, 1953년 이후에도 지속적으로 창작활동을 한 경우이다.
3. 최초 발표 지면 혹은 초간본을 저본으로 하되, 최초 발표지 원본이 상실된 경우에는 원본과 가장 근접한 시기의 출간본을 참조하였다. 수록 작품들은 전쟁기에 초판된 개인 시집 4권과 소설집 1권, 선집 8권, 군 기관지 3종, 잡지 13종, 신문 8종 등에 발표된 것으로서, 그 출처는 작품 끝에 표기하였다.
4. 수록 작품에 코너명이 있는 경우, 그 코너명은 출처 옆에 [ ]로 표시하였다.
5. 작품의 권호 정보와 발간일은 발표지의 표지에 표기된 사항을 기준으로 하였다.
6. 목차는 시·소설·수필 순으로 정렬하여 장르마다 인명별(가나다 순), 신문이나 잡지 및 단행본에 발표된 작품별(발표 시기 순)로 수록하였다.
7. 이 자료집의 모든 수록 작품은 최초 발표지의 원문을 그대로 입력하는 것을 원칙으로 하였다. 이 과정에서 발견되는 오자나 탈자, 잘못된 띄어쓰기까지도 그대로 입력하였다. 다만 소설과 수필의 경우 가독성을 높이기 위해 한글과 한자를 병기하였다.
8. 판독이 불가능한 경우와 인쇄 자체에서 글자가 누락된 경우에는 모두 '□'로 표시하였다.
9. 대화를 나타내는 「 」 혹은 『 』은 모두 " "로, 혼잣말이나 강조를 나타내는 경우에는 ' '로 변경하였다.
10. 말줄임표는 모두 '……'로 통일하였고, 단위명이나 숫자 표기는 가독성을 높이기 위해 일부 조정하여 표기하였다. 단, 시의 경우 기호의 변경 없이 원문 그대로 표기하였다.
11. 작품에 대한 부연 설명이 필요한 경우 각주를 사용하였다.
12. 이 자료집에 수록 작품들은 작가와 유족에게 작품 게재 동의를 받은 것임을 밝힌다. 단, 김일순, 노영란, 윤금숙, 임옥인, 이명온, 정충량 등의 작가는 유족을 찾지 못해 우선 게재하고, 이후 유족을 찾게 되면 저작권법에 의거하여 관례대로 해결할 것이다.

제 1부

여성시

김남조 ●●●

김남조(金南祚, 1927-)

- 1927년 대구 출생
- 1951년 서울대학교 사범대학 국어교육과 졸업
- 1948년 시 「성숙」(《서울대학신문》), 1950년 시 「잔상」(《연합신문》) 발표로 등단
- 주요 경력—1955년 숙명여자대학교 교수 취임(1993년 숙명여자대학교 명예교수), 1964
  년 한국문인협회 이사, 1984년 한국시인협회 회장, 1986년 한국여성문학인협회 회장 역
  임. 1990년 대한민국 예술원 회원, 2000년 방송문화진흥회 이사, 2008년 대한민국 건국
  60년 기념사업위원회 위원장
  제1회 자유문학가협회 문학상, 제2회 오월문예상, 1974년 제7회 시인협회상, 1992년 제
  33회 삼일문화상 예술부문, 1993년 국민훈장 모란장, 1996년 제41회 대한민국예술원 문
  학부문 예술원상, 1998년 은관문화훈장, 2007년 제11회 만해대상 문학부문 수상
- 대표작—시집 『목숨』(1953), 『나아드의 향유』(1955), 『나무와 바람』(1958), 『정념의 기』
  (1960), 『풍림의 음악』(1963), 『겨울바다』(1967), 『설일』(1971), 『사랑초서』(1974), 『동행』
  (1980), 『빛과 고요』(1983) 등 다수
  수필집 『잠시 그리고 영원히』(1963), 『시간의 은모래』(1965), 『달과 해 사이』(1967), 『그래
  도 못다한 말』(1968), 『여럿이서 혼자서』(1971), 『은총과 고독의 이야기』(1975) 등 다수

• 수록 작품

환호(歡呼) ‖ 목숨 ‖ 다시 한번 너의 목가(牧歌) 내 그리운 요람(搖籃)의 노래를 ‖ 낙엽(落
葉) ‖ 월백(月魄)

●●●

환호(歡呼)

길은 한줄기
멀리 한점 불빛이 탈뿐

우리는 한가지
不可思議에 잠겨
너는 높이 圓光처럼 빛나고
나는 눈물을 고였다

바람과 별 季節과 大地는
모두다 天然明暗 속에 化石처럼 눌려 있고

나는 무서워
백 만 년 보고 살아도 그래도 못다 그리울 하나의 사람
이라는 네 이름과 나와 그리고 불 붙은 心魂이 무서워

보라!
우리 魂魄의 琴線이
저기 별 사이를 山脈처럼 벋어간다

길은 한줄기

멀리 한점 불빛이 탈뿐

우리는 이 무슨 이상한 힘에 몰려

우리의 全 生命 全 階調를 音響지우노니

蒼空의 가슴을 쏘고

장엄히 줄기쳐가는

넋과 넋의 音叉의 和音 —

아 목숨의 祭典이란

포악하도록 凄絶한 歡呼의

오히려 숨죽이는 靜寂이었고나

『목숨』(수문관, 1953)

목숨

아직 목숨을 목숨이라고 할 수 있는가 꼭 눈을 뽑힌 것처럼 불상한
山과 家畜과 新作路와 정든 장독까지

누구 가랑잎 아닌 사람이 없고
누구 살고 싶지않은 사람이 없고
불 붙은 서울에서
금방 오무려 蓮꽃처럼 죽어 갈 地球를 붓잡고 살면서 배운 가장 욕심 없
는 祈禱를 올렸읍니다

半萬年 悠久한 세월에
가슴 틀어박고 매아미처럼 목 태우다 태우다 끝내
헛되이 숨저간 이건 그 모두 하늘이 내인 先天의 罰族이드래도

돌맹이처럼 어느 山野에고 굴러 그래도 죽지만 않는
그러한 목숨이 갖고 싶었읍니다

『목숨』(수문관, 1953)

다시 한번 너의 목가(牧歌)
내 그리운 요람(搖籃)의 노래를

暴風이 온다 목숨은 모두 아무렇게나 내던지운 한 장의 占卦

그 어느 散髮한 女人의 질탕한 원한이 엉겼다고 地軸은 왼통 처참한 惡寒 또 무참한 疼痛!

아무래도 地球가 風船처럼 찢어져 죽을 것만 같고나 너 어서 내가 사랑한 오직 한 사람아 달려와 내 허약한 가슴 위의 水晶빛 고운 그 노래 불러다오 그전 우리들의 地球가 오월 보리밭처럼 푸르른 동산일제 透明한 개울 하맑은 푸섶으로 날 몰고 다니며 날 어린 양처럼 몰고 다니며 네가 불러주든 그 눈이 감기는 노래

오오 너의 어진 牧歌 내 그리운 搖籃의 노래를

砲聲이 하늘을 뚫어 놓았다

무르익은 柘榴알처럼 알알이 튀어오르는 아픔 살점들

여기 죽엄이란 이름의 분주한 活用이 있고 여기 사람이 만든 火星의 野蠻이 있고— 참말 난 科學도 智慧도 모르고 살고 싶었다 네 가슴위 동그랗게 귀여운 세월을 그으며 너랑함께 오래오래 이 땅에서 살고 싶었다

불러주렴! 어서 너 다시 한번 불러주렴! 보고 접던 너의 손길에 이끌려 때 아닌 동산을 찾아간 나의 少女를 위해서라도 사물사물 꽃잎이 살눈섭 끝에 매어달리든 오오 너의 어진 牧歌 내 그리운 搖籃의 노래를

불길이 몰린다

무엇이고 함부로 와득와득 씹어넘기는 火熖이 그 서늘한 波濤마냥 밀려드는구나

이젠 나도 죽어야한다

내 피를 뱉으며 내 가슴앓아 너를 기다리고 누웠던 자리

여기 슬프지도 않게 걷어 버리고

가자— 나는 너를 찾아 가자—

거미줄처럼 氣盡한 나의 두 팔에 갖벗은 매미의 껍질만한 다사롬으로 안기드래도 그게 너라면 내야 모두를 感謝하련다. 크게 웃고 크게 반기며 우리는 뜨겁게 함께 가자

뜨겁게 함께 가 선 하늘 한 곳에 조그마한 새론 星座……

자 어서 진정 너 한번만 더 그 노래 불러다오

이 고마운 地球가 햇님을 끌어 가슴에 누이고 豊盛한 빛과 生命을 꾸며내든 두던 거기 너와나 목숨을 넋을 묶어바치며 부르던 그 聖스런 노래

오오 너의 어진 牧歌 내 그리운 搖籃의 노래를

『목숨』(수문관, 1953)

낙엽(落葉)

비껴난 햇살의 귤빛 窓邊에서 눈 시리든 刮目의 당신을 記憶합니다
어느 歲月과 그 누구와도 和解치 않던 당신의 傲慢한 孤獨도 記憶합니다

瞳孔을 쪼개고 내솟는 뜨거운 눈물 가장 구석진 懺悔마저 무섭지않던 다
만 童女 같은 痛哭으로 우리들 그처럼 救援 받고팠음을 記憶합니다

금방 돌이라도 부시고 싶던 주먹 곱게 펴고서 다시 어린 羊처럼 유순해
졌던 슬픈 기다림도 記憶합니다

바람이 일어 짐짓 서릿발 같은 바람이 일어 우수수 못다 안을 落葉이 지
면 깊은 골짜기 碑石처럼 寂寞한 老松 松皮 발겨지고 다시금 옛날 피 방울
지며아파집니다

山岳 같은 고집과 어리광 모두 어이코 이제는 바위 돌처럼 잠이 든 당신
의 무덤 그 위에 落葉이 지고 落葉이 쌓이는데……

삼단 같은 머리 검고 숱하고 나만이 아직도 궂은 罰처럼 젊었읍니다

『목숨』(수문관, 1953)

월백(月魄)

머―ㄴ 훗날
山과 골짜기 磨盡되고
地球가 빛과 그 體溫을 잃을 때
氷花만이 아름답게 結晶할 것이며
이윽고
그 凄絶한 開花마저 조락 되면
이 땅위의 微物들이 그 때
또 다시 蘇生해 갈
그 어떠한 길이라도 있을 것인가

太古! 그것도
바닷가 모래알을 세기보다 아득한
정녕 그렇게 아득한 옛날에
太陽의 慘劇에서 빚어졌다는
아홉 개의 별

地球가
눈먼 비둘기처럼 슬퍼야 하는 것도
쪼겨진 살덩이의 아픔이어니

그래도 붉은 火輪을 더듬어
無數한 새 날을 품어올 수 있는 것은
地球를 위한 오직 하나의 착한 衛星
달이 있음이리라

달이 있어 이 밤도
햇빛을 어히는 설분 땅 마다
가슴을 덮어 주는 까닭이리라.
엄마 처럼 품어 주는 까닭이리라.

밤은 어둠에 屬하고
죽엄은 永遠에 通하는 것이라면
無에서 나온 것은 無로 돌아갈 것이며
낮보다도 밤이
有보다도 無가
生命보다도 죽엄
整頓보다도 混沌이
그리고
太陽보다도 달이

母體가 아닐가

여기—
分明 물결처럼 출렁거리는
푸른 달빛이 있어
밤이 귀여운 搖籃처럼 그 위에 뜨면
나는 보채기 쉬운
하나의 그리움을 위해
燭淚 같은 祈願을 엮어야 한다

다음 어느 날
내 고향처럼 돌아가야 할 곳이 있어
하늘 닫히고 벗들 고개 돌리는
한갓 漆처럼 검은 밤중에
나 홀로 永遠한 寢衣 감고 누우면
죽엄 옆에 마련된 목숨 속에도
달밤이면 부푸는 숨결이 있었다고
어느 가슴 있어 記憶이나 해 줄 것인가

아아 차라리

窒息과 暗黑과 狂亂을 부르노니

달빛 한 조각 물고 이렇게 더운 心臟

차마 어찌 흙을 안고 누울 수 있으랴

머―ㄴ 후ㅅ날

地球가 어버이를 잃은 아이처럼

凍死해야 할 때

다시는 아무 것도 섬길 수 없어

달도 함께 피를 뽑고 臨終하리니

그 날이면 나도

그리스도처럼 무덤을 뒤치고

胎兒인양 달의 가슴 파고 들리라

달과 地球와 내가

그리고 내 一列의 祖上과 一列의 後孫이

또한 내 이웃과 이웃의 그것

이웃의 이웃 또 이웃이

모두다 하나로 엉켜
또다시 元素의 凝結로 돌아간다면
壯麗한 靈魂의 秩序가
남겨진 모든 天體를 덮으리라

『목숨』(수문관, 1953)

노영란 ●●●

노영란(盧暎蘭, 1919~1991)

- 본명은 현(賢)
- 1919년 경상남도 함양 출생
- 일본 동경 데이고꾸여전(帝國女專) 졸업
- 1953년 시집 『화려한 좌표』를 출간하면서 작품활동 시작
- 주요 경력― 부산 동아대 교수 역임, 국제 펜클럽 한국본부 회원, 한국여류문인회 회원, 한국현대시인협회 회원, 『등불』과 『전환』 동인
- 대표작― 시집 『화려한 좌표』(1953), 『마지막 향연』(1958), 『흑보석』(1959), 『현대의 별』(1980) 등

●●●

진주(眞珠)의 주검

많은 진주들은 단명을 탄식한다
유리컵 안에 서리는 하아얀 입김

등불은 五色 軍帽를 쓴
軍隊를 모우고

가녈핀 장미의 손은 장송곡을 지휘하는데
그 아름다운 臨終의 밤에
진주는 나에게
파아란 遺言을 남기었다

『화려한 좌표』(자유장, 1953)

푸른 맥(脈)

진달랫빛 저고리를 타고 내리던
당신의 미소가
이제 그 눈 앞에 얼어 붙습니다

파이프의 연기 위로
푸른 港口가 넘어 오고
자꾸 넘어 가고

醱酵하는 청춘이
손 등에서 굴르고 있읍니다

고루 고루 등골 속을 흘러나온 悲歌가
이제 푸른 信號燈 아래 떨고

연남빛 노래를 새기던 手帖에
늘어만 가는 피 어린 捺印

靜脈 속에는
밤의 장미가 통곡 합니다

『화려한 좌표』(자유장, 1953)

노천명 ●●●

노천명(盧天命, 1912-1957)

- 본명은 기선(基善)
- 1912년 황해도 장연 출생
- 1934년 이화여자전문학교 영문과 졸업
- 『신동아』에 「단상」, 「밤의 찬미」 등을 발표하면서 작품 활동 시작
- 주요 경력—1934년 ≪조선중앙일보≫ 학예부 기자, 1935년 『시원』 동인, 1938년 ≪중외일보≫ 여성지 기자, ≪조선일보≫ 출판부 근무, 『여성』 편집, 1943년 ≪매일신보≫ 학예부 기자, 1946년 부녀신문사 편집차장 역임
- 대표작—시집 『산호림』(1938), 『창변』(1945), 『별을 쳐다보며』(1953), 『사슴의 노래』(1958), 『노천명전집』(1960) 등 다수
  수필집 『산딸기』(1948), 『나의 생활백서』(1954) 등

●●●

불덩어리 되어[*]

더 참을수없이 임종처럼 괴롭던밤
이 부두둑 갈며 어려운고비 깜빡할제
왼누리를 둘렀던 어둠 번개같이 찢기며
활짝 열린 새 天地

물엇다 놓은 이짜욱도 생생하게 원수 물러가던날
三천만 하나같이 마음자리 바로 하고
저마다 죄송하게 우러러보던 祖國의얼굴

―一九四五년 八월十五일―
이날은 위대한날이였어라

.

이땅의 일본제국주의가 당황히 꺼꾸러지고
都市와 村落 거리거리엔 사슬이 풀린사람들

태극기 흔들며 怒濤모양 밀려들어
척을 진 친구와도 입을 마추던 그날―

* 시집 『사슴의 노래』(한림사, 1958)에 재수록.

우리다같이 가슴에 손언고 착해졌던날 이날을 잊지는 않았으리

하필 「이스라엘」 백성만이 어리석었으랴
님의 얼굴을 다시 가리려는 자는 누구냐

三八線 저넘어선 「카츄샤」 砲소리도 은은히
「슬라브」의 음흉한 침략의 손길이 뻐더오는데
형제들아 우리는 무엇을 탐하고 있느냐
우리의 눈물은 원수이외에 무엇을 노리는것이냐

대한의 맥박이 뛰는 손에손을 쥐고
八년전 우리들의 八·一五로 돌아가자
여기서 우리서로 껴안고
금하나 안간 한덩어리 되여
이것은 또 불덩어리되여
우리들의 원수의 가슴팩이를 뚜르자

一九五二·八·十五

『자유예술』 1호, 1952.11.

무명전사(無名戰士)의 무덤앞에

−「유엔」墓地에서−

사나운 이리떼 사뭇 밀려와
아모 영문도 모르는
정녕 아모 영문도 모르고 있던
평화스러운 羊의 우리를
뛰어 넘어 들던날—

죄없는 백성들 처참히 물려 쓰러지고
포악잔인한 앞에 어미는 자식을 감추고
아내는 남편을 감추며
하늘을 우르러 부르지졌다

저 멀리 몇천萬里밖
아름다운 農園에서 일하던 이들—
尖塔이 높이 선 大學의 청년들이—
분노에 떨며 군복을 가라입고 뛰쳐나와

아세아의 한끝 「코리아」를 찾아서 찾아서
구름을 헤치고 바람을 밀치며
하늘이 까맣게 달려 와 주었나니

일찌기 異邦人의 모습이
이렇듯 반가운적이 있었으랴
우리를 살리려온 그대들은 바로 天使였어라

태평양을 건너 낯설고 빈한한 이땅
별로 아름답지도 장하도 못한 건물을
총 들고 지켜주는 異域의 아츰은
얼마나 어설폈으랴
「홈씩」이 뭉클 치밀때 마다
보다 준엄한 正義가 있었다

이제 그대 영원한 平和의 使徒되여
東洋 한구석 「코리아」에 조그만 면적을 차지하고
들 국화에 쌔여
푸른하늘에 안겨
여기 누었나니

나 그대의 이름을 모르것만
이슬 젖은 돌十字架에 조용히 이마 대며

지극히 경건한 마음하고 업대어 절 하노라

韓國戰場의 이름없는 戰士여
편히 쉬시라!
勳章대신 가슴엔 별을 차고
그대 길이 따우의 平和를 지키는者 되라

『별을 쳐다보며』(희망출판사, 1953)

그리운 마을

山에 칡덤불 위에 다래와 어―름이 열렸겠다

머루는 서리를 맞아야 달았다

박우물가엔 언제나 질동이 속 뉘집 도토리가 울거지고

좋은것은 다 믐엘 가야만 사왔다

거렁뱅이도 상을 바쳐주는 사람들

잘 생긴 느티나무 아래서 태고연히

조바심도 시기도 없던 마을

총 소리나 말굽소리는 더구나 멀었다

『별을 쳐다보며』(희망출판사, 1953)

산염불(山念佛)

山念佛소리 꺾기여 넘어가면
커―단히 떠오르는 얼굴 있어
우정 산념불 트러 놓고는
우는 밤이 있어라

비인 주머니하고 풀없이 단이던일
쩌릿하니 가슴에다 못을 친다
지금쯤 어늬
쥐도 색기를 안 친다는 그 땅광에서
남쪽 하늘 그리며
큰눈 꺼벅이고 있는지
겁먹은 눈을 뜬채 또 쓰러져 버렸는지 ―

『별을 처다보며』(희망출판사, 1953)

송년부(送年賦)

―辛卯年에 부치는―

「소돔」 「고모라」도 아니것만 재앙이 내려
꽃봉오리 같은 젊은이들이
산 제물로 바쳐졌나니

마지막 이저녁
너는 무엇을 주고 떠나려느냐

아우성치는 저 군중들에게
무엇을가지고 위로 할것이냐

어둠과 불안이 충충한 거리를
숱한 사람들의 隊列이 무겁게 흐른다
「가나안」복지를 향해서가 아니란다

하나같이 낯없는 날들 이었다
거문 망또 자락같은 날들―
어느 구석에 꽃 한송이라도 피워 보았느냐

너와는 작별이 좋다

아름다운 애기도 있을수가 없지않으냐

鐘을 울려라

除夜의 종을 울려

우렁차게 울려라

城 안팎 속속드리

옛것은 나가라— 종을 울려라

『별을 쳐다보며』(희망출판사, 1953)

북(北)으로 북(北)으로

칡넝쿨 욱어진 山陝을 지나
태극기 출렁거리던 마을을 생각하며
지금쯤 어늬 高地를 지키고 있느냐

「아카시아」의 흰꽃이 좁기롭던 아침
너는 임께 바친 몸이였어라

약소민족의 비애를 삼키며
조국이 위태하던 아침

대한의 남아답게 내달아
正義의 칼을집고 戰列에 끼엇나니
오늘은 北으로 北으로—

꽃망울 같은 젊은이들
조국을 위하여 自由를 위하여
軍靴소리 드높히
끝날줄 모르는 戰列이 구비치며 지나간다

우리의 「서울」을 불살르고
아버지와 남편을 끌어가고
죄없는 사람들을 죽이고 간
우리의 원수를 찾아서 ―

「원수를 갚아 다우!」
아버지의 시체는 「議政府」산 기슭에
눈을 뜬채 쓰러져 있었다

별을 인 이밤에도
군화소리 드높히
北으로 다시 北으로 ―

『별을 쳐다보며』(희망출판사, 1953)

조국(祖國)은 피를 흘린다

잘라진 강토에선 오늘도 피가 흐른다
할미꽃 보다 더 짙은 피가 흐른다
어느 문서에 있는 죄몫 이기에 —

이런 청천의 벽력만 없다면
하필 탄환 재며 피 비린내 피울거냐
달속의 계수나무 비치는 우물에선 아내가 물을 깃는
못 잊을 村落을 뒤에 두고
戰場으로 달림은 누구보다 평화를 사랑하는 연고로
유식한 사람들 하나같이 전쟁을 미워하는 世代에
누구는 싸움이 좋을건가
꽃같은 청춘들을 누구는 싸움터로 보내고 싶을거냐

기름진 강토는 전신 만창이 되고
어진 백성 짐승모양 사뭇 잡아죽이는 마당
조국은 피를 흘리는데
우리 싸우지 않고 어찌하랴

누구보다 평화를 사랑하는 백성이기에
평화를 지키는 사람들이기에
모두다 발 구르며 싸움터로 달리는 것이다

『별을 쳐다보며』(희망출판사, 1953)

상이군인(傷痍軍人)

—國立中央靜養院을 찾고—

머리 저절로 숙여지는 앞
따뜻한 말 한마디 건네 보구싶어
번번이 돌려놓군 한참 서서 다시 바라본다
만국 평화회의엔 그대가 증거로 나서야 할게다

손톱 하나가 빠지는데 죽을번 했다
팔을 잘르다니— 다리를 둘 다 잘르다니—
두눈을 없이한다—
나는 현기가 난다 몸이 다 아파 드러온다

진정 생각도 할수없는 일이다
이것을 감행한 용사가 있다
여기 있다

다리없는 바짓자락이 철러덕 거릴제 마다
보는사람 가슴 밑창에서 敬禮 울어 나오고
미안한 생각 바위처럼 네리 눌렀다

그는 병신이 아니다 나라 위해 바친
귀한 없는 팔을
갖인사람이다
나라에 바친 귀한 없는다리를
갖인사람이다

어늬 뛰어나는 애국 연설도
이 없는다리만큼은 웅변이 못 될게다
온 백성이 드리는 가장 큰 꽃둘레를 받아라
왼갓 존귀와 영광을 그대에게 돌리노라

一九五二.秋夕전날

『별을 쳐다보며』(희망출판사, 1953)

이산(離散)

어쩔수 없는 마지막 시간이 왔다
「그럼 난 떠나야지」

아버지는 식구들에게 일렀다
「다시 우리 오게 되는 땐
집이 없어젓드라도 이터전에서들 맞나기로 하자」

아이 어른은 대답 대신 와— 우름이 터저버렸다

태극기에서 떨어지는 날은

이렇듯 몸둘곳이 없어졌다—

대한민국이 죽은사람모양 그리웠다

『별을 쳐다보며』(희망출판사, 1953)

별은창(窓)에

잘드는 비수로 가슴속 샅샅히 헤쳐 보아도
내 마음 조국을 잊어본일 정녕 없거늘
어인 일로 나 이제 기맥힌 패를 달고
여기까지 흘러왔느냐

단잠을 아서간 지리한 밤들이
긴 짐승모양 징그럽게 감겨 들고
밝기를 기다리는 괴로운 時時刻刻
한숨과 더부러 몸 뒤저기면

철창은 바람에 울고
밤이슬 소리없이
유리窓에 눈물짓는 새벽

별은 창마다

『별을 쳐다보며』(희망출판사, 1953)

누가 알아주는 투사(鬪士)냐

자신없는 훈장이 내게 채워 졌다
어울리지 않는 표창이다
五等 콩밥과 눈물을 함께 씹어 넘기며
밤이면 다리 팔 떼여놓구 싶게
좁은 잠자리에 주리 틀리우고
날이 밝으면 날이 날마다 걸어보는 소망
이런 하루 하루가 내 피를 족족 말리운다
이런것 다 보람있어야할 투사 라면
차라리 얼마나 값있으랴 만

나는 무었을 위해 이 고초를 받는 것이냐
누가 알아 주는 鬪士냐

붉은군대의 총뿌리를 받아
대한민국의 총뿌리를 받아
샛빨아니 뒤집어쓰고
감옥에까지 들어 왔다
어처구니 없어라 이는 꿈 일게다
진정 꿈 일게다

밤새 전선줄이 잉잉 대구 울면
감방안에서 나도 운다
땟국 젖은 겹옷에서 두고온 집 냄새를
웅켜 마시며 마시며
어제도 꿈엔 집엘 가 보았다

『별을 쳐다보며』(희망출판사, 1953)

아내

젖먹는 아가의 머리를 쓰다듬으며
엄마는 시름없이 한숨을 지었다
「아가! 아버지 언제오시니」
젖을 삼키던 아가는 얼른 머리를 긁었다
찬바람에 벽의 시래기딴이 휘날리고
여인의 머리속엔
남편의 돌돌 말린 베옷이 떠올랐다

『별을 쳐다보며』(희망출판사, 1953)

고향(故鄕)

언제든 가리

마지막엔 돌아 가리

목화꽃이 곻은 내 고향으로

조밥이 맛있는 내본향으로

아이들 하늘타리 따는 길 머리엔

「鶴林寺」가는 달구지가 조을며 지나가고

대낮에 여우가 우는 산꼴

등잔 밑에서

딸에게 편지 쓰는 어머니도 있었다

「둥글레山」에 올라 무릇을 캐고

접중화 싱아 뻑국채 장구채 범부채

마주재 기룩이 돌아지 체니 곰방대

곰취 참두릅 개두릅 혼닢나물을

뜯는 少女들은

말끝 마다「꽈」소리를 찾고

개암쌀을 까며 少年들은

금방맹이 은방맹이 놓고간

독개비 얘기를 즐겼다

목사가 없는 교회당

회당직이 전도사가 강도상을 치며
설교하든 산ㅅ골이 문득 그리워
「아프리카」서 온 斑馬처럼
향수에 잠기는 날이 있다
언제든 가리
나종엔 고향가 살다 죽으리
모밀꽃이 하—얗게 피는곳
나뭇짐에 함박꽃을 꺾어 오던 총각들
서울구경이 원이 더니
차를 타보지 못한채 마을을 지키겟네

꿈이면 보는 낯익은 동리
욱어진 덤불에서
찔레순을 꺾다 나면 꿈이였다

『별을 쳐다보며』(희망출판사, 1953)

꽃길을 걸어서*

그 겨울이 다 가고
山에 갔던 아이들 손엔 할미꽃이 들려졌다
싸릿문에 기대어 서서
진달래 자욱한 앞山을 바라보면
큰애기의 가슴은 파도모양 부풀어 올랐다
四月 큰애기의 꿈은 무지개 같이 찬란했다

웬일인지 이봄엔 三八線이 터지고
나갔던 그이가 돌아 올것만 같다
「갔다 오리다」
생생하게 지금도 귀에 들린다
군복을 입은 모습
어찌 그리 늠늠하고 더 잘나 보였을고

그이가 一線으로 나간뒤 부터
「뉴—쓰」영화의 군인들이 모두다

---

* 원본 확인 불가하여 『1953년 연간시집』(문성당, 1954)에 재수록한 것을 입력하였음. 시집
『사슴의 노래』(한림사, 1958)에 일부를 개작하여 재수록.

그이 같아 반가워졌다

神이여
이달엔 平和를 꼭 가져다 주소서
그리하여
진달래 곱게 핀 꽃길을 걸어서
勝戰한 그이가 돌아오게 해주소서

『여성계』 1953.4.

희(姬)야 돌아가라

지튼 丹粧이 너를 더 밉게함을 모르느냐
화려한옷차림이 더 醜하게 보임을 모르느냐

新綠모양 싱싱하던날
山나물처럼 순박하던 날이
그립지 안흐냐

네가 첫물 오이를 따던
고향의 채마밭엔
무장다리 보다빛 하고 배추꽃 노오랗니

흰나비 호랑나비
五月의 아지랑이같이 아롱대고
쇠스랑을덴 아버지는 오늘도
정다운 흙을 맨발에 밟는다

姬야 돌아가라 네 본모양으로 돌아가라
무엇을 求하는 것이기에
너는 『남포동』거리로 헤메야 되느냐

만년 필보다 중한
네 魂을 쓰리 당할것이 두렵지 안흐냐

돌아가라
五月의 배추꽃이 포기 포기 노오랗니 욱어진
너의 동리로

『신사조』 7권2호, 1953.5.

모윤숙 ●●●

모윤숙(毛允淑, 1909–1990)

- 호는 영운(嶺雲)
- 1909년 함경남도 원산 출생
- 1931년 이화여자전문학교 영문과 졸업
- 1931년 『동광』지에 「피로 새긴 당신의 얼굴을」로 등단
- 주요 경력 — 1931년 북간도 용정 명신학교 교사, 1933년 『시원』 동인, 1935년 경성 중앙 방송국 근무, 1948년 파리유엔총회 참석, 1949년 잡지 『문예』 창간, 1958년 유네스코 총회 한국대표, 1960년 국제 펜클럽 한국본부 회장, 1969년 여류문인회 회장, 1974년 현대 시인협회 회장, 1980년 한국문학진흥재단 이사장 역임
  1962년 대한민국 모란훈장, 1965년 예술원 문학상, 1979년 3 · 1 문화상, 1990년 대한민국 금관 문화훈장 수상
- 대표작 — 시집 『빛나는 지역』(1933), 『렌의 애가』(1937), 『옥비녀』(1947), 『풍랑』(1951), 『정경』(1959), 『모윤숙전집』(1974), 『국군은 죽어서 말한다』(1983) 등 다수
  수필집 『내가 본 세상』(1953), 『회상의 창가에서』(1963) 등 다수

• 수록 작품

기다리든 그날 ‖ 모쓰코바에서 온 사람들 ‖ 논드렁길 ‖ 수수밭에서 ‖ 깨여진 서울 ‖ 오 양간의 하루밤 ‖ 무덤에 나리는 소낙비 ‖ 국회원 방송 ‖ 숨어 오르는 길 ‖ 달밤 ‖ 끌려 간 사람들 (희복에게) ‖ 어머니의 기도 ‖ 비밀전쟁 ‖ 서울 나오던 밤 ‖ 경주ㅅ 길 ‖ 수용 소의 밤 ‖ 대숲 ‖ 낙동강 물 ‖ 밀항의 밤 ‖ 당신의 신부로 (상이군인 혼인식에서) ‖ 선봉 자(先鋒者) ‖ 국군은 죽어서 말한다 ‖ 장행(壯行)의 날 ‖ 웰캄 아이젠하워 ‖ 또한번 기원 (祈願) ‖ 매화주(梅花酒) ‖ 창경원 온실(溫室)에서

기다리든 그날[*]

산줄기 물줄기 서로나려 한고을을 먹이고
그땅, 그하늘 어을여 한나라 위하든
五千年 보금자리 배달나라에
이단의 비가나려 폭풍의날이 밀여와
땅은 깨여지고 겨레는 흩어졌다.
슬라부의 검은 술잔은 미혹의 꿈을낳고
클레믈린의 붉은입술은 이땅을 빨아삼켜
自由는 암살되고, 生命은 지옥에 안내되었더니라
山과 물 갈니고, 어버이와 아들은 南北으로 헤여저,
모진 서름받으며 노예의 사슬을 끄을고
한해두 두해도 아닌
기나긴 五年 우리겨레는 죽엄아래 괴로웠노라
언덕의 꽃 수심에피여 그열매 파리했고
시냇물은 겨레의 눈물로 흘렀노라
아름다움은 거치른 사막에 팔여가고
선량한 청춘들은 이역 찬 이슬에
어둠속에 쇠잔하여 버렸노라,

---

[*] 시집 『풍랑』(문성당, 1951)에 재수록.

祖國은 사슬에서 풀니기前에
또다른 사슬에 억매여
운명의 三八線을 메고 오늘에 이르럿나니
원수의 관문 三八線 이여!
五千年 歷史의 침략선!
三千萬 가지가지 매달여 몸부림치든 三八線!

그러나 겨레여 이 不幸한 운명의 선이
正義의 칼아래 지금 문허지고 있다
暗黑과 음모의 産母이든 이 三八線이
이제 世界의 손길아래 깨여진다 없어진다

보이는가? 동포여! 흐터지는 적의 진지를
듣는가? 뭔 광야로 다름질치는
저 원수의 신음과 고함 소리를!

아픔과 주검에서 울어흐르는 大同江
모란봉, 능라도 그립든 그山과 냇물!
아! 지금터진 三八線넘어서 손짓하여 부른다

기다리든 하늘 기다리든 형과 아우
이제 팔벌여 껴안고 통곡하노니
짓처진 얼골 여윈몸 서로 껴안어 입마치나니
살은 찢기고 몸은 시들었어도
잃었든 사랑 서로맞나 불같은 반김아래
우리는 영원히 合했노라
한祖國의 품에 돌아왔노라.

피를! 동족의 피를 마시고
살을뜯든 惡의王者 여!
江山을 더럽히고 땅덩이를 삼키려든
크레믈린의 붉은 노예의 이빨들이여
이제 너의 사나운 고함은 멀어가도다
너때문에 수만의 주검을 받은
우리동포의 수는 얼마며
저—먼 찬땅에 끌여간者 얼마러냐?
아— 죄없고 선량한 우리겨레는
무서운 너의 채직아래 수없이 가버리고
지금도 저 벌판에서, 江에서 山에서

쫓기고 죽어죽어 숨지노라
앞으로도 원수 너를 물리치기 위하여
얼마나한 주검의 피가 이 江土를
물드려야 하느냐?

그러나 딴아 아우야, 이젠 무서움없이
힘을 合해이러나자, 이러나자
용기를 내여 쓸어지는 祖國을 이르키자!
그래서 우리의 원수 아니 왼인류의 원수인
저 붉은 괴수의 머리에서
그 거짓의 자랑을 처부수고
그 음침한 음모의 탑을 문허트리자.

삶과 주검의 갈내길에
조국은 지금 떨고 잇나니
동포여! 무엇을 주저하랴, 지체하랴?
다—함께 의분의 햇불을 들어
신음하는 조국의 운명을 구하자!

世界는 눈물의 꽃가슴을 열고
그품에 우리를 안으려한다
비틀거리는 우리 병사를
언덕에서, 山에서, 바다에서
이르켜 껴안어 힘을 보태준다
날르는 저날개는 하늘에서 하늘로 우리조국 직히고
항구에서 항구로 파도를 밀고 들어오는
이국의 군함과 군함은 바다를 민다.
그 비록 얼골이 우리보다 다르나
미국에서 호주에서 필립핀에서
인도에서 희랍에서
어진 이국의 군대가 門을열고 들어오지 않는가?

겨레여! 다시맞난 겨레여,
죽어도 다시 헤여지지않을 三千萬이여
우리는 지금 혼자가 아니다
世界와 함께 숨쉬고 삶을 누릴 우리니
저높은 山숲에는
人類가 보내는 正義의 새소리가 기뜨리고

푸른 바다 기슭엔

수없는 산호가 꽃테를 둘러

불상한 이겨레의 앞날을 찬양한다

주검과 치움이 닥어오고

원수의발에 그몸이 다치어도

世界가 보내는 따뜻한 사랑으로

집행이를 삼어 용기를내자

南北의 갈린땅은 합하고

저 山谷에 샘물은 큰 숨 쉬며 솟아나나니

겨레 이제 슬픈 뒷날과

흐느끼든 눈물의 歲月을 忘却의 무덤속에 흘러보내고

亞細亞의 힘이되어 世界의 힘이되어

平和의 앞잽이로 발길을 내세우자

兄弟여! 네몸 내몸 다— 불러이르켜

거룩한 祖國위에 목숨을 숙이자

우리는 영원의 한줄기

한데뭉처 亞細亞의 기둥이될

승리의 꽃떨기 배달족이로라

모쓰코바에서 온 사람들

우선 在來式 方向인
생활 양식의 위치를 바꾸도록
인민군 총 사령부는 명령을 나렸다.

기름 먹은 기계처럼 빠르게
모쓰코바의 放火手들은
四方에 불을 질른다.
오고 가는 사람을 주저없이 소탕한다.

레닌의 철학이다.
맑쓰의 진리다.
스탈린의 교훈이다.
죽여라 멸해라 빼앗으라.
정치가, 교수, 시인, 철학자들을
모주리 사슬에 매여 서백리아로 끌어라.
한손엔 스탈린!
한손엔 김일성!
조선 인민공화국의 구세주!
人民아! 그 앞에 무릎을 꿀어라.

그앞에 생명 재산을 바쳐라.

의용병을 잡어라. 집집마다 안방바다 숨어 떠는

반역청년을 잡어라.

人民은 다― 나와 平和선언서에 인을 찍으라.

『모쓰코바는 위대한 人民의 고향

우리는 농민의 自由를 위해 나온 선구자!

살인은 차라리 유희보다 히살 스럽다.』

命令이다, 죽여라.

眞理다, 빼앗으라.

교훈이다, 불을 놓으라.

이 고을이 끝나면 저 고을로

모스코바의 放火手들은

입으로 입으로 불을 뿜으며

都市와 고을에 주검의 성을 쌓는다.

길에서 죽은 女子의 피를 빨고

주막에서 약탈의 꿈을 꾸다가
盟 의 密告에 놀라 이러나
자는 백성들을 호령하여 끄을면
人民재판의 심판대위에 처형이 시작된다.
너는 대한민국의 동회 회장!
너는 대한민국 정부의 서기 三級!

죽으라 역도 자본가의 노예들아!
총알은 빗발보다 빨리
떨고 있는 生命을 하나 하나 아서간다.

하하하 스탈린의 우슴이다.
『빨칸의 어느 나라보다.
그 始作이 무척 잔인하여 유쾌하다.
코리아! 코리아의 自由를 결박하라.』

一九五〇年 七月 六日
서울 거리에서

『풍랑』(문성당, 1951)

논드렁길

山도 골짝이도 안보이는 작은 길에
환히 터진 하늘이 싫고
맑게 들리는 새 소리도 조심스러
안 갈 수도 없는 외오리 十里길
가다가 큰 길이 나오면
人民유격대가 나오려니

그대로 앉아 해를 지울까?
해는 지거든 다시 걸을까?
어제 자던 무덤 옆이라도 찾아 가자.

포격성이 들린다.
南에서 오는 기별인가 보다.
나를 쏘아다고 나를 쏘아다고

一九五〇년 七月 二十九日 夕陽

東大門 밖에서

『풍랑』(문성당, 1951)

수수밭에서

친구도 사랑도 다― 간 나라에
수수나무 너는 안 가고
내몸을 이처럼 가리워 주니?
어머니같이 정겨운 수수깡 냄새야
사람이 오거든
너와 나의 이야기를 알려 주지말아.

네품에 死刑囚가 숨었단 말을
행여 아무에게도 눈짓 하지말아.

수수잎사귀야!
나를 아무도 모르게 안아다오.
네 잎사귀로 내 숨결을 덮어다오.

一九五〇年 八月 十日 밤

서울 郊外서

『풍랑』(문성당, 1951)

깨여진 서울

어둠이 옵니다. 때아닌 어둠이 옵니다.
하늘빛은 흐려져가고 山 그늘은 흔들립니다.
해는 비뚜러진 山谷에서 사라진 후
언덕은 부서져 바다로 흘러가고
새들은 죽지를 다쳐 날지 못합니다.

지튼 어둠속에 비가 나립니다.
어느 山에선가 몰리는 바람소리
하늘이여 드르시나이까?
저 뫼 우에 쓸어지는 生命의 통곡소리.

山에도 江에도 숨을곳 못 찾는
쫓기는 이 겨레 슬픈 行列을
이는 누가 보낸 절망입니까?
누가 보낸 혼란입니까?
아아! 내나라 날 버리고 어디로 갔나?

저 거리엔 칼날들이 폭풍처럼 설레고
모르는 異國의 方言들이 소란합니다.

목숨은 어지러운 희롱아래 티끌처럼 사라지고
불을 뿜는 번갯발이 왼, 서울에 찼습니다.
보이느니 주검뿐 시체의 냄새
길가에 언덕에 대한민국 군인이 쓰러집니다.
처녀들은 사슬에 얽켜
어느 곳으론가 질서 없이 끌려가고
못보던 깃발 못듣던 노래
귀는 빽빽한 안개에 질식하고
눈은 어둠과 구름에 生命을 잃었습니다.
구름이여! 와서 어둠이여! 몰려와서
이목숨의 마지막을 숨겨 주소서.
숲에 기뜨린 몸 찬 이슬로 즐겁다.
숨쉬어 우러러 올리는 내 기도를
듣는가 내 나라여!
저 南山의 숲이 우는소리
벌레보다 더 쉬이 사라지는 동포의 주검
내 나라 어디 갔나 다— 어디로 갔나
아아 이처럼 허무해진 서울이여!

가도 가도 山과 山, 가시숲, 긴 골짝이,

피 흐르는 발에 풀잎을 싸고

이름 모를 풀을 먹어 부풀어오르는 몸

저 원수의 중얼거림아

몇시간 후엔 이 목숨을 가져간다오.

하늘에 번화한 푸로페라에

눈물은 또다시 환해 오건만

몸 지쳐 주저앉은 적은 이 목숨

누가 들어 이 울음이 전해지오리

서백리아 긴 방랑의 먼저간 동포여!

아— 나도 그대들을 따라가야 하는가 가야 하는가?

六二五 사변당시

서울 강나루 山속에서

『풍랑』(문성당, 1951)

오양간의 하루밤

자비로운 天國이다.

짚 북덕이 요를 삼아
나는 소와 함께 꿈길을 간다.
사람이 이처럼 삼가지는 땅에
소야 너는 의젓이 우정에 충실코나.
네 눈은 忍耐의 王國
먼 슬픔들이 소란한 밤엔
연못처럼 깊은 네 마음 벽에
무척 기대고 싶어진다.

친구야— 네 주인은 오늘밤쯤
레닌의 나라로 추방을 갔을게다.
죄가 꽃처럼 번화한
人民共和國으로 갔을게다.

눈을 감어 쉬자.
오늘밤 네 눈물은 내가 마서주마.

一九五〇年 八月 十日 광주 근방에서

『풍랑』(문성당, 1951)

무덤에 나리는 소낙비

짙은 냄새에 몸이 저리다.
헐린 무덤 새에
번개에 몰리는 소낙이 나리는 밤
밤은 칠빛으로 웅웅거리고
파도같은 바람이 머리올을 끄은다.

해골이 고운 옷을 입고
요녀처럼 웃는다.

그는 다시 옷을 벗고
길다란 엿가락이 되어 입을 벌린다.

몸은 벌써 석고처럼 굳었건만
마음은 살아 무서움과 싸운다.

차라리 나는 진비를 맞으며
시체곁에 주검을 빈다.

一九五〇年 八月 十一日 밤
서울 광나루 어느 묘지에서

『풍랑』(문성당, 1951)

국회원 방송

비통한 항복이다.
어지러이 고민하는 음성의 떨기.

누가 그대의 변절을 믿으랴?

사슬과 자갈의 그대 魂은 아프고나
공포와 주검 앞에

오오 — 마지막 심판대에 섰는 그대여!
아무도 그대의 말을 믿지 않으리니
안심의 촛불 앞에 오히려 최후를 밝히라.

一九五〇年 八月 十五日 밤
서울에서

『풍랑』(문성당, 1951)

숨어 오르는 길

달아
내 그림자 뒤에 있거라.
너를 피하노라 숨이 차면
몸 그림자는 더 흔들린다.
한 그루의 나무도 서 있지 않은 山
땀 흘려 기어 오르는 길에
내 몸이 보이면
人民軍이 나를 다리고 간다.

지쳐서 숨을 모으면
버스럭 소리에도 소름이 끼친다.
수수깡 맞대인 어느 마을인가
바람아!
잠시만 가라앉아 다오.
소리 없이 어디로 숨어야 하는 몸이기에
별빛은 오히려 바늘같은 찔림
光明도 하늘도 다— 등지고
소리 없이 슬어가야 하는데
어인 낯 모를 소리들이 이리도 뒤를 따를까?

나무라도 깊어주렴

기어 오르며 어루만지는 山谷은

그대로 돌과 흙의 고독

차라리 찌져진 치마폭으로

얼굴을 가린다.

얼굴을 가린다.

一九五〇年 八月 二十五日

광나루에서

『풍랑』(문성당, 1951)

달밤

지하실 침침한 냄새를 피해
밤을 타서 가만히 뜰로 나왔다.
장독대 항아리 뒤에
몸을 숨기고 달을 훔쳐 안아본다.

『열두시가 되면 人民軍이 들어와요
의용병 잡으러 막 들어와요
어젯밤엔 뒷집 少年이 자다가 갔어요.
애그! 우리 아들은 오늘 낮에 잡혀 갔어요
그래 언제 국군은 서울로 들어 선대요?
쉬쉬 들어들 갑시다. 암말 말아요』

할머니는 토방마루에 흑흑 느낀다.
달은 더 조용한 서름의 덩이
함복 젖은 내 뺨에
그리운 사람들이 꽃 피듯 환 하건만
시체처럼 차고 어두운 地下室로
나는 달을 피해 들어가야 했다.

一九五〇年 八月 秋夕 밤
서울서

『풍랑』(문성당, 1951)

끌려간 사람들 (희복에게)

나라가 빈것같다.
거리는 荒凉하고
마음은 호젓해서
情은 혼자 울어지고

낮이나 밤이나
너는 내 마음 안에 웃어
살틀한 友情에
세상 외롬을 몰랐더니
불러도 찾아도 헛헛한 울림
아! 누가 너를 이 나라에서 아서가더냐?

고운 네 성품 만나저워
안온한 네 이얘기 듣고저워
이밤 네 생각에 찢는 가슴
눈물은 줄을 다아 너 간곳을 따른다.

같이 자라 苦樂을 함께 하던 벗들
고운 마음들 惡에게 시달리며

추위, 기아, 고독, 아픔을 지고
머나먼 서백리아 길에 끌리고 있다면!
아니면 여느 돌무덕이 사이나
어느 깊고 어두운 옥중에서나
아아! 슬픈 생을 끝마치지나 않았을까?

婦德의 으뜸인 승호 형님,
모란꽃처럼 웃어살던 예순이,
송죽같이 굽힘 없던 경숙언니,
다— 어찌 이름 들어 알릴까보냐.
백성이 우러러 아끼던 사람들
잃으면 나라가 가난해질 存在들
아끼고싸고 싸서 위하던 이들
다— 보내고 우리 혼자 어떻게 사나?

꽃 없고 새 없는 광야로부터
별 무리가 안개 새로 주름지는 밤엔
그들이 부르는 靈魂의 晩歌
이 귀에 멀리 또 가까이 눈물진 하소를 보낸다.

좋은 사나이들과
어여쁜 아씨들을 빼앗긴 나라는
봄 꽃이 피어도
새들이 저 나무위에 노래 불러도
화답하는 이는 없어라.
마음기뻐 웃는 이는 없어라.

一九五一年 四月

『풍랑』(문성당, 1951)

어머니의 기도

노을이 잔물지는 나무가지에
어린새가 엄마찾아 날아들면
어머니는 매무새를 단정히 하고
山위 조고만 성당안에 촛불을 켠다.
적은 바람이 성서를 날리고
그리로 들리는
멀리서 오는 兵士의 발자욱 소리들!
아들은 어느 山脈을 지금 넘나보다.
쌓인 눈길을 헤염쳐
폭풍의 채찍을 맞으며
적의 땅에 달리고 있나보다.
애달픈 어머니의 뜨거운 눈엔
피 흘리는 아들의 십자가가 보인다.
主여!
이기고 돌아오게 하옵소서
이기고 돌아오게 하옵소서

『풍랑』(문성당, 1951)

비밀전쟁

생명엔 自由가 본능이다.
自由처럼 너그러운 君主는 없을게고
自由처럼 압박을 도피하는 者도 없을게다.
영토를 사랑하는 싸움보다
오늘의 人類는 自由때문에 苦悶한다.

自由 쟁탈전이다.
善과 惡의 싸움이다.
허위와 眞實의 씨름이다.

수 없는 自由가 流刑을 간다.
수 없는 自由가 獨裁者의 발밑에 신음한다.

自由를 빼서오라.
自由를 도적하는 者를 소탕하라.

땅과 기름, 향유를 위해서보다
人間의 自由를 위해
人類는 이러서야 한다.

싸움은 버러져야 한다.

一九五一年 二月 二十六日

『풍랑』(문성당, 1951)

서울 나오던 밤

서울아! 네 아픔이 가시기도 전에
또 너는 재앙을 만났더냐?
情든 동네, 거리, 다 버리고
우리 지금 네 품에서 다시 떠난다.
길에는 추움에 떠는 애기들
엄마를 조르며 서울로 도루 가잔다.

아가! 가자 잠시 갔다 다시 오자.
엄마가 끄는 수레에 앉아라.
어서 이 밤으로 江을 건너야지
수레 위엔 초생달이 따라 온다.
아가 울지 말고 南으로 가자.

一九五〇年 十二月 二十一日

『풍랑』(문성당, 1951)

경주ㅅ 길

고운 사람들이 살던
옛나라 길엔 꿈이 그대로 이슬에 핀다.
화랑이 넘나들던 山과 들이며
동백꽃 저고리, 산호빛 나삼에
우리 女王 노을 안고 거니시던
그 王宮뜰도
여기 歲月을 덮고 이끼속에 누었다.

재앙의 땅을 피해 오고 가는 사람들
람루한 옷자락에 석양은 다정히
그 맘에 비인 자리를 고이 만져주느니
옛 서울 꽃등노리에 흥 겹던 밤이
다시 한번 찬란해지는 이 길은 福되여라.

一九五○年 十二月 十六日

『풍랑』(문성당, 1951)

수용소의 밤

밤이 이슥하면
수용소에 사람은 더 많아진다.
헤어진 갈잎자리에 누운 아낙네는
때 아닌 진통에 몸이 터져
애기를 낳았다. 사내 애기를!
아무도 국을 끓여주는 이는 없어
해산한 女人은 누어서 운다.

저녁때까지 앓던 서울 할머니는
밤 열두시에 숨을 거두었다.
아무도 수의 준비를 하는 이는 없어
며느리는 목을 놓아 그 곁에 운다.

날이 밝아야 밥을 먹는다.
배 고파도 참아라 아가!
엄마는 외아들을 품에 안고 달랜다.

나고 죽고 늙어지는 곳!
대한민국 사람들이 몰려 있는

수용소의 밤은
외로운 민족의 流浪을 담고
아무도 모르게 해가 뜨고 달이 지는 곳.
부산 나려오는 길에

『풍랑』(문성당, 1951)

대숲

영남 어느 고을 인가 보다.
옛 아씨들이 숨박곡질 하던
그림자 깊은 대숲을 지난다.

겨울에도 피는 나무
싱싱한 숨결은 볼쑤록 깊고
뜻 높이 솟는 우슴
하늘을 받들어 푸른 말을 한다.

北으로 가는 유엔軍 트럭엔
고마운 사람들이 싸우러 가며
그 푸른 숲에 홈씩을 두고 간다.

一九五〇年 十二月 二十日
釜山 나려오는 길에

『풍랑』(문성당, 1951)

낙동강 물

千年 신라를 먹이던 물아
너 홀로 푸르러 구비구비 흘러라.
우리 피곤한 백성에게
네 젖가슴을 풀어다오.
유린도 더럽힘도 모르는체
오직 이 나라의 어머니로
네가 남았으니……

北에는 오랑캐도 왔단다.
피리 부는 몽고 사람들도 왔고
이단의 희롱이 이처럼 거세인 땅에
너의 言語만은 침착 하고나.
장미빛 太陽을 받들어
우리네 위에 부어주마.
길게 길게 神의 사랑이 네게 임하도록……

十二月 二十七日

『풍랑』(문성당, 1951)

밀항의 밤

오늘의 코리아 보다
내일의 코리아를 위해서는
애국자 R은 먼나라로 몸을 숨기기로 했다.
山川에 묻힌 그리운 정보다
은행 수표에 맘이 더 간절해
총재 두취어른께 큰 설게를 암시했다.
경제파탄, 민족붕궤,
이는 대한의 비극, 아세아의 손실이나
앞날의 대한을 살릴 애국자는
이 현실을 피해야 한다고
그는 큰 사상과 큰 애국심을 갖었기에
별도 없는 밤 부산항을 떠났다.
亡命이란 큰 뜻을 말하고
전쟁과 주검 없는 곳을 向해
愛國者 R은 愛國을 하려 제 나라를 떠났다.

『풍랑』(문성당, 1951)

당신의 신부로 (상이군인 혼인식에서)

사랑하는이이!
당신은 나의 짝, 나의 거룩한 님,
눈을 잃고
다리를 빼앗겼으나
그 남은 생명좇아
조국을 위해 마치고자 소원하는
아아! 나의 자랑스런 님이여라.

나는 임이 그대와 같은 나라에 낫고
같은 山脈과 江줄기에 태어난 몸이어니
祖國의 피에 이몸을 일우워난 처녀
당신의 신부로 오늘을 맞이 하오매
사랑하는이여! 나를 받아주옵소서.

一九五一年 三月 二十五日

釜山서

『풍랑』(문성당, 1951)

선봉자(先鋒者)

─정일권 중장에게─

눈은 환하게 틔인 湖水요

볼은 少年처럼 타오르는 모습이

湖水같이 맑은 나라에

모란같이 고운 날에 살아야할 분인가 보오.

그런 나라가 임해지기 위해

무척 애쓰시는 보람에

그대 血管에 도는 피가 그처럼 빠르게

一線兵士에게 輸血이 되지않습니까?

千年 신라를 다스리던 화랑인들

그대의 쓴잔을 달다 마시오리까?

한나라 코리아를 위해서보다

세계를 질머진 오늘의 화랑이라면,

인류의 혼은 磁石처럼 연해 사는것,

한 집단이 이러나면 또 한 집단이

한 나라가 숨지면 또 한 나라가

幸福도 不幸도 一直線의 운명.

그대는 코리아의 自由를 위해서뿐이리까?
필립핀, 뉴질랜드, 미국, 영국, 불란서,
아니 왼 세계의 自由를 위해서도 나선
偉大한 自由戰의 先鋒者!

山脈과 山脈에서
江과 江 사이에서
모여드는 兵士들을
그 우람찬 팔 안에 포옹하고

적의 요란한 고함이 들리면
내다라 처부시는 용감한 기운에
自由는 壓迫에서 해방 되고
祖國은 그대 발 앞에 千萬里 뻗어 가리니

이러나 파도에도, 狂風에도 마다 말고
긇는 피의 勇士로 祖國을 빼앗아 오소

나라와 나라들이 모여와도
그대 앞서서 祖國을 도라오게 하소서.

一九五一年 三月

『풍랑』(문성당, 1951)

국군은 죽어서 말한다

―나는 광쥬(山谷)에 헤매다가 문득 혼자 죽어 넘어진 국군을 만났다.―

산 옆 외따른 골짝이에
혼자 누어 있는 국군을 본다.
아무 말, 아무 움지김 없이
하늘을 향해 눈을 감은 국군을 본다.

누른 유니폼 햇빛에 반짝이는 어깨의 표식
그대는 자랑스런 대한민국의 소위였고나.
가슴에선 아직도 더운 피가 뿜어 나온다.
장미 냄새보다 더 짙은 피의 향기여!
엎드려 그 젊은 주검을 통곡하며
나는 듣노라! 그대가 주고간 마지막 말을……

나는 죽었노라. 스물다섯 젊은 나이에
대한민국의 아들로 나는 숨을 마치었노라.
질식하는 구름과 바람이 미쳐 날뛰는 조국의 산맥을 지키다가
드디어 드디어 나는 숨지었노라.

내 손에는 범치 못할 총자루, 내 머리엔 깨지지 않을 철모가 씨워져

원수와 싸우기에 한번도 비겁하지 않았노라.
그보다도 내 핏속엔 더 강한 대한의 혼이 소리쳐
나는 달리었노라. 山과 골짝이, 무덤 위와 가시숲을
이순신같이, 나폴레온같이, 씨자같이,
조국의 위험을 막기 위해 밤낮으로 앞으로 앞으로 진격! 진격!
원수를 밀어가며 싸웠노라.
나는 더 가고 싶었노라. 저 원수의 하늘까지
밀어서 밀어서 폭풍우같이 모쓰크바 크레므린탑까지
밀어 가고 싶었노라.

내게는 어머니, 아버지, 귀여운 동생들도 있노라.
어여삐 사랑하는 少女도 있었노라.
내 청춘은 봉오리지어 가까운 내 사람들과 함께
이 땅에 피어 살고 싶었었나니
아름다운 저 하늘에 무수히 날르는 내 나라의 새들과 함께

나는 자라고 노래하고 싶었어라.
나는 그래서 더 용감히 싸웠노라. 그러다가 죽었노라.
아무도 나의 주검을 아는 이는 없으리라.

그러나 나의 조국, 나의 사랑이여!
숨 지어 너머진 내 얼굴의 땀방울을
지나가는 미풍이 이처럼 다정하게 씻어주고
저 하늘의 푸른 별들이 밤새 내 외롬을 위안해 주지 않는가?

나는 조국의 군복을 입은채
골짝이 풀 숲에 유쾌히 쉬노라.
이제 나는 잠시 피곤한 몸을 쉬이고
저 하늘에 날르는 바람을 마시게 되었노라.
나는 자랑스런 내 어머니 조국을 위해 싸웠고
내 조국을 위해 또한 영광스리 숨 지었노니
여기 내몸 누은 곳 이름 모를 골짝이에
밤 이슬 나리는 풀숲에 나는 아무도 모르게 우는
나이팅켈의 영원한 짝이 되었노라.

바람이여! 저 이름 모를 새들이여!
그대들이 지나는 어느 길 위에서나
고생하는 내 나라의 동포를 만나거든
부디 일러다오 나를 위해 울지말고 조국을 위해 울어달라고

저 가볍게 날르는 봄나라 새여
혹시 네가 날르는 어느 창가에서
내 사랑하는 *少女*를 만나거든
나를 그리워 울지말고 거룩한 조국을 위해
울어 달라 일러다고.

조국이여! 동포여! 내 사랑하는 *少女*여!
나는 그대들의 행복을 위해 간다.
내가 못 이룬 소원, 물리치지 못한 원수,
나를 위해 내 청춘을 위해 물리쳐 다오.

물러감은 비겁하다. 항복보다 노예보다 비겁하다.
둘러싼 군사가 다— 물러가도 대한민국 국군아! 너만은
이 땅에서 싸와야 이긴다. 이 땅에서 죽어야 산다.
한번 버린 조국은 다시 오지 않으리라. 다시 오지 않으리라.
보라! 폭풍이 온다. 대한민국이여!
이리와 사자 떼가 江과 山을 넘는다.
내 사랑하는 뫼과 아우는 서백리아 먼 길에 유랑을 떠난다.

운명이라 이 슬픔을 모른체 하려는가?
아니다. 운명이 아니다. 아니 운명이라도 좋다.
우리는 운명보다는 강하다. 강하다.
이 원수의 운명을 파괴하라. 내 친구여!
그 억센 팔 다리, 그 붉은 단군의 피와 혼,
싸울 곳에 주저말고 죽을 곳에 죽어서
숨 지려는 조국의 생명을 불러 이르켜라.
조국을 위해선 이 몸 이 숨길 무덤도 내 시체를 담을
적은 관도 사양하노라.
오래지 않아 거친 바람이 내 몸을 쓸어가고
저 땅의 벌레들이 내 몸을 즐겨 뜯어가도
나는 즐거이 이들과 함께 벗이 되어
행복해질 조국을 기다리며
이 골짝이 내 나라 땅에 한줌 흙이 되기 소원이노라.

산 옆 외따른 골짝이에
혼자 누은 국군을 본다.
아무 말, 아무 움지김 없이
하늘을 향해 눈을 감은 국군을 본다.

누른 유니폼 햇빛에 반짝이는 어깨의 표식
그대는 자랑스런 대한민국의 소위였고나.
가슴에선 아직 더운 피가 뿜어 나온다.
장미 냄새보다 더 짙은 피의 향기여!
엎드려 그 젊은 주검을 통곡하며
나는 듣노라. 그대가 주고간 마지막 말을.

『풍랑』(문성당, 1951)

장행(壯行)의 날

―김활란(金活蘭) 박사(博士)에게―

들마다 百合이 피더냐?
山마다 꾀꼬리 울더냐?
배달村 아리ㅅ 나리ㅅ 벌에
五千年에 한번 핀 百合이 있다.
五千年에 한번 우는 꾀꼬리 있다.

꽃 숨결 여흘여흘 비도 바람 다 모른채
百合은 피어 香이 떠돌고
둥이 없고 의지 없이 저 혼자 날아우는
꾀꼬리의 노래는 나라와 나라에 퍼져갔다.

풀과 꽃은 四月 언덕에 다시 이는데
그 푸른 쪽빛 하늘도 예대로인데
歷史는 조으는가? 방황하는가?
어인 생명들의 들끓는 신음 소리.

世上이여! 즐기라, 이 百合이 풍기는 향기를
世上이여! 들으라. 이 꾀꼬리 우는 울음을
멸하지 않을 땅의 기운과

永生할 민족의 소원을 하소하는.

우리는 보낸다. 백성의 대변자로
千代 萬代 이어갈 번영을 위해
타오르는 祖國의 별인 그를
이웃 나라 나라에 용감하게 내어보낸다.

민족아! 긴 조름에서 깨어나
우리 넋의 힘찬 하소 실어보내자.
三千萬 송이송이 죽지않고 피일 것을
어인 狂風에 이 동山에 흙비가 나리느냐고.

百合은 외로운 時代에 피었어도
그 香氣는 민족의 제단에 길이 머물고
꾀꼬리는 나무도 없는 山에 울었어도
그 울음은 민족의 혼과 함께 만방에 울어가려.

들마다 百合이 피더냐?
山마다 꾀꼬리 울더냐?

배달村 아리ㅅ 나리ㅅ 벌에
五千年에 한번 핀 百合이 있다.
五千年에 한번 난 딸 그가 있다.

四月 八日

松島서

『풍랑』(문성당, 1951)

웰캄 아이젠하워

어이오시나이까? 깨지고 헐린 이나라
나무숨죽고 꽃피지못하는 이땅에
죽엄이 떼를지어 흘러가는 여기
오시다니 오시다니 그정말이십니까?

이한숨의 길거리에 여객이 유할곳없고
살육당한 백성이 그대로 넘어져있는위에
원수의 군사 가마귀떼처럼 웅얼거리는데
유랑하는 무리찾아 오시는이 그뉘시오니까?

이나라에 큰손님 마중할때는
꽃치마 입고 열두염망둘러차고
너나없이 우슴모아 대접도하였건만
아아 오늘은 다— 없어진 빈 거리에
상처입고 유리하는 한숨이 남았을뿐입니다

장군이여! 그래도 마다않고 임하시오니
땅속에계신 선렬인들 이기쁨모르오리까
크신뜻을 맞이하는 三千萬 한마음이

구원의 化身이신 그발자욱에 希望을모읍니다

그를기다리는 아버지시여 ─ 어머니시여 ─
저검온山이여! 근심스런 물줄기여!
絶望의골짝이에 숨겼든몸 이르켜
저오시는 光明의 使臣을向해 머리를들자 ─

무삼말 무삼벅참이 이를表하리까?
짓밟힌 이땅 흔들리는 터우에
크신맘 내시어 친히 오심은 친히오심은
민족의 기억속에 불멸의 燈이되었사오리다

장군이시여! 오시었거든 하마그대로야돌아서리까?
압록江에 물소리 예대로 모와주시고
백두山의 힌눈峰이 겨레팔에안기도록
서름없는 南과北을 이어놓고 가시옵소서

어이 이대로 두시렵니까? 이대로는 못두오리다
삶이거나 죽엄이거나 하나에매여주시라

신음하는 코리아가 마즈막 붓드는 그 소매자락
退치지마시고 뜻을決하소서 決하소서
삶이거나 죽엄이거나 그어느하나를─

≪동아일보≫ 1952.11.26.

또한번 기원(祈願)

영창 검은밤이 후연이 무드러
새로 뵈는 첫아침이 미닫이에 활작붉다
밤새 나린 이슬물도 반겨 떨거니와
소매깃 묵은수심도 펼칠듯 가벼워라

지난해 물어보랴? 새運이 묏기슭에 서기롭다
검불에 몸감추고 바람에 몸사린 백성이라도
감발하고 나설때면 휘임없이 서을것이
그어느 風雨에라도 못일운일 있었든고?

부판에도 구으었고 죽엄에도 연단되어
더苦生 지치여도 주저않인 않을것이
이운명의 메인사슬 끊어이길 열쇠는
너와 나 피를 나눈 겨레의 매운情뿐!

오당 견우고 山河를 내맡을제
아들은 아들은 죽어죽어 목이메는데
오만한 자랑으로 귀막히고 눈어두워
저 뜨거운 피의 하소를 들어 주지 않는다면 —

아아— 새아침은 황송하어이다 어이맞아 반기잇가?
기다림에 새우밝힌 그높은 希望이
낙엽처럼 喪하여 문어질 것이라면
겨레의 憤노는 불을뿜어 天地를태우리다

언제는 그會談 아니었든가? 얄타여— 카이로여— 말하라—
풀지못한 수수꺽기는 그대로 깊은밤인데
또다른 平和祭壇우에 이겨레 제물을 삼으려는
오호! 밤의巨人은 또다시 이새아침을 번거로이 하느뇨?

여기눌리인 나라가 일어나고야 말니이다
忠武公 死六臣의 피와넋이여! 칼을들어임하소서
五千年 한겨레가 송두리채 밟히기前
힘주어 우리발로 三千里를 되게하소서

진주 알알이오나 꿰어 한몸아니오니까?
흩어진 우리몸 서로달라 괴로운 마음들우에
새날 맞어 한번살작 우서예이고
한□ 겨레우에 사나이뜻을 모하주소서

《동아일보》 1953.1.1.

매화주(梅花酒)

떡갈나무 익은숲에 술빚어두고
달뜨기 기다려 잔들자 하옵드니
총메고 다름질친 그새벽이 다시와도
서방님 기별없어 맘조린다오.

설마설마, 시집온지 사흘만에
세번보고, 맞절한채, 헤여지고말다니
머리채 올니기도, 오늘이 세번재
素服단장, 이신세에 목이메이며,
친정엄마 부르며, 넋푸리한다오

열일곱 섯달리면 사주도 그만이라고,
압동리 성주에게, 날보내드니,
총메고, 나간지 스믈네시간,
다른 동무 다도라와도 안오심니다.

단여오면 단여오면 情풀고 恨푼다고
떡갈나무 숲에 梅花酒숨겼드니
아이祭床우에 이술부어 님보내옴니다

님은스믈살! 이몸은 열일곱살!
무슨興 나혼자 팔자를 고이리까?

비옵니다, 선황님, 어느길이 그길인지
치마졸나매고, 님가신길 싸호리다,
싸호다 나도가서 구름끝에 님맞나오리

『문예』 15호(4권1호), 1953.2.

창경원 온실(溫室)에서

무슨 풀이기에 이처럼 소매ㅅ결을 어입니까?
바람이 떠받들어 간신히 일어나는
이 락엽보다, 외로운 풀대의, 일홈이 무엇입니까?

옛, 어느날 午後!
내여기 조용히 이르렀을때
숨겨 둔 눈물을 散華식혀 주든
그넓고 푸른 파초잎은 어대로 갔읍니까?

나를 그처럼 앞으게 했든일은 무엔지, 몰라도
노래도, 말도, 表情도, 암암하여
홀로 간울길없어 애키던때
폭은히 감싸숨쉬든 그午後의 故鄕인 이溫室!
四方 창으로 흰 하늘이 빨여 드러오고
일홈 몰을, 山의꽃香, 바다의 산호草,
그, 아래로 기여놀든, 파란 물송이들,
다— 이午後엔 어대가야 맞나봅니까?

그대 이마우엔 키높은 석류그늘이 임하고

억게와 가슴위로 둘레지여 돌던 풀닢들
天地에 오고가는 애끊는 情을 이얘기하고
그대와 나의 恨을 모와 安息케하든곧!

나여기 뭉허진 그午後의 터전에 서있읍니다.
수정 이슬 맺어 흐르든, 창은 부서졌고
하얀 들판들은, 검푸르게 흙으로 化했읍니다.
이시체의 얼골같은, 溫室의 외올길에
람루한 치마에 휘감긴, 간절한魂이
그날을 찾어 눈감어 섰읍니다.

테두리 마저 잃어진 이溫室에
누른 잡초들이 옛情에 울고
깨여진 꿈의 破片들이 어수선히
바람과 함께 덧없이 물닙니다.

다— 가버린 이 허무러진자리에
재는날고, 돌은흩어저, 옛일을 헤이는데
문득 내앞에 나타나는 그대를 봅니다.

거기- 그렇읍니다 바로 그 자리-
남국의 화초가, 무성히 올나간 적은 란간에도,
그대만은, 가지않고, 滅하지 않고, 늙지않은채
흔들리는 잡초새에 그대로 웃고서 있음을봅니다

다- 가고말었읍니다. 王朝도, 부귀도
화려한 보석과, 검과 투구도
이 王宮 뜰을 지나는 興亡의수레에
운명함께 어데론지 다려갔읍니다.
歷史는 꺼지다 일어나고, 또다시 꺼저
우리가 밝히든, 등불도, 어두었는데,
그대만은, 어이 안가시고, 거기 그자리에,
타오르는 눈그대로
누구를 기다려 지금도 서 게십니까?

二月어느날 서울 단녀 나려와서

『문예』 17호(초하호), 1953.6.

이영도●●●

이영도(李永道, 1916–1976)

- 호는 정운(丁芸)
- 1916년 경상북도 청도 출생
- 1945년 『죽순』에 「제야」를 발표하면서 작품 활동 시작
- 주요 경력 — 통영여자고등학교, 부산 남성여자고등학교, 마산 성지여자고등학교 등에서 교사, 1964년 부산 어린이회관 관장, 1966년 눌원문학상 수상, 1970년 부산여자대학에서 강의, 한국시조작가협회 이사, 『현대시학』 편집위원, 『영남시조문학』 동인
- 대표작 — 시조집 『청저집』(1954), 『석류』(1968), 수필집 『춘근집』(1958), 『비둘기 내리는 뜨락』(1966), 『머나먼 사념의 길목에서』(1971) 등 다수

- 수록 작품
  하늘

●●●

하늘*

祖國과 사랑을랑 다 버리고 갈지라도
저 개인 하늘 두고는 차마 눈 못감아서
잔 들고 노래나 불러 즐기신다 하드니

바람에 등불처럼 祖國은 흔들려도
滿天 星座는 저리도 고운 이 밤
어디메 거나한 발길 멈추고 하늘 우러러 섰느뇨

『영문』 9집, 1951.11.

---

* 시조집 『靑苧集』(文藝社, 1954)에 재수록.

조애실 ●●●

조애실(1920-1998)

• 호는 우성(愚星)
• 1920년 함경북도 길주 출생
• 1946년 경성여자신학대학 중퇴
• 1946년 순간 『한보』에 시 「새벽제단」을 발표하면서 작품 활동. 이후 종군의 체험을 노래
• 주요 경력 — 1940년. 함경북도 아오지 탄광촌에 야학 설치, 1941년 기독학생 비밀독서회 운동으로 서대문형무소에서 1년간 옥고, 해방후 한보사 문화부 기자로 활동, 한국전쟁 때는 전선종군작가단의 중앙위원으로 활동, 1957년 <세계일보> 문화부 기자, 1967년 3·1여성동지회 부회장, <청민공예연구회> 회장, 기독교문학인회 회원 역임. 1990년 건국훈장 애국장 서훈
• 대표작 — 시집 『출범』(1979), 수상집 『차라리 통곡이기를』(1977), 『장미 첫송이』 등

• 수록 작품
　고지(高地)의 장송곡(葬送曲)

●●●

고지(高地)의 장송곡(葬送曲)*

음산한 바람이 넘도는 산마루에
잿빛 하늘이 무거웠다
한바탕 휩쓸어 간 수라장에
같은 생김새와
같은 얼굴의
두 젊은이가 쓰러졌다

조금 전까지 그들은
서로 총을 겨누고 죽기까지 싸웠다
民主主義를 위하였고
共産主義를 위하여서
보다 큰 뜻을 품은
보다큰 사명을 지닌
부푼 가슴들은 타오르는 불길되어
굵은 맥박은 높이 높이 뛰었다

---

* 이 작품은 원문 확인이 어려워 『한국대표여류문학전집』 4권(1977, 을유문화사)에 있는 것
  을 수록하였음.

지금은 얼음같이 굳어가는 창백한 얼굴에
저무는 노을이 길게 비춰고
뚫린 가슴 복판에서
大地를 물들이는 두 사람의 붉은 피가
이제야 한곬으로 흐르고 있다

가마귀 떼 울부짖는 소리
비를 몰아올 듯 먹구름이 山을 에워싼다
바람이 몰아온 나뭇잎이
한 잎 두 잎 그들의 얼굴을 덮으니
마지막 葬送曲을 이룬다

民主主義를 부르짖던
共産主義를 부르짖던
이들 젊은 군사는
마지막 외친 이름이
어머니!……한 마디였다

1951년 발표.

홍윤숙 ●●●

홍윤숙(洪允淑, 1925-)

- 호는 여사(麗史)
- 1925년 평안북도 정주 출생
- 경성여자사범대학 졸업, 1950년 서울대학교 사범대학 교육과 중퇴
- 1947년 시 「가을」(『문예신보』)을 발표하면서 작품 활동 시작
- 주요 경력―1949년 ≪태양신문≫사 문화부 기자, 1984년 한국 여류문학인회 회장, 1986년 한국 시인협회 회장, 1989년 한국 카톨릭 문우회 회장 역임. 1990년 대한민국 예술원 회원
  1975년 한국 시인협회상, 1997년 대한민국 예술원상, 1993년 대한민국 문화훈장 수상
- 대표작― 시집 『여사시집』(1962), 『풍차』(1964), 『장식론』(1968), 『일상의 시계소리』(1971), 『사과집 주인의 집』(1980), 『사는 법』(1983), 『경의선 보통철도』(1989) 등
  수필집 『하루 한 순간을』, 『해질녘 한 시간』, 시극 『장시』 등 다수

• 수록 작품
백양(白楊)에 부치는 노래

●●●

백양(白楊)에 부치는 노래*

산산이 헤어진 流離의 길머리
허무러진 비탈길 옛 두던에
너는 이름없는 戰士……
머ーㄴ 그리움에 눈망울 젖어
하늘 우러러 목 느리는 白馬이기도 하다

높푸름이사
하늘을 가르는 저 세찬 높푸름이사
千年 鄕愁에 젖어 온 純潔의 標的이어니

까마득히 하늘 부르는 옆이며 가지며
모두다 壯嚴한 明日에의 出發을 指標하누나
서러울리 없는 孤獨의 손길을 하늘 높이 날리며……

오ー 누가 맨 처음 늬들 이마에
한줄기 괴로운 思念의 손길을 얹었던고

---

* 이 작품은 원본 확인이 어려워 『1953년 연간시집』(문성당, 1954)에 재수록한 것을 입력하
였음. 시집 『여사시집』(동국문화사, 1962)에 일부 개작하여 재수록.

億萬年 人類가 다하는 날까지 가고 또 올게다
—고獨과 괴로운 思念에 젖은 사람들
떨리는 손길이 그대 가슴을 두둘기리니

—먼 旅路에 기진한 나그네
사랑하는 이들을 떠나 보낸 사람들
壯途에 으르는 젊은 兵士들—
푸른 이마에

너는 퍼덕이는 旗幅
永遠히 하늘 높이 平和와 歡呼의 손길을 휘날리는 한점 푸른 旗幅처럼 빛
나리니
푸른 잎 한잎 한잎 바람을 거슬러
太陽을 따르는 높은 位置에 서라!

때 오면 어진 樹木의 習性을 닮아
자욱이 이땅에 깔리는 숱한 목숨들
이름없이 아쉬움 없이 한갓 자랑스레
눈 감는 슬픈 抗拒의 몸짓을 보라

敬건한 목숨의 合掌을 보라

나라에 큰 일 있어 가난한 어버이들 모조리 일어서 갈 때
너 또한 먼 江뚝 맑은 하늘 아래
祖國의 榮光된 記號인양 소스라처 높히 솟아 떨리는 가지 가지 성성히
두팔 고누어 하늘을 지키는 숙성한 모습을 나는 보노라

곱지도 못한 껍질 밑에 年輪과 苦難을 아로새겨 가며……
孤高와 忍從의 늠늠한 姿勢를……

≪국제신보≫ 1953.11.

제 2 부

여성소설

강신재 ●●●

강신재(康信哉, 1924-2001)

- 1924년 서울 출생
- 1944년 이화여전 가사과 중퇴
- 1949년 「얼굴」(『문예』 11월호)로 등단
- 주요 경력―1966년 『한국문학』의 동인, 1982년 한국여류문학인회 회장, 1983년 한국소설가협회 대표위원회 위원장 역임

  1959년 한국문인협회상, 1967년 여류문학상, 1988년 대한민국예술원상, 1997년 3·1문화상 수상
- 대표작―단편 「여정」(1954), 「포말」(1955), 「젊은 느티나무」(1960), 장편 『임진강의 민들레』(1962), 『이 찬란한 슬픔을』(1965), 『명성황후』(1987) 등 다수

●●●

관용(寬容)

길은 이슬에 젖어 촉촉하다. 구두바닥을 통해 올라오는 냉기가 제법 저릿하게 느껴진다. 비여져서 논바닥에 이리저리 포개어 놓인 볏단들이 누더기처럼 잿빛이다. 해가 떠오르기까지 아직 시간이 있는가보다.

팻지이는 새삼스레 어깨를 오무려 보며 추워졌다고 생각했다.

공연히 화가 나서 삐익하고 휘파람을 불어 본다. 휘파람소리는 흰 자동차 길과 함께 거침없이 뻗어 나가는가 했더니 매친데 없이 그냥 꺼저 버리고 만다. 그도 싱거운 노릇이었다.

뒤에서 털컥털컥 찻소리가 난다. 추럭이나 스리-코-터-임에 틀림없다. 순간, 팻지이의 몸놀림은 본능적으로 발릴하여 진다.

팻지이는 그가 가장 아름답다고 생각하는 걸음거리로 걷는다. 하체를 흐느적 흐느적하고 어깨도 가볍게 흔들면서.

눈이 저리게 샛밝안 그의 웃도리나 샛파란 스카-트를 가령 대수로히 안 여기는 양키-가 있다 치더라도 이 걸음거리에만은 백퍼어센트 웃는 낯을 보이는것이 상례이다.

팻지이는 적당한 순간에 고개를 돌리고 싱긋 웃으면서 대담한 윙크를 보내어 본다. 차를 몰고 온것은 예측대로 미군임에 틀림 없었는데, 그리고 또 팻지이의 뒷모양을 안 보았을 리도 만무인데 냉담하게도 정면을 바라본채 눈도 깜짝 안하고 지나처 버린다. 뾰죽한 코가 곱게도 생긴, 극히 젊은 얼굴이다.

팻지이는 실망하고 동시에 모멸을 느꼈다. 요즈음 빈번히 미스만 하는 자기의 불운이 모조리 한꺼번에 화가 났다.

"갓데모!"

하고 욕을 지껴렸으나 이렇게 일찍 화장도 변변히 못하게시리 자기를 몰아낸 주인 여편네에게로 울화는 필연적으로 전화 되어 간다.

호─르에서도 몰려 나오고 양키─도 하나 걸려들지 않아 굶다싶이 하는 눈치를 채이자 마자 "방내주소!"하고 야단하기 시작했다.

급기야 오늘은 무슨 GI하고 결혼한다는 여자대학생이 들어 온다고 팻지이의 고리짝을 동댕이 치듯하여 마루 한구석에 내어 놓았다.

"오새애는 잘 들어와 자도 안하이 그래났뒈도 그만 안이겠는교"

란다.

쳇! 결혼이라니 말이 좋아 불로초다.

팻지이는 아까 그 백인의 거만한 코를 상기하고 또 새루 화가 난다. 자기의 뒤축이 무너진 구두에 대해서 말이다. 모양이 허무러진 그 구두가 자기의 다리를─암만 보아도 좀 지나치게 안으로 굽은 다리를─얼마나 더 밉게 보이고 있는지 생각을 하자면 기가 막힌다. 넉달 동안이나 신고 다녔으니 안그럴수 있겠느냐 고 이치를 따저 보았자 기분이 상한건 어쩌는 수가 없다.

차들이 연달아 지나간다. 인젠 고개를 치껴들고 보기도 싫다.

"헤이! 헤이! 후아!"

별안간 이상야릇한 고함이 나르고, 보니까 흑인 차가 지나간다. 돌아다 보고 손까지 흔들어 대고 야단이다.

"흥, 제까짓것들, 칼라─뽀이가……"

팻지이는 경멸을 느껴 입을 쭝긋하고 미간에 주름을 잡는다. 그래도 그것으로 마음속은 행결 후련해 진것 같다.

십자로에 다달었다. 팻지이는 가로수밑에 걸음을 멈추었다. 서성거리다가 쩷차나 한대 붙들 작정이다.

문득 팻지이의 솔깃해진 두눈이 마진편 온천장으로 통하는 길목에 쏠리었다.

샛파란 스카아트, 빩안 웃도리, 머리도 덥수룩하게 지저올려서 위선 스트리-트껄의 외양을 갖춘 여자가 하나 이쪽으로 걸어 오고 있다. 옷모양이 팻지이 자기를 닮었대서 솔깃해 진게 아니다. 그 걸음거리다.

걸음발을 떼기 시작한 어린아이가 다름박질을 하듯, 멈출 수도 없고 조절할 수도 없고 위태위태한 발길을 그저 마구 떼어 놓는 똑 그런 걸음거리다. 손을 앞으로 내어민 양은 꼭 장님인가 싶다. 허둥지둥 반다름질을 처온다.

가차히 온것을 관찰하니까 핸드빽도 못 가지고 동굴납작한 얼골은 화장이 얼룩진 것이며 머리모양 해가진거며 어딘지 서툴고 앳돼 보인다.

'흥 뉴- 스타-티드로군'

여자는 팻지이의 앞으로 닥아섰다.

그를 보며 닥아 와 선게 아니라 무슨 기게처럼 되는대루 전진하여 오던 것이 팻지이에게 부닥드릴뻔 하여 멈춘 감이다.

"뻐 뻐스를 어디서 타지요?"

그는 역시 고개도 안들고 이렇게 묻는다. 목소리도 어리다. 그 어린 목소리가 울먹울먹 하다. 보니까 두눈에 담뿍 눈물이 고여 있다. 바른편 손에는 스므장쯤 되어 보이는 천원짜리 지페를 반으로 접어 쥐고 있다. 스므장쯤 되어보이는……

"저, 뻐스를 타, 타려면……"

그는 또 묻는다.

"절루 한참 내려 가요"

팻지이는 퉁명스레 그리고 거만스레 턱으로 가르켰다. 이마살 까지 잔뜩 찡그리면서. 바로 그 자리에서 라도 뻐스를 멈출수는 있었지만 팻지이는 그와 어깨를 나란히 하고 서서 차를 기다리다니 '하나님맙쇼 ―' 라고 생각한 것이다.

어린애 같이 서툴게 다름질 쳐 가는 뒷모양을 팻지이는 밉살스런듯이 노려 보았다. 무엇때문에 밉살스러운지? 어쨋던 비위가 뒤집혔다.

그럴듯한 쩦차는 좀체 나타나 주질 않는다.

'아이 재수 없어!'

팻지이는 껌 하나 들지 않은 핸드빽을 열고 손을 넣어 마구 휘저었다. 엊저녁도 굶고있는 팻지이였다.

달포가량 지나갔다. 초겨울의 햇빛이 따사로히 동뚝의 잔디위에 고여 있다. 밟으면 폭삭폭삭 소리 나는 마른 잔디가 평화로운 고향집을 회상케 한다. 팻지이는 죠―와 팔을 끼고 천천히 그위를 거닐른다.

거재리 미군부대의 콘셋트와 천막들이 어째 사막에서의 생활을 연상케 한다. □□에는 초가집도 있고 틀림없는 조선 아이들이 뛰놀고 있고 ― 그런데도 어뎅가 먼 외국에 흘러 온듯한 기묘한 애수와 신기로움을 팻지이는 느낀다.

그것은 또 어떤 자랑스러움에도 통하는 기분이다.

그는 천천히 발을 옮겨 놓는다. 손으로 사나이의 육중한 팔을 잡고 등은 그 가슴에 기대이듯 하면서.

작난꾼들이 노리의 손을 멈추고 벌죽벌죽 웃으면서 그들을 처다 본다. 그러면 팻지이는 무슨 진기한 동물이라도 대하듯이 눈을 가느스름히 하고 쪼무레기들을 훑어 보며 지나간다. 잔잔한 미소를 띠우고서.

그의 상대는 팻지이가 알아 듣기 쉬웁게 천천히 말을 끊어 가면서 그를 위하여 자기가 구해줄 수 있는 여러가지 물건의 이야기를 하고 있다. 나이

롱 양말, 핸드빽, 수웨ㅡ타ㅡ, 초코레잍……

팻지이는 라디오를 하나 오ㅡ다 해 줄수 없느냐고 묻는다. 꼭 가지고 싶으다고.

상대방은 잠간 생각한 후에 그것도 할수 있다고 대답한다.

팻지이는 긴장이 풀려 상긋상긋 웃는다. 그리고 이젠 집으로 돌아 가자고 한다. 어저께 얻어 든 초가집 건넌방으로.

지름길에서 그들은 다른 한쌍을 만났다. 그 두사람은 뒤로 따라 오면서 자꾸 깔깔 웃고 있다. 팻지이가 힐끔 돌아 보면 뚝 멈추었다가 걸으면 다시 킬킬거린다. 무엇인가를 조롱하고 있음에 틀림 없다. 팻지이의 신경은 날카로워졌다.

두사람의 말소리가 귀에 들어왔다.

"오, 리,"

"오우, 루에,"

"노ㅡ, 오오, 리이"

"오우뤼이"

"예스, 맛취베타, 호호호……"

여자의 간드러진 웃음소리에 그 백인도 따라 웃는다.

팻지이는 눈에 살기를 품고 고개를 홱 돌렸다. 자기의 걸음거리를 야유하고 있는 것이다. '오리궁뎅이'라고 백인한테 가르키고 있는건 대체 어떤 계집애냐?

팻지이의 눈ㅅ살을 상대방의 웃는 눈은 태연하게 받어 넘겼다. 용용 죽겠지 하는 듯이 어깨를 오무리고 반반히 처다보며 백인의 팔속에 안겨 지나쳐 버린다.

그 얼굴을 보고 팻지이는 '응?' 하고 고개를 기우렸다. 어디서 본 낯이다. 그때 그애다. 온천장에서 울면서 다름질쳐 나오던 바로 그애다.

그새에 그렇게도 세련(?) 되었을까, 그 대담한 메이크앞, 옷채림, 웃으면서 태연히 자기를 마주보던 얼굴은 완전히 요부의 그것이 아닌가.

팻지이는 잠간 아연하였다. 그리고 — 빙그레 웃음을 띠웠다.

"그렇게 울며 불며 야단이더니"

팻지이는 다시 또 너그러히 미소한다. 오늘은 자기에게도 그의 무례를 넉넉히 용서할만한 기분의 여유가 있음을 뉘우쳤던고로.

그는 죠-의 가슴에 더욱 깊이 기대인다. 이 껌둥이 죠-는 (칼아보이임에는 틀림없으나) 적어도 한두달은 팻지이를 굶기지 않을 것이 분명하였다. 적어도 한두달은……

'최악에 경우에일지라도 —'

팻지이는 생각한다.

'미국에 주문한 물건쯤은 내가 가질수 있을 테지. 레디오 하나만 팔드래두……'

그는 속으로 계산하여 본다. 그리고 안심한, 평화로운 기분에 잠기면서 앞을 가는 한쌍을 바라다 보는 것이었다.

『신사조』 1951.11.
강신재 소설집 『희화(戲畵)』(계몽사, 1958), 123-130면.

눈물

    9·28 국군의 서울탈환을 이삼일로 앞두고서 변사해 버린송정화(宋貞和)는 참말 보기드문 추물(醜物)이었다. 눈이어떻게 생기고 코가 어떻게 생겼고 입이 어떻고, 이렇게 뜯어보고 어쩌고 할 사이도 없이 그얼굴을 대하는 사람은그만 반사적으로 고개를 도리키고 손으로 입을 막는다. 부패해 가는 송장이나 무슨 도깨비를 만난것 처럼 등꼴이 오싹해지고 엽흐로 구역질이 나는것이다. 그러나 물론 그는 괴물도 아무것도 아니엇고다만 어릴적에 화상(火傷)을입은 탓으로 얼굴의 피부가 주욱 한 장으로 내려 밀린데다가 아래턱에서는 그것이 주머니 처럼 우굴ㅅㅅ매여 달렸는데 눈과 코와 입이 삣양게 까뒤집히거나 실그러저1) 가지고남어 있다 할 다름이다. 그러나 여하튼 이면모는— 그것이 조금도 그의 죄가 아님은 분명한데도 불구하고— 그의 생애에 몹시도 가혹한 영향을던졌다. 송정하는 그 살아 온 사십여년동안 얼마나 가슴을떨며 울었는지 얼마나 하늘을처다 보고 발을 굴렀는지 아무도 알지 못한다.

    (사람에게서 따뜻함이나 은근함을 구해서는 안된다. 사람이란 모두 쌀쌀스럽고 매정하다.)

    그러나그런줄 알면서도 송정화는 가끔 이웃 예편네들 틈에 끼어보려고 어정대다가 퇴박을 받곤했다.

---

1) '한쪽으로 비뚤어지거나 기울어지다'라는 뜻.

"베락을 마질 년들 같으니. 사람이 말을 하는데 웨 대스구도 안해."

무안을 당하면 침을 뱉고 이렇게 욕설을 퍼부으며 횡하니 하꼬방으로 달려 들어가서 질금〻〻 울기도 한다. 어떤때는 분푸리로 옆의ㅅ집숫덩이를 훔쳐내거나 양대야를 짓밟어서 우굴려트려 놓는다. 그리고는 땅바닥에 앉어 노는 바우를 안어드려가고 방문을 꼭꼭닫어 버리는것이다. (이 바우라는 세살메기가 어쩌다가 생겼는지 동네 사람도 하나 모른다)

사변이 일어나던 유월 이십칠일날 낮에 송정화는 돌산(採石場)에 일을나가 있었다. 다같이 일을 하건만은 감독한테도 별스레 수모를 받어 가며 이웃예편네들과도 떠러져 한구석에서 돌을 나른다. 바우는 등에 매달려 북어 꽁뎅이를 빨고 있다.

별안간 멀리서 쿠웅〻〻 대포소리가 들리기 시작했다. 잠깐 멎었는가 했더니 다음부터는 쉴새없이 자꾸가차워지며 울려 온다. 남부여대하고 고대를 넘어드는 시굴 사람들이 보이기 시작했다. 점점 저가는 대포성은 삽시간에 돌산이 쩌룽〻〻 울리도록 높아졌다. 호도독 탕탕하는 기관총 소리까지 섞이게 되고 피란민은 이제는 길을 메워 흘려 든다. 피투성이가 되어 실리워 가는 사람도 있고 소를 몰고 뛰는 소년도 있다. 모도가 입도 안 버리고 길만 바뻐하는 양이 괴〻하고 무시무시하다. 그들로하여 하늘이 갑자기 어두워진것 같다. 비ㅅ방울이 뿌리기 시작하고 날은 어둑 어둑 저물어 들어 온다.

그래도 송정하는 (다른 예팬네들도 대부분 그랬지만) 돌을 담아 나르기에만 정신이 빠졌다. 새우등을 하고비츨비츨하면서 조금이라도 더많이 들려고 기를 쓴다. 난리가 나더라도 지금 당장 이자리가싸움터 가 된다 치더라도—이런 밥버러나 하는 우리야 어떨라구 하는 생각이 드는것이다. 삯을 받고 집에 돌아와 바우를 재웠다. 그리고는 자루를 들고 밀기우리를 서러 나갔던것이다.

그러나 그날밤.

송정하는 몸과 마음이 온통 꺼저 버리고 놀라지 않을수 없었다.

뢰성벽력 같은데는 비알 바도 아닌 무겁고 무서운 대포소리가 바로 귀옆에서 쾅쾅 터진다. 그럴 적마다 하꼬방은 들었다 놓고, 무엇이 무너지는 소리, 깨저 나르는 소리가 굉장하다. 샛빨안 불ㅅ길이 번쩍번쩍하는 하늘로는 폭탄을 얼마나 던질지 모르는 비행기가 위협하듯 낮은 폭음으로 빙빙돌고 있다. 비는 억수로 퍼붓는다.

얼마 후에는 총알까지 집안으로날러들기 시작했다. 파도치듯 하는사람의 아우성소리, 총소리, 총소리……바로 요앞 행길까지 처들어 왔단 말인가? 송정화는 바우를 안고벌벌 떨며 업뜨려 있었다.

그러나그는 총성보다 더 기겁을 할 소리를 조금 후에 듣지 않으면 안되었다. 총성과 아우성이 약간 물러간듯 비ㅅ발 소리가 새로워 졌는데 절버덕ㅅㅅ 사람들이 걸어 가는 기적이 한다. 웅성웅성 급한말소리를 주고 받으며 아이들을 재촉해 몰고들 가는 모양이다. 잠간후에 그소리는 멎어버렸다. 송정화는 귓전으로 흘려듣고 앉아 있다가 갑재기후닥닥 일어나 섰다. 지금 그게 복이네 목소리 같던데, 아니 그럼 동내서 모두들피난을 나섰단 말인가, 우리만 혼자 빼놓고 한꾸리로들? 옥자네, 점순네, 복이네 마진켠 길영감네 움집, 모두싹 떠났단말인가? 그는 무섬도 잊고 방문을 벌컥 열어재켰다. 소리를처서 불러 보았다. 비만 나릴뿐 인기척도 안 한다.

그는 신을 끌고 뛰어 나갔다

왈칵하고 남의 방문을 잡아 다렸다. 잠겨 있는 모양으로열리지 않는다. 방문앞에 너저분한 신발짝들도 보이지를 않었다. 그옆집도 옆집도 뵈여 있다. 역시 모도들 떠난 것이다.

노염과 서러움이 꾹꾹 소리내며 목구녁으로 복바처 올랐다. 그는 흐느끼면서 바우를등처업고 자기도 어두운 거리로 다름질처 나왔다. 어데로 갈지 미처 생각도 못하고 마구대고 앞으로 걸어 나갔다. 어데선지 모르게 ― 그러나 깜짝 놀라게 가까운 거리에서 요란한 총소리가 쉴새없이 일어난다.

송정화는 울면서 앞으로 앞으로 꺼구러질듯 급히 내어닫었다

　다음날 아침 그는탈진해서 머엉해 가지고 되돌아 왔다. 이웃 사람들도
벌써와가지고 지꺼려 대며 송정화의 열어제낀 하꼬방을 기웃거려 보기도
한다. 그는 잠창고문을 닫었다. 이동내가 이만큼남어난 것이 천행이 아니냐
고 문밖의 수다는 끊일줄을 모른다
　오정이 넘자 그는 빈 자루를 들고 밖으로 나갔다. 아무것도 없으려니 하
면서도 장마당 있는 켠으로 발을 옮겼다.
　하루밤 사이에 새 군대가들어 온 서울 거리는 아직도살기와 공포에 사로
잡혀 있었다. 총소리가 □란하다. 낯선 복장을 한–어리고 빈약하게생긴
것이 눈에 서른 병정들이 바로 귀언저리에다 대고 마구쏘아 부치는것이다.
집채같은 탕크가 붉은 깃빨을 휘날리며끊임없이 지나간다. 그 양옆 길바닥
에는 사람의 사체가 딩굴고 있다.
　"저 죽은 젊은이는미처 빠저나지 못한 국군이래. 옷은 없고 내복바람이
지만구두가 그런걸. *끌끌*"
　송정화는언짢하여 걸어 나간다.
　문득 그의 눈은 십여명이 떼가 되어달려 가고 있는 사람들에게로 쏠리었
다 모두가 너저분한 어른아이다. 아이들은 자세보니 거지들이다. 쌀자루를
걸머쥐고 뛰어 간다. 송정화도 '바우'를 치켜올리고 쫓어 갔다.
　예감은 들어맞었다. 어느 배급소 창고 문이훨쩍 넓게 얼리어 있고 자루
를디려 대면 하얀 쌀을 들통으로 푹푹 떠서 터지도록 넣어 준다. 새로 들
어온 병정들이다
　"이것은 모두 우리 배고픈 동무들의것입니다. 부자놈들은 여러분에게서
이것을 빼앗고……"

송정화는 아무소리도 귀에 들어 오지 않았다. 쌀자루를 뒤집어 이고서는 숨이 턱에 다아서 하꼬방으로 돌아왔다. 옥자 엄마가 눈이 왕방울만 해지면서 무어라구 소리쳤건만 송정화는 들은척도 안했다. 그는 지금 어떤 꿍심이 있어 잔뜩 급했던것이다.

자루를 뷔운 그는 다시 배급소로 달려 갔다. 아까 보다 사람이 부쩍 늘어 왁자지껄 하면서들 열을 지은 틈새에 송정화는 시침이를 떼고 끼어 들었다. 인민군은— 그들 새로운 방정들은 이렇게 불러야 한다는것을그때 알았다— 그를 꺼집어 내지도 않고 선선히 쌀자루를 채워 주었다.

세번 네번ㅅ재까지 목이 불어질듯무거운 자루를 여다 나를 때에는 그는 저도 모르게 커단 소리로 지껄대고 있었다.

"그 동회ㅅ놈들 같애 봐 통장두 안보구 어림이나 있나 아, 어림이나 있어"

그는 다른 먼 동네까지 돌아 다녀서 몇차례나 곡식을 얻어 날렀다.

"집에 쌀이 조금도 없오?"

"아이구 쌀이 다 멈니까, 이 어린게 굶어서 얼굴좀 봅쇼"

이런 문답이면 고만이었다. 아까도 가저가지 않었드냐는 등 한군데서 탓으면 저리 가라는둥 하는 사람은아무도 없다.

송정화는 대만족이었다.

쌀을 간수해 놓고 빩안 헝겁을 에희차리 비끄러매어 하꼬방 문에 내어 꽂았다. 양옆집에서도 흉내를 내어 그런것을 내거는것이 아주 속이 후련했다

다음날 저녁때였다. 동회앞 빈터로 주민들은 모이라는 통문이 돌았다. 송정화는 첫재로 달려 갔다. 겁에 질린듯한 얼굴빛으로 검치 멀찌둘러서 있기만 하는 예팬네들을, 수염이 시커머코 더럽힌 바지저고리를 입은 사람들이 애써 앞으로 모아 놓았다. 고사람들은 번차례로 단우에 올라서 함경도 사투리를 섞어가며 연설을 하고—송정화는 맨 앞줄에 서서 그들의 얼굴을 반만 쳐다 보았으나 연설의 의미는 거의 알아 듣지를 못하였다—마

지막으로 만세를 불렀다. 그리고 나서 그 수염이 지저분한 사람들은 동회 안으로 들어가 버렸으나 동민은 그대로 망두석들 처럼 서 있었다. 아직도 맘놓고 움적거리지를 못할만치 모도하들 로새에 어리벙벙해저 있은것이다

안경을 쓴 젊은이가 다시 나왔다

"동무들. 아까그말 다 알았지요? 무슨 질문이 있거든 제출하시요, 없능 가요?"

모여 선 사람들은 그입만 바라볼뿐 돌맹이처럼 말이 없다 "무슨 질문이 없능가요?"

그는 재처 물으면서 시선이 우연히 송정화에게로 돌려졌다.

"예? 그 여성동무?"

"없어요!"

송정화는 냉큼 대답해 버렸다, 그랬드니 안경쓴 사람은

"그럼 해산 하시요."

하고 두팔을 들어 흐터지라는 뜻을 나타내고서 사무실로 들어갔다

이번에는 동민들도 뿔뿔이 헤여저 돌아갔다.

송정화는 한없이 자랑스러웠다. 자기더러 여성동무라고 하였다. 그리고 자기의 말을 듣자마자 그가 해지라는 명령을 내리지 않았는가, 그 말을 따라 온 동네사람이 집으로 돌아 갔다. 누가 대체 자기를 사람으로 안여기고, 밀어던지기나 하고, 똑같이 돈을 내도 상을 쩡기고 한단 말인가.

다음부터 송정화는 이따위 모임에 더욱 부지런히 나갔고 매사에 열성을 나타내었다

노래를 배울 적에도 제일 큰 소리로불렀고 매번 앞줄에 나서는것을 잊지 않았다. 그러면 또 단우에 선 민청원이나 인민위원회 사람은 확실히 송정 화쪽을 자주 내려다 보는것 같았고 또 그것이 마침 찬성을 구하거나 하는 대목이면은 송정화는 고개를 끄득끄득하여서 열심히 동의를 표하였다.

그가 여성동맹에 가입하자는 뜻을 못하리라는 사람도 있을리 없었다. 아

니 요즘 와서는 동네여자들의 송정화 에게 이리저리물어가며 하는 일이 적지 않았다. 그는 이제는 마음 놓고

"아 옥자네 안나가우? 복이네, 석건 어서들 나와요 또늦겠우"

이렇게소리를 질러가며 예편네들과 끼어 다닐수도 있게 된것이다

어느날 중앙에서 여맹원이 나와 회를 모인 일이 있었다. 회장은 전에통장을 보던 김씨댁 대청이었다. 자개장석건 말끔히 어데다가 치워 버려서 넓어진 마루앞에 여자들이 모이기까지는 하였으나 주뼛거리기 들만한다. 김씨 마누라마저 마당에 내려서 가지고는 한구석에서 어물거린다. 이윽고 여맹원(여청원?)이 나타났다. 십칠팔세밖에 안된 처녀다. 검은 짧은치마에 당목 부라우스를 입고 새빨알 유리구슬을 기ㅅ고대의 찔린 연필과 공책을 들고 대청으로 올라가 정면에 놓인 책상앞에 앉으면서

"자아"

하였다.

안악네들은 그제야 신들을 벗기 시작했다. 송정화는 서슴치 않고 올라가서 바로책상앞에 자리를 잡었다.

이야기가 시작되었다. 금속징수에 관한 이야기다

여맹원은 공책을 드려다 보며 떠듬떠듬랑독조(朗讀調)로 외이고는, 한구절 끝날때마다 깊은 숨을내쉬고 장내를 둘러 보곤 한다. 여인들은 무표정하다. 여맹원은 또 읽는다. 읽고 나면 여맹원자신의 숨소리가 들릴뿐 쥐죽은듯한 고요함은 깨어지지않는다. 무더운 마루에서 여맹원의 얼굴은 차츰 울랴고하는 어린애같은 난처한 빛을 띠우기 시작했다

"그래서, 우리들의 이런, 징수의 목적은 규명되었다고, 생각합니다, 무슨 다른 의견이 있거든……의견이……있어요?"

그의 눈은 마침 송정화를 보았다

"암, 그렇지요, 그렇구 말구요"

그는 선뜻 대답을 하였다. 그래놓고는

"안들그러우?"

하며 장내를 둘러다본다 그는 아직 금속을 어떻게 해야 옳다는 말인지도 채 알아듣지 못했지만 아무튼 여맹원 말이 옳다고 생각한것이다. 그소리가 허두가 되어서 (긴장한 여인들은 웃지도 않았다) 몇마디씩 보송ㅅㅅ 말소리가 일었다. 요전번에도 걷어갔는데요, 인전 우린 수까락 두개밖에 없는데요……라는 둥 양동에가 뚜러졌는데 그게라도 돼겠느냐는 둥……

끝날적에 송정화는 특별히 정성드려 고개를 숙였다.

다음날 아침부터 시작된 철물회수에 송정화가 많이애를 쓴것은 말할것도 없다

유엔군의 반격이 시작돼고 공습이 잦어오자 송정화는 더욱바뻤다. 복구공사로 밤낮 없이 사람을 동원 시켜야 한다. 그는 바우를 업고 매집 뒤다[2] 싶이하여 출동을 원조하였다. 새벽부터 장사하노라고 나다녀서 집에 붙어 있지를 않는 하꼬방차리 점순네 복이 네 움직 예편네를 송정화는 괴ㅅ심히 여기고 길목을 지켜 기어히 내 보내곤 하였다

"아니 어찌문들 맘뽀가 그러우, 여맹서 당신들 오랍디다"

이렇게 까뒤집힌 눈알을 부라리고 한마디만 하면은 그 억센 복이네도 수다쟁이 점순네도 찍소리를 못하고 함지박을 내려 놓는것이다

전출문제가 일어났을 적에도 의용군 때문에도, 송정화는 한가락 날렸다. 떠나야 할 집에는 몇일전 부터 다니며 재촉을 하였고, 숨어다니는 해당자는 눈치 채는대로 고해 바쳤다. 점순네 복이네 그리고 움집아들이 징용군에 나간것은 순전히 그의 공로였다. 그는실로 사십여년만에 사는 보람을

---

2) '뒤지다'라는 뜻.

느낄수 있는것이다.

그때문에그는 먹을것이 궁해도 불평을 말하지 않았다. 장사도 하고(그 얼굴 때문에 어꽂한 손해도 많이봤지만) 공습받은 부근에 가서 물건을 주 어오기도 하고 또 힘자라는대로 훔치기도 하여서 살어 나갔다

그러나 그의 빛나는 날도 얼마 가지않어 끝단이 났다.

선들바람이 일기 시작할 무렵. 처음 난리가 나던날 그가 바우를 동처업 고 피란을 가던 밤과는 대일것도 아닌, 서울이 송두리채 부셔저 내려앉는 듯한 포탄의 우박이 주야로 쏟아지기 시작하였다. 서울거리는 눈이 닫는한 불과 연기와 폭음의 덩어리가 되었다, 순자네 하꼬방이 흔적도 없이 날러 가고 전가족이 몰살 돼자 이분도못견디고 마진편 움집이 가라앉었다, 통장 을 의용군으로 보낸 김씨집 에서보 누가 죽었는지 곡성이 있고 이어 송정 화네 문짝이 종이장처럼 떠러져 나갔다.

이제는 이불을 쓰고도 참을수가 없었다. 철거덕철거덕 하고는 쾅쾅 터지 는 로케트포탄이 머리위로 휙휙 지나가는 길人가로 허동지둥 튀어 나왔다. 바우를 업고 보따리를 이고. 저녁은 다섯시경이었다. 흑연에 휘말리어 사람 들이 아우성을 치는 동네를 빠저 나면, 벌서 전에 파괴되어 개한마리 얼씬안 하는 거리가 뻗어 있다, 그것이 전차가 다니던 큰거리이고 보니 더욱 무시무 시하고 발人길이 안 내킨다. 송정화와 마찬가지로 보따리를 이고 지고 한 피 란군들은 어느 골목으로 새여버리는지 눈깜빡할새에 안보이게 돼곤 한다. 얼 떨결에 그도어느 새人길로 끼어 들었다. 에쿠 소리를 내어가며 내닫는다.

한구퉁이가 문허져나간 삘딩 앞에 평복을 입은채로 총칼을 지닌 사나이 가 충혈된 눈알을 굴리며 올팡갈팡하고 있다. 송정화가 그앞을 지나려니까 별안간 앗하고 소리를 질렀다.

"엇, 이리와, 이리왓"

움칫하였으나 알고보니 그의 앞을 가던 청년을 부른것이었다. 겁이 난듯 머뭇머뭇하는 청년에게 안오면 쏜다고 소리질르면서 정말 권총을 뺄듯하는

데 뒤에서 또 한 남자가 아이들과 함께 허덕허덕 뛰어 온다. 무장한 사내는 그에게도 멈추라고 호령을 하는 그 틈새에 ― 앞의그 청년은 재빠르게 등을 보이고 내달리려고했다. 순식간의 일이다. 그러나 송정화는, 이 반 부서진 삘딩이 무슨 민청이나 그런 데고, 이 청년들은 무슨반동인가 하는게려니 짐작하자 팔은 벌써 청년의 등뒤에로 뻗처 그를 움켜잡고 있었다.

뒤에 오던 남자를 보고 들어 가면서 권총가진 사내는 무어라고 소리쳤다. 안에서 맞 받아 나오는 다른 사람이 송정화와 그에게 잡힌 청년과를 한꺼번에 닷자곳자 떠다밀쳤다.

"이 사람은 내가 잡았다우 ― 저동무가 손이 모자래시 저쪽은 보는 새 ― 난 아니우 ― 아이 난 나가야 해요 ― 여보슈"

요란한 폭발소리에 송정화의 악성은잘 들리지도 않으려니와 들으려고도 안하였다. 발을뺏대고 바우가 울고하는것을 사정없이 집안으로 끌어들여 캄캄한 지하실로 굴러뜨려 놓고는 쾅하고 문을 닫어 버렸다. 안에는 벌써 몇십명이 가치워서 아우성들을 치고 있다. 송정화는 길길이 뛰며 어굴하노라고 소리질렀다. 나종에는 목이 쉬어 목소리도 안나왔다

그날밤. 그가 한방에가친 다른사람들과함께 지하실 입구로부터 난사(亂射)하는 총알에 맞어 절명할때까지그 잡힌 사람들이 모두 의용군에도 안나가고 살아 있었으니 반동이라는 까닭으로 총살당해야 한다는것을 깨달었는지 모르고 말었는지 그것은 알수 없다. 다만 그자신의 죽엄은 ― 그것은 순전히 착오가 아닐수없었다. 그는 발버둥쳤다 그러나 아무래도 피할수 없음을 알자 ― 그는 두눈에 눈물을 그득 담고 잠잠해저 버렸다. 그의 생애의, 그많이 흘린눈물중에도 가장 뜨겁고 원망스런 눈물을. 아니 어쩌면 그의 생애에 단 한번뿐일 잔잔하고 무심한 눈물을. (完)

『문예』 13호(3권1호), 1952.1, 127-135면.

상혼(傷魂)

집웅들 너머로 비끼어 드는 저녁노을이 땅을 붉으레하니 얼룩지게하고 있었읍니다 출장소앞마당에 우중우중 모여 선사람들도 무엇인지수심어린 어룽진것같은 얼굴들이었읍니다 낙엽이 한잎 두잎 쓸々한 소리를내며 구으릅니다 나는 먼빛으로 보고 또 무슨 불상사로구나 짐작하였읍니다 이곳 사람들은 임자가 선뜻 나서지 않는 불행한변사체(變死體)를 이장소앞으로 가져다 놓는 풍습이있읍니다 이리로 피난와서 일이년하는 사이에 그러한 거적에 말린것이 지게에얹혀 그 조그만 목조건물 문간에놓여 있는것을 나는 지나다가가끔 보았읍니다

오늘의 희생자도 그모양으로 놓여져있었읍니다 거적귀퉁이로 조그만 발구락이내다보입니다 나어린 소년의익사체(溺死體)라고들 말하였읍니다 겹저고리를 입고도 쓸々한 이가을날에 물 가에는 왜갔을가 생각하였읍니다 소년은 피난행에서 부모를잃고 열여섯살인가 나는 누이와단둘이 조그만 방을 얻어 들어있었다 합니다 그 누이는 늦어야 직장에서 돌아오기때문에 쓸々한 소년은 여름이래로 날마다 물에나가 정 추운날은 먹먹히 앉아라도 날을 보내다가 어두워야 돌아와서 캄々한방문 에 웅크리고서 누이를 기다렸다 하였읍니다

세를 준 사람이 그 험한것을 찾으러올까닭은 없어 지게는 지금 그어린 보호자가 나타나기만 기다리고 있는것이었읍니다

가냘픈 두팔로 생활과 싸우는 가련한소녀의 이그러지는 표정이 나의 눈

앞에 떠올랐읍니다 그러나 그보다도 더뚜렷이 이상한 연상으로 그적은 발 구락을 보았을때에 내 뇌리에 그려진것은 지금 보고돌아오는 길인 영혜(怜惠)— 분홍 부라우스에 곤색 스카−트를 입은 일곱살 나는 소녀의 종다리에 감겨져 있던 붕대모양이었습니다

영혜의 죽은 엄마가 그의 적은 헌데가 난 다리를 막 아프게 회차리로 때려 주었기 때문에 자꾸 곪고 덧나고하여 아직도 붕대를 감고다니며 절룸절룸 하는것이었읍니다 영혜는 이제 서너밤만 더 자면 방주인네 주선으로 어느집 수영딸로 부산을 떠납니다 '수영딸'이라고 듣기 좋게부르면 그렇습니다만 그 데려가는 경상도마누라는 이삼년간 키우면 잔심부름을다하고 오륙년 있으면 무슨일이고 마음대로 부릴수있다고 길 잘 드리기를 벼르고 있더라합니다 그이 생각에는 심부름 종 하나얻어다 길르는 셈으로 치부하고 있는 모양 같습니다

암담한 일입니다만 온 세계에 누구하나 그를 돌보아 줄 사람이 없는 터수에 그렇게라도 맡아갈이가 나섰으니 오히려 다행으로 알아야 옳을런지요 사변전 까지의 영혜의 자라난 모양을 잘 아는 나에게는 견디기 힘든 고통입니다 영혜의 엄마도 영혜의 아빠도 잘 알고지내던 나는 자책의 괴로움을 어찌할수 없읍니다 하지만 궁리를 하여도 도리가없어 옷가지나 마련하여주는 밖에는 그를 세상과 그자신의 운명에 내마끼지 않을수없는 우울함을 나는결국 그의 엄마—나와 여학교 동창인 순기(順基)에게로 가져가는 수 밖에 없읍니다 그를 원망치 않을 수 없읍니다

출장소 앞을지나 걸어가면서 나는 순기의 생각을합니다 순기는 피난생활의 곤고에 못내 패배하고 만것입니다 노도(怒濤)처럼 일어나 모든 이의 인생을 뒤엎은 전란은순기의 삶에도 미치지않을까닭이 없어 그의 복도지못

한 결혼 생활은 사변으로하여 피리오드를 치고 말았읍니다 그는 새로운 곤고에 직면하였읍니다 정신적 물질적으로 전혀 새로운 그리고 절대적인까닭에 종전과 비교할수도없는 무한한 곤고에 직면한것이었읍니다

그 동안 순기는 잘 싸웠읍니다 영혜와 둘이 굶지 않기위하여 그가 부산바닥을 얼마나 애쓰며 헤메다녔는지 그것은 하늘만이 알고 있을것입니다 쓰레기 통을 뒤져먹은일도 있었더라고 이것은 어떤다른 사람에게서 드른 이야기입니다 각기(脚氣)와 신장병에 시달리며 그래도 영혜는 잠시도 떼어 놓지않고 업고 지고 다니며 그는서툰어물 장사를 부둣가에 나가 해본 일도 있더랍니다 군밤장사도, 도마도 장사도 다하여 보았답니다

생활은 겨우 조금 자리잡히는가하여 보였읍니다 죽이거나 잡곡이거나 간에 점심을 걸르는 날도그리많지는 않게 되었읍니다 아이도 건강하고 순기는 국제시장에서 구제물품의 파물을 사다가 영혜에게 맞도록 귀여운드레스로 고쳐입혀보기도 하는 마음의 여유까지 발견하였읍니다

그랬었는데 돌연 순기는 자살을 해버리고 만것입니다

피난생활의 고통은 고독한 여인에게 정신면 물질면으로 역시 너무나도 벅찬 짐이었나 봅니다 참고 견디어 내기에 이를 악물고 있으나 마음과 몸은 이미 허무러져허한것이 되어있어 사소한 서슬에도 어이없이 쓰러지고마는것인가봅니다 마치 폭격을 당한 건물이 용히 허울만은 간직하고있구나 하고 바라다보는 다음순간 그만 푹 가라앉고 마는듯이 의식하(意識下)에서도 괴로움은 끊임없이 작용하는 것이겠지요 순기는 못내지고 말았읍니다 피난고에 지금 그 지계에 놓인 소년과 마챤가지로휩쓸리어가고 만것입니다 그리고 천애의 고아로서의 또 하나 애처러운 운명이 새로이 무서운 세상을 향하여 던져진것입니다

나는 그날밤 어떤상처를 입은자아(自我)에 대해서 생각을 내왕시키고 있
었읍니다 잠이 잘 오지를 않읍니다 문득순기의 일이 머리에 떠올랐읍니다
그와동시에 영혜의 윤곽이 정연한 잘 웃지 않는 얼굴도 떠올랐읍니다 그의
다리의 붕대……

순기는 정말 생활고에 지친것일까 그런 의심이 머리를 치켜 들었읍니다
유달리자아가 강하던 학생시대의 그 유달리 개성정인결혼생활을 한 그

나는 사변전의 순기를 회상해봅니다

조그마한 일에도 발끈화를 내는 남편이었읍니다 소제가 불충분 하다 현
관문이열려있다 어째 선뜻 대답을 못하느냐 주책이없다 이 Y샤쓰는 오늘
사흘째 입는다. 그런 서글픈 것같은 궁상스런 얼굴을 내 앞에 짖지 말아라
요컨데 순기의 모든것이 그의 마음에흡족지 못하다는 것을 시시각각 가
시돋힌표현으로 내어 던지는것이 었읍니다

"쯧쯧 이래가지구야 어디!"

순기가 해 놓은 일에 대해서 남편이험한 얼굴을 보이며 이렇게 혼자말하
는것을 그가 처음 드른것은 신혼여행의 호텔방에서 였읍니다

순기편에서도 남편을 다정하고 대견한것으로 생각하고 있지 않았읍니다
모든게모순투성이다 그는 사상적으로 보면 레후트1)다 레후트의 이론으로
논문을 쓰고 강의도 하고있다 그런그가 가정내의 폭군이요 매일々々 속샤
쓰를 갈아야 하는 뿌찌뷰르2)의 취미에서 벗어나지 못하는 것은 가소로운
일이다 그보다도 그의 마음은 냉혈동물 그대로 인정이 없다 영혜가 만약

---

1) 'left'의 일본식 발음으로 '좌익'을 뜻함.
2) 'beautiful'의 일본식 발음.

병이나면 순기의 책임을 추궁하기 칼날 처럼 날카로우면서도 그자신 조금도 근심하는것은 아니다

어느 몹시 춥던 겨울날 구공탄 아궁을 수선하다가 순기는 손을 다쳤읍니다 뼈가들어난 손구락을 싸쥐고 밥을 하는순기에게 그는 내복을 빨라고 명령한 일이 있었읍니다 순기는 자기네가 '맞선'을 보던날 이남자와 결혼을 하리라고 마음으로생각하고 동시에 조금도 행복을 기대하는건 아니라고 스스로 타일르던 일을 다시한번 입속에 되씹지 않을수 없었읍니다

사회인으로서 좀좌경(左傾)이라는것밖에 별허물이 없는 남편 A의 가정에서의 이 지나친 신경질과 또 그안해의 보통이아닌 인종의 생활은 하여간 남의 입에까지 가끔 오르내리지 않을수 없었읍니다

어느 사람이 너덧 모인 석상에서 A는 순기의 뺨을 친 일이 있읍니다 벼락 같이 소리를 지르며 너 같은 인간을 대체 무엇에 쓰겠느냐고 하였읍니다 모인사람들은 극히 친근한 사이들 이기는 하였읍니다 그러나 너무나 사소한 원인이 었던 까닭에 모두 다 일순 숨을 삼키지 않을수없었읍니다 A는 그들에게 이렇게 불안스레굴어 미안합니다 고 능난한 사교적인태도로 사죄하였읍니다 하인이라도 꾸짖고 난듯이 안해에게는 완전히 무관심한 태도였읍니다. 그때 순기가 어떻게 하였다고 생각합니까 그는 머리 매무새를 고치고 저고리 섭과 고름을 만진후에 여러분에게죄송하다고 하고 나서 A를 보고

"제가 잘못했어요 용서하세요"

잔잔한 목소리로 사과한것입니다 A는 그에게 방을 나가라고 하였다합니다

이것은 물론 그들의 신경이 어떤 특수한 상태에 있은 때의 일이 었을것입니다 또 부부간의 감정이란 그런 외부적인현상으로 규정지어질것도 아닐 것입니다 그것이 가령 순기의 진심으로 부터의 괴로움으로서 누차 그 우인에게 호소되었다 할지언정……

다만 어찌할수 없는 순기의 불행은 그둘이 함께 생활하지 못하고 떨어져

살아야만했으 면서도 여전히 그리움보담도 미움속에 더 많이 서로 산다고 생각하고 있는데에 있었읍니다

A는 영혜가 세살되던 해부터 구금당하는일이 잦게 되었읍니다 물론 사상 관계입니다 서너번 사회로 돌아나왔으나 끝내투옥당한채로 사변을 마쳤읍니다 그간의 순기의 경제적인 고투도 차마 볼수 없는 것이었읍니다 쌍방에 친척 다운 친척도 없었던 관계로 A의 석방운동 비용도 차입비용도 생활비도 다 그가 혼자 마련을해야 했읍니다 그위에 순기는 자기는 도탄에 빠졌으면서도 영혜만은 귀엽게 행복하게 영양도 좋게 해놓으려고 마음을 썼읍니다 지나친 사치를 시키는것 같이도 보였읍니다

그뿐이 아닙니다 순기는 '적색'의 안해로서 동네 사람들의 청년단 들의 경찰로부터의 압박을 견디어 나가야 했읍니다

그는 그 전부를 감당하였읍니다 그리고 그가 가장 괴롭게 느낀것은 여전히 A의 냉혹이었읍니다 순기는 행복을 기대하지는 않았다고 나에게도 여러번말하였읍니다 그러나 그의 인종은 무감각이 아니고 자각을 통하여서 인내하는것이기까닭에 남보다 많이느끼고 많이 생각하는 순기에게는하나하나 자욱을 남기는 가시였던것입니다

차입을 하러 갔다 오는길에 우리 집에들려 그는 울고간 일이 있읍니다 사소한 실수를 탓내어 꾸중을 들었다는 것입니다

하기는 그는 곧 기분을 돌려 쓸쓸한얼굴을 지으며 웃었읍니다

그는 끝내 충실한 안해였읍니다 일이개월지나고 부터는 자기이외에 어떤 여인이 A에게 면회를 청하곤하는고로 두번에 한번은 헛걸음 을치면서 그래도 끝々내 충실한 안해임에 틀림없었읍니다

나는 지금 그가 여학교 졸업직후 수도원에 들어 간다고 고집한일을 회상합니다 종교에 관해서 그는 이런말을 했었읍니다

"신이 있는지 없는지 나는 몰라 다만 무엇인지 하나만을 지키고 발아보며 한곳으로 나가는것 그렇게 사는것이 옳다고 확신할수 있다는 환경 이것

이 복된것이 아닐까"

나는 그따위 미지근한 신앙으로 수도녀가 되며는 볼만 하겠다고 야유하였읍니다 순기는 웃지도 않고 진심으로 돌아피스트[3)행을 생각하는것이었읍니다

그의 결혼 생활에 임한 태도는 이 '한곬으로'나가는데에만 철저 한것 같습니다 절망하면서 이혼을 생각지 않고 발로 채이면서 책무를다 하는것 이것은 하나의고집이 아니겠읍니까? 순기의 입에서 들은 가장 절망적인 가장 비통한 투의말은 이런것이 었읍니다

"그이는 내가 헤여지자고 하면 곧 그렇게 할거야 틀림없이 나나 영혜나 그에게 아무 소용이 없는 것이니까 다만 그이는 책임감이 있으니까 그냥 참고 있을 다 름이지……"

그를 사랑하여 애착을 느낀다고도 생각지 않으면서 순기는 웨 그럼 남의 짐이되어 있을까 적어도 정신적인 부담이

내친 김에 말을 그렇게 하고보니까 순기는 고통에 우그러진 얼굴을 수그러 트리고 있었읍니다 나는 물론 후회하였읍니다 그리고 화도 좀 나서 그는 역시A를사랑하고 있는것이라고 단언하고 말었읍니다 (이것은 물론 A가 옥에 있지않을때의 회화하였읍니다)

그러한 나의 상식적인 단정을 부정하듯이 6·25 사변 발생후 맹활동을 한 A를 순기는 혼자 이북으로 넘겨 보냈읍니다 다른'여사'가 문제 된것도 아니었읍니다 A는 그도 끝내 책임없는 사나이는 아니어서 순기에게 월북에 동행하겠느냐 물었다고 합니다

그는 ― 순기와 영혜는 ― 직격탄에 나려앉은 페허속에 빈 손으로 남겨났읍니다

순기에게서 의력(意力)이 ― 그의 생활을 형성해온 의지력이 ― 드디어 허

---

3) 토라피스트(トラピスト)수도원으로, 일본 최초의 남자 수도원이자 봉쇄수도원이라 함.

무러져 나린것입니다

　그것은 어떤 의미에서 그의 새로운 출발을 암시하는것이기도 하였습니다

　순기의 그러한 자학적(自虐的)인 심리에 나는 가끔 해석을 부처봅니다 그
것을 나 혼자 만이 알고 있는 그의 어떤 조그만 비밀을 기초로 하고 있읍
니다

　여학교 졸업반으로 진급한 봄이었읍니다 언제나 교무과에서 금지하는
사치한 물품을 지참하여서 득의해 하는 H라는 아이가 만년필을 분실한 사
건이있었읍니다 만년핀은 은으로 만들어지고 푸라치나와 루이비로 장식된
화사한 물건이 었습니다. 그 물건은 이삼일 크라스간의 화제꺼리가된후에
꺼진듯이 H의 필통에서 사라지고 만것입니다 H는 물론 떠들었읍니다 테
니스를 하노라고 가방을 하학 후의 교실에 두었던 사이에 그렇게 되었다하
여 그날일즉아침 돌아가지않었던 생도들은 모두 불쾌한 감정을 맛 보았읍
니다 그중에도 제일견디기 어려운 기분에 빠진것은 그범인(이란 말도 어줍
습니다 만은)다음으로는 아마 나였을것입니다

　나는 피아노 연습을 마치고 가방을 가지러 교실에갔다가 그— 순기가 H
의 필통을 가방속에 도리키는것을 흘깃 보아버린것입니다 그의 얼굴 빛이
비상하였기 까닭에 나는 반사적으로 발굽을 돌려 운동장으로 나가버렸읍
니다(이때 나의 향동이 옳았는지 옳지 못하였는지 그후 오래두고 나는 반성
해야하였읍니다)

　순기는 만년핀을 물론 결코 내보이지 않었읍니다 아마 어데다가 내어 버
렸으리라고 나는 짐작합니다 왜냐 하면 그만년필이 순기에게 그다지 절대
로 필요했을 까닭은 없을것이고 일시의 병적인 충동, 아마도 생리의 영향
일지도 모르는 충동에의한것이었다고 상상하면 그자신에게도 만년필은 불

쾌감 이외에는 주는것이 없었을터이니까

　그후로 나는 특이한 주의를 그에게 보내지 않을수 없었읍니다 그는 오랫동안결석을 하고 야위어서 학교에 나타났읍니다 눈에 보이게 우울 하여저서 모든 동무들에게서 떨어저 갔읍니다 그는 성적이좋아서 특히 물리나 수학 대부분의 여아가 싫어하는 시간에는 독판 치듯 하는 감이 있었는데 그런 시간에도 곳잘 빠저 정양실(靜養室)에 딩굴고 있곤하였읍니다

　내가 그때 자기를 본줄은 알리가 없으니까 고독해진 순기는 나에게 조금씩 가까이 왔읍니다 결혼을 한후에도 찾어오곤 한 까닭입니다 말한것도 없이 그런 일은 순기에게 두번다시 있지 않었읍니□.

　여학교에 졸업식이 가까워 오면 생도들은 장래의 지망을 적어서 담임교사에게제출합니다 순기는 서슴치않고 수도원이라고 적었읍니다 동무들은 조소를 퍼부었읍니다 제정 시대의 말기라는 시국관렴이 작용하여 있은것도 사실입니다만 그보다도 순기의 감상적이고 유치한 희망이 턱없이어울리지 않게 유ー모러쓰하게 들렸던것입니다 그의 네모진 얼굴은 항상 험한 표정을 담고 있읍니다. 그 즈음에는 변태성이라는 별명으로 통하고 있는 그 였읍니다

　학교를 나오고 나서 그는 어떤 관청에 급사보다 조금도 나알것없는 조건으로 취직하였읍니다 삼년동안 그는 바보같은 열성으로 일을 하여서 무결근 무지각의 표창을 받었읍니다 그의 결혼도 그 취직과 마찬가지로 한곳으로 파고 드는데에 무슨 구원이 있을가 하는 그의 구도적(求道的)인 노력의 나타남이 아니었을까요?

　부산으로 온 후의 그의 왼갖 고투는오직 하나의 자라나는 생명ー영혜를 위하여 바쳐지는것이었읍니다 그새생명은 또A과 헤여진 순기 자신의 생명이기도 하였읍니다

　여기서 나는 다시금 영혜의 다리에 감겨있는 붕대에 상도합니다 그리고 지금이 이렇게 적막한 밤인 까닭에 너무 생각이 악마적인 편으로 기우려지

지 않나하는 두려움을 가저봅니다

그러나 어쨋든 순기는 자살을하였고 이삼일 지나면 그의 생명이던 영혜는 낫설은 타인에게 운명을 마끼고 비참한 출발을 하는것입니다 영혜의 그런양을 예측지못할리가 없는 순기가 그모든것에서 눈을 가리고 죽엄을 택한순간 거기에는 빈곤보다 더 강한 '스프링보―드'가 있었다고 추측함은 부당하겠읍니까? 그것이 치명상을 입은 자아(自我)였다고 생각함은……

죽기 전날 밤도 순기는 혹독스레 영혜에게 매질하였다 합니다 그보다 앞서는한일주일 간은 도모지 입을 떼지 않는 대신 회차리도 잊은듯이 처들지 않았다고하더니만

이유는 한 열흘전에 영혜가 그 근처어느 가가에서 샛빨간 여아용의 구두를 한켜레 몰래들고 와버렸다는 것입니다 순기는 악연하였다가 미친듯이 영혜를 대리고 다음 일주일은 캄캄한 얼굴로 방에 앉었더니 드디어 죽고만 것입니다.

자기자신에 대한 염증 자기의 본질에대한 증오는 여하한 일반적인 공포 일반적인 위난(危難)에 의해서도 경감될수없는것인가 봅니다 죽엄만이 그것을 말살할수있다는 일을 이 동란의 시절에 뉘우처야 하는것은 너무도 가혹한 인간의 숙명인것 같습니다

그러나 하기는 밤(夜)은 가끔 히스테릭한 힘을 발휘합니다 잠이 잘 안오는 김에 순기의 죽엄을 그런 모로 생각해보는 내가 위신 역시 피난생활에 좀 지친 기미인지 모르겠읍니다 (一九五二·七·一六)

『여성계』 1권3호, 1952.11, 47-51면. [단편소설(短篇小說)]

전투기(戰鬪機)

　종후는 카아빙총을 메고 걸어가고 있다. 뙤약볕아래빗빨처럼 땀을 흘리면서 기를써 고개를 치켜들고 걸어나간다. 총은 중학 삼학년인 그에게 지나치게 무겁다. 무겁다 못하여 이제는 무슨 못견디게 아픈 상처 그것처럼 느끼어진다. 앞을 걷는 동급생의 바랑밑에서, 걸레쪽 처럼 젖은 등이 흔들리우는 것과 뭉게 뭉게 흰김이 오르는 것을 의미도 없이 열심히 응시하면서 그는 허덕허덕 걷는다. 얼마를 걸었는지 몇시간을 더 가야 할는지 전연 알 수 없다. 그저 자꾸자꾸 걸어나간다. 걸음이 끝난 곳에 '전투'가 있고 거기서는 목숨을 내걸고 싸워야 한다고 그 생각만을 뚜렷이 머리 속에 간직하고 있다.

　그날밤 학교 강당으로 뛰어든 종후들은 풍전등화 같은 조국의 운명에 비분하면서 전원 이백여명이 의용군을 지원했던 것이었다. 출발은 너무도 급속하였다. 누구 하나 만나볼 겨를도 없이 그 밝는 새벽에는 즉시로 이동을 개시한 것이다.

　의용군은 어느 촌 국민학교에 이틀간 주둔하였다. 거기서 맹렬한 군사훈련을 받은 후 이윽고 오늘은 전투 지구를 향하는 것이다.

　이분대 가량의 국군이 선두였다. 그 다음에 다른 곳에서 온 성인(成人) 의용권이 서고 총이 부족하여 죽창이나 목검도 섞여 있는 종후네 분대 셋은 제일 뒤를 따랐다. 종후는 처음 하루는 좀 어리벙벙한 가운데 지냈었다. 어째 암만해도 현실이 현실처럼 실감되지가 못하는 속에서 문득 아버지께

서류라도 전하고 올걸하고 그런 상각을 띄워보기도 하였다.

그러나 이제는 그럴 겨를도 없었다. 앞길을 가로막으면서 끝없이 나타나고 또 나타나는 험준한 산을 기어코 넘어야만 하는 것이다. 행군은 사정없이 계속되 었다.

종후는 눈꼬리로 자꾸 흘러드는 짐짐한 땀꿈물을 눈을 꾹꾹 감는 것으로 짜내 버리면서 옆눈으로 자기의 총을 바라다 본다. 기름이 반지르르 흐르는 새까만 총대가 그에게 새로운 흥분과 용기를 가져온다.

해가 기울기 시작하였다. 선들 바람이 그제서야 볼을 스치며 지나간다. 저쪽 산 마루에 귤빛 저녁노을이 걸쳤다가 사라지고 먹물 같은 구름이 움직이기 시작한다.

군대는 들에 앉아서 마지막 휴게를 즐기고 있었다. 산마루 하나만을 더 넘으면 전선기지에 당도할 것이며 거기서 또 어떤 명령을 받을 것이라 했다. 종후는 들판에 누어 쉬이면서 오늘 종일 감아주기 조차 잊어버리고 있던 팔뚝시계를 그제야 어루만지면서 파란 바늘을 들여다 보았다. 바로 그때였다. 돌연 고막을 찢는 기관총성이 울리기 시작한 것이다. 발닥 일어나며 바라 보니까 마즌편 능선 위에 군복의 그림자가 뚜렷이 나타났다. 철모 대신에 전투모만을 썼으나 적인지 아군인지 분간하기 어렵도록 흡사한 모습이다. 보고 있는 새에 그림자는 둘넷 다섯으로 느는가 했더니 이어 요란스런 총성이 이번에는 그 측면 협곡에서 일기 시작하였다. 그림자는 협곡을 향하여 궁글듯이 내닫는다. 천지를 뒤흔드는 아우성을 치면서 무수한 적의 떼가 그 뒤를 따라 쏠리는 것이다. 종후네가 미처 정신을 차리기도 전에 기관 총알은 이쪽을 향하여서도 사정없이 내뿜어졌다. 우박 처럼 쏟아져 터지는 탄환은 질어오는 어둠속에 지옥 속 같은 무수한 번개를 일으킨다. 종후의 눈속에서도 번개불이 튀었다. 총소리와 함성에 고막이 멍멍해지면서 그는 총을 겨누고 쏘아 대었다. 와락- 머리로 피가 올라와 서툴다는 불안도 죽을가하는 염려도 애초에 느껴지지 아니 하였다.

비가 뿌리기 시작한다. 비는 아무도 알아 채리지 못하는 새, 혼자 기세를 돋구어 대꼬치 같이 굵은 빗발을 함부로 내리치며 포효한다. 땅은 죽탕이 되어 모든 것을 줄줄 미끄러트린다. 어느덧 주위에는 백병전이 전개 되고 있었다. 눈을 감은 것 처럼 깜깜한 속에서 야수 같이 으릉대며 물어 뜯고 쓸어지며 칼로 창으로 찌르고, 총알을 쏘아넣고 총자루로 내리 치고 팔로 목을 눌러 죽이고

종후는 그도 어느새 한사람의 적병과 씨름하고 있었다. 야윈 어룬이었다. 종후의 몸둥이가 고무뿔처럼 부딪으며 필사로 대항한다. 이윽고 종후는 어데를 어떻게 다쳤는지 진흙탕에 딩굴며 의식을 잃었다.

얼마 후에 그는 누군지에게 난폭하게 뒤흔들리워 일깨워졌다. 난폭한 손은 종후의 목덜미와 얼굴을 더듬고 그의 까까중이 머리를 북북 문질러 보더니 대뜸 안어 올려 어깨로 질머졌다. 그리고 어둠을 더듬어 걷기 시작한다.

종후는 다리를 버틍버틍 하였다.

"걸을 수 있어?"

그자가 묻는다.

종후는 "응 응" 하면서 제 힘으로 땅에 내려섰다.

"이리와"

하고 그 사람이 이끈다. 종후는 너머지며 자빠지며 따라 걸었다. 그중에도

'죽지는 않았구나'

신통한 생각에 한숨이 새어 나오는 것이었다.

★

종후는 다시 또 걸어 가고있다. 이번에는 총도 안 메고 전투모 조차 없이 맨머리로 걸어 가고 있다. 그가 끼어서 가고 있는 군대의 대열도 도무지 정연○가 못하다 무기도 거진 잃고 그저 허급지급 급하기만한 행군이다.

그들은 싸우고 난 새로 편성해야 하는, 그래서 걸음이 급하기만 한 붉은 군대다. 그들은 전부 다 머리를 빡빡 깎고 있다. 종후의 머리와 마찬가지다. 누런 풀기 없는 전투복도 종후의 학생복과 다름이 없다. 그들 가운데는 종후 같이 어린 병사가 얼마든지 있다. 공산군은 종후를 자기네 병정인줄만 알고 조곰도 의심하지 않는 것이다.

'야 이거 큰일이다'

따라는 가야 하고 그래서 지친 몸을 한사코 빨리 나르기는 하면서도 종후는 정신을 것잡을 수가 없다. 근심으로 가슴이 뭉클하곤 한다.

'총살인가 아니 어떻게 내뺄 수는 없을까'

동무, 동무 하면서 가끔 짧은 말을 주고받을 뿐으로 그들은 놀라웁게 빠른 걸음으로 산을 넘는다. 종후는 숨이 가쁘다. 그것보다도 심난하여서 그대로 펄썩 주저앉고만 싶다. 울상이 되면서 그래도 걸을 수 밖에 없다.

나즈막한 산을 오르기 시작한 무렵이었다. 아무 기척도 없이 정말 땅에서 솟은듯 별안간 왜앵 하고 산 저편으로부터 비행기가 한대 솟구쳐 올랐다.

기체를 모두 세우고 산 능선을 스칠 듯이 얕이 넘어서더니 곧바루 기슭으로 떨어지면서 기총소사를 시작하였다. 타닥 탁 탁 탁, 소리를 의식하였을 때에는 벌써 많은 몸둥이가 피에 젖어 넘어간 다음이었다.

비행기는 조금 떨어져 나갔다가는 다시 습격하고 또하고 한다. 공산군은 흐터져 엎드리고 헤매이고 쓰러진다. 종후는 땅에 엎드리고 있었다. 총을 받은 나무 가쟁이가 날러와 찌르고, 눈앞의 흙이 푹푹 패어 튀겨지는, 그런 순간에만 그는 자라 처럼 목을 움추린다. 다음 찰라에는 벌써 문득 고개를 처들고 일어나서 사라지는 비행기를 눈이 찢어지게 쫓는 것이다.

자그마한 기체 몽땅한 날게, 흑연을 문질러 놓은듯 새까만 빛.

'전투기다! 전투기다! 전투기다!'

그는 커단 소리로 힘껏 웨치고 싶은 충동을 가까수로 누른다. 실물을 그렇게도 가까히서 목격하기는 생전 처음인 최신형 전투기. 그 굉장한 기능!

그리고 또 종후는 소리껏 웨치고 싶다.

'저건 우리편이다. 우리편이다.'

전투기는 또 머리 위로 닥아 왔다. 죽엄의 빗발이 숨이 차게 머리 위로 쏟아져 나린다. (끝)

『코메트』 1호, 1952.11, 138-141면. [여류창작(女流創作)]

영옥이의 눈물

짙푸른 하늘이었읍니다.

유리알같이 맑고 시원한 그 빛갈은 또 바다 속처럼 한없이 깊고 아득하기도 하였읍니다. 뷔일같이 엷은 구름이 흐릅니다. 머언 일이 생각나는 하늘 빛입니다. 먼 곳에 있는 사람을 생각하게 하는 하늘입니다.

김 중사(金中士)는 풀숲에 반듯이 들어누워 하늘을 쳐다보고 있었읍니다.

김 중사는 오래간만에 빈 시간이 생겨 비행장에서 조금 떨어진 동산으로 산보를 왔읍니다. 풀숲은 뭉큿하고 스며드는 향그러운 풀내로 그득 차 있었읍니다. 김 중사의 들어 누운 얼굴 옆에서 무슨 꽃인지 진분홍 화판을 가진 고운 들꽃이 하늘하늘 나부끼면서 짙은 향기를 흘려 보냈읍니다.

김 중사는 그렇게도 깊고 푸르린 하늘 밑에서 이 진분홍 꽃을 보니까 문득 한 가지 기억이 머리로 떠올랐읍니다.

그것은 지금 이 하늘과 똑같이 푸른 바닷가였읍니다. 금빛 은빛으로 반짝거리는 모래밭에는 비죽비죽 고개를 내민 검은 바위 사이 사이에 이렇게 짙은 분홍빛 꽃이 불타 듯이 피어 있었읍니다.

그것은 장미꽃처럼 생겼읍니다. 그 꽃은 바닷바람을 되우 받으면서도 조금도 괴로워하지 않고 기쁨을 노래하고 있는 듯이 보였읍니다. 그 꽃 이름은 알 수 없었읍니다. 그는 훨씬 어린 소년이었으므로 한 해 여름 방학을 그냥 막 뛰고 달리고 그리고 헤엄치기에만 바빴던 것입니다. 그 꽃이 피어 있었다는 그 일을 안 것도 정말은 영옥(映玉)이 때문이었읍니다.

영옥이는 김 중사의 단 하나 있는 누이동생입니다. 그는 새까맣고 반짝이는 두 눈과 꽃닢 같은 입술을 가진 귀여운 소녀입니다.

김 중사는 그를 이 세상에서 가장 사랑스러운 것으로 생각하고 있습니다.

무릎도 가리지 않은 노란빛 완피ㅡ스를 입고 커단 맥고모를 쓴 영옥이의 모습과 함께 김 중사는 이 분홍꽃을 기억하고 있는 것입니다.

그 때 김 중사는 열 두 살인가 열 세 살이었습니다. 여름 방학이 가까워 오면 으레 온몸이 근질근질해 오는 피부병 때문에 김 중사네가 여름을 보내려고 찾아가는 곳은 또 으레 해변가로 정해 있었습니다.

지글지글 타는 듯한 태양에 피부를 내맡기고 모래사장에 딩굴며 또 짜고 시원한 바닷물에 뛰어 들어 장난을 치곤 하면 김 중사의 온 몸은 어느듯 구리빛으로 튼튼하게 만들어지는 것입니다.

그런데 지금 생각해 보면 김 중사는 너무 장난이 심했던가 봅니다. 어디서 온 개인지 며칠 전부터 자꾸 김 중사를 따라다니는 새까만 강아지 한 마리를 물속 깊은 곳으로 데리고 들어가서 바위 위에 올려 놓고 혼자 나와 버립니다. 그러면 강아지는 육지까지 헤엄쳐 나오지를 못하고 조금 오다가는 돌아가고 돌아가고 하면서 케갱케갱 슬픈 듯이 웁니다.

김 중사가 재미 난다고 손벽을 치고 있으면 으레 말리는 것이 영옥이입니다. 나중에는 영옥이는 울기 시작합니다. 그 때서야 김 중사는 가엾다는 생각이 들어서 ㅡ영옥이도 강아지도 모두 가엾다는 생각이 들어서ㅡ 불이 낳게 헤엄쳐 데리러 가는 것입니다.

이렇게 무척 영옥이를 귀여워하면서도 밤낮 울리기도 잘 하였다고 김 중사는 지금 생각합니다.

그 날도 해변 가에서였습니다.

거기서 새로 온 동무들 하고 김 중사는 바위산 너머로 조개를 잡으러 간다고 하였습니다.

"조개가 너 이만큼 씩 한게 있대!"

그는 주먹을 내보이면서 한번 신이 나게 잡아 오리라는 듯이 말하였읍니다. 영옥이는

"오빠, 바위산 너머는 위험하다고 엄마가 가지말랬지 않어."

하고 근심스런 얼굴을 지었읍니다.

김 중사는 코를 훌쩍 들여마시고, 그리고 잠자코 있었읍니다. 어머니가 그렇게 주의를 시키신 것은 사실이었기 때문입니다. 그렇지만 가고 싶어서 못견디겠읍니다. 그는 와자지껄 떠들면서 벌써 내닫기 시작한 벌거숭이 동무들 쪽을 바라보았읍니다. 그리고 자기도 대뜸 내달리기 시작하였읍니다.

"오빠! 오빠!"

하면서 영옥이가 따라옵니다.

김 중사는 모래 위를 달리는 채 돌아다 보고 가라는 손짓을 하였읍니다.

영옥이와의 거리가 점점 멀어집니다. 그래도 여전히 따라오는 기색입니다. 김 중사는

"오지 말어!"

하고 소리를 지르고, □□□ 언젠가 다른 동무가 하던 것을 본받아

"엄마한테 이르면 알지!"

하고 주먹을 내밀어 보였읍니다. 영옥이는 말을 멈추고 그 이상 더 오지는 않았읍니다.

바위산은 험하여 그 기슭을 돌아 저편 바닷가로 나가기까지 몹시 애를 썼읍니다.

그러나 주먹덩이만한 조개가 잡히는 것도 사실이었읍니다. 그들은 해가 가는 것도 모르고 왁 왁 떠들며 놀았읍니다.

해가 구름에 가리우고 으스스 추워질 무렵하여서야 벌거숭이 작난구러기들은 입술이 시퍼래서 버들버들 떨면서 갈 차비를 하였읍니다. 둥그렇게 모래를 파고 각기 간직했던 조개를 수건에 동여싸기도 하고, 깡통 조각에 주어 담기도 하여 옆구리에 끼고는 일렬로 서서 험한 돌산 기슭을 돌아가

는 것입니다. 올 때와는 달리 떠들지들도 않습니다. 배가 고팠읍니다.

김 중사는 슬몃이 근심되기 시작하였읍니다. 첫째 이렇게 늦었으니 걱정을 들을 것이요 영옥이를 혼자 바닷가에 내 버리고 갔으니 잘 못이요, 또 "이르면 이거다!" 따위 나쁜 버릇을 했으니 꾸중감이요, 또 무엇보다 영옥이가 바위산 넘어로 간 것을 말하지 않았을 까닭이 없으니 이것이야말로 톡톡이 야단을 만날 일입니다.

"이 조개루다 국 끓이세요!"

슬쩍 그렇게 한 마디 해 놓고는 어머니가 방에서 나오시기 전에 학교마당으로 놀러 가버림 어떨가 하고 온갖 궁리를 다 해 봅니다.

바위산이 끝난 곳에 나왔읍니다. 모래사장이 시작되고, 듬성듬성 검은 바위 머리가 밟힙니다. 그 사이 사이에 진분홍 꽃이 피여있읍니다. 바닷바람이 거세어도 찡그린 하늘이 을스냥스러워도 그대로 하늘하늘 피어 있었읍니다. 꽃 옆에는 영옥이가 앉아 있읍니다. 한 떨기 따서 무릎 위에 얹고 앉아 있읍니다.

무릎도 안 가린 노란 완피―스에 큰 맥고모를 쓰고 바다를 향하고 있읍니다. 커단 마른 타올을 하나 가졌읍니다. 아까 그대로 영옥이는 집에 돌아가지 않은 것이 분명합니다. 이렇게 쓸쓸한 저녁녘에는 어머니는 소매도 길고 길이도 넉넉한 옷으로 갈아입히시기 때문입니다.

"오빠, 인제 와?"

영옥이는 그를 보자 반가운 듯이 일어섰읍니다. 무릎에서 분홍꽃이 떨어졌읍니다.

"응, 넌…… 너 집에 안 갔니 이때까지?"

미안한 듯한 목소리입니다.

영옥이는 끄떡끄떡하였읍니다. 그리고 마른 큰 타올을 그의 등에 걸어주었읍니다.

김 중사는 영옥의 무릎에서 떨어진 꽃송이를 주어올렸읍니다. 좋은 향기가 흐릅니다. 영옥의 새까만 단발머리에 꽂아 주었읍니다.

"가"

그는 걷기 시작하였읍니다. 영옥이가 애쓰지 않고 딸아 올 수 있도록 천천히 걸었읍니다. 그렇게 밖에는 그 미안하고 따뜻한 마음을 나타낼 수가 없었던 것입니다.

깊 중사는 그 때부터 진분홍 빛을 한 꽃을 아름답다고 생각하였읍니다……

그는 가볍게 감았던 눈을 뜨고, 풀숲에서 일어났읍니다. 시계를 보니 이제는 돌아가야 할 시간이었읍니다. 동산을 내려가기 시작하였읍니다. 내려가면서 깊 중사는 생각합니다. 영옥이를 본지가 일 년도 넘는다고. 어떻게 한 번 휴가를 얻으면 이번에는 반드시 보러 가야겠다고.

이 ××비행장은 전선 기지(前線基地)이라 영옥이 있는 부산과는 멀리 떨어져 있을 뿐더러 깊 중사의 맡고 있는 중요한 책무는 좀체 그에게 넉넉한 휴가를 허락하지 않는 것이었읍니다.

깊 중사는 물론 꿋꿋한 마음을 가지고 있었읍니다. 그는 자기에게 맡겨진 일은 무엇이고 최선을 다하기로 합니다. 그는 그의 게으름이나 등한함으로하여 공무에 지장이 생기게 한 일은 없읍니다.

하지만 그는 대단히 젊었읍니다. 부대 내에서 제일 어렸읍니다. 사변이 일지 않았더라면 그는 아직 고등학교의 이학년 정도일 것입니다.

비행장을 향하여 걸어가면서 깊 중사는 마음 속에 손꼽아 봅니다. 적어도 반 년 이내에 그에게 휴가가 내릴 상 싶지는 않읍니다.

비행장 안에 들어서니까 시원한 바람이 볼을 스칩니다. 활주로(滑走路) 위에는 적지를 향하여 돌격하려는 전투기 편대가 나래를 반짝이며 늘어서 있었읍니다.

×

뜻밖에 김 중사의 머리 위에 일 주일 간의 휴가는 행복이 굴러 떨어졌읍니다. 그것은 그의 상관(上官)의 찬사와 금일봉(金一封)과 함께 한꺼번에 굴러 떨어진 것입니다.

그것은 이런 까닭입니다.

김 중사는 그날, 연락병(連絡兵)의 임무를 띠고 기지를 나섰읍니다. 먼 거리를 그날 내로 돌아와야 하는 까닭에 매우 서둘러야만 했읍니다.

두 가닥길 진 곳에서 태워다 준 찦차를 내리자 김 중사는 자기가 가는 방향으로 달리는 차를 기다리며 길가에 서 있었읍니다.

×

김 중사는 부산 역을 뒤로 하였읍니다.

초량에 있는 집으로 가기 전에 그는 번화한 거리로 들어섰읍니다.

영옥이에게 그 금 일봉으로 무슨 선물을 사려고 생각한 것입니다.

쇼-윈드를 이리저리 기웃거려 보아도 무엇을 살지 좀체 마음이 정해지질 않습니다. 영옥이도 이제 중학교 삼년생이니까 과자니 장난감이니 그런 것은 너무 유치합니다.

그렇다고 헨드백이니 화장품이니 하는 것은 아직 한참 필요가 없을 것입니다.

김 중사는 두루 생각다 못해 방법을 고쳤읍니다.

'영옥이가 밤낮 가지고 싶어 하던 것이 무엇이던가?'

그것은 얼른 알 수 있었읍니다.

영옥이는 음악을 좋아하니까 피아노를 제일 가지고 싶어 합니다.

그렇지만 이 돈은 피아노를 사기에는 너무 모자랍니다. 뿐 아니라 초량에 있는 두 간 방은 피아노를 들여 놓기에는 너무 비좁습니다.

그러고 보니 김 중사는 또 알 수 없어졌읍니다. 다른 일에는 그렇게 제깍 판단을 내릴 수 있은 김 중사도 영옥이에의 선물에는 정말로 바보같이 궁리가 안 떠오릅니다.

문득 그는 발을 멈추었읍니다. 쌀전 가게 앞입니다. 백옥 같은 쌀알이 수북이 쌓여 있읍니다.

김 중사는 속으로 '옳지!' 하고 손벽을 쳤읍니다.

'내가 사 가지고 간 쌀로 영옥이가 밥을 먹는 것을 한 번 보아야지'

김 중사는 부랴부랴 쌀 한 말을 샀읍니다. 자루까지 끼워달래 돈을 치뤘읍니다. 그것을 들러메고 그는 기운차게 초량을 향하였읍니다.

김 중사의 이 우수꽝한 선물에는 이유가 있읍니다.

6·25 동란의 가장 식량 사정이 곤궁할 때의 일입니다.

밥그릇에 반 될가 말가하게 뜨여진 잡곡밥을 그것도 하루에 겨우 두 끼, 한 알도 남기지 않고 핥다 싶이 하던 그 즈음의 일입니다.

하루는 밖에 나간 영옥이가 늦어도 돌아오지를 않읍니다. 아버지는 먼 곳에 숨어 계시고 어머니는 장터에서 물건을 파시고, 그래 영옥이 마저 무슨 볼일로 외출할 때에는 잠을쇠를 밖으로 잠그고 가게 되어 있었읍니다. 김 중사 혼자만 있는데 민청이나 여맹같은 데서 사람이 오면 다짜고짜로 데리고 갈 것이 분명했기 때문입니다.

그렇게 밖으로부터 잠긴 집안에서 김 중사는 혼자 저녁밥을 먹고 있었읍니다. 자기의 그릇을 다 먹었읍니다.

어머니는 벤또를 싸가지고 가셨으니 남은 것은 영옥의 밥 뿐입니다.

김 중사는 영옥의 식기를 옆눈으로 보았읍니다.

그리고 한 수깔만 더 떠먹고는 뚜껑을 닫아버렸읍니다.

들어누워 부채질을 시작하였읍니다. 그런데 자꾸 밥 생각이 나서 안 되겠읍니다.

할 수 없어서 그는 일어나 앉아 젓가락으로 영옥의 밥을 두 번만 집어다 입에 넣었읍니다. 우물우물 씹으니까 아이스크림보다 더 속히 녹읍니다.

한 번만 한 번만 하고 그는 영옥이의 저녁을 반이나 먹어 버렸읍니다.

그리고 뚜껑을 닫아 놓고 생각하니까 그는 조금씩 근심스러워 왔읍니다. 근심이래야 별 근심이 아니라 남어지만을 가지고는 영옥이 몹시 배가 고플 텐데 어쩔가 하는 생각이었읍니다.

한참 더 시간이 지났읍니다. 어두워 오기 시작합니다.

그래도 영옥이는 오지 않습니다. 몇 번인가 공습 경보가 났다 해제되었읍니다.

'옳지, 아마 이모 아주머니에서 자고 오는게다.'

불쑥 그런 생각이 떠올랐읍니다.

여태까지 그런 일은 한 번도 없었는데 괜히 그럴지도 모른다고 생각한 것입니다.

'하여간 요까짓 것 남겨 두었자 배도 안 부를게고……'

그는 마침내 영옥이의 그릇을 깨끗하게 비우고 말았읍니다.

한참 더 지나고 나서 영옥이가 돌아왔읍니다.

영옥이는 길에서 공습에 막혀 늦었다고 설명을 하였읍니다.

김 중사는 얼른 앞질러서 말을 한다는 것이 몹시 거북살스러워

"내가 밥을 다 먹어 버렸는데…… 너 배 고푸니?"

미안한 듯이 조그만 목소리였읍니다.

영옥이는 좀 놀란 듯하였으나 곧 아무렇지도 않게 얼굴로 미소를 들이켰읍니다.

"으응, 잘했수."

영옥이는 일어나 부엌으로 나가더니 달그락달그락 그릇을 씻기 시작하였읍니다.

말할 수 없이 맥이 없고 말할 수 없이 배가 고픈 것을, 나타내지 않으려고 노력하고 있는 것이 분명했읍니다.

김 중사는 슬그머니 부엌 옆을 지나가면서 영옥이의 얼굴빛을 살폈읍니다.

영옥이는 돌아서서 무의 껍질인가 무엇인가를 두 손에 쥐고 토끼 모양 오몰오몰 씹고 있었읍니다.

그 두 눈에 눈물이 글성 고여 있는 듯하였으나, 김 중사는 그 때 엉겁결에 똑똑히 보지는 못하고 말았읍니다.

9 · 28 이후에 김 중사는 곧 군대에 들어갔읍니다.

그러므로 영옥이와 식탁을 함께 할 기회도 별로 없었읍니다.

오늘 김 중사는 자기의 힘으로 된 이 쌀로 밥을 지어, 영옥이가 맛나게 먹는 것을 본다면 얼마나 기쁘고 보람이 있을가 생각한 것입니다.

그런데 집이 차차 가까워오니까 김 중사는 계면쩍어지기 시작하였읍니다.

'쌀을 선물로 가져가다니 암만해도 좀 우서운 일야!'

인형이나 손수건이나 그런 합당한 것이 얼마든지 있는데, 왜 진작 생각이 안 나고 이런 걸 샀나 하고 후회까지 나기 시작했읍니다. 김 중사는 끝내

"어머니 이거 배급 받은 겁니다."

이렇게 말할 작정을 하고서야 겨우 안심하였읍니다.

식탁에 둘러 앉은 사람들은 모두 한 번 더 김 중사의 얼굴을 바라다보며 반가움에 못 이기는 말들을 하였읍니다.

휴가를 얻게 된 그 작은 "사건"에 관해서도 이야기가 오고 가고 하였읍니다.

"자, 식기 전에 어서들……"

어머니가 한 번 더 권하셔서 겨우 식사는 시작되었읍니다.

물론 김 중사가 가져온 쌀입니다. 귀한 것이라고 어머니가 정성껏 지으셨읍니다.

젓가락을 댑니다.

그런데 문득 김 중사가 보니까 영옥이의 두 눈에 눈물이 글성글성 하고 있지 않읍니까? 김 중사와 시선이 부딪치니까 영옥이는 이렇게 말했읍니다.

"오빠, 나는 오빠가 왜 쌀을 가지고 왔는지, 알어."

얼굴 전체는 방긋방긋 웃고 있는데 눈에만은 눈물이 담겨 있읍니다.

"이건, 울긴……"

김 중사는 웃으면서 댓구를 하였읍니다만 그의 눈속도 어째 뜨거워진 것 같았읍니다.   (끝)

『학원』 2권7호, 1953.7, 106−112면. [단편소설]

그 모녀(母女)

1

그딸은 착하고 순하느니라고 아는 이들의 말이 있었다. 같은 또레에서들은 좀 개성이 있는 앤가 했더니 무어 아주 평범하든군, 이렇게들 평한다.

그래도 어쨌든 동경 A학원 시절에 인하(仁夏)는 꽤 우쭐럭한 존재임에 틀림 없었다.

그는 귀성하는 때마다 화장이 짙어 지고 복장이 기발해 지고 걷는 걸음 거리 마저 어딘지 달라저서 돌아 오곤 하였다. 서울 M예배당을 중심 삼은 선량한 남녀청년들은 그에게서 얼만한 가치를 인정하는가와는 별개의 문제로 우선 압두 당하는것이 매번의 일이었다.

인하는 지나치게 눈웃음을 친다. 그것이 꼭 그렇게 지어서 웃는것만 같이 보인다. 태도에 애교를 부리는것도 너무나 과하여서 마음 약한 사람은 시선을 피하지 않고는 배겨 내지 못한다. 무엇보다도 주저나 부끄러움을 모르는 활발함에는 따를 길이 없다. 자신만만한 사람에게는 주위에서 몇걸음 양보해 보는것이 상래인 까닭이다.

그러나 실은 그의 자신만만한 태도라는것이 별로 근거도 없는것이고 보니, 그저 그의 단순함이 도회지의 내음새를 무처오곤 하였음에 불과하였는지 모르겠다. 뛰어나게 육중한 몸집에다 그리인이나 빡앙 따위의 양복을 입고 간난애기가 쓰는것같은 방울 달린 모자를 쓰고 이런 모양도 무슨 자못 대담한 스타일이나 보듯 하던것이나 그대담함 역시 단순하다는ㅡ극히 극히 단순하다는것에 통하는 것인지도 알수 없었다 그러고보면 인하가 유학을 간 일본의 전문학교의 이름이 그럴듯 하니 그렇지 그가 나온 서울의 여학교는 명함을 내놓기엔 조금 부끄러울 하치 학교이다.

그러나마 그의 주위는 남보다 화려했다.

인하가 또 누구누구네 아들의 청혼을 퇴하였다는 소문은 자주 일었다.

인하가 고개를 살레살레 내저으면서 이번 신랑감도 마음에 없는라고 하더라는것이나 (듣고 온 사람들은 입을 뽀죽이 내밀고 그 흉내 까지 내여 보였으나) 그러나 이것은 그 어머니인 고씨의 의사가 절대적으로 작용한 결과라는 것이 더욱 사실인 모양이 었다.

"이 과붓댁 마누라야, 어쩌자구 딸을 인제 그만 시집 보낼 생각은 않구 그렇게 곱게곱게 거두기만 하누……"

친구 마누라들의 이런 농에는 적지않이 빈정대는 투가 섞이어 있다. 젊어서 내소박을 하였다는 고씨를 그들은 친애의 뜻을 나타내어 과붓댁이라 부른다.

마주 대어놓고

"좀, 좀, 변덕 그만 부리구 욕심 그만 내요!"

하면서 꾹꾹 쥐어박는 시늉을 하는 이도 있다.

"이것아 글세 시어멈감이 호랑마누라래요, 호랑마누라!"

모 난, 거무죽죽한 얼굴의 보라빛 무테 안경 속에서 눈을 꿈뻑 감어 보이면서 고씨는 이렇게 댓구한다.

"이것봐. 그런게 아니라, 그애가 싫대, 아예 싫대요"

그는 곧 이렇게 음성까지 낮후어 정색을하면서 덧붙히기를 잊지 않는다.

육중하게 큰 몸에는 항상 애교를 잊지 않고, 훠언한 얼굴에는 눈웃음을 잊지 않는 인하도 역시, 고씨의 의사를 간단히 자기의 것으로 하여 거침없이 표명하곳 하므로 그는 꽤 안목이 높은 여성이라고 보고있는 사람도 없지 않았다.

그러나 그도 드디어 결혼을 하였다. 8 · 15 해방이 된 이듬해였다. 그리고 결혼의 첫재 조건 대로 단둘이 살수 있을 ××라는 시굴로 곧 내려 간것이다.

시부모는 적당히 떠러저 따로 살며 고씨는 자주 오르내리며 돌보아줄 예정이었다.

이렇게 인하는 고씨를 떨어저갔다. 더 정확히는 고씨의 '의사'를 떨어저갔다.

이번에는 신랑이었다.

도청관리인 그 신랑은 맹렬한 신경질이었다. 인하의 반밖에 안돼는 호리호리한 몸을 하고 어차 하면 골이 난다. 골이 나면 새파랗게 질려서 파르르 떤다.

인하는 에구, 에구, 하고 입버릇처럼 끙끙대어 가면서 그 비위를 마추기에 정신을 못 차린다. 긴치마를 두른 인하의 몸집은 바윗돌 만큼이나 커 보였다.

까다로운 도청관리는 인하의 앞머리를 지지는 버릇도 싫어 했고, 외출하는 습관에도 질색을 했다. 인하는 물론 양편 다 전폐하였다.

일년이 못가서 그는 촌예편네가 다 되어버린것이다.

"아이참 에그 에그"

하고 중얼대던 버릇도 어느새 잊어 버렸다. 눈웃음도 안친다.

별다른 생각도 해보는 일 없이 그저 무난한 날이 지나갔다.

봄이었다. 고씨가 인하를 보러 내려 온 일이 있었다.

고씨의 연옥색 봄두루막 자락에서는 향수 내음새가 풍기었다.

그 거무테테한 얼굴에 걸린 보라색 안경을 인하는 생전 처음으로 어색하게 느꼈다.

어색한 생각이 사라지자 이번에는 자기편에 무엇이 틀린것이 있는것처럼 생각되었다.

어머니가 무척 반갑기는 하면서도 한편으로 어째 자꾸 스스로운 것이다.

고씨의 안색도 좀 평온치가 못했다.

"아니 얘 식모두, 없이 사니? 이걸 좨 니가 허구?"

드디어 그는 이렇게 물었다. 그렇다고 하니까 고씨는 대번

"나는 딸을 그렇게 안길렀다. 벌써 부터 이래 가지구야 내내 무슨 고생을 시킬지 모르겠구나"

할 완연히 노여움을 나타낸 말씨다.

"이게 그대 허구 사는 꼴이 뭐란 말이냐, 돈은 뒀다. 뭘 하자는 거라드냐, 허구 살줄두 모르는것 같으니"

고씨는 세간을 둘러보며 자못 못 마땅해 한다.

듣고 있으려니까 인하도 조금씩 화가 나기 시작하였다.

"돈을 두구 그래 뭘 하자는건지 내가 알우 허구 살줄두 몰라요, 허구 살줄두"

그는 자기도 입을 빗슥하면서 이렇게 버럭 소리를 질렀다. 그리고 남편의 저녁상에 깨죽을 쑤어야 한다고 들었다 났다 하던 깨바가지를 저만큼 쑤—ㄱ 밀처 놓았다.

뚜우 하고 밖에서 오정 부는 소리가 울려 왔다.

"늦어야 돌아 오겠지? 겸심 먹으러두 들어 오니?"

고씨는 넌즛이 이렇게 물어 아무도 안온다는 다짐을 받어 놓고, 또 언짢은 소리를 계속하였다.

"에이, 둘째면 멀허구 세재면 멀터니, 그래 요새두 큰집에는 밤낮 차려다, 바처야 허니?"

"어이구 둘ㅅ잼 먹허구 셋잼 멀해요. 밤낮 채려다 바처야 한다우"

듣고 생각하면 인하에게는 모조리 어굴한 생각이 들었다. 나중에는 듣고 생각하지 않아도 얼마든지 절로 화가 치밀었다. 그는 한숨을 섞어 가며 넉두리에 시간 가는 줄을 몰랐다.

사위가 돌아 왔다.

그러나 이 고문을 통과한 도청관리는 여인들의 기색에 눈섭도 까딱 하는게 아니었다. 무엇이 어떻게 작용하였는지는 알수없었다. 어쩻든 장모 쪽에서 은근히 사과의 뜻을 피력한 후에 예정보다 일즉 떠나 버린다는 결과가 나타났다.

장모가 떠난 후에 비로소 그는 새파랗게 질려 가지고 인하와 마주 앉었다. 큰 소리를 내었다.

인하는 십년 감수하였다.

다음부터 인하는 더욱 순종한 안해였다. 육중한 몸을 나르는 거름거리에도 조심이 엿보았다. 부지런해졌다.

남편이 보이지 않는 곳에서만

"에구 에구"

하고 한숨 짓는 버릇이 다시 생긴 다름이다.

그는 연달아 아들 형제를 낳았다. 아이들께 그는 흠빡 정신을 빼앗겼다. 남편의 시중을 들면서도 그것만으로는 무엇인지 앞이 허전하여서 인린애를 옆에 끼고 한편으로 설합안을 휘ー휘ー 뒤적인다.

"이것봐, 주책 좀 부리지 말구"

남편은 인하의 품에서 고양이새끼라도 집어 내듯이 어린애를 포대기채 들어 올려다 제일 떠러저 있는 방에 내려놓는다. 주책 주책 하는것이 인하의 이름이다.

"아이구참, 아이구참"

"아이구참은 밤낮 뭐야"

"……"

고씨는 아주 발길이 멀어진 채로였다.

사변이 일어 났다.

9·28을 못 넘기고 도청관리는 납치되어 갔다. 인하의 시가도 그통에 결단이 났다.

국군이 들어 오자 인하는 헐데벌떡 서울로 달려 올라 왔다.

2

"아이 어떻거믄 좋으냐 그지 다 됐구나, 그지 다 됐어"

고씨가 살던 집도 폭격을 당한 후였다. 인하와 같이 자라난 부엌게집아이 순아는 깔려죽고 없었다.

모젔던 얼굴이 주먹대시만하게 올라들고 새카맣게 타서 알아 보기 힘들게 된 고씨가, 코허리로 자꾸 흘러 나리는 보라 안경을 치켜 올라가며 하꼬방 속에 혼자 웅크리고 있었다.

"어머니 애들 아버지가 끌려 갔다우우"

누런 장화라도 신은듯이 버선 발이 황토 투성이가 된것을 털석 디려 놓으면서 인하는 그렇게 고함을 쳤다. 무슨 트집이라도 부리는듯한 음성이다. 큰 아이는 손목을 잡아 끌고 작은 것은 앞으로 돌려 업어 젓꼭지를 물린채 수십어 길을 걸어 온 꼴이다.

"에그 저걸 어쩌냐!"

고씨는 또 딸에게 시비라도 하듯 날카로운 소리를 마주 질렀다.

"난 속이 상해서"

인하는 땅이 꺼지게 한숨을 쉬었다. 그리고 울기 시작하였다. 고씨도 얼굴이 우그러졌다.

인하는 차츰 소리를 크게하여 집이 떠나가게 울어 대면서 고씨가

"얘, 그만둬라!"

하고 역시 날카롭게 제지할때까지 끝일줄을 몰랐다.

"에그 어쩌믄 좋냐, 그지 다 됐구나"

"그지애요, 인젠 그지애요"

인하는 고개를 끄떽끄떽하면서 되푸리한다.

고씨는 이제 아주 괴죄죄해진 눈을 섬뻑섬뻑하였다. 한구석에 딩굴며 자는 두 아이 쪽을 바라보면서 무슨 생각을 더듬기 시작했다.

다섯살 난 큰아이는 저이 아버지를 쏙 둘러 빼었고 둘잿놈은 이건또 웃읍도록 고씨 자기를 닮은 얼굴이다.

둘이 다 콩가루에 굴린듯이 먼지 투백이다.

"애, 문호야 알아 들었지, 누가 와서 문 열어라 해두 열어 주질랑말어, 응"

고씨가 저고리를 입으면서 또 한번 다짐을 준다. 단벌치기 자미사 저고리의 동정을 당목 조각으로 바꾸어 단것이 암만해도 맘에 걸리는듯이 자꾸 여미어 본다.

"그리구 문창이 똥 싸거든 여기 이 종이루다 처다 내버려, 응? 밖에 못 나가게 하구"

아이는 방 한켠에 서서 말뚱 말뚱 고씨를 처다 보다가

"싫여!"

하고 획 돌아 선다. 야무진 음성이다.

"요 배라먹을 녀석이! 느 애비 자식 아니랠가바 고러냐! 고모냥이냐!"

세살메기가 어정어정 걸어 다니다가 무엇에 걸려서 넘어간다. 이잉하고, 코침이 범벅이 된 얼굴을 찡그리고 일어나 앉으면서 운다.

"이자식 시끄러 시끄러"

화푸리를 하듯이 문호는 그 노란 머리통을 찰각찰각 뚜드렸다.

어린애는 까르륵하고 숨이 넘어 가듯이 울어재킨다 얼굴이 샛빩애 졌다.

"아니 웬 법석들이냐"

인하가 세수를 하고 들어 오면서 소리를 지른다. 온 머리로 '그립프'를 끼어서 그것이 꽈배기□ 단것 모양 얼굴둘레에서 주렁주렁 흔들리고 있다.

"아 — 이 가엾어라, 이리 온, 젓 머"

우는 애를 안어다가 무릎우에 앉힌다.

"애, 언제 그러구 있을 새가 있니, 어서 화장해얘지"

고씨는 미간에 주름을 모으면서 제촉하고 나서 또 문호에게

"애 애 너 밥 많이 먹구 싶지 않니?"

이번에는 목소리를 낮후어 가지고 타일르려 들었다.

"저 건너편서 파는 설넝탕두 싫건 먹어 보구싶지 않어? 그렇지? 그런데 쌀이 없으니까 엇저녁에두 배가 고파 죽을번 했지? 응, 그러니까 집 잘 보구 있어야지 엄마하구 나하구 나가서 쌀두 가저 오구 숫두 하지 않게 않겠니 응? 응?"

문호는종이장이를 터덕〻〻 바른 방바닥에가 외놈모냥으로 털석 주저 앉어서 그얼굴을 맑앟게 처다보고 있다가 별안간 고개를 떠러트리고 손에 쥐었던 꼬생이로 방바닥을 쑤석거리기 시작 하였다. 풀이 죽은 동작이다.

고씨는 꼬쟁이를 빼앗어문을 밀치확 내던저 버리고서 한번 한번 더

"응?"

하였다.

"그럼 할머니 혼저 가지 웨 발이 없나 손이 없나"

이번에는 벌덕 들어 누어가지고 딩굴딩굴 구을면서 댓구한다. 역시 기운이 없는 목소리다.

인하는그말에 으ㅎㅎ 하고 웃으려다가 곧 시무룩해 지면서

"문호야 말잘들어 응"

하였다. 그리고 부산히 웃통을 벗어던지고 손바닥만한 거울을 들어이리저리 드려다 보아가면서 화장을 하기 시작하였다. 오래간만에 하는 짙은 하

장이다. 그립프를 떼어낸 머리칼이 역시 과백이 모양으로 주정주정한것을 정성스레 간추려 핀을 찌른다. 옷도 제일 나안것으로 골라 입었다.

고씨가 닦아내놓는 신을 신고 마당이자 행길인 밖알으로 내려슨다.

"문창이 자식 똥 싸면 난 몰라. 고냥 내버려 둘테야!"

악에 바친듯이 문호는 누은 채로 바락바락 소리를 지른다. 문창이는 따라서 엉엉 한다.

"난 몰라 이자식 내버려 두구 난 나가 놀테야!"

막 울음보가 터질듯한 목소리가 뒤를 쫓아온다.

골목끝에서 인하는 걸음을 멈추고 그궤짝집 — 흡사 개 집 같어보이는 궤짝집을 돌아다 보았다. 얼룩덜룩한 종이짱 문이 그래도 꼭 닫기어 있다.

"에그 글세 어쩌문 좋냐"

고씨는 초조한듯이 눈살을 찌프리며 빨리빨리 걷는다. 인하는 약간 무안한듯이 잠잫고 따라 간다.

끔찍스레 깨어저 자빠진 집들 사이로 그대도 어느새 가느단 지름길이 생기어 있다.

자기네 집터 옆을 지나간다. 에구구 쯧 쯧 소리가 절로 나왔다. 그러나 고씨는 고개도 안돌리고 걸음만 재우쳤다. 갈때와는 정반대로 이만저만 기분이 나쁜 얼굴이 아니다. 인하는 아닌게 아니라 참 큰일이라는 생각을 한다. 먹고 살것이 참 큰일이기에 그런 사람을 다 찾어 갔다가 이렇게 챙피를 당하고 온다고 다시 한번 얼굴을 붉히었다.

고씨는 팔장을 끼고 종종걸음을 치면서 무어라고 쑹얼쑹얼 하였다. 가시가 든 음성이다. 딸자식을 그따위에 다 주고서 이고생이라고 또 그소리를 한것같다. 인하는 위로 하듯이

"어머니 우리 괘니 왔었지"

하였다.

고씨는 입이 썼던지 들은 척도 안하였다.

그들은 전에 인하를 쫓아 다닌 일이 있는 구가라는 남자를 찾아 갔던 것이다. 해전에 상처를 한 남자이고 지금은 무슨 무역회사의 사장이라는 자다.

몇일 전에 고씨가 양동에를 들고 집탄 자리로 숯덩이를 주으러 가는 도중에 자가용차로 지나가던 구가를 만났다. 구가는 고씨를 알아 보고, 유리문 밖으로 인사를 □내더라는 것이다. 고씨는 그소리를 몇번이나 하면서 하고 나서는 한참씩 무슨 생각을 하는듯 하더니 오늘은 수선스레

"한번 놀러나가 보자"

고 서둘러서 둘이 나섰던 것이다.

결과는 망신이었다.

"안녕허세요"

하고 눈웃음을 치는 인하의 얼굴의 분이 좀 얼룩저 있는것을, 구가는 불쾌한듯이 일별하고는 곧 의자에 걸터앉어 담배에 불을 부쳤다.

인하는 교태를 꾸미면서 소파에 가만히 앉었으나 그러고 나서는 그 이상 더 어쩌는 수도 없었다. 고씨가 응원을 나섰으나 구가는 도시 귀찮은 눈치였다. 인하의 곤경을 이리저리 피력 하여도 도무지 반응을 보이지 않는다. 급기야 두여인이 가겠노라고 일어 스니까 그제야 그의 표정이 움지겼다. 그는 입가에 적은 조소를 띠운것이다.

점심때이건만 냉수 한잔 내오는게 아니었다.

그래도 인하는 내친걸음이라고나 할가

"바뿌신데 미안 합니다. 안녕히 기세요"

하며 기교를 다해 눈웃음을 처 보이고서 쫓기우듯 큰 대문을 나온것이다. 아라고인지 어라고인지 분명치 않은 발음을 하며 구가는 인사도 제대로 하는것같이 않았다.

고씨는 걸을수록 짜증이 나는 모양이었다.

"글세 어쩌믄 좋냐, 쌀두 없구 돈두 없구"

앙탈하듯 말한다.

"글세 어쩌믄 좋우, 쌀두 뚝 떠러졌지 숯두 다 셨지"

인하가 따라 했다.

길ㅅ가에는 감 사과 떡 고구마 따위가 사태가 나도록 늘어놓여 있는데 그것을 하나 먹어 볼 염을 못한다.

늘어저서 업드려 있을 문호의 얼굴이 눈앞에 아물댄다. 문창이는 울어 쌀게다. 문호가 골이 나서 뚜두려 패지나 않는지 모르겠다.

배속에서 꾸루룩 소리가 들린다. 자기에게서 난 소생인지 고씨에게서 그런것인지 그것도 분간할수 없다.

"문창이 울겠우 얼른 갑시다"

인하는 제법 성칼이 있는듯한 음성으로 말하였다. 고씨는 반대로 발을 뚝 멈추었다.

"가기만 함 멀하니 먹을게 있니 머가 있니"

얼굴이 헬슥해서 인하를 마주 본다. 눈이 퀴엉하니 들어 갔다. 쌀쌀한 가을 바람에 빩애진 코끝에 콧물이 매달렸다.

"내 대한 부인회 김씨두 좀 찾어가 보구 M예배당에두 들러보구 그러구 그 뭔가두 좀 마련해 가지구 들어 갈테니 어서 먼저 가 있거라"

고씨는 이렇게 일르고 나서 분주히 돌아서 옆골목으로 사라졌다.

인하는 혼자서 전차길을 따라 걸어갔다. 부서지고 꾸부정하니 어둔 전차가 괴물처럼 흉측스레 선로 우에 놓여 있다. 끊어진 전선 오래기가 여기 저기 매달려서 바람에 나부낀다. 보도에는 부서진 유리알이 붕산가루 모양으로 하이얗게 깔렸다. 군용차가 바람처럼 달려간다. 벽보에는 사람들이 개미떼 처럼 달라 붙었다. 보따리꾼들이 오락가락 한다.

거리에는 그래도 활기에 차 있다.

인하는 자기도 기운을 내면서 걸어 본다. 걸으면서 이러다가 겨울이 닥치는 날이면 우리는 곱다시 얼어 죽는다고 하던 고씨의 말을 생각한다.

하늘에는 구름이 꽉 끼이고 정말 겨울이 닥칠 날도 그리 멀지 않아 보였다.

십일월 중순께 구진 비가 나리며 폭풍이 불어 날씨가 와락 사나워 지던 바루 그날 아침에 고씨 모녀 네는 이사를 하였다.

고씨가 '뚫고 다니'던 일이 드디어 성공을 얻어, 어떤역산 이층집을 하나 얻어 들게된것이다.

아래층 두칸 우층 두칸에 협수룩한 목조 가옥이었다. 보내는 그대로 집의 형상을 갖추고 있었으나 안은도까비가 날 지경으로 말못이 되게헐었다. 그뒤로 달려 서있는 커단 양옥저택에 이북군이 들어 있는동안 이집도 휩쓸리어 무엇엔가 쓰이고 있은 모양으로 다다미 한장 깔리지 않았고 문짝도 제대루 성한것은 없다. 기둥과 지붕만이 뎅글 남다 싶이하였는데, 그 지붕이 채밑처럼 비가 새었다.

그렇지만 그들에게 있어서는 감지덕지한 집임에 틀림 없었다. 맹렬한 바람 속을 덜덜 떨면서 몇번이나 내왕하여 이사를 하였다. 종이장 하나남기지 않고옮기어 왔다.

하꼬방은 칠만원에 팔아 치운 뒤였다.

우선 집에다가 손을 좀 대어야 앉을 자리가 생길것이었다, 아래측 삼조 칸에 자리를 사다 펴고 신문지로 문을 발랐다, 그 밖으로 치마와 보재기를 걸어서 종이 젖는것을 어느 정도가렸다. 이번에는 지붕 새는것을 무엇으로 막아야 했다. 우선에는 가마니떼기를 들고 올라가 이층방 나무바닥에 깔아 놓는수 밖에 없었다. 위로, 나무판자를 주어다가 삼조칸우에쯤 되게 대중하여 비스듬히 고여놓아서 비물이 옆방으로 떠러지게 하였다.

비가 멎었다. 부엌이 낮에라도 캄캄절벽이었다. 난포를 하나 사다 걸어야 했다.

요것저것 손질을 하는 사이에 어느덧 날이 저물 곤 하였다.

밤이었다.

아이들은 뉘우고 모녀는 불떠가 손톱만치 남아 있는 풍로를 새에 놓고 마주 앉았다. 묵묵히 앉았다. 쏴악! 하고 또 뿌리기 시작한 가랑비를 때려부치는 바람소리가 파도성 같이 들린다. 어데론지 물방울이 튀어들어서 얼굴을 스치곤 한다. 남포불이 거물거물 꺼질번 한다.

허무러진 뒷문 밖에 서 있는 양옥집은 그대로 비어 있어, 등꼴이 으쓱 추워지곤 하는 냉기는 그편쪽에서 흘러 오는것만 같다.

"어머니 누가 저기서 총살 당했데지요?"

인하는 무서운 생각이 든 듯이 조그만 소리로 그렇게 말하며 그편을 손구락으로 가르켰다.

"그래!"

고씨는 귀찮다는듯이 짧게 대답하고 아까부터 잠기어있는 무슨 생각에 다시 골돌하다. 한참 있다가

"어머니"

인하가 또 입을 연다.

"우린 참 정두 없이 살았다우"

매일밤 되푸리 하던 이야기 꺼리를 다시 꺼집어 낸다. 하도 매정하게 굴던 사람이라 이렇게 되어도 별로 생각도 안난다는, 고작 그런곳으로 돌아가고 마는 추억담을 그러나 인하는 자꾸 펼치러 드는것이다. 그러면 고씨도

"그래 차라리 속 편하다"

이런ㅅ조로 맛장구를 처주곤한다. 그러면 인하는 밥맛이 다 라르다고 끝으로 덛붙인다. 그리고는 이부자리 속으로 기어들어가 불을 끄고, 잠이 들기까지에 몇방울 씩 눈물을 흘리는것이다.

그러나 오늘은 고씨는 다른 생각만 하고 있다. 이윽고

"애, 너 더 춥기 전에 ××좀 내려 갔다 오너라"

했다.

인하는 눈이 휘둥글해 졌다.

"이집을 가지구 먹구 살아야 할것 아니냐, 빵집을 하나 내잔 말이다"

"빵집을……"

"그래. 오차두 팔구"

"오차두……"

"그래"

인하는 이튿날 ××을 향하여 떠나갔다. 아는 집에 매끼고 온 옷보따리 하나를 찾어다가 미천을 만들자는 것이었다. 차편은 물론 없고 비가 질금거려서 천신만고의 도정이었다. 백리길을 가눈동안 그는 몇번이나 에그 소리를 내며 길바닥에 주저 앉어 숨을 돌려야 했다. 도중에 하루밤은 주막에서 새웠다.

그 사이에 고씨도 무진 애를 썼다. 처음으로 젖을 떠러저 보는 아이늠이 죽기를 한정하고 악을 쓰며 울어대는 밤에도 눈을 부처 볼수 없는것이다. 고씨는 매질을 해가며 나중에는 같이 울며 불며 법석을 하면서 나흘밤을 꼬박 새웠다.

집을 행길ㅅ가가 못되고 골목 안이었지만 그리 깊숙히 들어 앉은건 아니었다. 큰길로 지나가는 사람이라도 고개만 돌리고 찾아본다면 눈에 뜨일 수는 있는 위치였다.

그들은 집 수리를 시작 하였다. 모녀가 맨 먼저 사드린것은 명지 반필과 물감이었다. 명지에 오렌지 색을 드려서 카이텐을 만들었다. 다음으로는

'가세인'을 사서 바람죽을 돌아 가며 칠하였다. 목수와 유리 장사를 데리고 왔다.

그러는 사이에 날씨는 완연히 겨울이었다. 삿자리를 깔고 종이로 막은 헛간같은 집안에서는 손발이 저려들어 견딜수가 없었다. 풍로에 오그라부터 손구락을 펴가지고 간신히 무엇은 만적거린다.

그래도 그들은 열심이었다. 재미가 나보이기 까지 하였다.

예산은 물론 모자랐다. 몇번이나 셈을 대여 보아도 엄청나게 모자랐다. 먹는것을 극단히 주리는수 밖에 없었다. 새벽 일즉이 쓰레기 버리는데로 나가서 무총을 주어오기도 하였다. 간장만으로 밥을 먹는것은 매번의 일이엇다.

그러면서 쓸고 닦고, 집을 화장시키에 여념이 없다, 배탈이 난 문창이가 아무데나 돌아 가며 똥칠을한다고 고씨는 더럭더럭 화를 낸다. 걸레와같이 젖은 옷을 그냥 들씨워 두고 인하는방석껍대기에 '압푸리케'를한다. 아이는 노상 찡찡대고 울어서 날을보낸다.

문호는 회차리로 얻어 맞기가 일수였다. 예만큼 맞어 가지고는 그아이는 울지 않는다. 쌔근쌔근해고 숨소리가배질 다름으로 맑앟게 눈을 들어 때리는 사람을 처다 보고 있다.

고씨와 그렇게 마주 앉은 문호의 양을 보면 인하는 얼른 외면을 하고 만다.

그러나 그러한 인하가 자기자신은 요사히 하늘이 무너저도 걸르지 않게 된 밤화장을 또 새로 하고, 머리에는 그 그립프를 주렁주렁 매달고서, 소리ㅅ 없는 밤중에 '가세인'그릇을 들고 나와, 층층다리 밑을 바르고 있는 양을, 그리고 그 그림자가 한켠에 세운 초불을 받어 시커멓게 커다랗게 벼우에 흔들리우고 있는 양을, 만약 누가 그것을 보는 이가 있다면, 더욱 이상한 전률을 느끼리라고는, 꿈에도 생각 하지 않는다.

고씨는 가끔 곰국 같은것을 사와서 인하에게 먹인다. 자기도 아예 수깔을 들지 않고 아이들에게도 좀주지 않는다. 그들은 머리 우층으로나 밖알으로 내어 보내둔다.

인하가 뚝베기 그릇을 들고 앉아서 후루룩 후루룩 먹고 있는 것을 옆에 앉아 물꾸럼히 바라보면서 그는 A학원 시절의 딸의 모습을 마음속에 혼자 그려보고 있는지도 알수 없었다.

준비는 그저도 덜 되었으나 돈이 인체 떠러지고 말았다.

가게를 열어 보는수 밖에 없었다.

어느날 첫 새벽에 고씨는 나가서 빵을 한판대기 받어 가지고 왔다. 차는 보리차를 끓여 놓았다.

테블도 의자도 없고 현관을 열면 올라 앉게 생긴 산조칸이 나타난다. 다다미 대신으로 삿자리를 깐 우에 꽃무니를 '아푸리케'한 방석이 놓여 있다. 빵을 담은 유리찬창은 장지대신 한켠을 가로막으며 놓이고 그위에 오렌지색 커—탄이 너풀거린다. 방 정면에는 어항이 놓였다. 붕어는 없고, 뺄안 용궁만 찬물 속에 가라앉았다. 그 옆에 자리잡은 둥글한 사기화로 우에서 보재차가 끓는다.

또 하나 커—탄이 드리운 장지저편에는 문호와 문창이가 같이 앉았다. 이편으로 나오려고 고개를 내어밀다가는 고씨와 인하에게 호통을 맞곤 한다.

인하는 옷을 가라입고 정성드려 화장을 하고서 어항과 유리찬장 사이로 공연히 서성대며 돌아 갔다. 어수선한 얼굴로 커—탄을 만저보고 어항을 드려다 보고 한다. 빵은 하나도 팔리지 않았다 단 한개도 팔리지 않고 해가 저물었다.

호롱불을 켜고서 현관문을 닫어 걸어야 했다.

화로에 손을 대고 쪼그리고 앉아서 고씨는 눈을 검뻑검뻑 하고 있다.

헤—르쓱해 저 가지고 인하는 문창이에게 젖을 물리고 있다.

3

또 난리였다.

모두 다 내버리고 다라나지 않으면 순아 모양으로 폭탄에 맞어 죽는다.

처음 철거 명령이 나렸을 때 고씨는 발이 경중걸리게 종종걸음을 처서 온 시내를 떠돌아 다녔다. 아는 사람마다 붓잡고 느러지며

"아니 어쩌믄 좋우, 응, 어쩌믄 좋아"

호소하듯 또 애걸하듯 그렇게 말하였다.

사람들은 모두 다 그러구 있을 경황은 없다는듯이 선대답을 던지고는 다 라나버린다.

고씨는 버틸수 있는대로 버티어 보기로 했다.

빵은 안 팔렸다. 어떻게 팔리게 할 도리를 생각해야 한다. 예까지 오느라고—이 문짝을 고치고, 이 유리알을 끼우고, 이 삼지창과 차종을 사드리고 이런것을 모두 어떻게 마련 한 것이라고하고 고씨는 이를 옥문다. 그렇구말구라고 인하도 끄떽인다.

그러나 결국 다라나야 했다.

다 내버리고 다라나야 했다.

맨손이었다.

부산까지는 왔다. 쓰러지랴는 발을 간신히 뻣대고 서서 앞을 바라 본다.

"대체 어떻거믄 좋단 말이냐"

『문예』 15호(4권1호), 1953.1, 126~141면.

동화(凍花)

　그날 저녁 경히는 서울을 떠날 결심을 하였다. 결심을 하였다느니 보다도, 부득기 내일은 서울을 떠나야 한다는 사실을, 미제다불한 기분으로 긍정한 것이다.

　알어 보려고 하던 일들은 숫제 건드리지도 못하고 돌아 가는 세음이었다. 사흘이라는 날ㅅ자는, 서울이, 그 너무도 달라진 면목으로 하여, 경히의 가슴을 뻐듯하게 아프도록 하는데에 만도 오히려 짧았다. 그는 처참한 파괴의 자욱을 혼자 이리저리 더듬고 다니면서, 자기를 떠난 각가지 감회에 몸을 내마끼지 않을 수 없는 것이다.

　그 듬정듬정 남어난 건물들 가운데에 자기의 일자리를 구하고, 애기와 함께 살 방을 구하고, 또 그런 일을 의논하고 부탁도 할수 있는 지인을 만나고 — 예정과 같이 대뜸 그런 활동을 시작 하기에는, 경히는 자기의 가슴이 아직 너무도 연한때에, 혼자 의외한 감이 들기도 하였다.

　어쨋든 더할수 없이 절박한 처지에 놓여 있는 것을 의식하면서도 그는 구태여 아는 사람을 만나려고 애를 쓰지도 않고 그저 젊은 학생이기라도한 듯 목적 없이 빈거리 파괴되어 버려진 거리를 쏘다녀 보았다. 명동으로 창경원 부근으로 또 신촌으로 다만 자기의 살던 집 — K와 함께 보낸 오년간의 생활이 그대로 재ㅅ더미 속 흙 밑에까지 자욱을 남기고 있을것 같은 안국동 집 터 부근으로 만은 한번도 발길을 돌리지 않었다. 눈 속의 가시처럼 자기를 괴롭히는 그 일점에 관해서 그는 아직 평정(平靜)할수 없음을 스스로 알고 있는 까닭이었다.

다만 서울의 이양(異樣)한 광경 이양한 분위기는 경히에게 그가 아직 대기(大氣)를 호흡하며 뚜렷이 살어 있었다는 사실을뉘우치게 하였다. 그는 그 기분을 놓처 버리고 싶지 않었다. 그래서 빈 거리를 싸돌아 다녔다. 푸른 하늘을 처다 보면서 걸어 다녔다.

하지만 결국 그것은 도피의 영역을 넘지 못하였고 도피는 해결이 될수 없었다. 이제 와서는 아무일도 해결을 못하고 돌아 가야 한다는 생각이 그의 맘을 몹시 비참하게 만들었다.

'이럴 바에야 무엇 때문에 그 트라불을 이르키면서 집을나섰을가'일년 남짓 전 부터 그가 사귀어 오는 그 자옥한검은 안개 속으로 가라 앉는듯한 '절망'의 기분이 다시 또 그를 엄습하였다. 그는 방 한켠에 개켜 놓인 거무죽죽한이부자리 위에 아무렇게나 머리를 기대었다.

뭇사람의 내음새가 코를 스며든다. 그것이 불쾌하기 보다는 오히려 어떤 서민적인 그리움으로서 의식 되었을때, 경희는 코등으로 주루룩 눈물을 굴러 트렸다.

초라하고도 뎅글한 여관 방 한구석에 그렇게 업데어 있는 그의 유일한 친구인양, 이것도 오두머니 무릎 앞에 놓여 있는 핸드빽을 바라다 본다.

새까만 뉴-룩크의 그것은 꽤 사치한 물건임에는 틀림 없으나 안은 텅텅 비어 있다.

'돈이 없다―'

어처구니 없는감이 제일 깊었다. 방종한 K의 생활이 머리를 스친다.

갑자기 그는 마음 속 바닥으로부터 K에 대한 증오가 타오르는 것을 뉘우쳤다.

'에고이스트……'

K의 배신으로 하여 입은 각가지 상처가, 가슴 속에서 저릿하고 앓기 시작하였다. 가슴이 아프다. 아픈 가슴으로 생각 하니까 K의 에고이즘이라고

생각된 것은 K의 냉혹인지도 몰랐다.

그는 바루 일어나 앉았다.

지기 싫었다.

살랑살랑 고개를 흔들고 일어서서 창가로 걸어갔다.

손바닥 만한 히뿌옇게 흐린 것이 몹시 군색한 냄새를 풍기는 적은 창문을 열고 내다 보았다.

바로 눈앞을 판자 담이 가로막고 있다. 그 건너 집은 무슨 음식점인가 시금털털한 내음새가 넘어 들어온다.

그는 '생활고'라는 문자를 머리에 띠워 올렸다. 그것은 이미 경히 자신과 끊을 수 없는 관계를 맺은 것이라고 느낀다.

하늘을 처다 보았다.

캄캄한 밤하늘이 우단 처럼 부드러운 감촉인 그 속을 소리시기 없이 눈송이가 떠러저 나리고 있다. 경히는 손을 내밀어 손등 위에 그 적은 재릿하게 차거운 눈닢을 받어 보았다.

마음이 차차 부드러워 가는듯 하였다.

'— 옷이든지 뭐든지 죄다 팔어 가지고 다시 올라와 보자'

그런 생각을 해 내어 마음속에 접어넣고, 이불을 깔고 들어 누웠다.

얇다란, 몸이 배기게 얇다란 침구였다. 그래서 그는 오－바를 이불 안에 받처 덮었다. 그래도 온돌이 어름장 같어서 으들으들 자꾸만 떨렸다.

장지문 밝으로 지나다니는 발자욱 소리가, 그런 집에 혼자 류한 경험이 없는 그를 자꾸 서글프게만 만들었다. 고독감이 가슴을 물어 뜯었다.

아침에 깨 보니까 바깥 날씨는 또 훨씬 온도가 내려 가서, 왼천지가 어름과자 모양으로 언 눈속에 파묻히어 있었다. 깨어지고 부셔진 집들이 그

렁게 화장을 베푼것은, 자세 보면 오히려 처참한 감이 드는것이었으나, 아침 했살을 받아 차갑게 빛나는 산 봉오리들은, 그래도 아름답고 화려하기까지 하였다.

경히는 방한화(防寒靴)는 물론 스택스 하나 넣어 가지고 오지 않은 등한 함을 뉘우쳤으나 하는 수 없었다. 수ー트 위에 검정 오ー바를 걸치고 '뱀프스'의 발등 까지 푹푹 빠지면서 걸어 나갔다. 기운을 내자고 마음 먹으며 걸어 나갔다.

차들이 질주하고 사람의 내왕도 비교적 잦은 큰 길은, 어름 장판이 되어서 미끌거렸다.

덕수궁 앞을 지나칠 적에 그는 짧은 회상에 사로잡혔다.

소학교의 다닐 무렵, 늘, 궁안 연못으로 미끄럼을 타러 오던 일을.

입학시험 준비로 바빴던가 하여, 경히들의 구릎은 언제나 늦어서야 대한문 앞으로 뛰어 들곤 하였다. 그러면 문직이는 또 의레히 입장을 못시키겠다고 손을 내졌는것이다. 그런것을 사정사정 빠져 들어 가서, 촌각을 다투어 스케잍을 신고 달린다. 서너바퀴도 채 못 돌아서 지금 그 문직이가 딸랑딸랑 종을 치며 연못가로 나타난다.

다른 사람들은 죄다 나와서 신을 바꾸어 신었는데도 그저 지치고만 있는 경히들을 향하여 문직이 영감은 고함을 치다 못해 두팔을 들고 잡으러 들어 오곤 하였다……

지금 경히는 그 흐린 하늘, 무겁게 드리운 납빛 구름과, 얼어붙은 땅, 마른 잔듸의 그 독특한 내음새를 뚜렷이 기억한다. 새까만 쓰메에리의 제복을 입고 입술 위에 여덟 팔ㅅ자로 수염이 뻐친, 그 늙은 문직이의 표정 까지도 뚜렷이 기억한다.

다만 그 자신은ー 그렇게도 즐겁고, 그렇게도 열심히 기꺼움을 추구하던, 그 자신의 마음만은, 지금 아무런 자욱도 그의 위에 남기고 있지 않는것을 느낀다. 전연 아무런 관련이 없어 보이는 과거의 자기와 지금의 자기……

그러한 절연(絶緣)이 과연 가능하고, 또 어쩌면 자연일지도 모를 일이라면, 그는 지금 이 괴로움에 사로잡힌 순간이야 말로, 두동강으로 나누어 버리고 싶으다고 생각해 본다⋯⋯.

경히의 막연한 사색은 여기에서 중단 되었다. 이상한 광경이 시야에 들어온 것이었다.

양지 바른 쪽 넓은 빈 터에, 눈이 좀 녹아서 아즈팔트 바탕이 검은 연못처럼 번들거리고 있다. 그 연못 위를, 맨발을 벗은 사람의 무리가 걸어 오고 있는 것이다. 허리에 밧줄, 모아쥔 두손목에도 밧줄이 얽힌 사람들이, 삼사십명이나 고개를 수그리고 묵묵히 끌리어 오고 있다. 늙은이도 있고 젊은이도 있고, 남자도 여자도 섞이어 있다. 각가지 옷들을 입었다. 총을 멘 순경이 앞뒤를 지키며 함께 오고 있었다.

경히는 얼른 외면을 하였다.

전에는 그는, 그렇게 묶이어 가는 사람들은, 어떤 특수한 종족인듯이만 느끼고 있었다. 그러나 지금은⋯⋯.

그는 마음 속 까지 얼어 드는 듯 하여, 좀더 빨리 걸음을 재촉 하였다.

서울역이─그 처참히 깨어진 건물이 바라다 보이기 시작 하였다. 발뿌리만 보며 걸어 나갔다.

문득 얼굴을 드니까 그의 눈앞을, 키가 홀죽한 군인이 하나 걸어 가고 있었다.

투박한 잠바─를 입고 큰 구두를 신었다. 그래도 그 서둘지 않는 걸음거리 속에 어덴지 모르게 균형이 잡힌, 훌륭한 체구의 윤곽이 엿보인다. 지나치려다가 무심코 경히는 그얼굴을 보았다.

눈 설지 않은⋯⋯하고생각하는 순간 상대방에서도 걸음을 멈추었다.

"야아 안녕 하셨읍니까"

경례를 하고 반가운듯이 웃으며 마주 본다.

웃을 때에 흰 이가 매우 보기좋은 그 특징있는 웃음을 대하자 경히는 곧 생각이 떠올라 왔다.

M대의 학생으로 사변전에는 K의 후배와 함께 몇번이나 집에 온 일이 있는 청년이었다. 수재 라는 평판이었으나 몹시 수집어 하는 성미인듯 하여 K와 방문객들이 텔러스에 의자를 내놓고앉어 이야기를 하고 떠드는 동안에도 화단 옆에 도사리고 세파ー드의 머리만 쓰담고 하던 그런 흰 즈봉의 모습이 인상에 남어 있었다. 말을 걸면 대개 야ー하고 머리뒤를 손을 가저 가면서 그 매력있는 미소를 보이는것 만으로 응대를 해 치운다.

"안녕하셨어요?어데로 가세요"

경히는 인사를 돌리면서 그의 육군중위의 모표가 달린 전투모를 물꾸레 치어다 보았다. 군복을 한것을 보니까, 어째서랄것도 없이 입술로 미소가 떠오른다.

"대전 근방 까지 갑니다. 열시 반 차를 타려구요"

그는 역 있는 편을 손으로 가르켰다.

꽤 큰 즉구의 빽을 한쪽에 들고 있다.

"나두 그차를 타요"

H는 잠쟎고경히의 얼굴을 보았다. 그리고 몸을 돌려 나란히 걸을 자세를 취하였다.

그의 동작에는 무엇인지 모르게 마음 따뜻해지는것이 있다. 전부터 그랬었다고 경히는 속으로 생각하였다.

H는 수일전 까지도 격전이 계속된 최전선에서 바로 어제 돌아 왔다고 하였다. 이삼일 후에는 다시 또 그곳으로 가야 하는것이라했다.

경희는 H가 제법 어룬이 다 돼고, 그 가므스름한 얼굴에서도 소년다운 부끄러움이나 주저의빛은 완전히 없어졌다고 생각 하였다.

벌써 이년간을 그는 싸움터에서 보낸 것이다……싸움터에서 그들은 자라나고 있다…….

차량의 내왕이 심한 곳에 오니까 H는 극히 자연스레 경히의 어깨를 안어 길을 건네어 주었다.

뎅글한 동굴속 처럼 속속드리 파괴된 대합실 자욱을 지나려니까, 먼곳으로 부터 대포성이 울려 왔다. 미미하나마 배ㅅ속으로 무겁게 와닷는 포격 소리. 일선지구와 바루 있대인 도시 서울로 피난처를 버리고 찾어온 것이라고 경히는 어수선한 구름다리를 내려 가면서 호옥하고 저도 모르게 숨을 몰아 쉬었다.

H는 그 한숨을 귀에 담고, 위로하듯 조금 웃어 보였다.

호－ㅁ에는 봇짐을 가진 사람들이 추위에 발을 동동 구르며 기차를 기다리고 있었다. 시퍼렇게 언 어린애를 대리고 애를 쓰는 사람도 있고, 짐 위에 버선 발을 올려 놓고 앉어 올올 떨고 있는 여인도 있는, 정거장의 광경은 예전과 다름 없이 구슬픈 그위에, 일맥 처참함이 가하여저 있을 다름이다.

기차는 시간이 훨씬 지나 버려도 나타나 주지를 않었다. H는 즉구의 주머니를 경히의 스－츠케이스 옆에 밀어 놓고는 RTO로 알아 본다고 갔다.

언제 떠날런지 전연 알수 없다는 대답이었다. 경히는 차디찬 쇠기둥에 등을 기대이고 혼자 생각에 잠겨 버렸다. 흐리멍텅해진 하늘은 또 곧 눈이라도 퍼부을것 같었다. 발끝이 시려 차츰 감각이 둔해 갔으나 저릿하고 무쭐한 가슴에 비하면 그것도 아무 고통이 되지않었다.

나직하게 구슬픈 경적을 울리면서 엠부란스가 칠팔대 연달아 호옴으로 들어 온다. 차들은 정거 하더니 어떻게 하려는 세음인지 눈바닥 위에, 단가에 얹힌 부상병들을, 몇줄이나 열을 지어 내려 놓았다. 부상병들은 환부를, 다처주는 때마다 비명을 지르고, 신음하며, 추위에 질려 노오랗게 오그리며 누어들 있다.

경히는 H와 얼굴을 마주 보았다. 그리고 H의 눈속에 무어라 이름 부치기 힘든 강한 감정이 흐르기 시작한 것을 보았다. 단가가 어데멘가로 운반 되어 가기 시작 하니까, 그리고 그 작업에 손이 부족한듯이 보여지니까, H 는 곧 그쪽으로 걸어 가서 단가를 나르기 시작 하였다. 경히는 무엇인가 부러운듯한 마음으로 그것을 바라볼 다름이었다.

부상병들과 함께 사라진 H는 오래동안 돌아 오지 않았다. 경히는 H를 잊어 버렸다. 눈을 감고 서서 K의 생각을 하고 있었다. K에게 미련이 있었 다. 미련이라기 보다 애착이 아니 어쩌면 애정이 —. 하지만 너무도 상처를 입고 있었다. 끝을 맺어야 한다고 생각한다. 그렇게 생각을 하니까 — 그것 이 처음은 아니건만, 뜨거운 눈물이 솟아 올랐다. K와의 일체의 관련을 끊 은 후의 허무감이 벌써부터 그를 위협하는 것이었다……

눈을 뜨니까 H가 바루 앞에 서 있었다. 눈을 뜨기를 기다리고 있었다는 듯이, 일부러 천천히 끄떽해 보이고 나서 또 웃는다. 거침 없이 쾌활한 표 정을 보니까, 경히는 별안간 햇빛을 대하였을 때 처럼 두눈을 부신듯이 감 박감박 하였다. 그리고 억지로처럼 푸시시 웃었다. 입과 뺨이 얼어서 빳빳 하였다. H는 다갈색 모직으로 됀 자기의 마풀라―를 끌르더니 아무소리도 없이 경히의 목에 감고 매어 주었다. 서툰 솜씨로, 아주 열심한 낯빛을 지 으며 매어주는 모양에, 경히는 문득 성숙한 남성을 느끼었다. 모직의 폭삭 한 감촉속에 H의 체온이 남겨저 있다. 경히는 조금 낯을 붉혔다.

'검방진 어린애 같으니……'

기차는 점심때가 다 되어도 나타나지 않았다. 해가 기울기 시작할 무렵 에야 역원이 나와서, 두세시간 후에는 떠날듯 하다는 말을 전하였다.

경히는 맧이 홱 풀려, 옆에 놓인 어느 할머니의 봇짐 우에 걸터 앉어 버 렸다. 그 노인의 얼굴을 멍하고 치어다 보면서도, 말도 없이 털석 앉어 버 린 것이다. 그 노인은 화를 내는가 했더니 H를 향하여

"그 군인 양반두일루 좀 앉으시우"

하며 또 하나 봇짐을 손으로 가르켰다.

H는 걸터 앉아서, 몸을 앞으로 훨씬 기우리고, 라이타―로 담배에 불을 부쳤다. 연기를 내뿜으며 땅을 내려다 보고 있다.

어덴지 모르게 사람의 마음을 이끄는 자세이다. 단정한 옆얼굴이 무한한 꿈을 간직하였다. 날카로움과 부드러움을 함께 가진 눈동자. 그 눈을 가느스름히 하면서 담배를 입가로 가저 간다.

'검방진 어린애!'

경히는 미소와 함께 또 중얼거리고 싶어졌다. 그리고 H를 바라다 보면서 부질없는 생각에 사로 잡혔다. 아무것도 아닌 예사로운 동작이 그에게 있어서는 몹시 세련되어, 뿐만 아니라 무엇인지 그리움을 돋구는듯 부드러운 감촉으로 느껴지는것은 무슨 까닭일까 하고, 늠늠한 체구나, 그 어느 구석엔가 좀 쓸쓸한 것을 간직한듯한 멋들어진 웃음이나, 손생김새 까지라도 ― 여기까지 헤아려 오다가 경히는 문득, 정확한 표현을 발견하였다.

'쌕슈알 한 매력!'

그렇다. 분명히 그러하다.

목에 감은 맙플라―가 갑자기 펜페롭지 않아진듯이, 경히는 맙플라― 속에서 이리저리 목을 움지겨 본다. 먹물이 퍼져 가듯, 납덩이 같이 무거운 하늘과 땅이 저물어 들기 시작하였다.

캄캄하여서 차가 움지기기 시작 하니까, 한구석에 비벼대고 자리를 잡은 경히들은 비로소 숨을 내어쉬 었다.

H는 까딱도 없는 강건함이었으나마주앉은 경히는 피로하여 눈이 쌍가풀 이지고 창가에 쓰러지듯 기대어 버렸다.

H는모자를 벗어 걸고는 생각난듯이 포켙에서 쵸코레잎을 꺼내어 내밀었다. 경히는 순한 어린애 모양으로 잠잦고 그것을 먹고 나서는그에게 전선

의 이야기를 들려 달라고 약간 고달픈 말씨로 부탁 하였다.

H는 모양 있게생긴 머리를 기웃이하고 잠간 묵묵히 있더니 좀 어두워진 것 같은 눈을 들면서 잔잔히 이야기를 시작 하였다.

그는 미××해병대의 소속임으로 최근까지 극히 위험한 전투만을 끊임 없이 계속해왔다 하였다. 언젠가는 적에게 포위 당하여 전원은 자결을 각오하고 서로 권총을 겨눈 순간에 비행기의 구호신호를 받기도 했다 한다. 그는 또 전사한 전우들의이야기도 들려 주었다.

담담한 투로 가벼운 유―모어까지 섞으면서 그는 이야기해 갔으나 경히는 그의 어두운이마 우에 몇고비나 몇고비나 사선(死線)을 넘어 견데어 왔다는 사실을 뉘우칠수 있었다.

전률과 같은 것이 경히의 등곬을 달렸다. 그것이 그대로 고여진 두눈으로 어느덧 H의 눈속을 응시 하고 있었다.

'― 이렇게 아름다운 젊은이들이 웨 자꾸 죽어 가야 하는 일것가 웨 자꾸……'

H는 슬몃이 이야기를 끝몇어 버렸다. 무료한듯이 손구락을 딱 딱 꺾어 보며 있다.

차안의 사람들은 대부분 잠들었다. 짐우에 덛업히고 가깝스레 끼어서 그래도 피로에 못이겨 눈을 감고 쓰러저 들 있다. 흐미한 등불이 한참씩 꺼졌다가 또 켜이곤 하는것이 불안스런 감을 자아낸다. 기차는 덜컹덜컹 캄캄한 공간을 달리고 있다. 무어라고 하는 역인가, 하늘에 매달란 벌거숭이 전등이 부셔진 역 건물을황량히 비치어 내고 있는 그옆을 멎지 않고 지나처 버리더니 차는 행결 속력을 내기시작한듯 하다.

"어떻게 서울을 오셨드랬읍니까"

이번에는 경히의 차례, 하는듯이 가볍게H가 말을 꺼냈다. 경히는 아까 아침 녁에 그가 K의 안부를 물었을 때에 자기가 아무 대답도 하지 않은것을 상기 하였다. 이번에도 잠잫고 시선을 떨어트리고 있었다.

'나는 한사람의 사나이를 사랑 하였어요. 그것이 나의 일의 전부였읍니다. 그랬는데 그는 비열한(卑劣漢)이었기 때문에, 나는 지금 올팡갈팡 하고 있는 겁니다……'

장갑 낀 손구락으로 검은 유리에 대고 의미도 없는 선은 그려 본다. 마음은 침착하였는데 눈물이 떠올랐다. 부끄럽다고 생각하여서 경히는 미소를 띄워 보였다. H는 부침성 있는 서늘한 눈매에 온화한 침묵을 담고 경히의 신경을 가라앉혀 주었다. 한참만에 이런 소리를 한다.

"정말 목숨이 다하리라고 하는 그런 순간에는 사람의 머리는 아무 생각도 안하는 것이더군요. 비교적 위험이 덜할 적에 그야말로 견디기 힘든 고뇌를 맛보았읍니다."

"……"

"하지만 자기자신을 완전히 상실해 버리지만 않는다면, 철저히(해놓고 그는 빙그레 웃었다)철저히 불행할수는 없는 모양 입디다. 뭐라고 해도 자기자신을 사람은 제일 존중하는 모양이지요"

경히는 H가 이제, 자기 보다 훨씬 어른 일지도 모른다고 생각하면서 듣고 있다. 자기자신을 상실하지만 않는다면……. 경히가 경히 자신으로 돌아 갈수만 있다면……. 머리속에 엉클린 K의 얼굴을 저만치 떼어놓고 바라볼수 있게 된다면……. 그러나 그순간에도 경히의 마음은 약하게 잦아들기만 했다. 미약한 미소가 자기의 얼굴을 더 서글프게 만들고 있는것을 그는 뉘우친다.

말소리 하나 없이 고요해진 차안에 가끔 간난애기의 울음소리와 그것을 달래려는 여인의 중얼거림이 들릴 다름이다.

문득 경히는 앉은채로 자세를 고치려고 하였다. 옆에 앉은, 솜 주머니 같이 많이 옷을 끼어입은 중노배가, 비대한 잠든 고개를 경히의 어깨에 대고 누르기 시작한 때문이었다. 경히는 어깨에 힘을 주고 애를 썼으나 비대한의 고개는 움쩍도 하지는 않았다.

H가 일어나서 그 두볼을, 손새에 끼어 가만히 반대편에 넘겨 놓았다. 그 쪽에 앉은 젊은 중절모는, 마르고 조그만 체구의 주인이었으나, 경히 보다는 기운이 세었던지, 조으는 중인데도 대뜸 어깨를 처들어 그 부당한 짐을 떠넘기었다.

잠시 중심을 찾어 바루서는듯 해 보인 비대한의 얼굴은 얼마안해 또 다시 그편으로 기우러진다. 그러면 중절모는 또 단호히 어깨를 흔들어 격퇴 하는것이다.

그러면서 둘이 다 좀체 눈을 뜨지 않았다.

경히는 문득 나이―브한 웃음을 웃었다. 입가에 조그만 보조개를 지으면서. H도 웃음을 참으려고 입술을 깨물었다. 그들은 마음이 즐거워 오는 것을 느꼈다.

그러나 다음 역에 차가 정거 하니까 그들은 자리를 일어 서야 했다. 어린애를 업은 우에 또 손목을 이끈 부인네가 옆에 와 섰기 때문이었다.

그들은 비좁은 틈을 헤치고 승강구로 나와 섰다. 등불도 없고, 창이 깨어저 험한 바람이 불어치는 탓으로 그자리에는 아무도 없어 호젓 하였다.

어깨를 오무리고 서 있었다.

바람과 함께 눈닢이 날라든다. H의 어깨와 팔에 하이얗게 앉었다. 아무 이야기도 주고 받지 않었다. 열이 났을 때 처럼 가슴속이 무더워 오는것을 느꼈다.

H는 창틀에 팔굼치를 얹고 박앝을 한참이나 내다 보고 있더니돌아 서면서 이제 까지 와는 어덴지 좀 다른 듯한 음성으로 말하였다.

"저는 조금 더 가면 내립니다"

"―"

"부산까지 가신다고 하셨지요?"

"네"

눈닢이 날러들어 H의 귀위에도 머물렀다. 경히는마풀라―를 끌러 그에게 내밀었다. H는 거의 기계적인 동작으로 그것을 도루 경희의 목에 감어 주면서 무슨 다른 생각에 사로잡힌듯이

"실상은─"

하고 혼자말 같이 나직히 말하였다.

"실상 지금 대전으로 찾어가고 있는 것도 서울에 갔던 일과 마찬가지로 허사에 가까운 짓인지 모르겠습니다.

서울에는 제 아우들이 죽기전에 숨어 있었다는 곳을─그 집이라도 좀 보려고 갔었드랬는데─그집도 성하지가 못하더군요. 어머니도 그새에 돌아 가시고……"

어느덧 절망적인것이 서리기 시작한 어조였다. 또 망서리면서

"저는 그런데 이번에는 어쩐지─전에는 한번도 이런 맘이 든 일이 없었는데, 어쩐 일인지 무사히 돌아오지 못할것 같은 감이 자꾸 듭니다. 아무래두 좀 이상합니다"

가슴 속에 혼자 씹어 보듯 느릿느릿 말을 이어 간다.

경희는 다만 두눈을 크게 뜨고 어둠을 통하여 그의 얼굴을 응시할 다름 이었다.

H는 경희의 이마위로 얼굴을 가저 왔다. 입가에 쓸쓸한 미소가 어린것 같었다.

경희는 아무런 생각도 떠오리기 전에 H의 가슴우에 두손을 얹고 있었다.

H는 몹시도 광폭한 포옹을하였다.

우주가 깨어저 나르고 경희는 다만 그를 위하여 그순간이 존재 하는것을 느꼈다.

부산역을 나서니까 낮이 훤히 밝아 오기 시작하고 있었다. 능금빛 밝음이

어리기 시작한 언 보도 위를 구두 소리를 울리며 경히는 걸어 가고 있다.

그의 앞길에는 착잡한 괴로운 문제가, 여전히 누더기 처럼 널레어 있었다. 그러나 경히는 전과 같이 굴욕감에 억압되지는 않었다. 그는 다른 일을 생각 하고 있었다. 그의 낯 빛은 오히려 싱싱했다.

'죽엄과 얼굴을 맞대이면서 여전히 빛날수 있는 아름다움은— 젊음은— 죽엄 보다 몇갑절이나 힘차고 굳세인 것이겠지……'

찬 바람을 가로질러 걸어 나갔다.

'그리고 고독 이란, 어쩌면 오히려 화려한 것인지도 몰라, 눈닢이, 때로, 가장 화려한 꽃이 될수 있듯이……'

전등도 안켜인 조그만 정거장으로 내려가던 H의 뒷모습이 한번 흘깃 떠올라 왔다…… (一九五二년 一월 二五일)

『문예』 19호(4권5호), 1953.11, 101-112면.

김말봉 ●●●

김말봉(金末峰, 1901-1961)

- 필명은 김보옥(金步玉) 또는 김말봉. 아호는 끝뫼, 노초, 노엽
- 1901년 경상남도 밀양 출생
- 1918년 서울 정신여학교 졸업
- 1927년 일본 도지샤대학 영문과 졸업
- 1932년 「망명녀」가 ≪중앙일보≫ 신춘문예에 당선되어 등단
- 주요 경력―1929년 ≪중외일보≫ 기자, 1947년 공창폐지연맹 위원장, 한국독립노동당 부녀부장, 1957년 대한민국 예술원 회원 역임
- 대표작―장편소설 『찔레꽃』(1937), 『화려한 지옥』(1947), 『별들의 고향』(1953), 『푸른 날 개』(1954), 『생명』(1956) 등 다수

• **수록 작품**

합장(合掌) ‖ 망령(亡靈) ‖ 어머니 ‖ 사천이백원(四千二百圓) ‖ 전락(轉落)의 기록(記錄) ‖ 인순이의 일요일

합장(合掌)

아침부터 비가 나린다.

작년에 고등간호학교를 졸업하고 이곳대한병원에 취직하고 있는 순히는 전과같이 아침일찌거니 진찰실로 들어 왔다. 난로에다 불을 이르켜 놓고 구석구석 깨끗이 소제를 시작 하였다.

주사기를 소독기에 넣어 난로위에 언고 나니 병원 문을 황급히 두들기는 소리가 난다.

"문좀 열어 주어요! 아무도 안계세요?"

순히는 문있는 곳으로 달려 갔다. 또아를 열고 보니 육십이 훨신 넘었을 노파가 등에 어린애를 업고 서 있다. 아이에게 씨운 자주빛 뉘비 처네[1]위에 함초롬 비가 저저 있다.

"성상님 계세요?"

"네! 지금 진지 잡수시는데요"

노파는 그제야 진흙투성이가된 고무신을 한여페 버서 놓고 현관마루로 올라서며

"얘를 좀 뵈일려고 왔세요 밤세도록 한잠도 못잤어요"

노파는 처네를 벗기어 아이의 상반신을 내여 노았다. 노란 머리털 노라ㅎ다 못해파래진 얼골이 주먹만하다. 아이의 입술이 타서 새쌈한 숫덩이 같은데

---

1) 어린애를 업을 때 두르는 끈이 달린 작은 포대기.

하얀까풀이 비눌같이 달려 있다. 순히는 체 온기를아이의 겨다랑이에 끼우며
"몇살이여요?"
하고 좌ー드를 만들기 시작한다. 서울시공덕동에서, 왔다는것과 아이의 이름
이 박길남이라 기록하였다. 노파는껑껑거리는 아이를 추석거려[2] 달래면서
"지난 여름에 돌이 갔어요. 어미가 이번 난리통에 피난오다가 추럭사고
로 그만 죽었지요. 이것과 내가 살아서 왔는데, 글세 한참먹던 저즐 못먹어
서 이지경이 되었어요."
하고 노파는 늙은눈에 눈물이 글성해지며 가만이 한숨을 짓는다.
"저런…… 저런일이 어데 있어요……저지야 떼일때 도 되었지만……"
순히는 아이를 한참드려다 보고는 체온기를 뽑았다.
"어떠요? 이애가 살겠어요?"
뭇는 노파의 눈은 불안에 떨고있다 순히는 교의를 갖다 난로 가까히놓고
"잠깐만 여기앉어 기다리세요……선생님이 곧 나오실테니까요."
하고 안으로 들어간 순히는 돌아나왔다.
"괜찮아요! 할머니 저래도 다 나어서 곧잘 말장해지니까요."
순히는, 조골조골한 할머니의 이맛전을 덮고있는 힌머리카락을 바라보며
"아드님은 같이 오셨나요?"
딱해서 물었다.
"휴유 ─ 이것 애비말이죠? 이것의 애비만 여기 있다면야 무슨걱정이겠
어요 작년가을에 징병에 갔어요. 일선에 갔어요."
"네ー에. 일선에 나갔었군요. 할머니 참 장하십니다."
고등간호학교를 나온 순히는 자신도 일간 일선으로 나갈것을 생각하고
이 늙은 노파가 자기어머니같이도 생각이 들어서 무슨 위로의 말이라도 하
여야 되겠다 싶었다. 그는서늘한 눈에 미소를담고

---

2) '추켜 올리거나 흔든다' 는 뜻의 북한어.

"전과가 이렇게 조아가니 불원 다시 서울로 가게 될거야요"

"휴유 — 이것이나 살아야 고향갈맛도있지, 이것마저 업서진다면……고향이고 뭐고……살아서 뭘해요"

"……"

순히는 할말이 없었다. 딱하디 딱한형편대로 한다면할머니는 차라리 죽어버리는것이 나을것같기도 하다. 하야ᄒ게 세인 노파의 저즌 머리에서 김이 모락모락서린다. 난로가 달아온때문이다.

이윽고 의사가 나왔다. 한사십쯤 되어 보이는 이마가 탁 — 트인 의사는 소독수에다 손을 씻고 사무용 책상앞으로 가서 앉는다.

의사는 촤—드를 들더니 어머니가 없다는 란(欄)을 한 번 더 드려다보고

"애기는 무엇을 먹습니까? 저즌 먹지 않을 것이고 —"

"네 — 그게 애미를 잃고는 그 흔한 저즌 못 먹지요 죽이나 밥이나 그대로 받아 먹기는 합니다만 곳잘 체하고 감기도 잘들고……애미 품에 있던것이 애미가 없어졌으니 거저 억망이지요"

"똥은 어떠케 눕니까"

"어떤때는 하루씩 걸릴때도 있지만 설사를 자주 합니다 이번 알키 시작하면서 부터는 똥을 이틀이나미루었어요……각금 구토질도 하고"

의사는 아이의 맥을 짚어 보기도 하고 눈까풀을 열어 보기도 하고 입맛을 다시고

"폐염인데요 영양이 몹시납뿝니다"

"어떠ᄒ습니까. 구해지겠읍니까?"

노파는 옷고름 끝으로 눈 언저리를 씻으며

"성상님 어떠튼지 이걸 살려주십시요 이게 오대독자에요"

할머니의 목소리는 거의 우름소리로 들린다

"저 —어 그런데요 할머니 애기가 전신에 피가 부족해요 그래서 좀 위중합니다 이애가 지금 꼭 필요한것은 피란 말이야요 어머니가 있었더면 좋

았을텐데…… 애기 아버지는 어데 있어요?"

노파는 기맥힌 얼굴로 간호부를 치어다본다.

"애기 아버진 일선에 나갓답니다."

순히가 대신 대답을 하고 가만히 한숨을 삼켯스나눈물이 날것같해서 얼굴을 도리켯다.

"할머니 일가중에서 혹시 피를 좀 뽀바 줄 사람이 있거든 곧 데리고 오세요 혈관으로 넣는것이 아니고 근육으로 넣는 것이기때문에 아무의 피라도 깨끗하기만 하면 됩니다."

"없어요 오대독자로 내려오는 집안에 가까운 일가라고는 없어요……피를 내놓을 사람이 어데 있겠어요"

노파는 음성을 약간 높이어

"성상님 제 피는 어쩟습니까 네? 저 피라도"

"않되요 않되요"

의사는 고개를 흔들며

"할머니 자신이 위태하니까요 할머니 같이 연만한[3]분이 피를 뽀브면 않됩니다"

"전 지금 죽어도 괘ㄴ찬습니다. 성상님 제 피를 이것에게 좀 넣어 주세요"

"……"

의사는 잠자ㅎ고 순히가 준비하여 내미는 주사기를 받어서 아이의 팔에 넣는다. 아이의 울음소리가 또 서너번 삐ㅡㄱ삐ㅡㄱ 하고 들렸다.

"주사약으로는 안됩니까?"

노파는 아까보다는 약간 안심하는 목소리로 묻는것이다.

"안됩니다. 근본적으로 피가 있어야만되요"

"제발 제피를 넣어주세요! 아이고 이를 어쩌나! 이것의 애비만 있었드

---

3) 나이가 아주 많은.

면……그애는 장사여요 얼골이 항상 붉화하고 팔힘이 어떻게 세던지 제동 무들과 팔씨름을 할라치면 거계는 다 진답니다. 우리 아이에게……후유ㅡ"

"할머니!"

의사는 주사를 끝낸 손꾸락을 소독 솜으로 닥그며

"피를 파는이가 있다면 사실테야요?"

하고 묻는다. 따뜻한 목소리다.

"값이 얼마야요?"

대답을 기다리는 노파의 얼굴은 그 주름살 하나하나가긴장으로 패ㅇ패ㅇ하여 지는듯 하다.

"한 오만원 가저와 보십시요. 내 잘 교섭해서 되도록 해보죠"

"오만원?"

하고 반문하는 노파의 음성은 바로 비명이다. 할닥 할닥 갑분숨을 쉬는 아이를 드려다보며

"없어요! 오만원이 어디 있어요? 것도 이것의 애비만 있었드면 조반전이지요. 공덕동에서도 남 부럽지 않게 이발소를 하고 있었으니까요…… 아들이 일선에 나간뒤로는 집에 있던돈 다 까먹고 이곳으로 오면서는 사뭇 빈손이지요. 여간 옷가지 가져온것 다 팔아먹고 돈 만원이나 남은것 가지고 담배 장수를 해서 그날 그날 이 어린것과 연명을 해가지 않습니까?…… 성상님! 란리는 언제 끝이 납니까? 영 이러다가 말게니까?"

하고의사의 입을 치어다보는 노파의 눈속에는 절망과 애원과 그리고 슬픔이 차례로 지내간다.

"그럼 할머니 위선 약이나 갖다 먹여 보세요"

하고 의사는 처방지를 순히에게 준다.

순히는 첩약과 물약을 만들면서도 그의 가슴은 독맹이로 맞인듯 얼얼하여 지는것을 어찌할수가 없다. 노파의 한마디 한마디에 무엇이라고 만족한 답변을주어야 할것 같은데. 또 그 답변은 꼭 순히 자신이 가지고 있는것

같기도 하다.

이것은 순히가 꼭 리행하여야될 의무같기도 하고 그보다도 마땅히 변상하여야할 채무같기도 하다. 지긋이 가슴을 눌르는 한개의 압박이 또렸한 생리적 고통이 되여 순히의 가슴은 아퍼 오는것이다.

"할머니! 이 가루약은 네시간 마닥한첩씩 그리고 이 물약은 식후 마다한 금씩 멕이세요. 저녁때쯤 애기가 약간 물근 똥을 눌게 니다. 내일 다시 오셔야 되요. 약값은 그때 내셔도 되구요……찬바람 맛지 말고 따뜻한데서 애기 조리를 시켜야 됩니다."

"흥!"

할머니는 소리를 내여 웃고

"지금 이길로 담배곽을 안고 거리로 나가야만 해요. 그래야만 이것의 죽거리라도 벌지요. 일선에 나간 우리 아이가 내가 이짓을 하는것을 본다면 질겁을 할겁니다. 우리 아이는 참 효자여요. 동리가 다 아는 효자랍니다. 내가 아풀라치면 글세 밤을 새우는구랴! 어이구 어이구 어찌 다 말 하겠어요…… 기가 매켜서!"

노파는 무어라고 더 말을 할려다가 그대로 입을 다물어 버리고 문을 열고 나간다.

거리로 나가는 할머니의 머리와 업힌 아이의 자주빛 처네위에 보슬비는 그대로 내린다. 우두면히 바라보고 섰든 순히는 괴로워 그서늘한 눈을 재긋이 감었다.

야브스레 한 순히의 눈까풀 속에는 방금 수천 수만의 국군이 전장터로 나가는 환상이 지나간다. 총을 메고 철모를 쓰고 앞으로 앞으로 달려가는 군인속에 한사나이 길남의 아버지가 뒤를 돌아 본다. 뒤를 돌아 보며 보며, 순히를 향하여 손을 든다. 무엇을 저렇게 간절히 부탁하는 것일까?

그는 자기곁에 서 있는 손주를 업은 자기 어머니의 등을 어루만저 주고 돌아서서 대오4)와 함께 전진하여 나가지 안느냐? 순간 쌍— 하는 폭음과 함께 검은 연기와 불덤이가 국군과 또 길남의 아버지위에 덮이었다. 순히는 눈을 썻다. 불과 이초동안에 지내간 환상이다. 그러나 이것은 6·25사변 직후부터 순히의 마음에 끄님없이 명멸되고 있는 허다한 생각의 한토막이기도 하다.

순히는 문을 열고 밖으로 쀠어 나갔다. 오고 가는 사람들을 헤치고 큰길로 나간 순히의 눈□ 한참 만에 자주빛 처네가 낱어났다.

노파를 병원으로 대리고 들어온 순히는 손수건으로 얼굴에 무든 빗방울을 씻으며

"선생님 제 피를 이 애기에게 넣어 주세요. 필요한 만큼 선생님 마음대로 뽀브세요."

하고 의사를 똑 바로 치어다보앗다.

"······?"

의사는 잠자ㅎ고 순히를 바라보았다. 경건하고 감격한 눈으로 의사는 한참동안 순히를 보는 것이었다.

"선생님! 길남의 아버지요, 또 이 할머니의 아두님이 지금 나와 또 내 나라를 위하여 목숨을 받혀 싸우고 있는데······ 제가 이 아이에게 피를 주는 것이 어째서 이상한 일이겠읍니까"

"······"

의사는 잠잠한체 고개를 끄덕이었다.

노파는 아이를 내려서 안고 순히는 알콜면으로 자신의 왼편팔 정맥자리를 정성 스럽게 닦었다. 연분홍빛으로 윤택한 살결이다. 의사가 쥐고 있는 오십그람짜리 대형 주사기의 굴다란 바늘이 순히의 왼편팔 정맥에 깊이 꼽히자 피는 주─ㄱ 주사기에 가득하여졌다.

의사의 익숙한 솜씨로 아이의 양편 허복다리에 오십 그람의 신선한 피는 천천히 다 들어 갔다. 아이의 울음소리가 방안이 떠나갈듯 하였으나

"인제는 살았다! 응 아기야 인제는 살었어!" 의사의 입에서 자신있는 미

---

4) 편성된 대열.

소가 흘렀다. 포도당에다 강심제를 석거 순히의 팔에 넣으며 의사는

"할머니! 안심 하세요 애기는 오늘 밤부터 잘 잘 게비니다. 집에가서 더운 물수건으로 아이의 다리를잘 찜질 하세요. 그리고 래일 또오세요"

그렇게 울부짖던 아이는 할머니 등에 폭업디러 눈을 감는다.

"돈이 모두얼마여요"

뭇는 할머니의 얼굴에는 피를 넣었다는 안심보다 불안이 오히려 더컸다. 순히는 노파의등을 가벼ㅂ게 두들기며

"할머니! 저는 피 파는 사람이 아니여요"

순히의 눈에는 눈물이 글성하여 젓다.

"이애기에게 그저 준것이여요 안심 하세요, 앞으로도 선생님이 더 넣겠다면 더 드릴테니 염려 마세요"

순히는 손수건으로 눈물씻고 할머니를 대리고 문있는 데로 와서 노파의 귀에대놓고

"이게 모두 만원인데요, 이걸로 위선 쌀과 나무를 사시고 애기가 나을 동안 담배 장수는 몇일 그만 두세요"

하고 천원자리 열장을 노파의 손에 쥐어 주었다.

"온― 이럴데가, 아니. 이럴수가……"

노파는 말문이 매켓는지 그 이상 말을 계속하지 못하였다.

"할머니 어서 가보세요"

하고 순히가 등을 미는대로 밧그로 나온 할머니는몃걸음을 거러 큰 길까지왔다.

얼마를 가던 노파는 걸음을 멈추고 우쑥 섰다. 그리고 병원을 향하여 두손을 모아 합장 하였다.

"하느님 굽어 보소사!"

노파는 중얼거리는 것이엇다. (끝)

『신조』1호, 1951.6, 13-18면. [전시작품십이인집(戰時作品十二人集)]

망령(亡靈)

나는 6월25일이 다시 도라오는날 남편을 찾는일은 끝을 막기로 하였다. 허다한 일선용사(一線勇士)와 같이 그도 한줌 조국의 흙으로 화한걸로 생각하고……이한가시 생각은 나에게 진정 평화와 위로를 갖어왔다.

그동안 완전히 빈손이 되어버린 나는 하로의 먹을것과 또 거처할곳을 위하여 직업을 찾기로 한다. '식모구함'하는 종이가붙은 집으로 나는 결심하고 드러갔다.

'직업에 귀천이 어데있나 유치원 보모가 남의집 식모가 된다고 나뿔 것은 없다.'

이렇게 생각하고 그집 주부와 맛나보았다. 스물두었살이나 되어보이는 엡부듸엡분 젊은 안악네는 임신중인데 이층에 오르나리기가 괴로워 식모를 구했다는 것이다. 주인 부부는 이층에서 거처를 하고 나는 아래층 작으마한 삼조방을 쓰라 한다. 다리 뻗고 잘수있는 방이다.

"이 빨래 좀 해주"

하고 남자의 와이샤스 두개와 속옷들이며 양말을 내놓는 젊은 주부의손은 그야말로 비단결같이 고웁다.

이집에는 수도물이 곳잘 나오는 덕분에 나는 맘놓고 빨래를 주물러 시작하였다. 흰 부사견(富士絹) 와이샤스를 행겨서 줄에 널든 나는 문득 그앞 깃고대옆에 동그랗게 콩알만한 구멍이 있는것을 보고 나도 모르는 사이에 흐르르 한숨이 나왔다. 나의 남편의 와이샤스에도 꼭 이와 비슷할 구멍이 있었기 때문에. 쥐가 갈근 자리였었다. 단지 그때 그구멍보다 조곰 더 커졌을뿐 지리와 모양이 어쩌면 그렇게 같을까? 빨래를 다해서 뒤껼 줄에 걸치고 나니까 젊은 주부는

"이방도 좀 말정하게 소제해주"

하고 자기네가 거처하는 팔조방을 가라치는대로 나는 비자루와 걸래를 가지고 들어갔다. 문을 열고 들어서자 정면 벽에 크─다란 사진이 보였다. 유리틀 속에 드러앉은 인물이 내눈에 비치는 순간 나는

"아!"

하고 제법 크게 소리를 질렀으나 젊은 주부는 시장에 간 모양이다. 분명히 이집 주부가 너울을쓰고꽃다발을 안고서있는 그옆에 모─닝을 입고 서있는 신랑은 틀림 없는 나의 남편이다. 나는 두근거리는 가슴을 한손으로 눌르면서 방소제를 마치고나서 아래층에 거처하는서울서 왔다는 늙은 아주머니에게로 갔다.

"윗층밖앝선생님 성함이 누구시지요?"

"정준이라고 하두구먼……정"

"어쩌문……"

나는 얻어 마진 사람같이 소리를 질렀다. 남편의 이름이다.

"웨 아는 사람이야?"

"안야요……하도 두분이 걸맞게 잘 생겼길래……결혼사진 말슴야요"

아주머니는 입을 빗죽하고

"이층세댁도 후취야 본처는 머 작년 6·25때 한강을 건너다가 나원배가 엎어지는 통에 죽었다나?"

"누가 보았나요? 죽은 것을"

"그사람의 친구가 봤대 보고와서 전갈을 했대"

"네─ 그떻군요"

6·28 아츰, 용산 부근에서 서로 갈린남편이었다. 나는 신문에광고를내

는일방 부산서 서울로 다시 서울서 부산으로, 부산에서 제주도로 거제도로 대구로, 남편을 찾어 헤매댕기든일년동안의 일들이 먼—세상에서 지난일 같기도 하고 남의일 같기도 해서 싱그래 우슴이 흘러나왔다.

"밖앝주인은 저녁진지 잡수러 오실까요?"

"인제 다슷시만 되면 올걸, 그이가 오면 의레히 다슷시야. 정훈국에 단닌데" 나는 대강이 흔드는 인형모양으로 거저고개만 끄덕였다 언제까지나.

"웨 알만하우?"

하고 아주머니의 넙죽한 입이 비슥이 웃는다.

"네—안야요, 저—거시키 정훈국에 다니 신다니까. 거긔누구 고향사람이 잇는것같어서 안부 좀 알아 볼려구요"

"댁은 그래 혼자 왔수? 신랑은 어딋수 일선갔우?"

대답도 하기전에 겊어 겊어 묻는 아주머니말에 따라 나는 또다시 고재를 끄원였다.

"일선에 갔어요, ……가서 죽었어요"

"아이그, 저럴 어째……춧"

나는 행주치마를 벗었다. 인제 반시간만지나면 다슷지가 되고 그리고 이선에서 죽어 조국의 한줌흙이 되어버린 나의남편의 망령(亡靈)이 나타나기 전에 나는이집을 버서나기로 하였다.

그러나 볕이 쨍쨍 쪽이는 큰길위에 허다한 사나이들의 몸동아리들은 마치 시체들이 움죽이고 잇는것 윈기도 하고 그얼골 하나 하나는 망령(亡靈)들의 행진 같이 보이기도 하여 나는 전신에잇슥 소름이 껴쳤다

어머니

남순이는 누데기가 다된 옷도 부끄럽지 않았다. 그는 사람들이 쏟다져 나가는 풀랱포ㅁ—으로 밀리며 밀리며 밖앝 광장으로 나왔다. 오래간만에 보는 고향의 풍경은 사변 전과는 완전히 달라져 있다. 찌ㅍ—들이 죽— 늘어섰는가 하면 살빛 다른 외국군인이 바쁘게 찌ㅍ—을 몰며 들어가고 나가고.

그래도 남순이에게는 고향이었다. 길바닥에 서성거리는 지게꾼들의 배고픈 얼굴하며 새깜안 손을 내미는 거지 아이들하며. 뚜— 울리는 배고동소리며.

"고향에 왔구나"

남순이는 저도 모르는 사이에 이런말이 흘러 나왔다. 그는 고향에 오기까지 거의 일년이나 되는 세월을 꼬박 길에서 보내면서 가진 풍상을 겪은 것이다.

남순은 6·25전까지 남편과 함께 용산서 살고 있었다. 남편은 경사였다.

인민군이 들어 오는새벽 남편은 한걸음 먼저 항강을 넘어 갔다. 쏟다져 나오는 피난민에 휩쓸려 남순도 한강을 건넜다. 기차를 타려고 가는 사람들을 쫓아 수원까지 걸어왔으나 집웅까지 허여케 올라앉은 사람을 태우고 기차는 떠나버렸다. 남순은 다음 기차를 기다릴수 밖에없었다.

본래 약간 모자라는 남순이었다. 어릴때 바람병으로 몹시않은 까닭인지 그는 스물세살된 지금에도 해가 동에서 떠서 서에서 진다는 사실은 알뿐 어느것이 남쪽이고 어느것이 북쪽인것은 똑々이 모른다. 팔년을 단여겨우 소학교를 졸업하고 그러나 남순은 어여뿐여인이다. 그는 바느질도 서투르고 음식솜씨도 능난하지 못건만 언제나 남편에게서 귀염을 받았다. 남편이 상처를하고 설흔 두살에 남순이를 대려온 까닭도 있겠지만 남순은 봉실 봉실 피어나는복사꽃같이 아름다웠다. 잔잔한 눈시울이 항상 다정스럽게 웃고 오똑한 코며 뽀－얀 이마전이며 팡 짐한 엉뎅이……이모든 조건은 남편에게 있어 무한한 매력이 아닐수없다.

아침부터 수원 역 대합실밖 세멘트벽을 기대고 섰는 남순은 목도 마르고 배도 고파 왔건만 가진돈이라고는 백원한장도 없다. 남편이 사흘전에 드려온월급 봉투는 절반넘어돈이남어있는것을 미처 가져 나올 생각도 못하고 뛰쳐 나온 남순이다.

"어디꺼정 가시지요?"

해질 무렵 젊은 남자가 남순의 곁으로 온다. 우람스런 두 팔뚝이노출된 소매 짧은 노－타이를 걸친 사나이의 얼굴이 인정스럽다고 생각하며

"부산 가는 차를 기다리고 있어요"

하고 남순은 벽에 기대 섰던 몸을 일으키며 이렇게 대답 했다.

"동행이 없거든 츄럭을 타시지요 내가 운전하는 츄럭 차삯은 받지 않을테니"

남순은 다만 빙그레 웃는 것으로 고맙다는 의사를 표시 하고 운전수의 뒤를 따랐다. 모든사람의 부러워하는 시선을 왼 몸에 받으며.

남순은 태산같은 보퉁이를 싣고 사람도 이십여명 타고 있는 츄럭으로 올라 간다. 남빛 하늘에 별이드문 드문 백힐 무렵이 되어 츄럭은 굴르기 시작하였다.

훤－하니 밝아 오는새벽 어느 지점인지 츄럭은 와서 대었다. 사람도 얼마 내리고 보퉁이도 줄어 들었다. 이튿날 낮에도 츄럭은 달린다. 가끔 츄럭이 설때 마다 사람들은 언덕이나 밭고랑에 대고 소변을 한다. 남순이도오금을 펴고 내려와서 소변을 하였다.

이틀째 새벽 츄럭이 설때였다. 남순은 약간 후미진 곳으로 가서 뒤를 보고 막 일어서는 때이다. 뒷덜미를 낙구치는 사나이가 있다. 츄럭 운전수다.

"어머나"

하고 소리를 지를 겨를도 없었다. 미처 댕겨 입지 못한 속바지 허구리가 사나이 손길에 휘감기고…….

싱그레 웃고일어나는 사나이가 품에서 천원짜리 두장을 꺼내주며

"이따 정거하는 곳에서떡이나 사먹우"

하고 운전대로 간다. 남순이는 츄럭에서 누가보지나 않았나 하고걱정이되었으나 그는 그다음 정거하는데서 인절미를 사먹을 때는 벌써 그 걱정은 잊어 버렸다.

츄럭이 '대전'까지올동안 남순은 운전수에게 두번 몸을마끼게 되고 그리고 주는 돈으로 떡과 밥을 사먹었다.

츄럭은 대전까지 오고 그 이상 더 가지는 않았다. 남순은 다음 편을 기다려야 한다. 운전수의 안내로대전역전 어느 허술한 여관으로 들어갔다.

내일 부산으로 간다 모래 부산으로 간다 하는 운전수의 말을믿고운전수와 함께 여관에서 거의 한달이나 살았다. 꼭 한달되는 아침 츄럭을 가지고 대릴러 온다 하고 밖으로 나간 운전수는 영 돌아오지 않았다.

남순은 두사람이 먹은 한달 밥값을 위하여 여관에서 두달을 고용살이를 해야됐다. 고용사리를 하면서도 남순은 찌프-을 태워다 준다는 군인에게 기차를 태워 준다는중년 사나이에게 닷새 혹은 열흘씩 몸을마끼고 고향갈 날을기다렸든 것이다.

영동에서 두달을 살았다. 약목(若木)에서는 스무날을 살았다. 그리고 대구에 와서 고시라니 넉달을 살면서 고향 갈 날을 기다렸든 것이다. 남순의 기억에 또렷이 남아 있는 그의 가장 지루하였던 로정(□線)들이다.

남순은 그렇게 오기 힘들고 그리웁던 고향땅에를 인제야 찾아 왔다. 길바닥에는 전에 보지 못하던 하꼬방이며, 너절하게 채린 전재민들이 대구보

다 훨씬 더 많다 생각하며 그는 영주동 골목으로 들어 섰다. 해가 저녁때가 되었는지 집집마다. 밥짓는 연기가 자욱 하다.

정들은 자기집 대문! 있다! 분명히 있다. 꿈에서만 볼수 있든 어머니가 마루를 훔치다 말고 질겁을 해서 쫓아 나오며

"아이구 이게 누구냐"

하고 소리를 친다.

"아이구 남순아 내 자식아 늬가살아 왔구나"

이 말을 들은 식구들은 모두 맨발로 뛰어나왔다. 오빠며 올케며 남동생이며 여동생이며저마다 남순의손목도잡아다니고어깨도 끌어 안고 등도 쓰다듬어 주고 식구들은 남순을 안다 싶이 하고 안방으로 들어 갔다.

"네 남편은 사변나고 며칠 안돼서 내려 왔더라 복장은 벗어서 한강에 던지고 맨몸으로 언덕에 기어 올라서어떤영감님의 고의를 얻어 입고 영등포꺼정 왔더란다. 너만 남아서 오죽이나 고생을 했겠니 어이구 내 자식아"

어머니는 기름한 목아지 우에서 설레 설레 고개를 흔들며

"너를 버리고 혼자 도망쳐 온게 미워서 난 지금도 권서방(사위)만 보면 들□아 준다."

어머니는 딸의 두 손목을 꽉 쥐어도 보고 흔들어도 보고

"내사 네팔이 한개 떨어지고라도 네가 살아만 왔으면 했다. 네 다리가 한개 잘라지고라도 아니 앉은뱅이가 되고라도 살아만 오기를 얼마나 축수 했는지 명천 하누님께"

남순의 어머니는 일어서서 춤을 둥실 둥실 추다가

"이게 다 돌아 가신 네 아버지 혼령이 돌보아 주신거다……고맙심더 고맙심더 영감님고맙심더, 남순이가 살아 왔심더"

하고웅– 웅– 울기도하였다. 앞집의 돌□이 어머니며뒷집의 창남이 할머니가남순을 보러왔다. 모두들살아온게장하다고 인사가 지극하다. 남순이도 그지긋 지긋한 고생살이를 하면서도죽지 않고 살아온것만은 역시 잘된일이

라고생각하였다.

남순은 위선 헌털뱅이를 벗어 버리고 어머니가 끄내 주시는 새옷을입었다. 올케가 채려다주는 밥상을받았다. 남순은 지금까지 지내온 고난과 서름이 꿈인가 싶었다. 고향이제일이고 내집이 제일이고 하늘 아래서는 내어머니가 제일이란 것을 느꼇다.

저녁을 먹고나니 청관에서 비단 장사하는 고모님이며 초량 사는 외숙모 내외가 숨이 턱에 다어 달려 왔다. 고모님은 소리를 내어 울고 모두들 남순을 가운데로 밤 늦게들이야기를 하다가돌아 갔다.

이날 밤 남순은 오래간만에 어머니 곁에 발을 뻗고 누었다.

"어이구 내자식이야 얼마나 얼마나 고생을 했노"

어머니는 딸의 어깨며 등어리며 허리를 두루 만져 보고 다리와 발도 주물러 보고 손바닥으로 딸의 뺨을 쓸어보기도 한다. 어머니의 손이 두번째 남순의 허리로 갔을 때다.

'꿈틀 뻴떡'

분명 태동(胎動)이다. 어머니는 눈이 둥그래서 또한번 딸의 허리를 더듬었다. 어머니는 금시로 목구멍이말라 오는지 켁 켁 잔기침을 하여 침삼키고 딸의 귀에 입을 댔다.

"너 아이 뱃구나"

남순이는 잠잖고 고개를끄덕인다.

"누구 아이냐"

겁을 집어 먹은 어머니의 눈이 초점을 잃고 두리번 두리번 양 간에는 국다란주름 이 아로삭여 진다.

"아이 애비는 어디 있느냐"

남순의 남편이 내려 온지가 열한달이되었으니 지금 남순이가 배고 있는 아이는 남의 아이가 분명하다.

"몰라요"

남순의 대답은 지극히 예사롭다.

"이 원수야 어느놈의 아인지 것도 몰라?"

"난 몰라 그런거"

어머니는 기가 막혀 잠자코 앉었다. 남순이는 마음으로 생각하여 보았다. 츄럭에서 내려 소변하는 자기를 낙구치든 운전수나 찜-을 태워다 주든 군인인지 순경인지 일행 일곱 사람의 얼굴이며 그리고 영동 주막집 남자의 모습하며 대구 ××여관집 뽀이와 그리고 이번에 부산 가는 차에 올려주든 기차 승무원의 모습을 두루 생각하여 보아도 어느 하나를 꼭지적할수는 없는 것이다.

남순은 멀뚱 멀뚱 천정만 치어다보고 누어 있다.

"몇달이냐? 여섯 달이냐?"

"난 몰라 그런거"

어머니는 몇번이나 혀를 차고

"이 천치년아 몸엣것이 언제쯤 없어졌노"

"모르겠어 잊어 버렸어"

남순이는 뻔-히 어머니의 얼굴을 치어다 보고

"권서방이 밤낮 아이 하나 낳으라 했는데 잘됐지 뭐요"

하고 귀찮은듯이 눈을 감는다.

"이년아 이 미련한 년아 네서방 아이가 아닌데도 낳아서 길으겠나? 아이고 이 망신을 어쩌면 좋노"

"……"

"네 서방이 들으면 당장에 이혼이다. 이혼…… 아이구 이 망신을 어떻게 하나"

"걱정 말어요 어머니 권서방을 불러다 주어요 내가 아일 길르자고 말을 할테니"

웬만한 청이면 곳잘 들어주는 남편은 자기의 뱃속에서 나오는 아이를 길르자면 곧 동의할것만 같다.

"어이구 맙시사 이 천치년아……어릴때 진작 뒤어졌더라면"

어머니는 무릎팍 위에 팔꿈치를 세우고담뱃대를물고 앉아 땅이 꺼지도록 한숨을 쉬다가

"이년아 어느 세상인줄도 모르고 이년아 차라리 철로에나 치어 뒤여지고나 말께지 무슨 주재로 살아왔노 아이고 이 망신을 어떻게하노"

잠잫고 듣고있든 남순은 골이났는지

"망신은 무슨 망신 내가 훼양질을 했나 머?"

이렇게 중얼거리고 벽으로 돌아 누었다.

"아니 서방 있는 년이 딴놈의 아이를뱃는데도 훼냥질을 않했다니…… 개가들어도 웃을 노릇이다. 사둔댁에서 알면 내 얼굴에 똥물을 안뿌리겠나"

하고 어머니는 부르르 치를 떤다 남순은 어머니의 주먹이 머릿밖으로 내려칠것만 같애서 부시시 자리에서 일어나 앉았다. 그리고 저만침 물러나 앉으며

"나는 훼냥년이 아니에요 나는 단한번이라도 잡심을 먹고 몸을 내준일은 없어요 그이들이 날 고향까지 대려다 준다기에…… 그리고 이틀씩이나 밥도 못얻어 먹고 굶어 죽게 됐을때 먹을것을사주기에 신발도 없이 돌짝밭이며 가시밭 길을 걸어 갈때에 신을 사주기에"

남순은 흑흑 느껴가며

"어머니에게 날 데려다 준다기에 그말만 믿고 몸을 내주었지요 나는 가진것이라고는 몸둥이 밖에 없었어요. 나는 돈도, 힘도, 아는 사람도 없었어요"

여기까지 말을 하고 남순은 소리를 내어 울었다 어머니는 담뱃대를 두드리며

"이년아 남듣는다 아닌 밤중에 울기는 왜 울어? 개망신을 저질러 놓고 변명이 무었이야 변명이"

하고 눈을 부라린다.

"어머니는 너무도 야속해요 내사정은 하늘이나 알고 땅이나 알아요"
하고 남순은 구석으로 돌아앉어 눈물을 씻었다. 날이 새었다. 남순의 어머
니는 피난민으로 와서 개업 하고 있는 산파를 데려와서 쥐도 새도 모르게
남순의 일을 의논 하였다.

아이가 벌써 아홉달이나 되었다는 말과 이왕이면 다 자란 아이니 낳어서
자식 없는 사람에게 길러라 주는것이 적선도 되고 안전 하다는 것이다. 아
이를 꺼집어낸다는 것은 첫째 남순이의생명이 위태하고 다음으로는 법률이
용서 하지 않는다는 것을 설명하고 산파는돌아갔다.

그날부터 남순은 초량 산막에 있는 외숙모네 집으로 가게되고 그집 부엌
방……겨우 반간 남짓한 좁고 어두운 방으로 감금되다 싶이 꼭 들어앉게
되었다. 자고 먹는것은 물론, 또 똥과 오즘도 그방에서 해야한다.

가쳐있은지 수무일에 만에 남순은 아들을 낳았다. 하-얀 융적삼을입고
아르르 떠는 아이를 돌아보고 남순은 눈을 흘기었다.

"강아지 새끼같은 것 날 죽도록 고생을 시키고……"

그러나 이렇게 중얼거리며 아이를 흘겨보든 남순은 갑짜기 입을 다물어
버렸다.

"으앵- 으앵- 으앵-"
하고 우는 아이의 울음소리가 남순이의 가슴 속으로 스며든 때문이다. 아
이의 우는 소리는남순의 혈관속으로 뼈속으로 녹아들고 그리고 영혼속으로
감겨 들었다. 쪼그르르 주름살잡힌 적은 이마하며, 바르르 떠는 턱 하며 남
순의 가슴속에는 무어라 형용 할수없는 감정이 치밀어 오른다.

애처럽고 가엽고 아깝고 그리웁고 이런여러가지를 한데 섞어 노은듯한
감정이 남순의 전신에서 끓는가마물같이 넘쳐 흐른다. 남순은 전에는 결단
코 경험해보지 못하던 감정이었다.

이튿날 어머니가 왔다. 어머니는 아이를 힐끗 한번 돌아다볼뿐

"구포 사돈 댁에서는 지금네가 나쁜병(장질부사)을 앓고 있는줄알고 널

보러 올려고 발광하는 늬 남편 을 식구들이 부뜰고 있다. 젓만 물리지 않
으면 한보름 몸조리 해서 네 남편과 맞나도 조와, 인젠 망신도 면하게 됐
으니 한보름만 더 꾹 참어라"
하고 일어서다가

"젖꼭지 물리면 안돼"

한번더 당부를 하고

"내일말구 모래 아이를 대릴러 올꺼다 길르겠다는 사람이 있어" 하고 둔
턱에 걸터앉어 신을 신는다.

"아니 누가 아이를 데려간데요?"

남순은 어머니의 치마를 부뜰었다.

"자식 없는 집에서 갓다 길르겠다니 오즉좋으냐 그집에서 비단 포대기
며 새 기저○며 다 준비 한다더라"

어머니가 돌아간 뒤에 남순은 한숨을쉬고 아이를드려다 보았다. 새캄한
기름의 반지르르 흐르는 머리털 빤히 떠보는 새캄한 눈알, 작디 작은 입,
아이를 드려다 보는 남순의 눈은 차츰 흐려왔다 굵다란 ○물이 아이의 이
마며 뺨에 똑뚝 굴러 떨어졌다.

남순은 창자가 끊어질듯이 아이가 가여워졌다.

"이것이 어느 손으로 갈것인가?"

남순은 흑흑 느껴울면서 두팔로 아이를 안았다 말랑말랑 하고 모쫄한 체
중을 무릎위에 느끼며 남순은 젖꼭지를 꺼내 아이 입에 물렸다. 아이는 젖
꼭지를 입에 넣자 마구 빨아댔다. 남순은 지금까지 아이에게 물에 적신 솜
만 빨리고 있은것이 진정후회가 되었다. 그는 탈지면을 당갔던 접시를 훌
쩍 뒷문으로 던져버리고

"어머니가 보시면 어때? 난 아이가 조와, 난 남편 보다도, 누구 보다도
아이가 조와"

남순의 어머니는 오래간만에 웃음이 나왔다. 그는 감쪽같이 딸의 비밀이

보장 된것이 기뻤다. 사돈을 대하거나 사위를 만나거나 겁날것도 없고 부끄러울것도 없어진것이다. 자식낳아보지 못한 최군수댁이 가져다 길르게 되고 그들은 난리만 끝나면 고향으로 돌아간다 하는 것이다. 만사는 다 남순의 어머니의 원대로 뜻대로 이루어진 것이다.

점심때가 조금 지나서 최군수 부인이왔다. 사십 안팍의 얌전한 이 중년 부인은 아기의 포대기와 기저귀를 싼 보퉁이를 옆에 끼고 앉이도 않고,

"가옵시다."

하는 인사가 어지간히 초조하다. 남순의 어머니는 최군수댁을 데리고 초량 산막까지 걸어갔다. 남순의 외숙모가 막 개울에서 어린애 기저귀를 빨아 온것을 마루에 내려놓다 말고

"성님 오섰읍니까? 아이구 손님도 오십니껴"

하고 군수 부인의 보퉁이를 받아들고 □을 서서 부엌방문을 열었다.

"아이고 얄구져라 내가 도랑에 갈때만 해도 아이 울음 소리를 들었는데"

남순의 외숙모는 어이없는 얼굴로 소리를 친다. 남순의 어머니가 방안으로 고개를 드려 밀었다. 방안에는 아무도 없다. 남순이도 없고 애기도 없다. 남순이가 덮고 자든 담요도 없어지□ 애기의 누웠던 자리에는 까만 배냇 똥이묻어 있는 기저 귀가 한개 굴러있다.

방안을 드려다 보든 군수댁이 아랫목에서 연필로쓴 짧은 편지를 집었다.

"어머니! 나는 어머니의 망신이된다는 이 어린것을 데리고 떠나갑니다. 다시는 오지 않겠어요 아이가 자라서 혹시 나뿐 짓을 하더라도 난 이 아이를 용서 하겠어요 남순" (一九五二·五·六)

『신경향』 4권1호, 1952.6, 72-79면. [단편소설]

사천이백원(四千二百圓)

지갯군 도삼이는 오늘은 운수가 좋았다. 해가 거울 거울 해 가는 임시, 그의 주머니 속에 들어 있는 돈은 모두 일만 천원이었다.

쌀 두 되를 사고 나무도 몇 단 사고, 그리고 김치꺼리도 한단 사고 멸치도 한 접시 살 수 있다.

도삼이는 마음 속으로 주먹 구구를 따져 가며 늘 들리를 단골 술집으로 들어 갔다.

언제나 두 사발씩 마시는 것이 그의 습관이었는데 도삼은 탁주 한사발만 마시고 김치 쪽을 꾹 꾹 씹으며 돌아 나간다.

주부는 요 며칠 사이 탁주 두 잔을 한 잔으로 주려 버린 도삼이가 이상하여졌는지

"오생원 요새는 와 한 잔씩만 자시는기요. 속이라도 안 됐는기요?"

하고 뚱뚱한 몸에 어울리지 않게 가는 목 소리로 묻는다.

"은제요"

"그라믄 와?"

"내사 와 그라든지"

도삼이는 퉁명스럽게 젊은 주모에게 대답을 하고 술집을 나와 버렸다.

술집이래야 길가 하꼬방 단간 방이지만.

도삼이가 술을 한 잔씩 절약하는 것 뿐 아니라, 그 요 몇 날 사이는 점심 빼면 한 그릇씩 사먹던 오백원짜리 팥죽에 찰떡 다섯개를 썰어 넣어 먹

던 것을 떡 두개를 주렸다.

도삼이는 탁수 한잔을 주려서 오백원을 얻고 떡 두 개를 주려서 이백원을 얻고 이렇게 하루 칠백원씩을 모아 오는지가 벌써 엿새가 되었다.

하루 지개를 져서 적으면 삼사천원 재수 좋은 날은 만원이 넘기□ 하나 평균 잡으면 오륙천원은 된다.

도삼은 이것으로 점심 천원 저녁 때 요기 술로 두잔 천원 도합 이천원을 떼고 남는 전부는 아내와 아들 세식구의 생활비로 써야하는 것이다.

"오늘 칠백원을 넣으면 사천구백원이라"

날이 새어 뿌으옇게 밝아오는 창살을 바라 보며 도삼은 혼자서 셈 속을 따지는 것이다. 그는 아침 밥이 들어 올 동안 좀 더 누어 있기로 한다.

"아이구 또 비가 오네 지랄같이"

아내의 짜증 소리를 듣고 판자 짝으로 된 문을 열어 재치니 과연 처적 처적 비가 내리고 있다.

이웃집 양철 홈통을 타고 내려 가는 빗물 소리가 땅 땅 땅 땅 장단이 바쁘다. 도삼은

"쯧!"

하고 혀를 찼다.

오늘 하루를 벌지 못하면 새로 칠 백원이 붙기는 커녕 주머니 속에 있는 돈까지 쌀 값으로 나가 버리는지도 모르는 것이다.

도삼이는 도시 마음이 유쾌할 수가 없다.

도삼이가 악심을 먹고 하루 벌이에서 아니 자기 점심에서 칠백원씩 떼어 내는 것은 까닭이 있다.

그것은 도삼이 외에는 그의 아내도 알지 못하는 비밀에 속하는 일이다.

앞으로 닷새만 있으면 동짓달 초여드래 그날은 도삼이의 생일날이다.

그날까지 모으면 칠전 칠백원, 싱싱한 대구 한 마리는 못 사더라도 설마 대구 대가리 한개와 고니 한벌쯤은 사게 될 것이다.

무와 파를 넣고 국을 끄리면 세 식구가 한 그릇 씩은 먹으리라. 만약에 대구를 못 사게 되면 야미 쇠고기나 돗고기라도 사고.

도삼은 이러한 계획은 마음 속으로 가졌는지라 도삼이로서는 일이 될 때까지는 한 개의 비밀일 수도 있고 또 한개의 모험이기도 하다.

점심 나절이 되면서 비는 뚝욱 그쳤다.

목침을 빼고 쿨― 쿨― 코를 골던 도삼이가 입맛을 쯧쯧다시며 돌아눕는다.

"비가 그쳤네요 나가 보이소"

하고 아내가 두 번째 깨우는 소리를 듣고야 그는 부시시 일어나 앉았다.

아들 놈이 찬밥덩이를 우거지 국에 푸는 것을 보고 도삼이는 때국물이 흐르는 청엽 수건으로 부스스한 머리를 싸매였다.

그는 방 구석에 아무렇게나 처박혀 있는 양말짝…… 양말이래야 앞뒤로 검정 헝겊이며 무명 쪼각에다 노끈 같은 굵은 실로 꿰맨 것을 찾아 신었다.

발꾸락 두개가 새로 꿰진 구멍으로 불쑥 나온다.

이러한 양말을 신은 발을 이와 비슷하게 꾸역꾸역 기운 고무신짝에 담았다.

신발이 벗어지지 않도록 노끈으로 발 허리를 동여매고 문턱에 걸터 앉아 헌 털뱅이가 다 된 검정 양복저고리를 걸쳤다.

퇴색 되고 구멍이 뚫린 양복바지를 입은 다리가 황새 다리 모양으로 길□랗다.

도삼은 기러기 모가지 같이 긴 모가지 아래로 모든 어깨위에다 지개를 걸치자 골목밖으로 나왔다.

비가 그친 뒤의 일기는 웃석 추웠다 바다를 거쳐오는 바람은 거세고 차가워 도삼은 목을 오무리며 큰 길로 어슬렁 어슬렁 나왔다.

짐을 지울 사람이 없나 하고 유난히 커다란 논을 굴려 이리저리 살피며.

방송국 맞은편 개딱지 같은 오막살이에서 부산 역전까지 내려 올 동안 벌써 무거운 짐을 지고 가는 지갯군을 셋이나 지나쳤다.

그는 부러움을 느끼며 자기도 어서 한짐 얻어 지기를 바랬으나 부르는 사람은 없다.

기차가 대인지 벌써 오래된 모양으로 역전은 조용하고 기다리는 지갯군들오 얼마 없다.

도삼은 돌아 서서 큼직한 상점 앞으로 가서 서성거리기도 하고 '하이야'에서 내리는 손님들을 지켜 보기도 하였으나 자기는 여전히 소용 없는 존재였다.

세□서 앞거리를 지나 어시장 근처까지 갔으나 역시 마찬가지였다.

얼룩 얼룩한 하늘에는 일면으로 두꺼운 구름이 깔리기 시작한다. 청과조합 앞에서 서성거릴 때는 벌써 해가 기울기 시작하였다.

도삼은 목이 컬컬 해 오는 것이 한잔 해야만 할 시각이다. 기어이 빗방울이 뜯는다.

비를 따라 바람도 버석 세게 불기 시작한다.

"심청 궂은 날씨다"

도삼은 속으로 빈정대며 언덕 길을 쳐다 보았다.

흐린 날은 해도 속히 저무는지 어느덧 엷은 어둠이 산 허리로 감도는데 바람은 점점 심하여 간다.

빗방울도 훨씬 굵어지고

도삼은 집으로 돌아갈 것을 생각하고 빈 지개를 진채 걸음을 뻘리 하는 수 밖에 없었다.

"여보소오 지갯군 — 지개 양반 —"

하는 소리가 바람 결에 들려온다.

도삼은 힐뜻 돌아 보았다.

육십이 될락 말락한 할머니가 허어연 머리칼을 바람에 날리며 손을 친다 할머니의 발 앞에는 제끼에 묶은 뭇단이 놓여 있고.

도삼의 직업적 본능이 그로 하여금 할머니 앞으로 달음질을 시켰다.

초라하게 여읜 할머니는 치마 끈을 졸라 매며 머리칼□ 쓸어 넘긴다.

"지울랍니꺼?"

"예!"

"어디꺼정 갑니꺼"

"구판꺼정 갑시더"

도삼은 뭇단을 지개에 실었다. 모두 엿단. 벼야운한 짐이다.

도삼이는 성큼 성큼 걸음을 떼 놓는데,

"보이소, 약간 천천히 걸으소. 내사 그렇게 쇅히는 못걷겠소"

할머니는 숨이 찬 소리다.

"예 — 천천히 오이소"

도삼은 되도록 걸음을 늦추었다.

그 사이 제법 컴컴해진 하늘에서는 설─설─ 가락을 지어 비가 내리는데 패어 나간 길 바닥에는 어느새 흙탕물이 철벅거린다.

옷도 젖어 오지만 발이 미끄러워 도삼은 조심 조심 걸어야 한다.

할머니는 염치 코치 다 잊은듯 <u>으르르</u> 떨며

"나좀 붙듭시더"

하고 도삼이의 지개 다리를 매 달리듯이 붙들고 찬찬히 걷□ 것이다.

어느새 어두워져 먼데 사람은 보이지 않는다.

초량 역전까지 왔을 때에는 도삼의 헌 털벵이 양복 저고리 어깨가 한빡 젖었고 얼굴에서 흘러 내리는 빗방울을 씻는 청엽 수건도 완전히 젖었다.

구관 언덕바지를 올라 산 아래로 꺾이는 골목을 지냈는데도 더 가야 한다는 말을 들을 때 도삼은 혀를 찼다.

'택가(운임)을 단단히 받아 내야지'

속으로 차부를 하면서도 젖어 오는 의복의 촉감이 그에게 짜증만을 강요하는 것이다. 이윽고

"이집이오"

할머니가 숨이 차서 하는 말을 듣고 도삼이도 큰 숨이 나왔다. 그러나 그다음 순간 도삼은 자기가 짐을 지고 온 집이 자기가 살고 있는 것과 비슷하게 초라한 하꼬방집이라는 것을 직각하자 도삼은 자기도 모르는 사이에 눈살이 찌프□졌다.

"무시로(무를) 어데 내라놓라 카 기요?"

도삼의 음성은 약간 퉁명스러워졌다.

"이방에 좀 들여놔 주이소"

하고 할머니가 방문을 연다.

도삼은 시키는대로 무 열단을 방안으로 들여 쌓았다

방안에는 콩 알만한 호롱불을 앞에 놓고 사람이 앉아 있는 것이 보인다. 젊은 남자다.

"무시를 무슨 돈으로 이렇게 많이 샀읍니까? 어무이요"

아들인듯한 그 젊은이가 외심스럽게 묻는다

"어데 샀나 얻었지. 채소 도가 앞을 지내 오니까 너희 칠춘이 내다 보고 이걸 주더라. 집에꺼정 가져 가겠느냐 묻는 것을 욱심에 받쳐 가져 간다고 그랬지……이양반 아니면 어림이 있나?"

하고 목 소리를 낮추어

"야아야 택가 줄 돈 있나?"

하고 할머니가 조심스럽게 웃는 말에 도삼의 가슴은 털컥 내려 앉았다.

"……"

안에서는 아무런 대답이 없다.

"아까 이천원 있던것을 쌀을 팔아버렸 ……어짜꼬?"

할머니는 혼잣말로 이렇게 걱정을 하더니

"가만히 있자…… 내 뒷집에 가서 좀 취해 와야지 보이소 지개 양반 잠깐만 방에 들어 가서 기다리시이소 잠깐만"

하고 할머니는 뒷골목으로 사라졌다. 비는 내리고 춥기도 하고 배도 고프고 도삼이는 이만 저만 짜증이 아니다. 몇번이나 혀를 차고 또 차도 화만 더럭 더럭 났다.

"보이소 좀 들어 오이소. 참 미안합니더. 우중에 밖에 섰지말고 잠깐만 방에 들어 오이소 예?"

하고 애원하듯이 권하는 젊은이의 말이 결단코 고마워서가 아니라 사정 없이 내리는 비와 또 바람을 피하여야 할 처지라 도삼은 방으로 들어 가지않을 수가 없었다.

그는 위선 흙탕 물에 곤죽이 된 양말과 고무신을 한데 얽어 맨 노끈을 풀고 방으로 들어갔다.

젊은 사람은 빙그레 웃으며

"불이나 좀 쬐이소"

하고 양철 화로를 도삼의 앞으로 내민다.

노랑 수염이 아무렇게나 자라 있고 양편 뺨이 홀쭉하게 들어간 것이 어디인지 병자 같다.

"어데가 아풍기요?"

하고 도삼이가 물었다.

"예 다리가……"

하면서 젊은이는 여전히 웃으며

"일선에 갔다가 다리를 다치고…… 수술을 해서 이쪽 다리를 아주 잘라 냈지요"

과연 한편 다리가 있어야 할 자리는 바지가랭이가 빈자루 같이 구겨져 있을 뿐이다.

"?……?"

도삼의 눈이 뚱그래졌다.

도삼은 입이 닫져진듯 한 말도 나오지 않았다.

이 어처구니 없는 사실에 대하여 도삼은 다만 아연할 뿐이다 잠자고 젊은이의 얼굴을 바라보는 도삼은 일순 젊은이의 얼굴 위에서 또 다른 한개의 얼굴을 보았다. 그것은 방금 일선에 나가 있는 자기 동생 도칠이의 얼굴이었다.

어릴 때 아버지를 잃고 어머니 손에서 길우며 도삼은 열 여섯살이 되자 이웃 동리로 머슴살이로 가고 도칠은 어머니와 함께 봄이면 쑥을 뜯고 여름이면 송피를 벗기었다.

가을이면 콩 닢을 따서 그날 그날 연명하며 자라던 도칠이었다.

보리 이삭이며 김장 시레기를 걷우어 주린 배를 채워가며 살아가던 도칠이는 그가 열살이 될때 그리고 도삼이가 열일곱 이 될 때 어머니마저 돌아가셨다.

도삼이가 머슴 사는 집에서 불상하다고 도칠이를 데려다 '꼴머슴'을 삼았으나 그날부터 도삼은 도칠의 몫까지 일을 해야 될 신세였다.

그리그리 자라난 도삼의 형제는 도삼이가 장가를 들고 도칠이까지 데리고 부산으로 와서 살게 되었다.

도칠은 유리 공장에 직공으로 들어 갔다. 하루 바삐 한사람 몫의 숙련공이 되어 가기를 기다리며 꾸준히 유리공장에 다니던 도칠이는 일선으로 나가게 되었다.

입영하던 날 도칠은 잠자고 도삼을 처다보다가

"성님!"

다만 한마디 하고 목이 탁 매쳐버렸다.

"도칠아"

도삼이도 말 한 마디 밖에는 아무 말도 못하였다.

도칠이는 주먹으로 눈을 씻고 한번 힐끗 도삼을 돌아다 보고 영소로 들어 갔던 것이다.

일선 ○○ 지구에서 꼭 한번 편지가 왔을뿐 거의 일년이 되어 가건만 도칠의 소식은 묘연하다.

도삼은 가슴에서 뜨거운 것이 울도하고 지내 가는 것을 느꼈다.

'내동생 도칠이가 만약에 이지경이 되어 돌아온다면?'

도삼은 흠칫 눈을 감고 고개를 숙여버렸다.

'도칠아!'

도삼은 갑□기 못 견디게도 도칠이가 그리워졌다.

'동생이 돌아 왔으면…… 다리를 한 개 아니 두 개를 다 잃고 오면 어떻냐. 내가 벌어 먹이지'

도삼은 마른 춤을 두어번 삼키고 나서

"그래 무엇을 먹고 살아 가는기요"

하고 한마디 물었다.

"머 말 아니지요"

젊은이는 커다랗게 한숨을 쉬고

"어무이가 여기 저기 댕기며 남의 빨래도 해주고 다디미질도 해주고……"

여게까지 말을 한 청년은 완전히 우울해진 얼굴로

"앉아서 하는 직업이 있으면 무엇이라도 하겠는데……"

깜박거리는 호롱불을 바라보고 젊은이는 또 다시 한숨을 쉰다.

문밖에서 할머니의 목소리가 들려 온다.

"보이소 지개 양반 내 한집 더 가 보고 오끼요, 잠깐만 기다리소이"

하고 또 어디로인지 가버렸다.

도삼은 가슴이 깊숙히 손을 넣었다. 착착 접은 사천 이백원! 그나마 백원짜리로만 뭉쳐 있는 것을 꺼냈다.

"젊으신네요!"

도삼이는 지전을 손에 쥐고 멍하지 바람벽을 쏘아 보고 앉았는 청년을 불렀다.

도삼은 빙그레 미소를 띄우고

"이것은 침 약소합니더…… 이것으로 생선이나 사서 어무이와 함께 국이나 끄려 잡수시소"

　도삼은 여전이 열적게 웃으며 지전을 청년의 앞으로 밀어놓았다. 그제야
도삼의 말 뜻을 알아 들은 청년은

　"머라카능기요?"

하고 놀라서 돈을 걷우어 도삼의 손에 쥐어 준다

　도삼은 잠자고 돌아 앉아 흙탕물에 반죽이 된 신발에 발을 넣었다.

　"보이소 이거 가지고 가이소"

　청년은 도삼의 옷자락을 붙들었□나 도삼은 잠자고 문밖에 세워둔 지개
를 어깨에 걸치자 도망하듯이 반달음□질로 골목길을 나왔다.

　비는 여진히 내린다.

　"오늘밤 이대로 비가 온다면 다리 잃□ 청년의 오막 사리가 샐 텐데"

　불 빛이 환한 큰 거리로 나왔것만 도삼의 마음은 자꾸만 어두어진다.　(끝)

전락(轉落)의 기록(記錄)

내가 마카오 사아지로 새로 교복을 작만했다거나 동경 벨벧 치마에 나일런 저고리를 입기로니

"넌 월급을 넉넉히 받는구나"

하고 동무들은 어느정도 부러운 시선으로 나를 응시하는 것이었다.

내가 가정교사로 들어가서 수입이 생긴 것으로 보는 까닭이다. 나의 손목에 남자용 십팔금 사각시계가 걸려 있는 것을 보고

"애, 사내친구의 기념품이냐?"

하고 동무가 묻는데도

"아아니 일가집 오빠게야"

하고 천연덕스럽게 미봉을 하였으나 사실은 장에게서 받은 선물이었다. '뿔로바'나 '엘진'으로 여자용을 살 수 있으면서도 장은 부득부득 자기가 쓰고 있던 남자용 '오메가'를 내 손목에 걸어주었던 것이다.

이때로부터 나는 만약에 남자가 여자용시계를 가진다면 그것은 여자에게서 받은 정표라고 단정하게되었다.

내가 가정교사로 들어가던 때만하드래도 아직도 어름이 풀리지 않은 겨울인데다 하숙비가 두달치나 밀려있어 지옥에서 부처님을 만난것처럼 나는 그 가정교사 자리로 달려갔던 것이다. 어머니 없는 양순이가 조모님손에서 길리우고 그때문인지 양순은 나이에 비해서 버르쟁이도 없고 옷매무새도 희한하였다. 그러나 내가 가서 일주일이 못되어 양순은 열한살 먹은 소녀

로서 할 수 있는 예절은 가추게 되었다.

일본서 한배 싣고 돌아왔다는 양순의 아버지는 상당히 활약하는 모양으로 내게 집어주는 월급은 내가 만족한다느니보다 오히려 놀랄만한 정도였다. 내가 그집에서 꼭 석달을 지나고, 그리고 장(양순의 아버지)이 불러온 고급차에 우리는 모두 실려 동래 온천으로 갔다.

목욕을 하고 점심을먹고 꽃구름 아래서 산책을한 것까지는 좋았다. 그러나 돌아오는 차, 둥근 달을 이고 달리는 차속에서 몇번이고 장에게 내 손바닥이 쥐어졌다.

"이렇게 보드라운 손 꼭 조각같군요"

하고 나의 손까락은 만지작거리는 장의 몸에서는 남성의 체취가 향긋이 나의 관능을 스쳐갔다. 내가 결혼 적령기에 있는 처녀였기 때문인지도 모를 일이었다.

이날 돌아와서 장은 내 방에서 자기가 상처했던 일이며 앞으로 재혼하겠다는 말을 하고

"꼭 순실씨같은 처녀 한분 소개해 주세요"

하고 쓸쓸히 웃었다. 나는 이때 비로소 난생 처음으로 남성에게 대한 동정이 움직였다. 가엾다할까 처량하다할까 나는 내 눈에서 핑그르르 눈물이 도는 것을 어쩔 수 없었다.

"순실씨!"

장은 갑자기 무릎을 꿇고

"만약에 제가 순실씨에게 구혼한다면 실례가 될까요?"

동경서 중앙대학을 나왔다는 장은 이러한 말로서 나의 마음문을 두들기는 것이었다. 올해 서른셋이라는 이 소장실업가는 순한 눈과 깨끗한 치아를 소유하고 늘씬한 키에 뿌우연 살결로 미남자라 단정할 수 있는 사나이다.

"……"

나는 잠자고 앉아 적당한 대답을 찾고 있었다. 첫째 내가 이 사나이를

사랑하느냐 스스로 내 마음에 물어보았다. 사실을 고백한다면 나는 사나이의 애정이 무엇인지를 모른다. 단지 이 장에게는 무어라 형용할 수 없는 동정, 그것은 꼭 내라야만, 내 자신이라야만 장을 도울 수 있다는 그러한 신념만은 어찌할 수없었다.

"양순이의 어머니가 되어주십시요"

장은 침통한 얼골로 나의 대답을 기다리는 것이다.

"결혼식은 내가 졸업한 후에 할것, 그동안은 별거하는 것, 이 두가지를 승인 하신다면"

나의 제안에

"네 그럽시다"

장은 선선히 대답하였다.

일년 남은 졸업이 아까웁기도 하지만 일본으로 댕기며 무역한다는 장은 반드시 여인이 있을상 싶어 나는 그것이 염려가된 때문이었다. 나는 일변 방을 구하고 또 일변 내 후임의 가정교사를 물색하노라 상당히 바빴다. 한 이틀 복덕방을 쏘다녔지만 이틀 사흘 후에야 방이 빈다는 것이다.

내일이면 이집을 떠난다는 밤. 장은 나의 송별연이라하여 삐어와 고급과자와 과일을사 들고 내 방으로왔다. 먹지 못하는 술인데도 장은 내게다 유리컵으로 하나 되는 삐어를 어떻게서든지 다 마시우고 말았다.

"이것은 약혼반지"

장은 반카렡되는 따이야반지를 내 손까락에 끼워주고. 반지를 끼운 내 손까락을 드려다보며

"피가 돌고있는 대리석 조각"

이런 말을 하고 내 손을 몇 번이나 쥐고 쥐는 때였다. 갑자기 전등이 탁 꺼졌다. 내가 성냥을 더듬어 촛불을 켜려는대 장은 내 팔을 딱 붓잡고 나의 어깨를 부둥겨 안았다. 이 밤이 장과 나와의 사실상 결혼의 첫 밤이었다.

나는 얻어논 방으로 가지안었다. 장이 못가게 한것이다.

나는 이때부터 학교에 가면 공연히 동무들과 눈치를 살피게되고, 뻐스속에서 숙으러지는 고개를 건사하지 못하는 버릇이 생겨버렸다. 깜박 누어서 생각하다가 들고 있던 만년필이나 노—트를 곳잘 잊어버리는 수가한 두번이 아니고.

나는 그 다음달부터 나의 생리가 이상해진 것을 깨달았다. 마땅히 보여야할 것이 보이지않았다. 그 다음, 다음달에도 여전히 있어야할 것은 나타나지 않았다.

'임신하지 않았나?'

하는 근심이 내 마음과 얼골을 어둡게 하였다. 나는 장에게 말을 하고 장의 아는 산부인과로 가서 보이기로 하였다. 임신 이 개월반이라는 진단을 받고 곧 소파수술을 받았다.

장이 솔선을 해서 방을 하나 얻어준, 곳으로 옮아간 것은 수술하진 닷새후였다. 나는 거기에서 매일 병원으로 다니며 치료를 받았다. 의사의 권고로 나의 건강이 다 회복될 동안 나는 장과 별거하게 된것이다.

나의 후임으로 내 동무 수연이가 가정교사로 들어가게 되어 나는 행결 마음이 편했다. 수연은 내가 장차 장과 결혼할 것까지 알고, 또 내가 어떤 까닭으로 병원에 입원해 있는것도 어렴풋이 집작하는 터였다.

어느날 병원에서 돌아오는 길이었다

"아? 순실씨!"

하고 길을 지나가던 사람이 거름을 멈춘다.

"?"

치어다보니 의외에도, 진실로 의외에도 그는 강명규였다. 사아지 고복을 입고 앞 이마에 흥크러진 머리카락을 한손으로 쓰러넘기며

"순실씨를 찾느라고 얼마나 애를쓰고 있다구…… 신문에도 광고를 냈댔는데"

나는 물론 광고같은 것은 보지 못했지만 명규의 말을 믿고 싶었다. 명규

는 평양서 같은 동리에 살았고, 부모님들은 서로 장차 두사람을 부부로 정하고 있는 사이였기 때문이다.

9·28때 평양에서 나와 1·3후퇴때, 부산까지 울동안 서로 생사를 알지 못하고 지내온 명규였다.

"지금 어데계세요"

"어데는어데. 학교는 서울의대. 내년이면 졸업이라나요."

명규는 남의 말같이 하고 픽 웃는다.

덧니백이 웃입술에 가는 주름이 가로놓이는 것도 예전 그대로의 모습이다.

"부모님은?"

"부모님은 국제시장에서 약품가계를 내셨고"

"어쩌면"

"순실씨, 부모님은 안녕하세요?"

순실은 잠잖고 명규를 데리고 근처 다방으로 들어갔다. 눈이 마주치면, 부신듯 눈을돌리거나 떠러뜨리는 명규는 오늘도 얼골이 산호빛으로 붉어지는 것이다. 적은 테불을 가온데로 마주보고 앉았는 명규는 삼년 전보다 어깨도 떡 벌어지고 앞가슴도 실팍해지고 그리고 무엇보다도 그의 목아지가 눈에 뜨이게 굵어져 있다. 한 사람 몫의 장정이 되어가는 증거다.

"순실씨 집으로 갑시다. 어머니 아버지가 얼마나 기뻐하실라구"

하고 차잔을 들어 두어모금 마시고나서

"참 어머님 아버님 안녕하시죠?"

나는 흐— 한숨을 쉬고 나서

"어머님은 재작년 겨울 대구서 돌아가시고"

"저런"

"아버지는 9·28후 서울서 작고하셨어요. 폐염으로"

나는 그만 입이 실룩실룩 해지고 눈물이 쏟아질것 같애 그이상 더 말을 계속할 수 없었다.

"그럼 혼자서 어떻게 지내왔나요? 단단히 고생하셨겠는데"

명규는 진정 어쩔줄 모르게 애처러워하는 표정이다.

"……"

나는 손수건으로 두눈을 눌르고나서

"남의 집 가정교사로서 밥도 얻어먹고 학비도 얻어쓰고 하지요"

명규는 고개를 끄덕이고

"역시 순실씬 다르십니다"

명규는 둥그스럼한 턱을 한번 문질르고 남은 차를 마신다.

명규는 기어히 나의 하숙까지 딸아왔다. 길에서 사들고 간 능금도 먹고 초코렌또 먹고, 그리고 내가 지은 냄비밥을 맛있게 먹고 통행금지 시간까지 놀다 돌아갔다.

명규는 그 이튿날 오후에도 학교에서 돌아가는 길에 들렸다. 자기 부모님이 기두리시니까 같이 가자는 것이었다. 다는 몸이 아프다는 핑게로 그날은 명규를 일직이 돌려보냈다.

사흘째 되던 날, 명규의 어머니가 명규를 앞세우고 들어왔다. 반가운 인사며 슬픈인사가 모두 끝난 뒤에.

"여름이 오기 전에 혼례식을 치루자"

이것이 명규 어머니의 단도직입의 선언이었다.

"……"

"어떠냐 준비랄게 뭐 있어? 그날 예식에만 입을 옷 한벌 작만하면 다른 것은 두고 두고 해 입지 뭐"

나는 내 태도를 솔직하게 해두어야 될것을 똑똑히 깨달았다.

"전 벌써 약혼을 해버렸어요…… 저와는 인연이 없는 걸로 아시고 명규씬 다른 처녀에게로"

그게 무슨 말이냐고 펄펄 뛸줄 알았던 명규 어머니는

"그랬어? 그렇다믄야"

명규 어머니는 싹 돌아서서 가버렸다. 참담한 얼골을 할줄 알았던 명규가 두어번 휘파람을 날리고 돌아앉아 서가에서 책도 빼어 읽어보고, 내 노-트도 뒤적거리고.

"우리 우동이나 먹으러 갑시다"

명규는 아무렇지도 않은듯이 나를 다리고 우동집으로 가서 나에게도 멕이고 자기도 먹고.

"행복하세요"

하고 쓸쓸히 웃고 돌아갔다. 나는 우두머니 서서 명규가 다음 골목으로 살아지는 것까지 보았으나, 명규는 한번도 뒤를 돌아보지 않았다. 지금쯤 명규는 그 서늘한 눈에 눈물이 핑그르 돌았으리라 생각하고 나도 뜨거워오는 눈시울을 몇번이나 깜박거리고 병원을 향하였다.

의사는 혀를 차면서.

"별거를 하셔야 할텐데…… 임균이 전염됐어요"

하고 또 한참 더 댕겨야 된다는 것이다. 그사이 장이 두번 댕겨간 것을 생각하고 나는 얼골을 붉힌채잠잫고 있었다.

병도 다 나아지고 나는 다시 학교로 가게 되었는데 웬 일인지 이십일이 넘어도 장이 오지 않는다. 궁금하기도 하고 또 학비도 내어야할게 있고 나는 오래간만에 장의 집을 찾아갔다. 이날 장은 없고 양순의 조모와 양순이만 있었다.

"가정교사는 외출 갔어요"

양순이가 이런 말을 하고, 양순의 조모는 저녁을 먹으라 부뜨는데도 나는 그냥 돌아왔다. 그리고 사흘이 지났는데도 장은 찾아와주지 않았다. 야속하기도 하고, 또 일변 의심도 나서 나는 다시 장의 집으로 갔다.

이날은 날세가 화창하여 양순이는 골목에서 아이들과 놀고, 양순이 할머니는 시장엘 가고, 집은 조용하였다. 나는 내가 쓰던 방, 아니 수연의 방을 더르렁 열었다. 좀 쉬어어 기다려 볼려고.

방에는 장이 이불을 덮고 누어 있었다. 그리고 그의 팔에는 파—마한 여인의 대강이가 안겨 있었다. 나는 왈칵 이불을 재꼈다. 속옷만 입은 여인—그는 수연이였다. 어쩌면 수연이 비슷한 얼굴을 가진 여인인지도 모르지만. 속옷만 입은 장은 여인을 안은채 잠이 들었는지 이불을 베꼈는데도 꼼짝달삭 않는다.

　나는 침을 탁 뱉고 반다름질로 대문 밖으로 나와버렸다. 질펀한 안개속 같은 시야에서 나는 자꾸만 걸어갔다. 어델 어떻게 걸었든지 나는 목이 말라오는 것을 느꼈다. 다행하게도 내 앞에는 다방이 있었다.

　아무렇게나 문을 밀고 들어가 빈 빡스로 가서 앉았다. 희한하게도 저번 날 명규와 같이 들어왔던 다방이다. 서늘한 것을 하나 주문하고 앉았으니, 그 눈언덕에 충혈하면서 웃던 명규의 모습이 방금이라도 나타날것만같이 내 마음은 갈급해졌다. 이런 때 꼭 명규가 나타나 주었으면 얼마나 내 마음이 부드러워질까.

　이런 생각을 하고, 한손으로 이마를 바치고 앉앗는데

　"순실씨 오래간만입니다"

하는 음성이 내 머리우에서 들리었다. 얼굴을 들어보니 그것은 다른 사람이 아닌 명규였다. 꼭 필요한 때 알맞게 나타난 명규가 어떻게도 고마운지 나는 그의 가슴에 매달리고 싶은 충동을 느끼었다. 명규는 내 마즌편 자리에 앉고, 나는 명규를 위하여 서늘한 차를 하나 더 주문하고 우리는 잠좋고 한참동안 서로를 바라보았다. 내가 막 무어라고 입을 뗄랴는데

　"순실씨"

하고 명규가 나를 불렀다.

　"?"

　나는 눈으로 그에게 대답하고 그가 무슨 말을 하던지 나는 다 들어줄 마음의 태세를 취하였다.

　"순실씨 나는 순실씨의 명령대로 결혼을 했읍니다"

"네? 결혼을요?"

내가 깜짝 놀라는 바람에 명규도 놀란 모양이다.

"순실씬 다른데 약혼하셨다고 그러셨지요 그리고 신부쪽에서 어떻게 서둘러 대든지……"

"……"

차가 왔다.

"추, 축하합니다"

나는 애써 미소를 띠우고

"드세요"

하고 나도 '스트로'를 들었으나 차를 마시지는 않았다.

"제 청첩도 한장 아니주셨어요?"

하고 내가 억지로 웃으니까

"글세요……"

명규도 쓰디쓰게 웃고 차를 마시며

"별로 가고싶은 장가도 아니고"

"피 —"

나는 눈을 흘겨놓고

"신부 얼골 좀 뵈주세요"

"영광인데요, 그럼 일간 대리고 가지요 기댄 하지 마세요 못생겼어요"

"웨 이러세요"

나는 절반 더 남아있는 찻잔을 두고 일어섰다.

밤이 왔으나 한잠도 못잤다. 장이 괫씸하다느니보다도 내 자신이 천박한데 나는 새삼스리 놀랬다. 결혼식도 치르지 않고 어델 믿고 사나이에게 몸을 내매끼다니. 아무리 어머니 아버지가 안게시기로니 그렇게 내몸을 천대할수 있을까.

아침도 먹지 않고 이불을 쓰고 누어있는데 저녁때 장이 왔다. 오랜지를 한광우리 사서 들고 와서는. 빌고달래고 별의 별소리를 다 한다 나는 한마디의 대답도 하지 않았다. 입이 붙어버려서 장은 내 필통에서 나이프를 꺼내가지고 오랜지를 썰어, 자기도 먹고 내 입에도 넣으려 했다. 나는 굳이 입을 열지 않았다.

장은 단념한 듯이 오랜지를 밀어놓고, 싱글싱글 웃으며 바지를 벗고 내 이불 속으로 들어온다. 두팔로 내 허리를 쓸어안을려는 것을, 나는 소름이 끼쳐 마구 발길질을 하였으나 그는 기어히 내 속옷을 배끼려든다.

나의 즈로-스가 절반쯤 배껴지려 할때, 몸부림 치는 내 손길에 닫는것이 있었다. 장이 오랜지를 썰든 나의 나이프였다. 나는 나이프를 집어들자 함부로 휘둘렀다.

"익"

장은 비명을 지르고 물러앉았다. 손바닥으로 얼굴을 싸는 장의 손구락 사이에서 피가 지르르 흘러내렸다. 장은 한손으로 바지를 꾀고 문밖으로 나가버렸다. 장이 돌아간 뒤 나는 옷매무새를 고치고 걸레로 방바닥의 피 방울을 훔치고 있노라니

"계십니까?"

하는 소리가 대문깐에게 들린다. 명규가 자기 신혼한 아내를 대리고 놀러 온것이다. 명규의 처는 살결이 어족(魚族)처럼 투명하고, 키가 낮으막 한데 파-마한 머리를 리본으로 동이고 나는 명규의 처가 확실히 나보다 미인이 아니라는데서 약간의 안심을 느끼고, 아까 장이 갖다놓은 오랜지를 접시에 담아서 손님들 앞에 내 놓았다. 장의 얼굴을 쑤셔준 나이프로 오랜지를 쪼겨

"좀 잡수세요"

하고 권했다. 명규가 한쪽을들고 명규의 아내도 오랜지 접시로 손이 갈때다.

"이 개똥쌍년아"

하고 드르룽 영창문을 열어재치는 육십이 가까운 노파. 그는 장의 어머니

다. 다짜고짜로 그는 철석 내뺨을 한대 갈겨놓고

"아—니 그래 서방이 오입 좀 했기로니, 칼부림을 하는 년이 어딧노, 니는 그래 화관 족두리 씨고 왔나 오다가다 맞난 년이지, 그래 밥 멕여 주겠다, 옷 입혀 주겠다 빙들면 빙 곤처주고, 내아들 만침 똑똑하게 계집 건사하는놈, 또 있더나 앙?"

노파는 손가락으로 연신 나의 얼굴에 삿대질을 하며

"이 고약한년, 이북년은 온 그럿나 앙서방의 눈알을 칼로 쑤셔 빙신을 맨들고"

나는 일순 등어리에 옷싹 소름이 지내갔으나, 소름보다 더한 쾌감이 나의 중추를 씹고 있었다. 노파는 아랫목에 게켜둔 비단 이부자리를 끌어안으며

"이것도 다 우리아들의 피땀 흘려 사준거다, 어림없다 내가 안보낸다 안보내"

노파는 드르릉 영창을 열고 이불을 옮긴다.

"쌍판은 개 흫은 죽사발을 해가지고"

마당에 찌프리고 섰는 안방 아즈머니를 보고

"아 글세 이년이 내아들의 왼쪽 눈을 칼로 쑤셔 못씨게 안만들었는기요" 하고 신발을 신는다.

"여보시오 할머니 이부자리를 가지고 가면 어떻컵니까 그 이부자리 이리 내려놓으시우"

명규가 딱해서 한마디 하는 것이다.

"뭣이 어째, 주재 넘게 남의 가정사에 웬 참견고, 이북 연놈이라면 자다 가도 이가 갈린다"

대문으로 나가며 노파는

"우리아들 '밍에만' 아니면 이년을 당장 감옥에 처넣지만"

명규가 무어라고 나에게 위로의 말을 했으나 나는 알아듣지 못하였다. 나는 자리에서 벌덕 일어섰다. 명규의 아내가 핸뺙이며 치마자락을 걷어 길을

열어 주었다.

질펀한 강물 같기도 하고 허―연 모래사장 같은 시야 속에서 나는 마구
달렸다. 벌써 어두어 거리에는 불빛도 보였으나 나는 아무대도 자꾸만 걸
어갔다. 내 옆으로 지내가던 흑인 하나이

"헤이, 오케이? 오케이?"

하고 다섯손가락을 펴 보인다 나는 걸음을 멈추고 섰다. 그제야 비슬비슬
넘어지려는 내가 어제 저녁 부터 아무것도 먹지않고 있다는 것을 깨달았다.

"오케이 카먼!"

나는 흑인의 팔을 끼고 흑인과 함께 들어간 곳은 흑인들이 곧잘 다니는
어느 사창굴이었다. 흑인의 팔을 베고 누었는 나는 까―마득한 비탈길을
한없이 굴러 내려온듯 그리고 그 맨 밑바닥 골짜구니에 누어있는 듯한 절
망 비슷한 안도감이 나의 입에서 미소를 자아냈다.

『신천지』 8권3호, 1953. 7·8 합병호, 259-269면. [창작(創作)]

인순이의 일요일

인순이가 학교에서 하학하고 돌아오는 때는 날이 흐리어 아직도 어두우려면 한 시간이나 남았는데도 벌써 땅거미가 덮이어 있었읍니다.

오늘 일직인 때문에 교실 소제며 변소의 청소까지 다 돌보고 돌아오기 때문에 전보다 늦은 것입니다.

집으로 돌아간대야 인순이는 아무도 없는 방에서 책보를 펴 놓고 혼자서 복습을 하든지 그렇지 않으면 가랑잎을 긁어다 아궁이에 지피든지.

인순이는 어머니도 아버지도 없고 언니도 오빠도 없이 육십이 넘은 할머니와 단 둘이 살아가는 아주 적적한 살림살이입니다.

오빠는 일선 가서 돌아오지 않고, 언니는 시집 가서 시골로 내려갔고, 부모님은 사변 중에 돌아가셨읍니다.

오직 하나 의지하고 사는 할머니, 이 할머니는 매일 빈대떡을 구어서 그날그날 두 사람의 식량과 인순이의 학비를 대는 가난한 살림살이입니다.

남대문 시장 들어가는 길 중에서도 가장 좁고 험한 길, 그것은 남산 마루턱에서 내려가는 언덕길 아래 조그마한 빈터입니다. 여기는 지갯군이 몇씩 지나가고 혹시 장거리를 들고 지나가는 안악네들이 있을 뿐 지극히 한산한 곳입니다. 그러나 인순이 할머니는 이러한 장소 밖에는 마련할 도리가 없어 그는 날마다 여길 와서 빈대떡을 굽는 것입니다.

비가 오는 날에는 인순이 오빠가 입던 헌 외투를 머리에서 부터 등어리까지 뒤집어 쓰고 떡을 굽는 것입니다.

인순이네 할머니가 굽는 빈대떡은 다른 가게에서 파는 것보다 좀더 두껍고 넓이도 큰 까닭에, 한 번 사 먹어 본 지갯군들은 꼭 다시 인순이네 할머니 '한데 가게'로 찾아오는 것입니다.

인순이는 하늘을 치어다보며 빗방울이 떨어지지 않나 걱정을 하며 집으로 옵니다.

인순이네 집은 남산 아래 빈 터에 양철로 지붕을 대고, 역시 양철로 담벼락을 만들고 그리고 근처에서 주서온 깨어진 벽돌과 기와장으로 여기 저기 눌러 논 양철 움막입니다. 사변 전에는 인순이네 집은 열네 칸 짜리 기와집이었는데 폭격에 아주 흔적도 없이 날아가 버린 때문에 자기네 집 자리에다 이렇게 양철 쪽을 주서다 막을 맨 것입니다.

인순이는 올해 열세 살 난 소녀이지만 그는 곧잘 공부를 하고, 몸도 튼튼해서 중학교에 무난히 입학을 한 것입니다.

몸에 별로 병을 앓은 일도 없지만 인순이는 키가 작은 편이고 팔 다리도 동갑 아이보다는 가늘은 편입니다.

그러나 인순이의 두 눈은 항시 샛별처럼 빛이 나고 그의 자그마한 입은 늘 꼭 다물고 있는 것입니다.

머리는 이마에서 탐방 잘랐으나, 그 머리는 느릇하고 가늘디 가늘은 머리카락들입니다.

얼굴 빛이 약간 가무잡잡하지만 세수를 하지 않아 때가 묻은 것은 아닙니다.

인순이가 자기 집 양철 움막 속으로 들어서자 부엌에서

"인순이 오니?"

하고 할머니가 반갑게 맞아 주십니다.

"오늘은 일찍 오셨구면"

하고 인순이가 좋아라고 안으로 들어서니

"그래 비가 올 것 같길래 일찍암치 왔다…… 배 고프지? 앗다 이거 먹어라"

하시며 아직도 따뜻한 빈대떡 한 개를 인순이 앞으로 내밀어 주십니다.

인순이는 빈대떡을 비밀러 먹으면서

"할머니! 내일은 일요일이니까 괜찮지만 모래 월요일엔 말요, 학교에 가져 가야 할 돈이 있어요"

"……"

할머니는 잠자코 솥에다 쌀을 일어넣고 바가지로 물을 떠 붓는다.

"삼백이십 환이래요, 교의를 더 만들어야 하는데 학생들이 조곰씩만 도우라는 거래요"

"삼백이십 환이 조곰이냐?"

인순이는 폭— 한숨을 쉬고

"정말로 하면 천 환씩 가져와야 된대요"

"흥"

할머니는 낙엽이며 새끼 꽁지며 종이 나부랭이가 섞인 나무를 아궁이로 밀어 넣으며

"내일 팔아 보자, 오늘 판 것까지 모두…… 한 삼백 환이야 되겠지"

"할머니! 나 내일 나무하러 갈래요, 남산으로"

"나무가 있니?"

"마른 잎사귀들을 긁어 올래요"

"갈쿠리야 있지만……"

인순이는 빈대떡을 다 먹고 호롱에다 불을 켰읍니다. 불을 켜면서 인순이는 귀를 기우렸읍니다. 또드락 또드락 빗방울들이 양철 지붕과 양철 벽을 두들기는 소리가 나는 때문입니다.

이튿날은 밤새 내리던 비가 말장히 개이고 늦은 가을 하늘이 환이 티었읍니다.

인순이는 조반을 먹고 주일학교를 다녀오자 그는 잠방이에다 몸뻬를 갈아입고 커다란 보재기와 갈쿠리를 가지고 남산으로 올라갔읍니다.

한 주일 전과 달라 나무들은 단풍이 무르녹았읍니다. 타는 듯이 붉은 잎

사귀가 있는가 하면 금빛 가지 사이로 찻빛 줄거리가 얽혀 있는 것은 잘 그려진 그림같이 보였습니다.

수북히 쌓인 잎사귀들을 갈쿠리로 긁어 보에다 싸면서 인순이는 한 걸음 한 걸음 산허리로 올라가는 것입니다.

하늘에는 눈빛같이 흰 구름들이 여기저기 떠 있고 구름과 가지런히 비행기도 날아가고.

까치들이 여기 저기 푸르르 날으는 것도 반갑게 보였습니다. 보자기가 절반 넘게 나무 잎사귀를 긁어 모은 인순이는 문득 이상한 광경에 눈을 커다랗게 떴습니다.

바위 아래 약간 팡파짐한 곳에 소나무가 있고 그 소나무 아래 폭삭한 잔디 위에…… 분명코 어린아이가 누어 있는 것입니다.

국방색 담요에 쌓인 아이가 죽은 아인지 잠든 아인지…… 좌우간 인순이는 갈쿠리를 동댕이를 치고 소나무 아래로 달려갔습니다.

베개도 없이 담요 한 끝이 아이의 머리에 받쳐져 있고.

인순이는 아이의 코아래 손바닥을 대어 보았습니다. 분명코 따뜻한 입김이 새어 나옵니다. 인제 한 돐도 채 되지 못한 어린 아이의 얼굴을 드려다보며

"어쩌면!"

인순이는 사면을 둘러보았으나 아무도 없습니다.

"누구의 애길가?"

인순이는 한참 동안을 어린애 곁에 주저앉아 자는 아이의 얼굴을 드려다보고 드려다보고.

팡파짐한 코, 반쯤 열린 뿌얀 입술, 까만 머리칼이 덮인 톡 볼가진 이마. 담요 사이로 살그머니 드려다보니 때가 묻은 한국식 저고리(그것은 회색 빛갈입니다) 가 빠꼼히 보입니다.

"애기의 임자는?"

인순이는 또 다시 사방을 휘휘 둘러 보며 살그머니 일어났습니다. 나무

를 긁어야 합니다.

되도록 가만가만 갈쿠리를 놀리고 잎사귀를 소리 내지 않도록 조심 조심 보자기에 싸는 것입니다. 그러면서도 애기가 일어나지 않나 싶어 인순이는 자주 자주 애기가 누어 있는 곳으로 눈을 돌려 보는 것입니다.

아이는 꼼짝 달싹 하지 않고 잠이 들어 있습니다. 인순이는 애기가 일어나지 않는 것이 다행하여 그는 보자기 하나 가득 나무 잎사귀를 긁어 모았읍니다.

인순이는 보퉁이를 이고 산아래로 내려갈 것이나 참아 돌아설 수가 없읍니다. 인순이는 보퉁이를 버리고 아이 곁으로 와서 앉았읍니다. 아이 주인이 돌아올 때까지 인순이는 아이를 지켜 주어야만 될 것으로 생각한 때문입니다.

"혹시 까치나 또 혹시 까마귀라도 날아와서 애기의 연한 입술이나 눈을 쫏기나 한다면?"

인순이는 한나절이 훨씬 넘는 햇살을 얼굴에 받으며 아이 곁에 앉아 있는 것입니다.

개미가 한 마리 아이의 귀 밑으로 기어오릅니다. 인순이는 부리나케 개미를 잡아 동댕이를 쳤읍니다. 또 한 마리의 개미가 아이의 목덜미를 기어 들어갑니다. 인순이는 또 다시 개미를 잡아 냈읍니다.

세 번째 인순이가 아이의 이마에서 개미를 주어 낼 때 아이는 낑낑거리면서 몸을 뒤치려 합니다.

인순이는 반사적으로 아이의 가슴을 또닥 또닥 눌러 주면서

"자장 자장 우리 애기 자장 자장"

하고 중얼거렸읍니다. 그러나 아이는 눈을 번쩍 떠드니

"응! 앙! 앙!"

하고 울면서 두 손을 버뚱거립니다.

"응 그래? 우리 애기 다 잤어?"

하고 담요 끝을 들췄읍니다. 아이는 자르르 오줌을 갈깁니다. 내리닫이 메리야스 바지 가랭이 사이로 예쁘디 예쁜 아가의 자지가 오줌을 다 싸고 나자 인순이는 담요로 아이를 싸고

"안아 줄가? 우리 애기"

하고 얼러 주니까 아이는 벙글 벙글 웃읍니다.

"아이 예쁘다 우리 애기 예쁘다"

인순이가 아이를 안고 이리 저리 거닐다가

"어떡하나? 아이 임자가 어디 갔을가?"

하고 언덕 아래에 산마루를 훑어 보았으나 아무도 눈에 띄이지 않읍니다. 아이는 낑낑거리며 인순이의 가슴을 파고 드는 것이 젖이 먹고 싶은 모양입니다.

"어떡허나? 애기가 배가 고파 하는데"

인순이는 울상이 되어 이리 저리 살피다가

"부우바 하자 아가! 어부우 바 해줄게"

인순이는 아이에게서 담요를 벗기고 아이의 몸둥이를 등 뒤로 돌려 업었읍니다.

그러나 담요를 혼자서 덮기에는 힘든 일입니다. 인순이는 낑낑거리고 몇 번이나 담요를 땅에 떨어뜨리기만 하였읍니다. 자칫하면 애기는 떨어뜨릴 번하고 나서 혀를 차면서

"어떡해 아무도 안오나?"

혼자서 중얼거리는 때였읍니다.

"담요 덮어 줄가?"

하는 소리가 등 뒤에서 납니다. 굵다란 남자의 목소리입니다. 돌아보니 군복을 입은 청년입니다.

"군인 아저씨 고맙습니다. 이 담요 좀 덮어 주세요"

"그러지"

참다랗게 담요를 둘러 주고 띠까지 매어 주었읍니다.

"아저씨 혹시 이 애기 임자 모르세요?"

하고 고개를 갸웃하고 물었읍니다.

"모르겠는걸……"

하고 군인은 심상히 대답을 하고

"남의 애기를 그렇게 업어 주니 착한 소녀로군"

혼잣말 같이 합니다.

"아냐요, 이 귀여운 애길 혼자 두고 갈 순 없잖아요? 개미가 자꾸만 달겨들던데요?…… 그래서 애기 임자가 올 때까지 난 여기서 기다리겠어요"

"호- 고마운데……"

군인 아저씨는 갈쿠리를 들고 잎사귀를 모아 보재기에 눌러 싸면서

"아마 임자가 없는 애긴 게지"

하고 빙그레 웃으며 인순이를 돌아본다.

"그럴가요? 그렇다면 이 귀여운 애기를 누가 버리고 간 걸가요?"

"그런지도 몰라……"

군복 입은 청년은 쓸쓸한 웃음을 웃고

"세상에는 자식을 버리지 않으면 안될 가엾은 사람도 있을 테니까"

"그럴가요?"

애기는 등어리에서 울기 시작합니다. 인순이는 애기를 추석거리며

"가자 우리 집으로, 가자 가서 맘마 줄게"

인순이는 아이를 업은채 나무 보퉁이를 안으려 하였읍니다.

"이건 아저씨가 들어다 주지"

하고 군복 입은 청년이 인순의 보퉁이를 들고 내려옵니다.

타고 망그진 빈 들판같은 집터들을 지나 인순이네 양철 움막으로 들어오자 인순이는 애기를 내려 놓고

"아저씨! 미안하지만 잠간만 계셔요 이 애기 잠간만 보아 주세요, 우리

할머니한테 가서 알리고 오겠어요"

인순이는 팽이처럼 큰길로 달려갔습니다. 할머니가 숨이 차서 인순의 뒤를 따라왔을 때 군인 청년이 애기를 안고 섰읍니다.

"업뚱이가 얘야? 어디 어디?"

할머니는 아이를 받아 안으면서

"똑똑하게 생겼다. 네 오빠 어릴 때 얼굴 같구나……가만 있자 무얼 먹일까? 인순아 애 업고 있어 내 가서 홍시 사 가지고 오마"

"할머니 그 애기 기르시겠어요?"

하고 군인이 뒤에 따라오며 묻습니다.

"업뚱이는 하늘이 점지한 거니까 길러야지요. 아무리 없이 살지만 들어온 복을 차버릴 수야 있나요?"

"할머니 가만 계슈, 내 애기 먹을 거 갖다 드릴게 집에 가 계슈"

"아이고 고마워라 젊은 양반이 마음씽도 착하시지"

인순이가 할머니 돌아오기를 기다리면서 양철집 문 밖에서 서성거리는데 군인 아저씨가 무언지 한아름 안고 돌아옵니다.

우유랑 사탕이랑 그리고 비스켇이며 능금이며 아이의 양식을 수북히 사들고 왔읍니다. 우유 타는 분량을 손수 가르치며 우유를 타서 아이가 배부르게 먹는 것을 보고 할머니며 인순이며 모두 다행해 합니다.

한참만에 아이가 할머니 무릎에서 쌕쌕 잠이 들었읍니다. 군인은 한숨을 쉬고

"사실은 이게 내 자식입니다"

하고 커다란 입을 꾹 다뭅니다.

"앗, 아아니 아저씨 지금 그런 말하면 비겁해요. 산에서는 아이 임자 모른다고 하지 않았어요? 지금 아저씨가 이 아이를 다리고 가실 마음이시지만 그렇게는 안됩니다"

"아니 애기는 이 댁의 애기지…… 헌데 실상은 내가 이 애를 남산에다

갖다 두었어요, 오늘 하루 누가 이 애를 주서 가는 사람이 있나 하고 먼데서 망을 보고 있었지요. 고아원에서는 이런 어린 것은 받지 않는다니까…… 인제 난지 다섯 달이에요"

"아 아니 그럼 애기 엄마는?"

하고 인순이가 소리를 쳤습니다.

"죽었어! 사흘 전에…… 나는 일선에서 잠간 휴가를 얻어 왔더니……"

군인은 눈물을 감추려고 고개를 돌립니다.

"일가도 없고 아는 사람도 없던가요?"

할머니가 딱해서 이렇게 물었읍니다.

"없어요 아는 사람이 혹시 있다손 치드래도 어느 정도 성의가 있는지 믿을수 있어야죠? 주서 가는 사람은 자기가 기를 마음이 있어 가져 가는 거니까"

인순이는 커다랗게 고개를 끄덕였읍니다.

"우리가 살던 집이 있읍니다"

군인은 할머니를 돌아보고

"갑시다, 이 집보다 나으니까, 그리고 할머니는 내일부터 거리의 장사는 치우시고 애기를 돌보아 주세요, 인순이 학비랑 할머니랑 아가 먹을 양식은 은행에 맡긴 돈으로 넉넉히 될 겁니다"

이날 저녁 인순이는 넓다란 온돌방에서 애기와 할머니와 함께 부드럽고 따뜻한 이불 속에서 자게 되었읍니다.

인순이는 자다가도 몇 번씩 깨어나 아가의 얼굴을 드려다보고 드려다보고 하는 것입니다. (끝)

『학원』 2권12호, 1953.12, 134-141면.

손소희 ●●●

손소희(孫素熙, 1917-1987)

- 1917년 함경북도 경성 출생
- 1936년 함흥 영생여고 졸업
- 1961년 한국외국어대학교 영문과 졸업
- 1942년 『재만조선시인집』에 시 수록
- 1946년 단편 「맥에의 결별」(『백민』 10월호)로 등단
- 주요 경력―1939년 《만선일보》 학예부 기자, 1946년 『신세대』 기자를 거쳐 여성신문사 기자, 1949년 전숙희·조경희와 종합지 『혜성』 창간하여 주간, 1951년 육군 종군작가단 가입, 1956년 한국문학가협회 이사, 1961년 서라벌 예술대학 대우 교수, 1974년 한국여류문학인회 회장, 1979년 대한민국 예술원 회원, 1981년 한국소설가협회 대표 위원 역임 1961년 서울시 문화상, 1982년 대한민국 예술원상 수상
- 대표작―소설 『리라기』(1949), 『태양의 계곡』(1959), 『그날의 햇빛은』(1960), 『남풍』(1963), 『갈가마귀 그 소리』(1971), 『사랑의 계절』(1977) 등 다수

결심(決心)

1950년 6월 28일 오전 9시경 한국 수도 서울의 중심가로인 을지로 위엔 탱크를 몰고 따발총을 안은 공산군의 행렬이 지나간다. 그들은 응당 개선(凱旋)의 자부를 마음속엔 가졌으련만 그 너무나 초라한 행장과 또 여러날의 피로에 지친 얼굴로서는 그러한 자부도 위의(威儀)도 뽐내어 볼 여지도 없는듯 하다. 다만 피곤하고 무표정한 얼굴들이 줄을 지어 지나갈 뿐이다.

꼭 같이 피곤하고 무표정한 얼굴들이 길 양쪽에 서서 그것을 바라보고 있었다. 그것도 아이들이 대부분이오 아즈머니들이 더러 끼어 있을 따름이다.

이것을 개선군의 행렬이요 또 이것으로 개선군을 환영하는 시민들의 표정이라고는 아무도 상상할 수 없다. 그만치 모든사람들의 얼굴은 다굴 자다깬 사람들의 그것과 같은 얼떨떨한 무표정 그것이다.

공산군이 들어온지 사흘채 되던 날이다.

"나와서 일하면 생명과 재산을 보호해준단다. 우리 나가보자"

정숙이가 영히를 찾아와서 이런말을했다 정숙이나 영히나 같이 8·15해방 직후 영문도 모르고 미술동맹(美術同盟)에 가입 했다가 그뒤 잘못을 깨닫고 보련(保聯)에 가입(加入)했던 관계로 같은 여류화가란 조건 이외에도 형편 마저 비슷했던 터이라 이런 일엔 피차 의논해서 거취를 같이하려 했던 것이다.

"……"

영히는 말없이 입을 비쭉하며 서글픈 표정을 지었다. 일직이 애국투사가 되지못한 그로서 대한민국에 충성을 다하지는 못했을망정 공산주의라고 하면 생리적으로 싫고 거슬리는 그였다. 이번에도 남편이 능막염으로 앓고 누어 있지만 않았어도 영히는 한강을 건너 남쪽으로 흘러 가려고까지 결심했던 것이다.

"거기 안나가면 죽이는가?"

한참만에 영히는 고개를 들며 이렇게 물었다.

"못살걸……다른것들이 고자질 하니까……"

"고자질?"

"저이들도 살려고 하는거지……그놈의데서는 고자질을 잘해야 신용을 얻는대"

"……"

"……"

다시 이틀이 지난 뒤 두 사람은 '미맹' 가입 수속을 했다.

정숙과 영히가 '미맹'에 가입하자 그들에게 부과된 명제는 '쓰딸린'과 '김일성'의 초상을 그리라는 것이었다. 그것도 한두사람이 그리는 것이 아니라 화가란 화가는 모도 다 이것을 그려야 한다는 것이었다. 그리되 민중이 보아서 신뢰와 흠모의 정이솟도록 그려야한다는 것이었다.

그것은 생명체 즉 실물을 두고 그리는 것이 아니라 사진이나 남의 그린 것을 두고 모방해서 그린다는 것이었다. 거기에 개성(個性)의 창의(創意)나 생명의 재현(再現)이 있을리 없었다. 예술가로서의자존심과 양심을 헌신짝 같이 던저야 한다는 것이다 영히에게 더욱이 기가 마키는 것은 자기의 선배요 또 모범이 될만한 남성 화가들이 묵묵히 이 굴욕에 머리를 숙으리고 있는것이 었다. 영히는 또 한번 "못살걸……" 하던 정숙의 말이 생각 났다.

"목숨을 유지 한다는것은 저렇게도 굴욕이란 말인가?"

영히는 혼자 속으로 중얼 거렸다. 동시에 '자유'와 '민주주의'가 얼마나

고귀한 것인가를 새삼스레 느꼈다.

"그렇다 피를 흘리고 목숨을 걸고서라도 자유와 민주주의를 찾아야겠다"

영히는 이렇게 생각 하자 갑자기 용기가 솟았다.

그러나 어떻게 무슨 방법으로 저 드높이 덮인 철의 장막을 부서 버린단 말인가.

길에 나서면 철근드리 쇠 뭉치로 어깨를 지질리운듯 무겁고 누가 뒤에서 끄댕이를 잡아다니기라도 하듯이 마음은 이미 안정을 잃고 있었다. 구름은 여전히 히고 하늘은 예나 다름없이 푸른데 그푸른하늘 조차 쳐다 보기 싫은 요즘이 아닌가.

그는 문득 화필을 멈추고 화구를 응시 했다. 그렇게도 마음을 동경에 설레게 하던 왼갓 색채(色彩)는 아무런 조화(調和)의 신비도 느낄수없이 그냥 진득거리는 뺑기만 같았다.

"아…… 어떻게 하면 좋단 말인가"

깊은 굴속에서 새여 나오는 혼(魂)의 탄식이였다.

8월 15일

전쟁은 마루턱에 올랐다.

그때는 벌서 영히는 미술가동맹에 나가는 것보다도 건전지(밧데리)를 구해서 남쪽으로 비밀 송전(送電)을 치고 있는 외사촌 동생을 찾아다니는 시간이 더 많게 되었다. 그리고 그쪽 뉴―쓰를 듣는 시간 만이 흡사 살아있는 시간만 같았다. 뿐 아니라 머릿속엔 '하루바삐' '하루바삐' 하는 생각만이 꽉 차 있었다.

그것은 하루 바삐 국군이 들어와서 웅크린 몸둥이 속에 간신이 부지되는 목숨을 보장해 주었으면 하는 념원이오 따라서 목숨과 더부러 있는 자기의 예술적 생명을 대한민국(大韓民國)의 품에 품어 주었으면 하는 진실로 간절한 기원이었다.

사년전 까지는 아련한 연기속에서만 공산주의라면 생리적으로 싫고 거슬리는 그였지만 그래도 느낄수 있는 그냥 막연이 미지에 대한 궁금증이 없지도 않았으나 저 드높이 덮인 철의 장막속에서 호흡하고 있든 50여일을 통해 그 아련히 끼였던 연기는 이미 걷치어 버렸다. 그 아련한 연기 속에서미지에 대한 막연한 동경……그것은 예술가로서의 자신에대한 불만이었다는것도 또한 동시에 깨다를수 있었다.

영히는 재삼 자신의 가느다란 손끝과 엷은 손바닥을 삷여 보았다.

그리고는

"그렇다 자유와 민주주의를 위해 나의 엷은 손 바닥과 가느다란 손 가락을 받히리라 그것이 곧 내혼이 안심하고 살수 있는 길이오 또 이 미약한 내 손(手)의 존재가 곧 내 생명의존재와 비등한 것이다"

그는 몇번이고 생각을 되푸리 하고 결심을 굳게 굳게 하였다.

『적화삼삭구인집(赤禍三朔九人集)』(국제보도연맹, 1951), 103-108면.

바다 위에서

하늘은 흐리지도 개이지도 않아 날씨는 흐리멍덩 했다. 이날 삼백 수십 명의 사람들은 사람 수 보다 몇 배도 더 되는 짐짝과 함께 배에 올랐다. 배는 이백오십톤의 화물선이었다. 배에 오른 사람들은 선객이기는하나 전부가 피란민이다. 그것도 개인이 아니고 단체별로된 피난민이였다. 배 밑 바닥에 짐을 공구었다[1]. 어떤 사람은 살 같이 애끼는 짐이다. 그러나 그우에 단체별로 사람들은 화물처럼 트러 바키였다. 그 트러바키어 앉인 품이 흡사 콩나물시루에 콩나물을 연상 시키리만큼 빽々하였다. 그렇지만 누구 한 사람 불평은커녕 이 배를타게 된것을 오히려 자랑으로 생각할뿐이였다. 아닌게 아니라 이 배에 오른 사람들은 거의 특수한 단체에 속하엿기때문에 그쯤 자부심을 갖일 수도 있었다.

숙의 일가도 모 단체의 일원으로 그중에 끼여있었다. 배는 화물선인 만큼 식사는 물론 그 외 일체의 준비가 되여있지않아 그많은 사람들은 실고 삼사일을 항해 한다는것은 도저이 불가능한 일만 같앗으나 그것 역시 아무도 캐여 생각하려하지 않앗다. 그저 피차의 시선이나 숨결이 아주 무거운 짐을 벗고 숨을 내려 쉬는때 같이 저윽이 만족하고있는 것이엇다.

두 시간 뒤면 떠난다던 배는 밤이 되여도 떠날 념을 하지 앟고 캄캄한 어두운 물결속에 잠긴채 있다.

---

[1] '괴었다'의 경상도 방언.

여기 저기서 아이들 우름소리가 나고 기지개와 하품 소리가 들리나 밤도 그대로 앉아 새우는 수 밖에 없었다. 각 단체의 대표가 선출되어 식사와 기타 연락을 하도록 사무를 분담함으로써 사람들은 불안과 무료를 대신했다.

이튿날 밤 열시쯤 되여서야 선장이 인사를 내려왔다. 인제 떠나게 되엿다는 인사엿다. 이어 배가 움지기기 시작했다. 그러나 그때는 이미 그 저마다 지녓던 자부심도 고시란이 앉아서 지낸 삼십여 시간속에 녹아지고 만듯이 후줄근해 있는데다 배가 흔들리기시작 했던것이다.

"아이구 아이구 왜ㄱ"

"이애 좀 보세요 왜ㄱ"

토하는 소리가 또 다른 토하는 소리를 불러 내기라도 하는듯이 왜ㄱ 왜ㄱ 하는 소리가 연달아 나면서 창자 밑 바닥까지 후쬐어 내는 구역질이다. 그냥 구역질만이 아니라 쓸어지고 엎드리고 뒤눕고 또 그우에 덮치고 또 뒤 눕고 아이들은 울며 부르지ㅈ고하여 배안은 갑자기 무슨 마굴처럼 느껴지기도 하고 지옥을 연상 시키기도 했다.

그러나 이배는 남으로 가는 것이다.

이 많은 그것도 선출된 (배에 탄 사람은 그렇게 생각하는 것이엿다) 사람들이 그 재산 일체와 그리고 생명을 이 배에 맡기고 남으로 가는 것이라 흔들리는것 쯤 구역질쯤 괴로운것 쯤 비좁고 불편하고 목마르고 굶주리는 것 쯤 삼사일이면 끝장 나는것이다.

참고 겪고 당하지……그러는 사이에 배는 남으로 남으로 간다. ……히망 앞에는 고난 쯤 문제도 되지 않는다는듯이 이를 악물고 견디는듯 했다.

숙의 곁에 자리 잡고 앉인 C씨는 "아이구 이건 지옥선 입니다"를 연발하면서도 애기 심부름을 놀래르만큼 훌륭하게 하는것이엿다.

상식으로서는 도저이 움지길 수 없는 흡사 총탄에 맞아 그 피의 마지막 한방울까지를 쏟아버린 사람같이 후들후들 떨면서 쓸어지면서, 그러면서도 하는심부름이여서 놀래르만큼 훌융이라고 형용할 밖에없었다.

숙도 역시 남의 어머니라는 의식이 그를 일구어앉게 했다. 두손으로 대야를 잡았다. 일순 사이에 대야는 토한 것으로 꽈끄 찼다. 대야 밑에는 웅크리고업드린 사람이 있는터라 대야가 평형(平衡)을 잃으면 대야 안에것은 일호의 어김도 없이 그대로 엎질러질 판이다.

의식이 언제까지 이를 잡게 할것인가 자신이 궁금하리만큼 위태로웠다.

그래도 주위의 사람들은 머리를 들고 그대야에 왜ㄱ 토함을 한다. 그러나 그때는 대야에다가 아니라 그냥 남의 옷에다 토하는 것이었다. 별로 항의하는 사람조차 없다. 저쪽에서 선원이 빠껬쓰를 들고 돌앗다. 숙은 그제야 대야를 손에서 놓을수가 있었다. 이내 대야를 손옆에 놓고 쓸어졌다. 쓸어지어 얼마 지나지 않아서였다. 배안이 갑자기 조용해졌다. 한사람 두사람 머리를 들고 목을 돌려 본다. 역시 조용 하다. 다시 널판으로 가린 천정을 쳐다 보고 창없는 나무 벽을 둘러 본다. 여전히 조용하다.

"이거 배가 머즌게 아닌가"

하는 소리가 누구의 입에선가 나왔다.

"으응, 뭐 멎었어?"

업드렸던 사람들이 저마다 머리를 들고 일어 난다.

"아니 겨우 두시간을 오구 또 멎어!"

모두 못마땅한 혓가름을 차면서 눈쌀을 찌프린다. 그리자 누가 말하는지도 모르게 연락도 두서도 없는 한마디식의 말이 하나의 쑤렸한 체계를 세웠다.

삼십육(三十六)도선 이북은 해안 봉쇄를 하고있기때문에 배는 이상 항해할 수 없을뿐아니라 이배는 신호등도 없고 무전도 없다. 그래서 미(美) 함선이 암만 신호를 보내와도 신호를 보내는 도리가 없어 지금 어느섬에 피해 있는 중이라는 것이었다. 하마 하드면 사격을 받을뻔 했다고 한마디 더 첨부되였다. 숙의 곁에 있던 C씨는

"큰일났습니다 수상 함니다 이배가 어쩌면 괴뢰군하고 결탁한 밴지도 모르지요 아—이건 정말 지옥선입니다"

거이 절망적인 떨리는 음성으로 말을 한다. 주위의 사람들은 얼이 빠진 듯이 앉아 있다. 시간은 그대로 흘러 갔다.

아이들은 업혀서 앵겨서 들 보끼인 보충으로 고이 잠들어 있어 어른들이 흥분된 숨소리만이 높았다. 모다 자유를 히구 하는 찰나 같이 숙에게는 느껴졌다. 벌벌 떠는 리유도 거기 있는것같았다.

"아아 싫어!"

모든 사람들이 일제이 이렇게 부르짖는듯도 했다.

"선장을 불러 냅시다"

어느 대표의 입에서 말이 떨어지자 이구동성으로 동의가 가결되여 몃사람 대표가 선장을 찾앗다. 그러나 배 어느 구석을 뒤져도 선장은 없다고 했다. 대표들은 싸우다 지친 용사 같이 풀이 죽어 돌아왔다.

"지옥선이다 괴뢰군과 결탁한 배다"

말이 입에서입으로 옮겨지자 모다 새파라ㅎ게 질려 입술이 파르르 떨었다. 대표들은 다시 선장이 있는 곳을 안다는 어떤청년과함께 선장을 찾아 떠났다.

모든 사람들은 왼갖 상상을 마음대로 하고 전률하는듯 했다.

"여러분"

저쪽 구석에 앉앗던 나이 보다는 훨신 멋진 외투를 입은 중년 여자가 말근 소리로 외쳤다.

"이러고 있을 때가 아닙니다. 우리들은 살려고 떠난 길입니다. 많은 재산과 생명을 이배에 맡겼읍니다. 그러나 이배는 우리들에게서 보수를받고 움지기는 배라는것을 알아야 합니다. 그러니까 이 배는 우리들이 원하는 곳으로 갈 수 있읍니다. 여러분— 다시 인쳔으로 돌아갑시다. 그것이 우리들의 사는 길입니다."

그는 연설할 차례를 기다린 사람 같이 웅변이었다.

"옳소— 인쳔으로 도라 갑시다"

만장 일치로 다시 인천으로 배를 돌리자는데 의견이 맞았다. 그러나 꼭 한 단체의 대표만이 이를 반대 했다. 놀라운 반격이 일어났다. 숙도 그 대표가 못 마땅했다. 선장실 옆 방에 탄 어느 부인네가 또한 반대 한다는 말이 전해졌다.

사람들은 폭동이라도 이르킬 태세로

"누가! 누가! 끄집어 내려"

팔 걸어 붙이며 눈을 부라리며 인천으로 돌아가야 한다고 절규하였다. 숙도 또한 그 부인네가 미웠다. 그 처음 탈때의 결심의 태도와는 180도의 전환이다. 어찌 생각하면 불과 두시간사이의 고난이 삼십여 시간 흔들리지 않는 배에서 참고 견딘 고달품을 들추어내어 누구의 탓으로 돌리고 야로를 하는듯 했다. 불과 두시간 사이의 격랑(激浪)에 시달린 남어지 배가 정거 했다는 사실과 막연한 공포와 결부된 불안이 급성 발진지부스 같이 사람들 피부에 아로삭여 지어 허둥지둥 긁어 대는것도 같았다.

배가 다시 인천에 돌아가 짐을 완전히 부릴려면 만 이틀은 걸릴꺼고 또 그렇게해서 내려 봤댔자 그곳서 다시 차편을 구하기란 숙의 일행에겐 완전히 절망이었다. 그러나 배에서 내리고 싶었다. 내리면 어떠ㅎ게 되겠지 싶었다.

"이배 가 정말 해적선(海賊船) 일 수 있을까. 정말 괴뢰군과 결탁한 배일까!"

왼갖 불길한 장면이 숙의 머릿속을 쓱 쓱 스치고 지나갔다. 선객 전부가 물속에 던지어지고 짐과 선원만이 배에 남아 어디론가 살아지는 장면 하며 또 어느 낯선 지점의 바다위에서 괴뢰군이 뾰죽하고 긴총대를 메고 쒸여 들어 "꼼짝 말어"하는 장면이다. 그러나 배끝 머리에 자리 잡은 그들(선장 및 선원)도 선량한 가족이 있지 않은가? 그렇지만 어느 편이라고민을 수도 알 수도 없는일 — 배는 망망한 바다위에조고마한 한 점이 되여 떠 있을 뿐 어둠은 어두운 마음속에 온갖 위협을 몰아 너ㅎ는다. 배에서 내리면 짐은 다 내어 버리고 걸어서 남하 하자는 C씨의 의견을 결코 따르고 싶지는 않으나 불가피 그렇게라도 남하 해야겠다는 생각을하면서

"이 안에ㅅ 사람이 며칠은 배안에서 지내야 할터인데 의료 시설도 없고 식사는 고사하고 음료수조차부족한데 어떠ㅎ게 가나"

큰 소리로 선동하기에는 천행으로 얻어탄 배에 미련이남아있어 혼자말 같이 낮게 중얼 거렸다. 모순에 대한 갈등을 씨ㅂ으면서 엽에 앉았떤 어린 애 업은 여자는 그 말을 듣기도 바쁘게

"아이구 의료 시설도 없구 음료수도 없구 인제 꼼작없이 아이들 다죽일 거야. 돌아 갑시다 돌아가!"

완전이 발악이었다. 다른 여자들도 상식적인 말이라고 생각되는지 덩다 라 같은 말로 남하를 반대 했다. C씨도 사뭇 선동을 게을리 하지 않는다.

그대로 남하하자고 주장하던 모 단체 대표만이 조고마한 원(圓) 안에든 사람 같이 두무릎을 안고 앉아 있었다.

대표들이 돌아 왔다. 개선군이 적의 대장을 포로로 잡아 오기라도 하는듯 이 의기 양양해서 선장을 앞장세우고 돌아 왔다. 선장은 흥분한 분위기 를 눈치챘음인지

"네 여러분의 가자는 곳으로 가지요 여러분이 사신배니까."

답변은 간단 했다.

그리하여 배는 밝는날 다섯시 반에 발동을 시작해서 여섯시 정각에 인천 을향해 출발키로 되였다. 불안한 밤이 새고 다섯시 반이 되였다. 다시 여섯 시가 되였다. 무척초조한 시각이었다. 그러나 배는 발동을 시작하지 않는 다. 분명 괴뢰군과 결탁한 배라고 다시 의심이 돌기 시작할때 배는 발동을 시작했다. 삼십분 이 지나고 한시간이나 지났다. 그래도 배는 떠나지 않는 다. 어서 떠나자는 재촉에 아직 발동이 안된다는 대답이었다. 이 대답이 올 때마다 삼백 수십명의 시선은 부단이 교환되고 있었다. 여듧시가 가까워 오자 동역 하늘에 붉은 노을이 비끼고 햇살이 하늘과 바다를 비쳤다. 사람 들은 어둠에서 풀려난 가벼운 한숨을 내쉬려는 바로 그때였다.

갑판에 섯든 몇 사람이 배 안을 내려다 보며 당황한 얼굴로 손짓을 한다.

"대표! 각 단체 대표는 속히 갑판으로 모이시요"

숙도 슬그먼이 대표들 뒤를 따랐다.

맨 앞에 선장이 섰다.

"저 컨 바다 위를 보시지오"

선장이 가르키는 쪽으로 일체히 머리를 돌렸다. 잠간 침묵이 흘렀다.

"미군 함정이 모조리 남하 하고 있습니다. 이 배는 인천으로 돌릴까요"

바다를 보고 섰다. 거의 표정이 없었다. 그가 바라보고 섯는 바다 위에
는 다섯척의 군함이 일직선으로 숙이네 타고 있는 배와 옆구리를 질러 그
반대쪽으로 달리고 있었다. 각 대표들은 서로 얼굴을 돌다 보았다. 그리
고는 충혈된 나즌 음성으로 "남하 합시다" 했다.

어젯밤 남하를 주장하던 대표의 입가에는 미소와 같은 격련이 일었다.

배는 이미 남으로 향해 빠른 속도로 달리고 있는 것이었다. (끝)

『신조』1호, 1951.6, 50-54면.

쥐

　사람을 내세워 간신이 얻어 든 방이기는 하지만 들고 보니 그냥 선을 봤을때 보다 훨신 마음에 들었다. 큰 '다다미'가 여덟장이나 깔린비교적 깨끗한 동향 방이다. 왼편 그러니까 서 쪽면은 '다다미' 다섯장 넓이 그대로 오시이레1)가 되여 있는데 다다미 반장 정도의 오시이레가 별개로 구분 되여 있다. 문이 없는 대신 널장을 대어 삼층으로 나뉘저있다. 그 마즌 켠에도 크기 그만한……그러나 문달린……'오시이레'가 있다.

　먼지와 흙 투성인 피란 보찜을 글러 두루 짐을 정리 하면서 부터 자주 숙이 눈길이 가지는 곳은 그 문 없는 삼층으로 나뉜 '오시이레' 가운데층 동쪽 벽에 자안 넓이의 창 틀만 있고 창이 없는 창이랄까……한것이 석자기리로 벌어 있다. 밖으로 송판을 대강 바람 막음은 해놓았지만 험짐이기나 하듯 저절로 눈이 그리로 가 젔다. 방 전면인즉 곧 동쪽 면이다. 그 동쪽 면은 밀고 닫고 하는 유리창인데다 문턱홈이 한곧으로만 패여 있어 어느 창문을 열든 창문 하나는밖으로 대인 그 송판과 창문 없는, 창 틀만 있는 벽 사이에 밀려 들도록 되여 있었다. 그러므로 그 창문 없는 창 틀만 있는 거기는 벽과 송판 사이에 밀려드는 유리창문을 쉽게 열도록 하기위해 만들어 진 것도 같았다. 왜냐 하면 창문을 개수대로 모두 한곧에 밀어 봤댔자 공간은 석자 이상 생기지 않을뿐 아니라 바싹 밀어 붙이기만 하면 창문이 아주

---

1) '벽장', '반침'을 뜻하는 일본어.

그속에 끼여 버리기 때문에 도루 닫을려면 흡사 병안에 빠뜨린 마개 뽑듯 하지 않고는 좀체 닫아 지지 않기 때문이었다. 숙은 일어나서 창문을 열고 닫고 하면서 그것의 존재 이유와 필요 성을 밝혀 보고 나서야 종이라도발 라 둘까 하던 생각을 돌려 제대로 내버려 두기로 했다. 동쪽에 면한 어느 창문을 열든지간 말만 내딛이면 바로 지붕 위고 지붕은 기와였다. 위를 걸 어 다녀도 소리가 없어 좋왔다. 돌을 몇개주어다 고이고 거거 풍로를 놓았 다. 반 부엌인 셈이다. 마당에는 웃물이 있고 해서 물 고생도 그다지 심하 지않았다. 그래서 아주 명당이라고 좋아 했다. 그랬는데 언제 부터인가 쥐 란 놈이 밤이거나 혹은 낮에라도 사람만 방에 없으면 그 창문 없는 창을 넘 어와 이곳 저곳 두루 남은 음식 맛도 보고 쌀 자루를 뺑뺑 뚫어 놓기도 하 고 저러 둔 생선 같은 것을 끌어 가 버리기도 했다. 바로 거기가 숙이네 찬 장 겸 고간이어서 그 맨 웃층엔 잡동산이를 중간층엔 취사구를, 맨 아래 층에다는 쌀이나 혹은 팥 같은 마른 식료품을 얹고 넣고 했기 때문에 쥐는 창 턱 하나만 넘어오면 마음대로 그안엣것들을 분탕칠 수가 있었다. 그것도 밤은 잠들었을 때와 낮은 사람 없는 때의 일인지라 분통이 암만 치밀어 올 라도 어찌 하는 도리가 없었다.

"요눔의 쥐 새끼딜 인제 부터는 밥에다 양재물울 섞어 둘란다. 묵고 되 에 저라."

부산 쥐에게 부산 사투리로 마치 쥐가 듣고 있기라도 한듯이 분푸리 겸 익쌀을 부리면서 구멍이 뚫린 자루를 깁고 또 깁고 했다. 설사 양재물을 밥에다 타 두어 본댓자 별로 효력이 있을것 같지 않았다. 약물끼 있는 빨 래 비누도 까칠까칠한 이빨자욱을 뵈이면서 마구 뜯어 먹는 판인데 그놈의 위장은 양채물에도 썩지 않는것이 아닐까. 하는 생각도 들고 또 쥐약을 사 다 밀까루와 함께 익여서 만자라도 만들어 깨소금을 발라 두었으면도 싶지 만 쥐약의 효력을 믿을 수 없는 마음과 아울러 약을 사러 다니는 부즈런을 피일 성의도또한 없는채 그렁 저렁 내버려 두고 보니 쥐의 행패는 날로 더욱 심해만 갔다. 그래서 하는 수 없이 취사도구와 잡동산이만 거기 그대로 두고 쳐서 산을만한 것은 '후스마'가 달린더큰 '오시이레' 한켠을 말끔이 치안에 옮겨 놓았다. 그리고 한인으로는 종이로 발러 버릴까도 편지만 그 까진 종이 쯤은 금시 했기고 썰리고 할□만 같아 그까짓 내버려 두긴 하면서도 거기다 □□조각을 붙여 아주 봉해 버리□도 싶었다.

그러나 그것은 좀벅찬, 힘든 일만 같았다. 안이 얕고 깊어 들어가 앉기도 거북하얕 머리를 디밀어 팔을늘리기도힘들게 되어 있다. 그러나 그것만도 아니었다. 6・25 이전 남편이 공산군에게 잡혀 가기전의 편습성이긴 하겠지만 그런일은 으례껀 남자가 하는게라고…… 숙이 남편은 알뜰하고 부즈런 해서 숙은 이제금별반 마치를 들어 본 적이 거의 없었다. 그러나 그렇다고 해서 그 만쯤한 일이 싫고 힘들고 벅찬것은 아니었다.

남편이 하던 그런 일을 숙 자신이 해야만 되겠다는 자실이 슬프고 노여웠다. 어쩌면 남편이 돌아오지 않을것도 같은 막연한불안까지도 겸해 왔다. 뿐 아니라 널 조각은 물론 못이며 마치도 없는데 어떻게 할것이냐 혼자 짜징을 부려보았댔자 그것을 받을 사람 역시 자신이 었다. 그래서 그는 생각을 돌렸다. 우선 쥐가 오더라도 거기 먹을거가 없으년 몇번 헛거름치다가 오지 않을거라고, 해서, 먹을것을 치이고 며칠식 견디곤했다. 그러나 쥐는 매한가지로 무 쪼가리나 비누 같은 것을 물어 가 버린다.

어느날 숙은 장에서 천원주고 쥐덧을 하나 사 왔다. 가외로 못도 샀다. 집에 돌아온 즉시로 메루치에다 참기름을 발라서 낚씨 처럼 된 쇠줄 끝에 물려두고 쥐가 잘 드나드는 곳에 놓아 두었다. 그리고는 열살짜리 큰 아들 영이와 함께 인제 쥐가 잽힐꺼라고 영이처럼 홍분하며 아침이 되기를 은근이 기달리면서 홍이(세살)에게 자장가를 들려 주다가 그만 잠어 들어 버렸다.

아침이 되어 일어나기가 급하게 우선 장치해 둔 쥐덧을 살폈다. 쥐 덧은 놓은 자리에 그대로 있는데 매달아 논 메루치만 곱다랗게 없어졌다. 눈을 부비며 일어난 영이가,

"엄마 그놈의 쥐가 참 재주 있나봐"

하면서 새로 쥐덫에 메루치를 물려 두었다. 그러나 그번에도 메루치만 없어 졌을 뿐 쥐는 역시 잽히질 않았다.

며칠 뒤었다. 영이가 학교에서 오던 길로 숨을 헐레 벌덕이면서,

"엄마 아랫칭에서 괭이를 얻어 왔어 아주 죄끔해. 내 안어오께 볼테야?"

답을 드를도 없노라는듯이 뛰어 내려 가더니만 노란바탕에 흰 줄이 난 알룩 고양의 새끼를 안고 올라 왔다. 목에는 초록빛 리봉이 매어졌고 리봉 끝에 조그만 방울이 달려 있었다.

"이봐 홍아 이쁘지? 엄마 우리도 이런 괭이 새끼를 얻어 와 응?"

귀가 발룩한 고양이 새끼를 안고 응등 쓰다듬어 주면서 영이는 고양이 좁은 낯작을 제 볼에다 싹싹 부비면서

"이놈아 너 우리방에 오는 나뿐 놈의 쥐새끼를 잡아 줄테야 안줄테야, 응? 그냥 아웅 하고 대답하면되는거야"

하고 고양에게 부탁 하는 것이었다. 달랑 달랑 방울이 울린다. 그러나 고양이 새끼는 그느다란 목 을 이리 저리 비꼬면서 영이 손에서 빠질려고만 애 쓴다. 고양이는 다시 홍이 손에 옮겨지자 홍이는 고양이 꽁지를 잡아당기면서

"쥐 쥐" 한다.

숙은 웃음을 참으면서

"방에 괭이털이 널려 얼른 내려다 둬라" 했다.

그날 저녁이다. '오시이레'를정리할려고 '후마'스를 열었다. 쌀알이 마구 헡어저 있다. 쌀 자루를 살피었다. 탕 칠듯이 여기저기 썰려저 있다. 뿐아니라 그한켠에 검회색 모직 섬유가 더부룩이 널려있다. 우를 쳐다봤다. 위에 있는 줄대에 걸린 두루막고름이 함부로 짓 씹혀 한쪽은 자칫하면 끊어질 판이었다. 암만감이 좋고 몸에 맞는 저고리 라도고름만 없으면 아예 입을 생각도않는 성민지라 인제 저 두루마기는 다 입었다는 생각을 하면서줄대에서 베껴 내렸다. 바른켠 소매도 고름과 마천가지로 손바닥 반만쿰식

두서너 군데 짓 씹혀 다시는 입을 수 없도록 되여 있었다. 기가 마킨 노릇
이었다. 그러나 이미 징이파이(甑已破矣)[2]가 아닌가 쌀이나 음식 같은것을
먹으리라고 알았던 쥐는 두루마기 까지먹어버린 것이었다. 소 잃고 외양깐
곤치는 격이긴 하지만 앞으로다시 피해를 입지 않기 위해 '오시이레' 안에
있는 이불과옷 보통이는 물론 너저분한것을 온통 꺼내고 판장 하나 하나에
까지 세심한 주의를 해 가며 쥐구멍을 찾았으나 '오시이레' 안에는 조고만
틈아귀도 없었다. 짐을 도루 더러놓고 '후스마'를 검사 했다. '후스마'와 기
둥 사이에 손 두께 만큼한 틈이 있었다. 문을 곤히기전에는 그틈을 없샐
도리가 없었다. 이쯤 되고 보면 쥐가 들락 거리는 코오쓰는 너무나 뻔한
것이었다. 그는 아래 청에 가서 마치를 빌려다 놓고 판때기도 하나주어왔
다. 그리고는 어서 밤이 새여지라고 속으로 발 구름을 하면서기다렸다.

　고요한 방안의 아침 공기를 흔들며 마치 소리는 히스테릭 하게 쩽쩽 울
렸다. 아직도 자리에 누야 있을 아래칭 주인은물론 기타 여러 피란민 세대
의 대부분의 가족들에게 미안한 생각이들면 들수록 숙은 더욱 함부로마치
를 휘둘르는 것이었으나 판대기우의 간신이 한끝만 물려 놓은못우에 내려
지는 마치소리만 요란히 울렸으나 지좀체바로 맞이는 않았다. 따라서 못은
박아지기 보다는 오히려구부러 들거나 삐뚜러 지기를 더많이 했다. 못이체
부러들면 두손으로 마치 끝에 달린 못백이를휘여든 못에다 대고 줄다리기
하듯갑아 제긴다. 못이 뜻대로 빠지지않으면 거이 울상이 된 얼굴을실룩거
리면서 이빨을 옥물군 한다. 간신이 굽은 못이 뽑혀저 나오면또 창턱에 대
고 펴 느라고 법석대도 그것 역시 뜻대로 펴지지않을뿐 아니라 창턱에 험
집을 남긴다. 그것은 주인집에 대해 미안한노릇도 되려니와 말짱한 창턱에
그런 험집이 남는게 그의 성미에탐탁하지 않았다. 그러나 그런 경우자신의

---

2) '증이파의', 시루가 이미 깨져서 다시 본래대로 만들 수 없다는 뜻.

성미를 돌볼 틈이 없었다. 그저 미안 하다는 생각을 하면서 두들겨 보아 박아지면 박고휘여들면 다시 업허 둥들기고 하다가도 정녕 펴 지지 않는 굽으렁한 놈은 밖에다 홱 내 던지군했다.

영이와 홍이 형제가 방 한가윤데 가지런이 잠들고 있다. 처음한참은 그 히스테릭한 마치 소리도 못들은채 잠들어있던 영이가주먹으로 눈을 부비며

"엄마 뭐 해?" 하며 일어나 앉는다.

"잠 깼어? 깼으면 일어나. 밖에 나가서 붙어진 판대기 같은거 좀 주어 와 응"

영이는 두루 옷을 주어 입고는 못질하는 숙의 모냥을 지켜 보다가

"엄마 내가 할테야" 하면서 마치를 잡으려 한다.

"판대기를 주어 오라니깐 뭐 딴 소릴 하구 있어!"

영이는 성난듯한 숙이 얼굴을 슬금 쳐다 보고는 바지 춤을 고이면서 문 밖으로 나갔다. 숙은 도마로 쓰던……그것은 사과 궤짝을 부신 송판때기 다……판대기 외에 또 다른 판대기 밖는데도 성공했다. 어저께 저녁 부터 참아 오던 분이 약간 풀리는 것 같았다. 그리고 인제 다시는 쥐가 얼씬도 못 할꺼라는 생각을 한다. 칭칭대 마루를 어른 보다도 더 다부지게 통통 울리면서 영이가 올라왔다.

"좀 가만가만 못 댕겨?"

숙은 고개를 돌려 어세(語勢)보다는 부드러운 눈대로 영이를 돌아 본다. 손에는 사방한자 넓이의 누런 황토빛 쇠가 돋은 양철 판대기가 하나 들려 있을 뿐이다.

"엄마 거이 밖에 없어"

내미는 영이 손에서 받아든 양철 판대기는 가운데가 만월 형으로 뺑 뚫 린 난로 연통 벽바지었다.

"왜 이거 밖에 없어?" 하고숙이 꾸짖듯이 나무래니까.

"없는걸 뭐 그럼 엄마가 나가서 찾아 봐" 하면서 못을 집어 든다.

"에익 이까진거" 숙은 또 처음같이 치미는 화를……양철 판대기 한모퉁이를 횃 구부리는 것으로서…… 동댕이 쳤다. 마침 알맞게 굽으러 저 뻥 뚫렸던 구멍이 매켜 졌었다. 그것을 남은 면적에 갖다 대인다. 안성마침이다.

못질을 끝내고 허리를 폈다. 슬픈……악이 받치면 할 수있다는……자신이 생긴다. 진(秦)나라 시황(始皇)이적의 의표(意表)를 앞 칠러 만리장성을 구축할때에 느꼈을것 같은 유열(愉悅)과도통 하리라는 생각도 든다. 진작 이렇게 막아 버리지 않은것이 후회 되지만 그러나 쥐가 대수롭지 않게 딴은 성천?을 꾸꿈며 늘 문이 열리다 시피 되어 있은 그 창턱에 까지 왔다가 마켜버린 것을 알고 그 조고만 머리로 떠 받아도보고 이빨로 갈가 보기도 하다가 끝내는 하는 수 없이 절망 하고 돌아 선 생각을 한면 가슴이 떨리도록 시원해서 웃음이 샛파란 비수처럼 차웠다. 그리고 좀 더 잔인한 방법으로 아주 골탕을 멕어 주고 싶으나 분탕친 흔적만 남겼을 뿐 교묘하게 아모의 눈에도 띠이지 않은 그야말로 쥐 인인라 성쌓고 멀리하는 도리밖에 없었다.

그 무렵 부터 옆방에서는 쥐 벼룩이 가끔 화제에 올랐다. 물리기만 하면 가려워 미칠 지경이라고 모양은 언양이(입만 있고 홍문이 없다는 벌레) 새끼와 흡사한데 너무 적어서 눈에 띠이지 않는다고 한다. 어찌된 셈인 또지 그 무렵 부터 아이들이 긁기를 시작 했다. 영이는 영이대로 홍이는 홍이대로 긁어 달라고호소 한다. 숙은 그냥 벼룩에 물린 자리어니 쯤 생각 하고는 손으로 문질러 준다. 그러니 가려운 증세는 멋지 않고 밤을자고 나면몇군데씩 붉웃붉웃 긁은 자리가 돋아 나서 마치 육유(肉類)중독도같고 피부병 같기도 했다. 숙은주사를 마쳐야 겠다는 생각을 하면서 하루 이틀 미루었다. 두시쯤되어 영이는 학교에서 도라오던 길도 벤드셋을 벗어 놓기도 바쁘게몸을 긁기 시작 하드니만 내종엔옷을 벗어 동댕이 치고 엉엉 울면서 몸을 비비꼬며 미친듯이 긁어 대었다. 숙은 영이 런닝샤쯔를뒤집어 봤다. 아무문도 없었다. 팔소매를 뒤집었다 팔굼치 쪽에서깜안먼지 같은것이 재빨리 기여 숙이 손등을 타고 오른다. 잠깐 머문다고 □팠다. 바늘에 찔리듯 산뜻했다. 숙은 쥐 벼룩이지 싶어 얼른 부벼 죽였다. 산뜻하던 자리는 손을 뗄 수 없게 작구 가려움이 더해 갔다.

영이 전신에 붉웃붉웃 돋은 자리가 무수히 많다. 도까비에게 홀린생각이 든다. 대체 쥐가 어디로 해서 들어 올수있단 말인가. 그는 걸레로 방을홈치기 시작 했다. 홈치면 홈칠스록미흡하다. 속옷을 가라 입히고 이불을 내서 떨었다. 다시 '오시이레' 안을 조사해 봐도 역시 쥐구멍은 없다. 숙은 팔짐을 집고 널판대기 붙인앞에까지와서 붙인 널조각과 양철 판대기를 두들겨 봤다. 금성 철벽 격이었다. 아마 다른 방에서 무쳐 온 것이라고 밖에해석할 수 없었다. 팔짐을 집고돌아선 그는 영이에게 타일르는것이었다. 아마 옆방에서 쥐 벼룩이가 묻어 온것 같으니까 놀러가면 안된다고 했다. 그리고는 자랑스런 안심 하는듯한 웃음을 띠이며 쥐가 들낙이는 길을 막았는데 어디루 해서 들어 올까 보냐고 같은 말을 또 되푸리한다.

"그럼 왜 옆방 애는 안 긁어?"

영이는 돋아난 자리마다에 소금을 문질르면 온입술을 코 물 까지 내민다. 숙은 조롱이라고 문득 느껴 본다

"글세?"

대답은 하면서도 어쩌면 정말 쥐가 아직도 드나드는 것이나 아닌가?

"누굴 업신 여기고 보자 어디" 중얼거려 졌다.

이튿날 홍이 잠자고 있는 옆에서 숙은 홍이 떨어진 속옷을 깁고 앉았다. 살아 온 수개월 동안의 생활비로 금부치 같은 패물은 거이 다 날아 났다.

이제 마지막으로 남은거라고는 왼편 무명지에 끼여 있는 링 콤마. 내가 단 의 다이야반지하나 뿐이다 그러나 그것은 차마팔아 먹을 수 없다는 생각이 든다. 종종 청패를 굴으는 품이 아이같다. 창가에 면한 잠긴문이 열리자 영이가

"엄마쥐 쥐" 하면서 불 같이 달려들어 술 가마 같은것이놓인 오시 이레 섰 문을 다각아 거의 창틀만 달린 오시이레의 마즌 편에 위치한 '오시이레'다.

"저기 저기 쥐가" 영이는 손가락으로 냄비랑 솥이랑 있는 데의 '오시이 레' 밑둥을 가르킨다. 숙은 일어나서 우선 영이 막아선 오시이레 문을 바짝 뒤로 밀었다. 그러나 그아래도 손 두께나 드나들 만한 빈틈이 있었다. 그리 로 해서 쥐가 드나 들리라고는 미처 생각 못했던 곳이다. 헝겁으로 그찜을 막아 놓았다. 인제는 점점 독안에든 쥐다. 그는 덤비지 않으리라했다. 그래 서 천천히 냄비랑 솥이랑 꺼내 놓는다. 쥐는 길다란 꽁지로 꼬리를 들어 벽에 붙었다. ▢곁이 치여 지자 아무거로도 가려 지지 않은 검회색쥐가 가 랑나무 잎에 달린 열매 같이 튀여나온 녹두빛 동자를 또부룩또부룩 돌린 다. 너무 큰 쥐여서 털에 윤기 까지 돌았다. 숙과 영이는 잡는것을 잊은 쥐 를 쥐의 움지김을, 그것이 비록 아모리 적은 표정이라 하더라도놓치지 않 고 보고 섰다. 직각으로 굽인 숙이 허리나 사십으로도로 굽오진 영이 허리는 옴짝 없는 태세로 쥐의 표정을 향▢ 한다. 쥐도 절대 절명이라는 생각을 하는것 같다. 옴작이면 변괴가 생길것을짐직감하고 있는것 같다. 영이가 허 리를 펴며 숙이를 본다. 그 찰나 쥐는 비호 같다고 할까. 폴삭 몸을 솟군쳐 먼저 나온 문쪽을 향해 쏜 화살이었다. 문틈에다, 몸 보다는 지나치게 적은 그 얄미운 대갈통을 디리 박는다. 주둥으로 뚜러 본다. 네굽을 딱붙이고 바 뚱은 친다. 그러나 등 뒤가 얼마나 위험한 자리에 있다는것은모르고 바둥 질 한다. 마침 벽에 걸린 양산을 숙이 벳켜 들었다. 한대만 내리치면 기절 까지는 틀림이 없다는 계산을 한다. 우으로 향햇던 쥐가 꼬리를 픽 돌리며 아래쪽으로 내리 달아 좀 더 큰 문틈을 찾는다. 필사적인 몸 부림이 시작 된다. 숙이양산대를 치켜 올렸다. 그러나 선뜻 내리 치지 못한다. 그러면서 독안에 든 쥐라는 생각을또하다 영이가 양산을 빼서다. 쥐를 향해 내리 첬 다. 양산끝이 꽁문니만 건드렸을 뿐으로쥐는 종종 거름을치며 냄비랑 솥이 랑 있던 곳으로 달렸다위치도 몸 가눔도 악가 와까다.

"괭이 안어와 영아" 숙은 지켜 보고 섰고 영이는 고두 뿔 처럼 튀여 나갔다. 초록빛 리봉을 목에다 맨 괭이가 달랑 달랑 방울 소리를내며 앵겨와서 쥐와 마주 앉았다. 방울 소리는 멎고 쥐와 고양이 새끼가 눈쌈을 한다. 선 부려 온 촌 색시 모양 고양이는 어색한듯이 앉아 있다. 별반 흥미도 없노라 는듯이 녹두빛 쥐의 동자가 또부룩 또부룩 하는것을 노란 알룩 고양이는 노오란 동자를 달달 굴리면서 무심하게 지켜본다. 쥐는 꽁지로 음영을 지어 벽에다 붙이고는 저보다 별 더크지 않은 이 호랭이 새끼가 저를 해칠 의사가 없다는 것을 눈치 채인트냐다. 고양이 귀도쥐의귀도 꼭같이 발딱일어섰다. 물에 빠지면 짚으래기라도 잡는다는격으로 고양이가 마치 저를 위해서 있는 보루(堡壘)이기나 하듯 옴작도 않고 앉아 있다. 뿐 아니라 고양이가 서툴게 쥐를 건드렸다가는 되려 물릴것도 빤히 보였다영이도 그렇게 느끼는지

"엄마 저괭이가 바보야 왜 바라 보구만 앉았어?" 한다.

"처음일꺼야 쥐를 보는게. 도루 내려다 둬"

영이가 고양이를 꺼내 오자 쥐는 또 풀삭 몸을 솟조쳐 기둥을 타고 발발 기여 오르다가 큰 오시이레 문틈속으로 살아 졌다. 숙이뒤 따라 이내문을 열어 채켰으나 워낙 오밀조밀하게 짐같은 것을 쌓아논 곳인지라 쥐는 어느 틈에 숨었는지 양산대로 쑤시고 뚜들기고 해도 감감 소식이었다 하는 수 없이 짐은 하나식들어냈다. 보따리와 룽크와 상지와 그외 그 안에 있는것은 다꺼내 놨다. 그러나 쥐는 보이지 않는다. 숙은 그래도 가면 어디 갔을거냐 고역시 독안에 든 쥐라는 생각을 한면서 벽쪽에 붙은듯이 놓여 있는 륙삭을 잡아댕겼다 귀와 꽁지가 꼭 같이 발닥 일어나 섰다잔뜩 옹꾸린 등허리를 사 시 나무 모양 발발 떨면서 동자를 뱅뱅 돌린다. 흡사 칼날을 맛 붙이는 상대 방의 호흡의 이완(弛緩)을 노리는 검객의 검술을 보는 느낌이 들었다.

"조것 누깔이 톡 빼 진게"

양산대로 영이가 옆 구리를 탁 찔렀다. 쥐는 토끼 모양 또 폴삭 뛰여 거미처럼 기둥으로 기여 오르다가 방 구석에 와 바킨다. 영이가 얼른 방석으

로 덮었다. 그러나 쥐는 어느새 바람벽에 기여 올라서 기둥에가 거꾸로 달린다. 숙이 양산을 단단이 쥐였다. 쥐의 동사가 고무 풍선처럼 빙빙 돈다. 팔이 쳐들어 지지 않는다.

"아나 영아 때려 봐"

양산대를 받아 들고 영이가 우물 쭈물 하는 사이에 쥐는 유리 창 가까이 쳐, 놓은 밧줄……기저귀 같은거 널기 위한……에가 매 달렸다. 그 먼지 같이 지저분하고 뽀얀 빛의 발톱을 단단이 밧줄에 걸고, 꽁지를 감아 붙인채 거꾸로 매달려 숨을 할딱 할딱 한다. 동자가 얼굴 밖에서 팽이 돌뜻 돈다. 공포와 방비와 몸부림이 고무뿔 처럼 부풀어 있다고 숙이 느낀다. 숙의 숨결이 차츰 높아저 갔다. 쥐는 긴장한 신경이 터저 피라도 쏟듯 동자가 멍해 있다. 온갓 말로 살려 달라고 애원 하는것 같다. 쥐의 살려는 그 무진한 노력과 간절한 욕망이 자기의 호흡을 가쁘게 한다고 숙이 느낀다. 실보은 네 개의 발에 달린 여러 바까락 하나 하나는 물론 그 여러개의 발톱을 톱날 같이 살려 바쭐을 파고 들면서 일호의 도움도 없이 애원하며 숙이 호흡을 메고 있다고 숙이 또 느낀다. 숙은 스르르 양산 들었단 팔을 내리고

"영아 창문 좀 열어!" 했다.

"왜? 엄마."

"얼른, 쥐 쫓아 낼려고 그래"

"왜?"

영이는 어이 없다는듯이 숙의 시선을 향해 또 묻는다.

"쥐 벼룩이 때메 그래 얼른"

영이는 뭐라고 볼멘 소리를 하면서

"자아" 하고 창문을 드릉 밀었다.

숙이 손이 밧줄을 건드리자 쥐는 화살처럼 튀겨 나갔다.

옆집 담 붉은 벽돌 위에 돌옷 넝쿨이 햇볕에 반짝이며 잎마다, 바람이 만지고 지나 간다. 먼 북쪽 하늘을 바라 보고 섰던 숙이는 기왓장 우에 널

린 종이 너부랭이 파 껍질 같은 것을 모즈랑 비로 썩썩 쓸고 있다. 기적 이……남편이 묶인 사슬 우에 일어나라고……햇볕에 반사 되여 눈 앞의 어릿 어릿, 한다고 느끼면서 영이에게 눈물을 보이기 싫어 얼굴을 돌린 채

"영아 너 우물에 가서 걸레 좀 씻어 와 방 좀 훔 치게" 한즉

"몰라, 엄마는 뭐 괜이 쥐를 놔 줘어, 괭이두 바보구 엄마두 그렇지 머야, 쥐 한마리 못잡아서……그까진"

영이 입술이 코 끝 보다 높게 나왔다. (一九五一年 七月 九日)

『문예』 13호(3권1호), 1952.1, 136-145면.

마선(魔線)

1

노오란 개나리 욱어진 콩크리-트담장을끼고 준호는 천천히 걸음을떼었다 인제는 벗어버려도 좋을상 싶은 낡고 무거워 보이는검정 외투에다 그외투에 그닥 손색이없는 낡은 가방을 들었다

무겁고 어두운 옷 차림이기는 하나 그의 얼굴엔 잔잔한 미소가 풍겨있었다 S대학의 조교수요 M대학의강사인 젊은그를 가르쳐 벌써 부터 선배들이 경제학계의 자랑이라고 했다

설사 이러한 찬사를 그대로는 받지 않는다 하더라도 앞으로도 군색한대로나마 다소 마음놓고 체게있는연구를 하리라고 혼잣길이 아늑히 즐거웠고 무슨자랑 같은것을 깨다르며 한동안 시달려오던 거처 문제도 우선은 안정을 보게되어 그런것이 모다 그의 미소의 원인이기도 했다

콩크리-트담장밖 욱어진 개나리 가지에서꽃잎이 가만 가만이나려와 그 담장밑에 깔린다 길 저편 전선줄에서는 새가 우짓어댔다 준호의 얼굴엔 부드럽고 잔잔한 미소가 새로히 일었다

이따금 안개를 먹음은 바람이 그의 이마와 볼과 코 허리를 스치며 풀냄새 같은것을 뿌리며갔다

꽃나무와 새와 바람은 서로 저마다의 생존을 우짖고 이야기하고 노래하며 자랑해 보라……나와 더부러 축복을 교환해두 종와—

차츰 부푸는 기쁨을 얼굴에 색이며 큰 소리로 그는 이렇게 웨치고도 싶었다 그리고 머리속에 떠도는 말은 그대로 노래같이 곡조를 붙여가며 흥얼거렸으면도 싶었다

하늘 복판으로 부터 안개가 걷히어 갔다 먼 산과 그 주변에는 아직도 안개가 짙어 안개거 친 하늘 복판은 마치 이야기 속에 나오는 동굴 속 처럼 깊고 높았다

그깊고높은 하늘로부터 뺨에간지러운 하얀 봄볕이 알맞게피우어지기시작했다

준호는 문득발을멈추고 노오란개나리가지를 잡으려다 손을오므렸다 별반 꺾을의사도없으면서 그저그렇게 손이놀았다 계면적 은웃음이 그의얼굴을 이죽였다 봄볕과함께 길은걸을스록 다정하고 날씨는더욱화창해졌다

콩크리-트담장이 다하고 소개리가나왔다 그닥 사람의발에 다슬리우지 않은 흙의촉감이 발에부드러웠다오랫동안 잊어버렸던 고향의터 밭을 회상하며 덩어리 진흙을발로 밟아터뜨리며나무판장으로 들러싸인귀속가옥치고는 그래도아담한편인 어느이층집앞에다달았다

해볕은 길위 보다 훨씬 짙게 남향인 이집 마당에 쏟아져 내렸다 문득 축복이라는 두 글자를 머리속에 띠워 올리며 비스듬이 열려있는 판장문을 밀고 그는 그 뜰안에 들어섰다

신비한 동굴속 같은하늘에는 얇게 비친 구름이 흘렀다 이마에알맞은 해볕과 낮에 간지러운 바람은 언제부터인가 그의 가슴에 출렁이던 어떤 막연한 기대를 또렸이 형상화하면서 불러 이르키고 그 로 인해 수접은 기쁨이 속에서 설레기 시작(作)했다 눈을 멀건히 뜬채 그는 기도의 호흡을 의식하며 현관 문을 밀었다

그랫더니 거기 은숙이가 서 있었다 크고검은 눈이 놀랜 표정을지으며 허리를굽히는것이었다 연지빛 저고리위에 흰 얼굴이 놓여 있었다 차츰 차츰 어둠에 익어진 준호의눈은 그□숙의 모습에빨려 갔다

이미 윤수의 소개로서 구면인데다 또이제부터 자기가 기거하고 있을 하숙집 딸이라는 것도 잘 알고 있었으나 그러나 그처럼 맞나진 우연을 마치 이제금 상상조차 하지않았던 기적에라도 직면한듯이 놀랍고 당황했다 봄 볕을 향락한철늦인 외투 자락이 발뿌리에 걸렸다 머리뒤에 화안이 둘린 하늘을 생각 하며 마루에 올라섰다

2

"어디가시는 길입니까?"

이렇게 묻고는

공주와 첫 대면을할때의 온달의 표정과그음색을 문득 연상했다

"아아니요 퍽은 이르신데요"

억양이 분명한 발음이 멀리서 원을 그리며 울려왔다

"오늘은 두시간 밖에 과목이 없어요"

"겨우 두시간이요?"

놀랜듯한 눈의표정과 음성 빛갈(音色)이 꼭 같다는 생각을 하며 준호는 신비한 비만이라도 깔린 층게를 오르듯 조심스레 자기방으로 올라 갔다 올라 가서도 귀에 대고 방울을 젓기라도 하는듯이 은숙의 음성이 귀안 가득히 차 있었다 준호는 그 음성에 반항 하듯 책상 위에다 례의 가방을내던졌다 그리고 복도에 면한 유리창을 활짝열어재켰다. 흰 빛이 빗줄기 모양 열어논 문안으로 쏠려 왔다 뚱그런 원을 그리는 잔잔한 음성이 다시 귀안에서 부풀었다

"선생님 발써오셨는데기오? 아직 저녁 때는 아니지요?"

경상도 사투에다어느지방 사투리인지도모를 말씨를 섞어 쓰는 옆방에 거처하는 식모가 장지문을 열었다부굴부굴한 얼굴하고는달리 간날프게 포시시웃으며 미쳐 준호의 대답도 듣지 않고 푸념을 내 널었다 주변이 없는

남편을 만난 탓으로 손 잔등에 물마를새가 없다는둥 그저 꼭 한간 방만 있으면 살겠다

는 둥 잘 알아 들을수도 없는 푸념을 하느라고 시간을 물은것은 까맣게 잊은 모양이었다

준호는 좀 마땅치가않았다 장지문을 함부로 여는것도 그랬지만 눈에 남은 은숙의 모습과 귀에남은 그 음성의여운이 식모의 푸념으로해서 지워지고 가시어지어 잔득 눈쌀이 일었다 그리하여 눈쌀을찌프린채 손을 씻겠노라 핑게하고는 층층대를 내려왔다 내려오다가 그만 말을 멈추었다 현관 벽에 걸려 있는크고 모난 거울 속에숙의얼굴이 있는때문이었다 흰 이빨을 가지런이 내여 놓고 아래입술을 꼭꼭 물다 말고는 홱 몸을 도리켜진 달레 꽃이 꽂혀 있는 꽃병을 안고 안방쪽으로 살아졌다 몹씨 실망하고 좀당황한 때의 동작이었다

준호는 그냥 세면실을 겸해쓰는 목간통에 들어가 손을씻고 층층대를 오를려니까 은숙이가 거기 서있었다가

"저어 오늘 윤수씨 안오십니까" 하고 준호에게 물었다 밖에 나갈 차비를 한 모양으로 아까 옷과는 다르다는 생각을하며

"별로 약속이 없어요 그렇지만 어쩌면올런지도 모르지오.무슨 볼일이……"

준호는 말을 끊었다 알필요가없는 내용을캔듯해서 두루 끝말을엄버 물리고 도루 올라갈려는데

"오늘써클엔 나갈수없는일이 생겼어요 갑자기 동무약혼식이있다고 기별이왔어요 혹씨좀늦게라도 오시면 말씀전해주시기바랍니다"

그분명한 억양같이꼭배긴 하이얀이빨끝을내보이며 웃어보였다

"네말씀전하지오 오면은 전해드리겠읍니다 그런데 써어클이라니 무슨 써어클입니까?"

"문학 써어클이여요 한달에 두번씩 두번째 토요일과 네번째 토요일이면

모여서 문학에 대한 강의 같은것도 듣고 때로는 자작시 랑독 쯤도 하지요
다음에 선생님도 구경나오시지요"

말을 남기고 다시 제 방으로 살아졌다

준호도 이층으로 올라갔다 올라가서 의자를 마루에 밀어 내 놓고 잡지를
뒤적이고 있으려니까

식모 아즈머니가 홍도야 울지말아를 길게 뽑고 있었다 마치 바람에 댓숲
이 우는 소리 같았다 준호는 자기도 모르게 싱긋이 웃어버렸다 그르자 뒤에
서 인기척이 나므로 돌아다 봤더니 꾀몸집이 건강한 사나이가 식모방으로
들어가고 있었다 입을 꾹 다물고 얼굴 복판이 패인듯한 인상을 주는 사람이
었다 아마 식모 남편상인 싶었다

3

무겁게 흐린 하늘에서 보슬비가 조금식나리는 일요일이었다 별반 읽을
생각도 없는 경제학잡지의 책장을뒤적이며 준호는 시간을 보내고 있었다

날씨모양 마음은 푹갈아앉았아비를 맞는 이제 돋아나는 풀잎처럼—비를
향락했다

그러나 그것은 오래 계속되지 않았다 마루에 나가 창을 열고처마에서 듣
는 빗방울을 손으로 받으며 하늘을 처다 보고 또 먼 산 기슬을 바라다본다

비에 흐린 시야(視野)로부터 잔々한 오열과도같은 향그한 슬픔이 그심장
을 파고 들었다 피가 소리치며 심장을 싸고 돈다고 느끼며 창을 닫고 다시
자리에 와앉았다 현관 문 소리가 나고 층々대를 오르는 발소리가 머즈며
윤수가들들어섰다 들어서는 길로 은숙이를 맞나고 싶어 왔노라 하면서들고
온 살구 꽃 가지를 상위에 있는 유리컵에 꽂아 놓는다

"뭐 언제나 맞날수 있는 사람을" 하고 준호는놀리는투 로빈정거렸다

"자네는 더 언제 나 만나쟌는가" 작난치는 어린애 같은 웃음을 지으며

준호는 테에불 위에 올라 앉는다 다홍과 수박색을 섞어 대담한 무늬를 놓은저고리에다 검은 비로오드 치마를 입은 은숙이가 올라왔다

"오래간 만입니다"

윤수는 이렇게 인사말을 하며 손을 내밀었다 은숙은 손을 뒤로 돌리며 응하지 않았다

"흥"

윤수는 코로 팅기고는 컵에 꽂은 살구꽃을 숙에게 내밀었다. 몇방울 물이 방바닥에 뚝뚝 떨어진다

"이 꽃이 몇 가진가 헤아릴필요는 없어요 나는 이걸 아름이라 생각하고 가져온거니까 —"

후리 후리한 키에 검은 윤이 질질 흐르는 비옷을 걸친 윤수의 모습은 무대에 선 멋진 배우를 연상 시켰다

"어저께 제가 꽃을 살려 봤어요 살린다는건 일본말 직역인진 모르지만 —아무튼 그랫는데 공을 쳤지요 동무의 약혼식을 마치고 써어클에 나갔더니 다 흩인 뒤드군요 오섯나 싶어 바루 집에 왔더니 않오시구 하지만 아름도 넘는 꽃을 주섯으니까 이것으로 때○ 하겠어요."

원망 하듯 어석쪽로 은숙이 이렇게 말한즉

"아아 참 전날 이리 온다고 약속했었군 깜박잊어버리고 술을했지 역시 술이좋와"

하고껄껄웃었다

"그야물론 술이 좋으실겁니다 하지만 남의 시간을 잡숫지는 마시는게 좋겠어요"

둥그런 원을그리는부드러운음성이 허공에서 빙빙돌았다 무섭게빛나는눈이 검게저저 윤수에로 향했다 그러나흩으릴수없는 깊음이 허무리지 않는 그의자세에 있었다

"그럼 악수"

외치듯 말하며 윤수가 또 손을 내밀었다 숙은 준호를 보며 웃고만 있었다 부글 부글한 얼굴에 포시시웃음을띠운 식모가 차를올려왔다

"이선생님 참 책이 많으세요 저 빌려다읽어도 됩니까"

좀체로 화제속에 끌려들지 않는 준호를위해 일부러 하는말 같기도하고 정말 처음으로 준호의 장서를 발견하고 놀래어 하는 말 같기도 했다

준호는 어저께 거울을 통해 뵈여주던 은숙의 동작을 생각하면서

"네 얼마던지 읽으십시오"

억지로 주면서 하는 대답같이 픽은 그소리가 높았다 높았으니만치 뒤가 공허했다

"싱거워 좀 어려운 조건을 제시 해야지 왜 책을 빌려줘 그양 흥 마치 은숙씨가 처음 이방 구경을 한듯이 말씀 하시지만 정말 그럴까?"

이번엔 윤수가 싱글그렸다

4

"그건 나두 몰라 어쨌던 처음이시라면 그대로 믿어 두지요 그러나 그건 나한테 관심이 없었다는 태도를 밝히시는 거야"

날카로운 신경이 그대로 오는 창백한 얼굴에 웃음을 띠우고이렇게 말했다

"좋두룩 해석 하시면 되지요 말이란 하기에 달린거않예요?"

은숙은 이렇게 나직히 대답하고는 조용이 웃었다 대담한색채의 모난 무늬의 저고리가얼굴 윤곽을 또렸히 보여 준다 준호는 담배연기를 길게 뿜었다

그리고 눈으로 그 연기를 쫓으며 경제학 강의시간이면 나오는 미모(美貌)의 소녀를 생각했다 그리고는 백치라는 한문글짜를 눈으로 썼다 창 밖에는 이슬비가 소리없이 나리고있었다

"준호 낮인가 밤인가"

윤수는 손을 대이지않은채있는 준호의 찻잔을 널름 들어다 마시며 자는

지 아닌지를 이렇게 물었다

"꿈이 가경이라 삼팔선을 지우고 남북을 통일하고 가만있자 제몇대의 대통령이 되나 내가"

준호는 입으로 나오는대로 엉뚱한 대답을 했다

"이 돌"

윤수는 준호의 머리를 가르키며 돌은돌이나 흙이 자라 된 돌이라고 숙에게 선명을 했다 웃음이 헤푸지않은것도 말수가 적은것도 에네루기一의 소모를 방지하는 수단에지나지 않는다고 모든면에 있어서 늘 경제적인 타산을 하는 거라고 그러나 돌을깨고 보면 흙처럼 부드러운 바탕이 나올계라고 그리고

"가끔 한줄짜리 시도 쓰지一" 했다

"이 선생님이 입후보를하실때 선전부장으로 모시죠 윤수씰"

은숙의 부드러운 음성이 허공에서 둥그런 원을 그렸다 그러윤자수가 큰 소리로 하하웃으며 입후보라고간단히 말해치우나 기실 입후보 입후보해도 어떤입후보를가르치는건지 분명치않고 또 선전부장은 생각해서 자원할지 사퇴할지 두고봐야안다고 전제해놓고는

"이사람 내 지금 돌이라고 명명했지만 설령 돌이라도 한마디만하게 어느종목에 입후보를할려나? 응 첫재는 신랑이요 둘재는 국회의원이요 그 세째가 대통령인데 어때 나중둘은 당장가망이없는것 아닌가하니까 그첫째번이신랑 입후보를하게나"

윤수가 말을이리저리돌려맞쳐도 준호는 약간싱긋이 웃을뿐말이없었다

"허어이사람이 경제학만 공부를하니까 정말돌이돼가나보군 그러나석상(石像) 두노래를할줄알지 왜그유명한릴케의석상의 노래를 자네잘외이잖나 오늘 좀외여주게 나는 그 시가참좋아"

"윤수 외이지"

준호의 말이 떨어지자……

누군가 즐거운 목숨을 버리도록 나를사랑하는사람은 누군가
만약한사람이 나를위하여바다에빠지면나는
다시 돌에서풀려나
목숨으로 목숨으로 돌아오는 것이다

높은 음성으로 윤수가 읍자 어느듯 셋이 함께 읍기 시작했다

나는 그렇게 끓른 피를 동경한다
돌은 참으로 고요하다
나는 목숨을 꿈꾼다
목숨을 아낀다
이나를소생시켜 줄 그누구도가진 이 없는가
모든 가장 아름다운것을 주리라 목숨만내가 얻을수 있다면

"……"

그러면 나는 혼자서 울것이다
돌이 그러워울것이다
포도주 같이 익는다손 치더라도 내피가무슨 소용이 있느냐
나를 가장 사랑한그한사람을 바다에서 불러내진 못하는 것을

셋은 취한듯이 몇번이고 다시 읽었다

5

그날이후로 은숙은가끔 준호의책을 빌려다읽었다 그리고 책을바꿀때마

다 은근히놀라곤했다 은숙이가 읽으리라마음먹은책이 의례뽑히여 상위에 놓여있기때문이다 뿐아니라 그책사이에는 반드시 종이쪽지가 끼여있었다

그냥쪽지가아니라 무슨글구가 하나씩 적혀있는 쪽지었다 몇번은 그냥무심히 읽었다 그러다가 여러번 거듭되자 비로소 유의해서읽었다 머리 위에 원을 그리고 음향을 보았다 도 하고 소녀는 그닥 아름답지는 않다 도 하고 연지 빛 지대에흰호롱불 하나 이렇게도적고 혼이 읽는 아름다움을 안다 느니 또 눈과 호수와 라느니 신비는 모-던인가 고전인가 라든가 꿈을 마시며 아품을 향락한다 라든가 뼈를 깍는 자화상이니 골패와 몽고의 복술(卜術)이니하고 뜻 도 잘 모를말을 썼는가 하면 때로는 날짜도 적혀 있고 시간도 적혀있고 시정물가도 저켜있었다 그것도 꼭 한줄씩이었다

은숙은 노-트 한머리에 그것을차례로 스크랍 하기시작 했다

마치 어떤 비밀에 접근하는듯한 흥(興)미를 가지고 그쪽지의 글구를 대하게 쯤되었다 그러나 피차 그 쪽지의글구를 화제에올리려 하지는 않았다

×

일천구백 오십년유월 이십오일 그날은 일요일이었다 하늘이 흐리지도 않는는데 별은밝지도않았다 준호는 그 눈 부시지 않는 별이 좋왔다 그러나 개나리피던 무렵의 어느날같은 즐거움은 두번 돌아오지 않았다

마치마음속에 추(錘) 를달아놓은듯한 어떤무게가 머리속에왔다 그는 그무게를느끼면 일이손에 잽히지않았다

해볕도실었다 흰이뚤린 하늘은 너무아득했다

오후두시쯤이다 준호는 거리로나왔다 그가거리라는것은 충무로를 의미했다 어째사람들이 저마다 어떤긴장과흥분을 뵈이면서지난다 뿐아니라 핍절된호흡이눈에보여젓다 준호는의아해서 머리를꼬며 충무로 이가 악기점 앞에이르렀다 사람들이 겹겹둘러서서 게시판에붙은 벽보를읽고있었다

'북한 피뢰군 남한불법 침입을 국군 이를 격퇴 중 통행시간 자(自) 오전 6시 지(至) 오후 7시'

몇번이고 다시 읽었다 읽을수록 놀라운 사실이었다 핍절한 숨결이 귀로 오고 가슴으로 왔다 준호는 헤염치듯 그속을 나와 가까운 다방 문을 밀었다 빨간 바탕에 분홍과 감정 꽃무니가 있는 탐재를 깔아 놓은 층층대를 밟고 올라가 구석진 빽쓰에 가앉았다 인형같이 생긴 조고마한 소녀가 반듯하게 접은 흰타올을 접시에담아 앞에다놓고 조용히 서있다

그는 입속으로 "커피" 이렇게 일르고는 담배를 붙여물었다

검은 물결이 억센등허리를 살리며 앞으로 닦아오는것도 같고 배암이 모양을 한 이상한 동물이 사슴같이거치장스런 뿔을달고 입으로 불을 토하며 떼를지어 밀려드는것도같았다

이곳 저곳서 들리는 일제의 화제는 괴뢰군남한 침입에 관한것이었다 소녀는 또 조용히 앞에 와서 차를따랐다 사람들은 먼 나라에서 일어난 이야기를 하듯 표정이 없었다 그것은 지나친 경악에서 오는 허탈인듯도 했다 준호는 오래앉아 있을 수가 없었다 그는 아무렇게나걸음을 떼었다 짙은안개속을 몹시 취한 사람같이 천방지축으로 걷듯했다 많은 말소리들 이 허공에서 돌다가땅에 떨어져 발에 밟히는듯도 했다 방에 돌아와 한참이나 장서 앞에 □□ 있었다

6

그 다음날 그러니까 이십육일이다 거리와 골목에는 마이크가 웨치기 시작했다 시민들이마에는 의아와 수심이 아로삭여 졌다 핍절한 숨결이 거리를 싸고 돌았다 다섯시쯤해서 윤수가 준호를 찾아 왔다 은숙의 어머니는 가슴이 답답하니 정세나 좀 들려 달라고 윤수의 저녁상까지 보았다 그리고는 긴 담뱃대가 달린 대통에 장수연을 피여 물고는 있다금 윤수와 준호의 얼굴을

처다 보며 정세 비판을 듣고 있다

그러다가도좀 비관하는말투가나오면 성급히 뻑뻑담배를빨곤한다 준호는
다른때보다 무척 웅(雄)변이었다 윤수는 자조시계를 디려다보며간간히한마
디씩 웃게소리를던졌다 뭐 평화와전쟁은 어느편이 비쌀가도하고 통행시간
이일러 소녀들하고 한이기는하나 역사란놈은 성급하지않은거라□도했다
준호는 조용히웃고있는은숙의 낯빛을 살피었다

저저있는듯한 긴 속눈섭이 나려뜨린채 움지기지않았다 준호는 문득 절
망과도같은 고독을 느꼈다

윤수가 단여간뒤 준호는 이층 자기방으로 올라갔다 올라와서 한참동안
은 꼼짝 움지기지 않고 기둥에붙어서있었다

불안한 밤이새여 갔다 라디오를 틀어놓고 그앞에 앉아 있었다 라디오는
유리하다는 전항 보도를 하지않았다 그는 가방을 챙겼다 타올과 비누와 치
솔을 넣고 쓰다 만 경제학 논문 원고를 넣었다

다시 책장에서 암파 문고를 꺼내 가방옆에세웠다 여슷시 쯤이었다 그는
가방을 들고아랫층으로 내려왔다 은숙모녀도 깨여 있었다

"밤새 생각했어요 그래 떠나는게 좋을듯해서……정부가 수원쪽으로 옴
기는 모양인데 저도 그쪽으로 가볼까 합니다"
했다. 은숙 모녀는 그가 떠난다는 말을얼핀은 이해 못 했다 뼁 해서 한참
이나 쳐다 보기만 하던 은숙의 모친은

"왜 떠나야 하오"
했다. 은숙은 왈칵 불안이 가슴에 왔다 그는 어머니를 쳐다보고 준호를 쳐
다보았다 모친은 목을 돌려 장롱과 이거를 돌아 보고나서 "잘 단녀 오시
우" 했다

그리고는 창문께를 내다보며 담배를 빨고앉았다 식모의 남편이서방은 어
디 나갓다오는지 현관 문을 밀고 들어선다 문소리를 듣고 준호는 돌아섰다
은숙이는 현관까지 따라 나왔다 준호는 신발을신고 돌아섰다 그리고 은숙을

쳐다 보며 말없이 손을 내밀었다 돌 같이 굳은 얼굴을하고 은숙이도 말없이
그를 쳐다 보았다 의미도 연락도없이 은숙의 머리에 영원이란 구가 문득 떠
올랐다 은숙이는 머리를 숙였다

그리고 왼편 손을 내밀었다 준호는 의아스런 얼굴로 한참 은숙이를 쳐다
보고 섰다가자기도 왼편손을 바꾸어 내밀었다 그리고는 뒤도 돌아보지 않고
가 버리었다

아침 일곱시쯤 해서 현병대 관사에 있는 은숙의 동무는 귀중품이라면서
조그마한 보따리 몇개를 은숙이네집에 갖다 매꼈다다시 열한시 쯤 해서도
큰 짐 짝들을 날내왔다 한시 쯤 부터 약간식 비가 나렸다

거리에는 피란 짐이 연달아 줄을 이었다

어찌된 셈인건지 짐은십자로를 골고루 흩어서 갔다 은숙의 모친은 부산
이 재떠리에 대꼭을 두둘겨 대었다 음산한 날씨는 한창 더맘속에 불안한 빗
발을 몰아 넣었다 트럭으로 안양쪽에 피하로 떠난다고 한 두어짝만 같으면
짐을 실어 줄테니 챙기라고 은숙의 동무는 짐을 날르며 함께 떠나자고 했다

모친은 좀더네우재떠리에 재를떨따름이었다

식모는 은숙의모친곁에서 역시담배를피고있는 남편을긁었다 피란을가야
한다는것이다 그는 한마디의댓구도없이 엉크리고앉아 연기를뿜어냈다 담
배가 다타버리자 무릎을살리고 팔장을끼어 그위에놓았다 그리고는 마루를
내다보며아내의굵은목소리를 잠잠히 듣고있었다

(7회·8회 본은 소장처 미상으로 게재하지 못함)

9

한참 뒤에 식모가 나러와서 포시시웃으며 이서방말이 짐은 감춰두는게

좋다고 자기들은 그렇게 했노라고 했다

 "무슨 감춰둘 짐이 있었든고 그처럼" 혼잣말같이뇌이고 어머니는 댓꼭에 담배를 재였다

 이삼일이 지났다 이서방은 그동안 어느듯 반장이 되어 부즈런히 동회에 들락이었다 그런어느밤에 쌀한가마니를 져왔다 은숙이네좀 논아달라고했더니 안된다고 벽을 건너다보며 이서방이 거절했다

 이튼날 부터 이서방네가 따로 밥을 지어먹기 시작했다 따라서 은숙이네 일을 돌봐주지않았다 그리고는 쌀을 갖어온 변명을 몇번이고했다 밤에 고장난 트럭을 고쳐 주었드니 인사로 쌀을 주드라는 것이었다

 말할때면 상대방을 보는것이 아니라 다른어느 한곳을 보는버릇이 있는 그는 요즘 버쩍 그 버릇 이는듯 했다 뿐 아니라 숨소리도없이 이층 한구석에 숨어있는 준호에게 유다른 시선을 보내며 주의하시오 반장이 혼납네다 하군했다

 여맹에서 은숙이를나오라고 날마다 사람을 보내 왔다 그럴때마다 사람 좋은 식모가 대신가죽었다 수슨 주의를 표방해서라기 보다는그런한 모임에 나가기가 딱 질색이 었다

 그러나 정녕 들볶아대어 견딜수가 없었다

 그래서 과학자 동맹이라는데 적을 넣어 놓았다 거기 동무가 있었기 때문이다

 쌀값은 하늘이 낮다하고 뛰여 올랐다 누구하나 불평은 고사하고 끽소리도 없이 하로 하로를 보냈다 길고 지리하고 고달픈날을 벙어리 처럼 살수밖에 없었다 누구 누구가 잽혀갔다 누구는 자수를 했다 의혹과공포 속에서도 소문은바람 같이 퍼져 돌았다 은숙의 모녀는 덜덜떨기 시작 했다

 의용군으로 나가라는 동회의 지시는 둘째로 우선은 이층에 숨어있는 준호 때문에 삐이걱 하고 문소리만 나도 가슴이 덜컥 내려앉군 했다

 준호가 몇번인떠 가났다간 돌아오군하는까닭이 짐작이되는 은숙으로서

는 왜가지않었느냐고 박아말할수도없거니와 말을해본댔자 이미때는늦었다 모친은대통을손에서 내려놓으면 으레껀 혀가름을한번씩 찼다 그리고는

"뭣하러 돌아와"

먼산을보고하는 혼자말이기도했다 두주일쯤 지난어느날 저녁이다

반장인 이서방은이상더노력동원에 눈감아줄수없다는것과 또반내에 숨어 있는사람이 있으면 반장책임이니까 입장이 곤난하다는말을했다 머리를 푹 숙으리고 한손으로 입을가리듯 하고 말을했다

그 동작이 어떤 압력 처럼 느껴지어 은숙이는이서방이 부쩍무서워 지기 시작했다 그는 예전 이서방이 아니라 반의 반장이었다

준호는 미안 하다는인사말을 거듭 은숙모친에게 하고나서 은숙에게 할 이야기가 있노라 했다 은숙 은 준호의 뒤를 따라 이층으로 올라 갔다 테-불에 달린 의자를 마루에 놓고 은숙에게 앉기를 청했다 그리고 자기는 유리창 곁 기둥에 기대섰다 불 없는 거리에 별빛조차 희미한 밤이었다

애앵 하는 모기 소리가 귀에 거슬리기는 하나 훈훈한 밤 공기가 무슨 향기라도 풍겨 주듯이 머리속이 시원 했다

"본래저는 갔어야 하는건데" 준호는밖을향해 선채 말을 꺼냈다

"그날 사실은 안양까지 갔다 돌아 왔읍니다 어머님께는 학교관계나 말씀 디렸지만 그 저녁에도 남대문까지 갔다 도루 돌아 왔읍니다 발 하나가 천근 무게도 더되드군요 참아 발길이 떨어지질 않아 그래 못갓지요"

그는 말 꼬리를 높여 묻는 투로 말을 했다 그러나 은숙이 답이 나오기 전(前)에 이내 말을 계속 했다

10

"아침기차를 탈수있었는데그만서있는새에 기차가 떠나버렸어요 할수없 이돌아나와 걷기시작했지요 발을떼니까 걸어지기는하는데 걷는거와는 정

반대되는 의사가백번이고천번이고 서울을향해돌아서군합디다 거듭그이유를 생각해봤어요 이방에있는책들이 나를잡아끄는것인가 아니면 서울이나를 잡아끄는것인가? 물론 이책들은 제게는 퍽중요한재산이기도합니다만 또 어느뉘에못지않게 서울을애끼고 그리고 사랑합니다만 그러나이것들이 내걸음을 멈추게하지는않았읍니다

왼편손을 내밀어 악수에 응하는 여자의이름을 불러 봤읍니다 안양이드군요 다시 발길을 돌렸읍니다 서울에 왔드군요 이걸 이성의 패배라할까요 감정의 승리는 아모에게도 이롭지못한 결과를 재래하도록 마련인지도모르죠 막연하나마 죽는다는것을 생각하며걸었어요 무모한 짓이었지요 이런 무모한감정을 억제못한것이 은숙씨 일가에불행을 초래할것같이생각됩니다 그래서 내일 떠나기로 작정했어요 가다 잡히면할수없는 거고 아무튼운명을 시험하는 도리밖에 없겠지요 그런데 꼭한가지 알고싶은게 있읍니다 그저 제가 떠나가던날 왜 손을 내밀었읍니까"

했다. 그리고 은숙이를향해 도라섰다 은숙은 머리를 숙였다

어둠속에서 무섭게 쏘는 눈총이 느껴졌다

은숙은 대답할수가 없었다 바른편손을 내밀지 않은 이유를 밝히기에는 그동기가 아무리 단순하다 하더라도그 너무나 침통한 어조와 고조된 감정에 대해 지나친 잔인이 아닐수없었다

"그럴걸 다 마음에담어 두세요? 그저 그래 본거지요 기어코 밝히라 하시면 연구를 해가지고 다음기회에말슴 드리겠읍니다 그때까지 숙제로하여두어 주세요"

은숙은 둥그런 원을 그리는듯한 음성으로 부드럽게 말했다 그리고 속으로 며칠 안되는 그사이 퍽은 성숙해진듯한 자신을 깨달았다 자기의 그런 갑작스런 성숙과 더부러 모든 즐겁든 날들이 다시는 가까이 오지 않을듯한 생각으로 가슴이 아렸다

'부질없는 구속은 받지 아닌만 같지못하다고 피차가 백지로 돌아 가자고 한 윤수 선생 말이 옳은것인지두 몰라! 그러나 사람이 그처럼 기계적일 수

는없겠지 하지만 나는 내가 누릴수있는 나를 지켜야해 침착하게 또 냉정히 충렬하기 쉬운 젊었노라고 호를 때는 피를시서 버려야 해'

은숙은 이렇게 자신에 타 이르며 다짐하노라고 서서 창밖을 보고 있었다 문득 옆방에서 기침 소리가 들렸다 식모만 있거니했는데 이서방도 함께있었다

"다 알겠어요 그럼내리가시지요 혹 아침에 못 뵈고 가버릴지도 모르겠읍니다 다음은 운명만이숙제로 남았을 따름입니다"

은숙은 머리를 숙인채 잠잠히 내려왔다

내려 오면서 생각하니옆방에 이서방이 있은게 어쩐지 걱정이 되었다 전 같이 말수 는없지만 그 말수 없는게 오히려 무슨 흉계를 품은듯 해서 은숙은 요즘들어 곧잘 불안을 느끼곤 했다

그날밤이다 자정쯤되어 밖에서현관문을두드리는소리가났다 은숙은이내 깨여났지만 불길한예감에지질리어 선뜻일어나지질않았다 모친은얼른준호를 숨도록하라고 이층이층했으나 갑짜기어떻게하는도리가없었다 은숙이마루에나왔다 그리고어디서 왔느냐물었다 밖에서는현관문에불빛을 바짝대고서서 파출소에서왔노라했다 밤중에왼일이냐 물으니 열면안다고한다

남포에불을켜들고 어머니가나왔다 은숙이그것을받아들었다 모녀는총알을가슴에맞는듯한 비장한결의를하고 얼굴을 마주보았다 그리고 어머니가 문고리를벗겼다

11

조그마한 접시에 기름불을 켜든 사람 둘이 안으로들어섰다 들어서는 길로 이준호가 있느냐 있으면 곧 나오게하라 잠깐 물어볼 말이 있노라했다 싱강이 소리를듣고 준호는 그냥 있을수없어 아랫층으로 내려왔다 그사이 이층에서 뛰어내려 소재터로 빠지면 혹다라날수도 있음직 하지만 번연이 있다는 것을 알고온 이상 그리되면 그화는 은숙의일가에미칠것이 너무도 뻔한일이

라 그는 도망칠수도 없었다 파출소원 들은꿩을찾는매격으로 의기양양해서
준호를 다리고 가버렸다 람프불을 끄고 어머니는 담배를 태우고 앉았다가

"애야 그중 한사람은 가끔 이층 이서방에게 놀러오던 사람이 아니냐" 하
고 딸에게 물었다

"어머니 아무말씀 마세요 사람들이모다이상해졌어요 준호씬 그때 그대
로떠나셨으면 탈이없을걸…… 아까온 그키작은사람은 그전민보단원같어요
어쩌면 이서방방에놀러왔는지도모르지요"

"무슨 꿍꿍이속인지 내사 모르겠구나 옛말에 아는도끼에 발등을찍힌다
더니"

어머니는 한밤내담배를피이고 앉았고 딸은 잠을이룰ㄹ수가 없었다 떠났
던길을 죽는다고각오까지하고 다시서울로 돌아든 준호에대해 은숙이가 그
냥무심할수는 없었다 윤수의모호하고 애매한태도에비해 그너무나 적극적
인 격렬한 감정을 그대로받을수없는자신이야ㄹ밉기도했다

'내가 먼데 실로평범한 여자가 아닌가? 왜 남의 목숨을 거는 진실을 거
부해야만 되는 것일까왜 그래야만 하는 것일까?'

은숙은 준호에 대해 더 할나위 없이 미안한 생각이 들었다 그리고 윤수
의 말 같이 자기는 정말 소녀기때문에 어떤 구체적인대상은 경원하고 그냥
막연한 동경에 사로잡혀있는지도 모른다는 생각을했다

그 어느날부터 이서방은 준호의 방에 자리를 잡았다 모녀는그이유를 묻지
않았다

사오일 뒤다 은숙은 회관에서 나오던 길로 보위부원에게 끌려갓다 윤수
의 거처를 알치라는 것이었다.

이미 윤수의 집에는 반동 학생들이 집을지켜가며 윤수의 행방을 찾고있
다는 소식을 듣고있는 터라 은숙은 모른다고만 했다 그랫더니 그럼 날마다
그 행방을 내사해서 저 사람들에게 보고 하라고 했다 가르키는 쪽을 바라다
봤다 학생이었다 은숙은 그 학생 얼굴을 살피며 그렇게 할수없노라 했다

"건방지게 못하긴 왜 못해"

불꽃이 이는 눈길을 은숙이는 대담하게 받았다 그리고 당신들은 이미 그 사람의 주소를 알고 있고 또권력과 총칼을 가졌지 않느냐 그러한 권력과 총칼을 동원해서도 행방을 내사 못하는데 내가 어떻게 할수있겠느냐 하고 대들었다

"뭐 개 수작말라우"

억세고 높은 평안도 사투리와 함께 손이 귀밑애온다고 느꼈다 아찔했다 그대로 의자에꼬꾸라 졌다 눈앞이 노오랗고 사물사물했다 그 노오랗고 사물거리는 속에 검은 눈이떠올랐다 다음은 코 입이마가 차례로 떠 올랐다 그리고 윤곽이 갖우어 졌다 그것은 바로 윤수의 그것이었다

"이건 뭐 풀로 붙인 인간가"

중얼거리며 조사하던 사람이 은숙이를 붙잡아 이르키었다 장 의자에 앉아 있었으므로 다행이 땅 바닥에 쓸어지지않았다 일어나 앉인 은숙의 귀에 매미 소리가 들렸다 매미는 줄기차게 울어댔다 은숙은 왼편손으로 미간을 쓸며 매미울음소리를 풀이하며 언젠가 셋이서 함께 을프던 릴케의 석상의 노래를 생각했다 아득히 먼 앳일 같기도하고 바로 어끄적게일 같기도했다

"정신들었오?"

젊은 보위부원들은 이렇게 한마디를휘ㄱ던지고는 창턱에 기대서서무슨 노랜지 유행가 같은 것을한곡조멋지게뽑고는

"고눔 참 악지도 세다"

하고 혀를차며 손으로 귀를 막는시늉을했다

매미소리가 듣기실흔모양이었다 밤이가까워서야 은숙은집에돌아왔다

12

날이갈수록 폭격은심해갓다 따라서 그들의 활동도 마비되어 버린듯했다 그러나 반장은 곳장 소개를가야한다고 으릉대었다 어디서 날러온 짐인지

은숙이네 위아래층에는 이서방네 연줄되는 집들의짐이라면서 구석마다 쌓아졌다 이서방은 어깨를으쓱이는 버릇이 요즘들어 생겼다 그냥 말없이 입을꾹다물고 있기만해도 전같이 이실곧아보이지않고 무슨흉칙한 생각을 속으로꿍々이는것같이 보여졌다

모녀는 견디기 어려워 을지로 육가에 있는일가댁에 피해 있었다

팔월 하순경 부터시민들은 유엔군이 들어오기를 오늘인가 오늘인가 하고 기다렸다 밤이되면 상현달이 허물어진 시내를 빛어 주었다 달은 밤마다 둥그러 갔다 어느날 저녁이다 은숙이는 관철동 소개 터를 걸었다 다 허물어져 가는 낡은 집울타리 안에 은행 나무가 한대 서있었다. 달빛은 창々소리라도 내는듯이 그나무 위에 퍼 부었다 나무 그림자가 길게 뻐ㄷ었는데 전선대가 옆으로 쓸어져 있었다 페허처럼 황폐한 마음을 디々고 그는 그 쓸어진 나무토막 위에 앉았다 스승과 벗과 기쁨과 자랑과 동경이 이제는 그 쓸어진 전선대 같이 너머져 있지않는가

달빛 처럼 창백한 얼굴에 감정을 색이지 못해 맴을 돌던 준호는 어느감옥의 창살을 통해 저 하늘을 빛을 어둠을 보며 맴을 돌고 있을지도 모른다는 생각과 더부러 못견디게 윤수의 행방이 궁금 했다

×

관철통 소개 터에서 은숙이가 보고섰던 달이 다시 날마다 이즈러지기 시작했다 거리는 공포와 기대와 흥분의 도가니가 되었다 을지로 이가 장사동에서 시작된 불이 초동에 까지 넘어왔다

불빛이 하늘을찔렀다 천지는 불꽃속에서 전율했다 불꽃이되는밤거리에 이재민들은 홍수처럼 행길에밀려났다 불꽃과 아우성과짐짝과 공포와 절망이 머리위를날르고 발에 밟혔다 간단없이 머리위를 날르는 로켙탄의공기를 찢는 소리는 두개골속으로파고들었다 그것은그대로 부르짖는 깊은탄성이

요 저주받은아우성을 압축한소리와도같았다 머리카락한오리한오리가 온통 신경이되여바삭거렸다

바로그무렵의 어느밤이다 노끈에손목을묶기운행열이 산기슭을 걷고있었다

앞 뒤에 총멘 사람의 감시를 받으며 약이십명의 자유를 잃은 한떼는 어 둠 처럼 묵묵히 움지기고 있었다 캄캄한 밤이라 어디를향해 가는지 아무도 모른다 끌리어 이북으로 가는 것인지 또 몇자욱 옮긴 뒤에 끊기울 목숨인 지 예측할수없었다 벗은발에 돌맹이가 밟히고 풀뿌리도 걸렸다 그 풀포 기에 갚인 이슬처럼 언제 털리울런지도 모르는 목숨들을 가진 그한데의 행 렬 속에 준호가 있었다

지리하고 숨 가쁜 감방에 앉아 이제 올 운명의 결과를 기다리기보다는 차라리 이렇게 행동 하는게 좋고 히한 했다

별빛이 깜박이는 밤하늘이 통채로 뵈여졌고 그리운 서울거리가 등뒤에 있었다 그 거리에는 그래도 그리운사람들이 살고있다 지난날 임의로 다닐 수있던 거리 그 거리의 심창이 불길을 하늘로 울리며 타고있지 않는가 무 서운 불길이 거리를 삼키며 있지않는가 하지만 비록 그거리가 '봄베이'시 같이용암속에묻쳐 버리드라도 불길에삼킨바 되어도 잊을수없는 어버이와 아내와 또 아들과 딸과 그리고 사랑하는 사람들이 살고있는 거리다 자유를 잃은 거리에 자유를 잃은 사람에게 보다 필요한 또 무엇이 있을수 없었다

13

움지긴다는 사실은 살아 있다는 사실을 이야기 하는것이다— 그러나 어 디로 가는 것일까……행방은 묻지않기로 머리가 타 일러도 듣지 않는 마음 이요 알면 무엇 하느냐고 굳게 마음먹어도 머리가 다소곳 하지 않았다 벼 락도 좋고 낭떠러지라도 좋왔다 폭격이 있으면 더욱좋을듯했다 제발 이 줄 을 지어 가는 행렬을 허무릴수있는 사건이 벌어지라고 빌었다 그러나 줄은

이은대로 앞을 향해 끌리어갔다 왼갖 생각을 끌며 밟으며 또 그왼갖 생각에 끌리며 밟히며 발은 움지기었다 처음 밖에 나와서 땅을밟고 걸음을 걷는다는 히한 하고 놀랍다는 감격도 차츰 서울거리가 멀어짐을 따라 침통한 절망으로 바귀어 졌다

그러나 어떻게도 못할 또 어찌 할수 없는앞에 벋은 산길을 돌과 풀 뿌리를 밟으며 걸어야 했다. 살아있다는 증거로서 굳어진 육체를 끌고 걷는다는 그사실을 인식하며 밟어야 했다

준호는 먼 하늘에깜박이는 별빛을 느꼈다 가느다란 흰 광선이 빗발같이 쏟아졌다 그것들이 뒤통수에 백히며 시시닥 기렸다 무엇을 을ㅍ조렸다 무엇인가를 조롱했다 또 무엇인가를 자랑했다 자유로 깜박이었다 머리를 처들고 보지 않아도 보여지는 바니 하늘 별빛 누구를 위해 자유와 신비가 마련 되었던 것일까 내가 끌려가는 곡절은 나는 내게 이야기해야지 내가 무엇을 했던고? 문득 준호의 머리 위에 부드러운 향이 둥그런 원을 그리는듯 했다

희미하게 여자의 얼굴윤곽이 보여졌다 어머니의 얼굴도 거기 있었다

'……누군가 즐거운목숨을 버리도록 나를 사랑한 사람은 누군가……누군가 이고초를 이기도록 내가 사랑하는 사람은 누군가……'

그는 생각 했다 죽을수 없다고 그리고 그 상념이 머리를 감싸안고 빙々 돌았다. 빙々 돌며 가위 눌릴때의절박한 숨결이 허우대며 손은 옆에 있는 사람을 일깨인다고 때리고 있는 것이라고 머리는 그렇게 생각하나 그러나 열번을 또 백번을 때려 보아도 그것은다만 의식 뿐이었소 손은 놓은 자리에서 손가락 하나 깜작 움지기지도 않았다는것을깨고 난 뒤에라야 알수있드시 준호도 무엇인가를 이제야 깨다른듯했다

'모든것은 전설도 아니요 또한 옛 이야기도 아니다 내 존재는 나의생존을 의미한다 내생존은 내행동의 자유로울수 있는 곳에있다 그렇지 못한 생존아라면 차라리 내생존을뒤집어 업자 업피버리자……, 충혈된 뇌리에 별빛이 모여들고 바람이지나갔다 큰 나무가지가 그의 빰을 건드렸다

그 언젠가 노오란 개나리 욱어진 담장을끼고 걷던 날의 하늘과 땅과 안개와 흙과꽃잎과 새 울음과 은숙의 하야ㄴ얼굴과 부푼 둥그런 원을 그리는 음성이 머릿속에서 어릿광대를 놀았다

— 처음 보위부에 잽혀가 문초를 받을때 소위자백서라는 것을썼다 그것을 읽고난 보위부원은 다시 솔직하게 정말을 쓰라고 했다 준호는 같은 내용을 다시 썼다 들어온 보고하고 다르니 바른대로 다시 또 쓰라고 했다 준호는 역시 같은 내용을 또썼다 사흘째되는 날엔 담차게 생긴 유도깨나 했을법한 사나이가 준호의 앞에와섰다 그리고는 그 따위로 백번을 써도 소용이없으니 너의들 크릅이 가지고 있는 지하 조직체를 내어놓아야 한다고 타일르는루로 순순히말했다 준호는 어리빵한 표정으로 쳐다보았다 그리고 서라 이놈아하는소리를 들었다 준호는무심코 일어나 섰다

"바람 좀 빼야정신 차리겠나"

사나이의 눈알이 와락 소리를 지르며 내닫는 것을 준호가 의식 했을때 그의 쓸어진 체구는 이미 콩크리트 바닥에 있었다

준호는 죽는다고 생각을 했다 머리가 오천조각이 났으리라는 생각을 했다 일초 이초 일분 삼분 쓸어진 준호는 꼼짝 움지기지 않았다

14

몇분쯤 지났을까 누어런시야가 바람속에서처럼 흔들흔들했다 그흔들리는 시야속에 연지빛색채가떠올랐다 그 연지빛색채위에 검은눈이환이켜저있었다 코가뵈이고 이마가뵈이고 그리고윤곽이흔들렸다 은숙의 그것이었다 창자밑바닥에서 쓴물이신음성을냈다 배암이같이 꿈틀거리는 길이 안양까지벗어있었다 길바닥에드리운 전기줄오래기를 잡아다니며 서울을향해걸었다

갈수없다는 생각을하며…… 다리를버둥거렸다 창자가끊어질듯이 아팠다 준호는창자를부둥켜안듯하고 벌떡일어나앉았다 머리에서물방울이 뚝뚝들

었다

"갈수가없어"

그는 머리를 털었다 아직도 창자가 아팠다

"동무 바람 좀 뺐으니 다시 써 봐요"

당찬 체구에 쇠덩이같은 주먹의 사나이는기압을 남기고 자리로돌아가 앉았다 준호는머리를 덜었다 물방울이 들었다 기절 했을 때 뿌린 물인 모양이었다

"마지막 순간이있읍니다 이십억 인류의 대표로 한 여자를 보았읍니다 여자는인류를 대표해서 내눈앞에 나타 났읍니다 나는 그 여자를 이제 곧 만날수 있는 자유를 얻고 싶습니다"

그는 자백히 한 옆에 이렇게 써넣었다

"야유해도 좋다"

아까 사나이는 다시 그의 귀 밑에 주먹을 앤 겼다

준호는 귀밑을 만지며 그서슬이 푸른 사나이를보고 싱긋이 웃은 덕분에 뺨이 부풀도록 얻어 마졌다 얻어 맞으면서도 속으로

'나는 죽을수없어'

이렇게 생각하여 머리를 옆으로 저었다 그날부터 준호는 본격적인 감방을 살았다

그 아득하고 미칠듯이 지리하던 감방의날들을 회상하며 준호는 지금 컴컴한산길을 그것도 바줄로 손을 묶이운채 걷고있는 것이었다

그러나 지금 준호의 머리속에서는 어떤의욕이 불을 켜 들었다 그는 불을 보며 걸었다 물론 그불은 준호의동자에만 빛이는 의욕의 불꽃이었다

그는 생각했다

— 생명 앞에는 다른 일체의 것이 존재 하지 않는다 생명을 해치려는 공격이 어느편으로 가해지고 그것은 생명 아닌 다른것을 노리지는않는다 그렇다면 공격을 받을 목표로서 움지길 필요가 없짧은가 공격이 목표가 되어 이

제 올 어떤 가해자의 목표가 되어 움지기며 두려워떠느니 보다 차라리 스스
로 자신을 공격하는 편이 낳지 않을까스스로 시험대위에 올으는 편이 현명
하겠지…… 그는 주위를 살피었다

어둠을 틈타 면밀한 주의를 게을리 하지 않았다 되도록이면 길은 험할수
록 좋았다 앞으로 두 손을 비끌어 맨 팔이 거치장 스럽기는 했다 그러나 그
는 이제 마지막으로 운명적인 단판 씨름을 결행할 기회를 노리기 시작했다

"소변을 좀 봐야겠는데"

잠고내 같이 뇌였다 문득 누군가 서 비렸다고 옆엣 사람이 의식 했을 때
준호의 몸둥아리는 이미 골작을 굴르고 있었다 누구 한 사람 입을 여는 사람
도 걸음을 멈추는 사람도 없었다 다만 뒤에 사람을 앞에 걷는 사람의 보조를
황급히 따라 설뿐이었다 따르릉 한방의 허총이 울었다 준호는 돌맹이와 함께
굴렀다 총 소리가 또 한방 울렸다 준호가 열밖으로 굴러 떨어진것을 알아서
하는 사격인지 경계를 등한이 않는다는 경고의 사격인지 아무도 알수 없었다

15

구월 이십팔일 서울시에는 국군과 유엔군이 입성 했다 시민들은 울며 웃
으며 절하며 입성하는 국군과 유엔군을 맞았다 만세소리는 오히려 슬픈 여
운을 남기며 폐허에 펴 지었다 은숙은 폐허 위에서 입성군을 맞았다 그 폐
허의 소유자인 이재민들은 오히려 자랑스런 얼굴로 만세를 불고 손벽을
치는가 하면 나이 많은 노인네들은 손길을 모아 경건을 표시 했다 더러는
잿덥이와 부스러진 기왔장과 타다 남은 기둥이며 벽돌장을 치우던 손을 높
이 쳐 들어 입성군을 맞었다

그날 저녁무렵이었다

은숙은 오래간 만에 뜰악에 나와서 있었다 한 여름 내々 풀 한대 뽑아
주지 아니한 화단에 봉선화가밝아ㅎ게 되어서 또 어느새 더러는 지기 까지

했다 은숙은 추억 같은것을 모즈리듯 잡풀을 뽑아 한곳에 모았다 어머니가 쑤세미를 한다고 어디서 얻어 온 쑤세미 꽃 모 한대를 심어 났더니 너울이 벌어 판장위에 올라가열매를 네댓 맺았다 은숙은 허리를 펴고 서서 그것을 바라다 보고있었다

그때였다 누군가 판자문을 밀고 들어섰다 은숙은 자기도 모르게 몇 걸음 떼었다 유령이 아닌가 싶도록 창백한 얼굴을 한 준호가 거기 나타났던것이다 실로 뜻밖에랄수 밖에없었다 피차 얼른은말이나오지 않았다 피난시켰던 짐짝 몇개와 더러는 썩어버린 옷가지들을 독안에서 파낸채 내비켜둔채 있는 방안에서 어머니는 여전히담배를 대우고 있었다

피차듬〱이 말이없는채 한참이나 앉아있었다

어머니가 댓꼭에 재를 뚜져 내면서

"살아있으면 고만이요 누가고생 값을받는답니까"

했다. 그리고 다시 담배를 거기 재우며

"이 근처는 다른피해는 없었오 헌데 이층 이서방이 죽었구랴" 했다.

은숙의 설명에 의하면 소개한 사람들 짐을 너무 많이 걷어 디린것이 화근이었다고했다 한창 소개 통에 남이 보관해 달라는 짐을 더러 처분도 하고 또 국군이 서울을 버리던날 밤 어느 창고에서 얌생이 몰아 온 물건이랑 처분해서 뭉치돈을 만들었다 이사실을 또 어떻게 알아냈는지 민청원이 집 안수색을 왔다 장농속에서 그놈의 돈 뭉치가 튀어 나왔다 이서방은 남의걸 보관한다고 세웠다 그러나 돈은 다시 이서방 손에 돌아오지 않았다 이서방 은 두두보자 분김에 이런 말을 하며 단였다 이십오일 밤이었다

지명동원을 나간채 돌아오지않아 식모가찾아다녔드니 헌병대 뒷산시체 속에 있었다

욕심은 사망을 낳는다는 뜻의 성경구절을 생각하며 꿈속에서처럼 준호 는 은숙의 목소리를 들었다 바람은 뜰앞에 질 봉선화 잎을 건드리며 지나 갔다 순을 따지않은 들국화가 야위게 퍼져있었다 그저녁에 준호는 모녀와

더부러 저녁식사를했다은숙이가 듣고, 보고, 느낀 많은 사건들을 대강 추려
가며 이야기했다그리고 윤수의소식은 모르는채 윤수때문에 경을췄다고 은
숙은 별로 억양을 세우지않고 말을했다 어머니는

"뭘 남으로 갔겠지" 하고

은숙이도 아마 그랬을거라고했다 밤이 되자 달빛이 처량하게 마루위를
빛었다

식모는 엉크리고 앉아 그 달빛을 맞고있었다

"어서올라가 자게"

은숙 어머니가 이렇게 말하자

"원체 사람이 미웁해요"

하고 남편을 나무리는 말과 하께 긴 한숨을 뽑고 이층으로 올라갓다 준호
는 의자를 마루에 꺼내놓고 달을 보고 있었다

"선생님 사람이 살다□ 이런법두 입읍니까 이아고오 날로 어떻게 하믄
좋읍니꺼"

하고 방문 가까이 서서 말을 걸었다

"글세 올시다 참 안됐읍니다 그러나 산사람은 살게 마련이랍니다 너무
걱정 마시지요"

준호는 이렇게 말하는 자기의 말 소리를 남의 말소리같이 들었다

16

구월이십구일은 음팔월십육일이었다 제법싸늘한바람이 내다보이는 비언
소개터를 돌아뜰악을들락이었다 아직누른노을이 미쳐가시지않는데 말은
옛모습그대로 그림같이하늘에떠올랐다

은숙은 창턱에비비스듬이걸앉아 밖을내다보고 있었다 국군과 UN군이입
성하여 차츰모든질서가 예대로복구되어진다하더라도 전같이발랄하고 왕성

한즐거움은다시돌아올것같지않았다

마치 연한꽃 너울이 뜻 아니한 모진 소내기에 그 너울을 꺾이운듯한 맥
풀린 자신을 의식하며 무슨 비극의 주인공 같은 심경으로 그 떠 오르는 달
과 계절의 사자(使者) 모양 나대는 바람의 행적을 보고 있었다 은숙의 속에
있는 또 다른 은숙이가 그처럼 생각에 저저 있는 은숙이를 좋와 하지 않는
다고 생각하며 그는 또 릴케의 석상의 노래 첫련 첫구를 몇번이고 되풀이
해 뇌였다

'누군가 즐거운 목숨을 버리도록 나를사랑하는 사람은 누군가 만약 어느
한사람이 나를위하여 바다에 빠지면 나는다시 돌에서 풀려나 목숨으로 목
숨으로돌아 오는 것이다'

바로 그때었다 판자대문이 열리면서 흰원피이쓰를 입은 여자가 나타났다 여
자는 곁눈도 주지 않고 그어진 직선을 따라 걷듯곧고가벼운 걸음으로 현관있
는데 까지와서 두발을 갖준이 모으고선다 서서 고개를 들고 문패를 디려다 보
고있었다 은숙이 창턱에서 미끄려져 내려 현관까지나왔다 여자는 그 사이 현
관 안에 들어와 서있었다 어느덧 달빛은 창백한 흰 모습으로변해있었다 반쯤
열려진 문으로 달빛이 넘어들어와 소복한 여자의몸을 쌌다 새하야ㄴ여자의 얼
굴이 은숙의 머리에 얼핀 박꽃을 연상 시켰다 어깨 노리와 허리에 주름을 많이
잡은 흰 옷이 달빛을 받아 오히려 푸르게 뵈었다

"저어 이준호 선생님이 여기 계신지요?"

여자는 야깐 고개를 갸웃하고 말을 마치고는 이내 입을 다물어버렸다
그리고는 눈 가풀을 내리 덮었다가 다시 치겨 뜨고 있었다

"네에 여기 계십니다 지금 이층에 계신데요"

"언제 오셨어요?"

"어저께요 불러 드릴까요? 바루 올러가보시겠어요?"

"아니요 그대루 가겠어요 갔다 다시 오겠어요 실례 했어요"

여자는 돌아서서 또 그어논직선 위를 걷듯이 걸어 나갔다

"어쩌면 저렇게 고을 수 있을까?"

은숙은 여자가 살아진 문을 내다보며 한참동안 얼이 빠진듯이서있다가 조용 조용히이층으로 올라다갓 준호는 의자를 마루에끌어내다 놓고 의자에 몸을던지듯이앉아있었다

"이 선생님—"

"어서 오십시요"

준호는 뒤를 돌아보지않고 앉은 자세 그대로 말을했다

"저어 지금 단여간 여자 내다보셨겠군요?"

"봤지요 M대학 학생입니다"

준호는 이렇게 말하며 일어나서 방안에들어가 의자를 끄어다 앉으며 자기가 앉았던 그에게 자리를 권했다 그자리가 청청대와 가까운 때문이었다

"M대학학생이요?"

"네에 경제학 강의 시간이면 늘나오는……"

"제자 시구먼요 일껀 찾아온걸……"

내종말은 독백 같이 뇌였다 쳐다보지 않아도 보여지는눈이 자기를 향해 있다는 것을 알았다 둥그런 원을 그리는 부드러운 음향이 퍽은 긴여운을 그의 고막에 남겨 놓았다 달빛과 더부러 고이는 슬프고 즐거운 순간을 몸으로 느끼며 머리가 차츰차거워진다고 깨닫는다

17

"글세 요 꼭 맞나야 할일이라며 또 찾아 오겠지요"

"참 다시다녀 온다고 그랫어요 그런데 이쁘드군요 무척"

"글세요"

이렇게 대답하고는 그 소녀의 미모가 외 자기한태는 백치로 오는지 모를 일이라고 생각했다 코와 눈과 입의 모다 깎아 만든사람 같이 움직이지않고

강의 시간이면 강의하는 교수에게 눈길한번 보내는 일없이 단정히 앉았다
가 조용히 물러가던 그 소녀가 우연한 장소에 그를 찾아온것은 이번이 두
번째였다

　그러나 그것보다도 아침부터 되도록자기의시선을피하며 또의식적으로
그시선을손으로 도루 밀어돌리듯하며 행여무슨말이라도 걸어올까싶어 전
전긍긍하듯하던은숙이가 자기와더부러 앉아있는지 모를일이었다

　차츰달빛이 서울거리에차흘렀다 달은한층높이떴다 달은유원한신비를조
종했다 희다든가무르다든가하는 따위 형용사를쓰기에는 지나치게 초연하고
지나치게핍절한 그러나너그러히웃으며 그러면서도 만가닥 금선(琴線)으로
애달픈 소야곡(小夜曲)을 타는 소녀의 모습을소상(想像)하여 보이기도 하고
세고(世故)에 지치고한에겨운세사와 돌아앉아 맹목이저 생을 위해 염주만을
헤이는 노옹과 니승도떠도는 조각구름모양 부조(浮彫)하여 보이는 달밤이기
도 하였다 준호는 속으로 생각했다 남은것은 다만 신화만이라고 그러나 그
신화는 오즉 자기만이 아는 또어쩌면 자기만이 알고 지녀야 할헐값인 어쩌
면 값싸지 않은신화인지도 모른다고 생각하며

　"꿈같다고 누구나가 곧잘 그런말을 쓰는데 여기 이렇게 앉아 있으니까
정말 꼭 꿈속을 가는것 같군……"

　독백같이 뇌이자

　"참 저두 지금 문득 그런 생각을 했어요"

하고 은숙이가 대답했다 준호는 차츰 고여드는 여울물 같이 턱까지 차 오르
는 감정의 물결 속에 드디어는 잠기고야 말듯한 자신을 경계하며 눈을 감았
다 그리고 두손을 비끄러맨 노끈을 돌에다 내고 갈며 그 캄캄한 최후라고
생각하던 밤을 생각했다

　힘과 지혜와 그러한모든 의욕이 그대로는죽을수 없어 생겨 졌고 목숨을
건 운명의 단판 씨름에 이길 수있는것은 대체로 누구의 덕이었던가? 그 행
렬 속에서 팔이 자유를잃은 몸을 솟구쳐 앞발을 굽으리고 허리를도사리고

재롱 피는 토끼 걸음 모양으로 산골작이를 타고 내려왔다 내려 오다가 발
뿌리에 걸린 돌앞에 쭈그리고 앉았다

그리고 쏜목을 묶은 바줄을 돌에다 갈았다 마지막 한가닥 바줄이 가는 비
명을 질르며 끊어져 나갔다 죽어도 좋다고 구속에서 벗어난 자기를 깨달았
을때 환희의 절정에서 생각한것은 한 순간이었다 스스로 화살을 맞는 관역
이 되는셈으로 목숨을 건 도박에 이겼다는 것을 알았을 때 죽어도 좋다고
생각한 순간이 있었드시 그는 이제 자기 지성과 이성을 억제못할 감정의 파
도를 타고 앉아 그 파도 속에 은숙이를 끌어드릴 생각을 문득 했던 것이다

그러나 순간은 이내조감(潮減)같이 물러갔다 육체의 구속은 곧 의사의 구
속이된다 그러므로 의사가 행동을 가지지못할때의 고통과 억울함과 그것들
을 참으며 보내는시간의 지리함을 신이 아닌 사람이 어찌 계산할수있을가
보냐고 그러나 그러한때마다 내가 누구를 생각했으며 누구의 이름을 불렀
는지……그러나 그게 어쨌단말인가? 그는 눈을떴다

18

"인제 내려 가겠어요"

은숙이가 의자에서일어났다

"그렇습니까 꼭무슨 이야기가 있었든것 같은데 아침 그 이얘기였군요"

준호는 생각을 돌려 말을 시작했다

"……그밤 산기슬에있는 조그만 초가집 방문을 대뜸 두들겄더니……"
하고 별반다시 앉으라고 은숙에게 권하지도않고 이야기를 계속했다 이야기는
이러했다 문두들기는 소리에 쫓아 나온 이는 은숙 어머니 나이쯤 밖에안뵈는
안노인이었다

때문고 짜논 빨래같이 후줄근한 옷은입은노인은말없이 준호를 한참 훑
어보드니 어디서 왔느냐 묻고는 별반 대답도 듣지않고 들어오라고 방으로

인도했다 그밤부터 그는 거기 숨어있었다 기간이 일주일이었다 그 마지막 마당에서 질서를 잃고 도주해가는 어린 괴뢰군의등에는 나무가지와 풀잎이 무척 많이 덮여있었다 보호빛 옷을 입은 국군 선봉대가 산기슭을 오르기 시작했다 필사적인 도주와 필사적인 추격이 시작되었다

삼팔선이라는 지구의 한가닥 위도 위에서 형제 소가 뿔도 채 돋치기 전에 뿔받이 싸움을 하도록 마련한것은 야르타의비밀회담이 맺은결과이다 그 야르타회담은아마평화를전제하고평화를 논의하고목적한회담일 것이다그러나 역사는 반대의 결과를 초래하는 원인을 그 위도 위에 두었다 어느 한개인의 슬픔이민족의 절규가 비참이라는 어휘를 잊도록 그 스스로가 만들지 아니 한 폭탄의 파편을 비참하게 뒤집어 쓰고야 말았다 고막을 찢는포성을 듣지 않을 수없었다

그는 마루 밑에서 그러한 비참한 모든 정경을 내다 보았다 그러나 또 한편으로 이집을 생각했다 그것은 자기의 장서가(藏書) 있어서는 아니었다—

준호가 말을 끊고 다시 달을 쳐 본다 달빛을 처량하기 보다는 오히려 처절했다 은숙이는 준호의 이야기를 듣고 있는 사이에 지나간 날의 자신의 체험을 미루어 생각해 보지 않을 수 없었다 어떤 절박한……가령 의식을 잃었을경 그 잃어진 의식 속에서 볼수 있었던 환상은어느만치 소중할 것인가를 다시금 생각해 보지 않을수 없었다 다시 준호의말이 계속되었다

"바로 며칠전이 었읍니다 아까 찾아왔던 소녀가 내가 숨어있는 집에 왔드군요 나를보고 별반 놀란지도 않고 인사만 치르고 가버리드군요 주인 노인에게 물으니 일가집 딸이라고는 하나 모습이 꼭 모녀간갔읍니다"

은숙이 준호를향해 머리를 돌렸다

"그 말씀은 웨하십니까"

"물론 그건 내가할려던 말은 아닙니다 그저 어떤우연이 생각났기에 말한것뿐입니다"

"우연이 라니요?"

"그 소녀는 아직 돌아오지 않는 어떤 시인의 소식이 궁금해서 돌아 다닐 껍니다"

달빛은 한층 더 처절했다 은숙은 그 어떤 시인이 윤수라는 생각이 퍼퍼뜩 들었다

19

아무런 서두도 없이 불쑥 그러나 퍽은낮은음성으로 은숙이가 말을했다

"저는 지금 역행(逆行)이라는 말뜻을생각해봤어요 어저께 처음 선생님을 뵈왔을때 선생님이 겪으신 수난의 원인이 꼭 저때문이라는 생각이 들었어요 그래서 저의 생애는 선생님을 위해 바쳐도 좋다고 생각했어요 그랬는데 선생님이야기를 듣고있는 사이에 그 생각이 그릇된것이었다고 깨달아졌어요"

잔잔한말소리가 멀리서부터 준호의귀에들려오는듯했다 엄버물린듯한 말이 가진뜻보다는훨씬또렸한발음이었다

어떤거대한절벽같은것이눈앞을꽈ㄱ막아서는듯하다는생각을하며 준호는 은숙이를향해돌아앉았다 돌아앉어도다시 이을말이없었다 은숙이머리를 숙이었다 은숙은 속으로 말을이었다……

의식을 불러이르켜주는환상이라는것은 자신의관념이만드는것인지도 몰라! 은숙은일부러준호의시선을피했다

"나는 누구에게도 어떻한 감정의 부채를 지운일이 없습니다 또 지우려고 원하지 않습니다"

준호가 이렇게 말했다

"물론 그것은 재가 주관적으로 진 부채인지도 모르죠 그6월 27일 아침 선생님이 악수를 청 하셧을 때 그때제가왼편 손을 내밀었지 않습니까 그냥 아무 뜻없이 바른손을 내밀수도 있었어요 그런데 어쩐지 무슨 약속을 뜻하는듯한 생각이 피뜩 머리에 떠올라 왼편 손을 내밀었읍니다"

"그때 왼편손을 잽힌채 선생님 얼굴을 보며저는 선생님 가지마세요하는 말이 불쑥 나올것만 같아서 손을빼고얼른 돌아서 버렸읍니다"

머리를 떨어뜨리고 은숙이 말을 맺었다.

그 이튿날이었다 저녁에 찾아왔던 M대학여학생이 꽃다발을안고 준호를 찾아왔다

대개 흰빛의 꽃으로서들국하 종류가 많았다 그러나 저녁무렵이라준호는 외(外)출하고 없었다

소녀는 올라 갈생각도않고 거기있는 신장위에 꽃 다발을 놓으며

"저어 윤수씨가 아마 돌아가신듯 하다고 전해 주십시요"

이렇게 말하고는 꽃송이를 손가락 새에 넣어 바서뜨리며 신장에 기대 서 있었다 별로 은숙이를 쳐다보지도않고 그저 꽃송이만을 바스고 있었다

은숙이는 소녀의 손가락 새에서 비스러지는꽃송이를 바라보며 꽃냄새가 풍긴다고 느끼며 유ㄴ수가 죽었을 이없다고 저 미모의 소녀가 머리에이상이 생긴모양이라고 자신에 타일르며 잠자코 서있으려니까 소녀는 이번엔 화변 속에있는 꽃심을 바스며

"유ㄴ수씨탔던 배가 통채 깔아앉었답니다 뱃사공과 헴 잘치는몇사람만 이살었대나봐요"

말을 맺고는 또 어제 저녁 들어 올때와 같은 걸음으로 가버리는 것이었다 은숙이는 지금돌아서 나가는 소녀의눈안에 새하야ㄴ눈물이 가득 고인것을 보았다 '윤수씨가 저소녀를 정말 사랑했던것일까?'

퍼뜩 이런 생각을 하다말고

'그건 아마 거짓말이 났을거야……윤수씨가 죽었다고 누가 그 미모의 소녀를 놀리느라고 지어낸……아니 그렇드라도 좀 자세 물었어야 하는것을……'

은숙이 신을 신고 밖에 내달았다 그러나 소녀는 보이지 않았다

20

그 이튿날 늦은 저녁무렵이 되어서야 준호가 나타났다 그는곧 은숙이를 찾았다 벌서 어둠이 서린 그의방엔 남포불이 켜 있었다 불빛탓인지 중병치른 바람같이 해르쓱해졌다 해르쓱해진그 창백한 얼굴에 웃음기가 돌았다 은숙은 가만가만히 방안에 들어가 의자에 앉았다

"이걸 은숙씨게에게 선물로 드릴까 합니다"

서가의 장서를 가르키며 준호가 이렇게 말했다 책상 위 유리컵에 몇송의 국화 꽃이 꽂혀 있었다 그M대학 학생인 미모의 소녀가 가저온 부스러뜨리지 않은 꽃중에서 은숙이가 골라다 꽂은 것이었다. 준호는 뜰악을 내려다 보며 말을 이었다

"……훈련이 며칠걸릴지……끝나는 대로 나가게 되었읍니다"

"왜요 왜 나가셔야 됩니까"

"두루……"

은숙은 머리를 숙으리고 한참이나 있다가

"어제 그M대학 소녀가 저꽃을 들고왔어요 그리고 윤수씨 소식을"

"……"

"들으셨어요?"

"어제 윤수군하고 같은배를 탔던학생이 돌아와서"

"어제요?"

"……"

"……"

뼈저린 비극을눈으로 보았고 지옥을 이미체험한듯한 사람들에게보다더 끔찍한 무슨사실이 있을까 보냐고 생각하던것은 벌써 지난달의 일이었다

윤수가 배에앉은채익사했다

는 이 끔찍한 사실은 아무도 어찌 할수 없는 바로 현실이었다다만 그러

한 현실을빚은원인과 동기를 생각지않을래야 않을수 없었다 젊은 수많은 장병들이 목숨을 걸고 자유를 위해 피를 뿌리고 조국을 위해 입은 흉터를 안고 돌아오는 대열 속에 어느날 자기도 꺼울지 모른다는 생각을 하며 그는 천々히 말을 했다

"우리들은 력사를또슬픔을 이야기 하고있을 때가 아닌것 같읍니다 저 삼팔(三八)선은 거대한 힘을 가진 역사를 돌고 왔읍니다

그것이 떡 버티고 서서 팔을 벌리고있읍니다 그것을 밀어내는것은 모든 슬픔과 비참을 몰아내는것이 되겠지요 역사는 이야기를 하느니 보다 우리들은 창조해야겠지요 모든 감정의 굴레 를 벗고 히노애락을 반주하는 나를 저기 묻어 버리려 합니다 혹 저 책들이 짐이 되거던 적당히 처분 해 주십시요"

"선생님 절차가 다 끝났읍니까"

"끝 났읍니다"

"저는 또 왼편 손을 내밀어 선생님 악수에 응하겠읍니다 그러면서 선생님 가지마세요 할지도 모릅니다 그러나 모든것은 제색임이 아니라고 그렇게말하고싶어요—다만 돌아오지 아니하는것은 윤수씨만이 아니고그때 저의 즐거웠던날도 다시 돌아오지 않을듯해요"

"릴케의 석상의 노래 그대로……"

준호는 머리를 옆으로 흔들었다 그리고는

"돌아올겁니다 그것을위하여 사는게 사람이니까요"

"그거라니요?"

"즐거운날이죠"

옆방에서 식모의 긴한숨 소리가 들려왔다

늦인달이 남산허리에 떠올랏다 책상위유리컵에꽂인 몇포기국화꽃송이는 준호의창백한얼굴못찌않게 파리한모습으로 상위그림자를내려다보며 살랑대는바람을마신다 뜰앞꽃밭에 철늦인복숭아꽃잎이 가만이 그대에서 물러

내려 땅위에눕는다 그위를 바람이쓸고지나갓다— 어느불켜지지않은 방에
서 그미모의소녀가 그백치같이 움지기지않는얼굴을하야ㄴ눈물로 씻는지도
모른다고 생각하며한손으로 이마를집고 은숙은 칭칭대를내려왔다

≪매일신문≫ 1953.8.8-31. [단편소설(短篇小說)]

윤금숙 ●●●

윤금숙(尹金淑, 1918-?)

- 1918년 함경북도 회령 출생
- 1936년 간도 용정 광명여고 졸업
- 1946년 『대조』에 작품을 발표
- 주요 경력—1938년 일본 명고옥(名古屋)에서 교편생활, 1940년 만주에서 《만선일보》 문화부 기자를 지낸 뒤 해방 후 귀국, 1953년 『민생공론』 편집위원, 1955년 『주부생활』 주간 역임
- 대표작—단편소설 「파탄」(1949), 「불행한 사람들」(1950), 「들국화」(1951), 「절도」(1953), 「폐허의 빛」(1954), 「여인들」(1958), 「정」(1959), 「젊은 주변에서」·「단짝」(1964), 「정의 기록」(1965) 등과 소설집 『여인들』(1976) 등 다수

●●●

물

    그것은 바로 정임이 집에서 □집□너인 붉은 벽돌담을 빼ㅇ — 돌려 쌓은 개와집이었다.

    초가집 나무판대기집 가마때기집들로 오물오물 뒤덮인 동리라서 이 벽돌담은 유난히 더 그 풍채를 자랑하였고 또 사람눈에 띠이기도 하였다.

    바로 어적게 저녁때 정임은 지ㅎ다가만, 아직 시껍언 흙벽이 채 말르지도 않은 이 방으로 월세 5만원에 이사를 왔다. 얼마 되지도안는 너저분한 살림그릇들과 이불봇다리를 마루에 풀러놓기가 바쁘게 정임은 우선 물있는 곳부터 주인집 마누라에게 물었더니

    "행길에 나가면 맨 물 짓는 사람들이 아닌기으"

하고 방 빌려 주는 것만도 고마운 일일텐데 또 무슨 여러말이냐는드시 퉁명스러운 대답이다.

    정임은 현재의 자기처지, 즉 셋방사리라는것을 잊고 붉어오르는 얼굴을 숙으린채 물동이를 들고 대문박으로 나왔다.

    벌서 다른 집들은 물을 길어다가, 밥을 짓기에 바쁜 시간□였던지, 행길엔 물동이를 인 아낙네라고는 통 보이지않았다.

    정임은 허턱대고 이집 저집 끼웃거리면서 큰길로 어정어정 거러나오다가 바로 □ 붉은 벽돌담 밑으로 왔다,

    대문이 빵긋이 입을 벌렷길래 그 사이로 얼굴을드리밀었더니 마당 한엽 수통에선 물이 졸졸 흘러내리고 있었다.

물을 본 정임이의 두눈은 반가움에 빛났다. 용기를 내어 대문을 밀고 들어섯다. 두어번 혜스기침을 하여 기척소리를 내었더니 방문이 덜컥 열리며 한 서른 또래의 여위고 싸늘한 여인이 낱아났고또 그 여인의 어깨 넘어론 그와 정반대형으로 군턱□ 혹처럼 축— 느러진, 그러나 어딘가 호인다운 웃음을 입가에 띠운 남자가 바라보고있다.

정임은 공손□ 허리를 굽히며 맑은 음성으로

"오늘 바로 이웃집에 이사를 왔는데 물 한 동이만 얻으러 왔습니다"

라고 청드렸더니, 그 여인의 어름장같은 얼굴은 금방 붉은 핏대를 세우며

"듣기 싫소, 남의 집에 함부로 들어 와도 좋는기오, 이 이웃에선 아직 우리 수통을 둑는 집이 한집도 없오, 퍼스쓱 나가소"

하더니 연옥색 비단치마를 휩싸 안고 마당으로 나려와선 좀 보라는듯이 수도고둥을 잠거버린다.

청임은 넘우나 무안스러워서 금시에 오금이 진흙속에 묻치기나 한것처럼 두발이 쩌러지지 안는것을 억지로 잡어 빼다싶□ 도라서 나오려니까 등 뒤에선 그 쑹뚱한 사내가

"보레 기왕 들어왔으니 한동임만 줘보내라, 넘우 그라지말고……"

"흥, 와 또 문둥이같은 수작을 하는 기오, 당신은 그저 젊은년만 보면 배르이 근질근질 한기오!"

당장 남편의 먹살이라도 잡을드시 쏘아부친다.

대문박으로 나온 정임이의 얼굴은 곧 그자리에 쓸어지기나 할 것처럼 해르쓱하다.

낮 설은 골목에는 차츰 황혼이 차저들고, 오가는 사람도 드믈었다. 밧짝 말른 물동이를 부둥켜 안고 한참동안 아래 위를 홀터보던 정임은 참말 사막을 걷는듯한 목마름을 느꼈다. 어린것은 벌서부터 배곺으다고 칭얼거렸는데 물 없이는 죽도 밥도 끄릴수 없지 안는가……

그날밤 정임이네 세 식구는 낮 설은 이웃에서 통 사정할곳도 없어 그대

로 고스라니 저녁을 굶고 잠 들 수박에 없었다.

이튿날 아침 정임은 아직 채 밝지않은 뿌유스럼한 거리로 또 물동이를 이고 나섯다.

길까에 드문드문 노여있는 우물들은 대개 뚜껑이 꼭꼭 닿지고, 또 잠을 쇠마저 잠겨있다. 간혹 뚜껑 없는 우물들은 모조리 드려다 보아야 찌거러진 쌍퉁, 돌맹이, 나무부스럭지 같은것들이 지저분스럽게 깔려 있을 뿐, 물은 말럿다.

그동안 날은 활짝 새여 이집 저집 굴뚝에선 아침 연기가 피여 오른다. 정임은 정말 하느님이 원망스럽도록 물이 그리웠다.

바로 그때 몇발자욱 앞에서 삐걱 하고 대문이 열리며 웬 아낙이 물통을 이고 나온다, 정임은 구세주나 만난드시 반가웠다.

푸르므레한 가짜 비취 비녀를 꽂인 이 아낙의 뒤를 살금살금 고양이 거름으로 따라갔다. 혹시나 그 여인이 뒤를 도라다 보고 야단을 칠가바 숨도 크게 못 쉬면서……

골목을 몇개 돌아서, 어느 샛길로 빠져 야트막한 나무판장이 둘러싸인 대문 안으로 여인은 들어선다. 정임이도 살짝 따라 들어 갔다.

그 울타리 안에는 정임이가 지금까지 그렇게 애 쓰고 찾던 물군들이 어쩌면 그리도 몰켜들었는지 물통이 여러 수십개 마당에 진을 치고 있다. 물통 수효만큼 사람도 득실거린다.

정임이는 혹 누가 무어라고 소리를 질으지나 않을, 가 념려하면서 맨 끝으로 조심스럽게 물동이를 대어 놓았다. 이렇게 한시간이 걸려도 두시간이 걸려도물을 생명수를 얻어갈수있는 기회를 만났다는것이 무척 즐거웠다.

정임은 얼굴에 없은 미소마저 지으며 주위의 사거람들을 둘러 보았다. 그곳에 모인 사람들은 대개 옷주제, 얼굴주제들이 모두 최저생활에서 허덕이는 또ㄱ같은 몰골들임을 볼때 피난민이 대부분인양 싶었다. 한개의 물통마저 없어서 새까맣게 고스른 냄비, 솟, 쌍퉁들도 느러놓았다.

수도물 차례가온 앞댁에선 물통 부딧는 소리 옥신각신 선후를 다투어 악을쓰는 소리 그곳에도 무기 없는 정쟁은 버러진 모양이었다.

"흥 저이 한고장 사람끼린 다 저렇게 먼저 주거던……"

"그것도 한번즘이면 몰라 한사람이 두세번씩 새치기를 하니 우리 차례는 언제 온담"

그 말이 끝나기가 바쁘게

"그래도 그건 약과래요, 이러다가도 이집 울안에 사는 사람들이 빨래나 가지고 나오면 우리들은 그 많은 빨래를 말끔이 행길때까지 기다려야 한답니다, 조금한 마음에 멋모르고 물통이나 드리밀었다간 다 우그렁 바가 지가 되구 말지요, 그럴때는 정말 눈물이 나오도록 기가 맥혀요"

정말 이들 낮 모를 아낙들의 대화 그대로 새치기와 다툼질에 차례가 바뀌이고 혼란에 빠져서 정임은 무려두서시간만에 간신이 물 한동이를 이고 나왔다.

그 며칠뒤였다. 집집에 등불이 아늑하게 켜질 무렵다. 갑작이 정임이집 담장 너머 행길이 보통때와 달리 소란스러웠다. 무슨 일이 났나 하고 나가 보앗더니이동리 아낙들이 물동이를들고서로 다름박질을 하여리 그 붉은 벽돌담안으로 사라진다, 정임은 전에 없던 일이라 궁금하여 뒤쪼차가서 엿보았더니 참으로 이상스럽다.

얼마전 멋 몰으고 물 얻으러 들어갔다가챙피만톡톡이 당하고 나오던 기억이 정임이에겐 아직도 생생한데 오늘은 이동리의 구지레한 아낙들이 모여서서 기를 펴고 물을 받지안는가……

정임이는 부러운드시 멀건히 바라보고 섯다가 물을 받아이고 나오는 한 아낙을 따러가며

"여보세요 오늘은 물을 받더가라고 했어요?"

하니여인은,

"예, 이부잣집 마누라가 얼라를 낳지못해서 용한 판수한테 점을 쳤더니

부처님 에게 불공을 드리고 또 많은 사람한테 착한 일을 하면 귀동자를 낳는다고 하여서 오늘부터 착한 일을 많이 한답니다, 댁도 가 물 □여 오소"

정임이 입가엔 그야말로 쓴 웃음이 돌았다. 그 판수의 점괘가 이 동리로선 가장 적절한 점괘였고 또 그 바늘끝같이 따가운 여인이 물을 줌으로써 착한 일의 해결을 지어보려는 그 심사가 신통하기도하고 또 일면 얄밉기도 하였다. 그러나 아무튼 귀동자는 낳건 말건 물을 준다는것은 이 동리로선 가장 통쾌한 일이 아닐수없다. 누구보다 정임이에게는 다른 무슨 선물보다 더 반가운 노릇이다. 정임은 그날부터 이 부잣집을 위하여 또는 자기를 위하여 하로도 빼지않고 부즈런이 물을 여 왔다. 내일이라도 귀동자만 점지되면 물을 못 얻어먹는 판이라 되도록 천천히 생겨나기를 은근히 바라면서……

그날 정임은 서울서 온 친구를 차저서 왕복 20리(里)나 되는 부산진(釜山鎭)까지 갔다가 어득々々할때에야 집으로 돌아왔다. 우선 급한대로 얼마남지않은 물을 간신히 저녁밥은 지어먹고, 내일 아침 밥 지을 물이나 얻으려고 벽돌집으로 갔다, 대문이 다쳐있었으나 건드려 보매 문은 열린다, 넘우 느저서 미안한대로 들어가 수도고둥을 틀었더니 건넌방 문을 열고 등잔불을 들은 이집주인이 나온다. 그리고는 마루쪽으로 불을 내대고 정임이를 자세히 더듬어 본다. 정임은

"늦게 와서 미안합니다"

라고 인사를 하였더니 그는 아주 반색을 하며

"아아 얼마던지 길어 가이소 헤헤……"

마음씨 좋게 웃기까지 한다.

물은 잠깐사이에 동이 안으로 그득 찼다. 정임은 머리위에다 이느라고 쩔쩔매고 있으려니까 어느새 마당으로 나려왔는지 이집주인의 뚝내민 배가 정임이의 치마앞을 건드린다. 물 이는것을 거들어 주었던것이다. 그 유별난 친절이 고맙기도 미안스럽기도 하여 급이 발거름을 옮겨딧고있는 정임이 뒤를 주인은 쪼처 나오며

"참, 아즈마씨. 아 래는 우리 마누라가 넘우실레를 해서 참 미안합니다. 그러나 과히 나쁘게 생각은 마이소" 한다. 정인은.

"무얼요 도리어 승낙도 받지않구 들어간 제가 나뺐지요"

넘우나 호젓한 주위가 약간 불안스러운 정인은 간단히 응대한다.

두손으로 물동이를 잔뜩 붙잡고 대문께로 올러가는 칭칭다리를 한 절반 가량 올라섯을대 였다. 저고리 밑 치마 허리사이로 무언지 선뜻하고 와서 닿는것이 있다. 배암 같은것이 허리를 칭칭 감는것같고 그러자 더운 입김 이 목아지께를 스치며

"아즈마씨 물동이 갖다 놓고 놀러 오이소, 요지막은 마누라가 불공인지 무언지 드린 다구 집에 붙어 있지 않어서……어찌 심심한지……"

정임은 머리우에 무거운 물동이가 있다는것도 잊고 와락 몸을 앞으로 솟 구치드시 힘을주어서 한발 올려딧다가 발기 계단 모주리를 드리 받고 물동 이 인채로 곤두배겼다.

정임이가 내리 굴르는 바람에 수작을 걸고 있던 뚱뚱보 주인도 함께 나 가떠러젓다. 물은 정임이 뒤에 섯던 뚱〃보 주인에게 오히려 많이 끼언저 진 모양이다.

어둠 속에서 허유스럼한 것이

"에……튀……튀……"

하고 디룩어린다.

정임은 이를 악 물고 이러서는 길로 바로 발밑에 나둥그라져있는 물동이 를 잡어다가, 그 속에 남은 물을 아직도 몸을 가누지못한채 어름거리는 그 뚱 뚱 한 몸집에다 '핵 一' 끼언저 버렸다.

괘씸한대로 분풀이를 한다면 그 혹 과같이 느러진 군턱이라도 물어뜯고 싶었지만……

집에 도라와서 불빛에 다리를 살펴보았더니 바로 무릎팍 아래가 허一연 뼈가 내밀 지경으로 상처는 깊었다.

밤새도록 쿡쿡 쑤시고 아퍼서 잠 한숨 못 이루고누워있는 정임이 눈엔 자꾸 눈물이 방울방울 매쳐진다.

그것은 며칠전부터 물한동이를 얻기 위하여서 받어 온 서름이 한꺼번에 복바치기도 하였지만 그보다도 머얼리 두고온 서울, 고스란히 내어버리고 온 내집, 또 밤이나 낮이나 고둥을 틀기만 하면 쏴~ 소리를 질으고 쏟다 저 나오는 앞뜰의 수통물이 눈앞에 어른거리기때문이었다. (끝)

『신조』 1호, 1951.6, 24-28면. [전시작품십이인집(戰時作品十二人集)]

동창생(同窓生)

두 여인이 걸어가고 있다. 그들은 모두 한 아름씩 되는 큰 보퉁이를 들었다. 한 여인은 얇은 밤색 마카오모직(毛織)으로 아래 위를 휘감았고, 또 한 여인은 흰 옥양목저고리에 치마도 회색 무늬목 부쳤였다.

그들은 한달에 한번씩 모이는 여학교 동창 친목계(親睦契)에 참석했다가 끝마치고 돌아가는 길에 함께 국제시장에 들렸던 것이다. 그러나 그들이 산 물건은 그 옷차림새와 비슷해서 밤색옷을 입은 여인의 보퉁이속에는 무역가로 쟁쟁한 남편의 고급 와이샤쓰와 최신유행 무늬의 넥타이, 그리고 양담배 두 상자와 또 올해 열세살먹은 외동아들 '완식'이의 털스웨타, 속내의, 맛좋은 양과자와 그밖에 고급화장품 크림등이 들었고 흰옥양목 저고리의 여인은 일산(日産)털실 세폰드 뿐이었다.

두 얼굴에 새겨진 표정 역시도 한편은 활짝 개인 오월의 창공같았고 한편은 그믐밤과 같이 어두웠다. 활짝 개인 얼굴의 여인은 오늘저녁 남편이 돌아오면 양복저고리를 벗기가 바쁘게 새 넥타이부터 먼저 목에 감아보고 자기의 선택안(選擇眼)을 칭찬받을 생각과, 또 아들은 아들대로 "어머니 이 과자 어디서 샀어? 맛좋은데."하며 바삭바삭 깨물어먹는 소리마저 연상하니, 어느새 얼굴 한귀퉁이에는 실웃음까지 뀌어져 나왔다.

그러나 털실보퉁이를 안은 다른 여인은 "일주일⋯⋯밤을 새우다시피 짠다면 제품을 완성해서 가게에 남품하고 또 공전이 빠지는대로 두아이 사친회비 밀린 것부터 줄 것과 그 나머지는⋯⋯ 하두 쓸데는 많고 돈은 몇푼

안되니 어떡하나……"하고 궁리에 잠긴 얼굴이 점점더어두워만 갔다.

그들은 나란히 큰 길을 왼편으로 꺾어서 옆골목으로 잡아들었다. 그때 그골목 모충이를 돌아서 이쪽을 향해 마주 걸어오는 한 여인이 있었다. 까만 베르벳트 치마에 연분홍 저고리를 돌입고 한들 한들 걸어오는 날씬한 그여인의 시선이 이 두여인한테로 멈추자 갑자기 당황해하는 빛을 띠우고 눈의 초점을 잡지못한채 푹 고개를 숙여버렸다. 두여인은 각각 제생각에 사로잡혀서 그런 눈치도 실피지못하고 그 베르벳트 치마가 한 댓발자욱 앞까지 가까워졌을 때에야 그의 존재를 의식하며 동시에 짤막한 비명을 질렀다. 밤색 치마가 속삭이듯 "어머나! 저게 누구야"하면서 베르벳트 치마 쪽으로 손을 내젔고 쫓아가려는 것을, 약간 뒤에 물러선 흰 옥양목 저고리가 그의 허리께를 지긋이 잡아나꾸듯 끌어당기면서

"그까지꺼, 모른체 해버려, 그따위 빨갱이를……뭐!"

"그럴꺼까지야……"라고 중얼대듯 대답하는 밤색치마의 표정은 잔뜩 호기심으로 차서 동공(瞳孔)은 점점 크게 벌어지기만했다.

길 한복판에서 주춤거리고 섰는 두여인 앞으로 베르벳트치마가 땅만 굽어보며 육박해오자 밤색치마는 못참겠다는 듯이

"아니 은영이 아니야."

하고 덥석 손을 잡았다. 그제서야 베르벳트치마도 숙으렸던 고개를 상큼 들고 열적은 미소와 함께

"아이 이렇게 만나는구먼, 난 또 어느댁 귀부인들이라구."

하며 밤색저고리 뒤쪽 여인한테도 웃어보였다. 그러나 털실보퉁이를 든 그 여인은 싸늘한 눈길을 살짝 옆으로 돌린채, 총총이 그옆을 스쳐 지나가 버리는 것이다. 밤색치마는 의아한 표정으로

"영실이 같이 가, 왜 혼자 달아나는거야."

하였지만 그여인은 들은체 만체 그대로 걸어가기만 했다. 밤색치마는 다시 은영이한테로 향하여

"그래 고생 무척 했지? 어떻게 무사히 석방되었다는 소문은 들었지만."

"으응, 별로…… 다 염려해준 덕분에 이렇게 살아있지 않아…… 혜란이는 그저 서방님 잘둔 덕에 여전하군 그래."

은영이는 문득 날카로워지는 시선으로 야무지게도 혜란을 쏘아본다. 혜란은 영실이의 노여움을 띤 얼굴이 은근히 염려스러워서 황급하게 손을 잡아 흔들며

"참 반가워, 그러나 오늘은 저녁시간도 바쁘고해서 다음에 다시 만나 응? 매월 초닷새날은 모교에서 동창친목계가 열리니까 그때 꼭 나와, 그럼 천천히 이야기도 하게. 정말 와야해."

은영과 헤어진 혜란은 큰보퉁이를 디룩거리면서 숨가삐 달리었다.

골목을 빠져나와 ○○신문사 앞까지 가서야 겨우 영실이를 붙잡은 혜란은, 연성 어깨로 숨을 드리쉬고 내쉬며

"아이 사람두, 어쩌면 그렇게 야멸차담, 학교때엔 오히려 나보담두 자기가 더 은영이하고 친했는데……"

그는 헐덕이는 숨결도 돌릴겸 한참동안 영실의 대답을 기다렸으나 그대로 잠잠하였다. 혜란은 더욱 궁금증이나서 영실이 옆으로 밧싹 닥아서서 그의 얼굴을 빠안히 드려다본 순간 좀더 분풀이 하려던 말문이 꽉 막혀버리고 말았다.

저녁 노을이 붉게 빗긴 하늘을 바라보며 잠잠히 걸어가는 영실의 눈에는 담뿍 눈물이 고였다가 옷깃으로 뚝뚝…… 굴러 떨어지고 있었기 때문이다. 이윽고 영실은 푸들푸들 떨리는 입술을 열어

"혜란이 심정으론 그럴 수도 있겠지, 그러나 나야 혜란이 처지와 다르지 않아? 나는 직접 은영이 같은 부역자(附逆者)의 피해를 받은 사람이니까…… 납치당해간 남편(국회의원)을 생각할 때 나는 동창생이 아니라 내 친동기간이라도 빨갱이라면 영원히 적이야 적!"

영실은 적에게 대한 분노가 한꺼번에 폭발되나 하는듯 생활고와 남편없는

설움에 시들은 얼굴— 눈물자죽이 얼룩진 핏기없는 얼굴을 약간 찡그리면서

　"여성동맹 위원장으로 사형언도까지 받은 저런 독사(毒蛇)의 무리들은, 또 '아첨'이라는 술법으로 저와같이 호화스러운 채림새를 하고 거리를 대활보하는 대한의 자유 천지가, 어째 나한테는 이리도 악착스럽게 연명하기조차 힘들까? 아아!"

하고 한숨짓는 영실이었다. 혜란은 오늘 우연히 만나게된 은영이로해서 그만 보통이 속에 고히 싸가지고 가던 즐거운 공상의 날개가 조각조각 찢기고 무슨 예리한 칼침이나 맞은 듯한 심정에 쌓여 영실이 뒤를 타박타박 따라가는 것이었다.　(一九五二·겨울)

윤금숙 단편집 『여인들』(성공문화사, 1976), 350-353면.

바닷가에서

봄을 재촉하던 빗발이 멎자 오래간만에 구름속으로부터 그 얼굴을 내민 항구의 하늘은 파랗기도하다. 그동안 갇혀있던 분풀이를 하늘도 저토록 눈 부시게 하는 것일까.

서해 바다를 가슴에 담뿍 안은 ××치료소 침대에서 나는 며칠째 그 침울한 빗줄기만 바라보다가 오늘에사 동료 김상사 등에 업히어 바닷가로 나왔다.

나는 넉달전에 ××전선으로 나가 적진을 향하여 돌격중 소리도 없이 날 아드는 총알에 왼쪽 다리를 맞고 그냥 그자리에 엎으러졌다. 점점 출혈이 심하여 졌던 모양으로 나중엔 아프다는 감각도 없이 정신이 그저 희미하여 가기만 할때, 누군가가 나를 등에 업는 것까지는 어렴풋이 기억하지만 그 뒤론 어찌되었는지 나는 전혀 모른다.

꺼졌던 전등불이 반짝하고 켜지듯 내가 깜박 정신을 차렸을 때는, 벌써 이 치료소 침대위에 누워있는 몸이 되었다. 나중에 알고보니 그때 김상사 도 나처럼 귀뿌리를 총알이 뚫고 나가 정신이 아찔하여 쓰러졌다가, 몇발 자욱 앞에서 신음하는 나를 발견하고 자기의 아픔도 잊고 나를 병원까지 업어 왔다는 것이다.

그뒤부터 김상사는 나를 동생처럼 돌봐주고 있다. 그렇지만 나의 왼쪽다 리의 상처는 웬일인지 날이 갈수록 경과가 좋지 못하여서 자꾸 성한부분으 로 썩어들어갔다. 군의는 몇번이나 절단하여야 한다는것을 선언하였다. 나 는 그럴때마다 병신몸이되어서 다시 일선으로 나가지도 못할바엔 차라리 죽는 것이 났다고 애통하였으나, 생명의 은인인 김상사의 간곡한 권고—
"박상사 우리는 기왕 나라에 바친 몸이 아닌가, 설마 다리하나가 없다하더라도 두손 두눈이 남지 않았나. 아직도 조국을 위하여 그 손 그 눈으로 무슨일이든 할 수 있지 않겠나……"

옳은 말이었다. 나는 그날 썩은 무우를 도려내듯 다리를 짜르고 말았다.

그러나 완쾌되면 총대를 메고 다시 씩씩하게 진군할 적에 신는다고 침대 밑에 가즈런히 모셔 두었던 군화를 볼때마다, 저절로 가슴이 찢어지는 것 같이 아팠다. 그래서 며칠전 완쾌되어 전선으로 나가는 동료에게 그 신발을 나는 주어버렸다. 나의 마음속에서 기회 있는대로 꿈틀거리는 그 짤라져 없어진 발에 대한 애착을 완전히 없애기 위해서라도……

김상사는 오늘도 무거운 나를 업고 이리저리 골라다니다가, 이처럼 바위 돌이 병풍같이 아늑한 곳에 나를 내려놓아주었다. 김상사 이마와 콧잔등에는 구슬땀이 방울방울 맺혀있다. 나는 바위에 등을 기대며 김상사를 쳐다보고

"김상사, 땀을 씻게. 퍽 무거웠지? 번번이 무리를 하여서 미안하네."

김상사는 얼굴을 약간 찌프리며

"별소릴…… 제발 그런말은 인제 고만 두게. 자네가 만일 나라면 자네도 나를 업어줄것 아닌가. 그것보담 나는 차츰 완쾌되어가는 몸이라 얼마 안가면 다시 일선으로 나가게 될걸세. 나는 늘 그 뒷일이 걱정이네."

나는 김상사의 우정이 뼈에 사무치어 대답대신 쓸쓸한 시선을 바다쪽으로 돌리었다. 하늘빛 물빛이 서로 경쟁이나 하듯 푸른 저 수평선 너머에서 한줄기의 검은 연기를 뿜으며 우리 쪽을 향하여 내달아오는 배…… 나는 문득 어젯밤 꿈에 본 영실이가 눈앞에 떠올랐다.

혹시나 저런 배를 타고 영실이가 나를 찾아주었으면 하는 덧없는 생각에 가슴은 설레었다.

김상사도 담배연기를 내뿜으며 고요히 바다를 바라본다. 그도 나와같이 고향에 두고온 그리운 사람 생각을 하고 있는 것일까…… 바다와 하늘이란

언제나 사람들 마음속에 잠자는 향수(鄉愁)를 불러 일으켜주는가 보다.

김상사는 선량한 눈길로, 고아처럼 항상 검은 그림자가 서리어있는 나의 얼굴을 더듬더니 씽긋 웃어 보이며

"박상사 인제 그만 고집을 꺾고 내말 좀 듣겠나?"

나도 따라웃어 보이며

"무슨 말인데……"

하였더니 그는

"영실씨를 편지로 불러 오라면 어떻겠나?"한다.

나는 대답대신 머리를 좌우로 흔들어 보였다. 김상사는 또 거절이냐는 듯이 안색을 흐리며

"글쎄 그러지말구 내가 일선으로 나가기전에 영실씨를 불러오게. 그러면 나두 안심하고 나가서 싸우지 않겠나……"

"그렇지만 다시 총을 멜 수도 없는 이꼴을 나는 영실씨에게 만은 보이구 싶지 않네, 지극히 사랑하는 사람이 나에게 실망을 품구 돌아서는 것보담 옛날 그대로의 온전한 인상을 고히 간직하기를 나는 더욱 바라고 싶네. 나는 나대로 내 갈길을 가고 영실씨는 영실씨대로 그의 행복을 찾게 하기 위하여서도……"

김 상사는 안타까운 듯이

"그러나 이 낯설은 항구에서 친척도 없이 오직 지팽이 하나만을 의지하고 어떻게 여생을 보낸단 말인가. 자네는 완쾌되어도 일선으론 못 나갈 몸이니 고향으로 돌아가던지 그렇지 않으면 영실씨를 불러와야 하지 않겠나."

나는 정말 김상사의 말대로 영실이가 내옆에 있어만 준다면 다리 하나쯤 없어도 행복할 것도 같다. 그러나 그 모든 것이 다 내 다리가 성하구야 따르는 행복일진대, 나는 역시 영실에 대한 미련을 내 다리와 함께 아주 없애버릴 수밖에 없다는 결론을 내리지 않을 수가 없었다. 나는 어린아이가 그 어머니에게 앙탈을 부리 듯이

"아아! 김상사, 그런 이야기는 제발 고만두어주게. 가장 나를 위한 말이기는 하지만 또 가장 나를 괴롭히는 말이니까……"

김상사는 자기의 권고가 나의 마음을 움직이지 못하는 안타까움에서 인지

"후—"

하고 한숨을 길게 내쉬며 갈매기떼가 날라가는 먼 공간을 쓸쓸히 바라본다. 어느 바위에 선가 동료들이 부르는 콧노래가 바닷 바람에 실려 구성지게 들려온다. 나는 힘껏 바다 냄새를 들이켰다. 답답한 마음이 다소 가라앉는 듯도 하다.

그때 바위쪽에서 간호병 한사람이 누구를 찾는 것인지 고함을 지르며 나타났다. 이쪽 저쪽 바위위에 흰 빨래 널리듯 누워있던 붕대감은 부상병들은, 일제히 머리를 들고 소리나는 쪽을 바라본다. 나와 김상사도 물론 바라보았다.

그런데 팔을 휘저으며 달려 오는 간호병 뒤에 웬 여성이 따라오고 있는 것이다. 까만 치마에 흰 저고리를 입은 멀리서 윤곽만 보더라도 어딘가 어여쁜 몸맵시가 풍기는 여성이었다. 그 순간 나는 아니볼 것을 보기나 한것처럼 눈을 감고 바위위에 털석 누어버렸다. 그것은 나와 인연이 먼 여성이라는 생각에서…… 눈치빠른 김상사도 내 마음을 벌써 알아채린 모양인지 내옆에 가지런히 누어버린다.

그러나 꼭 잠자진 내 안막속엔, 그 흰 저고리가 봄나비 처럼 나불거리고 정신의 신경은 죄다 귀로 집중되어 갔다.

그때다. 나의 고막을 잡아흔들 듯이

"박원근 상사 거기 계십니까?"한다.

나는 내귀를 의심하였다. 그것은 분명히 내 이름에 틀림없었기 때문에…… 내가 머뭇거리고 있는 그 사이에 김상사가 성급한 음성으로

"여기야 여기!"

나도 그제서야 말소리가 두런두런 들려오는 쪽을 바라보았다.

하사관 보호병이 헐떡거리며 뛰온다.

"박상사님 면회입니다. 여자손님이 찾아오셨어요"

하고 뒤를 돌아다 본다.

나는 나와 똑같은 이름을 가진 나 아닌 다른 사람을 찾으면서 천천히 가까워 오는 여성을 살펴보았다.

머리를 소굿이 숙이고 걸어오던 그 여성은 열아믄 발자국 앞에서 고개를 쳐들고 이쪽을 바라보는 것이다.

그순간 나는 비명에 가까운, 목안에서 굴러 나오다가 무엇에 놀라 모두 쫓기어 돌아가는 듯한 그런 이상한 소리를 지르며, 이미 동강이 나서 없어진 다리에 힘을 주며 움찔 일어나려고 했다.

그러나 무서운 아픔이, 전신을 자극할때 나는 가슴이 뻐개지는 것 같은 설움이 와락 복받쳐서 그만 머리를 푹 숙으려 버렸다. 그리고 마음속으로 영실이가 나에게 실망을 품기전에 그자리를 떠 주었으면 하고 속으로 빌었다.

그러나 영실은 도리어 내 병신된 다리를 눈으로 보고야 말겠다는 듯이 껑충걸음으로 달려 왔다.

"원근씨!"

달려오자 쓰러질듯이 내앞에 주저앉았다. 그러나 나는 눈물이 쏟아지려는 감정을 누르기 위해서 외면을 하고 돌아앉았다. 영실은 나의 돌아앉은 방향으로 몸을 돌이키며

"원근씨! 다리를 짜르신 것을 보니 큰 부상을 당하셨군요"

그 목소리는 솜같이 부드러우면서도 강철같은 여음이 배여있었다.

나는 정말 꿈을 꾸는 것이 아닌가 하는 어떤 마비된 상태에서 마음을 수습치 못하여 수그린 머리를 그냥 들지못하였다.

영실은

"원근씨는 제가 그 부자유한 몸에 실망을 품을줄로 아셨지요? 그렇게까지 저를 몰라주시는 원근씨를 저는 얼마나 찾어 다녔는지…… 원근씨는 아

마 부상 당하신 것을 부끄럽게 생각하시는 것 같은데 그것은 틀린 생각이 아닐까요? 싸우는 나라의 젊은이로써 총대를 메어보지도 못하고 또 몸뚱아리에 총알 자욱이 없다는 것은 도리어 부끄러운 일이 아닐까요? 저는 원근씨의 다리 노릇을 하기 위하여 이렇게 쫓아오지 않았어요. 원근씨의 조국을 위한 일편단심이 변치않듯 원근씨를 위한 저의 마음도 영원한 것이라는 것을 알아 주십시요."

나는 비로소 용기를 내어 광채 띄운 눈으로 영실을 쏘아 보았다.

영실도 그제서야 지금까지 품고있던 긴장이 풀리는 것인지 맑은 눈에 고요히 눈물이 스며 나왔다. 그 눈물을 본 나는 앉은뱅이 걸음으로 영실이 앞에 다가가서 그의 손목을 꽉 붙잡고

"영실이 미안하구. 나는 너무 내자신의 육체만 가지고 고집을 피웠다는 것이 새삼스럽게 부끄럽소. 인제부터는 영실의 그 숭고한 정신을 본받아 용기를 내어 살겠소 이 눈, 이 손이 어둡고 닳도록……"

주위에 둘러섰던 김상사와 간호병 눈에도 감격의 이슬이 맺혀 있었다.

영원히 태양을 안고 출렁거릴 이 바다도 슬픈 나의 용기를 영원히 칭찬할 것인가! (一九五三년·봄)

윤금숙 단편집 『여인들』(성공문화사, 1976), 248-254면.

폐허(廢墟)의 빛

애정의 포로(捕虜)가 되면 여자는 대개 그밖의 모든 정(情)을 소홀히 여기는 소질을 가졌고 혜경이와 은희가 서로 불행속에서 방황하던 때는 한숨도 같이 쉬었고 눈물도 함께 흘렸지만 제각기 짝을 맞아드린 뒤 부터는 서로 사랑하는 남편만을 알뜰히 섬기느라 우정(友情)은 철지난 옷가지처럼 고리짝 속에 파묻혀 있었다.

그러나 혜경이가 삼년만에 서울로 돌아왔을 때 제일 먼저 만나보고 싶고 이야기하고 싶은 사람은 은희였다. 그 쪼들린 피난살이 속에서 남편과 자식을 위해 밥 한숟갈을 아껴가며 기름과 살이 쭉 빠진 혜경이건만 결국 자기를 배반하고 노리개와 같이 화려한 딴 여자에게 애정을 옮긴 남편한테, 실망을 하고 떠나온 혜경이의 그 마음도 역시 애정의 작희(作戲)가 아니고 무어랴—마치 제철을 만난 옷이나 꺼내 입듯 마음구석에서 옛 우정을 찾아 안고 그는 아침 일찍 거리로 나섰다.

삼년만에 보는 서울 모습은 눈길이 가는대로 매달려 보구 싶고 쓰다듬어 주고 싶도록 반가왔지만, 또 두손으로 눈을 가리고 달음박질 하리만치 처참하기도 했다. 길과 건물이 그냥제위치에 변함없이 늘여 놓았더라도 삼년이면 서먹 서먹 할 것인데, 타고 허물어지고 더러는 아주 없어지기까지했으니 시골뜨기처럼 허둥대며 혜경은 큰 거리를 건너 샛길을 돌아서 은희네 집 골목을 찾아 들었다.

대문 앞에 다가선 혜경은 벌써 안마당에서 은희의 반가와하는 목소리가 굴러 나올 것만 같아 가슴이 두근댔다. 그는 왼통 얼굴에, 아니 몸 전체에 벗을 맞이하려는 즐거운 미소와 탄력있는 자세로 대문을 왈칵 밀고 들어섰다.

"은희, 은희 어디 있어? 나야 내가 왔어……"

잠잠하다. 댓돌위에는 흰 고문신 한짝과 검정 구두 한켤레가 놓이긴 하였는데 대답이 없다. 설마 지금까지 잠을 잘 리는 없을텐데 이상스럽다. 혜경은 순간 모르는 집에 잘못 뛰어들지나 않았나 해서 스스로 몸의 탄력을 풀며 목소리를 가다듬어 가지고

"여보세요, 아무도 안계십니까? 이댁이 한필수씨 댁이지요 네에?"

하고 묻자 그제서야 안방에서 부시럭대는 소리와 함께

"누구시오."

하고 드르륵 문이 열린다.

잠옷 바람에 머리가 푸수수하니 헝클어진 사나이, 본지는 오래되었지만 분명히 은희의 남편 한필수의 찌뿌듯한 얼굴이다. 혜경은 다시 몸 전부에 생기를 돋우면서

"아이, 어쩌면……난 또 어디로 이사나 가신줄 알았어요. 그래 은희도 팔자좋게 한잠 들었나 보죠. 어제 밤차로 부산역에서 올라왔는데 제일착으로 은희부터 만난다고 뛰어나왔더니 아직까지 잠이야요?"

혜경은 안방 문에다 대고 핀잔을 주며 상큼 댓돌 위로 올라서려다가 어쩐지 한필수의 침묵이 맘에 걸려서 곁눈질을 하듯 그의 날카로운 콧날을 더듬어 보자니까

"그럼 전혀 소식 모르시는군요. 벌써 정월에 은흰가 무언가 하구는 아주 헤어졌지요. 아 그따위 고집을 가지고 어떻게 내집에서 삽니까? 지금껏 참아온 내가 어리석은 놈이었지요."

"네에……?"

혜경은 혀가 굳어진 사람처럼 그 이상 캐어묻지도 못했다. 그렇게 열렬하다던 애정도 포기하는 수가 있을까 — 은희를 아내로 맞아드린 뒤는 광맥(鑛

脈)의 노다지를 파낸 것보다도 더 행복하다던 필수였고, 또 첫남편한테 느껴보지 못한 사랑이 곡수(谷水)처럼 펑펑 쏟아지는 것 같다던 은희가 아닌가—

혜경은 얼마만에야 입술을 놀려 은희의 행방을 물었다.

"글쎄요, 동대문시장 근처의 무슨 양장점에 있다던가요. 아아, 인제야 제 자식하구 소원대루 오직이나 좋겠어요. 정말이지 자식 달린 여자라면 양귀비가 와도 나는 돌아설 지경으로 지긋지긋 하답니다. 딱 눈꼴이 시어서 원!"

혜경은 대답 대신 머리만 끄덕여 보이고 대문밖으로 나왔다. 발 아래를 굽어보며 되돌아 가는 혜경은 마치 인기척 없는 정막한 산봉우리에 홀로 서서 절망의 침묵과 대결(對決)한 듯한 심경이었다.

'부귀영화(富貴榮華)만 뜬구름 같은 것인줄 알았더니, 마음속의 애정 역시 뜬구름 처럼 가벼히 흩어지는 것이었구나. 나의 가슴도 은희의 마음도…… 그러면 흰 고무신의 임자는 누구일까? 벌써 딴 여인을 맞이했단 말인가?'

혜경은 이런 생각에 잠기며 가엾은 은희를 찾아 동대문 시장쪽을 향해 걸어 가고 있었다.

싸늘하던 아침 공기도 차츰 햇살이 여물어져감을 따라 후끈거렸고 환도 기분에 들뜬 군중들로 복작대기 시작했다.

한필수는 이태나 폐병으로 알아 누웠던 아내가 죽은지 두달 만에 두번째 아내로 은희를 데려갔다. 그때 한의 나이는 마흔 한살이었고 은희는 서른 여섯이었다. 은희는 어느편인가 하면 퍽 다정다감한 기질이었고 특히 음악을 좋아했으며 외모도 여자로서의 매력을 갖춘 편이었다. 얼굴뿐만 아니라 옷맵시같은 것도 얌전해서 사람의 눈을 끌었다.

은희가 열일곱 살에 여학교를 졸업하자, 그의 아버지는 딸의 이런 기질을 무시하고 서울에서 '메리야스' 공장을 제일 크게 경영하는 은희보다 아홉 살이나 년상인 남자한테로 시집을 보냈다. 은희는 양옥집에서 으리으리한 세간과 기름진 음식에 비단옷을 입고 살았지만, 항상 마음은 신사양복을 입은 자기남편보다 사각모자를 쓴 대학생, 돈 잘 버는 남자보다 노래 잘 부르는 남자, 호화로운 응접실보다 신비스러운 달밤이 더 좋았다.

그러므로 은희는 자기 비위에 맞지않는 남편한테 아무런 애정도 느껴보지 못한 채 불만스러운 십 칠년을 살아왔던 것이다. 그동안 큰 딸은 여학교를 졸업하고, 큰 아들도 중학교, 끝의 아들은 국민학교 사학년이 되었을 그때 그들은 6·25를 당했다.

돈이면 권세도 살 수 있고 인격도 갖출 수 있으며 잘난 남편 노릇도 할 수 있다고 뽐내던 은희의 남편은 하루아침에 몰락당하고 말았다. 공산군 탱크가 서울거리로 밀고 들어오자, 그의 예금통장과 수표책들은 도리어 생명을 노리는 증거물 밖에 안되었다. 은희의 남편은 그제서야 돈의 무가치함을 깨달았지만, 때는 이미 늦었던 것이다. 그는 대한민국이 공산군 탱크 바퀴 밑에 영영 으스러져 없어진줄만 알았다. 그러나 무슨 짓을 해서라도 나머지 여생을 살아야겠다는 절실한 욕망에서 갖은 궁리를 하던 끝에 은희 몰래 딸과 아들을 살살 꼬여내서 의용군으로 손수 끌어다 주었던 것이다. 그에게는 젊은 두 자식의 목숨보다 늙은 자기의 목숨이 더 중했기 때문이다.

나중에야 이 사실을 안 은희는 그 자식들을 위해 십 칠년이나 참아온 격분과 원통한 마음이 한꺼번에 폭발해서 부엌칼을 들고 남편한테 달겨들었다. 그러나 억센 남편 손에 칼만 빼앗기고 분풀이도 못한채 기절해 쓸어졌다가 깨어났을 때는, 이미 약한 자기의 본성으로 돌아가서 며칠 울기만 하다가 끝의 아들을 데리고 종적을 감춘 것이 바로 혜경이 앞집 건너방이었다.

그때 혜경이도 남편만 간신히 집을 빠져나가긴 했으나, 한강을 무사히 넘어가기나 했는지, 혹시나 공산군한테 붙들려서 욕이나 보지않는지, 어느 길 모퉁이에서 총을 맞고 쓰러져 신음 하지나 않는지…… 이런 여러가지 불안에 쌓여 두번다시 남편을 만나지 못할 것만 같은 절망감과 싸우던 때이라 그들은 평상시보다 몇갑절 더 친밀히 지냈고 서로 위로해 주었다. 그들의 위로란 으레껏 혜경이가 한숨을 쉬면 은희도 같이 쉬고 은희가 눈물을 흘리면 혜경이도 함께 울어주는 그런 위로였다.

9·28이 되자 남쪽으로 밀려갔던 사람, 강제로 이북에 끌려갔던 도망친 사람, 천정이나 마루밑에 숨었던 사람들이 기어나와서 설레는 그 속에 혜경이 남편도 무사히 돌아왔건만 은희의 아들 딸은 그냥 소식이 없었다. 집과 세간도 부역자인 남편의 소유라 역산(逆産)으로 몰려 몰수 했고, 남편은 총뿌리에 쓸어졌을게라고 이웃집 아낙들이 쑤군댔다. 은희한테는 원수같은 그 사람이었지만 남편이란 명목하에 만나는 사람마다 은희를 멸시하고 냉대했다. 그 고통스러운 간판을 달고 발길 돌릴 곳이 없던 은희앞에 보호의 손길을 뻗어온 사람은 바로 한필수였다.

사변전 종로에서 악기점을 크게 경영하던 한필수는 단골로 은희의 집을 드나들었다. 피아노와 전축을 팔았고 또 그런 것이 고장이 나면 고치러 들락날락 할때마다 은근히 은희의 미모를 눈여겨 보았다. 은희 역시 서양사람같은 스타일에 명곡을 곧잘 둥당거리는 필수가 인상에 남아 있었다.

그러나 수복이후 셋방구석에서 조석을 연명치 못할 정도로 몰락한 은희의 모양을 발견한 필수는, 물론 놀라긴 했으나 은희의 남편이 없어졌다는 사실만은 다행하게 생각되었다. 그는 은희의 가련한 입장을 위로해 주는 한편 쌀과 장작같은 것도 실어왔다. 은희는 주위의 일가부치들까지 거들떠 보지 않는 자기를 아는척 해주는 것만도 고마운데, 생활까지 돌봐주는 그가 정말 눈물이 나올 지경으로 고마왔다. 더군다나 이상에 맞지 않는 남자한테 시집을 가서 쌓이고 쌓였던 한(恨)은 한필수 한테로 연줄 풀리듯 풀려 나갔다. 중년남녀의 맹목적 정열이란 불덩어리도 무색할만큼 뜨거운 것인지, 은희는 자식에 대한 고민마저 잊었고, 한필수도 역시 아내가 죽기를 기다린 사람처럼 은희를 서둘러서 데려갔던 것이다.

은희는 오늘 재봉틀에 마주앉아 있었다. 그는 일꺼리엔 손을 대지도 않고 행길쪽만 멀건히 내다보고있다. 추석 전에 들어온 '드레스'나 '부라우스'를 요 며칠 밤을 꼬박 새워가며 해주어서 심신이 몹시 피로했다. 그러나 몸이 조금만 한가하면 한필수에 대한 생각이 가슴을 파고들었다. 물이 낮은 골수로 고여들 듯이 틈만 있으면 저절로 신세한탄이 나왔다.

"아아 어쩌면 그렇게 변할 수가 있을까. 사나이란 모두 못믿을 것이야. 아낌없이 나의 모든 것을 받쳐 사랑했건만 그 불쌍한 내 아이를 내어 쫓다니……"

그는 하루에도 몇번씩 버릇처럼 이런말을 중얼대며 한숨을 몰아쉬는 것이다.

"너무나 지독한 인간…… 너무나 빽빽하고 눈물없는 인간……"

은희가 일꺼리엔 손도 대지않고 이런 생각에 사로잡혀 있을때, 유리창을 열어제키는 소리와 함께 혜경이가 뛰어들었다.

"은희……"

"이게 누구야……"

은희는 의자를 엎어뜨리며 자리에서 일어나 혜경이를 얼싸안았다. 서로 말문이 막혀서 한참 어쩔줄을 모르다가 혜경이가 먼저 쭈루루 흘려나린 눈물자국을 닦으며

"나 안국동 집에 갔댔지. 그런데 웬일들이야?"

은희도 손수건을 끄내 눈언저리를 훔치고나서

"할 수 있어, 상철(은희의 아들)이란 놈을 절대로 안본다니 어떡해. 그대로 견디어 보려고 가진 굴욕을 참아도 보았지만 결국 허사였어. 한국남성한테 바랄 수 없는 아량을 바라고 또 가능할 줄 믿은 내가 잘못이었지…… 우리 여자들은 내가 낳지않은 자식이라도 남편을 위해 몇명이고 거느릴 수 있지만 남자는 아내의 자식은 무슨 원수 취급을 하고 안본다니 에미가 자식을 버릴 수야 있어."

혜경의 눈앞에는 한필수의 가슴, 또 자기 남편의 가슴, 아니 수많은 남자들의 떡벌어진 가슴들이 하나하나 떠올랐다. 여자의 가슴보다 갑절이나 넓고 두꺼운 가슴들이건만, 그속에 파묻힌 마음은 어째서 여자보다 좁고 용렬한가 하는 생각이 저절로 머리속을 점령하였기 때문이다. 은희는 어딘지 수심이 낀듯한 혜경이의 기색을 살핀다음

"그래 선생님이랑 아이들도 다 함께 올라오셨어?"

혜경은 한참 맑은 눈길로 은희를 더듬어본 연후에

"아니 나하구 아이들만 올라왔어."

"그건 또 웬일이야, 무슨 일관계로 남아계시나?"

"그러기나 했으면 좋게. 나두 아주 그이하구 헤어질지도 몰라……"

"별소릴……아예 그런 소리말아 여자는 그래도 제남편에 제자식을 기르는 그 생활이 제일 행복한 것이야."

혜경은 은희의 말이 못마땅한 듯

"어디 불행한 사람이 본래부터 따로있나. 바로 한시간 전까지 행복했던 부류의 사람도 그 시간이지난 다음 시간에는 불행한 수도 있지 않아……"

"그야 그렇지만…… 되도록 참아야해. 금이 간 그릇이라고 아주 내동댕이치지말고 살살 달래서 쓰면 한평생 내 물건이 아니야."

"난 싫어. 절대로 싫어. 그런 불안한 노릇을 하며 가슴을 조이기보담 아주 깨트려버리는게 거뜬하겠어. 남편한테 실망을 하고, 또 증오하면서도 그 허울좋은 아내의 위치를 지키기 위해서 김빠진 생활을 계속한다는 것은 확실히 죄야, 그에서 더 불행한 일은 없어…… 은희도 겪어보았잖아?"

혜경의 목소리는 떨려나왔다. 은희는 그말에 오금이 백혀서, 말문이 막힌 것은 아니었지만 더 혜경을 괴롭히고 싶지 않아 입을 닫어버렸다. 그러나 옳은 말이기도 했다. 은희는 아주 이대로 고독속에 파묻혀서 죽어버릴지라도 행방불명이 된 그전 남편 생각은 꿈에도 없었다.

그 생활은 지금보다 확실히 편한 생활이었을런 지는 몰라도 절대로 행복한 것은 아니었다. 거기에 비한다면 한필수와의 생활은 비록 깨어지기는 했을망정, 부서진 어느 한조각이고 긁어모아볼때 그곳에는 영영 무덤속까지 안고 가고픈 추억이 새겨서 있을상 싶다. 사랑의 추억이란 그렇게 잊지 못할 불멸(不滅)의 흔적을 은희 가슴에 남겨놓았던 것이다.

혜경과 은희는 제각기 자기가 지닌 환상(幻想)에 사로잡혀 말없이 마주 앉아 있었다.

그날밤이었다. 허물어진 명동 뒷 길을 혜경과 은희는 나란히 걸어가고
있다. 달빛을 마주안고 천천히 발을 옮겨딛는 그들의 입에선 조용히 노래
가 흘러나왔다.

"하늘 가는 밝은 길이
내 앞에 있으니
슬픈 일을 많이 보고
큰 고생하여도
나는 부족하여도
어둔 그늘 헤치니
예수공로 의지하여
항상 비치리로다……"

푸른 달빛은 두여인의 실주름이 잡힌 수척한 얼굴들을 선녀와 같이 아름
답게 매만져 주었고 타서 자빠진 폐허의 모습도 고요히 어루만졌다.
은희의 노래가 끝나자 달빛에 채색된 혜경의 얼굴을 더듬어보며
"혜경이, 나는 이번 괴롬을 겪고난 뒤부터는 이렇게 신비로운 달밤이 무
서워질 때가 있어…… 어쩐지 저 푸른 달빛의 날카로운 광선이 나의 괴로
운 마음을 꿰뚫어보는 것만 같아……"
혜경은 그말을 이해할 수 있다는 듯 머리를 끄덕여 보인다.
"죄를 짓지말려고 버둥대는 사람한테 죄를 짓게 하는 것을 보면 하느님
도 종종 실수하실때가 있나보지."
"그러게 말이야."
낮의 소요가 지나가버린 서울의 달밤을, 왼통 두여인이 독차기 하다싶이

밤거리는 조용했다. 노래는 끊겼다가도 어느틈에 다시 은은히 이어졌다. 혜경과 은희는 슬픔 마음이면서도 즐거웠다.

"이거봐 은희, 인제 우리 나이도 삼십고개를 넘었고 그만큼 경험도 쌓았으니 정신 좀 채리자구. 그 애정의 해협(海峽)속에만 빠져 버둥대지말고 대안으로 헤엄쳐 나가보는 것이 어때? 무엇이고 하잔 말이야."

"참 좋은 말이야, 그러나 나는 무슨 힘이 있어야지, 첫재 돈이 있어야해."

"다른게 아니라 나는 부산서 수많은 여류사업가와 알게 됐는데, 서울에 전쟁미망인을 위한 고아원을 세운다나……우리도 아이들을 데리고 거기나 들어가서 우리 아이와 모든 불행한 여자들의 아이를 위하여 남어지 여생을 바쳐볼까?"

은희는 귀가 번쩍 뜨여져서 혜경의 손목을 끌어잡고

"그게 가능성이 있는 말이야? 그럴 수만 있으면 좀 좋아, 전부터 나는 그런 생각을 해보긴 했지만 용단을 못냈는데 혜경이와 같이라면 내일이라도 갈 수 있어."

"물론 가능성이 있구말구. 그 여류사업가는 현재도 부산에서 모자원(母子園)을 경영하는 분인데, 서울에는 그보다도 더크게 대규모한 것을 세울테니 함께 일해보자고 부탁하겠지."

"참 좋아, 우리 같이 일해. 불행한 여인을 포섭해줄 남성이 없는 이곳에서 가장 우리한테 적당한 생활 목표일꺼야."

"그렇지, 전쟁으로 폐허화한 조국을 위해서 우리도 '이바지'할 수 있는 한 인원(人員)이 될테고……

혜경과 은희는 달을 바라보고 이런 약속을 하며 환이 트인 행길로 걸어간다. 그들의 가슴은 달빛과 더불어 희망으로 그득 찬듯 하였다. 달은 높이 뜰수록 영롱한 광채를 내뿜는다. 혜경과 은희의 마음도 고해(苦海)에 시달리면 시달릴 수록 더욱 존귀한 빛을 발하는 것만 같았다. (一九五三년·가을)

윤금숙 단편집 『여인들』(성공문화사, 1976), 172-182면.

아들의 일기(日記)

싸우는 나라의 용사들…… 그 어느 누군들 귀한 어머니의 자식이 아니리요 눈 쌓인 산골에서 혹은 바람 거센 강기슭에서 피를 뿜고 가버린 아들이건만, 이제나 저제나 하고 돌아오기를 기다리는 어머니들— 유씨부인도 그런 어머니의 한사람이었다.

스물네살때 남편을 잃고 오즉 그 아들만을 위해 평생을 받쳐온 유씨 부인인지라, 아들이 일선으로 가버리고만 지금 다만 일분 일촌들 어찌 산 목숨이라고 할수있으랴. 아무도 돌보아줄 사람 없는 몸둥아리가 그래도 낮이면 담배를 팔고 조석때가 되면 밥을 끄려 근근이 연명하는것은 그 아들이 반드시 돌아온다는 희망에서였다. 아들이 돌아오기만하면 얌전한 며느리에 똘똘한 손주까지 태어나서 마음껏 낙을 누리다가 죽으려니 하는 소원에서였다.

아들이 일선으로 떠나기 전날밤, 자꾸 눈물만 찔끔거리고 있는 유씨부인 앞에 아들은 단정히 무릎을 꿇고 앉아

"어머니 너무 그러지 마십시요 어머니께서 자꾸 설어하시는 이유는 제가 싸우러 나가서 이기고 돌아온다느니보다, 저서 죽어 없어진다는 눈물이 아닙니까? 아버지도 않게신 평생을 모든 고난과 싸워가며 살아오신 어머니가 아닙니까? 자아 어서 눈물을 걷우시고 제 소원이나 들어주십시요"

유씨부인은 그제서야 정말 울고있는 자기가 청승마진 까마귀같이 역여저서 깨끗이 눈물을 걷우고 미듬직한 아들의 손목을 두손으로 끌어쥐며

"과연 네말이 옳다 다 늙은 탓이지 뭐냐 주책을 부리는것도 오늘밤 뿐이

다 그래 소원이란 뭐냐?"

아들은 말끔이 정돈된 책상설합속에서 두꺼운 책한권을 끄내 들고 어쩐지 계집애처럼 수집은 얼굴을 하더니

"어머니 이 책은 어제밤까지 제가 겪은일 보고 듣고 느낀일 또 그밖에 모든 마음 먹은 일을 조금도 숨김없이 적어논 일기책인데요 제가 떠나간뒤 이 불초자식이나마 보구싶으실때 또는 제 신상이 걱정스러워서 잠 못 이루는 밤에 한 장 한 장 읽어보십시요 어머니도 보실수있게 순 한글로 또박 또박 쓴거니까요"

유씨부인은 울어서 부석-해진 눈에 고요한 미소와 생기가 돌았다.

"응 그래, 거 참 좋은 책이구나 글자 한자 한자 너 보는듯이 읽어볼테니 부디 몸 성히 잘 있다가, 이 어미가 너의 일기책을 읽고 또 읽어서 보지않구도 훤-하게 외어진때 꼭 이기구 돌아오너라"

"네에, 어머니 걱정마십시요 그럼 저도 안심하고 힘껏 싸울테애요 또 일선에 가서도 틈 있는대로 이번에는 싸움터의 기록을 선물로 적어가지고 돌아오겠어요"

"오냐 그래라, 그렇게 되기를 오직 천지신명께 빌면서 기다리고 있으마……"

"역시 우리 어머니는 보통 분이 아니니까! 저는 안심하고 가겠어요"

유씨부인은 쓸쓸히 웃으며 아들의 등만 어루만지었다. 그날밤 아들과 유씨부인은 벼개를 나란히 하고 자리에 누었으나 어머니도 아들도 잠은 오지 않았다. 아들은 아들대로 어머니는 어머니대로 떠나가고 떠나보내는 심경이 생후 처음 맛보는 그 어떤 전률임에는 틀림없었다.

새벽 일즉 아들은 떠났다. 가다가 찻깐에서 먹으라고 유씨부인은 정성껏 김밥이며 떡과 과일은 꾸려주었다. 또 추울때 껴입을 털속벌과 털양말을 차곡 차곡 싸주었다. 아들 앞에서 맹세한대로 한방울도 눈물은 흘리지 않았다. 아들도 미덥직스러운 자세로 문전을 떠났던 것이다.

그러나 아들이 뿌유스름한 새벽거리로 그 모양을 감추자 대문설주에 기대

섰던 유씨부인은 빈 껍질처럼 그 자리에 쓰러지고 말았다— 울어서는 안된다 울음이란 불길한것 이다— 하고 이를 악물어 견디어온 이별의 서름이 한꺼번에 복바쳤던 것이다. 아들도 어머니의 흰 웃자락이 보히지 않을 그때에야 비로서 뜨거워지는 눈시울을 의식하였으며 또 발걸음을 늦추는 것이었다.

유씨부인은 아들방에 홀로 앉아 아들이 벗어놓고 간 바지와 아들의 그리운 체온이 스며 있는듯한 일기책을 매만지며 한스러운 날을 보내었다. 유씨부인의 눈은 오직 아들의 모습을 보기위해 떠 있었든것이고, 귀는 오직 아들의 목소리를 듣고저 열려있었든 것처럼 아들의 모습과 음성을 찾기만 했다. 유씨부인은 담장 밑을 스쳐지나가는 발자욱 소리 하나 하나에, 혹은 대문을 뒤흔드는 바람소리에 꿈틀 놀라 몇번이고 뛰어나가는것은 혹시나 아들이 무슨 급한 볼일로 돌아왔는가 함에서였다.

이렇게 몇시간이고 진정치못하고 안절부절하다가 지치면 그제서야 유씨부인은 생각난듯이 아들이 두고간 일기책을 펴보는것이다. 글자마다에서 아들의 숨결과 유씨부인만이 느낄수있는 아들의 온갖 습성을 그리워하며 미친듯이 쓰다듬고 어루만지는 가운데, 세월과 더불어 책장도 넘어갔다.

그러든 어느날 유씨부인은 일기책속에서 뜻하지도 않은 한 비밀을 발견했다. 그것은 아들이 유씨부인한테 숨기고 사귀어온 한 여성이 있다는 사실이었다. 유씨부인은 돗보기 속에서 움쑥 패인 눈을 자주 씀벅거리더니 다시 한번 그 뜻하지않은 사연이 적힌 책장을 드려다 보는것이다.

<×월×일>

이날 신은 아무런 예고도 없이 나에게 한 은혜를 베풀어 주었다.

나는 국방부(國防部)를 퇴근하는 길로 영어강습소에 갔다. 모두 열성분자들뿐인지 교실안은 벌써 꽉 차있었다. 사람틈을 비집고 나는 한곳 비인 자리를 향해 바삐 발을 옮겨놓았다. 막 의자에 걸터앉으려다가 옆자리로 시선이 갔을때 나는 주춤 놀라지 않을수없었다. 그것은 바로 내 옆 의자에 아름다운 한 여성이 앉아 있었기 때문이다. 나는 앉으려다 말고 엉거주춤한채 섰다가 용기를 내어서 "실례합니다" 하였더니, 그 처음 보는 여성은 귀염성스러운 얼굴에 팽팽이 그어졌던 긴장(緊張)을 풀고 약간 마조 웃어보였다. 총명스러운 눈이었다. 크고 깜안 동자가 유난이 광채를 발하는듯 보였다. 공부가 시작되기전 얼마동안 그 여성과 나는 몇마디의 이야기를 주고받았다. 만사에 소극적인 나의 성품으로 처음 보는 여성한테 먼저 말을 걸었다는것도 신이 나에게 베풀어 주신 한 기적인가 보다.

"오늘 새로 들어오셨읍니까?"

"네에, 어제는 회사에 좀 바쁜 일이 생겨서 첫날인데도 결석했답니다"

"나는 비인 자리가 있기에 막 달겨왔다가 깜짝 놀랐지요"

"미안합니다. 많이 지도해 주십시요"

하더니 갸웃이 머리까지 숙여 보였다. 참으로 인상적인 여성이었다. 웬일일까. 지금까지 타고난 고독으로 해서 항상 어둡고 호젓하기만 하던 내 마음이 갑자기 등불이나 켜진듯 환一해졌다.

<×월×일>

나는 오늘 세상밖에 나와서 처음 여자와 교제를 했다. 강습이 끝나서 나오는 길에 우연히 그 여성과 함께 동일한 방향으로 걷게되어서 '버들' 다방으로 들어갔다. 나는 거기서 약 한시간가량 그 여성과 이야기했는데 그의 이름은 '송은실'이라 불렀다. 나히는 스므살이며 국군이 삼팔선을 무찌르고 이북 '청진항'까지 처들어갔다가 다시 철수할때, 여자 문관으로 종군하여 남하했다는 것, 8 · 15직후, 원산서 서울로 옮겨온 외삼촌과 함께 다시 1 · 4후퇴 당시 부산으로 나려왔다는것, 외삼촌은 변변치않은 공무원이라 생활이 빈곤하여서 자기도

문관을 그만두고 수입이 낮은 어느 무역회사 사무원으로 있다는 것, 이북서는 통 영어를 배우지 못했기 때문에 여간 불편하지 않다는것, 어서 영어회화까지 능숙 해저야 하겠다는것……등 이야기를 나에게 들려주었다.

어쩌면 그렇게도 침착하고 영리하구 아름다울까. 목소리마저 부드러움고 맑을까. 아아 나는 확실히 지금까지 느껴보지못한 야릇한 정감(情感)을 은실이 한테서 느끼는것이다……

×   ×   ×

유씨부인은 어머니의 애정만으론 행복할수없었든 아들의 장성한 모습이 퍽으나 대견하면서도 일면 자기와 멀어저가는 서운한 마음이 들었다. 그러나 자기가 오십평생을 두고 보살피고 어르만저주어도 어찌하지 못하든 그 아들의 고적한 마음이, 한 순간에 봄비를 촉촉히 마시고 엄이 튼 나무마냥 변화를 이르킨데는 놀라지 않을수 없었다.

유씨부인은 고요히 그 여성을 눈 앞에 그려보았다. 길거리에서 혹은 이웃에서 얌전하고 이쁘고 됨직하던 젊은 여자들의 모습이 어른거렸다. 유씨부인은 정말 며누리깜이나 골으듯 이 얼굴 저 얼굴을 책장위에 옮겨놓은채 밤 가는줄도 몰으고 젊은 여인의 환상(幻想)과 더불어 희롱하는 것이었다.

유씨부인이 이런 환상에 사로잡혀있던 어느날 아들이 일선으로 떠난지 한두어달만에 처음 아들한테서 편지가 왔다. ××고지에서 밤 낮으로 눈 부칠 겨를도 없이 싸우고 있다는것, 편지를 자조 못하더라도 바쁜 탓이니까 조금도 염려하지말고 부디 노약(老弱)한 몸을 애껴달라는 효성이 지극한 그런 내용이었다. 유씨부인은 그 편지를 자나 깨나 몸에 지니고 아들의 무운(武運)이 장구(長久)하기만을 하늘에 빌었다.

유씨부인한테는 아들 없는 하루가 일년이나 가듯 더디고 외롭고 고달픈 세월이었지만 그래도 저벅 저벅 가버리는것이 세월이었으며 또 덧없는 인생이었다. 그동안 아들의 일기책은 픽으나 많이 넘어갔다. 따라서 일기책 속의 아들과 은실이란 여자와의 사이도 꽤 깊이 익어들어 가는중이었다. 그들은 시외로 바닷가로 혹은 달밤으로 청춘의 정열을 분주히 발산시켜 왔던 것이다. 이와같이 아들과 은실의 사랑은 차츰 끝장으로 가차워 가건만, 일선으로부터는 아무런 소식도 없었다. 석달전 한번 받은 편지에 바뻐서 자조 쓰지못한다구는 했으나 이다지 무심할수가 있을까. 유씨부인은 주야로 편지에만 정신이 팔려서 일기책도 덮어놓은채 며칠을 보내다가 어느 잠 안 오는날밤 다시 일기책을 펴 들었다. 그것은 아들이 떠나기 전전날밤에 쓴것이었다.

<×월×일>

오늘도 나는 '버들'다방에서 은실과 만났다. 말하자면 송별차를 마신 셈이다. 일선으로 가는 사나히가 어찌 살아서 돌아오기를 바라랴만은 은실은 영영 내것으로 맨들어야 할것만 같았다. 나한테 있어서는 첫여성이자 마지막 여성이 아닌가.

은실은 가끔 슬픈듯이 내 얼굴을 쳐다보는 때가 많았다. 웨 그렇게 쳐다보느냐고 물으면 인제 헤어지면 오래 오래 보지못할테니까 혹 얼굴모습을 잊어버리면 어쩌느냐고 대답했다. 그러면 나는 가장 대장부답게 사진을 끄내보면 되지안느냐 하고 씩 웃어 보였으나 그러는 나도 어느틈엔가 넋 잃은 사람처럼 은실을 쳐다보는 순간이 많았음을 어찌하랴, 그 반짝이는 눈, 오목오목하게 복스럽게 생긴 두 볼, 붉은 꽃잎아리보다도 더 진한 입슬……

가슴이 터저나갈듯이 안타가워서서 우리들은 거리로 나왔다. 어둠이 몰킨 으슥한 밤길을 한정도 없이 오르 나리고 또 돌고 돌아서 거진 통행금지 시간이 임박했을때에야 은실이 집 골목을 찾아 들었다. 전에도 헤어질때면 떠러지기가 아쉬워서 손목을 꼭 쥐었다 놓았다 하던 그 담장밑까지 왔다.

집집의 등불은 꺼지고 어느집 방에선가 어린애기 칭얼대는 소리만 간간이 들려왔다. 개나리와 진달래도 봉오리진 봄밤이건만 취한듯 열에 띤 뺨을 스치는 야기(夜氣)가 꽤 싸늘했다.

"이 밤이 꿈이라면 오즉이나 좋을까!"

은실은 내 옆으로 밧싹 닥어서서 내팔을 끌어쥐며 이렇게 속삭였다. 나는 말없이 은실이의 그 매끄럽고 향긋한 머리를 쓰다듬어 주었다. 오늘이 마지막이 될런지도 몰을 은근한 정의 표시였다. 그러나 나의 숨결은 점점 거칠어갔고 은실도 매어달리듯 내 가슴에 얼굴을 파묻는 것이나 지금까지 참고 견디어온 슬픔을 그여히 터트린 모양이었다. 내 마음도……응치고 다졌던 내 가슴도 왈칵 치밀어 올랐다. 그러나 입슬을 지긋이 깨물고 모든 감정을 억제한 다음

"제발 울지말어요 오십이 넘는 어머니께서도 울지 않으시는데 은실이가 울어서 될말이요 대한의 남아로써 적과 용감히 대결하려는 이 마당에, 정말 용기를 잃게해 주지 말어요"

굳은 결심이 서린 내말에 은실이도 다소 냉정해지는 모양인지 뜸뜸이 쿨적어리기만 했다. 부모도 없이 마음 부칠곳을 달라하던 은실이라 더욱 가엾은 생각이 들었다. 그렇지만 내 힘이 미칠수 없는 하나의 큰 운명을 어찌하랴. 나는 천천이 가슴에서 은실이의 미리를 일으키며

"그럼, 잘 있어요 응, 너무 늦어서 인제 가야겠어"

은실은 떨려 나오는 목소리로,

"내일도 만날수 있을까요?"

했다. 나는

"내일은 여러군데로 인사도 다녀야하고 또 밤에는 하룻밤이나마 어머니를 위해서 보내야겠음으로 아마 이 순간이 마지막일테지……"

은실은 이말을 듣자, 와락 다시 안기며

"그건 너무 해요. 너무 무정한 말이애요!"

나는 또 은실이의 울음이 터질까봐 억지로 잔인스럽게 품에서 은실을 덩쳐 버린다음 내빼듯,

"잘 있어요!"

하고 돌아섰다. 그러지않구서는 도저히 혜여질수가 없었던 것이다. 도망치듯 재빨은 거름으로 골목 어구까지 와서 도리켜보니, 은실은 그냥 자리에 못 박은듯 서있었다. 어둠속을 걸어오며 나는 수없이 몇십번도 더 "은실이 미안해, 은실이 용서해, 은실이 잘 있어" 하고 부르짖었다.

이것으로 아들의 일기는 끝났다. 유씨부인은 마음 탓이련만 밖앝 어둠속에서 은실이의 흐느끼는 소리가 들려오는것 같아 창문을 화닥닥 열어 제끼고 마당속에 꽉들어찬 어둠을 오랫동안 노려보는 것이다.

아침부터 흐린 날씨가 구진비라도 한바탕 퍼부을 기세였다. 유씨부인은 담배장사도 나가지 않고, 오직 소식 없는 아들의 신상을 무사하게 혹은 불길하게도 생각하며 마음을 끄리고 있을때, 요란스럽게 대문열리는 소리와 함께 "편지요" 했다. 유씨부인은 정신없이 맨발로 뛰어나려가 편지를 받아 들었다. 돌아서 나가는 배달부 한테도 세번 네번 고맙다는 치하를 한다음, 그 편지를 들고 방으로 들어 왔다.

부들 부들 떨리는 손으로 봉투를 찢고 안의 편지지를 끄내 든 유씨부인은 우선 단 한장바께 안되는 편지가 마음에 서운했다. 그러나 어서 아들의 글씨라도 한자 보면 떨리는 마음이 가라앉을것만 같아서 활짝 펴들었다. 그런데 웬일이냐. 아들의 반뜻하고 뚜렷한 글시체는 분명 아니었다. 한문글자가 섞여서 무슨 뜻인지 알아볼수가 없거니와 붉고 큰 네모 도장 자죽이 핏득 불길한 마음을 자아내기만 했다.

유씨부인은 당황하게 방문도 대문도 열어제킨채, 이웃집 대학을 다녔다는 젊은 새댁한테로 갔다. 실신한 사람같이 무어라고 인사를 차릴 여지도 없이 문을 열자마자, 목안이 타 들어가는 음성으로

"이거 우리 아들한테서 온 편진가요?"

젊은 아낙은, 유씨부인이 외아들을 일선에 보내 놓고 항상 그 편지만을 기다리며 애를 태우고 산다는것을 아는터이라 황급히 편지를 받아 들고 몇 자 내려 읽더니 뽀-얀 얼굴이 금방 헬숙해지며 어쩔 줄을 몰라하는것이다.

유씨부인은 자꾸만 오금이 떨려서 서있을수도 없어 쓸어지듯 방에 앉으며

"그래 무어라구 써 있어요? 원 속씨언히 좀 읽어 주구려"

하고 재촉했다.

젊은 새댁은 그냥 얼굴에 핏기를 잃은채 나른한 손길로 편지를 접어서 조심 조심 봉투에 집어 넣을뿐 여전히 침묵을 지키다가,

"글쎄, 어찌된 영문인지 할머니를 병사부(兵事部)까지 곧 오셔달라는 통지선데요"

"무슨 일로 나를……별일이 다 있군. 혹시나 그 자식이 어딜 다쳤나 원……"

"글쎄요. 할머니, 어쨌던 반장한테 어느쯤인지 물어서 지금 곧 이 편지를 가지고 가보시는게 좋을 꺼애요"

"그럴까……"

유씨부인은 맥 없이 편지를 받아 들고 허둥대며 나갔고, 그 나가는 모양을 바라보던 젊은 댁 얼굴에는 여전히 껌은 그림자가 서리어 있었다.

다방 '버들'에서는 저녁 일곱시부터 '레코-드·콘써-트'가 열리었다. 가극 '베르티' 작곡인 <라트라비아타(春姬)> 전곡을 감상코저 모여든 청춘남녀들로 대성황이었다. 송은실이도 같은 회사의 남자사원 몇명과 함께 참석하였다.

은실은 진석(유씨부인의 아들)씨가 그날밤, 그렇게도 야멸차게 자기를 뿌리치고 가버린것이 너무나 지독하게 야속스러웠으나, 그래도 원망하거나 잊어버릴수는 없었다.

어느곳을 가도 와글 와글 들끓코 복작대는 피난 도시 부산이것만, 그렇게 많은 사람속에서 단 한사람 진석씨가 빠저나갔다는것이 왼통 천지가 비인것 같고 공동묘지 같이 적막하기만 했다. 처음 며칠은 도모지 진정할수

가 없어서 회사일이 끝나는 대로 진석씨와 함께 거닐던 곳이면 어디고 찾아 댕겨보았다. 송도(松島) 해변까도 영도(影島) 다리위도 버들다방에도 그와 걷던 골목에도…… 짝 잃은 외기러기처럼 쓸쓸히 배회하였다. 그 어느곳 풍경도 전과변함 없건만 단지 진석씨만이 어디론가 살아저버렸다는것이 그저 허망 스러웠다.

오늘도 일부러 진석씨와 함께 앉았던 그전 자리를 택하였다. 고급전축에서 흘려 나오는 멜로디—를 들으며 은실은 유리창 넘어 큰 거리를 내다 보았다. 차츰 황혼이 물려들어 자색(紫色)연기가 끼인듯 자옥해지는 거리를……마주 바라보이는 부두에도 하나 둘 등불이 켜지는 저므는 거리를……그는 슬픔이 서린 눈으로 바라보는것이었다. 바로 그때였다. 비록 몸은 여위고 늙었으나 위 아래를 흰옷으로 단정하게 채린 유씨부인이 다방문을 열고 들어섰다. 손에는 일기책을 싼 옥색 보재기가 들려있었다.

유씨부인은 어디 앉을 자리라고 없나하고 두리번거리다가 바로 은실이가 앉아있는 의자에서 뒤로 서너 테불 떠러진 곳에, 한 자리를 발견하고 그리로 갔다. 유씨부인은 앉아마자 우선 한바퀴 휘둘러 보았더니 거기 모인 사람들은 모두 자기와 같이 슬픔에 젖어 있는것 같기도 했고 또 어떠게보면 졸고있는것 같이도 역여졌다. 그리고 아들이 은실이란 여자와 늘 만나던 곳이라서 그런지 그 사람들이 죄다 아들과 은실을 잘 알것만도 같았다. 그리고 생전 처음 와보는 곳이건만 일가집처럼 미덥고 푸근한 마음도 들었다.

그렇지만 이 많은 사람들속에서 누구를 붙잡고 은실이의 소식을 물었으면 좋을지 얼떨떨 하기도 했다. 바로 옆자리의 청년이나 또 마즌편 젊은 여자도 눈을 살며시 감았는가 하면 그밖에 다른 사람들도 대부분은 무슨 생각에 취한듯 눈을 내리깔었거나 그렇지않으면 멀리 들창 넘어를 뚫어질 듯이 바라보는것이다. 유씨부인은 맘속으로 그 어느사람이고 간에 자기한테 눈길이 옳아지기만하면 말해보리라고 단단이 별렀으나 오래도록 누구 한사람 거들떠 보아주지 않았다. 아마 그동안이 한시간은 실히 되리라고 짐작되었을때, 음악소리가 멈치고 조으는듯 앉았던 남녀들이 이곳 저곳에서 이러나고 우르르 밀려나가기 시작했다.

유씨부인은 웬일들일까 하고 멍—하니 앉아서 바라보다가 언뜻 모두들 가나보다 하는 생각이 들자 같이 따라 일어섰다. 누구 한사람 붙잡아야 하겠다고 허둥대며 출입구를 향해 나오려니까, 전축 옆에 그림처럼 앉아있던 레—지가 마주 이러서며 수상적은 표정으로

"할머니 누굴 찾으세요?"

하고 물었다.

유씨부인은 너무나 고맙고 반가워서 반색을 하더니 말까지 더듬거리며

"저어……저어……송……송 은실이라는 여자를 찾아 왔는데 여기 있으면 좀 가르켜달라고—"

레—지는 유씨부인의 말이 채 끝나기도 전에

"지금 막 나갔는데요 그런데 할머닌 누구세요?"

"아이고 이를 어쩌면 좋아…… 여보 색시, 나 좀 만나게 해주구려 어서 빨리 쫓아가서 데려오구려"

하고 급히 서둘렀으나,

"할머니두 이젠 틀렸어요. 밖에만 나서면 사방으로 길이 뚫렸는데 어떤 쪽으로 갔는지 알수있어야지요 함께 가다가도 놓치면 그만인데—"

그래도 유씨부인은 몇번이구 졸라보았다. 레—지는 하두 딱해서 문깐에 나가 두루 살펴보는척 하다말고 들어와서,

"다 가버리고 없어요"

했다.

유씨부인은 그래도 단념하지 못하고 자꾸만 출입구를 주시하다가

"그 은실이가 내일 또 옵니까?"

"글세요 그야 알 수 없죠 몇달전에는 어떤 군인하구 매일 왔었는데 요지막은 혼자 드믄 드믄 와요"

"그럼 며칠후에도 꼭 오기는 하겠구면"

"그야 오지요"

"……"

유씨부인의 주름 깊은 얼굴에는 낙심으로 짙었다. 어쩌면 좋으냐. 아들의 사랑하는 여자에게 이 일기책이나마 전해준다면 아들은 지하에서라도 얼마나 기뻐하랴. 그는 다시 애원하듯

"그러면 색시, 이 보재기에 싼것은 죽은 내 아들의 일기책인데, 그 송은실이란 여자에게 꼭 좀 전해 주려우?"

그제서야 레―지도 유씨부인과 그 보재기를 번갈아 보더니 알아채렸음인지 퍽 친절스럽게

"그러죠 염려마세요"

"고맙소"

유씨부인은 떨려나오는 목소리로 이렇게 말하고 그 옥색보재기를 레―지한테 내밀었다.

레―지는 두 손으로 그것을 공손히 받아들고

"그럼, 할머니 그 여자가 오는대로 틀림없이 전할께요"

하고 유리창 속에 찰삭 집어 넣었다. 유씨부인은 거듭 감사타는 치하를 한 다음, 다방문을 밀고 거리로 나왔다. 어둠이 사풋이 나려앉은 거리는 아까보다 사람수도 드물었다. 은실은 어느편 길로 걸어 갔을까 하고 사거리에서 동서남북을 골고루 눈역여 본 뒤에 흡사이 옆 사람한테나 말하듯

"진석아 네 일기책은 인제 곧 은실이한테 전해진단다……"

라고 중얼대며 어둠속으로 쓸쓸이 사라지는 것이었다. (一九五三·가을)

『전시한국문학선 : 소설편』(국방부정훈부, 1954), 187-196면.
윤금숙 단편집 『여인들』(성공문화사, 1976), 313-332면.

임옥인 ●●●

임옥인(林玉仁, 1911–1995)

- 1911년 함경북도 길주 출생
- 1939년 일본 나라여자고등사범학교 문과 졸업
- 1939년 「봉선화」, 1940년 「고영」, 「후처기」가 『문장』에 추천되어 등단
- 주요 경력—1939년 영생여자고등보통학교 교사, 1945년 함경남도 혜산진 대오천에 가정여학교 창설, 농촌여성 계몽운동에 투신, 1946년 월남하여 창덕여자고등학교 교사, 1950년 《부인신보》와 『부인경향』 편집장, 1969년 크리스찬 문학가협회 초대회장, 1970년 건국대학교 여자대학장 겸 가정대학장, 1972년 한국여류문학인회 회장 역임
  1957년 「월남전후」로 자유문학상 수상, 1968년 한국여류문학상, 1982년 대한민국예술원상 수상
- 대표작—단편 「후처기」(1940), 「풍선기」(1947), 「나그네」(1948) 등과 장편 『월남전후』(1957), 『힘의 서정』(1962), 『일상의 모험』(1968–69), 『젊은 설계도』(1957) 등
  시집 『새벽의 대화』(1976), 『기도의 항아리』(1986) 등
  수필집 『문학과 생활의 탐구』(1966), 『지하수』(1973), 『빛은 창살에도』(1974), 『나의 이력서』(1985), 『가슴 아픈 사이』(1989), 『생명미』(1990) 등 다수

- **수록 작품**
  부처(夫妻)

●●●

부처(夫妻)

머얼리 저건너 언덕이 푸르게 물든 것을 보고 그 부처는 올해는 어떤 일이 있어도 집을 지어야 겠다고 생각하는 것이었다. 그들 부처는 미군상자 속에 차국차국 꾸려둔 돈뭉테기를 가슴 속으로 헤아려본다. 두달만 더 있으면 꼭 백만원 백만원만 가지면 세칸집을 지을 수 있다. 부처는 가벼운 마음으로 장사를 나간다. 부처가 장사갈 장소는 굴다리를 나간 네거리 모텡이다. 여기서 부처는 나란히 저자를 펴는 것이다. 남편은 장도리니 못이니 가죽나부랭이니 꺼내 놓는다. 남편은 구두 고치는것이 업이다. 그 곁에 아내는 양담배니 성냥이니 쪼코렛트니 빨래비누니 펴 놓는다. 아내는 조그만 잡화상이다. 그들은 서로 말도 없이 손님만 기다린다. 손님이 찾아 들어야 돈이 들어오고 돈이 들어와야 집을 짓게 되는 것이다.

남편 앞에 고쳐달라고 구두발이 쑥 들어 온다. 그러면 남편은 흘끔 아내를 돌아보고 아내는 맞바다 방끗 웃는다. 아내앞에 담배한갑 달라고 손이 들어온다. 아내는 남편을 흘끔 돌아보고 남편은 맞받아 벙글 웃는다.

"이 비누 얼만기오?" 소리에 아내는 반가워진다.

"사전오백원이예요"

"사전원만 하입시데이"

외누리를 안하면 마음이 안놓이는 모양이다.

"그럼 이백원만 덜해서 가져 가세요"

"백원만 덜해서 사전이백원에 주이소예"

아내는 못이긴체 고개를 끄덕이며 비누를 종이에 싼다. 그래도 몇백원이가 있는것이다. 돈을 받으며 남편을 쳐다보면 남편은 손을 놀리면서 고개를 돌려 벙글 웃는다. 벌서 남편은 구두 두켜레에 만원을 벌고 있는내 양담배세갑, 비누 여섯장 육천원을 남겼다. 둘이서 점심전에 만육천원을 번 셈이다. 마음 속이 후련하다. 오정이 분지도 한참되었지만 둘이는 시장한 줄도 모른다. 점심때 지나서부터는 김이 무럭무럭나는 떡시루를 안고 혹은 팥죽과 감주동이를 이고 나오는 장사치들이 많다.

"팥죽 잡수이소"

아내는 남편의 얼굴을 살핀다. 남편은 고개를 가로 젔는다. 싫다고 그러는 것이지만 아내는 남편이 정말 싫다는게 아님을 잘 안다.

"뜨끈뜨끈한 떡 잡수이소"

아번에는 남편이 아내얼굴을 흘끔 살핀다. 아내더러 먹으라는 눈짓이다 아내도 고래를 살래살래 가로 젓는다.

한참 손님이 뜨엄하면 남편은 담배를 피워 물고 아내는 뜨개질 바늘을 놀린다. 남편의 양말을짜는것이다. 행길에 뻐쓰가 지나가며먼지를 날린다. 남편은 손수건으로 연장들을 털고 아내는 머릿수건을 클러 상품들을 턴다.

부처의 바루 곁에는 역시 피난민인 노파가 챔빛과 머릿기름을 놓고 판다. 이노파도 역시 부처가 사는 개울바닥 하꼬방동네에 있다. 물건한가지를 팔아도 말끝마다 신세타령 시국원망이었다. 지금도 물건이 비싸서 못사겠다는 중년여인과 푸념이다.

"여보 난들 첨부터 이 장살 했겠우? 장사가 뭔지 돈걱정이 뭔지 문전옥토에 고래등 같은기와집에서 으르땅땅거리구 살던 내가 영감 자식들과 헤져 이장살하니까 모두들 깔보는구료"

"깔보긴 누가 깔보능기요 그만 두이소 피난민 못 살었단 사람이 있능기요" 그래도 챔빛하나를 골라 들고 일어선다.

노파는 본디 어떻게 살았는지 고객을 만나 물건흥정을 할때마다 딴 소리

를 하니까 알수없다. 추우나 더우나 물건이 잘 팔리거나 못팔리거나 그저

"이놈의난리가 언제 끝나누 이눔의 고약한 세상"

길가는 사람이 반반하게 입은걸 보아도 눈에 불이난다고 한다.

"할 수 있어야죠. 당해놓은 일을……"

아내가 이렇게한마디 하면

"말마소. 내 요눔의 세상을 찢어 발기고야……"

노파는 그 여윈 몸을 발악만으로 버티어 가는 것 같았다. 영감은 사변때에 폭격을 당해 죽고 아들은 납치 당하고 며느리와 딸들은 피난오다가 한강 저쪽에서 어긋났는데 생사를 모른다는 것이었다. 말끝마다 세상과 하늘을 저주하는 것도 무리는 아닐상 싶었다.

"어유우 이게 얼마만이유?"

정성스리 뜨개질 하는 아내의 귓결에 귀익은 음성이 떨어진다. 깜짝 놀라 머리를 드니 고향 복순엄마다.

"아아니 그래웬 일이슈?"

아내는 눈을 커어다랗게 뜬다. 음성만은 이내 알아 듣겠으나 얼굴은 거의 변모하고 주제는 초췌하여 얼른 알아보기 힘이들 형편이었다. 복순엄마는 장주머니에 석냥 몇갑과 양초 두어봉을 넣어서 들고 있었다. 그게 장사의 전 미천인 모양이다. 변호사였던 남편은 사변때 납치당했다가 자기 눈앞에서 총살당하고 열두살난 복순이는 시장에 심부름간채 폭격을 맞아 시체조차 못 찾았다는 것이다. 그래도 복순엄마는 목숨이 모질어 죽지 못하고 이러고 다닌다는것이다.

옷고름으로 연달아 눈물을 닦는 복순엄마의 손을 꼬옥 부잡고 아내는 눈이 젖는다. 점심을 사서 대접하고 그날 판 돈을 툭툭 털어 쥐여서 돌려보내며 개울바닥 하꼬방동네 셋방을 찾아 오라고전한다.

아내는 이 복순엄마에 비하면 초가삼간이나마 집 지을 꿈이라도 꾸는 자기들이 무슨 부자나 되는듯 여겨지는 것이었다. 복순엄마에게 쥐여준 돈이 모두

육만 팔천……. 초가삼간의 꿈은 그 실현이 얼마간 또 연기될 형편이다. 그러나 그들은 서운하지 않다. 묵묵히 끈기 있게 일하며 기다리리라 마음 먹는다.

해가 기울어지자 아내는 먼저 일어선다. 종일 앉았던 사지가 뻐근하다. 잠시 머리가 핑 돌아가는듯 현깃증이 난다.

"일쯔감치 들어오세요"

남편을 돌아다보며 아내는 굴다리를 빠져나와 시장엘 들른다. 남편이 좋아하는 냉이국을 끓이고 자반조기라도 구워놓으리라 생각한다. 아내는 뚝길을 걷는다. 딛으면 무럭무럭 김이라도 날듯한 탄력있는 땅이 아내의 전신을 떠받쳐 준다. 아내는 개울건너 머언 언덕을 바라본다. 돌아오는 길이면 으례히 바라보는 곳이지만 오늘은 유달리 눈이 간다. 눈 닿는 그 언덕에 죄그만 초가삼간이 있고 어느결에 아까 만났던 복순 엄마가 그 앞에서 어물거린다. 외로운 부처끼리 살면서 더 외로워진 복순엄마도 함께 살았으면 하는 그런 소원이 어느새 마음에 일어난 것이었다.

잘 지낼쩍부터도 복순엄마는 다정하고 살틀한 동무요 이웃이었다. 복순이는 "큰엄마 큰엄마"하며 몹시 따루던 것이었다. 죽지도않고 미치지도 않은 복순엄마가 그래도 사람의 몰골을 하고 다니는 것만 해도 무던한 노릇같이 느껴졌다.

몇차례를 죽을 고비를 넘기고 재물을 흟고 고생을 했으나 한가지 자기에게는 남편이 살아있다는 사실을 생각하니 그저 다행하고 고마워 눈물이 슴여날 지경이었다. 저녁상을 보아놓고 남편의 발소리를 기다리는 자기에게는 살을 저미고 뼈를 깎는 듯한 아픔은 없다. 반생동안 그렇게 애끼고 길들여온 옷이니 세간이니 집이니 그것을 한번도 아니오 여러차례 잃고 말았으나 물질이란 잃었다가도 다시 생기는 수가 있다.

이북에서 넘어올때만해도 둘의 목숨만을 건지기위해서 몸에 지닌 아무 것도 없었지만 서울바닥에 와서 둘이 힘을 합해 일한 결과 사칸짜리 기와집과 조촐한 세간들과 이부자리와 옷도 그다지 부자유할것없이 작만해 놓지 않았던가? 고향에 버리고 온 모든 것들을 잊기 위해서도 부부는 현재의 대수롭지 않은 것들에 오히려 애착을 느꼈었다. 포목상을 크게 벌리고 장사하던 그들은 이북에서는 상당한 치부를 하고 있은것이었다. 고향에 두고 온 삼층장이나 의거리 이불장보다도 현재 순수짠 보잘것 없는 찬짱을 더 만졌다. 고향집 부엌 네동이들이 큰솥생각은 해서 무슨 소용있으랴? 한동이들이 새솥을 더 길들이는 것으로 아내는 낙을 삼았다. 어젯 것을 생각하고 오늘을 싱겁게 살 필요는 없다고 생각하는 것이었다. 단 하로를 사는 하로살이는, 하로만의 목숨인까닭에 더 살기에 열중하지 않는가

동네 같은또래의 아낙들이 "아이도 없는데 담배나 피시구려"하면

"내사 이래 세간 손질하는게 낙인걸요"하고 거절하고 어쩌다 남편이 사들고 온 막걸리를 한잔 권하면 "버릇되면 어쩌게요 당신이나 한잔 더 하시구려"하고 막았다.

세간은 늘이지 않기로 했지만 그래도 살림엔 꼭 필요한 것이 없이는 못산다. 더욱이 일년에 몇차례 안쓰이는 연장이라도 남의 집으로 빌리려 가기란 참말 싫은 노릇이었다. 죄그만 절구니, 맷돌이니, 체니, 키니, 그런것까지도 장만해 놓았다.

"뭘 그러우…… 백년이나 살겠다구……"

남편이 넌짓이 이렇게 농담하면

"하루를 살다 죽어두 있을 건 다 있어야죠"

해방후 서울살림은 부처에게 있어선 실로 재생의 세월들이었다.

9·28탈환 직전 일이다.

동대문시장이 타버리고 신당동 중앙시장에 일어난 불길은 부처사는 동네 언덕에까지 기어 올랐다. 온동네사람들은 방공호 속에서 뛰어나와 피난 보따리들을 앞에 놓고 피할 곳만 찾았었다. 앞으로는 불바다, 동대문쪽 낙산 위에는 연방 포격소리, 그런가 하면 미아리 쪽으로는 거센 대포알이 중천을 날고, 동쪽 왕십리 입구쪽에서는 와지끈 쾅, 와지끈 쾅 하는 복잡한

총탄 소리, 사람들은 어디로 가야 살는지 갈피를 잡을 수 없었다.

혼란 속에서도 각기 식구마닥 보따리를 걸머지고 피할 곳을 찾았다. 다 듬이 돌까지도 피난보따리을 앞에 놓은이가 있었다. 아내는 슬쩍 그것들을 바라보고 어이가 없었다.

부처는 매일 길드린 세간이며 옷보따리까지를 뎅그머니 안방에 남겨놓 고 대문에 쇠를 잠근채 그냥 나와버린 것이다. 이세상 마지막날 순간인양 온천지가 진동하고 혼돈하다. 부처는 그저 손목을 서로 부짭은채 살곳을 찾아 뛰기만 했다. 그 시각에는 두 목숨이외에 무엇이 더 있을리 없었다.

그런 속에서 집과 세간을 다시말끔이 잃어 버린 부처는 다시 남하해서 대구로 와서는 그야말로 말 그대로의 피난민이었다. 아무 것도 가지지 않 은 푼수로는 거지보다 더 했다. 그렇지만 먹으며 말며 눈길 몇백리를 걸어 서 대구까지 온 그들에게 당장 필요한 것은 셋방이었다. 약간 미천이라도 있어야 거적이나 송판이라도 둘러서 바람과 비를 가리지 이건 어떻게 할 도리가 없었던것이다.

처음에 남편은 무턱대로 어떤 집으로 들어섰다. 거의 우연을 바라는 심 사였다.

"마당 쓸고 무에나 힘드는 일 있으면 해드리죠 장작도 패고……"

그렇게 해서 들어갔던 집이 마침 조그만 가게를 벌리고 장작 푼거리장사하 는 늙은 내외사는 집이었는데 그 집에 지붕만 이고 벽을 올리지 않은 헛간이 있었다. 그날 밤부터 그 헛간에 주인에게서 빌린 헌 담요와 홋니불을 둘르고 밑에는 짚과 거적을 깔고 양력설과 음력설을 지냈다. 냉쭁이 있는 아내는 새 벽까지 오들오들 떨며 잠을 이루지 못하고 저녁에 달궜던게 다 식어빠진 불 돌을 가슴에서 떼어놓는것이었다. 남편이 자기 웃옷을 씨워주고 심지어 발 다가 털모자까지 감아 주어도 발은 녹지 않았다. 피란 나올 때에 얼군 발구락 들은 누엣대가리같이 불퉁불퉁 볼꼴사나왔다.

잠 아니오는 어두운 속에서 아내는 남편의 가슴을 만지며, 남편은 아내

의 등을 쓸면서

"이래도 사는 것이 죽기보담 나은 겐가"

중얼거려도 보았던 것이다. 그러다가도 잔돈푼이 생겨 김이 무럭무럭나는 하얀 밥에 생선찌개나 보글보글 끓여놓고 둘이 서로 마주보며 저녁이라도 먹을 때는 노상 살맛 없는 세상도 아니구나 여겨진다. 남편이구두를 고쳐서 번 돈으로 양재기라도 하나 둘 사들이고 아내가 석냥곽을 발라서 모은 돈을 차국차국 넣어 둔다. 아내의 생일이 되면 당자는 잊고 있어도 남편은 아내가 좋아 하는 당면이니 돼지고기니 떡이니 사들이고, 남편의 생일이 되면 아내는 이 속에서도 수정과니 식혜니 제법 으젓이 마련하기를 잊지 않았다.

이 헛간사리를 여덟달, 그후로 저 구석진 어느 모텡이 초가집 거는방에 반년, 그리고 지금 이 개울바닥 하꼬방 동네에 셋방을 얻어있는 것이다. 얻어 가는 셋방의 품이 처음보다 차츰 나아간다. 그만큼 부처의 생활이 나어간것이다.

이 셋방으로 옮기면서 부터 부처는 돈이 조금만 남아도 이것은 입을 것이나 먹을 것에 보다 죄그맣고 아담스런 집을 짓기 위해서 모으리라 마음먹는 것이다. 그리고 그것은 공상이 아니었다. 목표액의 백만원을 바라보기까지 그리 먼 것은 아이었다. 두달만 더 있으면 이렁저렁 될상 싶었다.

남의 부처의 생활설계를 비웃기도 했다.

"무에 탐탁한 세상이라구 어떻게 될지를 알구서……"

그러나 탐탁한 세상이 아니기에 어떻게 될지를 모르는 세상이기에 그들은 더욱 아끼고 소중해한다.

"여보 우리 오늘 거기 가봅시다"

남편은 시장으로 나가려고연장들을 질머지려다말고 아내를 돌아다본다. "그럽시다. 저어기 대학생들 댕기는 돌다리만 건느면 되니까……"

아내는 하얗게 손질한 행주치마를 둘르고 남편을 따라선다. 마치 고향서 명절이면 제사지내려 남편을 따라 나설때의 심사와도같다.

개울물은 조용히 번득이며 흐르고 있다. 여기저기서 빨래하는여인들이 보인다. 파아란 언덕과 저머얼리 바라 보이는 산들이 아늑한 기운을 대지에 뿜고 있다. 굽으러진 넓은 길에는 남녀대학생이 가방을 들고 올라간다. 바로 그들이 올라가는 왼편 언덕에 나무들이 보이고 그 나무들이 주욱선 저어기 외딴 초가집곁이라고 남편은 손짓한다.

"당신이 늘 원하던저어기 말요, 바루 저집 왼켠에 한 삼십평 떼어 판대는 군⋯⋯."

"어쩌면⋯⋯."

아내는 그저 좋았다. 대학교가는 언덕 나무들이 욱어지고 밭들이 파아랗게 누운 곳에 시내를안고 산들을 업고조용히 앉은 땅이 그것이 집터라한다. 시장이 멀어서 불편한듯하나 복짝복짝한 데보다 나을것 같다.

정작 당도해보니 멀리서 바라볼때보다 모든 조건이 나을 것 같다. 첫째 우물은 한발만 파면 단물이 솟을 게고 빨래하기에 이렇게좋을 곳이 있을상 싶지 않다. 냇물에 씻긴 돌들이 개울바닥에 흔하니까 울타리는 비싼 송판으로 할 것 없이 돌담을 쌓으면 될게고, 장독대에 날러다 놓을만한 돌들도 크고 번듯번듯한 것이 많았다. 부엌도 볕을 잘 받도록 남향으로 하고, 하수도는 직접 개울로 흐르게 하면 되겠다고 생각했다. 방은 죄그맣게 두개보다 좀 크게 하나로 하되, 가운데 미닫이를 들이게 문설주만 해놓고 손님이나 식구가 붓는 경우에 따로 사용하면 될것이며 벽장대신으로 옷장 이불장처럼 **빼랍**과 문을 닳아 곱게 칠하고 마루는 그 옆에 한칸쯤 툇마루를 좀 연장하면 될게고―.

개도 한마리 닭도 몇마리 치고 아내는 장사를 그만 두고 집안에서 맡아 하는 내직이나 하고⋯⋯.

오밀조밀 계획이 많다.

즐겁다. 빈터옆엣 초가집에는 큰아들 둘을 다 군인에 보내고 열살나는 망내아들을 데불고 사는 홀어머니가 있었다. 텃주인은 바루 이 노파였다.

"어서 집짓고 오이소 우리두 좀 덜 쓸쓸하게⋯⋯."

긴 장죽을 문 노파는

"첫째 물이 좋아 개애 않습데"

하고 텃자랑이다. 부처는 머리를 끄덕였다.

"네, 두어달 안으로 어떻게 해 봅지요"

개울을 끼고 올라가는 양편길과 그 일대는 대구에서도 경치좋기 유명한 곳 인듯 했다. 바야흐로 무르익어가는 봄빛을 따라 산책하는 사람들도 많았다.

여름에 접어들자 흐린 달이 며칠씩 계속되면 개울바닥 하꼬방들에서는 근심이 부쩍 늘어갔다.

"비만 오면 녹는 판이지 제발덕분에……"

비가 오면 하꼬방이 위태롭다. 그러나 여름이 깊어 삼복에 접어 들어서 는 흐리는 날조차 없이 가뭄이 계속됐다.

봄에 채소밭을 겨우 축인 덕분으로 채소는 흉년을 면했지마는 모를 낼때가 되어도 비가 아니오므로 도시나 농촌이나 초조하지 않을 수가 없었다. 개울물 에서 빨래조차 못헹길만큼 물이 줄고 식수난으로 사방에서 야단들이다.

그래도 이 하꼬방들에 사는 사람들은 당장 집 떠나갈 것만 두려워

"비 아니 오는건 아무튼 다행야"

느끼는 것이었다.

이런 그들의 소원이랄지, 풍설이 항간에 퍼졌다. 뚝길을 걸어가는 촌사 람들이나 시내사람들의 입에서는 개울 바닥 하꼬방들을 저주하는 말이 새 어나왔다.

"망할 것들 비 아니 오면 굶어죽기는 매일반이지……"

"아 글세 밥 그릇 놓고 첫숟갈을 떠서는 비오지 말라구 축수한다니 원 될 말잉게오?"

"좌악좍 퍼내려서 그저 쓸엇버려야지"

누구의 탓도 아니련만 바짝바짝 마르고 먼지투성인 공기 속에 이런 말들 이 오고 갔다.

그러나 부부는 비오거나 아니 오거나 어서 개울바닥을 속히 면해야 했

다. 더위가 심해지자 아내는 숨이 가쁜 병이 더쳐났다. 개울바닥에서 뚝길
로 올라가기도 힘들고 더욱이 시장에 가서 복잡한 도로에 앉었기를 단 한
시간도 못했다. 남편이 지어다주는 탕약 한제를 가까수로 내려먹었지만 효
과가 없었다. 낮이면 파리떼가 들끓고 밤이면 모기웅성거리고 더위 찌는듯
한 공기속에서 아내는 누어있기가 지리하고 고되었다. 어서 집을짓고 그
공기좋고 물좋은 곳에 가서살고싶다. 그러나 집지을 자금을 붓기는커녕 줄
어만 간다. 아내가 시장에 못나가서 벌지 못하는 것은 고사하고 그동안에
도 남편의 외삼촌이 이북에서 가족을 죄다 버리고 12월 후퇴 때에 혼자 넘
어와서 고생하다가 객사하게 되매 그치닥거리며 어느 집 식모로 소개해보
낸 복순엄마에게 여름살이 한벌을해주고 약값이니 뭐니뭐니 해서 당분간
집지을 가망이 없게 되었다.

어떤 날은 아내의 병이 위중해서 남편까지 장사 못나가는 일이있었다.
그래서 미군상자 속에 차국차국 싸넣은 돈뭉테기에서 그야말로 곶감 빼어
먹듯 빼내는 것이었다.

"죽어두 좀 깨끗한 곳에가서……"

아내는 병석에서 중얼거렸다.

"조금만 더 참으면……"

남편은 더욱 애가 쓰인다.

촌에서는 가믐 때문에 여전히 모를못내고 어느 장사도 불경기 아닌 것이
없었다.

"이러다간 정말 굶어 죽겠다."

식구많은 집에서는 보리죽으로 연명하기도 어려운 일이었다.

그러던 어느 날 시름시름 비가 내려서 땅을 축이더니, 또 며칠 가물고,
가물기를 얼마 계속하더니, 연사흘을 비가 쏟아져 겨우 위기일발(危機一髮)
격으로 모를 내게 되어 사람들은 겨우 근심을 놓았던 것이다.

그러나 부부가 사는 하꼬방동네에서는 이통에 별로 손해본 일이 없었다.

거적이나, 종이(미군상자)니, 깡통으로 아무렇나 덮은 지붕위로 빗물이 새여 이불이니 옷을 적신 집은 있어도.

"제발 더만 오지 맙소서"

하늘을 우러러 비는 사람도 있었다.

남편은 비 개인 뒤, 아내의 병이 조금 나어가는 것을 보다 돈이 모자라는대로 집지을 일에 적극 애썼다. 얼마전에 텃값 이십오만원을 다 치루고, 목재를 사서 셋방 옆에 쌓아 두었다. 수입이 조금 나은 때면 그날로 못같은 것들을 사들였다.

더위도 가시었다. 이대로 나가면 한달안으로 집짓는 일에 착수하리라고 별른다. 아내는 더위가 가시자 자리에서 일었다. 시장에 나가지는 못해도 집지을 일에 열심인 모양이다. 쌀과바꾸려고 들고 나오는 도깨그릇들을 만나면새집장독대에 놓으려고 사들이기도한다. 크고 번드르으한 살림보다 적고 아담한 살림을…… 아내는 그꿈을 버리지 않는다. 그리고 그 꿈은 이루워 지려 하는 것이다.

모자라는 돈을 채우기 위해서 아내는 단 하나의 나드리 유우동치마와 호박단저고리가음을 들고 나섰다.

"그건 팔면 아쉬워서 어쩔라고 관두루려."

남편이 미안한듯이 말렸지마는 종일 온시장으로 두루 다니며 비교적 좋은 값을 받아왔다.

인제 준비는 다 되었다. 목수와 미쟁이 점심쌀이니 술값까지 거의 마련된 셈이다. 목수나미쟁이를 쓴다 해도 부부가 전심전력으로 도을 참이다. 사흘만 더시장에 나가고 집터 다지는 날부터는 시장에도 안나갈 작정으로 눈을 부릅뜨고 일하는 것이었다.

그 사흘을 채우고 남편이 시장에둘러 생선 두마리를 사들고 오는길이었다. 서쪽 하늘에 구름이 뭉게뭉게 덩치를 지어 몰려다니며 난데 없이 바람끼가 길건는 앞가슴에 와 부딪는다. 땅에서는 먼지가밀려왔다 밀려갔다. 갑짜기 왼하늘이 어두어진다. 빗발이 하나 둘 등을 때린다. 남편은 걸음을 빨리하며 속으로 "내일 아침엔 말짱하게 개어얄텐데……" 중얼거린다.

아내는 땅에 놓았던 불편 풍로를 뒷 마루에 얹는다.

"비는 웬 비람 쓸데 없는 늦인가을 비가……"

남편에게서 생선을 받아든다. 빗발이 우수수 떼를 지어 떨어진다. 둘의 얼굴은 잠시 흐린다. 그러나 이어 따뜻한 방에 마조 앉아 맛있는저녁 상을 받고 둘이는 아늑하다. 밖에서는 본격적으로 비가 쏟아진다. 빗바람이 장지 문을 때려 적신다. 점점 더 요란해지기만 하는 빗소리, 꽝, 꽝, 꽝, 천둥소리이어 번개가 장지에 번득였다.

한참을 내리쏟아지더니 조금 멎은듯 조용해 졌다가 다시 천둥이 울고 번개가 번득이고 했다. 비는 완전히 멎지 않았던 것이다. 잠깐 훠언해 졌다가 도루 무겁게 흐리더니 밤과 함께 빗소리는 제자리라도 잡은듯이 그치지 않았다. 부처는 또 집짓는 일이 연기되는 것을 근심하면서 그러나 어느새 잠이 깊이 들어버렸다.

구즌비가 며칠이고 내렸다. 설마설마 하는 동안에 개울물은 엄청나게 불어 갔다. 저건너 부처가 사는동네 보다도 더 낮은 데다가 엉성하게 지은 하꼬방들은 벌서 반이상 침수가 되었다. 박아지니 나무가지니, 깡통이니가 상류에서 흙물을 타고 내려온다. 사람들의 마음은 뒤숭숭했다. 이러다간 어떻게 될지를 모를 일이었다. 어디 또 피란 갈데도 없는 그들은, 그러나 보따리만은 싸놓기를 잊지 않았다. 부처가 사는 집은 지붕이 깡통이라 새지는 않았으나 비가 얼마 더오면 그리 안전할 것이 못되었다. 그러나 지금 당장 어째보는 수가 없다.

"진작 서둘를 것을……"

"그러게 말이야요, 나만 앓지 않었어두……"

아내는 미안해서 견딜 수가 없다.

날이 가물어서 모를 못내어 하늘만 쳐다보며 축수하던 사람들은 또 이 심술궂은 장마에 진저리를 내었다.

"아아 비가 와도 바람이 불어도 아늑하게 살수 있는 집을 지어야지"

부처는 각각 마음깊이 부르짖었다.

상류에서는 흠뻑 손해들을 본 모양으로, 날이새어 엄청나게 불은 흙탕물을 보러 나가니 온갖것이 다 떠내려왔다. 비는 좀처럼 멎지 않았다. 줄기차게 오다가 조금 뜨엄한가하면 다시 꼬리를 이은듯 퍼부어댔다. 밤낮 일헷동안을 해구경을 못했다. 질쩍질쩍하고 끈쩍끈적해서 견딜수가 없다.

"제엔장 막 쏟아져 차라리 쓸어 버려라"

뚝길에 올라서서 하회만 바라고 있는 사람들의 입에서 저주의 말이 새어나왔다.

"이래 저래 못살게만 마련이군……"

그래도 남편과아내는 비멎기를 조용히 기대리기만 했다.

그러던 어느 날 밤 일이었다. 기인장마 끝에 소내기가 밤새껏 퍼부었다. 이런 속에서도 잠자던 사람은 있어 새벽녁에 집과함께 왼가족이 물에 떠내려 갔다고한다. 그런 집이 한두집이 아니었다고 한다. 아이들이 물 속에 떠내려 가는 광경을 그냥 보고 어쩔 줄을 모르는 부모가 있는가 하면 돈뭉테기를 건지려다가 그냥 떠내려가는 중년 남자도 있었다.

"아이고 어쩌나 아이고 어쩌나—"

갑자기 아낙네의 우름소리가 현장같은 개울바닥에서 들려왔다. 바로 그 아내의 목소리였다.

밖에 쌓아놓았던집재목은 이미 떠내려가고 손쓸 틈도 주지않고 개울쪽을 향한 벽이무너지는 서슬에 선반에 얹었던 미군상자가 개울로 떨어졌던 것이다. 아내는 사나운짐승같은 물서슬에 항거하며 그래도 상자를 따라뛰어들 기세였다.

"여보"

남편은 날새게 아내의 뒷덜미를 부잡고 뚝쪽으로 기어 올랐다. 아내도 남편도 아랫 몸둥이는 푹 젖었다.

부처가 겨우 뚝길에 올라서자마자 그집은 몽탕 물속에 너머지더니 거센 물살에 아래로 아래로 흘러간다.

날이 훤언히 밝아온다. 흙탕물이 희즈무레하게 온갖것을 삼긴채 번득인다. 사람들의 아우성소리와 물소리로 들끓는 속에서, 그 일대를 자세히 바라보니 비로 쓸은듯 집이란 집은 다 없어졌다.

"어유우 하늘두 무심하지 여기서나마 못살게 하구……"

"이래저래 못산다니까……"

"사람의 등쌀에 못 살아 하늘두 무심하고……"

챔빗장수노파도 장사미천까지 다 떠내려 보냈다는 것이다. 그의 넋두리는 앞으로 더할게 뻐언한 노릇이다.

"아이고, 아이고, 불속에서 건져내어 물속에다 처넣다니……"

폭격을 맞아 불바다 속에서도 목숨을 이어왔던 죽은 중년남자의 아내의 목소리.

"애고 내 삼복아 내삼복아"

떠내려간 아이의 이름을 부르는 어머니도 있었다.

그런 중에도 이불과 옷보다리를 건진 사람들은 젖은대로 이고지고 갈곳을 찾아 헤매였다. 그러나 부처는 장사하던 연장까지를 잃어 버렸던것이다. 다 젖은 두 몸둥이가 뚝길에 서서 덜덜 떨기만 할 뿐이었다. 그러다가 문득 아내가

"여보 우리 그리로 갑시다. 복순엄마한테루"

한다. 그러다간 잃어버린 미군상자를 생각하고는 못 견디겠는 모양이다.

"어떻게 되든 들어가 볼걸…… 어쩧든 들어가 볼걸……"

아내는 이를 딱딱 마주치며 덜덜 떨었다. 남편도 자꾸 떨기만 했다.

"자 그럼 갑시다."

남편은 아내를 재촉했다. 뚝길에서 서쪽으로 굽으러지는 큰길에 접어들자니까 이제서야 겨우 힘없이 얼굴을 내미는 해빛을 받으며 아이들이 떼를 지어 물구경을 나온다. 아이들은 노래를 부른다. 처음 구절은 잊어버렸으나

"······ 언덕우에 초가삼간 그립습니다······"

무심코 부르는 아이들 노래에 부처는 눈물이 핑 돈다.

저건너 언덕에 초가삼간을 짓고 복순엄마도 함께 살자던 노릇이 오히려 지금 식모살이로 들어간 그를 찾아 가게 되었으니······. 부처는 우선 추위 와 배곯음을 면하고 싶은 것이었다. 아내의 걸음이 허둥지둥 비청거리면 남편이 부축하고 남편이 기운을 잃으면 아내가 부축하면서 서쪽으로 서쪽 으로 걸음을 빨리했다.

며칠뒤 장마가 깨끗이 개이고 가을 하늘이 영롱한 제빛을 들어냈다. 무 섭게 흐리고 불었던 개울물도 알맞게 줄고 맑아 졌다. 질척질척하던 길도 걷기 똑 좋게 말랐다.

부처는 다시 뚝길로 나갔다. 뚝길에 서서는 머얼리 저건너 언덕을 바라 보았다. 그렇게 집짓기를 꿈꾸던 빈터를······. 그 빈터는 여전히 아름답게 주인을 기다리고 있었다. 시원한 바람에 파도치는 누우런 곡식들을 등에 업고, 한없이 맑아진 개울물을 앞에안고서, 주인들을 기다리고 있었다.

이 며칠동안에 또 십년감수나 한것처럼 부처는 둘이나 핼쑥했다. 그러나

"자 우리오늘부터 시장에 나가 봅시다"

남편이 넌짓이 말하니까, 아내는

"그럽시다"

남편의 따르는것이었다.

"또 벌어서 내년봄에는 틀림없이 짓지"

아내는 말없이 고개를 끄덕였다.

"내년 봄까지는 내 다시 잃지 않을게요"

해는 점점 중천에 밝아갔다. 야위었던 부처의 볼도 차츰 밝아갔다.

『문예』 19호(4권5호), 1953.11, 74-87면.

장덕조 ●●●

장덕조(張德祚, 1914-2003)

- 1914년 경상북도 경산 출생
- 1932년 이화여전 영문과 중퇴
- 1932년 「저회」(『제일선』 8월호)로 등단
- 주요 경력 — 1932년 『개벽』사 기자, 1950년 ≪영남일보≫ 문화부장, 1951년 육군 종군 작가단 가입, ≪평화신문≫ 기자, ≪대구매일신문≫ 문화부장 겸 논설위원, 1976년 통일 주체국민회의 대의원 역임
  6·25전쟁 종군기자로 활동하며 휴전협정을 취재한 공로로 문화훈장 보관장 수상
- 대표작 — 『은하수』(1937), 「함성」(1947), 「저회」(1949), 「삼십년」(1950), 『여인상』(1951), 『광풍』(1953), 『다정도 병이련가』(1954), 『벽오동 심은 뜻은』(1963), 『이조의 여인들』(1968) 등의 역사소설과 『우후청천(雨後晴天)』, 『연화촌(蓮花村)』 등의 방송소설, 『누가 죄인이냐』(1957)와 소설집 『훈풍』(1951), 『여자삼십대』(1954), 『격랑』(1959), 『지하여자대학』(1969), 『이조의 여인들 1~8』(1972) 등 다수
  75세가 되던 1989년 『고려왕조 5백년』 14권 출간

- **수록 작품**

  젊은 힘 ‖ 어머니 ‖ 매춘부(賣春婦) ‖ 풍설(風雪) ‖ 선물(膳物)

●●●

젊은 힘

一

우수 경첩이 지나자 정말 겨울을 있은듯 며칠 온화한 날세가 계속하드니 갑자기 찬바람이 모라처 불기시작했다.

피난민의 초라한 아침을 마치고 미혜는 손수 마당을 쓸고 있었다.

이 C읍으로 떠나와서부터는 매일같이하는 일과다.

바람이 불어 쓸어모흔 먼지를 작구 헽으러 노았다.

싸립짝 밖에서 자동차 경적이 들리었다.

경적소리만 들어도 자동차는 ××부대에서 장작을 실으러온것임에 틀림없었다.

××부대에서 C읍으로 장작을 실으러오는 하상사편에는 흔히 고정훈의 편지가 전달되어 왔다.

미혜는 숨을 한번 훅! 드리키고 얼른 밖으로 달려나갔다.

발을벗은 시굴 아이들이 옹기종이 둘러싸고 있는 트럭에서는 정말 하상사의 붉으레한 얼굴이 이편을 바라보며 활짝 웃고 있었다.

"수고 허세요!"

하고 미혜가 더 무슨말을 하기도전에 하얀 봉투를 내민다.

그래도 굽벅! 머리를 숙여보이고 차는 굴르기 시작하는것이다.

미혜는 벅찬듯한 가슴을 안고 얼른 울타리안으로 들어왔다.

사방을 돌아보고 우물옆 석류나무 아래까지 왔다.

편지를 뺨에 대인채 오래 그래도 서있었다.

드디어 하얗고 갸름한 손까락이 봉을뜯기 시작한다.

그러나 다음순간 그는 자기눈을 의심하지 않을수 없었다.

쉬히 전선으로 나갑니다. 미혜씨에게는 좋은 혼담이 있다는 말슴 들었읍니다. 나는 미혜씨를 결코 속박하지 않겠읍니다. 뵐려고도 하지 않습니다. 설령 영 뵙지못하고 떠나게 되드라도 할수없는 일이겠지오 아름다운 기억을 지닌채 전지에 나간다. 그다음일은 알수없읍니다. 나는 그것만으로 만족할수있는 수양을 쌓을 작정입니다.

미혜는 어느덧 정훈의 편지를 움켜쥐고 있었다.

사랑하는 사람의 준수한 이마가 떠오른다.

"정훈씨! 정훈씨!"

드디어 그는 흐느끼듯 입에 내여 그 그리운 일음을 불렀다.

二

인생에게 사랑이란 감정이 허락된것은 정말 다행한 일인지 불행한 일인지 알수 없다.

그러나 서로 사랑하는 젊은 당자들에게 있어서 그것은 가장 귀중한 보배요 절대의 사실이 었다.

미혜가 정훈을 처음 본것은 바로 해방하든 전해니까 벌써 6년이나 7년이나 되었다.

그는 그때 미혜가 갓 입학했든 서울여학교에서 제일 먼저 사귄 고정숙의 오빠였든 것이다.

"너 우리 오빠 정말 수재란다. 모르는거 없어야"

이같은 정숙의 자랑에 끌려 처음으로 그 친우의 집을 찾았든 미혜는 그곳에서 중학 졸업반인 그 오빠를 보았다.

그때도 그들은 세식구 ─ 게다가 재잘재잘 말많은 식모가 하나 있었다.

"아이 뉘댁 아가씬지 예쁘기두 하셔라 어쩜 고 살결허구 고 눈섭허구 그 눈매 콧매 입매 허구 참 온 모란송이 겉네. 그러찬습니까 마님"

그러나 이같은 식모의 수다와는 반대로 정훈의 할머니는 또 도모지 말이 없는 사람이었다.

미혜는 웬일인지 그때일을 잊을수가 없다.

집은 자그마 했으나 놀랄만큼 깨끗하게 정리가 되어 있었다.

방이 셋 마루 부엌 그리고 화초만발한 마당 한구석에는 수도가 똑! 똑! 물방울을 떠러트리고 있었다.

정훈은 건너방을 자기방으로 정하고 혼자 공부를 하고 있는 모양이었다.

그는 또 활발한 누이에게 비해 침착한 사람이 었다.

안방은 할머니와 정숙이가 쓰고 있었다.

이날 두 어린 여학생은 무슨 공부를 그리 많이할 작정이었든지 온방안에 책을 느러 놓은 속에서 미혜는 또 하필 그날 숙제이든 영어습자를 쓰고 있었다.

정숙이 쓰든 잉크는 좋지 못했다.

찍객이가 가라앉아 글씨빛이 진해졌다 엷어졌다 했다.

"우리 오빠 잉크 얻어다 줄까"

하고 주인 소녀가 건너방으로 건너갔다.

잠깐 교섭을 하는 모양이드니 목적을 달했는지 미혜를 부르는 소리가 들리었다.

미혜는 한참 주저하다가 건너갔다.

오래비가 없는 그에게는 처음으로 들어와 보는 남학생의 방이었다.

미혜는 낯선 외국에나 온듯 불안한 표정으로 방안을 둘러 보았다.

정면에 무슨 글씨를 넣은 족자같은것이 하나 걸려 있을뿐 책장과 책상밖에는 아무것도 없었다.

방주인은 낯선 여학생이 들어오는데도 모르는척 책만 드려다보고 있었다. 어린애로 알고 무시하는 모양이었다.

"오빠! 미혜 아버지 몰루? T직물 주식회사 사장야"

정숙은 오빠의 주의를 끌어보려 약간 노력하는듯 했으나 정훈이 끝까지 냉정 한것을 알자

"이건 말야. 만년필에만 넣는건데 참 좋은거래. 우리 오빠가 애껴 쓰는 건데 너 빌려준대요"

하고 이번에는 부른것이 미안해서 미혜에게 생색을 내었다.

미혜는 잉크병을 받아쥔후 얼른 마루로 나왔다.

그러나 안방문을 마츰 열려는데 어찌한 실수인지 그 조고만 손에서 잉크병이 미끄러저 떠러지며 푸른액체가 그대로 마루에 쏟아졌다.

식모가 연해 뭐라고 짓거리며 걸레를 가지고 달려오고 할머니가 수깔로 고인 잉크를 퍼 넣기 시작했다.

건너방 문을 열고 내다보든 정훈이 갑작이 커단 소리로 누이를 나무랬다.

"기집애들이 까불면 탈이 나는법야. 이제 잉크병 깨트렸으니 직성이 가시겠구나"

그것은 물론 우슴섞인 소리었으나 미혜는 귀밑까지 빨개지도록 부끄러웠다.

정숙도 울상이 되어 오라범에게 달겨들었다.

"오빠 깍쟁이 욕심꾸럭이. 난-몰라. 난 몰라. 미혜가 인제 학교가서 모두풍길걸"

그리고는

"오빠가 담당해야 해. 미혜가 놀러오지 않겠대두 다아 오빠 탓이야"

하고 정말 팔을 휘저으며 때리러 드는 것이었다.

식모가 수선을 피며 말리는 시늉을했다.

미혜는 무안한 나머지 정말 눈물이 치밀고 말았다.

이렇게하여 그의 아즉 어린 눈에 빛인 정훈의 첫 인상은 결코 좋은것이 아니었다.

혹 정숙이가 오빠자랑을 하는일이 있어도 속으로 입을 비죽이는 마음이었다.

그후 그는 아무리 정숙이가 이끌어도 정말 그집을 방문하지 않았다.

그동안에 8·15 해방을 맞이하게 되었다.

일제의 사슬에서 해방된 이땅에는 다시 삼팔(三八)선이 생기었고 장차의 암운을 배태한 이 마의 경계선은 연달아 운위되는 신탁통치와 함께 백성들의 가슴을 무겁게 눌렀다.

학제도 변경이 되어 4년이면 학교를 나왔어야 할 미혜는 그대로 고급중학생이 되었다

학도 호국단이 결성이 되고 정신무장을 목표한 학도들은 육체의 단련과 함께 '조국수호 민주주의 확립'을 기치처럼 날리며 공산독제주의를 타도하는 시위들을 행했다.

이같은 무렵이 었다.

"오늘이 우리 할머니 칠순(七旬) 생신이 란다. 아무것두 없지만 너 우리집 잠깐 안 댕겨 갈련?"

이같은 정숙의 간청에 마지못해 미혜가 다른 두어 동급생과 함께 그집을 다시 방문했을 때는 정훈도 벌서 늠늠한 대학생이 되어 있었다.

미혜는 그 심술꾼이 정숙이 오빠가 집에 있는것을 보자 그대로 돌처서서 나와버리고 싶었으나 정훈은 완연히 지난일을 잊은듯 거뭇한 수염자리를 쓰다듬며 천연스럽게 여러가지 일을 돌보고 있었다.

집은 여전히 깨끗했다.

게절이 바뀐때라 화단은 없어지고 수도만이 오둑허니 물방울을 먹음고 있는것을 바라 보며 미혜는 눈에 익은 어떤 그리움을 느끼었다.

반가이 나와맞는 할머니도 머리게 하얗게 시였다.

"어쩜 그때 그 아가씨가 저렇게 크셨어? 참 점점 더 이뻐 지시는걸 뭐. 호호호호. 그땐 그렇게 달래두 울면서 가시구. 마님이 노오 그말슴을 허시는데……"

하고 팔을휘저으며 나오는 식모도 앞니가 둘이나 빠져서 수다를 부리기에도 힘이 드는 모양이었다.

안방에는 늙은 손님이 와 계시다고 해서 처녀들은 건너방으로 인도되었다.

생일상은 풍부했으나 물론 여학생들을 먹는것보담 짓거리고 떠는데 더 흥미가 있었다.

미혜도 잉크병을 깨트리고 무안해서 울든 열네살의 소녀는 아니었다.

익살꾼이 경애가 풋대추를 귀로 넣어 눈으로 뽑아내는 요술을 시작했을 무렵에는 마당에서 무슨일을 열심히 하고 있는 정훈이 들어라는듯이

"애들아 너무 떠들지들 말어 정숙이 오빠가 막 야단헌단다. 너이들. 정숙이 오빠가 서울대학 가단 줄 모르니?"

이런 소리를 하며 눈을 찡긋해 보이는것이었다.

상을 물리고 모두들 집으로 도라갈 무렵이었다.

다른 여학생들은 먼저 나가고 미혜 혼자 마루끝에 걸터앉어 끈있는 운동화를 신고 있었다.

"미혜씨!"

하고 등뒤에서 정훈이 불렀다.

미혜는 웬일인지 손이 떨려 신발끈을 맬수가 없었다.

"미혜씨헌텐 손아래 동생이 있으십니까"

고정훈은 다시 한번 태연히 이렇게 물었다.

여학생들이란 응원부대(應援部隊)가 있을때는 아주 기세등등하지만 고전분투(孤戰奮鬪) 해야할 경우에는 그만 형세가 꺾이고 만다.

미혜도 사년전의 패전(敗戰)을 억울하게 회상하면서도 학교 선생한테나 대답하듯 긴장하여

"네!"

할수밖에없었다.

　정훈은,

　"동생이 있으시면 이걸 드릴려구……" 하드니

　미혜가 궁금해서 도라보는것을 기다려

　"뭐 하찮은 거지만 어린사람들이 좋아 할상 싶어서……"

하고 손에 든것을 내밀어 보였다.

　거기에는 빨간 꽃잎에 파란 잎사귀를 부친 색떡이 하나 들려있는것이었다.

　미혜는 갑자기 그 마음속에 따뜻하고 맑은 기운이 아침 햇살처럼 퍼져나가는것을 느끼었다.

　그는 눈을 들어 정훈은 빛나는 눈을 바라보았다.

　그리고는 아무말없이 그 유치한 채색칠을 한 색떡을 받아 책가방에 깊이 간직해 넣었다.

　정훈의 인사하는 소리가 또 다시 들려왔으나 미혜는 벌서 다라나듯 대문밖으로 뛰어 나가고 말았다.

　동무들은 여전히 골목끝에 몰켜서서 무심하게 떠들며 미혜 나오기를 기다리고 있었으나 그는 왠일인지 친우 들을 바로 볼수 없것을 같았다.

　무슨 비밀이나 간직한듯 막연히 불안한 마음이 났기 때문이다.

　그리고는 또 오래 두사람은 만나지 못했다.

　정훈이 집에 있을때를 타서 일부러 그집으로 놀러가지 않는한 만날기회가 없었든것이다.

　이렇게하여 작년봄 미혜는 학교를 졸업했다.

　같이 졸업한 정숙은 형편상 자립을 꾀해서 H은행에 취직을 했으나 미혜는 부친의 반대로 할수없이 가정으로 들어가지 않을수 없었든것이다.

　상급학교를 지원했으면서 이를 이루지 못한 미혜는 그저 이것만이 세상에 가장 큰 불행인줄 알았다.

그러나 현실이나 결코 사람이 바라다보는 그 좁은 세계만에 끝이는것이 아니었다.

사람들이 자기 눈앞 좁은 세상만을 바라보며 애타하는 동안 엉뚱한 방면으로 히비극의 뿌리가 얽혀가고 있는것이다.

미혜가 완고한 가정속에서 무료한 나날을 보내고 있든 한달동안에 한국의 정세 아니 세계의 정세는 가장 큰세기의 비극을 배태하고 급전하였다.

괴뢰군의 삼팔(三八)선 침입 수도 서울침략 6‧25 사변이다.

수원으로 대전으로 적의 마수가 침윤을 해오는 동안 피비릿내 나는 독수를 피해 더퍼놓고 남쪽으로 몰켜오는 피난민의 무리는 길을 메웠다.

미혜네도 서울을 떠났다.

그러나 한강교가 이미 끊어진 뒤이라 중요한 물건 하나 건지지 못하고 몸만 빠저나온 그들은 수원에서야 비로소 트럭을 얻어탈수가 있었든 것이다.

대구에서의 피난생활은 심히 고단한것이었다.

미혜부친은 생후처음 소반없는 맨땅에서 깡통에 담은 보리밥을 먹어보았다.

아즉 중학교에 다니는 미혜동생이 통신사의 급사가 되어 생활을 보조하고있었다.

미혜도 집안식구 몰래 일자리를 찾아 거리를 헤메지 않을수 없었든것이다.

칠월의 폭양이 따가웁게 나려쪼이는 속을 양산도 받지 않은채 그날도 미혜는 집을 나왔다.

중앙통에서 문화극장을 향해 길을 꺾이었을 때였다.

미혜는 옆으로 사람의 시선을 느끼고 흘깃 그편을 돌아다 보았다.

저만큼 고정훈이 발을 멈추고 서있다.

육군중위의 군모를 쓰고있었다.

미혜가 먼저 고개를숙여 보였다.

정훈의 웃는 얼굴이 사람들을 헤치고 가까히 왔다.

"아, 역시 미혜씨였군."

하고 그는 진정 반가운듯이 닥아섰다.

"아까부터 그런것 같다 하면서두 또 아니면 어떡허나 했드니……. 언제 나려 오셨어요?"

얼마되지 않는 세월이 흘러가는 동안에도 사람의 연령과 환경은 이상한 변화를 이르키는 때가 있다.

더욱이 6·25를 치룬 한달동안이란 평상시의 반세기에도 해당되는 시일이라 할수있었다.

부자가 몰락하여 거지가 되고 모든 체면이나 질서가 일시에 문란해졌다.

T직물회사사장의 귀동따님이 직업을 구해 낯선도시의 거리를 헤매일줄이야 누가 뜻이나 했을것인가.

더군다나 그동안 미혜는 제복을 벗고 머리를 길으고 엹게 화장까지 하고 있었다.

누이의 여학교적 친우인 미혜만을 알고있든 정훈이 이같이 완성된 여인으로써의 미혜를 바라보며 다른 사람인가 주저한것도 무리는 아니었다.

두사람은 잠깐 마주 바라보며 부시게 웃었다.

"어느편으로 가세요?"

하고 미혜가 물었다.

"본관의 진지는 동방입니다"

하며 정훈은 정말 기쁜 모양이었다.

두사람은 어깨를 나란히하여 동인동을향해 걸었다.

"그 귀관의 진지가 있는 동방에 정숙이두 같이 왔어요?"

"같이 오지못했읍니다. 나는 갑자기 우리 부대를 따라 오느라구 — 집에두 들르지 못했죠"

"어쩜"

"할머니 식모 아즈머니 이렇게 세식구 서울에 남아 있읍니다. 군인가족은 몹씨 핍박을 받는다는데 어떻게 됐는지……"

"무사하겠죠 뭐"

"글세요"

정훈의 목소리가 흥분한듯 약간 떨리었다.

"여태까지의 고난두 어려웠지만 참 앞으로 더 어려운 시련이 닥쳐올것입니다. 이건 시초입니다. 앞으로는 정말 가진 상상할수 없는 난관이 우리 앞에 가로 놓여 있어요"

그의 맑게 개인 눈에 정열이 빛나고있었다.

"미혜씨. 막연한 말이 아니라 진정으로 정의는 이긴다는걸 난 믿어요 우리들 젊은 사람들은 지금이야말로 조국이란 무엇인가를 깨달을때입니다"

미혜는 구원을 청하듯 정훈의 얼굴의 처다보았다.

비로소 입을 열어 간단히 집안 이야기를 했다.

"우리 아버진 언제든지 당신한분만 생각하시는 분인걸요 조국을 사랑하지 않는건 아녜요 그렇지만 그보담 더 당신 일신상일이 더 중요허신걸요 뭐 글세 오늘두 우리 인철이가 병정으로 나갈까봐 그걸 희피허시느라구 가진 궁리 아녜요"

인철이는 미혜의 단 하나뿐인 사내동생이 었다.

정훈이가 가만히 고개를 끄덕였다.

"흔히 소아(小我)를 버리고 대국(大局)의 살아얀다지만 그게 어려워요 우리 아버진 정말 봉건적이예요"

벌써 육군본부앞까지 와서 있었다.

좀 더 서로 이야기 하고싶은 히망도 없지않았으나 그것을 입에 내여 표시할만큼 두사람은 똑 같이 대담하지 못했다.

"더러 찾아 주십시요 대구서 만나 뵈리라구는 참 의외입니다"

정훈은 모자 채양에 손을 대고 경례를 부쳐 보였다.

표한한 양뺨을 붉으레한 홍조가 물드리고 있었다.

이로부터 미혜는 간혹 정훈을 생각하게 되었다.

의지할것 없는 객지라는 외로움이 더욱 그를 그리우게 한것인지 모른다.

그러나 아즉 그것때문에 정훈을 일부러 방문하도록 감정이 노골화된것은 아니었다.

육군본부앞에서 표한한 양뺨이 붉게 고조되어 서있든 그의 모습을 생각할때마다 그저 미듬직스러운 즐거움을 깨다를뿐이었다.

길을 걸어도 군복입은 사람이 유난히 눈에 띠었다.

특히 정훈을 만나든 중앙통에서 문화극장으로 꺾이는 고비에서는 뜻하지않고 앞뒤가 돌아다보였다.

그러나 정훈은 이상하게도 서로 만날 기회가 통 없었다.

미혜는 긴 장마에 우울한 나날을 보내고있었으나 얼마후에야 정훈의 부대가 전선으로 출동한것을 알았다.

아무튼 정훈을 향한 미혜의 감정이 완연히 분명한 형태를 이루기 시작한것은 9월 28일 서울이 수복되고 가진 고생을 해가며 오빠를 기다리든 정숙과 다시 대면한 이후 부터였다.

괴뢰군이 들어와 있는동안 정숙은 혹은 먼길을 걸어 식량을 날으고 혹은 거리에 서서 장사를 해가며 고난의 90일을 보냈다한다.

그러나 그보다 더 기맥힌 타격을 받고 있은것은 미혜일가였다.

세간이 약탈을 당하고 다섯채나되는 주택이 모조리 문어지고 한것은 문제도 아니었다. 회사와 공장이 재건할 도리도 없을만큼 파괴가 되고 만것이다.

서울로 도라오는날부터 미혜의 집안은 난가였다.

부친은 화를 진정하지 못하고 술만먹었다.

피난해 있을동안 깡통에 밥을 먹으면서도 그는 아즉 일두의 희망이 있었다.

서울만 다시 가게되면 옛날같은 생활을 마치 모르나 어느 정도 유족한 살림을 할수있을줄 기대했든것이다.

그러나 그의 모든 기대는 모래성과같이 허무러지고 말았다.

모친은 물론 벌서부터 머리를 싸매고 누어 있었다.

원래가 병객이든 그는 이 얼마동안 마음의 긴장으로 하여 억지로 지탱하고 있든 몸의 기력이 빠지자 갑자기 중병자인양 거동초자 할수없었든 것이다.

이렇게하여 간신히 얻어들은 친구의 사랑방에서 그들은 하로도 평온한 날이없었다.

그러나 이같은 가운데서 미혜는 흔히북아현동 정숙의 집을 찾았다.

두 처녀의 교분은 고난의 기억을 넘어서 다시 단단하게 맺어졌다.

대구에서 정훈을 만났다는 기연이 재미있는 화제처럼 그들의 입에 오르나리는때도 있었다.

물론 정훈도 입성하여 있었다.

그는 젊은 정열을 빛내이며 군무에 복무하는동안 경험한 가진 특수한 이야기를 들려주었다.

그러나 결론은 언제나 군인답게 한국청년의 책무를 고조하는데 도라가고 마는것이었다.

같은 이념과 같은 생활목표를 가졌다는것은 얼마나 급속도로 사람들을 접근시키는것인지 알수없었다.

미혜와 정훈은 한번 또 한번 서로 만날수록 두사람의 순수한 의사가 통하는것을 느꼈다.

입에 내여 어떤 언약의 말을 주고 받는일은 없었으나 그들은 어느새 상대자의 마음속에 있는것이 무엇인지를 확실하게 알고 있었다.

할머니도 이것을 묵인하는 모양이었다.

그들의 이야기가 길어질때면 할머니는 친손녀를 대하듯 굳이 미혜를 부짭아 앉히고 저녁대접을 해주었다.

"우리겉은 노골이야 무슨 소용이 있겠는가만은 젊은사람은 참 나라의 기둥이지"

그는 하애진 머리를 쓰다듬으며 세 젊은이를 바라보고 자랑스러운듯이 웃는것이었다.

이같은 저녁이면 흔히 정훈이 남매는 미혜를 금화장 등성이까지 바라다 주었다.

전화에 타다남은 애기능이 애정(愛情)의 변치않을것을 가르켜 주었다.

신촌굴을 빠저 나오는 기차가 푸른하늘에 힌연기를 뿜으며 긴 고함성을 지르는때도 있었다.

"저 굴속에 괴뢰들이 폭탄을 쌓아 뒀든 모양야. UN군 비행기가 폭격을 하지않았어? 사흘을 검은 연기가 타올랐지 뭐야 밤이면 마치 크나큰 불기둥이 선것 같았대요"

금화장 비탈길을 천천히 올라오며 정숙은 이렇게 그 무섭든 광경을 이야기 한일이 있었다.

UN군은 진실로 정확하게 — 굴 양옆으로 늘어선 집한채 상하지 않고 — 굴속으로 로켙탄을 쏘아넣었다 한다.

검은 연기가 하늘을 덮고 퍼저 나갔을때 정숙은 할머니와 함께 깨끗한 주검을 각오했드라는 것이다.

"정말 이렇게 살아서 오빠를 대하구 미헬 만날줄은 언감 바라지두 않았드라우"

어느날은 또 이길을 거닐면서 미혜가 이런말을 물었다.

"난 암만해도 고중위(高中尉) 취미에 맞지않는 사람같아요"

그때 정훈은 잠깐 생각하는 모양이드니

"글세, 그럴른지도 알수 없지요. 미혜씨는 너무 화려해. 그렇지만 멀지않아 내 취미에 맞는 사람을 맨들어 놓을테니 어디 두구 보세요"
하고 자신 있게 대답했다.

미혜는 그후로 유의해서 검소하게 몸을 꾸몃다.

그들은 어떠한 결심이라도 서로 충고했고 주의해서 이것을 고쳐나갔다. 이같은일이 모두 즐거웠다.

다만 미혜의 뒤에는 의연히 완고한 가정이 있었으나 이런 모든 장애까지가 두사람의 정열을 북돋우는 거름이 되였다.

　미혜는 이같은 자기 행동을 결코 불순한 일이라 생각하고싶지 않었다.

　정말 그는 자기 마음에나 행동에나 조곰도 가책을 받을만한 점이 없다고
믿고 있었다.

　다만 할수없어 지금은 부모에게도 집안 사람에게도 숨기고 있는 사실이
기는 하나 그것 역시 언제든지 이해있는 축복을 받을날이 올것을 확신하는
것이다.

　하긴 미혜도 정훈과의 경위를 부친은 마치 몰라도 모친에게만은 이야기
해서 양해를 구할까 생각한때가 있었다.

　그러나 정훈은 부모가 희망하는데서 너무나 거리가 먼 사람이 였다.

　부친은 사변전에도 아버지가 없는 사람이란 이유로 미혜의 어떤 혼담을
거절한 일이 있었다.

　"과부지자는 불여교(寡婦之子 不與交)여"

　부친은 흔히 이렇게 말한다.

　그러나 정훈은 과부의 아들도 미처 못되었다.

　그에게는 모친마자 없었든것이다.

　그리고 또 집안이 넉넉하지 못했다.

　그 넉넉하지 못한 가세를 보조하기 위해서 누이가 취직을 하고 있었다.

　미혜의 부친은 여자가 취직을 한다는것이 원래부터 찬성하는배 아니었다.

　"커단 기집애들이 돈버리를 허러 댕긴다니. 말광앵이처럼 섬벌 섬벌 사
내들틈에 섞여서……"

　미혜가 듣다 못해,

　"아버지 여자가 취직을 허는건 꼭 돈버리만이 뭐 위준가요 사람ㅅ손 모
자라는데 일헐려구 그려죠"

하고 설명이라도 할라치면 그만 부친은 기세가 푸르르지며

　"웬 제집안에선 헐일이 그렇게 없어 밖으로 나돌아 댕기면서 그래 남의

일을 해주어야 헌다느냐. 어린것들이 돈욕심 나서 그렇지"

그리고는

"나겉으면 딸자식 벌어오는건 주어두 싫다겠다. 흥 딸자식을 내놔서 벌이를 식혀? 넌 아예 그런건 염두에도 두지 마라"

하는 것이다.

이런 소리르 들을때마다 미혜는 울고싶었다.

그러나 설상 가상 금전을 탐내고 딸을 이용해서 이 금전을 획득하려 희망하는 사람은 그부친 자신이었는지도 모른다.

그것은 그의집에 지금 한개 유력한 혼담이 진행되고 있는것을 보면 알수 있었다.

신랑은 의꽈대학을 나온 젊은 의사였다.

"난 의사니까 여편네 과부 안맨들 자신은 있어"

이런 소리를 장담하고 단인다는 인물이다.

그러나 미혜의 부친을 가장 매혹케 한것은 가회동 막바지에 전화를 입지 않고 여전히 우뚝 솟아있는 그들의 광대한 저택과 장안에서도 열손고락안에 꼽히는 그 집안의 부력이었다.

이 혼담을 갖어온 사람은 옛날 미혜의 집에 있든 침모다.

일테면 미혜부친의 배포며 생각을 잘 아는 마누라였다.

그는 가느단 눈을 빤짝이며 분명히 이렇게 말했다.

"참 그댁허구 인연만 맺어봅쇼. 아가씨 세상 호강 다허시는건 말헐것두 없구 영감께서두 큰 수 나십니다. 아 글세 그댁 영감께서 이번 부산 네려가게시는 동안에 버신것만 해두 자동차 쉰대 살돈이 넘는다니깝쇼"

그때 부친은

"많지 못헌 자식들에 개혼(開婚)이구하니 번다허는 댁루 보내서 그저 제일신이나 편허구 인척간에 서로 의지나 됬으문 허는거지 어디 누가 딸덕 보겠다든가 이전시에"

하고 그말을 부당하게 생각하는척 했으나 그의 속심은 누구눈에나 완연했다.

귀향후 골골 앓고만 있어 모든일에 소극적인 모친까지가 기운이 나서 서둘렀다.

그 모친을 통해서 이같은 이야기를 들었을때 미혜는 눈앞이 아찔했다.

미혜도 일조에 패가하고 만 집안형편과 그것으로 인해서 극도로 초조해 있는 부친의 마음을 짐작한다.

그러나 그것은 온전히 이 격열한 시대에 옛생각과 옛생활에 대한 미련을 버리지 못하는 부친의 잘못이었다.

미혜는 정말 그 상대자가 어떤 취미나 생각을 가진 사람인가 알지못한다.

부친이나 모친이나 다른 집안사람들도 그런데 대해서는 별로 용의를 하지않는 듯했다.

이편에서 바라는것은 다만 저편의 금력이었다.

저편에서 미혜를 탐내는데도 또 까닭이 있었다.

그것은 물론 미혜의 용모때문이다.

"그런댁에서야 어디 규수가 없겠에요"

"그렇지만 어른들이나 당자나 워낙 인물을 취허시기 때문에 여태 작정을 못허구 계셨답니다"

중간에 든 침모 마누라도 이렇게 말하지 않았든가.

미혜는 영리한 처녀.

용모에 토대를 둔 결혼이 결코 행복할수 없는것을 잘 안다.

여인의 아름다움은 실로 짧은 동안이다.

십년이나 갈까.

아니 그전에라도 심한 육체적 고통이있거나 정신적 번민이 있다면 그 아름다움이 서리맞은 꽃닢처럼 시들어 버릴것이다.

미혜는 옛 이야기에 나오는 어떤 효녀처럼 그 가정과 부친을 위해 제몸을 희생하기에는 좀 더 자신을 자각있는 여성이라 생각한다.

그는 완강하게 이 혼담을 거절하는수밖에 없었다.

부친의 분노는 드디어 안해에게로 향했다.

그는 딸의 교육을 그릇친것은 다 안해의 탓이라 했다.

부모앞에서 언감히 고개를 들고 반항을 하는것도 모친이 가르켜서 그러는것이라 했다

입술이 얄팍한것조차 안해를 닮아서 그렇다는것이다.

모친은 자리우에 도라앉아 언제나 놀라운 인내력으로 이 모든 부당한 나물함을 받았다.

그러나 모든것이 또 한번 혼란해지는 시간이 왔다.

중공이 압록강을 넘어 다시 침략의 긴 손톱을 뻗혀오며 국경을 눈앞에 바라보기 까지 진격해 올라갔든 국군과 UN군은 일시 후퇴하지않으면 안되게 된것이다.

수짜적으로 우세한 중공은 드디어 삼팔(三八)선을 넘고 수도를 엿보기 시작했다.

서울에 지체하고 있든 군인들도 그 가족을 이끌고 다시 한번 남하의 쓰린길에 오르고 정숙도 괴롬에 찬 괴뢰치하 구십일을 회상하며 늙은 할머니와 정든 식모아즈머니와 함께 짐 싸기에 바빴다.

흰눈이 푸뜩 푸뜩 날리고 바람 매서운날 미혜네 가족도 서울을 떠났다.

혼인문제도 일시 중지하지 않을수 없었다.

미혜는 위선 그것이 다행이었으나 지난 석달동안 정훈과의 즐거웁든 추억을 안고 태양같은 희망을 우러러보며 지나오든것을 생각하면 트럭우에 높다랗게 올라앉아 기약없는 거리거리를 지나오며 정말 눈물을 흘렸다.

파괴된 건물과 시설들도 다시 한번 적의 손에 떠러질것을 두려워하는듯 떠나는 주인을 향해 그 앙상한 손들을 흔들고 있는것 같다.

미혜네 집은 물론 한 트럭도 되지못했다.

한편으로 비켜 두껍게 요를 깔고 병자가 이불을 둘러쓰고 앉았다.

그모친을 부축하듯 미혜의 동생 인철이 우장옷으로 눈빨을 피하며 웅쿠리고 있다.

미혜는 다만 정훈을 만나지 못하고 떠나는것이 불안해서 혹 요행을 바라는 마음으로 군인이 탄차만 유의해본다.

미혜부친만이 몸과 마음을 진정하지못하고 연해 화를 폭발시키고 있었다.

"기집애가 그래 이번에 혼인이나 정해됬드라면 이런때두 다아 서로 의지가 되지. 당최 뭘 생각허구 댕기는지 원 세상에 부모가 정해주는 혼인에 싫다좋다는건 또 뭐야"

그것은 민망하도록 커단소리였다.

"그게 기집애 파락호지 뮈여. 그래 이렇게 애비를 곤경에 몰아넣구야 맘이 평안해? 내가 오늘날 육십이 가깝두룩 남에게 실신한 일이 없어. 그런걸 기집애 자식하나두 낯을 들구 세상에 나댕기지 못허게됐으니 그래 네맘이 시원허단 말이어?"

"아이 영감 그애가 어디 귀먹어리요? 웬 소릴 그리 지르시우"

울ㅅ상이 된 모친이 덜커덕거리는 트럭우에서 꺽 꺽 목에 맞히는 소리로 참견을 했다.

40년의 결혼생활은 젊었을때 그리도 아름다웠다는 그의 옛모습을 찾을 길 없이 주름이 잡히고 기름ㅅ기가 말랐다.

남편은 언제나 까다롭고 어려웠다.

다산(多産)과 병고.

그는 열아이를 낳아서 끝으로 겨우 미혜남매를 붙들었든것이다.

아이 하나를 낳을때마다 여인의 육체는 패잔해 간다.

한 아이를 잃을때마다 모친의 마음은 문어저 갔다.

미혜는 멀건히 모친을 바라보는 동안 이같은 모친을 통하여 여인의 비애가 속속히 가슴에 스며드는 마음이었다.

미혜는 쓸쓸히 임을 담고 고개를 숙였다.

딸이 잠잠해 지는것을 보자 부친은 갑자기 회유와 타협으로 태도를 고치었다.

"너두 생각해 봐라. 그전에는 그래두 재산이나 가문이나 남헌테 빠지지않든 우리집이 아무튼 이렇게 피폐허게 돼. 집안이 안될려니 자식까지 자라지 못해 이제와서는 너 하나가 힘 아니냐. 이번 혼인은 꼭 성취해야 헌다"

그리고는 더욱 타협적으로

"네가 아즉 세상을 몰라 그런다. 세상사가 그런거 아녀. 이런 시댈수록 정신을 바짝 채려서 안이 꿀릴수록 밖앝 치레를 잘해야 허느니"

들으면서 미혜는 어이가 없었다.

대체 부친은 자기를 무엇으로 알고 저런소리를 하는것일까.

정훈이나 정숙이 앞에 있을때 그는 한사람의 인간대접을 받았다.

마음과 몸이 모두 자유로워 자기의 생각하는바를 발표할수도 있었고 상대자의 말을 이해할수도 있었다.

그러나 한번 집안 식구앞에 나오면 그는 그만 부친의 무능한 부속물이 되고 만다.

부모는 그를 아즉 어린애로 취급해서 자기네 의사대로 속박하려 든다.

물론 미혜는 그 속박에서 피해날수가 있었다.

그러나 그는 될수있으면 부친을 안심하도록 그리고 이해하도록 해주고 싶었다.

아직 얕은곳에서 해매고 있는 부모를 버리고 혼자 높은곳으로 올라가느니보다 손을 내밀어 함께 끌어 올리고 싶었든 것이다.

그러므로 대구에 도착한 후에도 미혜는 되도록 부친의 심정을 거슬리지 않으려 노력했다.

그는 대구에 방을 빌려 유하면서 후퇴한 은행 업무를 보고있는 정숙을 방문하는 외에는 좀체로 외출조차 하지 않았다. 그동안 대위로 승진한 정훈은 항상 바빴다.

아침부터 저녁까지−라느니보다 새벽부터 밤중까지 일에 억매여 있는것
이었다.

그러나 이렇게 간혹 만나든 정훈조차 만날 기회가 없게 되었으니 미혜
일가가 대구에서 한 오십리되는 이C읍으로 이사를 오게된것이다.

모친의 병이 점점 악화되며 나무와 식량이 비싼 대구에서는 그 생활을
지탱하기 어려웠다.

C읍에 옮게온뒤 정훈에게서는 흔히 편지가 왔다.

우편으로 오는일도 더러 있었으나 대개는 C읍으로 장작을 실으러오는
하상사편에 기탁되어 오는것이다.

그러나 미혜를 찾아주는것은 정훈의 편지만이 아니었다.

서울서 일시 중단되었든 혼담이 재연하기 시작한것이다.

중매는 다시 뻐스를 타고 이 C읍까지 회답을 재촉하러 왔다.

이제는 피난을 빙자하여 다른 모든 절차는 성략해 버리고 사주택일 만을
하자고 서둘으는것이다.

미혜는 이제야말로 책임있는 행동을 취해야 했다.

지금의 자기 처지를 타개하기에는 정훈을 따라 나서는것이 가장 현명하
고 바른길인것을 긍정할수 있었으나 막상 실행하려드니 어떻게 실천을 해
야할지 알수없었다.

이같은 무렵에 정훈의 편지가 온것이다.

"난 미혜씰 결코 속박하지 않겠읍니다"

다시 한번 입속으로 뇌이며 미혜는 드디어 결의에 찬 얼굴을 들었다.

三

참다못하고 미혜가 동생에게만 가는곳을 말하고 대구행 뻐스에 몸을 실
은것은 그날 오후가 기운때 였다.

미혜는 집안에서 입든 긴 치마에 고무신을 신고 있었다.

중앙 파출소앞에서 차를 나려 눈에 익은 골목을 돌아드니 정말 봄인듯 손바닥에 촉촉히 땀이 슴였다.

정훈은 물론 집에 없었다.

정숙이 혼자 볕 잘드는 우물가에서 손수건을 빨고 있다가 소리도 없이 들어서는 미혜를 보자

"어쩜 미혜가 오네. 할머니 미혜와요"

하며 반색을 하고 달려왔다.

"오, 반가운 손님이 오시는 군"

하고 할머니도 안방에서 나와 손을 잡아 주었다. 정숙도 손을 씻고 따라 들어왔다.

"웨 그렇게 볼수 없었나. 어머니는 왠만하시고 ―"

할머니 손에 이끌리다싶이 하여 그들이 빌려들고 있는 안방에 들어왔으나 식모가 보이지 않는다.

처음에는 가게에 갔거나 어디 심부름을 갔으려니 하고 무심히 있었으나 한참 앉아있어도 도라오지 않는다.

"아니 식모 아즈머니 어디갔어?"

하고 미혜가 물었다.

"나갔지 참 그 아즈머니 나간것 모르겠군"

하며 정숙은 오히려 반문한다.

"언제?"

"한 반달 됐나? 뭐 십몇년만에 아들을 찾았대요. 원래 그이가 경상도 마누라 아녀"

"어쩜"

"세상일이란 알수없지. 대구까지 피난 와서 아들을 찾는사람두 있구. 생각두 않았든 오빠가 이렇게 병정이 돼서 우릴 두구 떠나게도 되구!"

"참 허전허겠군. 한집식구같든 아즈머니가 없어졌으니 어떡해"

"글세 할머니말씀 좀 들어봐요 오빠가 전쟁에 나가서 고초를 겪을텐데 우리가 언감히 뭐 식모요 뭐요 허겠느냐구. 아, 괴뢰군 왔을때두 서울서 꼭 새벽마다 정성을 드렸다니까"

미혜는 묵연히 앉아있는 할머니를 바라보며 역시 슬픈 의무를 가슴에 안고 처절한 싸움을 계속하고 있는 사람을 발견하지 않을수 없었다.

정숙의 얼굴에도 완연히 구슬픈 빛이 나타났다.

미혜옆으로 닥아 앉으며 속삭이듯 낮은 목소리로

"미혜, 참 할머닌 칠십평생을 오빠하나때문에 살아오신 어른야. 할머니 헌테 글세 무선 외람된 소원이 계셨겠어? 그저 오빠 혼인해서 증손주 보시구 오빠손에 무치기만이 소원이었지"

정숙은 입술을 꼭 깨물어 눈물을 참는 모양이드니

"오빠가 좋아허는 일이면 할머니두 좋아허셨구 오빠가 위하는것이면 할머니도 위허셨구 미혜두 할머니가 얼마나 미헬 사랑하셨는지 알겠지"

하고 똑바로 친우의 얼굴을 바라보았다.

"지난 반달동안 오빠가 그렇게 괴로워한걸 암만 할머니껜 감출려구 했지만 할머니가 모르실리 있어? 오빠 괴로움은 할머니 괴롬이야"

그리고는

"미혜헌테 혼담이 있는거 할머니두 오빠두 다알어. 그사람이 바로 우리 은행 중역아들이거든. 온 은행안에서 벌써 짜아 했지 뭐야"

미혜는 비로소 정훈이 이 혼담을 알게된 경위를 들었다.

"망헌 녀석! 글세 오빠가 번민을 허는건 외려 괜찮지만 여태까지 아무것 두 모르시고 살아온 할머니가 고민을 허시는건 참 못보겠어"

미혜는 언제나 말수없는 할머니가 손주의 괴로움을 같이 괴로워 하면서 도 묵묵히 이것을 참아 나가는 광경을 상상해 보았다.

그리고는 정훈과의 언약이 신성한것이라면 자기네를 위해서라기보다 먼저 할머니를 위해서 끝까지 견디어 일우어 보리라 생각한다.

이때다.

갑자기 대문소리가 삐걱하고 났다.

뚜벅 뚜벅 하는 구두소리

정훈이었다.

만약 주위에 보는사람이 없다면 미혜는 그대로 뛰여나가 정훈의 건강한 두팔안에 몸을 던지고 소리를 내여 울었을른지도 모른다.

다시 할머니를 부르는 정훈의 부드러운 목소리가 들리었다.

"오빠 미혜 왔우 미혜 왔어"

할머니보다 먼저 정숙이 뛰여 나갔다.

미혜도 치마자락을 염의며 따라나갈수밖에 없었다.

"아, 미혜씨"

정훈은 간단히 이렇게 한마디 하드니 대답도 기다릴 겨를 없이 이집 건너방으로 들어가 버린다.

반가움이 서로 너무 컸든만큼 웬일인지 계면쩍었든것이다.

"오빠, 오빠두."

하고 정숙이 오라범의 뒤를 따라간다. 할머니도 따라 들어간다.

미혜는 혼자 안방으로 도로 들어오고 말았다.

문득 7년전 옛 일이 생각난다.

정숙은 저렇게 잉크를 얻으러 건너가고 있었다.

미혜는 이렇게 낯선 방에서 우둑허니 기다리고 있었다.

마당에는 정성을 드려 가꾼 화초가 만발했었고 수도가 똑 똑 물방울을 떠러트리고 있었다.

그러나 인생사란 뜻하지않은 곳으로 뜻하지않은 길이 열리는 법이다.

그때 누가 이렇게 정훈을 사랑하게되고 다시 그 사랑하는 사람을 떠나보내게 될줄 뜻이나 했을것인가.

두번째의 전란에 그리운 북아현동 정훈의집은 어떻게 되었을까.

건너방에서 정숙의 부로는 소리가 났다.

미혜는 거의 습관적으로 잠깐 주저한후 건너가 보았다.

정훈은 책상앞 의자우에 저편을 향해 걸터앉아 있다가 미혜가 들어오는 기척을 알면서도 웬일인지 한참동안을 그대로 있드니

"전항이 좋아졌으니 이제 곧 서울로 돌아가게 되겠지오."

하고 비로소 의자에서 나려와 앉았다.

눈 가장자리가 붉으레한것이 격정을 참으려는듯 말소리가 약간 떨린다.

미혜는 비로소 정훈이 황급히 건너방으로 들어와 버리든 이유며 자기를 보고도 한동안 돌아앉아 있든 까닭은 안듯했다.

남자는 분명히 자기를 원망하고 있는것이라 생각하며 미혜는 말없이 옷 고름을 말았다 폈다 한다.

눈물이 작구 치밀어 오르려는게 자기진심을 몰라주는 정훈이 야속하다 생각한다.

지난 반년동안 새로운 혼담이 일어나자부터 사랑하는 사람을 생각하여 전전반측 잠 안와하든 밤을 생각하니 지금 정훈의 앞에 죄나 지은듯 고개 를 숙이고 앉아있는 자기가 무슨 억울한 일이나 당하는듯 애처러웁다.

정숙이 말없이 밖으로 나갔다.

미다지가 닫기자 정훈은 고개를 들어 똑바로 미혜를 노려보았다.

미혜를 갑자기 등꼴이 오싹해졌다.

남자의 젖은듯한 눈속에 불같은 사랑과 원망을 동시에 볼수있었든 까닭 이다.

그러나 다음순간 들려온 정훈의 목소리는 비교적 침착한 것이었다.

"정숙이가 어디서 미혜씨헌테 유력한 혼담이 있다는 말슴을 듣고 왔지오 첨에는 퍽 괴로워 했읍니다.

그렇지만 우리는 벌서 국가에 받친몸 몇번이나 자원들을 해서 이제 최선

전으로 가게된 겁니다"

정훈은 어린애를 타일으듯 또박또박 이렇게 말한다.

미혜는 가만히 그러나 완강하게 고개를 져었다.

그모양을 바라보든 정훈이

"미혜씨에게는 자기자신의 의사가 있을줄 압니다. 그 이상을 강요하는것은 내 월권행위지요"

다시 이런소리를 한다.

미혜는 정훈의 오해가 상당히 뿌리깊은것을 알수가 있었다.

드디어 그는 다른 몇백마디 맹세보다 오늘아침의 결심을 이야기 하리라 생각한다.

그것은 실상 벌서부터 이루어져 있든 결심이었다. 다만 시기가 일은것같아 여태 발표하지않고 있었으나 정훈의 앞에서 언명함으로써 자기 마음속 결의도 일층 굳어지는것이라 믿었기 때문이었다.

"전선으로 나가는건 고대위뿐이 아녜요 저두 같이 따라나갑니다"

"뭐?"

정훈은 정말 의외인 모양이었다.

말끄럼히 미혜를 바라본다.

"여자 의용군을 지원할 작정입니다.

아버지가 글쎄 인철을 병역회피 식히느라 가진수단을 쓰구 계시니 그걸 시정하기위해서라두 제가 나가야죠"

"음!"

"고대위를 따른다는것뿐만이 아녜요. 입에 내여 말하기조차 부끄러운 제 가정형편입니다"

정훈의 얼굴에는 완연히 감격한 표정이 들어났다.

동시에 그것은 기쁨의 표현이었다.

"참 인생은 쾌락이 목적이 아니라는말 옳아요. 애정에는 좀 더 괴로운 의무가 있어요 그저 내가 너무 소극적이 돼서 오해를 산 모양예요"

미혜가 말을 맺자 정훈의 굳센 손이 어느새 단단히 그 사랑하는사람의 연약한 손을 휘여잡고 있었다.

"정말 애정에는 아주 어려운 의무가 있다는걸 절실히 깨달은건 미혜씨가 아니라 외려 나 였는지 모르겠어요 소극적 이었던것두—"

길고 험하든 고민의 자취도 씻긴듯 정훈은 비로소 신뢰의 빛을 나타내여 가린하도록 아름다운 미혜의 모습을 나려다 보았다.

"이제 믿어두 괜찮지요"

"그럼요 이렇게 지원서까지 작성했는대요 뭐"

"고맙습니다"

그들은 비로소 마주 바라보고 우슴을 띠었다.

두사이를 가리우고 있는 장벽이 문어지고 이제는 완전히 한달전의 두사람으로 돌아온 것 같았다.

한참후에 정숙이 뜨거운 차를 갖이고 건너방으로 들어왔을때 그들은 그들의 장내에 대해서 이야기하고 있었다.

저녁을 먹고가라고 할머니가 서운해 했으나 미혜는 이날안으로 다시 C읍까지 도라가야했다.

정훈도 배웅겸 차를 주선해준다고 같이 나섰다.

벌써 황혼이었다.

저녁바람속에서 두루막이도 입지않은 미혜의 모습이 유난히 오소소해 보인다.

정훈이 말없이 '바카'를 벗어서 미혜의 등에 걸쳐주었다.

"싫여요. 입으세요"

"우린 이시각에라도 명령만 있으면 떠날 사람들입니다. 전선에서두 바카 입구 싸우는 줄 아세요?"

정훈은 웃었다.

"아이 그래두. 취체 당허면 어떡해요"

"나두 여자의용군입니다 허죠"

"어디 아즉 의용군 인가요 뭐"

"아 분명히 군인이십니다"

"아이 참"

두사람은 모두 즐거웠다.

그럼 정훈이 다시 돌아오는 개선의날 나란히 이 거리를 건일때는 얼마나 즐거울것인가.

바람이 불기 시작했다.

먼지를 휘날리고 날이 흐려졌다.

그러나 곧 또 맑은날은 올것이다.

빛나는 맑은날은 올것이었다.

이렇게 생각하며 그들은 힘차게 앞으로 걸어나갔다. (끝)

『전쟁과 소설』(계몽사, 1951), 91-140면. [현역작가5인집(現役作家五人集)]

어머니

　푸뜩 푸뜩 눈빨이 날리며 앙상한 가로수 가지밑을 피난짐 만재한 츄럭이 지나간다

　아득하게 높이실은 짐떼미우에 포대기들을 두르고 올라앉은 여인들의 얼굴은 모두 새파랗게 질렀다.

　또 자동차가 지나간다

　행군하는 병사의 긴 행열이 지나간다 T고녀 공민선생 박진순여사는 교사이층 유리창을 반쯤 연채 추운줄도 모르고 망연히 거리를 나려다보고 서 있었다.

　평소는 그리 넓다고 생각했든 거리가 오늘은 허리띠같이 좁게 보인다.

　이몸이 죽어서
　나라가 산다면
　아아 이슬같이
　죽겠노라

　보조를 마처 걸어가며 병사들의 부르는 노래였다.

　멸공구국의 결의를 바뜰어 용약 영문에 들어간 젊은이들의 부른다기보담 웨치고 있는 그노래는 곳 그들의 용감한 전투와 빛나는 희생과 영광스런 개선(凱旋)을 상증하여 멀리 거러 저편으로 사라진다.

진순은 정말 뼈에 사모치는 감격과 감동을 안고 그 노래를 들었다.

그 전이라고 어찌 이같은 노래를 듣고 이 같은 병사들의 행진을 본일이 없으리요 만은 오늘 차돌처럼 반드러운 섯달의 거리를 지나 사라지는 군가의 합창은 고개를 숙이고 옷깃을 여미지않고는 못백일 감동이라느보담 아픔을 그 가슴속에 아로삭여주는것이었다.

참지못하고

"종한아"

하며 허턱 아들의 이름을 불러본다.

성큼! 하고 가슴이 묽어지는것 같았다

그러나 그렇게 소중하고 귀여운 아들도 이제 저 병사들처럼 생별리고(生別離苦) 슬픈 고개를 넘어 기약없이 떠나려 한다.

아버지도 없는 외아들 종한이 학도의용군을 지원했다는 말을 들었을때 진순은 잠깐 영문을 알수 없었다.

아들은 이제 중학교 사학년 키만은 멀쑥하게 컸지만 만 열여섯살도 못되는 소년이었든것이다.

적령자가 아니었다.

과부 박진순선생의 고민은 바로 이곳에 있었다.

자기만 구지 만류하면 아들은 평온한 생활을 계속할수가 있는것이다.

물론 어머니는 몇번이나 아들의 나회와 환경과 그밖에 여러가지 조건을 종합해서 그 지원을 미루어오는 자기태도를 애써 변명하려했다.

그러나 그렇게 하기에는 이번 사변의 성격이며 민족의 항로에 대해 이 공민선생은 너무나 핍절하게 여러가지를 알고 있었다.

중공이 침범을 감행해오고 UN군이 서울을 철수한다고 수성거리는 작금이다.

정말 최후의 총력을 집결할때 였다.

'어떻게했으면 좋을까'

박선생이 다시 한번 고개를 흔들었을때였다. 문여는 소리가 나며

"아, 일직(日直) 선생님, 여태 여기 계셨어요?"

하는 급사 목소리가 났다.

진순은 문득 정신이 돌았다.

"혁이냐, 웨 그러니?"

"아이 선생님두 다 저녁때 감기 드세요, 감기요"

혁이는 얼른 장문을 닫았다.

정말 문을 닫고나니 온방안에 황혼이 물결같이 넘치고 있었다.

겨울날은 이렇게도 지기 쉬운것이었든가.

한번 황혼이 밀려들자 으스스한 방속은 급속도로 어두어오기 시작했다.

그 어둑한 방속에 혁이는 옆에 잔뜩 무슨 물건을 끼고 서있는것이었다.

"너 거 뭐냐?"

"제물건 정리해가지구 가요"

그래도 박선생은 처음 무심히 들었다.

급사와 나란히 칭칭대를 나려오며

"혁이 너 애쓰는구나. 방학인데도 날마다 학교 나오구"

하며 그는 그또래 소년들이 모두 내 아들 같았다.

"그리구 혁이 집이 멀다면서? 달성공원 아래라지?"

갑자기 혁이 씨익 웃었다.

"선생님 저 군인 나가요"

하는것이다.

"뭐?"

박녀사는 비로소 놀란듯이 잠깐 발을 멈추고 급사를 돌아보았다.

"아, 선생님 저 제이국민병인줄 모르세요? 소집장 나왔어요"

"어쩌면!"

"저이집두 제가 없으면 퍽 곤란해요 동생이 둘이죠 어머니가 안게시거

든요. 아버지는 혼자짜증만 내시죠, 뭐"

"혁아"

"처음엔 무척 답답했어요. 그렇지만 민족이 다 죽는판인데 개인사정 돌볼수 있나요"

"……"

박선생은 낯선사람을 바라보듯 급사를 바라보았다.

손은 어느새 혁의 매듭진 손을 꼭쥐고 있었고—

그는 이곳에서도 역시 처절한 의무를 가슴에 안고 용감한 싸움을 계속하고 있는 사람들을 발견하지않을수 없었다.

미담은 언제나 신문지상이나 방송같은 선전기관 가운데만 있는것이 아니었다.

전시하 눈이 번쩍 떼일만큼 놀라운 미담이 바로 옆에 태연히 놓여있지 않는가

박선생은 다시 한번 소년의 차디찬 손끝을 힘을 주어 꼭 쥔후 칭칭대를 계속해 내려왔다.

직원실에서 가방을 들고 나오면서도 마음은 혁이의 주변을 떠나지 않았다.

그러나 혁이에게 대한 생각은 이내 종한에게 관한 련상으로 변했다.

아들이 보고싶다.

자랄수록 점점 부친을 닮아가는 아들— 정말 아들은 난지 두달도 채못되어 세상을 떠난 그 부친을 신통히도 닮았다.

남편을 잃었을때 그는 이것이 인생의 제일 큰 괴로움인줄 알았다. 그러나 그때는 아즉 아들이 남아있었다.

집떠나 가시는님

하신말슴 들었는가

남아한번 나아가면

생사를 알수없네
황천에 떠나간혼
위로코저 하옵거든
다른공양 쓸데없네
강보에 남긴아이
부디 잘길러주오
부디 잘보아주오.

(征夫語征婦 生死不何知 欲慰泉下魂 但視褓中兒)

이것은 명(明)나라 유적(劉蹟)이란 사람의 시다. 마즈막으로 집을 떠나는 남편이 남어있는 안해에게 아이의 장래를 부탁하는 마음― 박진순의 남편은 출정해서 전사한 사람은 아니었으나 아들의 장래를 염려하고 부탁하기는 이 옛 시인보다 몇배 더 간절한바가 있었다.

그러기에 그때 남편의 신성한 유지를 받들어 그는 기맥힌 타격에서 일어섰든 것이다.

남편이 죽었을때는 물론 괴로웠다. 그렇지만 그것은 활활 타오르는 불같은 괴로움이었다.

요사이처럼 송곳으로 가슴을 뚫는듯 앞은 괴로움은 아니었다.

요즘의 괴로움은 괴로움이라기보담 따가운 외로움이다. 쓸쓸한 마음이었다. 그러나 지금 박선생의 가슴을 두다리고 있는것은

"민족이 다죽는판인데 개인사정 돌볼수 있어요?"

하든 아까 혁이의 말이다.

'그러니까 자식을 받혀야한다.'

그것은 단념이 아니라 깨다름이 었다. 극복할수없는 커단 운명을 향하여 부단히 노력하다가 모든것을 던지고 오로지 비는 마음으로 무릅을 꿇는것처럼 더 큰 깨다름은 없을것이다.

박선생의 발길은 점차로 가벼워졌다. 그는 학교 가까운 어떤집 사랑채를 세로 얻어 아들과함께 자취를 하고있는것이었다.

전에는 호젓하고 종용한 집이었으나 얼마전부터 이곳에도 피난민들이 들어와 방방이 사람들이 들끓었다.

뜨르릉 하고 반양식으로된 사랑문을 미니 기다리고 있었다는듯이 방문이 마주 열리며

"어머니"

하고 종한이 뛰어나왔다.

훅군! 하고 눈앞에 김이 서리며 밥끓는 구수한 냄새가 코에 마쳐졌다.

바라보니 툇ㅅ마루끝에 올려놓은 풍노우에 얹혀있는 양은냄비가 부글부글 흰김을 풍기고 있는것이었다.

"네가 또 저녁을 지었구나. 더운물은 있었니?"

어머니는 애처로운듯이 자기 손가방을 받아드는 아들을 바라보았다.

속눈섭이 길다란 검은눈, 좀 적은듯한 코, 반듯한 이마에 아즉 어린티가 그대로 남아있는 입, 어머니의 눈에는 모든것이 5년전, 10년전과 조금도 다름이 없이 그저 귀여운 모습이었으나 엄마가 학교간뒤이면 눈어둔 할머니 잔등에서 주름잡힌 자장가를 들으며 잠튀새를 하든 어린것은 그 할머니마자 도라가신지 십여년 이제는 외로운 모자만이 이렇게 남아있어 어머니가 늦은 저녁이며 소년은 곳잘 밥을 지었다.

열여섯해! 슬프고 괴로웠다고는 하지마는 지난뒤에 생각하면 과거 십육년은 그래도 희망에 찬 생활이었다. 생각하면 어머니의 눈앞은 김이 서리지않건만 다시한번 흐려지는것이었다.

바라보니 무심한 소년은 어머니가 옷을 갈아입는동안 소반을 훔치고 어머니수저 내수저 어머니접시 내접시하며 그 간단한 식사준비를 하고 있었다.

갑자기 분류와같은 사랑이 어머니의 가슴을 미여왔다.

그는 가만히 소년의 옆으로 가까히 가서 자기의 손바닥으로 아들의 **뺨**을

어루만졌다.

"종한아!"

"어머니, 손이 차 추웠우?"

"응, 오늘 춥군. 그렇지만 풀렸어"

"어머니 이렇게 늦게 도라오는날 나없으면 누가 불때우, 춘데 어머니가 떨고 도라와서 손수 불때야겠네"

"그럼 우리 종한이가 학교에서 늦게도라오구 어머니가 먼저 왔을땐 엄마가 밥짓고 불때고 하잔았어? 날마다 그렇게하면 됐지 뭐"

"그래두, 어머니가 춘날 늦게 도라와서 바람은 불군허는데 군불때는거 싫여, 나없으면 밥두 더 쪼금 질거 아뉴"

"그런걱정말어"

"그래두 난 요새 더러 꿈을 꾸는걸 어머니가 혼자 우둑허니 뭘 기다리구 있는꿈을"

"원 아이두"

과연 떠나는 종한의 싸움은 화려격열하리라 그러나 뒤에 남은 사람들의 투쟁은 감정적 일시적 육체의 싸움과같이 화려한것이 아니라 눈에 띠이지 않는 고투일것이다.

"어머니!"

"응"

"그렇지만 적은 쳐 부셔야 하잔우"

"그럼!"

"나 나가우"

"……"

"아까 병사부를 찾어갔어 어머니 놀라시거나 반대하시지는 않겠죠"

어머니는 숨을 훅! 드리켰다. 순간 아무 연락도 없이 아까 헤여진 혁이의 모습이 떠오른다.

"그럼 놀라지 않지"

한참후 그는 자신있게 잘라말했다.

"전민족이 다죽□ 판인데 개인사정 돌아볼수 있나 뭐"

그리고는 오연히 가슴을 내밀고 방안을 한번 돌아다 보았다.

이 초라한 가정 단조(單調)하고 실리적(實利的)인 생활속에 뜻하지않고 피려는 영웅, 화려한 용사를 자기는 무슨 권리로 여태 만류해 왔단말인가.

— 참 사랑 가장 경계해야할것은 맹목적사랑이다 —

박선생의 결심은 차차 흔들리지않는 확실한것이 되었다.

— 대한의 아들들아, 모두 마음놓고 나가거라. 뒤에는 우리들이 대기하고 있다 —

갑자기 어떤장면이 영화의 한토막처럼 눈앞을 지나갔다.

수천수만의 병사가 행군을 하고 있었다. 그리고 그뒤에는 또 어데까지든지 군대를 따라가는 여인의 무리

높은 산이였다 험악한 바위에 발끝이 닿을때마다 여인들의 버선발에서 피가 흘렀다

갑자가 한 여인이 우뚝 허리를 펴고 섰다.

박진순 자신이었다.

앞서가는 군대의 종한이 섞여있는것이다.

"걱정말어 걱정말어 응"

박녀사는 드디어 두손을 모아 아들의 한편손을 꼭 움켜쥐었다.

그손은 아까 잡았든 혁이의 손과같이 의외로 매듭지고 굳세였다. (끝)

『전시문학독본』(김송 편, 계몽사, 1951), 95~108면.

매춘부(賣春婦)

달그락 달그락 그릇 다루는 소리가 난다. 그 소리에 이끌리듯 문득 정신이 들자

"어!"

하고 가느단 부르짖음이 목을 넘어 나왔다. 모두 다르다. 방의 분위기도 들어누운 자리의 감촉도 이불도, 자기 처소인 동인동의 그 간반방은 아닌것 같다.

눈이 번쩍 떼였다. 전기에 찔린듯 옆을 바라본다. 히미한 새벽 찬빛 속에 여인이 누어 있었다.

"아,"

두번째 부르짖음이 튀어나왔다. 역시 자기집이 아니었다. 어렴풋이 어제 저녁 일이 생각 나는듯도 하고 아직 몽롱한 머릿속에는 모든 경과가 먼 꿈 속 같기도 하다.

계집에게라도 물어보고 싶으나 여인은 자는지 안 자는지 두 손을 꼭 가슴에 모아댄채 숨소리도 없이 모로 누어 있었다. 분 벗겨진 콧날이 오똑하게 유난히 눈에 띠는 여자다.

종훈은 이맛살을 찌프리고 일부러 커다랗게 입맛을 다시었다.

목이 마르다.

"물!"

하고 명령하듯 웨쳤다. 동시에 여인이 벌떡 일어나드니 머리맡에서 주전자와 컵을 더듬어 물을 부어주었다. 민첩한 동작이다. 그리고는 남자를 내려

다보며 아무 감동없이 웃어 보였다. 자기 자신의 웃음이 아니라 누구에게 꾸중이라도 들어가며 배운듯한 웃음이었다.

종훈은 눈을 가늘게 뜨고 그같은 여인을 바라보았다.

계집은 엷은 침의를 걸친 어깨를 일부러 오스스 떨드니 다시 이불 속으로 기어 들어온다.

어리지는 않으나 아직 퇴폐하지 않은 육체에는 어떤 야성적인 아름다움이 있었다. 종훈은 말없이 한 팔을 벌리어 계집의 뻣뻣한 몸을 안았다.

여인은 잠간 몸을 뒤로 재기는듯 했으나 역시 누구에게 교시라도 받은 듯 아직 서투른 몸맵시로 곧 남자의 팔속에 휘감겨 들어왔다.

푹신한 머리칼이 바로 턱밑에 와 닿았다. 종훈은 그 파—마한 푹신한 머리칼의 감촉에서 아내의 헤뜨러진 머리를 연상했다. 동인동 집에는 퇴원한지 얼마되지 않은 아내가 지금쯤 돌아오지 않는 남편을 원망하여 극도의 신경질을 일으키고 있을 것이었다.

종훈은 몇달전부터 이 앓는 아내에게 대해서 일찌기 경험하지 못한—자기 자신으로서도 확실히 형체를 잡을 수 없는 어떤 새로운 감정을 가지기 시작한 것을 깨닫는다. 그것은 아내의 애정을 배반하는데까지는 이르지 않는다 하드라도 지금까지 지나온 생활과는 완전히 합일(合一) 할 수 없는 공허한 틈사이 같은 것이었다.

그러나 공허한 것은 실상 그들의 부부관계만이 아니다. 그의 전 생활이 그저 연기 같이 뭉게 뭉게 공허하고 우울했다. 정체모를 우울이었다. 원인도 알 수 없었다.

대체 이 우울은 어디서 오는 것인가. 새해를 맞아 나이를 또 한살 더 먹은 탓인지도 몰랐다. 삼년을 접어드는 피난생활의 긴장이 풀리기 시작한 피로에서 오는 것인지도 모른다. 그러나 가장 비근한 원인은 역시 아내의 병 때문인지도 몰랐다. 아내가 몸저 누운지 일년이나 되는 동안 종훈은 남편으로서 할 수 있는 모든 성의를 다 했다고 생각한다.

그러나 종훈이 그렇게 생각하건 안하건 타동적(他動的)으로 아내의 병은
불행한 일이었다.

오래 못 만난 친구를 만나면 으레

"부인 병 때문에 얼마나 고생을 하나?"

하고 인사를 한다.

술좌석 같은데서 엉뎅이만 들어도

"가봐야나? 부인이 더 하신가?"

하며 지나친 동정들을 해주는 것이다.

종훈의 석연치 못한 마음은 이런데서도 자라는 것 같았다.

아무튼 그의 뭉게뭉게 피어오를 뿐 정체를 알 수 없는 공허를 정리하기
위해서는 조속히 어떤 구제가 필요했다. 광명이라도 좋았다. 어둠이라도 좋
았다. 어둠 속에서 이녕(泥濘)과 함께 딩굴어 그 어두운 우울에 일맥의 광
명이 비친다면 다행이었다.

이 혼돈한 생활 속에서 전광과 같이 반짝 작열(灼熱) 할 수 있는 일순간
을 창조하리라. 게다가 이같은 심리를 선동하는 사람에 동료요 악우인 변
군이 있었다.

종훈은 저보담 서너살이나 젊은 변군과 더불어 흔히 술을 먹고 변군이 이끄
는대로 여인도 농락했다. 비록 그것이 색정(色情)에 통하여 심신을 탐익(耽溺)
하는 방법이라고 하드라도 이 세상의 가장 격렬한 쾌락의 모습 속에서는 어떤
오념(悟念)에 가까운 달관의 길이 열려질 수도 있으리라는 기대가 있었다.

그러나 그는 이 같은 달관에 아직 도달하지 못한채 집을 비인 아침이면
일층 신경질이 되는 아내를 무마하기에 더욱 피로를 더할 뿐이다.

×

아내의 병은 늑막염이었다.

시초는 1·3후퇴에 트럭이 전복되어 허리를 몹시 쳤기 때문이라 했다. 후퇴 때의 광경은 되풀이할 것도 없다.

　인류의 역사상에서 민주주의와 인도주의가 이렇게 말살당한 시간을 종훈은 찾아낼 수가 없었다. 가장 강잉한 신경과 가장 강력한 체력만이 살아남아 지금도 생명을 유지하고 있다고 생각한다. 스무명이나 탔던 사람들 가운데 반은 죽고 그 남은 사람의 반은 중상을 입어 기동을 못하는 것을 그대로 길가에 버려둔채 몸을 움직일 수 있는 사람들은 또다시 다른 트럭을 잡아타지 않을 수 없었던 것이다.

　발목을 삐었을 뿐인 종훈과 허리를 다쳤다 하나 생명에는 별고 없다는 아내를 사람들은 모두 기적에 가까운 행운이라고 했다.

　과연 살아난 것은 행운이었다. 대구까지 나려오자 종훈 부부의 부상은 이럭저럭 치료를 받아 나았다. 게다가 회사의 윗자리에 있던 사람들이 죽기도 하고 납치도 당하고 했기 때문에 기술자인 종훈은 저도 모르는 사이에 직위가 올랐다.

　거리에는 피난민의 무리가 눈에 핏발을 세우며 아직도 유랑하고 있었으나 종훈 부부는 딴 세상 사람들이었다. 부부는 함께 다방에를 다니고 음악을 즐기고 땐스를 배웠다.

　만족한 미소, 꽃향기, 남편의 출세 — 그것만 생각하면 그만이었다.

　그러나 일년이 다 지나지 못해서 아내의 다친 허리에는 물이 고였다.

　처음으로 진찰을 받고 렌트겐 사진을 찍었을 때 그들 부부는 한편 폐가 물에 잠기어 형용조차 보이지 않는 현상을 바라보며 오히려 순정이라고까지 형용할 수 있는 따뜻한 감정으로 서로 손을 꼭 쥐었다.

　"늑막염이 어디 병인가. 안정만 하면 낫는걸. 마음을 가라앉히고 우리 투병을 해 봅시다."

　종훈은 우는 아내의 어깨를 얼싸안고 그 눈물을 씻겨주었다. 행복한 부부생활 가운데 악마처럼 침입하려는 병마에게서 그들의 애정을 지키기나 하려는 듯이 더욱 아내를 위로하고 아끼었다.

부득이한 별거생활이 십년전 연애시절로 두 사람을 돌아오게 한 것 같았다. 아내는 입원해있는 비교적 엄격한 그 카토릭계의 병원에서 오후 다섯시 저녁 종소리만 기다린다. 회사가 파하자 종훈은 그대로 병실에 달려왔다. 이야기도 하고 책도 읽어주고 밤 아홉시까지의 시간을 아내와 함께 보낸다. 처음 얼마 동안은 간호원이 와서 몰아내다싶이 해야 비로소 동인동 숙소로 돌아갔다.

병원의 급식이 시엇지않다 하여 집에 데리고 있는 할멈에게 음식을 만들게 하고는 부끄러운줄도 모르고 손수 날렀다.

그러나 아내의 병은 너무도 지루했다. 몇달동안의 정양으로 허리의 물은 거진 말랐으나 다시 폐가 침륜되기 시작했다. 오후면 미열이 있고 기침이 잦고 언제나 담이 채여있었다.

휘날리는 낙엽이 카-텐을 내린 병실 유리창을 때리고 한달에 한번씩 박여야하는 아내의 렌트겐 사진이 열장을 헤었을 때 아내는 갑자기 퇴원하겠다고 졸랐다. 마치 남편의 가슴속에 가을 바람과 같이 스며드는 어떤 간격을 간파하기나 한듯이.

사실 이때부터 종훈의 그 형용할 수 없는 공허는 시작되고 있었다. 아내 이외의 여러가지에 흥미가 끌리기 시작했다. 금력과 권력을 얻으려고 발도듬을 하고 날뛰는 인간들의 비극을 똑바른 눈으로 직시하고 싶은 충동도 있었다.

여인에게 대한 갈망도 있었다.

변군과 각별하게 사귀게 된 것도 이 무렵이었다. 종훈은 회사가 파하면 매일같이 변군과 얼렸다. 화려한 술자리에서는 다른 사람들이 기이해 하도록 떠들어 기생을 당황하게 하는 일도 있고, 영 흥이 나지 않는듯 비웃는 웃음을 입가에 떠우고 가만히 한옆에 앉아있는 일도 있었다. 노름이 파하고 바깥에 나오면 언제나 훌적 하늘을 쳐다본다. 한없이 방랑하고싶은 마음이었다. 어느곳 어느자리에서 뜻하지않고 만날 수 있는 여인이 그리워지기도 했다.

진흙속에 사람을 끌어넣어 파멸케 하고야마는 욕정의 힘—그것도 경험하고 싶었다.

이같은 종훈의 마음을 알면 변군은 흔히 그를 끌었다. 나이 아래요 미혼자면서도 변군은 여러가지 경험이 많았다.

"여보게 이젠 자네도 연앤 못허네, 연애란건 이십대에 하는 것이지 삼십만 지나면 고만이야. 여자의 마음보담 먼첨 육체가 눈에 띠거든."

드르면서 종훈은 웬일인지 쓸쓸했다. 그리고는 마음속으로 고개를 저었다.

"도대체 여자가 참 많기도 하고 그 많은 여자가 모두 약하거든. 유혹하고 어쩌고 할것도 없이 손가락하나면 그대로 넘어가요. 세상이 혼란하고 마음들이 허무하니깐 여자편에서도 그 침울한 분위기에서 헤어나 보려고 허덕허덕 하는 중이거든."

"……"

"연애는 꼬불꼬불한 가시밭 길이야. 우리헌텐 노는 여자가 젤 편합넨다. 탄탄대로거든. 우린 이제 가시밭길은 못가네. 탄탄대로가 그저 수월하지."

변군의 지론에 의하면 여자를 사귀었다가 어떤 의무를 강요당하든지 장래 결혼에 방해가 되든지 한다면 큰일이라는 것이다. 그저 즐거운 접촉을 서로 계속해 가다가 필요한 동안 독점하고는 언제든지 책임없이 끊을 수 있는 사랑이 현대적인 애정이라 했다.

"그렇다면 매춘부를 접하는 것과 무엇이 다르랴."

종훈은 침을 배았고 싶었다. 삼십을 넘은지 오래건만 그는 아직 그런 애정관을 가지고싶지가 않았다.

지금 당장에라도 열열한 연애에 몰두할 수가 있을 것 같았다. 몸과 마음을 드리부어 구제를 받을 수 있는 여인이 있다면 전혀 맹목이 될 수도 있을 것 같다.

그럴때마다 종훈은 분연히 변군의 말을 막고 혼자 집으로 돌아온다. 그러나 다음날이면 허전한 마음이 또다시 변군과 얼리고 마는 것이었다.

남편의 행동이 이렇게 혼란할쑤록 아내는 점점 신경질이 되어갔다. 처음에는 애소하고 매달렸으나 남편의 마음이 영 제자리에 돌아오지 않는 것을 보자 이제는 오로지 병을 저주할 뿐이었다.

"당신두 아직 젊으니깐 혼자 견디시기 어려울줄 내 알아요. 정 못견디겠으면 나 죽기 바라지말구 첩을 얻든지 계집을 정하든지 우리 의논이나 해서 합시다."

종훈은 이렇게밖에 해석하지 못하는 아내의 협량(狹量)이 도리어 가엾었다. 심경을 설명한대로 알아줄 도량이 있는 아내가 아니었다.

"여보!"

"……."

"아들이 늦어지니깐 초조해서 그러우?"

"……."

"당신 눈에 난 다시 소생하지 못할 것 같지. 의사가 그럽디까?"

"원 별소릴 다 허우."

"어차피 며칠 못살 목숨이면 난 죽을테야. 당신앞에서 시언히 자살해 뵐테야."

이 병원에 아내가 입원할 때는 실로 낭만적인 서정시였던 병실풍경은 어느새 일전하여 통속소설의 외모를 구비해버렸다.

종훈이 변군에게 끌리어 처음으로 아내 이외의 여자를 범했을 때도 술이 몹시 취해 있었다. 술이 취해 있었고 옆에서 변군이 자꾸 선동을 하기 때문에 처음에는 별로 느끼지 않았으나 날이 밝자 처녀의 정조를 유린당한듯한 결벽감이 뼈아프게 느껴졌다. 전날밤 전등 불빛아래서 몹시 아름답게 보이던 상대여자가 불건강한 얼굴빛을 한 범범한 용모인 것도 불만했다. 아무튼 그 기생의 집 두툼한 자리속에서 형용할 수 없이 외로운 패배의 감정을 혼자 짓씹고 누웠던 것을 지금도 기억하고 있다.

삭풍이 문풍지를 울리고 앙상한 감나무가지에 가마귀 날아드는 섣달 초순 몹시 추운날 아내는 그예 퇴원해서 집으로 나왔다. 간호부며 의사며 법석법석하던 병원에서 돌아와 그저 외로워만 하는 아내를 위하여 종훈도 한동안 충실히 집으로 돌아왔다. 그 방면의 악우인 변군이 맞선을 볼겸 서울 방면으로 출장을 가버린 까닭도 있었다.

변군이 돌아온 것은 크리쓰마쓰가 지난 뒤였다. 종훈을 맞나자 대뜸

"색시가 약학대학 출신야. 어떻게 굴리든 제 밥버린 할테고, 또 큰놈 몇은 차고 올것 같아."

하고 보고를 한다. 얼렁얼렁 풍을치는 사람이나 '큰놈 몇'이라는 말이 수월히 나오는 것을 드르면 종훈은 제 얼굴이 먼첨 붉어졌다.

"허, 또 불쾌하단 말이지? 가난한 동료가 천만장자가 될테니깐 질투를 하나?"

종훈은 그저 불쾌하기만 했다.

"질투? 자네 제발 내가 질투를 할 수 있는 일이라도 저지르고 다녔으면 좋겠네"

"이사람 화는 왜 내나. 아, 내가 색시더러 돈을 가져오랬어. 제가 공공연히 부모허락 맡고 가져 오는걸. 원 주는거야 누가 싫어."

"……"

"요즘 젊은 사람들은 웬만하면 아내를 부양할 맘은 없다고 난 생각하네. 시집오는 석시두 제가 남편에게 짐이 되려니 생각하지 않구. 물론 아내가 남편을 부양해 주기를 기다리는건 아니지만 각각 제 치닥거리는 제가 해나가야 그게 원측이지."

"그런 원측 난 모르겠네."

"또 순수주원가?"

"견해가 달으이."

"아무튼 물질벽이나 그밖에 지극히 현세적인 여러가지를 고려해 넣지않는 애정이란 존재하지 않는다고 생각해. 사랑만이 결혼의 동기가 된다면

삼척동자두 웃어."

"돈을 지고 오는게 결혼의 동기가 될단 말인가?"

"그야 여자가 기술을 가지고 오든지 현금을 가지고 오든지 상관없지. 그렇지만 솔직한 말루 우리헌테는 건재(乾材)를 가지고 오는게 더 고맙단 말이야."

변군은 '건재'란 말에 손으로 똥그래미를 만들어 보였다.

"지금은 결혼이란 참 한개 비즈네스요 투기요, 상담(商談)이야 하하하하"

그는 자기의 혼담이 가장 성공한 투기의 하나라는듯이 커다랗게 웃었다. 돈없는 여자와의 결혼이란 가설조차 성립할 수 없다는 태도였다.

"인제는 라스트, 해비—야, 신중히 작전을 세워서 최후의 꼴인을 해야지."

과연 그 다음부터 변군은 별로 술도 먹지않고 서울로 편지를 보낸다 선물을 부친다 하며 성의를 표했다. 그리고는 계획대로 결혼이 확정되어 약혼식을 거행하게 된 것이다.

변군이 약혼식을 행하려 다시 서울로 떠나가는 어저께 아침 정거장에 배웅을 나갔던 친구들은

"자아식, 그렇게 굴러먹고도 그래 돈 있는 처녀를 뚝 따러가?"

하기도 하고

"요새 밀고료가 좀 올랐다는데……. 내가 색시집에 밀고를 해서 어디 술값을 좀 벌어 볼까."

하기도 하며 모두 떠나는 사람을 놀렸으나 정말은 부러워하는 빛이 역연했다.

결혼식도 아닌데 색시집이 부자라는데서 서울까지 따라가는 동료도 두엇 있었다.

종훈은 마지못해 정거장까지 나갔으나 변군의 승리자와 같은 태도가 종내 마음에 맞지 않았다. 한편 구석에서 묵연히 차 떠나기만 기다렸다.

차가 뭉싯뭉싯 홈을 떠나려 할 때였다. 무슨 생각을 했는지 변군이 훌적 승강대를 뛰어내리드니 종훈의 앞에 우뚝 와 섰다. 그리고는

"현대인은 손득을 잘 따져야해, 질투말게."

하드니 또다시 달리는 차깐에 훌쩍 뛰어올라가 버린다.

어린애 장난 같기도 하고 사람을 놀리는 수작같기도 했다. 그러나 변군의 연극같은 이 한가지 행동에서 받은 종훈의 타격은 적지않았다.

'현대인의 정체'

라는 것이 바늘로 찌르는듯 가슴에 스몄다. 야심적이요, 계획적이요, 강인한 성격ㅡ결국 변군 같은 사람이 현대인의 전형(典型) 이란 말인가.

정거장을 돌쳐나오며 종훈의 입가에는 자조적(自嘲的)인 웃음이 떠올랐다.

ㅡ흥 변군은 두번이나 나를 향해 질투한단 말을 썼었다. 과연 나는 여태 나의 손해와 그의 이득(利得)을 비교하는 마음이 없었든가ㅡ

몇달째 막연히 번뇌하고 있던 석연치 못한 심리상태를 정확하게 바라보는듯한 마음이었다. 우울의 정체란 그럼 바로 아런 것이었든가.

ㅡ그럴리가 있나, 내 아내에게 대해서 내가 손득을 따지기 시작했다니, 그럴리가……ㅡ

종훈은 얼른 이 생각을 부정하려 했다.

ㅡ나는 그같은 현실주의자는 아니다. 내게는 아직도 낭만(浪漫)이 었어ㅡ

손득!

정확한 고민의 근원을 파악하여 최종결론에 도달하려는 마음과 이것을 두려워하는 마음이 갈등이 되어 그를 괴롭혔다.

그는 비씰거리며 단골도 아닌 집으로 들어가 혼자 술을 먹었다. 변군이 없이 혼자 그렇게 많은 술을 먹기는 처음이었다.

그리고는 어떻게된 셈인지 이 매춘부의 집에 와서 들어누어 있었던 것이다.

× ×

달그락 달그락 그릇 다루는 소리는 여전히 났다. 창문도 훤하니 밝아졌다. 얼굴을 맞대듯 하고 있는 여인의 오뚝한 콧날 위에 유난히 검은 죽은 깨가 두어개 들어나 있는 것도 보인다. 누워 있는 방이 다다미 방이라는 것도 알리어졌다.

동인동집 온돌방에 외로이 누워있을 아내의 모습이 또 보이었다.

—간밤에 불이나 많이 때었나— 매춘부의 방에서 계집을 안고누어 아내를 생각한다는 것은 실로 기이한 일이었다.

종훈은 까닭도 없이 다시 한번 여인의 몸을 꼭 껴안았다.

이때다.

방 밖에서 무슨 기척이 나더니 서슴지않고 누가 문을 탕탕 두드린다. 종훈은 정말 정신이 번쩍 났다. 여태까지도 몽롱해있던 의식이 일시에 회복되는 것 같았다.

이같은 시각 이같은 상태에 놓여있는 남녀의 방을 예사롭게 두드리는 사람이 대체 누구란 말인가. 그러나 더욱 기괴한 것은 그 소리를 듣자 가슴속에 안겨있던 여인이 공포에 질린 듯

"앗"

소리를 지르며 정말 가슴속으로 파고들어온 것이다.

방문을 두드리는 소리는 잠간 쉬었다가 더욱 심해졌다.

종훈은 여인을 떼밀듯이 하며 재빠르게 앞뒤를 돌아보았다.

피난중 혼란기에 별별 이야기가 다 있다지 않는가. 앞문으로 남자를 끌어 들이고 뒷문으로는 '어깨'의 한패가 달려들어 협박공갈을 한 남어지 입은 옷까지 벗겨간다는 이야기.

방속에 정밀한 비밀 촬영장치가 되어있어 남녀의 환락장면이 저절로 필름에 인쳐진다는 이야기. 심지어는 사람은 며칠씩 감금을 한채 협박장을 쓰게 하고 그것을 들고 다니며 외부에서 악행을 한다는 이야기도 있다.

위험이 임박했는지도 모른다는 의식은 종훈을 필사적으로 자리에서 뛰어 일어나게 했다.

기선을 제어할 작정이다.

그러나 종훈이 미처 안에서 방문을 열기 전에 문은 면첨 밖에서 펄쩍 열리었다.

"엄마아"

서너살이나 되었을까 단발한 상고머리가 우는 소리를 지르며뛰 어들어온 것과 이불을 박찬 여인이 두팔을 벌리고 어린 것을 쓸어안은 것과는 거의 동시였다.

"엄마—"

종훈은 망연히 그자리에 서고 말았다. 그의 눈앞에서 어린 것을 쓸어안은채 고개를 숙이고 있는 것은 아까까지의 매소부가 아니었다.

이번 동란에 바치는 번제물, 그리고 구원(久遠)의 여상 거룩한 마리아였다.

눈시울이 뜨거워지며 종훈의 시야는 안개가 끼인듯 흐릿해졌다.

그러나 그것은 결코 거룩한 여상을 유린한데 대한 참회의 눈물은 아니었다.

그것은 오히려 아내, 이 매소부, 그리고 변군의 약혼녀등, 모든 한국의 여성에게 보내는 애닲은 연민의 눈물이었는지 모른다. (끝)

『코메트』 2호, 1953.1, 91-97, 100면. [정예창작진(精銳創作陣)]

풍설(風雪)

결혼식때 받았던 화분의 국화가 누렇게 시들었다.

그 국화분을 방안에 옮기고 날마다 떡닢을 떼어주며 혜정은 문앞을 지나 다니는 수많은 발자취 가운데서 남편의 발소리를 가려들으려 귀를 기우렸다

젊은 사람들이 가지는 시간은 정말 꿈같다 결혼식을 치루던것이 바로어 제 같건만 벌서 석달 어느새 혜정은 남편의 신발소리를 가려들을줄아는 아 내가 되었던것이다.

그뿐이랴 행주치마 질끈 동인 허리춤에도 그릇을 다루는 손맵시에도 남 의 아내다운 모습은 역연했다.

아침에는 조심스래 일어나 남편의 출근준비를 서둘렀고 저녁이면 집안 을치우고화장을 고쳐했다.

어떤 관청에 출근하고 있는 남편은 오후 다섯시만 되면 판에 박은듯이집 으로 달려왔다.

그날도 국화잎을 떼여내고 풍로에 불을 피운뒤에야 귀에 익은 발소리가 대문앞에 들렸다. 남편은 유난히 기쁜 모양이었다.

문에 들어설때부터 휘파람을 불었다. 대뜸 부엌으로 들어와서는 아내의 가냘픈 온 어깨를 두손으로 붓잡고 가벼웁게 흔들었다.

젊은 육군대위인 그의 가장 친한 친구가 그들의 건너방으로 이사를 온다 는것이다.

"당신한테 의논하구 결정할려구 했지만 말요"

하는 남편의말은 변명같았으나 실상 가지 독단을 뉘우치는 기색은 없었다

"김군말야 전선으로 여태 돌아다니다가 이제 간신히 후방에 전속되온걸 어디 하숙에 보낼수가 있어야지"

남편의 말은 기쁨에 넘쳐있었다.

"글세 그군하구 나하군 중학때부터 아주 컴비거든 죽을 고비를 몇번이나 기적적으로 넘기고 아무튼 살아있으니 서로 만나는거야"

혜정도 아무 의의가 있을리 없었다. 단 두사람만의 호젓한생활속에 찾아들어온 유쾌한젊은군인을 생각하며 남편의 팔에 매달렸다.

"어쩌믄 꼭 오시도록 해요 예 정말 피난민은 거리루 헤매고있는데 암만 제집이라두 두식구에 두방템이나 쓰고있다는건 지나친 호화예요"

"아 그렇게 합시다 그렇게 해"

남편은 쿵쿵마루를 울리듯하게 서재로쓰고있는 건너방으로들어갔다 계속하여

"이책상은 그때로 두고 — 침구는 어떻게 할까"

하는 소리가 들려왔다. 벌서 방을 치우기 시작하는것이다.

×   ×

김대위는 바로그이튿날로 이사를왔다. 혜정이 얘기하고있던것같이 쾌활한 사람은아니었으나 침착하고 조심성스런사람이었다. 하긴 마루하나 격한 건너방에 신혼부부가 거처하고있으니 조심성을 부리지 않을래야 않을수도 없었을것이다

그는 사양하는 마음에서인지 아침에는 의례히 혜정의 남편보담 일찌기 집을나갔고 저녁때면 대개 식사를 밖에서마치고 들어왔다. 부대에 들어가야할시간이 그렇게도 일르고 식사도 부대에서 해야한다는 것이었다 보다못한 혜정이

"김선생님 참 이상하셔 글세 한집안 식구처럼 생각하시구 진지랑같이 잡수시고 빨래같은것두 사양말고 좀 내놓세요"

해도 그저

"고맙습니다"

하며 웃을뿐 어쩌다 안방에 함께 모여 노는 저녁에도 근엄한 표정을 잃지 않았다

그래도 미혼자의 신변에는 여인의 손길이 가야할일이 많았다.

아침 세수하는 김대위의 내의 단추가 떨어져있으면 혜정은 얼른 바늘을 가져다 새로 달아준다. 양말이 헤진것을 보아도 빨아두었던 남편의 양말을 대신꺼내다 주곤했다. 혹 시장에 나갔다 돌아올때에는 이외로운 남편의 친구를위해서 케-키나 과실이나 그런것을 사다가 건너방책상우에 몰래얹어 두기도 했다 그럴때마다 김대위는또한진정으로 고마워했다 혜정은 남편이 김대위를 건너방으로 이끌어온일에는 아무런 후회도없었다

그러나 날이갈수록 그는 어떤석연치못한불안에 사로잡히기 시작했다. 남편의태도가 웬일인지달라진것이다 친구인 김대위에게 대하는태도는 여전한결같으나 다만 혜정에게대해서 와락신경질을부리거나 짜증을내는일이있었다 더우기 아내가 김의이야기를 즐겨하거나 그의칭찬을하는때에는 완연히불쾌해했다.

밤늦게 김대위의 돌아오는 기척이나고 옷같은것을 매만지고있던 혜정이 아직자지않고있는 남편을위해서

"김선생 돌아오시네 이방으로 건너오시래까"

하면 남편은 갑자기 하품을 하며

"관두우 난 잘테야"

하고 아내의 말을 막는일도있었다.

다시 한달이 지나갔다.

눈이 와야할 계절인데도 비가 철석어리며 나리고 있었다. 피난민을 위해

하늘이 동정을하는가 부다고 위선마음을 놓는사람들도 있고 늦추위를 하려는가하고 도리어 불안해하는축도있었다.

그날 혜정은 아침부터 머리가 무겁고 몸이괴로웠다.

출근하는 남편의 어깨에 외투를 입혀주며 여인으로서도 비교적 적은편인 혜정은 언제나뒤발꿈치를세우고 키를돋군다. 그러나 이날은 발뒤꿈치를 세운순간저도 모르게 현기증을 느끼며 두어발 옆으로 비씰거렸다.

"왜? 웬일이우"

남편도 의아한듯이 거름을 도리키며 얼굴이붉은아내의 이마에손을대었다. 깜짝 놀랄만큼 뜨거웠다.

"어 이거 열이대단하군 여보! 조심해야해"

남편은 외투를 입은채 부리낳게 자리를 내려 깔았다 억지로 아내를 뉘웠다.

"의사를 불러와야겠군 이거 큰일났는데"

그는 잠깐생각하는모양이었다 출근을할까말까하는것이다 남편의 마음을 알자 혜정은 완강히자리에서 일어나려했다.

"나가세요출근하셔야해요 정초부터빠지면어떻게요" 남편도 나가지 않을 수가없었다. 정말정초요 밀린일이 많았던 것이다.

"그럼 내 용식엄마 불러보낼테니 나 돌아올때까지 같이있우 방에불더때라구 그러구"

그래도 남편은 좀처로 아내의 옆을 떠나지못하고 머리를 짚어주기도하며 이불자락을 거두어두어주기도했다.

"내 나가다 의사도 부탁하리다 이거불안해일이 손에 잡힐까"

그리고는 와락 성난듯한 어조로

"김군이라두 이런날 집에 좀붙어있지 이사람 당최 코빼두 볼수가없으니"
한다. 남편이 김대위의 말을 입에올리는것은실로 여러날만이었다.

마지못해 남편이 나가자 곧 용식어멈이왔다.

용식어멈은 이웃집 뜰아랫방을 빌어들어있는 가난한피난민이었다혜정의집

에드나들며 부부가함께외출할때면집도 봐주고 빨래가지도 주물러주고하는
마누라다. 의사도 다녀갔다 보통감기몸살같다고했으나 고개를 기웃거렸다.

"어쩌면 임신의 증세가 겹혔는지도모르겠읍니다 한보름 미루고보아야겠
지만……" 하는것이다.

"임신?"

혜정은 어떤두꺼운장벽에 부디친것같았다 미지(未知)의두렵고 신비로운
세계의문을손수열지않으면 않되는마음이었다.

— 인간의 생활이란것을 배울여가도없이 어머니가된다…… 그것은한개
의 경의(驚異)요 당황(唐惶)이다. 남편과 처음으로서만나던일이생각났다

석류꽃이 처마끝에붉게피고 새산이가엉뎅이를흔들며 끼룩거리고돌아다
니던 고향집이었다. 오빠전사(戰死)의비보(悲報)를 듣고 온집안이 수심에잠
겨있을때 죽은오빠의친우의 한사람으로 일부러 유족들을 방문하러온사람
이 지금의 남편이었다 수심에잠겨있는 집안이었으므로 할수없이문앞까지
응대하러나갔던 혜정은싱싱하게 살아있는 오빠의친구를보자 참새처럼오돌
오돌떨었다 지금김대위를볼때마다마음이가지고 친절하게되는것도 남편의
친구라는이유밖에 죽은오빠의냄새를 이젊은군인에게서 맡게되는때문인지
도 몰랐다 그러나 그는한번도김대위에게도 남편에게도 오빠이야기를한일
은없었다 아모튼 남편을처음만날때 참새처럼발발떨던 그자기는 어데갔는
가 결혼생활 넉달동안에벌서눈이밝아진혜정은 여태까지 보지못했던 여러
가지인생을보고 경험한마음이었다.

— 그리고 또하나 어머니가된다 이렇게소녀(少女)의 세계에서 영이별한다 —

의사가 돌아가자 혜정은 벼개를돋우베고 바짝 마른 입술을 혓바닥으로
추기며 이불을턱밑까지추켜올리고 눈을감았다 형용할수없는 우수(憂愁)가
짝을닐은□수처럼 밀려와것잡을수가 없었다.

유리창밖에는 여전히비가나리고있었으나 소나무가지끝에 히고찬것이 번
적어리는것을보면 눈보라로변한것같기도했다

한낮이기울자 바람기불고 정말눈보라가 휘날렸다 혜정은왼일인지 견딜
수없이 남편이그리워졌다 어서남편이 돌아와주었으면싶었다

옆에지키고 앉은용식엄마도 같은마음인모양으로 연신밖앗만내다보았다
마지못해 혜정이

"용식엄마 가보시우 내혼자누어있으께요"

할때마다

"글세 선생님이꼭모시고 있으라구하셨는데요"

한다 대문이 삐걱했다

용식엄마가 반색을하며 뛰어나갔다

"김대위님 어떻게 이렇게일직나오셨어요"

하는소리가 들린다 김대위가 돌아온것이었다

그리고는 계속하여

"김대위님 아씨가편찮으신대 잠깐만같이계셔주서요 내우리집에 좀들여
다보구곧올께요"

하는용식엄마목소리가 들리더니 대답도 듣지않고 대문소리가났다.

혜정은 어쩔줄을몰랐다.

이윽고 우장벗는 기척이나고

"많이 편찮으십니까"

하며 군모를손에든채 김대위가안방으로들어왔다

혜정은 저도모르게 상반신을이르켰다 김대위와 단둘이한방에 앉아있기
는 처음이었기때문이다

그같은혜정의모양을보자 김대위를 곧돌쳐 갈것같은자세를취하드니 무슨
이야기가있는듯 조심스레 무릎을세우고 앉았다

"어떻게 이렇게일직나오셨어요"

하고 혜정이 물었다.

김대위는 또잠깐 정색을하더니

"내일전선(前線)으로 떠납니다그래서……" 했다

혜정은 가슴이 꽉마켜버리며 말이나오지안았다 슬픈눈으로 남편의친구를처다보았다 그남편의친구 얼굴우에 또하나죽은오빠의 얼굴이영화의 이중사(二重寫)처럼 어른거리었다

"저이오빠두 작년 이맘때 —"

하는 소리가 재절로나왔다

"전사하셨다지요 잘압니다"

김대위도 왼일인지 비감한목소리로 천천히말을 이었다.

"후방이 아주 싫여졌읍니다 군인은 역시전선에나가싸워야할것같아서 내가지원했지요"

혜정은아무말도나오지않았다. 작년이맘때 아직여학교졸업반에있는 자기를부잡고 혜정의오빠도 이와비슷한 말을한것같기도하다

— 내가열이있기때문에 이런착각을이르키나부다 —

혜정은 되도록정신을가다듬으려했다 그러나김대위의다음말도역시어떤날 오빠의입에서 들은일이 있는말같았다

"최전선으로 나가기를 몇번이나 지원했읍니다 이건비밀입니다만 내지원으로해서 이번어떤인사 문제가순조롭게 해결될것같기도하고해서요"

김대위는 그만 일어서며

"그동안 신세를참많이끼쳤읍니다"

한다.

이때였다 혜정의귀에서저벅저벅뛰어오는발소리가들려왔다 귀에익은남편의발소리다

"앗!"

동시에 방문이펄쩍열리었다 무심히밖앗으로나가려던 김대위도주춤물러섰다 급이달려온까닭이리라 어깨와머리가 눈보라에 젖은남편은 무서운눈초리로 아내와친구의 두사람을 노려보았다.

얼굴빛이 핼쑥했다

다음순간 남편의바른편팔이 번쩍들리었다 동시에혜정은 왼편뺨에불같은 아픔을 느끼며그자리에 쓰러졌다

전광과같이 일체를 이해할수가 있었다 아내의 병을 염려하여 일부러 일찌기돌아온남편은 곧댓돌우에놓여있는 김대위의구두를 보았으리라 황급히 방문을 열고 들어왔을때 그곳에는 예상과같이 단두사람많이 마주있었다 ─

"어쩌면 그런 오해를……"

혜정은 필사적으로 몸을 이르키며 변명을하려했다

자기보담도 내일 곧 전선으로 떠나는 김대위와의 우정을 위해서였다

"여보! 그건 글세 그건……"

그러나 그보다 먼처 김대위의 여전히 침착한 목소리가 들려왔다

"여보게 결코 인생을 추악하게 생각해서는안되네 자네 결혼하더니 어째 마음이 변했나"

어느듯 혜정은 두손으로 얼굴을가린채 느껴울고있었다.

그러나 이제 그것은 분명히 남편의 오해를슬퍼하는 눈물은 아니었다

그것은 오히려 김대위에게 ─ 아니 오빠처럼 인생을 아름답게 보고 아름답게만살려고한모든 젊은영혼들에게 보내는 찬탄(讚嘆)의 눈물이었는지도 모른다 (끝)

『희망』 3권2호, 1953.2, 56-58면. [단편소설(短篇小說)]

선물(膳物)

전항이 치열해 지며 약혼자인 병준이 오늘 내일 하고 전선(前線)으로 출동될 날이 가까워 오자 젊은 간호부 오은히는 그 사랑하는 사람에게 무엇을 선물로 줄까 하는것이 한개 궁리꺼리였다. 병원에 나와도 도통 일이 손에 잡히지 않는다.

시국이 시국인지라 자숙하는 의미로서도 비용 많이 드는 물건이나 거치장스러운 물건은 삼가야 했다. 그렇다고 손수건이나 거울이나 그런것은 너무 통속적이다. 남자의 가슴에 분명히 남을수 있는 정신적인 그무엇을 전해주고 싶었다.

은히 어머니는 간략하게나마 이 기회에 결혼식을 치뤄버리자고 주장했다.

"이러나 저러나 자네사람이니 분명히 자네사람을 만들어놓구 떠나게"

전쟁미망인의 한사람인 은히 어머니는 몇번이나 시름없는 태도로 이런 소리를 했으나 그것은 또 병준이 편에서 반대였다.

"전 은히씨를 괘니 속박하고 싶지 않습니다. 식야 뭐 도라온 뒤에 하면 대순가요"

은히는 이같은 병준이 마음을 잘 안다. 괘니 사람을 속박하고 싶지 않다는 청년의 마음속에 얼마만한 호의(好意)와 자제(自制)가 스며있는 것을 아는만큼자기 가슴속에도 한가지 결의가 뭉쳐진 것이다.

'떠나는 사람에게 안도(安堵)를 주도록 하자'

그러나 어떻게 이 결심을 표시해 보일지 스물한살의 처녀에게는 벅찬 과제였다. 누구의 원조가 필요 했다.

"어떻게 하나?"

은히는 수술기구 소독하던 손을 멈추고 잠간 궁리에 잠긴다.

× ×

병원 복도에 뚜벅뚜벅 구두소리가 들린다. 기척만으로도 그 딱정떼 간호부장임에 틀림 없다 생각하며 은히는 황급히 다시 일손을 잡았다.

도어가 삐끗 열리며 정말 간호부장의 부리부리한 얼굴이 방안에 들어 왔다.

흘깃 바라보니 노익장(老益壯)이라고 젊은 간호원들이 도라서서 입을 비쭉어리는 이 마누라의 모습이 오늘 따라 왼일인지 그 왕성한 기력이 한풀 꺾인것 같다. 평상시 그는 느티나무처럼 강건했다.

그러나 오늘은 그 가지와 잎사귀에 넘처 흐르던 느티나무의 힘을 잃고 있었다.

이상하다! 생각하면서도 은히는 또 걱정스런 잔소리가 나릴까봐 눈을 모우고 부즈런히 손만 돌린다.

뚜벅뚜벅 구두소리가 다가왔다. 눈 앞에 와 우뚝서드니 대뜸

"우리 현식이 헌테 응, 현식이헌테 소집장이 나왔어"

한다.

은히는 가슴이 화끈해지며 손에 잡았던 '메쓰'를 떨어트릴번 했다. 현식은 과부인 박 간호부장의 외아들이요 전기회사에 다니는 그 집안의 기둥이기도 했던 것이다.

"어쩜 언제요?"

"어제. 난 오늘아침에야 알았어"

"왜요"

"당직 아냐. 밤에 집에 안나갔거든"

은히의 가슴에 갑짝이 메여지도록 그럽게 병준의 모습이 밀려 왔다.

일을 강잉하여 계속해갈 마음조차 나지 않았다. 창앞으로 걸어가서 밖앝을 바라본다. 개인(個人)경영병원으로서는 한국에서도 굴지하는 외과병원인 이 K의원 넓은 정원에는 아직도 군데군데 흰 눈의 자취가 남아있고 창연한 낙엽송 가지아래로 경환자(輕患者)두어 사람이 거닐고 있다.

눈을 뜨니 무연한 겨울 하늘 — 인생의 흐름이 끄칠줄 모르는 한 남녀의 정, 모자의 관계도 저 하늘처럼 이어나가리라, 남편을 위하지 않는 아내, 아들을 아끼지 않는 어머니가 어디 있으랴만은 그 남편 그 아들은 지금 국가에 몸을 바쳐 이렇게 사랑하는 사람들의 곁을 떠나려 한다. 격열한 시대에 태여난 여인으로 애인이나 자식을 나라에 바칠 것은 그리고 그것이 당연한 의무요 책임이라는 것은 이미 각오한 일이 었으나 막상 그 일을 눈앞에 당할때 역시 마음속에 걸리는 무엇이있었다.

그것은 경험한 사람들 끼리만이 서로 이해할 수 있는 감정이라 생각하며 은히는 여태 멀리 있던 간호부장과의 거리가 갑짝이 가까워 진것을 느낀다. 박부장의 괴롬이 수혈(輸血)처럼 자기 혈관속에 흘러 들어 왔다.

"선생님 자식을 나라에 바치는게 어디 선생님 혼자에요? 누구나 다아 각오하고 있어야 하는 일인 걸이요"

은히는 외람하다 생각하면서도 돌아서서 이렇게 간호부장을 위로할 수밖에 없었다.

"선생님, 뭐 아들뿐입니까 남편두 애인두……"

"그렇지만 아, 글세 그게 어렵거든. 더군다나 우리 앤 다른집 아이들처럼 부모가 구비하게 자라났다면 또 모르겠지만, 참, 불쌍해"

"선생님!"

"개가 난지 열달만에 즈 아버지가 돌아가셨지"

"어쩜"

"난 노오 직업관계루 집에 붙어있는 일이 없었지"

"글세 다아 알아요"

"여봐 갠 눈 어두신 할머니 손에서 암죽을 받아 먹어가며 혼자 자랐어"

이렇게 말하며 박간호부장은 은히의 손을 잡고 웃었다. 두 뺨이 실룩거리고 눈에 눈물이 빛나고 있었다.

"오간호, 웃읍지? 정말 나두 여태 내 맘이 이렇게 약헐줄은 통히 몰랐어"

"선생님! 다아 그래요 막상 당험 누구나 다아"

"그래두 이게 늙는건가봐 이게 늙는거지?"

"벌서 뭐"

"아니 나두 이젠 늙으려나봐"

박부장은 또 다시 억지로 웃어 보였다.

"참 구성지고 슬프기만 해, 모두가 불안해"

그 불안이 이렇게 은히에게라도 닥아 서서 호소하고 싶은 어떤 막막한 고독을 가져온 모양이 었다. 그는 옆의 의자에 몸을 던지고 깊이 고개를 떨어 트린다.

"오간호! 난 여태까지 젊은 사람들의 지도자라고 생각하고 있었지 외람된 일이야"

"아이 왜 자꾸 그런 말씀을 하세요"

"아니, 남을 지도하려는 사람이말야, 자기자신부터 맨첨 완전하지 않고는 절대루 다른 사람을 이끌어 올릴수 없다는걸 깨달았어"

"별말씀을 다아 ─"

"내가 오간호 헌테두 심한 말을 많이 했지"

사실 오은히 뿐만아니라 이 병원안의 젊은 간호부들은 때때로 '심한 말'을 많이 들었다. 박부장은 언제나 자기를 새로운 시대의 새로운 의식을 가진 사람이라 자부하고 있었다.

"나두 안그런데. 아, 장차 나라를 질머질 젊은 것들이 그래 그게 뭐야"

그는 걸핏하면 이렇게 말한다. 간호원들은 박부장의 이같은 훈계를 '연설'이라 부르고 연설말씀만 시작되면 그런 질색을 하는것이 었다. 옷이 조금만 화려해도 연설이요, 머리가 조금만 이상해도 연설이다.

"여긴 병원이 아니구 수녀원(修女院)야"

하며 불평을 하는 처녀도 있었다. 그리고 이런 불평파일쑤록 초조한 비시국적 인간이라 또한 '연설말씀'이 잦았다.

박부장은 그럼으로 심리적으로 언제나 오만하고 불손한 마음을 가지고 있었다.

다른 사람들은 모두 자기에게 비해서 비애국적인 딱한 사람들이라고 분개한 일조차 있었다.

그렇든 것이 — 패배감이 었다. 어떤 패배감이 자기 일생의 신념우에 어두운 그림자를 던진 모양이 었다.

"오간호. 난 참 굳세지 못한 어머니야. 아주 미욱한 여성이야."

박부장은 고개를 한번 흔들고 이마를 짚었던 팔을 책상우에 나렸다.

여태까지 은히는 일년이나 같이 있는 동안에 이렇듯 겸허한 박부장을 본 일이 없었다.

박여사는 약간 목소리를 가다듬어 말을 이었다.

"참 다른 사람은 백번 속일수 있다 하드라도 나 자신은 결코 속일 수 없다는걸 알았어"

"아, 선생님"

은히는 정말 간호부장이 가엾어 졌다.

그는 여태 박부장을 드물게 볼수 있는 굳센 여성으로 인정하고 있었다. 그는 냉철한 여인이다. 이지적이었다. 어떤 때라도 사사로운 감정을 나타내는 일이 없었다.

어떤 의미로 말하면 박여사는 은히의 눈에 한개 우상(偶像)이라고도 할 수 있는 사람이 었다. 그렇든것이 그 우상은 지금 확실히 범인(凡人)의 괴로운 표정으로 솔직한 감정을 토로하고 있지 않는가. 은히는 더욱 가슴이 억색해졌다.

　그러나 그것은 결코 낙망된 까닭은 아니었다. 낙망은 커녕 오히려 어떤 반가운 마음이 있었는지도 모른다. 여태까지는 높직이 쳐다만 보고 경원해오던 박부장이 그 위치했던 높은 대(台)우에서 나려와 따뜻하게 마주 손길을 잡아 주는듯한 그런 감정이었다.

　박여사의 모양이 고맙기조차 했다. 이 고마운 박부장의 팔안에 몸을 던지고 지금 자기 가슴속에 뭉쳐 있는것같은 고민을 함께 소리쳐 울고 싶었다. 은히는 박여사의 어깨에 한 팔을 얹고 고개를 숙여 그의 눈을 들여다 보았다. 박여사의 조고만 눈은 엷게 눈물이 어린속에 거의 애수(哀愁)라고 형용해도 과언이 아닐만큼 슬픈 빛이 떠돌고 있는 것이었다. 그것은 비단 박부장의 눈만이 아니었다. 사랑하는 사람을 떠나 보내는 직전 방황하지 않을 수 없는 모든 여인의 눈이오 오은히 자신의 눈이었다.

　"선생님"

하고 은히는 다시 박부장을 불렀다.

　"선생님 제게두 지금 같은 괴롬이 있어요. 어쩔 줄 모르겠어요"

　"응 알어. 얘기 들었어"

　병준의 일을 새삼스레 토파할것도 없이 박여사는 알고 있는 모양이었다. 그렇지 않으면 은히의 친우인 김간호나 윤간호한테 그 말을 듣고 일부러 찾아온것인지도 모른다.

　"선생님 저와같은 사람은 할수 없지만 선생님은 —"

하며 은히는 또 잠깐 말이 막히었다.

　"선생님의 경우는……"

　"뭐?"

　"글세 선생님의 경우는 외아들이구 기술자구 신청하면 보류가 될 수 있을것 같은 데요"

　그러나 은히의 이 말이 미처 떨어지기도 전에

"어머나"

하고 부르짖은 박부장의 목소리는 거의 비명에 가까웠다.

"오간호, 우리가 이렇게 아픈 마음의 싸움을 하는건 어떻게든지 바르게 살려는 때문이 아냐"

박부장은 조용히 자리에서 일어섰다. 그리고 그가 이 어려움을 피하지 않는것은 시대에 대해서 너무나 많은것을 알고 있기 때문이라 했다. 굳센 자존심과 정열이 이를 허락하지 않는 때문이라고도 했다.

"오간호, 사랑은 쾌락만이 아닙니다. 사랑에는 좀 더 괴로운 의무가 있어"

그것은 심히 간단한 말이나 은히는 그 간단한 말가운데 얼마만큼 어려운 체험과 깊은 고뇌가 숨어 있는지를 엿볼 수가 있었다. 아직 전란이 일어나기전 이 여인의 젊었던 시절에 이미 사랑은 기쁨만이 아니라는 경험을 박부장은 했는지도 모른다. 사랑보담 더 큰 의무를 수행하기 위해서 그는 사랑을 버린 여인이 었는지도 모른다.

"아무도 사랑을 즐거움으로만 알고 있는 동안은 아직 정말 인생은 모르는 때야. 사랑이 가진 괴로운 의무를 알때 좀 더 심각한 인생을 아는거라구 생각해"

은히는 입속으로 혼자 '의무'라 뇌였다.

"그렇지만 오간호, 거기서 한걸음 더 나아가서 그 어려운 의무를 수행했을때 비로소 인생을 완성하는 건줄 알어"

그것은 이제 여태 들어 오던바 그런 '연설말씀'은 아니었다. 적나라한 인간의 폐부에서 울어 나오는 부르짖음이었다.

"선생님 말씀을 들어보니 어째 결심이 서는것두 같아요"

"그렇지만 그게 어려운거야"

"이제 모두 이기게되겠죠 뭐"

"암 승리가 올꺼야. 이렇게 아픈 갈등을 경험허구 나서두 승리가 안오면 어떻겠나"

박부장의 몸에도 차차 느티나무의 기력이 회복되기 시작하는 모양이었다. 문득 은히는 이같은 박여사에게 병준에게 줄 선물을 선택해 달라고 하고 싶었다.

"선생님, 바쁘시지 않으면ㅡ"

하고 은히는 같이 중앙통까지 나가 주기를 청했다.

"응, 나두 정거장에 갈일이 있어. 오후에 서울서 오는차두 내 친구가 현식이를 보려온대"

그같은 말에도 입대전의 창황한 기척이 느껴졌다.

×　×

음력 세말을 바로 눈앞에 둔 중앙통의 오후는 사람의 물길이 이리 밀리고 저리 밀리며 정신이 얼얼하다. 저자를 보아들고 돌아오는 여인, 다방문을 어깨로 밀며 패를 지어 드나드는 청년들, 씩씩하게 걸어 가는 군인, 서점을 기웃거리는 학생, 자동차 소리, 트럭의 우렁찬 바퀴소리, 그 사이로 입에 메가폰을 대고

"여보, 베두베트치마, 전시에 베르베트가 다 뭐야. 당장 벗어요 벗어" 하고 악을 쓰는 부인회원들의 노란 목소리가 뒤섞이어 소음교향곡을 이루고 있다.

박부장과 오은히는 그 사람들의 물결을 헤치다싶이하며 양품점에도 들르고 그림집에도 들렀다. 그러나 생사의 기약도 없이 떠나려는 사람들의 가슴속에 아로삭여 줄만한 선물은 드물었다.

어느새 기차시간이 되었다.

"오간호 어떻게하지. 난 정거장에 가봐야 겠는데"

하고 박부장이 미안한듯이 팔목시계를 굽어 보았다. 어느새 정거장앞까지 와있기도 했다.

"기차가 연착을 할는지두 모르긴 하지만. 글세 차가 연착만 한다면 그동안에 양키―시장을 한번 돌아 볼까"

"……"

"암튼 가서 연착을 하는지를 알아 봐야겠군"

두 사람은 함께 정거장 편으로 걸어갔다. 이칠(二七)병원앞을 지나 정거장마당에 들어 섰을때였다. 역광장 왼편 협문안에 전에 없이 적십자사차며 '엠불렌쓰'들이 몇채나 와서 기다리고 있는것이 눈에 띠였다. 흰 네모바탕에 붉은 십자가 그려진 적십자차만 보면 은히와 박부장은 직업의식상 심상히 지나지를 못한다.

"또 부상병이 후송되어 오나 보구나"

"글세요"

"추운데―"

그러나 그것은 이제 막연히 동정만 하고 있을 남의 일이 아니었다. 그것은 곳 현식의 신상에 닥쳐온 일이오, 병준의 일이었다. 박간호부장은 저편 출구로 가던 발걸음을 돌려 부득부득 왼편 협문 앞으로 닥아 갔다.

은히도 따라서지 않을수 없었다.

박부장은 기차연착시간을 물을것두 잊어버린듯 구내로 들어가는 책목(柵木)앞에 목을 느리고 멀건히 선로편을 들여다 본다.

"선생님 누가 오신다면서요"

"응"

"저리 안가시겠어요"

"글세 그 사람은 우리 집 아니깐 찾아 올꺼야"

이내 푹푹 우렁찬 소리를 지르며 기차가 구내에 들어 왔다.

부상병이 단가(担架)에 실려서 나오기 시작했다. 승차장(乘車場)에도 허옇게 부상한 사람들을 뉘였다. 핏기 없는 얼굴에 죽은듯이 눈을 감고 있는 사람도 있고 머리끝까지 흰 보재기를 덮어 쓴채 땅속에서라도 울려나오는

듯 처참한 목소리로 끙 끙 심음성을 내는 사람도 있었다.

엠불렌스가 움지기며 하나 하나 빠져나간 뒤에도 부상병의 단가는 아직도 이칠(二七)병원을 향하여 계속되고 있었다.

바라보니 박부장은 손을 꼭 깍지켜서 가슴에 대고 반쯤 열린 입으로 괴로운 숨을 뿜고 있는 것이었다.

이십년동안 냉정한 태도로 그렇게 많은 환자를 치료하고 간호했던 그의 열역(閱歷)은 어디로 갔을까. 그는 자석(磁石)에 끌리는 쇠부치처럼 지금 부상자의 신음성에 온 마음을 빼앗기고 있다.

과연 박간호부장은 지금 다른 생각을 할 여유가 없었다.

눈앞을 지나가는 부상병의 한사람 한사람이 그대로 현식이었다.

"현식아!"

부르고 나니 박부장의 눈 앞에는 어떤 문구가 확대하듯 나타나 보였다.

조국!

그러나 다음순간 그것은 어떤 흰옷 입은 부상병의 우에 영화의 이중사(二重寫)처럼 겹처지며 한덩어리가 되었다.

'자식을 죽이는 부모의 마음 그러나 자식은 내놔야한다'

박부장의 눈 앞에서 확대되던 문자는 불빛처럼 점점 힘을 더하여 가부(可否)의 여지도 없이 그를 휩싸가려한다.

조국!

그것은 단순한 감정이나 이론으로는 어떻게 할수 없는 큰 힘이 었다. 박부장은 무기력해진 자기 육체의 힘이 오히려 그 큰 빛의 기세에 꺾일것을 두려워하는듯 굳게 목책(木柵)을 휘여 잡았다. 그리고는 그야말로 비장한 표정으로 은히를 돌아 보았다.

"오간호, 좋은 선물을, 정말 좋은 선물을 발견했어"

"네?"

"우리 저 군인들을치료해주는 사람이 안될테야. 그것두 전선에서 응"

"어마"

박부장의 머리속에는 이제 이해(利害)타산이 없었다. 애증(愛憎)문제도 아니었다. 더군다나 세상의 명예나 이목에 대한 번잡한 마음같은 것은 이미 안저(眼底)를 떠나 소멸하고 있었다. 다만 느낄수 있는것이란 황홀비감한 감격만이었는지 모른다.

"은히! 전선에서는 간호원이 더 필요해. 따뜻한 어머니 손길이 더 필요할꺼야"

"……"

"결코 일시적인 감격이 아냐. 이렇게 결심한 내 마음 알겠지?"

은히는 그저 고개만 끄덕였다. 과연 이같은 감격을 모르는자 어찌하여 괴로운 투쟁끝에 승리를 얻은 여인의 엄숙한 영혼을 이해할 것이랴. 어느새 오은히의 손은 박부장의 한편손에 꼭 쥐여져 있었다.

× ×

며칠후 전선으로 떠나는 병준은 은히로부터 참 좋은 선물을 받았다. 외과병원 간호원들이 총궐기하여 전선종군을 지원했다는 신문기사였다. 기사와 함께 게재된 사진에는 은히와 나란히 박간호부장이 병준을 바라보며 자랑스레 웃고 있었다.　(끝)

『전선문학』 4호, 1953.4, 81-89면.

전숙희 ●●●

전숙희(田淑禧, 1919–2010)

- 1919년 함경남도 원산 출생
- 이화여자고등학교를 거쳐 이화여자전문학교 문과 졸업
- 1938년 단편 「시골로 가는 노파」(『여성』)를 발표하면서 창작활동 시작
- 주요 경력—1954년 아세아문화재단 후원으로 1년간 미국 문화계를 시찰하고 컬럼비아대학교에서 비교문화를 연수. 1959년 문화사절단의 일원으로 대만 방문, 그 후 일본·독일·미국·프랑스 등의 국제 펜클럽 세계대회에 참석. 1970년 동서문화교류를 목적으로 월간지 『동서문화』 창간. 국제 펜클럽 한국본부 명예회장, 계원조형예술대학 이사장 역임 금관문화훈장 추서
- 대표작—첫 수필집 『탕자의 변』(1954), 기행수필집 『이국의 정서』(1957), 전기 『여수상 깐디』(1966), 두 번째 수필집 『밀실의 문을 열고』(1969), 『삶은 즐거워라』(1972), 네 번째 수필집 『나직한 발소리로』(1973) 등 다수

●●●

미완(未完)의 서(書)

언니에게.

언니, 뵈옵지 못한 동안 안녕하십니까. 왼일로 그렇게 소식이 없느냐고 두 번이나 주신 언니의 편지는 다아 잘 받았읍니다. 그러고도 답을 쓸수 없든 저의 마음은 언니의 그 궁금한것 이상의 어쩔수 없는 마음이었기 때문입니다.

이제 석달만에 언니를 향해 마음을 가라 앉히고 붓을 들고 앉으니 지나간 그동안에 저 달과 해가 몇번이라도 바뀐듯 아득합니다.

말하자면 그 석달동안 저는 참으로 오래간만에 또 하나의 지독한 용광로를 치르고 난것입니다. 그리고 언니가 들으면 놀라실것은 그 주인공이 언니도 잘 아시는 십년전 저에게 주검과 같은 절망을 주든 똑같은 사람이라는 것입니다.

기인 꿈에서 깨이듯 흐리멍텅한 정신으로나마 무엇을 생각할수 있게 되자 저는 이 아프고 괴로웠던 마음의 한가닥을 누구에게든 열어 놓지 않고는 견딜수 없는 무거운 심정입니다.

바로 두달전 어느 토요일 날이었읍니다. 오래간만에 정옥이가 찾아 와서 영화구경이라도 가자고 이끄는대로 낮부터 나왔다가 저녁때가 되어 남포동 로―타리 앞에서 뻐쓰를 기다리고 서있었읍니다. 그런데 차를 기다리고 서 있는 여러 사람들 틈에서 누가 나를 자꾸 유심히 쳐다보는 시선을 느끼고 나는 부지중 그 쪽으로 눈을 돌렸읍니다

시선은 차츰 움직여 오드니 내 옆에와 딱 멈쳤읍니다.

"정선씨 아니십니까?"

사나이는 머리에 얹었든 모자를 벗어 들며 조심스레 물었읍니다.

사나이는 광대뼈가 나오고 눈이 움푹 패인것이 눈에 띠였읍니다. 군때가 묻어 검으스름해진 흰 무명 노—타이는 땀에 젖어 후줄구레 하고 회색바지 엔 무릎팍이 둥그렇게 구겨 있었읍니다.

내가 의아한 눈으로 그의 아래 위를 훑어보고 서 있는데 그이는 약간 실망한 얼굴로

"영환일 모르시겠읍니까?"

하고 내 얼굴을 드려다보지 않겠읍니까. 영환이란 이름보다 먼저 귓전에 와 부드치는건 그의 나직한 음성이었읍니다.

나는 그 목소리를 듣는 순간 왼 몸에 피가 딱 정지하는것 처럼 옷싹했읍니다.

나는 그만 나도 모르게

"어마 —"

하고 소리를 질렀읍니다.

그이의 얼굴은 백지장 처럼 질려 있었읍니다

나는 그의 앞으로 다가 서며

"웬일이세요?" 하고 물었읍니다.

살아 있으리라곤 생각되지 않던, 또 혹시 살아 있다 하더라도 북한이 아닌 내가 사는 남한 이땅 위에 살아 있으리라곤 생각지 못했던 그를 이렇게 우연히 로상에서 만날수 있는건 기적이 아니고 무엇이겠읍니까.

그이는 들릴락 말락한 소리로

"9·28 이후에 내려왔읍니다"

하고 말했읍니다.

손에 낡은 가죽가방을 들고 섰는것을 보면 아마 어디고 직장이 있는 모양이었읍니다.

그렇게 씻은 무쪽 처럼 미끈하고 끼끗하든 옛날의 자태라곤 찾아볼타길

이 없었읍니다. 그 패기와 싱싱하던 품도 간곳이 없었읍니다.

세상살이에 지친 피곤한 모습이 얼굴과 왼몸에 흐르고 있었읍니다.

십년이면 산천도 변한다는 기인 세월입니다.

그 거리를 건너뛰어 그이와 나는 예나 다름없는 쩌릿한 감격속에 한참이나 말없이 마주 보고 있었읍니다.

그러는동안 기다리던 뻐쓰가 와 닿았읍니다. 사람들이 와아 밀려 서로 앞을 다투어 가며 올라 탔읍니다.

그러나 영환도 나도 그 뻐쓰를 타려고 움직이지 않았읍니다.

뻐쓰가 떠나자 나는 로-타리를 향해 걸음을 옮겼읍니다. 영환도 말없이 나를 따랐읍니다.

가슴이 자꾸 두근거렸읍니다.

다리가 후청거려 앞에 쉴새없이 드리닥치는 자동차들을 겨우 피해 가며 로-타리를 건너 정거장쪽을 향해 가는 안전지대로 올라 섰읍니다.

"많이 변하셨군……"

조용한 길에 들어서자 그이는 내 모양을 잠간 훑어 보더니 이렇게 말했읍니다.

물론 그이와 헤어진 이래 여러 모로 변한것을 자인 하면서도 나는 어쩐지 그이가 배앝듯이 던지는 이 말에 서클품을 느꼈읍니다.

'저이는 그동안 어디서 어떻게 하고 살아 왔을까 물론 결혼은 했겠지 상대가 어떤 여자르까…… 아이는 몇이나 될까……'

나는 걸으며 혼자 속으로 이런 생각들을 해봤읍니다. 그보다도

'저이도 나처럼 그렇게 오래 오래 아픈 마음으로 나를 생각해 왔을까……' 하고 생각키었읍니다.

생각이 여기에 이르자 나는 다시금 조금은 가셔졌던 아픔과 또 그리움이 아릿하게 심장을 찌르는듯했읍니다.

그러다가 나는 그 질식할것 같은 침묵이 내리누르듯 벅차 이렇게 상식적

인 말을 물었읍니다.

"댁이 어디세요?"

"서면"

그이는 덤덤히 대답을 했읍니다.

한참 가다 그이는 내가 묻는대로 지나간 자기의 일을 간단히 이야기해 주었읍니다.

내가 결혼을 해버린 이후 그이는 홧김에 자기 어머님과 그 약혼한 색시를 이북 고향에 내버려둔채 만주로 종적을 감춰 버렸다고 합니다.

그것은 나와 자기의 행복을 방해한 어머니와 그 약혼여와 또 자기자신에 대한 일종 반항이었다고 합니다.

그는 거기서 또 할빈까지 건너가 방랑생활을 하다가 8·15해방이 되자 할수 없이 고향인 원산으로 돌아 왔다고 합니다. 그래서 심한 상처도 거의 아물 무렵 그때까지 자기를 기다리고 있던 약혼여와 어머님의 소원대로 결혼을 했다고 합니다. 그이는 거기서 가진 박해를 다아 받아 가며 그래도 삼팔선을 넘을 생각은 하지 않았다고 합니다.

그것은 이 남쪽 땅에는 그 박해 보담도 더욱 무서운 마치 폭발물 처럼 불안하고 두려운 내가 있기 때문이었다고 합니다.

그러다가 6·25가 벌어지고 9·28이 지나 국군이 평양 까지 진격을 했다. 다시 후퇴를 하게 될 때 그는 밀려 오는 피란민들과 함께 원산항에서 배를 타고 남하하려고 아내와 어린 딸 하나를 다리고 부두에 나왔다가 시급한 통에 자기만이 마지막 배를 타고 구사일생으로 부산항 까지 닿았다고 합니다.

부산에 내리자 두고온 가족의 안부도 마음 아팠거니와 또한가지 어렴풋이 잊어버렸던 나와의 추억이 쉴새없이 마음을 설레주었다고 합니다.

어디서라도 푸뜩 만나질것 같은 기대와 또한편 공포감이 한동안 그를 괴롭혔다고 합니다.

그러나 정전이 다아 된 오늘날 까지 삼년을 그 좁은 부산바닥에서도 한 번도 만나기는 커녕 소식조차 못들으니 필시 동란통에 화를 입은 것이나 아닌가 생각하고 있었다 합니다.

이렇게해서 그이는 나에게 대한 희망을 거의 단념하고 지금은 친구의 알선으로 개인회사에 근무해가며 겨우 홀아비 생활을 유지하고 있다고 합니다. 여기까지 말하고 그이는 가벼운 한숨을 휘이 내쉬었읍니다.

"오래 사느라면 이렇게 다아 만날때가 있군요……"

이렇게 중얼거리드니 또 한참후에 그이는 풀끼 없는 음성으로

"그래 진수형은 잘 있읍니까?"

하고 묻겠지요.

나는 이말에 가슴이 뭉클했읍니다.

한참만에야 겨우 목소리를 가다듬어 조용히 대답을 했읍니다.

"그인 6·25때 납치 당해 갔어요……"

내 말에 그이는 잠간 감동을 진정하는듯 한참이나 말이 없었읍니다.

"그럼 지금 혼자 있오?"

"아아니요, 어린애가 둘이애요. 계집애 하나 사내 하나"

나는 묻지 않는 말까지 이렇게 분명히 대답을 해 주었읍니다.

자기도 딸이 있다면서 그이는 내 이 말에 내게 아이가 있다는 것이 무슨 기적이나 되는드키 눈을 휘둥그렇게 하고 나를 쳐다 보았읍니다. 그러는 동안 우리는 초량 우리집 앞까지 이르렀읍니다. 나는 발을 멈추며

"바루 이 집안에 방하나 얻어가지구 있어요……"

하고 높다란 소슬 대문을 가르켰읍니다. 그이도 말없이 우뚝 발을 멈췄읍니다.

그이와 나는 그냥 우둑허니 마주 보고 서있다가 내가 용기를 내어

"그럼 안녕히 가세요……"

하고 싹 돌아서 대문을 열고 들어가 빗장을 덜커덕 잠거버렸읍니다.

방에 들어가 쓰러지듯 눕고나니 그제야 나도 모를 눈물이 뜨겁게 뺨 위

를 스쳐내렸읍니다.

뻐쓰정류장에서 그이를 만나던 순간 부터 지금 대문을 잠그고 돌아서 들어오던 그 순간 까지의 한 시간 남짓한 동안 나는 무엇을 어떻게 하고 무슨 이야기들을 듣고 또 지꺼렸는지 그저 꿈속 처럼 통 알수가 없었읍니다

다만 두 귀에 덜커덕 잠기는 빗장소리와 어깨를 축 늘어뜨리고 숙으리고 서있던 그이의 모양만이 아직도 내 동공속에 뚜렷이 남아 있을 뿐이었읍니다. 종일 나를 기다리는 찬히와 찬영이는

"엄마, 외 숨이 차? 우리가 기다릴까바 뛰어 왔어?"

하며 울상을 하고 묻지 않겠읍니까?

나는 얼마 후에야 겨우 정신을 가다듬어 숯불을 피워 어린 것들에게 밥을 한술 끓여 먹이고 자리에 누었읍니다. 자리에 누었으나 물론 잠이 올리 없읍니다.

십년전에 겪은 모든 아픔이 어제였던것 처럼 가슴 속에 되살아 오는것을 어쩔수 없었읍니다.

여학생시절 여름방학때 바닷가에 캠핑을 갔다가 처음 그이를 거기서 알았을때의 감격, 꿈같이 즐거웠던 이십개월간의 사괴임, 그 이십개월간은 우리들에게 이십년과 같은 혹은 이백년과도 같은 완전한 영혼과 영혼의 융합과 일치의 기간이었읍니다.

이렇게 심혼을 기우려 사랑하던 그이에게 뜻밖에도 어려서 부터 집안 사이에 약혼한 여성이 있었다는 것을 알았을때의 슬픔, 그것보담도 문벌과 체면을 위해 생명을 내걸고 덤비던 홀어머니의 고집, 그 사이에서 고민 하던 우유부단한 성격의 영환 거기서 견딜수 없던 내 자존심은 인생을 한개 도박 처럼 가볍게 또 자신 있게 생각하던 어린 나로서 기여코 일을 저지르고야 말지 않았읍니까?

영환을 앞질러 나는 부모님이 권하는대로 눈 딱 감고 그의 학교선배인 진수와 결혼식을 해버리지 않았읍니까.

이것은 또한 영환자신이 자기 운명에 반항 하기 위해 조국을 떠난것 처

럼 나 역시 내 운명과 내주위에 대한 한개 반항이었읍니다.

그후 영환의 종적을 몰라 불안하던 또 그렇게도 오오래 가시지 않던 찢어질듯 아프던 추억 그것으로 인한 가정불화, 그 모오든 사건들이 스크린 —처럼 획 획 내 머릿속을 스쳐 갔읍니다. 그러다간 또 문 앞에 우둑허니 숙으리고 서있던 그이의 모습이 눈앞에 아물거렸읍니다. 그이의 모양이 옛날 처럼 그렇게 씩씩 하고 떳떳하지 못하기에 내 가슴은 좀더 아팠읍니다!

그렇게도 오오래 그리든 사람을 기적과 같이 만나 여기 까지 온것을 들어 오란 말한마디도 못한 자신이 한없이 얄밉기도 했읍니다. 아니 그보다도 말이 없다고 따라 들어오지도 못하는 그 못난 영환의 조심성이라고 할까 소극성이라고 할까한 성격이 옛날에 저지른 불행을 다시 되풀이 하는것만 같아 원망스럽기 짝이 없었읍니다.

하여튼 그날밤 받은 타격으로 인해 나는 사흘동안이나 맥을 잃고 얼빠진 사람 처럼 누어있었읍니다.

시장에도 나가기 싫어 끼니때면 어린찬히를 시켜 반찬꺼리를 사다간 한술씩 끓여 먹곤 했읍니다.

나흘째 되든날 느지막 해서 저녁 찬꺼리를 사러 나갔던 찬히가 장바구니에 야채를 담아 들고 뛰여 들어 오며

"엄마, 저—기 바깥에 참 이상한 사람이 서있어, 근대 날보구 지금 네 이름이 뭐냐고 묻지 않겠어……"

하고 숨이 차게 말을 이었읍니다.

"그래서 내가 무서워서 막 뛰여들왔어"

하지 않겠읍니까.

나는 찬히의 이 말에 신발을 끌고 문밖으로 뛰어나가 봤읍니다.

과연 문앞에는 그이가 우둑허니 서있었읍니다. 그이는 나를 보자 갑자기 흐렸든 눈이 펀쩍 빛났읍니다.

둘이는 요전 만나던때 처럼 한참이나 말없이 그냥 보고만 서있었읍니다.

그이는 내 무슨 말을 기다리는 눈치였읍니다. 그러나 나는 그이를 내 방으로 들어오란 말은 하기 싫었읍니다

그이에게 내 두 아이들을 보이는것이 어쩐지 부끄러운 마음이 들었읍니다. 그리고 또 아이들에게 그이를 보이고 싶지도 않았읍니다. 그래서 나는

"내 얼핀 들어가 옷 입구 나오께요"

하고는 뛰여 들어가 손쉬운대로 옷을 가라입고 나섰읍니다. 어린애들에겐 내가 요 앞에 잠간 갔다 올테니 기다리고 놀고 있으라고 말을 했읍니다.

나는 이번엔 그이가 이끄는대로 양 처럼 따라 갔읍니다.

그이는 차를 하나 잡드니 나를 태우고 송도로 달렸읍니다.

망망한 바닷가에 단둘이 서있으니 옛날 그이와 내가 처음 만나던 그때와 꼭 같은 마음이었읍니다. 두사이에 이러난 십년동안의 모오든 풍파와 변화는 이렇게 한덩어리가 되어 서있는 우리 두사람 사이에서 다아 녹아 없어진듯 했읍니다. 그이는 이북서 온 남의 남편이요 아버지도 아니었읍니다 나 역시 진수의 아내도 찬히의 엄마도 않이아니었읍니다. 다만 옛날과 다름이 없는 영환과 정선 두 사람뿐이었읍니다.

얼마를 거기 그렇게 서있었든지 날이 벌써 어둑 어둑 짙어가 푸르기만 하든 바다가 검푸르게 넘실거리기 시작했읍니다.

영환은 어느틈에 팔을돌려 내 어깨를 꽉 잡았읍니다. 그리고 둘이는 모래사장을 지나 조용한 바위를 찾아 올라 갔읍니다. 바위 우에 자리를 잡고 나란히 앉자 그이는 날쌔게 내 왼몸을 자기 두팔 속에 꽉 껴안았읍니다.

나는 눈앞이 아찔 하고 숨이 가빴읍니다. 왼몸의 신경이 온통 저린것 같앴읍니다.

한오리의 후회도 없이 어린애가 엄마의 품속에 안겼을때의 그 깨끗하고 맑은 안도감처럼 그이의 품안은 그렇게 포근 했읍니다.

한참후에 그이는 그 타는듯한 눈으로 내 얼굴을 드려다보며 이렇게 말했읍니다.

"정선이, 우리에겐 이제 더 기인 이야기가 필요 없어 잃어버린 10년을 보충하기 위해 좀더 충실하게 살아야할것뿐이야……"

하여튼 그날밤 우리 두사람의 의견은 완전히 일치했읍니다.

내일이라도 우리가 합쳐야 할것은 당연한 의무 처럼 생각키였읍니다.

결혼식 같은것을 치룰 게제도 못되거니와 또 우리 자신 그런것을 필요로 하지도 않았읍니다.

우리는 방 두칸을 새로 얻어 어린애들을 잘 타이르고 같이 생활을 시작 하자고 했읍니다. 그리고 그 방을 얻는 책임은 내가 지기로 했읍니다. 헤어 지기 전 그이는

"이제 다시는 아무도 우리를 떼놓지 못할꺼야— 신의 힘이라도 안될꺼야" 하고 중얼거렸읍니다.

나는 그저 너무 가슴이 벅차 자꾸 눈물만이 흘러 내렸읍니다.

집에 까지 왔을때는 마음뿐 아니라 두뺨까지 확확 다는듯 했읍니다. 방 안에 들어서자 두 어린애는 벌써 잠이 깊이 들어 있었읍니다.

나는 아이들을 보자 갑자기 머리에 냉수를 끼얹듯 정신이 번쩍 들었읍니다.

"아이들이 저녁은 어쨌을까……"

그제야 나는 저녁도 안짓고 잠간만 다녀 온다고 하고 나가던 일이 생각 키었읍니다. 나는 옷을 벗느라고 서성거리다 책상 위에 공책장에 무엇이 적혀 있는것이 눈에 띄였읍니다. 나는 얼핏, 집어 읽어 봤읍니다.

엄마,
우린 기다리다 못해 졸립구 무섭구 또 배두 고프으구 해서 자요
찬영인 찬밥 한수깔 있는것 먹이고 나는 굶었어요
엄마, 그 이상한 아저씨하구 나가 이렇게 늦게 오시면 우린 싫여요
둘이만 있음 무서워서 죽을것 같애요 그래서 먼저 잡니다, 엄마 용서

이건 올에 여덟살난 계집애, 이학년짜리 찬히가 연필로 그적어려 논것이었읍니다. 나는 이 쪽지를 보자 맥이 탁 풀려 어린것들 옆으로 가 앉아 자는 모양을 드려다 보았읍니다.

찬히는 여섯살짜리 찬영이놈을 꼭 껴안고 새우 같이 꼬부리고 잠이 들었읍니다. 무서운 때문인지 더운 때문인지 두아이의 얼굴과 몸에는 땀이 홋홋이 배있었읍니다. 자세히 드려다 보니 맞대이다 시피한 찬히의 뺨 위에도 찬영이의 뺨 위에도 가느단 눈물 자국이 얼룩져 있었읍니다.

아마 둘이서 홀쩍 홀쩍 울다 잠이 든모양이지요 언니,

나는 그만 가슴이 메어 지는것 처럼 아팠읍니다. 나는 얼마동안이나 그 측은한 모양을 드려다 보고 앉았다 가만히 수건을 찾아 어린것들의 얼굴과 몸에 땀을 닦아 주고 자리를 깔아 서로 시원히 떼어 놓였읍니다. 그리곤 나도 한옆으로 누었읍니다.

꼭 껴안고 빈방안에 댕글하니 누어 있던 두아이의 모습이 자꾸 눈에 발펴졌읍니다. 그리곤 또 한편 '이상한 아저씨'라고 쓴 찬히의 서투른 글씨가 눈앞에 떠올랐읍니다. 가슴이 뭉클했읍니다.

'아이들은 왜 그이를 않 좋아 할까……'

나는 어둠 속에서 혼자 머리를 흔들었읍니다.

"그건 시간 문제야, 내가 만들 탓이야……

그이를 싫어할 사람이 어디을있라구……

더구나 어린애들이……

하여튼 큰 행복을 위해 조그만 희생은 참아야 해!"

"이번이야말로 어떤 장해물에도 지지말고 십년전에 잃어버렸던 행복을 다시 찾아야만 해!"

나는 열에 뜬사람 처럼 혼자 중얼거렸읍니다. 그이외의 아무것도 생각지 않으려 몸을 자꾸 뒤척어렸읍니다.

이튿날 아침 휜 하자 나는 일어나 어린애들에게 밥을 지어 먹인후 앞에 앉혀 놓고 이런 이야기를 했읍니다.

"우리 인제 며칠 안으루 방두 두개나 있구 여기보다 더 좋은 집으루 이사 간다 좋지?"

이말에 찬히와 찬영이는 펄쩍 뛰며 좋아 했읍니다. 나는 또 말을 이어

"근데 거기 가선 어저께 그 아저씨랑 같이 산다 그 아저씨 참 좋지?"

하고 아이들의 얼굴을 살폈읍니다.

찬히는 이말에 대답이 없이 그 능금처럼 동그란 얼굴이 갑자기 시무룩해 졌읍니다. 어린 찬영이는 그냥 영문을 모르는듯 똥그란 눈으로 나를 쳐다 봤다 또 누나를 쳐다 봤다 했읍니다.

"그이가 누군데 같이 살아?"

한참만에야 찬히는 못마땅한듯 이렇게 물었읍니다.

"그 아저씬 엄마 하구 젤 친한 사람이야 그러니깐 같이 살게 되문 히야랑 영이랑 아저씨 말 아빠말 처럼 잘 들어야 되, 그럼 아저씨가 너이들 뭐랑 많이 사다주구 이뻐허신다"

나는 두 아이에게 명령 처럼 이렇게 말했읍니다. 그러나 눈치 빠르고 깜찍한 찬히는 내말에 녹녹히 넘어 가질 않았읍니다.

"그렇지만 아저씬 아빠가 아닌데 뭐!"

찬히는 또 한참 있드니

"아이들이 그러는데 인제 정전이 됐으니까 우리 아빠 곧 오신대 그러니까 엄마 우리 이사 갈땐 이 안집에다 주소 가르쳐 주구 가 아빠가 와서두 우릴 못찾아옴 어째!"

하고 딴전을 했읍니다.

이튿날 저녁 사무가 끝나자 그이는 나를 방문해 왔읍니다.

이발도 새로 하고 깨끗한 샤쓰에 바지도 줄을 세워 입었읍니다.

침울하고 망서리던 그의 표정과 태도는 사라지고 훨씬 명랑하고 떳떳한 표정이었읍니다.

　　그이가 어린애들을 위해 사들고 온듯한 과일 광우리를 마루에 놓고 방안에 들어서자 아이들은 어색한 얼굴을 하고 서로 마주 보고 있었읍니다.

　　나도 어쩐지 그이가 내 아이들을 자꾸 유심히 보는게 부끄러웠읍니다.

　　그이는 방안에 이 부자연한 공기를 깨트리며 웃는 얼굴로,

　　"얘가, 찬히 얘가 찬영인가요?"

하고 차례로 어린애들의 머리를 쓰다듬어 주었읍니다.

　　나는 그말에 용기를 얻어

　　"네애 그래요"

　　"자아 너이들 아저씨 한테 경례 하라 응 착하지"

하고 달래듯이 말했읍니다.

　　찬히는 마지못하는듯 납죽이 머리를 숙여 보였읍니다. 찬영이도 누나가 하는대로 따라 했읍니다.

　　나는 방석을 내놓고 그이를 앉게 했읍니다. 나도 따라 앉았읍니다. 그러나 아이들은 벽에 우둑허니 기대선채 앉으려고도 또 나가려고도 하지않았읍니다. 찬영이놈은 쉴새없이 그 커다란 눈을 이상하게 두리번거렸읍니다.

　　나는 얼핏 일어나 문에 드리운 발을 걷어 올려 주며

　　"너이들은 나가 고무줄 치기나 하구 놀아!"

하고 내어쫓듯 재촉을 했읍니다.

　　아이들은 슬금 슬금 그이를 쳐다보며 방에서 나왔읍니다.

　　나는 턱으로 마루에 논 과일 보구니를 가르키며 "저기서 너이들 맘대루 가지구 나가 먹으며 놀아 응!"

하고 말했읍니다.

　　이 말에 찬영이놈은 조아라고 과일보구니 앞으로 가 만지적 거렸읍니다.

　　그러나 깜찍한 찬히는 내말엔 대꾸도 않하듯 마루 앞에 내려서 신을 신으며 새빩안 자두를 집을려는 찬영이에게 눈을 흘겼읍니다. 언제든지 누나가 하는 대로만 하는 찬영이는 찬히의 이 매서운 표정을 보자 그만 슬그머

니 집었든 자두를 놓고 뜰아래로 내려섰읍니다.

두아이는 한손에 고무줄을 들고 맥없이 대문을 향해 나란히 타박 타박 걸어 나갔읍니다.

아이들이 문앞에서 살아지자 그이는 어느틈에 발—앞에 서있는 내 뒤로 와 어깨를 꽉 잡았읍니다. 그리곤 내머리에 뺨을 비비며

"잘 잤어, 정선이!"

하고 옛날 처럼 다정스럽게 말했읍니다.

나는 목뒤에 쩌릿한것을 느끼면서도 웬일인지 마음은 돌덩어리 처럼 차게 굳어져 가는것을 어쩔수 없었읍니다.

그리고 내 마음의 눈은 자꾸 어린애들이 맥없이 나가든 그 문으로만 시선이 쏠려졌읍니다.

그렇게 좋아 하는 과일도 안집고 슬금슬금 내쫓기듯이 나가버리든 조그만 두 그림자들이 한없이 측은하게 내 페부를 찔러 주었읍니다.

문앞에 나가 고무줄은 커녕 고아 모냥 쓰레기통 옆에라도 기대서 쿨쩍어리고 울고만 서있을것만 같앴읍니다.

이 생각을 하자 나는 그만 그이가 서 있는것도 잊어버리고 가슴속이 훌떡 뒤집히는것 처럼 소리를 버럭 질렀읍니다.

"찬히야, 찬영아, 들어와, 빨리 들어와!"

아이들은 기다리고 있었든듯이 눈이 반짝 하며 뛰어 들어왔읍니다.

나는 뛰어 드는 찬영이를 꽉 껴안았읍니다. 웬일인지 뜨거운 눈물이 쏟아지듯 흘렀읍니다.

"내가 잘못했어, 나가기 싫음, 안나가도 괜찮아, 여긴 너이들 방인데 뭐……"

하며 미친듯이 찬영이의 뺨에 내뺨을 비볐읍니다. 뭔지 까닭 모를 설음에 흑흑 느껴졌읍니다.

그이는 갑자기 놀라운 얼굴로 내 이런 모양을 지켜 보고 서있었읍니다.

나는 그이를 향해 또 이렇게 애원을 했읍니다.

"안되겠어요, 암만해도 않되겠어요

이리룬 오지 마세요, 어린애들이 싫어해요. 천진란만한 어린애들의 마음을 아프게 하고 흐리게 하는건 죄야요. 내가 이제 방을 얻어 놓구 기별 할테니 어서 가세요 난 싫어요……"

그이는 미친것 처럼 퍼붓는 눈물에 젖은 내 얼굴을 거의 튀어 나올듯 슬픈 눈으로 우두커니 지켜보고 서있었읍니다.

꼭담은 일자진 입이 약간 경련을 일으키듯 실룩 하고는 아무말도 못하는 채 침만 꿀꺽 삼키고 있었읍니다.

그 순간의 나를 빨아드리듯 그 슬픔과 절망과 또 원망에 젖은 그이의 두 눈은 두개의 렌즈 처럼 내 가슴 속에 영원히 꽉 백혀 버리고 만것 같습니다.

그이가 말없이 나간 다음에도 나는 얼빠진 사람 모양 얼마를 그러고 그냥 앉아 있었읍니다.

언니도 아시다싶이 남편이 없어진후 이 두 어린것들을 다리고 피난이라고 내려와 물심(物心)양면으로 얼마나 많은 고난을 겪어 왔읍니까.

내가 조곰만 더 어린애들에게 소홀할수 있었든들 나는 이렇게 까지 십자가를 지고 가시밭을 걸어가듯 괴롭고 슬프게만 살지는 않았을 것입니다.

어린애들이 쓸쓸해 할까봐 나는 볼일이 있어도 밖에도 잘 나가질 못했읍니다.

혹시 동창회나 동무들 끼리 무슨 모임이 있어 나가도 나는 언제나 병아리 처럼 외로히 앉아 기다릴 어린애들을 생각할때면 그 자리가 흥이 나기는커녕 바눌방석에라도 앉은듯 불안하기만 하다가 먼저 나와 버리곤 했읍니다.

아이들에게 만은 아버지 없는 슬픔과 고독을 맛보이지 않게 하려고 세세한데 까지 늘 신경을 써오든 저였읍니다.

저이들 아빠가 같이 있을땐 외롭거나 병이 나거나 이렇게 까지 측은 하고 마음이 아프지는 않았읍니다.

그러나 이제는 아이들이 뜨끔만해도 또 조금 표정이 시무룩만 해도 그것이 모두 내 탓만 같아 마음이 갈기 갈기 아파 견딜수 없답니다.

그러던 어린것들이 이렇게 싫어 하고 또 슬퍼 하는것을 보고 어찌 제마음이 견딜수 있었겠습니까.

그후 나는 근 일주일을 식음을 전폐하다싶이 하고 몸저 누어 있었읍니다.

방을 구할 생각도 그이에게 통기를 할 생각도 다아 잊어 버리고 그냥 누어만 있었읍니다.

그이에게서도 아무런 소식이 없었읍니다. 내가 원하는대로 내 소식을 기다리느라고 그러고 있는지 혹은 그날밤의 내 태도가 너무나 광적이었기 때문에 역시 이미 자기에게선 떠나 버린 사람이라고 체념해 그냥 아픔만을 씹고 있는 것인지 알수가 없었읍니다.

하여튼 나는 그렇게 발작하듯 야단을 하고 누어 있는 동안에도 마음 한구석에선 은근히 그이가 다시 찾아와 주지 않는가 하고 고대 했읍니다. 그래서 나에게 희생을 강요해 가며 어떻게든 이 절망의 구렁에서 나와 내 어린것들을 척척 끌고 나가 주었으면 했읍니다.

그땐 나도 소리없이 그에게 복종할것 같앴읍니다. 그러나 그이는 영영 오지 않고 말았읍니다.

상대편의 의견을 어디까지나 존중 하고 자기의 욕망을 억제함으로 애정의 미덕을 삼는 철저한 신사 영환은 이렇게 해서 십년전 우리의 행복을 노쳐 버리고 나에게 상처만을 남겨 주었던것 처럼 이번에도 또 내 마음을 아프게 파헤쳐만 논채 그는 어떻게도 못하는 사나히였읍니다.

신은 우리 두 사람의 저주할 약한 성격에 알맞은 운명을 적당히 배치해 주신것만 같습니다.

그후 나는 적극적으로 환도가 진행 되고 또 민간인 포로교환 문제가 대두 되자 남편의 친구인 R선생의 주선으로 차편을 얻어 이 서울에 있는 혜화동 집으로 옮겨 왔읍니다. 부산을 떠나며 나는 마지막으로 그이에게 방을 얻었다는 통기 대신 이런 편지를 보냈습니다.

　　영환씨,

　　십년전 우리는 부모 문벌 억압 그러한 종류의 나 어린 우리들로서는 어떻게도 이겨 낼수 없든 벅찬 힘, 약한 우리보다는 모두 강한것으로 인해 이별의 쓴잔을 마시지 않으면 안되었습니다. 그러나 지금 나는 그와는 반대로 가장 약한것들 내가 아니면 의지할 곳도 돌아볼 사람도 없는 약한 생명들과 또 그 약한것들을 측은히 여기는 내 더 약한 마음에 항거할 아무 힘도 없는것을 깨닫습니다. 신은 우리에게 영원히 부드쳐질수 없는 오직 '거리'(距離)를 통해서만 사랑할수 있는 아프고 슬픈 운명을 마련해 주셨나 봅니다. 그리고 저는 신의 어떠한 섭리에든 반항하려고 하지는 않습니다.

　　다만 앞으로 내 가슴 속에 새로히 못백인 당신의 슬픈 눈동자를 거울 처럼 지니고 고요히 살아 가겠습니다.

당신이 계신 부산을 떠나며
정선 올림

　서울에 와서도 이내 언니를 찾아 뵈옵지 못한것을 이제는 이해해 주시리라 믿습니다.

　이십칸짜리 서울집은 우리 세식구에겐 절깐 처럼 호젓하기 짝이 없습니다. 몇햇만에 찾아든 이 집에는 구석 구석이 남편의 추억이 서리어 있었읍니다. 방안과 마루에 세간들은 다아 없어지고 정원도 황폐했을 망정 뜰의 잡초는 옛날보다 더욱 무성 하게 느어져 있읍니다.

　뒷동산에서 간간히 굴러 떨어지는 낙엽도 반갑습니다. 마루끝에 앉아 쳐다 보느라면 하늘에 떠도는 구름도 옛처럼 정답습니다.

　어린 애들은 이 옛집에 다시 돌아 오자 남의 고장에서 셋방살이를 할때 보다는 훨씬 기세들이 나고 명랑합니다. 아이들은 지금도 뒷뜰에서 토닥 토닥 뛰며 동무들과 고무줄 노리를하고 있읍니다.

이렇게 아무도 찾아 주는이 없는 외로운 방안에 앉아 나는 대문이 삐이걱 할때마다 가슴이 덜컥 하군 합니다

바람결에 빗장이 흔들려도 귀를 기우립니다.

그 문을 덜컥 열고 남편이 나타날것도 같고 또 어느 날은 그 문으로 영환이 슬그머니 들어 올것도 같아 가슴이 두근거립니다. 혹은 영원히 아무도 오지 않을 그 문을 내다 보며 나는 이렇게 안타까히 기다리고 살고 있읍니다.

언니, 그 문으로 누구든 나타날때 여기서 끊어진 이 글을 다시 이어 보겠읍니다.

안녕히 계시옵소서.

8월 15일 정선 드림.

(끝)

『문화세계』 1권4호, 1953.11, 184-197면. [소설(小說)]

두 여인(女人)

上

"민선생 아니세요?"

바로 등뒤에서 들리는 조심스런 목소리에 용아는 과일 골으던손을 멈추고 홀쩍 돌아다 봤다

약간 색갈이 낡은 회색 아래위에 손에는노끈으로 동인 한약첩을 들고 선한 중년부인이 검으스레 체기긴눈으로 용아를 쳐다 보고 서있었다

알수없는 얼굴이다 혹시 교편을 잡았을때학부형이나 아니었던가하고 기억을 더듬으려머뭇거리고 있는데 여인은 또

"날 모르시겠어요? 저어……최선생……"

여인은 말끝을 맺지못한채 어색한 얼굴에쓸쓸한 미소를 띠우고용아의 안색을 살피였다 용아는 여인의 이 실명에 정신이 펀쩍들었다 '최선생부인!' 그는 속으로 이렇게 다시중얼거려 보며 이번엔이쪽에서 놀라움과 경계에 찬 시선을 그에게로 돌렸다

용아로서는 단지 한번밖에 그것도 심한 흥분과 당황 속에서 잠간 만났든 일이 있는 이 여인을 몇해가 지난 오늘 이 뜻하지 않은 장(市場)바닥에서라고알아볼 도리는 없었다

다만 최선생부인이라는 설명에 그때의 그 떨리고 불쾌하든 추억이 되살아오는것만 같았다 그보다도 최선생이란 음향은 용아의 가슴속에 다시금

무앤지 꿈틀거리는 아픔을 어렴풋이 일깨워주는것도 같았스다

용아는 머리를 숙여 자기가 바로 틀림없는 민선생이라는 표시를 했다

비록 오래전 일이나마 여지없이 경멸을 당했든 적의 앞에서 용아는 갑자기 무슨 말을 하고 어떠한 태도를 취해야 할것인지 어리둥절 할뿐이였다 그보다도 온갖 독설을 다아 퍼붓든 이 여인이 자기를 만났댓자 모른척하고 지나칠것이어늘 이렇게 먼저 내달아 아는척을 한다는것은 도모지 알수없는 일이라고 어쩐지 불안하기조차 했다

"결혼을 하셨나보군"

여인은 용아가 들고섰는 장보구니랑 길게느리운 붉은벨베트치마랑 훌터보며 이렇게물었다

"네에"

용아는 힘없이 고개를 숙이며 입속으로 대답을했다

"댁이 어데신지 나가면서 얘기라도할까요"

여인은 장사에게서배담은 봉지를 받어들고 돈을치룬다음 앞서서걸었다 용아도 무엇에끌리듯 말없이 그의뒤를 딸었다 여인은 웬ㄴ일인지 옛날처럼 도도함도 그렇게 억세든 극성도다아 가셔버리고소금에 저려논 배추줄기모냥 풀끼없이 후줄구레해 보였다

두사람은 겨우 질벅어리는 장골목을 빠져나와 사람들이 복작어리는 큰길로 나섰다

"댁이 어데신지?"

"회현동예요……"

"네에 마침 동행이시군 우리집도 그서 거기……자알 아시죠?"

여인은 용아를 흘깃 처다 봤다

두사람은 또 말없이 미군PX 쪽을 향해 걸어가고 있었다

"그래 선생님댁은 그동안 다아 별고 없으신가요?"

용아가 무심코 인사말을 물었다

"별고가 었다니요? 입때 모르시나요?"

용아는 이상한 육감에 머릿속 신경의줄이 찌르르 땡기는것같았다 흘끼ㅅ 여인의 옆얼굴을 쳐다 봤다 바싹쥐면 바시시 부서져 나갈것 같은 가락잎 처럼 누르고 매마른 여인의 옆얼굴에는 스산한 그림자가 스쳐갔다

"최선생은 6·25때 소집을 당해 나가신 채 전사를 하고 말았답니다"

용아는 예감이 과이 들어 맞인것을 느꼈다 여인은 억지로 한마디를 하고는 힘없는 가느단 목에 군침인지눈물인지 모를 한목을을 꿀꺽 삼켜 버렸다

中

×

여인은 괴로운 추억을 잊으려는듯 한참이나 부즈런히 걷드니

"아이가 아퍼 약을 지ー려 나왔다가 배를 한알 사러 장에 드르섰는 길에 마침 민선생을 뵈ㅂ게 되서……"

용아는 꾸미ㅁ 없는 여인의 이러한 말에 이때까지 품었든 적개심와 일변 경계하는 마음이 스르르 녹아버리는것 같애ㅅ다 여인의 그늘진 옆얼굴에서 여인이 삼켜버리는 눈물에서 용아는 저도 모르게 그와 똑같은 슬픔속에 휩쓸려 들어가고 있는것을 느꼈다

공군본부 앞골목에 이르자 용아는 발을 멈춰ㅅ다 여인도 따라 섰다

"왜 댁이 어데 신데?"

"바로 저어 다암담골목에요……"

용아는 턱으로 그쪽을 가르켰다

여인은 잠깐 머므ㅅ거리드니

"우리집에 잠깐 갔다 가지 않으실래요 아픈 아이도 좀 보시고……"

여인은 마치 검부래기라도 잡고싶듯 허전한 눈으로 용아를 쳐다 봤다

용야도 여인의말에 어쩐지 응당 그래야할것같은것을 느끼며 그의 뒤를 딸었다 몇칠전까지 최선생과함께 수없이걷던 낯익은 골목이였다 그러나 요즘 와서는 이골목앞을 지날적마다 무슨두려운 것이라도 피하듯 외면을 하고 지나치곤하든 골목이다

중간쯤 올라가서 검은 판자를 두르고 조그만 외쪽문이달린 적산집이 바로 여인의집이였다

용아는 여인이 이끄는대로 조심스레 안방으로 들어갔다 다다미를 뜯어 온돌을 디린 방안은 북향이여서 몹시 침침하고 스산했다 언제 불길을 해봤는지 군데군데 때운 방바닥은 축축하기 조차했다 방 아랫목이라고 여겨지는 한구석에는 아픈아이가 열에띠인 눈을 말뚱 말뚱하며 이쪽을 바라보고 누워있다 여인은 아이머리맡에 들고온 과일봉지를 노아주고 이불위에서 방석을 내려 용아에게 권했다

그는 불이낳게 그나마 외출복인듯한 회색치마를 벗어 한구석에 걸어 놓고 검은 치마를 두른후 잠깐 나가 아이 약을 해안치고 들어올테니 앉아 있으라하고 부엌으로 나갔다 용아는 방석위에 웃뚝 앉아 천정을 향해 똑바로 누워있는 아이의 모습을 유심히 바라다 봤다 그때 소학교 다니는 아들이 있다든 그애가 바로 이아이였겠지 용아는 아이의 얼굴을 드려다보며 무엔지 잊었든 아득한 전설이 가슴속에 되살아오는것 같은 아릿함을 느꼈다 아이의 코랑 입이랑 눈이랑 너무나 그 전설을 방불하기 때문이였다 아이는 가끔 쿨룩 쿨룩 기침을 했다 아이의 목에 바람이 스머들지못하도록 폭 싸두른 누른빛 목도리가 눈에 익다고 생각하며 자세히 보니 그것은 틀림없이 용아가 손수 최선생에게 짜준 마후라 였다 용아는 못볼것을 본것처럼 얼굴을 돌렸다 그러나 반대로 마음은 다름질처 지나간날로 흘러갔다

오년전 민용아는 사범학교를 졸업하자 ××국민학교에서 교편을 잡게되었다 최성용선생은 같은 학교의 체육을 맡은남자선생이였다

수많은 남녀선생들이 느러앉은 교무실안에서 해 필왈 최선생과 민용아

의 시선이 유난히마조처지는것을 최선생도 민용아도 심상치 않은 운명이라고 생각했었다 처음엔 미혼인줄 알고 사괴었든 최선생이 기혼남자인줄 안 다음에도 민용아는 이미 한번 허락한 마음을 어쩔수 없었다 결국 최선생과의 스캔달은 교장의 귀에 까지 들어가 민용아는 권고사직을 당하고 말었다 주위에서 이런 탄압을받게되자 두사람의 정열은 좀더 불붙어 올랐다 최선생은 기억코이혼을 하고 민용아와합칠것을 맹서했다 그러든 어떤날 최선생의부인이란한여인이 민용아를 집으로 찾어왔다

下

여인은 용아를 보자 단도직입으로 다시는 최선생을 만나지도 말고 단념하라고 명령을 했다 용아는 처음엔 그저 오들오들 떨기만 했으나 이말을 듣자 그는 기를 썼다

"당신이 최선생을나보다 조곰 먼저 알었다는 것뿐이지 진정으로 최선생을 사랑하는건 당신이 아니라 접니다 최선생 역시 진정으로 사랑하는건 당신이 아니라 저라는 것을 아십니까?"

하고 당돌하게 대들자 여인은 너와같이 파염치한 계집년은 이 시□□서 매장을 시켜버려야 한다고 펄쩍펄쩍 뛰다 갔다

그후 민용아는 엄격한 부모에게 감금을 당해 버리고 말었다 다시는 최선생을 만나기는 커녕 그의 소식 조차 듣지 못한채 그는 지옥과 같은 고민속에서 그대로 쓰러져 버리지나 않는가 생각하고 있을 지음 6·25 사변이 벌어지고 말었다

부모를 따라 피란을 다니든 그는 죄없는 부모를 위해 또 자기자신의 상처를 조곰이라도 잊기 위해 부모의 권고대로 피난지 부산에서 결혼을 하고 얼마전 환도를 해온것이었다

민용아는 남의 아내가 되자 의식적으로 최성용의 자최를 그가슴속에서

몰아내려 애썼다 그러나 깊이 백인 정의 뿌리는 좀처럼 쉽게 그의 가슴에서 완전히 살어지지 않었다

그러나 가끔 최선생은 지금쯤 어데서 내생각을 하고 있을까 또 길에서라도 훌쩍 만나지면 어쩔가 하는 생각이 문득 문득 그의 가슴을 설레어 주기도 했다

민용아는 꿈에서 깨듯 눈을 들어 아모런 세간도 장식도 없는 방안을 한바퀴 휘이 돌아다 봤다 한쪽 벽에 최선생과 여인과의 결혼사진이 뽀오야케 먼지낀 사진들 속에 흐미하게 걸려 있다 용아는 갑자기 다리팔이 매지근해지며 자기는 지금 꿈속에서 가위를 눌리고 있는것이나 아닌가 하고 생각키었다 그렇지 않으면 어쩌다가 자기는 이렇게 최선생의 결혼사진이 걸려있고 그 무서운 여인의 치마가 걸려있고 그리고 최선생과 또 어쩌면 그 여인과도 흡사한 아이가 있는 이 방안에 와 포로 처럼 앉어 있는가 생각하자 그는 발작하듯 자리에서 벌떡 이러섰다

이렇게 반석같이 굳은 정을 철없이 깨트리려한 옛날의 자기의 무모하였음이 새삼스레 부끄러워지기도 했다

마침 여인이 바뿌게 문을 열고 들어오며 왜 벌써 가느냐고 용아 손을 덥석 잡었다 차고 빠ㅅ빠ㅅ한 손이다

"저녁 장꺼릴 보러 나왔기때매 빨리 가봐야겠어요 인제 알았으니 또 오죠!"

여인은 또 한손을 모아 그 차디찬 두손으로 용아의 손을 꼭 잡었다

여인의 눈엔 어느새 눈물이 글성했다

"글쎄 그렇게가버릴바엔차라리 식구들먹을꺼라도 작만해놓고 가든지…… 너머도 생활고□ 절실하니까인진 슬픈줄도 외로운줄도 모르겠어요 그 허덕어리고 살기에정신이 없어요……"

용아도 모르는사이또 한손을 마저들어여인의 손등을 꽉잡었다

두사람의 슬픔이 한테 엉키는것 같었다 여인의가슴속에 가리잡은즐거웠

든 그림자도 슬픈기억도 용아만이 알아줄수 있는것 같었다민용아의 가슴을 휩쓸고 지나간 모진바람도 여인만이 알아줄수 있는 것같았다

용아는 눈씨올에 뜨겁게 솟아오르는 눈물방울이 여인에게 보여질까 두려워 이내고개를푹 숙으렸다 그리곤 말없이 여인의 두손을 다시한번 꽉잡어주곤가많이 손을빼 문을열고 나섰다

골목길엔 벌서어둑어둑황혼이 지트어가고있었다 용아는 여인과 알는 아이를 내힘껏 어떻게돌봐주지않으면안되겠다는 어떤사명을 느끼며 장보구니를 들고 부즈런히 골목길을 걸어 내려갔다 남산에서 내리밀리는 바람이 제법차게 용아의 뺨을스쳤다 그러나 용아의가슴속엔 무엔지 그바람보다도 더매ㅂ고 스산한바람이 불고있었다 (끝)

≪태양신문≫ 1953.11.17-22. [걸작단편(傑作短篇)리레이(16)-(18)]

조 경 희 ●●●

조경희(趙敬姬, 1918-2005)

- 1918년 경기도 강화 출생
- 1939 이화여자전문학교 문과 졸업
- 1938년 수필 「측간단상」이 『한글』에 당선되어 등단
- 주요 경력—1939년 ≪조선일보≫ 학예부 기자, 1952년 『여성계』 주간, 1956년 ≪평화신문≫ 문화부장, 1965년 한국여기자클럽 회장, 1971년 한국수필가협회 회장, 1974년 ≪한국일보≫ 논설위원, 1979년 한국여성문학인회 회장, 1984년 한국예술문화단체 총연합회 회장, 1988년 제2정무장관, 1995년 한국여성개발원 이사장 역임
  1975년 한국문학상, 1987년 대한민국 문화예술상, 2005년 대한민국 예술원상 수상
- 대표작—수필집 『우화』(1955), 『가깝고 먼 세계』(1963), 『얼굴』(1966), 『음치의 자장가』(1971), 『웃음이 어울리는 시대』(1988), 『낙엽의 침묵』(1994) 등 다수

- **수록 작품**
  시동생

●●●

시동생

1

  숙이는 결혼하자 남편을 따라 서울서 대전(大田)으로 내려갔던것이다 대전은 마침 숙이의 친정이요 고향이다

  신혼생활을 편안하게 지낼수가 있었다 편안하게 지낼수가 있었다는 것은 여자가 일단 결혼을 하면 새로운 가정의 한사람이 되느니만큼 까다로운 집에서는 특히 예의범절이니 따지는 것이 많아서 신혼생활이란 우선 즐거운 일만을 생각하기 쉬우나 그보다 앞서 하나의 결혼훈련시절 같이 느끼기도 아주 쉽다

  나서선 시집사람들과 함께 생활을 하려면 거북한 점도 많고 못마땅한 점도 많지만 차차 지내는데 따라 서로의 흉허물도 감추어질 정도로 정이 들고 이해가 깊어 가는 법이다

  그래서 오래전 부터 서로 살던 사람들 처럼 아모솔도 없다는 듯이 살아나가게 되는 것도 다소 신혼시대에 시집사리 도중의 훈련을 치러야 하는모양이다

  그런데, 숙이는 행인지 불행인지 결혼하자마자 남편을 따라다니며 살았기 때문에 소위 시집살이 맛도 모르고 경험도없었다

  시집사람들과 상면하게 되는일도집안 어른들의 생일날이 라든지 그밖에 큰일거리가있는 일외에는 드물었다

어른들의 생일이고 무슨날 모처럼 모이게 되니 누구한사람숙이에게 어 쩌는말을 하는사람도없었다

본시 말성 많⬚는 시누이들도 동료같이 대해주었고 시어머니도 숙이의 친어머니 못지 않게숙이를 아끼고 귀하게만 생각해주었다 그래서 숙이는 시집식구에관한 이야기가혹시친구들 사이에 나드래도 다소 자랑스럽게이 야기하게 되었다

숙이의 시대되는 정씨(정氏) 일가는 일찍부터 개화(開化)된 집안이 었다

우리나라에 처음들어오는 기독교 사상을 바로 받아드린 사람이 숙이시 조부되는 분이었고 그의시아버지는 미국(美國)에유학까지 갔다온 분이요시 누이가세시나 되지만 전부 대학출신이요 시동생되는 학생이 마지막으로 대학 재학중이 었다

지식과 교양이 높다해도 본시 인간됨이 글렀다면 제아모리 대학과 대학 원을 나왔어도 인간⬚에 가는법이 없다하지만 정씨 집안 사람들은 교양도 있었지만 성품도 나무라르데가 없었다

그런 까닭에서인지 숙이의 행동이 더러 눈에 거슬리는 점이 있더라도 일 을 여러 정면으로비난한 사람도 없었다

그리고 숙이 남편 준이가 누이와 동생들 앞에서 자기 아내 숙이의 칭찬 을 정신없이 떠들면 모두들 타내지 않고 그대로 수긍하는 것이었다 준이는 그럴수록 더욱 흥겨워서 아내는 예의범절이 누구보다도 놀라웁고 또 바느 질과 음식솜씨가 상당하다하면서 혼자 흐므ㅅ해 하였다 집안 식구들은 남 편되는 장본인이 흐므ㅅ해 하니까 누구하나 말할 사람이 없었다 그대로 다 행한 일이다 다행한일이다 하면서 안심해 왔던 것이다

그런데 6·25 사변은 모든 사람의 생활에 물질 혹은 정신 면에 있어서 큰변화를 가져오듯이 평화스럽게 살던 정씨 집안에도 그 영향은 미쳤다

6·25 사변을 서울서 격근 정씨일가는 1·4 제1차후퇴시에는 가재(家財) 일체를 내버리고 살기 위한 한가지 소망만을 안고 부산으로 내려왔다 남들

은 더러 죽고 서로 만나지못해서 울고 아우성을 칠 때 가족한사람의 이상
이 없이 한자리에 함께 있게 되는 기쁨은 대단하였다

피난민 수용소에 한때 자리를 잡고 냄비쪽과 까ㅇ통살림을 하게되었으
나 누구하나 군말하는사람도 없었다 다만 서로 눈이 마주칠때 마다 함께
살아있다는 감사한 마음만 가득 차ㅅ던 것이다

그러나 함께 모여서 사는 생활은 오래가지를 못하였다 떨어져 살던 식구
는 떨어져 살아야만 말이 없다는 누구의말인지그것이 진리같이 여겨지게
되었다

그것은 숙이의 새로운 주장은 문제였다 숙이는 얼토당토 않은 남녀칠세
부동석(男女七歲 不同席)이라는 옛말을 끄내었다 시어머니가 딸내외 자는 방
에서잔다고 흉을 보기 시작하였다 큰시누이 남편이 처남댁 즉 숙이 앞에서
웃통을 벗는다고 말성을 부렸다 그것은 무더운 여름철이 었다

또 어떤때는 밥을 풀때 웃사람 진지부터 푸지 않았다고 잔소리를 했다
숙이는 웃사람에게 편지를 쓸때도 옛날 편지들 처럼 써야 한다고 아래아짜
(ㅇㆍ)를 그냥 본보기대로 쓰는 위인이었다

숙이는 모든 생활을 이러한점에서 따저 갔다 그것은 하나의 트집이었다
자기는 가문과 문벌이 좋은집안에서 배운것 본것이 그뿐이기때문에 예의범
절에 버서나는 꼬르은 참아 눈으로 볼수없다는 것이 그의 늘 내세우는주장
이었다

정씨일가 사람들에게 그것은숙이의 놀라운 주장은 그대로 새로운 놀래
ㅁ이아닐 수 없다 그것도 숙이의 행동거지가 평소부터 남달리 예의범절에
맥휜때가 없었다면 새삼스레 탓할필요도없었을 것이요 그런 사람이거니하
고 말았을 것이다 그러나 숙이는 소위 양반의 정신이 처음부터 어떠한 것
이며 양반인 자기의 정신을 어떻게 해야한다는정말 양반의 기초적인 오류
ㄴ삼강의 깊은 이치든 알바 없었다 단 양반은 입으로 부르기 좋은 양반이
요 걸시ㅅ하면 내세우기좋은스로ー강이었다

남자도 아내의손에 쥐어 지내면천하의 장사가 없다드니 준이 마저 심심하면 가문과 문벌을처들고 나왔다

"나는 장남이고 저사람은 장자부야—"

하면서 자기의 아내를 추둔하였고 어른대접을 하라는것이었다

또 이러한 일이 있었다 준이는 어머니가 자기에게보다 매부에게 대접을 더 잘한다고 해서

"기생에미 같으니—"

하고 욕을 퍼부었다 이러한준이의 아들로서 도리에 벗어나는 말과 경우에 맞지 않는 행동은 전부 아내 숙이의 충동에 의해서 였다

입으로 그만큼 부르차즈는양반이라면 제일 먼저 사위는 늘손님이라는 말조차 이해 못할 일은 없었다

숙이는 양반주의를 찾는 대서 끊이지 않았다 어떻게 하든지큰시누이 내외를 내보내라고 먼저 시어머니를 몹시 성가시게굴엇다

"딸은 출가지 외인(出家之外人)인것을 모르십니까"

하면서 시어머니께 대 들었다 그리고 시집 간 딸식구들이 친정식구하고 가치 살면 가문이 흐려진다는 것도 하나의 이즘에 □□□ □□ □□□

2

아들과 어머니 시누이들과 올캐의 불화가 표면에 노골적으로드러나지는 않았어도 생활 분위기는 늘 우울하였다 말모타는 눈치로 살았다 집안사람들은 숙이의 그 덜삶은 □조가리 같이 오그라진 입가에 떠오르는 웃음을 더욱 무서워 하였다

서로 살았다는 것으로 다행하게만 여겨지던 피난 살림도 한달한달 달이 겹치면서 서로 다행하게만 여겨지지 않았다 서울서 당하던 공격의 두려움도 피난내려올때 당하던 지옥같은 고생도 기어ㄱ에서 차차 사라지게 되는

데따라 지금까지는 같이 살아야만 꼭 되었던 식구들도 서로 꼭 살아야 할 필요성이 없는 듯 하였고 그보다 귀찮흔 존재같이 생각하도록인심은야박해 졌다

처음 자리 잡은 곳에서 나가라면 죽는줄 알았던 주거 문제도 돈만 있으면 해결할수 있는 점도 한가지 도움이었다

정씨 일가라고 다른수는 없었다 날이가면 갈수록 이러한 분위기는 짙어 갔다 그것은 피난내려올때 싸가지고 온 돈이 다없어져서 경제적인 위험을 직접생활면에서 느끼게되는 것도 큰이유이겠으나 그보다도 숙이의 양반주의로인한 가족들의 불화가더욱 골치 떼ㅇ이 었다

어느날 항상 안개같이 서린우울은 드디어 폭발되고 말았다 그것은 숙이가 앞서도 말해오던 딸과 사위가 자는방에 장모와과년한 시누이가 함께 잔다는 시비에서 시작되었다 시어머니는

"피난살림에 어떻게 하느냐"

하고 내쏘았다 시누이들이 모두 한마디씩

"언니 그답답한 소리좀 마시유 남의집 셋방에서 어떻게 갖출것을 갖추고 차릴것을 차립니까"

하면서 대들었다 지렁이도 발브면 꿈틀거린다는 말이 있듯이 지금까지 아무소리않고 참아오던 끝이라 더욱요란하였다

이때 묵묵히 책만드려다 보던 시동생이 견딜수 없다는표정으로

"아주머니?"

하고 어엿이 □□□□처럼

"아주머니는 그마음의 상투를 집어 빼세요무업니까? 늘양반양반, 교육을 받았다는, 좀더 우리가 옛날사람들 보다 □게살자고 노력하는 우리가 양반이니 상놈이니만 들추어내니……

아주머니는 편지를 쓸때도 아래아짜(ㅇ)를 그대로 쓰는것을 보았는데 그런 것이 아주머니의정신을 단적으로 나타내는 것이라고 생각합니다"

"아 그럼 나는 고만이란 말입니까?"

하고 숙이는 입술이 새파라케 질려서 대ㅅ구하엿다

"아즈머니는 우리나라 며누리의 입장을 더욱 곤궁한 곳으로 더욱 불리한 곳으로 모라넣는 분이에요 잘생각해 보세요 그동안 난 아즈머니하고 같이살지는 안해서 아즈머니의 성격을 잘몰랐다가 요즈음 확실이 알았습니다 지금은 무슨말씀을 하시든지 그것은 하나의변명으로 밖에 안들을 것입니다"

하면서 웃음석긴 어조로 너그럽게 말하였다 다시한번시동생은

"아즈머니"

하고 부른뒤에

"아즈머니 아즈머니는 아즈머니의 그마음 그 상투를 뽑아 버리세요"

하고 힘차게 말하였다

숙이는 당황하였다 시동생은시집 왔을때 소학교 육학년이 었다 지금은 대학생이다 키도남달리 크고 확실히 미덤직한 청년으로 성장해 있었다 시동생은 다시 말을 계속하였다

"아즈머니는 완전한 봉건적인 여성도 못됩니다 과거 우리나라의 좋은 미덕을 우리 생활에적용시켜서 살려 보려구도 하지않구 억지로 아즈머니 입장만 좋도록 만들기위한 방파제로 양반을 내세우는 것이 아닐까요"

하면서 마즈막으로

"미안 합니다"

라는 인사까지 까뜻이 부처서 따분한 분위기를 '컴프라―치'할 줄 알았다

이러한 말을 지꺼린뒤에 큰시누이 내외가 제일 먼저 용단을 내서 집을 얻어 나갔다

그다음은 숙이 시어어머니와 시동생 둘이 함께 집을얻어나갔다

숙이는 본시 부지런한 여자가 못되었다 그렇게 입으로는 양반을 내세워도 □□□어 오늘 까지 시어머니 버선짝하나 꾸메준일이 없다

시누이들이 모처럼 한번씩놀러가더라도 올케는 늘 아이를 끼고 나자잠

을 자다가 부시시 일어나는 것이 었다 그리고 그의 방 구석에는 언제든지 철지난남편의 양복바지와 와이샤쓰가 그대로 걸려 있었다

그러나 집안 식구들은 숙이내외가 잠들기만 바라스다 시어머니와 시누이들이 떠난후 남편준이는 부산에서 사업다운 사업을 붙잡지 못하고 이날 저날 '부로―카' 비스스한 생활을 해오다가 그정도도 여의치 못하였는지 수원(水源)으로 올라갔다 수원은 도청 소재지요 일선 가까운 곳이어서 수지 맞는 일이 많다는 이유였다 수원으로 가서 수지가 맞는지 안맛난는 지는 모르나 어느날 트럭 한대가 수원으로 올라가는 편이라하면서 숙이와 아이들을 태우러 왔다

수원에서도 숙이의 생활은 시원치 않았다

남편 준이는 사업이 잘안된다고 화끼ㅁ에 바람까지피웠다 밤이면 외박하는수가 보통이요 혹시 집에 들어올때는 술이 곤드레 만드레가 되어들어왔다 뜨ㄴ소문인지는 모르지만 준이는화류계 여성에게 빠졌다는 것이다

숙이는 속이 상할대로 상하였다 속이 상하는끝에 아이랑 내버리고 도망이라도 치고 픈 심경이 었다 도망보다 자살을하고 싶은 처지었다 그렇나 그것은 어디까지나 하나의 심경이요 저지었지 마음대로 용단을 낼수도 없었다 두 아이가 문제였다

속이 상한다 안상한다는 이야기는 역시 하나의 사치라 할수 있었다 숙이는 우선 생활이 말아니었다

급한대로 생각나는것은 대전에 있는 친정이었다 독개그릇과 부엌세간을 대강 새끼로뭉쳐서 이웃집에 맡기었다 그리고 우선바꾸어입을의복과 아이의기저귀를 추려서 보따리를 만들었다

친정이라고 해도 부모가없었다 아버지는 이미 숙이가 어렸었을 때 별세했고 다만한분 남았던 어머니 마저 이번 전란통에 돌아가고 말았다 어머니 없는친정은 몹시 쓸쓸하려니 생각하였다

숙이가 "언니?"하고 친정집에를 들어서니까 마침 저녁상을받고 있던 오

빠와 올캐와 조ㄱ하들이 뛰어나오며 반겨주었다 보따리를 받아 놓는다 등에서아이를 내려 놓는다

야단이었다 숙이는 감격의 눈물이 퍼ㅇ퍼ㅇ 쏘ㄷ아 지는듯한 느끼ㅁ에 잠겨ㅅ다

두다리를 죽 뻐ㅅ고 살수있는 안식처를 찾아온 것임에 틀림없었다 올캐가 부엌으로 들어가서 새로 지어다 주는 저녁밥상을 받□□ □□ □□□어 어쩔줄을 몰라ㅅ다 그리고 이만하면 살게 되는 것을 하면서 마음을 턱 놓았던 것이다

그러나 반가운 손님도 하루이틀이라구 날이 가고 달이 차게 되면서 늘 좋을수 만도 없었다 올캐가 군말을 하기 시작 하였다 '친정살이도 한달두 달이지 언제까지 있을것이냐'는 눈치었다

눈치는 눈치에서 그치지않았다

"딸은 출가외인이라 군식구야 군식구"하는 말까지하게 되었다 그러면 오빠까지 "네 남편에게서 소식이 없니?"하는 투로 올캐의 비위를 마치는것이었다　(끝)

《연합신문》 1953.2.2-4. [단편(短篇)리레-(1)-(2)]

최 정 희 ●●●

최정희(崔貞熙, 1906-1990)

• 호는 담인(淡人)

• 1906년 함경남도 단천 출생

• 1928년 숙명여자고등보통학교를 졸업하고 1929년 서울 중앙보육학교 졸업

• 1931년 「정당한 스파이」(『삼천리』 10월호)로 등단

• 주요 경력 ─ 1931년 『삼천리』 기자, 1936년 ≪조선일보≫ 출판부 입사, 1942년 경성 방
  송국 근무, 1950년 공군 종군 작가단 가입, 1969년 한국 여류문학인협회 회장
  1958년 서울특별시문화상, 1964년 제1회 여류문학상, 1972년 대한민국예술원 회원상 본
  상, 1982년 3 · 1문화상 수상

• 대표작 ─ 소설 「흉가」(1937), 「지맥」(1939), 「인맥」(1940), 「천맥」(1941), 『풍류잡히는 마
  을』(1949), 「정적일순」(1955), 『인간사』(1964) 등 다수

• **수록 작품**

사고뭉치 서억만(徐億萬)

때려도 소용이 없었다. 하루에도 수 없이 받는 기압이것만 아무 날도 마찬가지였다.

그가 신병(新兵)으로 들어오던 날 부터 그에겐 기압 밖에 오는 것이 없었다.

아침에도 기압, 낮에도 기압, 저녁에도 기압, 밤에도 기압 거저 이렇게 기압만 받는다.

자기 분대장 한테에만 받는 것이 아니고 남의 분대장 한테엔 기압을 받지 않기로 된 규측이지만 워낙 사고만 일으키게 되고 보니 일일히 그의 소속 분대인 삼분대장에게 보고 하는 수가 없다.

분대장만 해도 수 십명인데 이 외에 또 주번부관이요 일직당번이요 선임하사요 교관이요 또 무엇 무엇 하는 그의 상관은 수두룩하다.

이 수두룩한 그의 상관들은 모자를 바루 쓰지 못했다고 기압을 주고, 복장을 단정히 못했다고 기압을 주고, 걸음을 느리게 걷는다고 기압을 주고, 구두를 질질 끄은다고 기압을 주고 자세를 똑 바루 못한다고 기압을 주고, 차례를 잘 못한다고 기압을 주고, 행군을 잘못 한다고 기압을 주고, 제자리 걸음을 못한다고 기압을 주고, 뒤로 돌아를 못한다고 기압을 주고, 머엉하니 먼 데를 바라보느라고 인사를 빠트려서 기압을 주고, 신송(申送)을 변변히 못한다고 기압을 주고 한다.

이런 것들로 해서 받는 기압만 해도 이만 저만한 것이 아닌데 또 목소리는 왜 그렇게 낮은지 알지 못할 노릇이다.

기압 주는 상관이

"너 이 자식, 소속 부대가 어디냐?" 하고

물으면 그것도 한참 있다가

"심분대 이등병 서억만입니다." 하고

보고하는데 그 음성이 참 최저음(最低音)인 것이다.

상관의 골은 더 잔뜩 날 밖에.

"이 자식아 뭐라구 하는거야 좀 똑똑히 알아 듣게 못해."

호된 손이 뺨으로 올라간다. 그러면 서억만은 눈을 껌벅 껌벅 아무 댓구 없이 맞아대기만 하고 다시 말이 없다. 상관은 이렇게 하는—다시 말하자면 아무렇지도 않아하는 그 행색이 못 견디게 밉다.

그래서 손으로 때리던 매를 주먹으로, 그러다가 그것도 부족하면 그 근처 어디 손 가까이 있는 장작이거나 몽뎅이 같은 것을 들어 때리는 것이다.

싫것 맞으면서도 그는 역시 여전한 얼굴이다. 그러기 때문에 더 얼어맞는 것을 아는지 모르는지 옆에 사람이 안타까울 지경으로 그는 역시 여전한 얼굴이다.

기압이 끝나면 자기 분대에 돌아와 분대장에게 '어디서 무엇 때문에 누구에게 기압을 받았다.'고 보고를 해야만 하는 것이 군대에 규측이다. 아무리 사고뭉치라고 하지만 서억만도 이 규측을 안 지킬 수는 없는 것이다.

궁뎅□랑 또 다른 얻어 군대를 얻어 맞은 탓으로 평소 보다 더 느릴 뿐 아니라 보다 낮은 소리로

"삼분대 이등병 서 억만은 ×× 분대장님께 기압을 받았읍니다."

할라치면 또 분대장은 보고(報告)도 끝나기 전에

"이 자식아 빨랑빨랑이나 해라. 아이구 속이 터져 죽겠네?……" 하며 때리기 시작이다.

그의 무표정한 얼굴이라든가 그보다 느린 거동에 울화가 치밀기도 하려니와 밤낮 보아야 서억만으로 인하여 삼분대가 팔리는 일이 기가 막힌다.

그래도 서억만은 잠잠히 대답 없이 눈을 껌벅 껌벅 맞아 대기만 한다. 간혹 얼굴을 찡그리며 '에쿠'하는 그것도 참 낮은 저 뱃속으로 기어 들어 가는듯 한 소리로 약간의 신음을 표(表)할 뿐, 별로 다른 표정을 보이지 않는다.

　　이렇게 되면, 다른 분대장들과 마찬가지로 삼분대 분대장도 서억만의 무표정한 얼굴과 그 거동에 결이 더 나서

　　"이 자식아 죽어라. 너 같은건 죽어야 해. 아무 소용이 없어 남의 방해만 됐지. 동료들의 방해가 되는 놈은 국가에도 방해가 되는 법이야. 죽어. 죽어......"

　　이런 소리를 처 가며 때리는 것이다. 죽으라고 소리를 치는 대목에 가선 정말 죽도록 때리는 것이다.

　　이렇게 해도 삼분대 소속 병사들은 물론 다른 모든 그의 상관과 동료들은 분대장이 심하거니 여기지 않는다. 그만큼 서억만은 줄곧 사고만 일으키는 좋지 못한 병사로 그들 머리에 백여 있는 것이다.

　　그러다가 그가 입영(入營)한지 한 보름 되던 달의 유난스레 밝던 밤 일이다. 그가 보초를 섰다가 사고를 일으킨 밤의일이다.

　　삼분대 분대장은 그날 밤 자기가 보초를 감시할 아무런 직책도 갖지 않았으면서 서억만이가 또 어떤 사고를 일으키지 않을가 하는 염려에서 밤 두시에 (바루 서억만이가 서있을 시간을 미리 알아가지고) 위병소(衛兵所) 쪽으로 나갔다. 그랬더니 예측하던 바와 같았다. 서억만은 원 위치에 서 있지 않았다. 불끈 치밀어 오르는 생각 같아선 크게 소리처 찾을 것이나 분대장은 자기의 허물을 남 한테 들어내 놓는 것 같은 마음에서 그렇게 못했다. 더구나 보초선을 지키지 못하는 보초는 총살(銃殺)이 아니드냐.

　　이런 생각을 하면서도 분대장은 또 서억만에게 관대한 마음은 아니었다. 거저 어디서 나타나기만 하면 타앙 쏘아 죽여 버리고 싶었다.

위병소 앞에 다른 병사들은 다들 자고 있다. 나무 등거리 모양 다들 곤히 자고 있었다.

"이 놈을, 이거 어떡하나. 이 비러먹을 놈을……."

이러면서도 분대장은 대신 보초를 서서 시계를 본다. 소변 보러 갔나 해서 시계를 보며 기다린다. 다른 병사라면 소변이나 대변 보러 가게 될 경우엔 임시 보초를 대신 세우고 가는 것이지만 서억만이란 위인은 그냥 훌쩍 감직도 하기 때문에 이런 생각을 하면서 기다리는 것이다.

그러나 십분을 기다려도 서억만은 나타나지 않는다.

"이 놈이 대변 보러 갔나.……"

대변도 아닌 모양이다. 이십분을 기다려도 서억만은 나타나지 않는다.

분대장은 하번(下番)보초를 깨워 대신 세우고 자기는 이리 저리 찾기 시작 한다. 화가 잔뜩 치밀어 오른 까닭에 구두소리가 요란하다. 마는 서억만은 아무 것도 못 들었는지 아무 데서도 나타나지 않는다.

분대장은 위병소와 거리(距離)가 좀 떨어저 있는 숲(森)쪽을 향해 걸어간다. 혹시 거기서 서억만은 소변이나 대변을 보는 것이 아닐까 해서 그리로 향해 걸어 간다.

걸어 가면서

"서억만!" 하고 불러본다.

그러나 절대로 큰 소리가 아니다. 그것도 위병소와 병사(兵舍)가 좀 떨어진 거리에 가서 불러본다. 위병소와 병사에서 들리지 않을 만한 소리로 불러본다.

그랬더니 숲 속에 느릿 느릿 움직이는 그림자가 보이는 것이다. 분대장은 다시 한번 똑같은 어성으로

"서억만!" 하고 부른다.

그랬더니 느릿느릿 움직이던 그림자는 숲을 나와 이리로 오고 있는 것이 아닌가.

분대장은 그것이 틀림 없이 서억만인 것을 알았다. 서억만의 그림자는

서억만과 똑같이 궁구부정하기 때문이다. 분대장은 다시 더 부를 넘도 하지 않고 쏜살같이 그리로 마주 달린다. 달리면서

"누구얏 서라"

소리를 친다. 서억만인 것을 분명히 알면서도 이렇게 소리를 친다.

그랬더니 여전히 느릿느릿한 거동으로 걸어오던 그림자는 뚝 멈추고 서서 뭐라 뭐라 중얼거리는 것이다.

분대장은 여니때와 다름 없이 그 느린 거동과 그 낮은 목소리 똑똑치 못한 말세에 더욱 화가 치밀었다. 그래서 더 빨리 그를 향해 달려가서

"이 자식아 총살이다. 총살이다."

마주 서자마자 주먹으로 대갈통이고 상판때기고 막 후려 갈기며 웨친다. 그의 대답이 있건 말건 그런 건 들을 생각도 하지 않고 후려 갈기며 웨친다. 이때까지 일으킨 사고 중 가장 큰 사고인 까닭이다.

그런데 서억만은 잠잠히 맞아 댄다. 아무 소리 없이 맞아 댄다.

총살이라고 분대장이 그렇게 소리를 치건만도 서억만은 달빛 아래 구김살 하나 없는 태연한 얼굴로 여니때와 똑 같이 무표정한 얼굴로 눈을 껌벅이며 맞아 댄다. 분대장이 총살이라고 소리 치지 않아도 배운 보초수칙(步哨守則)에서 그는 보초선을 벗어나면 총살이라는 것을 모르는 것이 아니다.

하지만 달이 너무 밝았다. 새 한마리 깨어 있지 않고 자기 혼자만 서 있는 밤인데 달이 너무 밝았다.

서억만은 혼자 서서 좀 떨어져 있는 마즘편 산을 건너다 보며

'하느님이 우리에게 밤은 잠을 자기 위해 마련해 주셨다면서 왜 저렇게 밝은 달빛을 허락하셨을까.'

이런 생각을 하다가 그는 저도 모르는 사이에 마즘편 숲을 향해 걸어갔던 것이다.

한참동안 정신을 잃고 때려주던 분대장은 무엇을 보았던지 손을 멈추고

"이 자식아, 너 미치잖았나?" 하며

서 억만의 얼굴을 드려다 본다. 서억만은 이 말에도 아무 대답 없이 눈만 껌벅 껌벅 한다. 분대장은 기가 딱 차서 더 큰 소리로

"너 총살인 줄 알지?" 하고

묻는다. 그러니까 서억만은

"네!" 하고 대답한다.

너무 의외의 댓구에 분대장은 앞이 앗질해지도록 분노(憤怒)가 치밀어 오른다.

"그럼 이 놈아 총을 받아랏!"

천둥 같은 소리를 지르며 엠·완을 끄집어 낸다.

그런데 서 억만은 태연한 대로

"삼분대 이등병 서 억만은 총을 받겠읍니다." 하며

분대장 앞에 나서는 것이 아닌가.

그러자 분노에 덜덜덜 떨리는 손에 엠·완을 굳게 잡은 분대장은 다시 한번

"너 정말 미치지 않았니?" 하며

서 억만의 얼굴을 드려다 본다. 금방 쏘려던 자세 그대로 드려다 보는것이다.

서 억만은 말이 없다. 분대장은 말이 없는 서억만을 더 증오와 분노에 떨리는 시선으로 드려다 본다. 그래도 서억만은 여전히 태연한 태도와 그 언제나 가지고 있는 무표정한 얼굴, 그리고 껌벅거리는 눈 그대로다.

분대장은 이러한 서 억만을 자꾸 드려다 본다. 서 억만은 드려다보는 분대장의 시선을 피하려고도 하지 않고 그대로 껌벅거린다.

이렇게 하기를 한 십분 했을까.

"서 억만! 서 억만!"

분대장은 엠·완을 잡았던 손을 스르르 놓고 서 억만의 어깨를 흔든다. 힘 있게 힘 있게 양손을 얹어 흔든다. 아니 흔들기만 하지 않고 앞으로 가까히 끌어 가며 흔든다. 가슴에 껴안을 자세를 취해가며 흔든다. 분대장은

구김살 하나 없는 서 억만의 성(聖)스런 얼굴을 보았던 것이다. 찬란히 빛나는 서 억만의 눈을 보았던 것이다.

그것은 이때까지 보아 온 모든 것 중에 가장 뛰어나게 거룩한 것이었다.

그것은 이때까지 보아온 모든 것 중에 가장 뛰어나게 엄숙한 것이었다.

그것은 이때까지 보아온 모든 것 중에 가장 참되고 아름다운 것이었다.

분대장은 서 억만의 어깨에 손을 얹은채

"가자 저리루. 원 위치루 가자. 어서 가서 너의 직무를 이행해라." 하고 낮은 소리로 그러나 힘 있는 소리로 말한다.

서 억만은 아무말 없이 분대장이 말한대로 자기의 원 위치를 향해 걷는다. 분대장도 그의 어깨에서 손을 내리지 않은채 그와 나란히 걷는다.

달은 아직 밝은 그대로 있고 밤은 아직 깊은 그대로 있어서 한테 엉킨 둘의 그림자는 참 정확(正確)하다. 이 정확한 한테 엉킨 그림자는 보초선을 향해 걸어가고 있는 것이다.

그 후 한 보름 하여 서 억만의 소속된 중대가 출동하게 되어 서 억만도 일선에 나가게 되었다. 일선에 나가기 까지 그는 여전히 사고뭉치로 여러 상관들에게 기압을 받았다. 그러나 삼분대 분대장만은 그가 어떤 짓을 하든간에 전혀 아는체를 하지 않았다. 어떤 땐 군기(軍紀)를 파괴하는 일 같은 것, 상관으로서 위신을 잃는 것 같은 일이 없지 않았으나 달밤에 본 서 억만이가 그의 가슴에 꽉 박혀 있기 때문에 말이 나오지 않았다.

일선에 나간 서 억만이 장렬한 전사를 했다는 보고서(報告書)와 함께 보병훈련소 제육대대 제이 중대 사 소대 삼 분대 분대장에게 보내온 서 억만의 수첩은 살구꽃이 제대로 멋드러지게 피던 어느 날이다.

삼분대 분대장은 먼저 서 억만의 전사보고서를 읽었다.

보고서는 다음과 같았다.

일원으로 자원 출동하여 수 십명의 적을 혼자 격멸한 후 장렬한 전사를 하였음. 동봉(同封)하는 수첩(手帖)은 서 억만 이등병이 평소에 항상 애지 중지 하던 귀중한 것으로 서 억만 이등병이 출동 직전보병 훈련소 제육대대 제이중대 사소대 삼분대 분대장에게 전달하여 달라고 맡기고 간 것임. 이상

보고서를 끝낸 분대장은 서 억만의 수첩 앞에 잠간 묵도한 후, 수첩을 들었다.

수첩엔 제일 끝장─아니 수첩의 제일 끝장이 아니라 서 억만이가 출동하기 바루 직전 (그는 바루 직전이라고 기록해 두었다.) 그가 나라와 민족을 위해 자기를 바치려고 결심한 직후에 기록 했다고 추측 되는

─이 몸이 죽고 죽어 일백번 곤쳐 죽어─

라는 포은 정몽주 선생의 시구(詩句)가 있곤, 남어지는 그의 감상문(感想文)과 일기(日記)였다.

일기는 물론 매일, 하루도 빼지 않고 써 왔고, 감상문도 거진 매일 쓰다 싶이 해 왔었다. 그렇게 날마다 모진 기압을 받아 오면서도 서 억만은 거기 대한 불만 불평은 한번도 기록한 일이 없을 뿐 아니라 아프다거나 괴롭다거나 그런 말도 한 마디 없었다. 그러나 기압 받은 이야기는 하루에 몇 번이든 적어 두었었다. 두번이면 두번이라고 적고 세번이면 세번이라고 적고─어떤 날은 심지어 다섯 번을 받은 일도 있었다. 두번을 받거나 세번을 받거나 다섯번을 받거나 일기에 나타난 것으로 보아선 심경(心境)의 변화가 일치(一致)했다. 달이 밝던 ─분대장에게 총을 받을번 했던─ 밤의 일도 여러 날과 똑같이 담담하게 적어 내려 갔다. 죽엄을 당할번 한 그 밤의 일도 그에겐 그렇게 대단한 것이 아니였나 보았다. 그래도 그는 자기는 자기도 모르는 사이에 그렇게 많은 기압을 받는 일을 답답해 하는 문구는 여러번 기록해 놓았었다.

감상문은 대개 산이니, 숲이니, 달이니 눈이니, 비니, 하늘이니, 바람이

니, 별이니 하는 자연에 대해서 쓴 것이 많고, 어머니, 아버지, 누나, 동생이, 그리워서 쓴 것도 많았다.

분대장은 어느 것을 읽으면서도 눈을 씻곤 했는데 서 억만이가 정찰대에 자원하고 나서 쓴 제일 마지막 글(文章), 그가 최후로 사랑하는 나라와 사랑하는 민족과 사랑하는 부모와 사랑하는 형제와 사랑하는 전우와 사랑하는 자기의 상관들에게 남긴 유서(遺書)에선 분대장은 흑흑 느껴 울었던 것이다.

꾸짖어도 그저 그 얼굴, 때려도 그저 그 얼굴, 아무날도 마찬가지던 그 무표정하고 소같이 느리고 둔하디 둔 하던 서 억만이가 어떻게 그처럼 예리(銳利)할 수가 있었을까? 어떻게 그처럼 빛나는 재조가 있었을가. 어떻게 그처럼 나라와 민족과 부모 형제와 동료와 상관을 사랑할 수가 있었을가 하는 감격에서였다. 그리고 자기는 어째 그리도 서 억만이 같이 뛰어난 사람을 알아 보지를 못했던가 하는 자책(自責)에서 였다.

— 모자를 밤낮 잘못 쓴 대신 신발을 밤낮 잘못 신은 대신, 행군을 밤낮 잘못한 대신 '뒤로 돌아'를 밤낮 잘못한 대신, 집합 할 때 밤낮 늦게 나간 대신, 복장을 밤낮 단정히 못한 대신 다른 전우를처럼 분명하지 못했던 대신, —이 여러 가지 대신으로 나는 나의 목숨을 사랑하는 나라와 사랑하는 민족과 사랑하는 우리 부모와 사랑하는 내 누나와 아우와 그리고 나의 전우들과 나의 여러 상관과 나에게 제일 많은 기압을 주었고 또 나를 가장 사랑해준 사랑하는 보병 제육대대 제이중대 사소대 삼분대 분대장을 위하여 바치나이다. 오오 신(神)이여 저의 소원이 이루워 지게 하여 주소서. 제가 소원 한 바 대로 저 한몸이 수십명의 적을 격멸하게 하여 주소서

제가 만약 소원한 바 대로 이루지 못한다면 그 숫한 잘못(惡習)을 무엇으로 씻읍니까. 저의 부모님은 저를 세상에서 제일 훌륭한 아들이 되라고 늘 기도하셨□니다. 그럼에도 불구 하고 저는 훈련소에서 제일 못난이가 되어 밤이고 낮이고 기압만 받았읍니다. 기압을 받을 때마다 저는 우리 부모님의 얼굴이 크게 크게 앞에 닥아와서 아픈 매를 맞으면서도 매의 아픔을 느

낄 수 없었읍니다. 분대장님이 제게 총을 받으라고 하던 밤은 우리 아버지
와 어머니의 얼굴이 참 크게 그 달빛으로 환한 넓은 뜰에 가득 차도록 크
게 닥아왔읍니다. 오오 신이여! 신이여!

　서 억만은 이러한 최후의 글을 남겨 놓고 사월 십오일 이십명의 정찰대
원으로 조직된 정찰대로 적 진지에 돌입하여 수십명의 적을 혼자 처 죽이
고 자기도 죽었던 것이다. 그가 분명히 자기의 소원을 이루웠던 것을 알기
는 그 이튼날이었다. 다시 적 진지에 정찰대로 나갔던 전우들은 수십명의
적의 시체 속에 홀로 피투성이가 되어 쓸어진 서 억만을 발견 했던 것이다.
　서억만의 유골을 보병훈련소에 모시던 날, 보병훈련소에선 서 억만의 양
친을 오게 하여 엄숙한 예식을 이루고, 서억만의 수첩은 보병훈련소에 두
고 교육 재료를 삼겠다고 그 양친에게 승락을 받았다.　(空軍從軍文人團員)

公군문고 소설집 『훈장』(공군본부, 1952.8.15), 74-87면.

유가족(遺家族)

　성북동 막바지 산밑에 옴팍 파고 들앉은 조고마한 기와집 아랫채, 여기는 직이네가 살고 있다.

　방 하나와 헛간 한칸이 달려 있는 조고마한 아랫채다.

　아버지는 전쟁에 나가 싸우다가 돌아가시고 직이 엄마, 직이, 욱이, 석이, 극이, 향이 이렇게 여섯 식구가 여기서 살고 있다.

　제일 위로 직이가 열한살 그 아래로 여덟살, 여섯살, 네살, 두살이다. 두살잡이 향이 만이 계집아이고 모두 아들이다.

　직이 엄마는 아침 일곱시 이십분쯤 되어 동대문 시장을 향해 집을 떠난다. 성북동 막바지에서 동대문 시장까지 걸으려면 바삐 걸어도 여덟시까지 채워 가기가 어렵다. 여덟시까지 채워 가야 그날벌이를 하게 되는 것이다.

　그래서 직이 엄마는 아침 다섯시에 일어난다. 바삐 세수를한다음 어제 저녁 삼분지이 이상 두었던 수수를 손에 앉히고 불을 지펴 놓으면 그것은 한시간 가량 끓어야 겨우 먹을만하게 된다. 다른 쌀이나 그런 것이라면 한시간까지 끓일 필요가 없지만 닦이지 않은 수수를 껍질채로 앉히기 때문에 불을 오래 때야만 한다.

　어쩌다가 늦어 일어나게 되면 직이 엄마는 그거나마도 숟갈질을 못하고 나간다.

　그런 날이면 직이가 엄마 한테 밥을 가져 간다.

　밥이라고 하지만 죽인지 모르는 것이다. 풀끼 없는 수수를 닦이지도 않았기 때문에 불을 아무리 오래 때어도 한테 합치는 일이 없다. 그저 물은 물대로 알은 알대로 제 각기 오로로 하기만 한다.

이런 것을 직이는 엄마한테 가져다 준다.

직이가 밥을 가지고 동대문 시장, 엄마가 가는 '하꼬방'으로 가면 엄마는 언제든지 거기 있지 않았다. 몇시간씩 기다려야 엄마를 만날 수 있었다.

어떤 땐 오래 오래 기다리다 못해서 엄마를 찾아 떠난다. 시장에는 아침에도 마찬가지로 복작복작 하다.

직이는 그 복작복작한 속에서 이리로 저리로 뚫어 가며 엄마를 찾게 되면 직이는 참 반가웠다.

"엄마 밥먹어"

검정 보재기에 싸서 든것을 엄마에게 얼른 내어 든다.

"벌써 가져왔니? 향이는 어쩌구 왔니?"

"향인 욱이가 업구 있어"

"그래"

엄마는 그것만 알고는 다시 더 다른 말은 하지 않고 냉면, 짜장면, 우동을 담아 인 목판을 사람들 앞에 내려놓고 냉면이나 우동이나 짜장면, 그것들 중에서 어느것이나 한가지를 선택해 잡수시라고 사람들에게 권한다.

엄마가 권하는 사람들은 두말할 것도 없이 시장에서 장사하는 사람들이다. '하꼬방'을 짓고 옷이며 그밖의 가지각색 물건을 파는 사람들도 있고 그냥 땅바닥에 궤짝을 놓고 양담배나 사탕을 파는 사람도 있고 떡, 과일, 참외, 야채 등을 파는 사람도 있다.

그 사람들은 엄마가 앞에 가서 그렇게 간절하게 또는 친절하게

"잡수세요"

하고 권해도 턱을 터억 치켜 들고 앉아서 보는체도 아니한다.

엄마는 냉면, 짜장면, 우동, 세가지 중에서 한그릇을 들어 앉은 사람들 앞에 들려 대고

"냉면을 잡수세요"

하고 권하다가 그래도 알은체를 아니하면 냉면을 목판에 도루 놓고

"짜장면을 잡수세요"

하고 짜장면을 들고 권하다가 그래도 알은체를 아니하면 짜장면을 목판에 도루 놓고

"그럼 우동을 잡수세요"

하고 권한다.

그러면 권하는 엄마와는 아주 딴 판인 얼굴과 말투로

"안먹어. 안먹는대두 왜 이래. 아침부터 재수 없게스리"

하고 거만하고 쌀쌀하게 대꾸한다.

엄마는 그렇게 볼모양 없이 푸대접을 받건만 앉은 사람들 앞에 마다 가서 목판을 내려 놓고 똑같은 말과 행동으로 목판에 담긴 것들을 권한다.

직이는 엄마가 목판을 이고 걸으면 저도 엄마 뒤를 따라 걷고, 엄마가 목판을 내려 놓으면 저도 거기 서서 보고 있다.

보고 있느라면 화가 나서 견딜 수 없다.

"엄마 밥이나 먹어"

하고 직이는 내려 놓은 목판 위에 아무렇게나 검정 보자기에 싼 밥그릇을 던지고 달아난다.

그렇게 달리기 시작하면 성북동 막바지까지 단번에 쉬지 않고 달음질 쳐 온다. 다시는 엄마한테 밥을 가져가지 않으리라는 마음을 먹으면서 달음질 쳐 온다.

그러나 그러한 생각은 그때뿐이고 그러고도 직이는 엄마한테 밥을 늘 가져다 준다. 엄마가 시장할 것이 걱정되어서 견딜 수 없기 때문이다.

직이는 산에 오르는 일이 제일 즐겁다. 엄마한테 밥을 갖다 주는 날이 아니면 아침에 굳이 남겨 둔 얼마 안되는 밥과 숟가락 다섯개와 날된장 보시기까지 보재기에 한테 싸 들고 산으로 올라간다.

산은 바루 뒷곁이다. 사변 통에 나무들이 많이 없어지긴 했지만 그래도

그늘을 짙게 짓는 나무들이 아직 몇주 있고 또 가뭄에도 평생 마르지 않는 샘이 있을 뿐 아니라 나무에선 새가 운다.

향이는 울다가도 새가 울면 울음을 그치고 손구락을 치켜 들어

"쓔쓔우, 쓔쓔"

하고 나무 가지를 가리킨다.

극이도 욱이도 석이도 다아들 새를 좋아한다. 가지고 올라간 점심을 열두시 전에 먹어 버리자고 찡찡대다가도 새가 나무에 와 앉아 울면 이리 저리 새를 찾기에 정신이 없다.

산에는 반석 처럼 된 평평한 바위도 있다.

직이는 이 바위 위에 향이만제외하곤 동생 셋을 나란히 세워 놓고 체조도 시키고 병정 놀음도 시킨다. 총과 칼은 나무를 깎아 만들었다. 큰 동생은 크게, 그 다음 동생은 작게, 그 다음 다음 동생은 더 작게 만들어 주었다.

직이는 목소리도 클 뿐 아니라 몸집도 수수밥에 날된장만 찍어 먹는 아이 같지 않게 튼튼하고 숙성해서 제법 대장감 같아 보였다.

동생 중에는 석이가 약골이므로 직이는 약골인 동생 석이에게 더 한층 마음을 쓰면서 논다.

산이 찌렁찌렁 울리게 호령해 가며 한참씩 놀고 나면 전신에 물 퍼붓듯 땀이 철철 흘러 내린다. 땀이 흐르면 동생들을 먼저 잠뱅이까지 벗긴 다음 바가지로 샘물을 푹푹 퍼서 씻어 주고 그리곤 자기도 또 그렇게 씻는다.

이렇게 씻고 나면 키가 무럭무럭 자라는 것 같고 몸이 부쩍부쩍 느는 것 같다.

엄마한테 밥을 갖다 주고 오는 날이면 직이는 더 큰소리로 여늣날보다 더 기운을 내어 논다. 그렇게 놀아야 땀이 더 나기 때문이다. 땀이 더 나면 날수록 씻은 뒤에 키가 더 자라고 몸이 더 많이 붓는 것 같기 때문이다.

직이는 얼른 키가 크고 몸이 늘어서 어른이 되고 싶었다. 어른만 되면 엄마가 시장에 나가서 그 푸대접 받는 '잡수세요' 벌이를 하지 않아도 되는 것이 아닌가.

○

　엄마는 날이 다 저물어서 저녁 별이 한두개가 보일 즈음해서 집으로 돌아 온다. 목판에 담아 인 것은 수수 오홉 한되거나 보릿쌀 오홉 한되거나 그 외에 육백원 짜리 장작 한 단이다.

　이것은 직이 엄마가 하루 종일 수 없는 사람 앞에 마다 가서 "잡수세요"를 또 하고 하고 해서 얻은 돈으로 산 것이다. "잡수세요"를 또 하고 하고 수백번도 더 하면서 시장 안을 돌고 또 돌고 하는 사이에 직이 엄마는 우동이나 짜장면이나 냉면을 설흔 그릇에서 마흔 그릇 가량 팔게 된다. 우동 짜장면 냉면은 한 그릇에 천원씩이다. 천원짜리를 설흔 그릇 팔면 삼천원 벌이를 하게 되는 것이고 마흔 그릇을 팔면 사천원 벌이를 하게 되는 것이다.

　천원 짜리 한그릇에서 '하꼬방' 주인한테 구백원을 들여놓고 "잡수세요"를 한 직이 엄마는 백원을 가진다.

　직이 엄마뿐 아니라 '하꼬방'에 가서 냉면이나 짜장면이나 우동을 시켜 목판에 담아 이고 다니며 "잡수세요"를 자꾸자꾸 하는 직이 엄마와 같은 벌이를 하는 사람들은 죄다 마찬가지로 천원짜리 한그릇을 팔면 백원밖에 못 먹는다.

　직이 엄마는 마흔 그릇이나 쉰 그릇쯤 파는 날이면 보릿쌀을 오홉 한되 사 이고 들어오지만 설흔 그릇이나 혹은 그보다 더 적게 파는 날이면 수수를 오홉 한되 사 이고 들어 온다. 수수가 보릿쌀보다 오백원이 덜하기 때문이다.

　직이는 엄마가 보릿쌀을 사 이고 오면 장사가 좋았거니 짐작하고 수수를 사 이고 오면 장사가 덜 좋았거니 알고 있다.

　엄마는 쌀을 한번도 사 이고 온적이 없다. 보릿쌀이나 수수도 한번에 큰 되 한되를 사 본 일이 없다.

　엄마가 시장에서 돌아오는 눈치면 직이는 동생들을 데리고 산에서 내려 온다. 어두워질 무렵해선 자꾸만 산 아래 동네 어구를 내려다 보는 까닭에 엄마 오는 것을 이어 알게 된다.

직이 만이 아니라 움이, 석이, 극이, 직이 등에 업힌 향이 까지도 어두워 지기만 하면 동네 어구만 내려다본다.

그럴 때면 병정놀음도 체조도 통히 하지 않는다.

엄마가 그리워서 보다배가 고파서다.

엄마는 혹 늦은 때도 있지만 시계 같이 정확히 똑 그때면 동네 어구에 들어 선다. 밝지도 어둡지도 않은 꼭 산에서 동네 어구가 보일만한 때에 엄마는 언제나 빨리빨리 걸어서 언덕진 길을 숨차는 것도 모르고 올리 걷는다.

엄마가 보이면 직이들은 엄마를 천년이나 보지 못한 것처럼

"엄마, 엄마, 엄마, 엄마, 엄마"

를 수 없이 부르면서 산 아래로 내려 달린다.

그릇 속에 담은 된장 보시기와 숟가락들이 한테 엎쳐서 더 아우성이다.

별이 한두개가 보인 뒤에 시작한 저녁은 별이 총총히 백인 때에사 먹을 수 있게 된다.

저녁이래야 수수가 아니면 보릿쌀 한공기도 못되는 것을 집어 넣어 끓인 멀건 죽이지만 그들은 그런 것을 등잔불도 없는 캄캄한 속에서 후두룩 들이켠다.

이튿날 아침을 위해서 오홉 한되의 삼분지 이 이상을 남겨 놓지 않으면 안되므로 저녁은 늘 멀건 죽이다.

저녁을 들이켜고 나면 기운이 하나도 없다. 그저 모두 땅 속으로 기어들어 가는 것만 같다.

그들은 땅 속으로 들어 가는 기분 그대로 잠이 들어버린다.

모기가 무는 것도 벼룩 빈대가 뜯는 것도 모르고 잠이 들어 버린다. 잠이 고단한 것처럼 아침이 되기까지 흙이 되어 버리는 것이다.

○

대통령 부통령 선거 투표하는 날은 동대문 시장도 남대문 시장도 다 그

만 두기로 되어 있었다. 서울 시민 전부가 아침 일곱시부터 투표장에 가야 하기 때문이다.

직이 엄마도 아침을 어제 저녁 삼분지 이 이상 남겨 두었던 수수를 끓여 지내고 투표장으로 안채 할머니와 같이 갔다.

투표장에 나갈 때 직이 엄마가 문깐에서 안채 할머니더러

"할머닌 누굴 하시겠어요?"

하고 물었다.

그러니까 안채 할머니는

"우리 모두 굶지 않구 살게 될 대통령을 뽑게 해 달라구 밤새 하느님 앞에 기도 드렸네. 하느님 뜻대루 되겠지……"

안채 할머니는 예수를 진실히 믿는 까닭에 이렇게 대답을 했다.

이 할머니도 시장에 가서 과일 장사도 하고 빵장사도 하는데 도무지 팔리지 않아서 빵이 쉬든지 과일이 못쓰게 되면 그것으로 끼니를 이어 가는 가난한 할머니다. 단 하나 있던 아들은 6·25 때 행방불명이 되고 손자 하나 있던 것은 영양부족으로 시들어서 죽고 며느리는 친정에 가 있는데 들리는 말인즉 미군부대에서 식모노릇을 한다고 한다.

직이는 안채 할머니와 엄마가 하는 이야기를 들었다. 직이는 예수도 하느님도 모르고 예배당에 가 본 일도 없지만 할머니와 같은 기도를 하고 싶은 마음이 생긴다.

직이는 동생들도 데리지 않고 향이를 업지도 않은 대로 뒷곁 산에 올라 갔다.

한강이 찰낙찰낙 넘을번 하게 내리던 비도 활짝 개어서 하늘은 여러가지 색채를 내도록 맑았다. 동쪽에선 태양이 붉게 떠오르고 있고 ─.

직이는 동생들과 늘 병정놀음도 하고 체조도 하던 평평한 바위 위에 올라 섰다.

여니 때 같으면 혼자라도 크게 소리를 지르겠지만 ─ 실상은 하늘의 색체가 너무 곱고 올리 솟는 태양이 너무 붉어서 크게 한번 소리 쳐 보고 싶은 생각이

없지도 않으나 직이는 조용히 바위 위에 두 손을 마주 잡아 꿇어 앉는다.

그리고 입속으로

"하느님 우리들을 수수밥이라도 꾸준히 먹게 할 수 있는 대통령을 뽑아 주십시오. 저는 배 고픈 것이 제일 싫어요. 오늘은 엄마가 시장에 못나가기 때문에 '잡수세요' 장사를 못하겠으니 오늘 저녁과 내일 아침 점심은 틀림 없이 굶습니다. 요전 비가 와서 시장에 못나가던 날도 굶었읍니다. 굶으면 동생들이 우는 것도 싫지만 참 배고픈 일이 이 세상에서 제일 싫어요. 하느님 우리를 굶지 않게 할 대통령을 뽑아 주십시오."

처음엔 입속으로 중얼거리게 되었으나 차츰 차츰 소리는 입밖에까지 나오게 되었을 뿐 아니라 차츰 차츰 더 커진다. 나중엔 다른 소리는 하지 않고

"하느님, 하느님!"만 부른다.

보통 소리가 아니고 병정놀음 하던 때나 체조하던 때에 치던 소리처럼 높은 소리로 부른다.

눈을 감고 치는 소리인 까닭인지

"하느님! 하느님!"

하고 치는 소리 뒤엔 또 다른 무슨 소리가 들려온다.

직이는 그 소리를 들으려고 점점 더 큰 소리를 친다. 큰소리를 치면 칠수록 뒤에 오는 소리가 크게 들려온다.

직이는 이 자기가 치는 소리 뒤에 들려오는 소리를 하느님의 대답이라고 짐작한다.

이 때까지 직이는 산에서 그처럼 많은 소리를 쳤지만 소리 뒤에 오는 소리를 들어 본 일이 없다.

이른 아침 조용한 산에서 오직 저 혼자만의 소리기 때문에 소리 뒤에 오는 소리가 산울림인 줄을 직이는 조금도 모른다. (作者·蒼空俱樂部圓)

『코메트』 1호, 1952.11, 130-136면. [여류창작(女流創作)]

한무숙 ●●●

한무숙(韓戊淑, 1918-1993)

- 호는 향정(香庭)
- 1918년 서울 출생
- 1936년 부산고등여학교 졸업
- 1942년 「燈ぉ持つ女 등불드는 여인」이 『신시대』에 당선되어 등단, 1948년 『역사는 흐른다』가 ≪국제신보≫ 장편소설 모집에 당선
- 주요 경력—1980년 한국여류문학인회 회장, 1990년 한국소설가협회 상임대표 위원 역임 1957년 자유문학상, 1973년 신사임당상, 1986년 대한민국 문화훈장, 1990년 대한민국 문학상, 1991년 대한민국 예술원상 수상
- 대표작—단편 「정의사」(1948), 「내일 없는 사람들」(1949), 「파편」(1951), 「허물어진 환상」(1953), 「감정이 있는 심연」(1957), 「우리 사이 모든 것이」(1971), 「생인손」(1981) 등과 장편 『역사는 흐른다』(1950), 『빛의 계단』(1960), 『석류나무집 이야기』(1964), 『만남』(1986) 등, 창작집 『월운』(1956) 등 다수
  수필집 『열길 물속은 알아도』(1963), 『이 외로운 만남의 축복』(1981), 『내 마음에 뜬 달』(1990) 등

• **수록 작품**

●●●

파편(破片)

담뿍 물을 먹은 무거운 먹서리떼기를 걷고 발을 들여놓으니 퀴퀴한 냄새
가 코를 찔렀다. 태현이는 힘없이 좁은 통로를 걸어 자기자리에 들어가 신
은 신은채 침구위에 덜컥 주저앉았다. 남편이 돌아온것도 모르듯 과로해
잠든 안해옆에 더러운 얼굴을 한 어린것들이 셋, 이불을 걷어차고 서로의
몸에 다리를 걸치고 거센 멍석자리위에 곤드라져 있고, 손잡이가 떨어진
새까맣게 절은 냄비랑 풍로, 양재기 새끼로 묶으 나무단 같은 것으로 겨우
경계를 한 옆칸, 한가운데에는 찌글어진 냄비가 자리를 잡고 젊은 내외는
따로따로 머리를 맞대고, 벽쪽에 딱 붙어 직각으로 누워 역시 잠이 들었다.
뚫어진 지붕에서 새는 비는 바께쓰속에 바루 떨어지기도 하고 빗떨어지기
도 하여, 이런곳에 아울리지 않는 연한 빛갈을 한 그 이불 귀퉁이가 흠뻑
젖어있는것이다.

태현이가 들어올때 불어들인 바람 때문인지, 문옆에 자리잡은 노인네가
몹시 쿨룩거리며 일어나 앉는다.

새어 떨어지는 빗방울은 약한 석가래에 한참 매달렸다. 똑 바로 떨어지
기도 하고, 나무결을 타고 미끄러져 내려가 서너치 건너서 떨어지기도 한
다. 새는데는 한군데 뿐이 아니다. 여기저기서 거의 규칙적인 단조한 누수
(漏水) 소리가 들리고, 초췌한 얼굴들이 입을 벌인채, 벌레 같이 굴러있는
것을 꺼먹꺼먹 하는 등잔불이 처창하게 비치고 있다.

구석칸에서 젖먹이가 킹킹거리며 깬다. 곯아 떨어졌던 어머니는 무의식

중에 젖을 더듬어 젖먹이의 얼굴에 갖다 대었다. 젖먹이는 한참 젖꼭지를 찾느라고 애를 쓰다가 착 달라붙어 쭉쭉 소리를 내며 빨기 시작한다. 옆에서 자던 아이 아버지가 입속에서 무어라고 중얼중얼하더니, 여럿이 덮고있는 이불을 잠결에 혼자 쓸어덮고 돌아 눕는다. 아이들은 손을 다리새에 끼고, 새우같이 옹그라졌다.

통 통 통 - 빗방울 떨어지는 소리가 더욱 잦아가서 바깥보다도 큰 빗방울이 좔좔 쏟아지기 시작한다.

제각기 자기몫으로 정해진 칸에서 둥그러 자던 사람들은 새어 쏟아지는 비성화에 잠이 깨어, 하나씩 둘씩 일어나 앉는다.

선잠을 깬 아이들이 킹킹거리고 이불이랑 옷보퉁이를 들쳐거리며, 어른들이 중중거린다.

여러사람의 호흡으로 흐려진 공기가 퀴퀴하고, 후덥지근은 하나마 추위가 뼈속까지 밴다.

"후 - ㄱ"

이불을 혼자 쓸어 덮고 자던 송서방이 잠을 깨어, 누운채 한숨을 꺼지게 쉬었다.

"온 겨울에 무슨 비야. 쯧쯧"

어린 것에게 젖꼭지를 물린채 곤드라졌던 그 아내도, 아이들에게 이불을 끌어 덮어주며 혀를 찼다.

아까부터 쿨럭거리던 배노인의 기침이, 숨이 막히도록 심해간다. 마누라가 같이 일어나 앉아, 울상으로 넋잃은 사람같이 영감의 모양을 쳐다보고 있다

휘이 - ㅅ 얇은 양철벽을 바람이 흔들고 지나간다. 출입구를 문짝대신 막은 물을 듬뿍 먹은 먹서리떼기에서 짚썩은 물이 뚝 뚝 떨어졌다.

"아이 추어"

이불을 걷어차고 자던 어린것들이, 몸을 옹크리며 잠고대 같이 종알거렸

다. 그제야 태현이는 문득 정신이 돌아왔다. 신은 신은채 손을 뻗어, 오줌 냄새가 물씬 나는, 때에 결은 얇은 이불떼기를 덮어주고, 무릎을 도사리고 턱을 괸채 생각에 잠겼다.

자조의 쓴 웃음이 입가에 떠 올랐다. 이 습기찬 맵게 추운 겨울비 오는 밤에, 불씨 하나 없는 창고속 찬 땅바닥위에서 멍석한닢만 깔고 등그른 어린것들이 이불을 차내던지고 자도, "춥다" 소리를 드를때까지는 덮어줄 생각을 못했던 자기를 스스로 비웃었다.

"흥 모든것이 구실, 핑계에 지나지 않았어……"

속으로 뇌○렸다. 그 어린 생명을 보호하기 위한다는것이 여지껏의 자기 행동에 대한 변명이요, 내용이 아니었던가?

마음 한구석에 항상 자리 잡고 있는 아픔과 참괴가 또 발작적으로 부풀러 올랐다.

퍽퍽 쏟아지는 눈을 마구 맞으며,

"우리걱정은 말구 잘들 가거라"

하고 눈물을 흘리던 늙은 부모의 얼굴이 눈앞에 떠오른다.

"꼭 뫼시구 가구싶은데 이 추위에 노상에서 고생허다 무슨일이나 나면 어떻거겠어요. 그렇다구 저희들만 떠날수두 없는일이구……"

뻔뻔스럽게 이런 말을 한 그때는, 벌써 피난준비가 다 되어있었고, 떠나는 시간까지 결정한 후였던것이다. 말하자면 완성된 서류에 최후의 날인을 받기위한 형식적 사령에 지나지 않았다.

"늙은 우리들 때문에 너희들꺼지 욕을 볼게 무어있니. 아이예 걱정말구 어서어서 서둘어라"

"어머니!"

하고 우는 자기를 오히려 부드럽게 위로하던 어머니의 바다같은 사랑!

그는 견딜수없어 두손으로 얼굴을 가렸다.

그의 죄악감은 여러가지 의미로 그를 짓눌렀다. 불효와 위선. 이윽고 모략— 늙으신 어버이를 사지에 두고 온 죄, 최후까지 가면을 쓴 죄, 그위에 선량하고 자애깊은 무력한 노인들에게 "내 걱정말구 가라"는 일종의 면죄 부(免罪符)를 강요한 죄— 뒤에 남는 노인의 불안과 슬픔과 공포를 "걱정 말구 가라"는 언사 아래 역력히 들여다보며 애써 눈을 가리고 못 이기는체 한 자기를 용서할수가 없었다.

"아이 추어"

하고 몸을 옹크린 어린것의 조그만 소리가 그에게는 "위선자!"하는 조마(嘲罵)의 소리만 같았다.

어버이도 모르고, 어린자식도 모르는 냉혈한!

바람이 획— 획— 불어, 창고위를 지나가는 전선이 윙 윙 운다. 누구인지 일어나 깡통에 쫠쫠 소피를 본다. 천장 꼭대기에 창이 하나 있을뿐, 통 같은 창고 속에 열세대 걸너더분한 살림살이 도구로 경계를 한 따름이다. 실은 한방에서 여러세대가 거처하고 있는 것이다.

밤이 깊어갔다. 어머니 품속에서 곤히 잠들었던 태현이의 젖먹이 딸이 골골거리기 시작한다. 백일해의 심한 발작으로 젖을 토하며 콜록거린다. 마침내 지쳐서 늘어진다. 아내가 안고 일어나 앉아 수심에 싸인 얼굴로 들여다보는 것을 태현이는 고집이나 부리듯 쳐다보지도 않는다.

"아이 또 토했구먼요 이렇게 추우니 안 그렇겠어요?"

송서방네가 딱한듯이 말을하고 길게 한숨을 쉬었다.

"아— 아"

양철벽에 기대앉은채 그는 폭 싸안은 젖먹이를 공연히 두어번 흔들고 필요이상으로 포대기를 올려 덮었다. 이윽고 또 한숨을 쉬었다. 처음에는 가벼운 위로의 의미로 한 말이 심각한 연상을 불러, 그는 눈물이 앞을 가렸다

"아—아 순길아— 다섯살이나 멕여가지구, 흐으응 응— 아이구 원통해"

다섯살 난 아들을 피난도중에 잃었다는 말은 간헐적으로 되풀이 하는, 송서방네 넋두리로 모르는 사람이없다. 그런데다가 순길이를 본일 있는 사

람은 하나도 없는 까닭에, 겉으로 동정은 하나마 그것은 인사에 지나지 않는다. 오늘밤같이 음침한 비내리는 겨울밤에는 그 인사조차 할 겨를이 없다. 침묵이 흘렀다.

"아—아 전생에 무슨 죄를 지었기에 흐으응— 글쎄 그놈의 차가 폭발만 안해두 화차꼭대기에나마 매달려 오지 않았겠어요 아이구 겨우다섯살난 어린것을 엄동설한의 천리길을 걷게 했으니 후—ㄱ"

송서방이 쩍 쩍 입맛을 다시고 허리춤을 더듬어 곰방대를 꺼내 문다.

"아이구 몹쓸년의 에미 같으니, 글쎄 그 어린것을 보구 어서 안 걸으면 두구 간다구, 채찍질을 했구먼요 기진맥진해서 주저앉으려는 것을 사정없이 껄어댕기구, 흐으응응— 아이구"

"허험 허험 허"

송서방이 눈을 꺼버거리며 선 기침을 한다.

"아이구 흐으응 응. 경칠놈의 눈은 왜 그렇게 쏟아지는지 아아. 고개하나만 넘으면 마을이 있다해서 해안으루 가려구 불쌍한 어린것만 족치는데 눈우에 죽 엎드러지드니 흐 응, 글쎄 다시는 이러나지 못허는구먼요 으으응— 응, 아아"

"드끄러 고만 둬"

남편은 다 타지도 않은 담배를 신경적으로 탁 탁 떨며 퉁명스럽게 꾸짖었다. 그러나 손이 벌벌 떨린다. 그 어린것의 시체를 어느곳인지도 모르는 산기슭에 손수 묻고 온 아비의 마음은, 넋두리도 표현할수는 없는 것이었다.

"후—ㄱ"

전선이 또 윙윙 울었다. 생굴같이 뿌연 배노인의 늙은눈에, 눈물이 고였다. 그는 그것을 가리려는듯 쿨룩거리며 얼굴을 숙였다. 마누라는 아무 말 없이 코를 들여마시고 역시 감정을 죽이느라고, 찌들은 더러운 이불로 영감의 몸을 싸주고 쪼그려 앉아, 꺼칠꺼칠 한 멍석뇨에 깐 올이 보이지 않는 요바닥을 손가락으로 의미없이 문지르고만 있었다.

"아이구 내 팔자야 후ㅡㄱ"

하바탕 느껴 울던 송서방네가 또 길ㅡ게 한숨을 쉰다.

배노인은 흐릿한 눈으로 그쪽을 더듬어 보고, 부들부들 떨리는 손은 가슴에 대고 턱을 두어번 까불었다.

눈밑에 커다란 주머니가 달린 기름한 얼굴에 높다란 코, 새하얀 숱한 눈썹, 이마에 평행으로 잡힌 깊은 주름과 코양편에 새겨진 비극적인 선, 이윽고 약간 벌린 오므라진 창백한 입술, 빛없는 무엇에 쫓기는듯한 눈ㅡ 누구나 한 번 보면 잊지못할 인상을 주는 비극적인 얼굴이다.

언젠가 창고를 찾아온, 태현이의 친구 변지용이가,

"오 세대(世代)의 고뇌의 상징! 응? 나는 고뇌에 대한 외경(畏敬)의 념에서 이 모자를 벗는거야"

하던 그 얼굴에는 오늘 따라 슬픔의 빛이 짙다.

그저 아들이 일선에 나가있다는 것 외에는, 신원을 알수없는 이 조용한 늙은 내외는 영감이 쿨룩거리는 소리외에는 음성도 들을수 없도록 말수가 적다. 생활이 어렵기도 하거니와 깜짝 놀라도록 식사량이 적어 연명해 가는 것이 기적이었다. 항상 수심에 싸여 말하자면 슬픔을 먹고 사는것 같았다.

좌르르ㅡ 획 획

비바람소리가 더욱 심해졌다. 이칸 저칸에서 불안에 싸인 얼굴이 암담히 눈을 흐리고 쏟아지는 빗발을 보고있다.

부두에서 노동을 하고있는 지상도 곤한 잠에서 께어 겨드랑을 북북 긁으며 일어나 앉는다. 몇달 씻지 못한 몸에서 가루가 우수수 떨어진다. 그는 오금턱을 더듬어 속옷에서 커다란 이한마리를 잡아내어 뚝 소리를 내며 죽였다. 그는 징그러운 그소리에 자극을 받았는지 등잔에 불을 대리고, 이불을 들써 쓴후 옷을 훌떡 벗어서 이산양을 시작했다. 열심으로 솔기속까지 더듬어 서캐[1] 한마리 놓치지 않으려고 세심이 옷을 뒤적거리는 것을 보면 가려워서 이를 없애려는 것으로는 보이지 않는다. 뚝 똑 죽이는 그 자체에 잔인하고 불결한 일종의 쾌감을 느끼는것 같다.

"부산이라는 덴, 기후조차 몰상식허구 인정이 없어. 그래 겨울에 눈이면 모르되, 윈 비란 말야"

지상하고 같이 부두에서 일을 하는 정서방이 바께쓰옆에 또 깡통을 갖다 놓으며 투덜거린다. 비는 심술군게 바께쓰와 깡통을 비켜 딴곳에 떨어졌다.

"오라질 것 같으니…… 에이 맘대로 해라"

골이 난 정서방은 쿵, 소리가 나도록 양철벽에가턱 기댄다.

"올겨울에 비가 많이와서, 전선에선 병정들이 적보다도 범벅이 된 진흙 길과 싸우느라구 고생이랍디다"

신혼 아내와 직각으로 머리를 맞대고 자던, 인쇄소에 다니는 이상호가 여자같은 음성으로 이렇게 말을하고 일어나 앉았다.

"후위―"

배노인이 한숨을 쉰다. 재빨리 눈치를 본 지상이,

"뭐 전쟁에 나갔다구 다 죽나요? 할아버지 걱정마세요"

막걸리로 탁해진 소리로 위로를 한다. 배노인은 무어라고 하려다 부들부들 떠는 손을 또 가슴에 갖다대고 턱을 두어번 까불었을 따름이다. 누구에게나 보여서는 안될 슬픔이기에, 그의말은 언제나 혀끝에서 굳어버리는 것이었다. 가슴 깊이 간직된 고뇌와 비애가 신음이란 형식으로 터지는 때도 있었으나, 신음이란 비애의 삭감이 아니고 비애의 새김질에 지나지 않는다. 국군용사의 양친인 이 늙은 내외는, 동시에 과격한 빨찌산의 어버이기도 하였던것이다.

9월 25일, 이별도 하지 않고 쏟아지는 포탄속에 사라진 그 아들, 생사도 모르는 그 아들, 긴장한 얼굴에 살기를 띠고 한마디의 말도 남기지 않고 가던 그 표범같은 눈― 이윽고 귀여운 막내동이로 애지중지하던 아들, 이

---

1) '이의 알'이라는 뜻.

추운 겨울비에 번벅이 된 진흙길과 싸우는 막내아들— 영원히 평행선 위에 선 형과 아우— 다 같이 자기 피를 이은, 사랑하는 아들들이었다.

"아아"

"참 잠을 잘수가 있어야지"

여지껏 담뇨를 턱까지 덮고, 꼼짝도 않던 송서방네 건너편칸에 혼자 자는 청년이 벌떡 일어났다. 우뚝한 코에 파랗게 광채가 나는 눈을 가진 청년이다. 김병민이란 이름이라는데, 웬일인지 동숙자들은 모두 "청년, 청년" 하고 불렀다.

무엇을 하고 있는지 밤에 안 돌아올 때가 많은 이 청년은, 이 창고족속 중에서는 그래도 제일 여유가 있는 모양이다. 누런 미군 샤쓰를 아무렇게나 입고, 담뇨를 무릎을 덮고, 옆칸이 보이는 위치에 송서방네 살림도구에 기대앉는다.

옆칸에 사는 신미령은 자기칸에는 비가 새지 않았건만 아까부터 잠이깨어 빗소리를 듣고 있었다.

"이런 밤에 지붕밑에 있는자는 행복한자다. 따뜻한 한구석을 가진자는 행복할 것이다"

언젠가 읽은 톨르게네프의 한구절이 머리에 떠 올랐다. 이런 창고 지붕이라도 지붕이라 할수 있다면 자기는 행복하다고 할수 있을 것인가? 아니다. 이곳이 무엇 따뜻한 한구석이리요, 여기는 다못 전쟁이란 선풍에, 뿔뿔히 흩어진 민족의 파편(破片)을 아무렇게나 쓸어 담은 구립스레한 창고— 실질적으로나 상징적(象徵的)으로나 한개의 창고에 지나지 않는다. 이윽고 자기도 역시 한쪽의 파편 완전체(完全體)의 파편으로 인간감정을 무시한 삶의 막다른 골목 생활을 잃은 생존을 하고 있는 것이다.

문득 옆칸 청년의 음열에 타는 응시를 느낀다. 오한에 가까운 흥분으로 얼굴에서 피끼가 사라져 갔다. 괴로웠다. 수물다섯살의 젊은 과부는 이불로 얼굴을 가리고 구원이나 바라듯 옆에 누운 어머니를 더듬었다.

"아 — 아"

누구의 입에선지 한숨이 흘러 나온다. 비는 끊임없이 쏟아지고 매운 겨울밤은 깊어만 갔다.

"아이구 — 기진아버지가 물을!"

송서방네가 호들갑스럽게 수다를 떤다.

"안에서 몸이 성치 않아서요"

태현이는 까닭 없이 얼굴을 붉혔다. 이어 얼굴을 붉힌 자기에게 울화가 벌컥 났다. 자기란 무엇이냐? 창고속에 쓰레기 같이 굴러있는 일개의 전재민 — 물을 긷는 남자가 자기 하나라면 모르되, 모두 같이 물도 긷고 불도 피어주고 하는데, 자기라고 그런것이 기이하게 남에게도 보이고 자신도 어색한 까닭이 어디 있단 말인가?

그는 얼굴을 흐리고 물통줄에 바께쓰를 놓았다. 철도관사인지 같은 체재의 집이 늘어선 행길가에 있는 수도다. 가느다랗게 힘없이 흐르는 물줄기로, 언제 이 줄을 기을나한 물통을 다 채울런지 아득한 일이다.

물꾼들중에는 머리에 희끗희끗 흰것이 보이는 노파가 있나 하면, 물통길이보다 얼마 크지 않는 애처러운 소녀도 있고, 허접스레한 꼴을 한 사람들 중에는 곱게 화장을 하고 주단으로 몸을 감은 젊은 여인도 섞여있다.

한참 서 있으려니 수족의 감각이 없어진다. 이런 물로 손도 씻고 세수를 하였구나 하는 생각이, 누렇게 부운 영양실조의 아내의 얼굴과 함께 머리에 떠올랐다.

머리에 똬리를 인채, 소녀들은 기다리는 동안에 실뜀기를 시작했다. 여인들은 새크숯가 없나 감시의 눈을 뻔쩍이며, 한데 모여 이야기에 꽃이 피었다. 엿장사가 한사람, 느른한듯이 엿관을 담에 걸치고 기대서서, 간간히 생각이 난듯 엿가위를 철컥거리며 우두머니 물꾼들을 쳐다보고 있다 역으로 달리는 추럭이 마구 먼지를 일으켜 머리랑 옷이 삽시에 뿌예지고, 애써 받은 물위에 먼지가 와 뜬다.

"와이고 무시바라. 참말이지 피난민 낼로 우예 살겠노 물한분 실을라믄 이 야단이고 물건값은 올라가 쌓고 집은 결단이고 와이고 우야야 좋겠노"

광대뼈가 툭 불그러진 중년여인이 거센 사투리로 머리를 썰래썰래 흔들며 불평을 한다.

"뭐 어째구 어째요? 누가 피란오구싶어 왔수? 온 고생을 못해봐서 그런 벌받을 소릴 허지"

송서방네가 획 받아서 쏘아 붙였다.

"온 세상에나 염치가 이이야지"

"염체라니, 그래 부산것들 겉이 물하나 안노나 먹는 인정이 어딨단 말이요? 움 바다에 한번 빠저 봐야 정신을 차린단 말이요?"

"와이구 이 안들이 와 이래 쌓노?"

"아이구 지긋지긋해. 부산이라면 이에서 신물이 난다!"

송서방네는 바른손을 귀옆에서 수다스럽게 흔들었다.

"누가 오락했소?"

"오구싶어 온줄알우?"

"와이구 얄궂어라. 참 벨꼴을 다 보겠네"

경상도 여편네는 앞으로 바각바각 다가서는 송서방네를 팔뒤굼치로 밀었다. 담박에 야단이 났다.

"왜 손찌검을 허는거야 응? 왜 손찌검을 허는거야?"

송서방네 얼굴이 샛빨개진다. 이윽고 욕설이 구적물같이 쏟아저 나왔다.

이것이 현실이었다. 송서방네도 시굴서 반반하게 사는집 부인으로 행세하던 사람이었다. 불행히 그의 이성과 체모와 수치심을 빼앗고, 대신 왕성한 생명력을 주었던 것이다. 다툼도 역시 일종의 생명력의 표현이라면.

한참을 울고 불며 떠들던 송서방네는, 자기차례가 오자 겨우 정신을 차리고 씩씩거리며 물을 받아 이고, 마지막으로 상대를 쏘아본후 창고로 돌아갔다. 그뒤를 무거운 빠께쓰를 들고, 따라가는 태현이는 몇번이고 바께쓰를 고쳐잡곤 하느라고 훨씬 뒤처지지 않을수 없었다. 송서방네의 왕성한 생활력에 새삼스레 압박을 받았다.

그러면 자기는 무엇인가? 위선자 냉혈한, 불효자 — 이런 자기정의(自己定義) 속에 또 한가지 내용이 첨부된다.

무력자!

이삼일 전 일이다. 태현이는 대학동창인 변지용이의 말에 끌려, 그가 가장 친밀하다고 자칭하는 ××당 간부, ××회사 사장, 정민택씨를 찾았다. 취직자리를 구해서였다.

미상불 변지용이는 정민택씨와 친밀한 사이인 모양이었다. 그 앞에서 떠버리고 웃고 떠들었다. 그러나 떨어진 구두에 자꾸만 신경이 쓰여지는 태현이의 눈에는 지용이의 태도가 충견(忠犬)— 주인에게 꼬리를 치는, 충견같이 보였다. 안락의자에 점잖게 앉은 정사장은 황송하듯 꼬리를 치며 손등을 핥는 충견을 무료한대로 잠시 놀리고 있는것만 같았다. 그는 까닭모르는 굴욕감으로 얼굴이 화끈해졌다.

지용이는 그 명사의 후대를 태현이에게 보이는것에 흥분하여, 약간 감흥이 지나쳤다. 따라서 최초의 용건은 수다한 화제중의 한토막으로 삽입 되었을뿐 조금도 실의가 없었다. 태현이는 갈적보다 더욱 큰 절망과 굴욕감을 안고 창고로 돌아왔던 것이다.

창고로 가는 도중에 있는, 역구내 부서진 화차 속에서 사는 전재민들이 바깥에 나와 빈터에 쌓□놓은, 녹슨 헌 레—ㄹ위에 앉아 이를 잡고 있는것이 보였다.

부두가 가까와 부두노무자를 상대로 하는 장사가 나날이 늘어가, 여기저기서 조그만 괴짝에 엿이랑, 꿈이랑, 딱딱한 성냥, 담배, 강정같은것을 놓고, 몸빼에 헌군복을 입고 수건으로 뺨을 싼 여인들이 서 있었다.

막걸리에 빈대떡을 붙여 파는 사람앞에는, 솜을 넣어 누빈 공산군의 헌

군복을 입은 우람하게 생긴 노무자들이, 뒤꿈치만으로 몸을 받힌 불안정한
자세로, 쭈그려 앉아 막걸리를 쭉 들이키곤 껙— 트림을 하고, 김이 무럭
무럭 나는 빈대떡을 입에 넣고 태현이는 입속에 침이 가뜩 고이는 것을 느
꼈다. 구수한 녹두지짐 냄새는 쪼그라붙은 그의 위를 자극하여, 훑는듯이
아프기 시작했다. 지난 수십일동안 제법 음식다운것은 받아보지 못한 그의
위장이었다. 창고로 돌아갔을때는 자기얼굴이 창백해진것을 스스로 느낄
수가 있었다.

　빈대떡 장사를 하는 송서방네는, 어느새 창고밖 양지바른데서 녹두를 갈
고 있었다.

　"아이구 애 쓰시는구먼요"

　그는 태현이를 보자 푸르죽죽한 잇몸을 들어내며 웃었다. 그웃음에는 성
실한 동정과 약간의 격의(隔意)가 섞여 있었다.

　태현이는 또 얼굴을 흐렸다. 이 창고생활을 한지 이미 수십일— 그만하
면 한자리에서 거처하는 사람들과 서로 가슴속을 풀어보여도 좋을것인데
언제까지나 피부가 다른 사람 모양으로 겉돌기만 하는것인가? 이곳을 빠져
나갈 가능성이 적어진 지금와서는 하루바삐 자기몸에 배어버린 옛날의 체
취를 떨어버려야 할것이다. 그러나 그도 그 체취가 동숙자들과 간격을 가
지게 하는 동시에, 그들과의 간격이 오히려 인생의 패잔자가 되려하는 자
기에게 남은 최후의 우월을 의미하는것이며, 이 간격이 없어지는날 자기의
가련한 긍지도 상실되어 버릴것이라고, 자연히 느낄수가 있었다. 이 비참한
창고생활에 있어서는 무능이 역설적으로, 눈에보이지 않는 그의 서글픈 우
월의 이유가 되어 있던 것이다.

　그는 물을 창고앞 돌위에 건 솥옆에 놓고 안으로 들어갔다. 청명한 공기
를 호흡하던 코를 형용할수 없는 악취가 쿡 와 찌른다. 밝은데서 갑자기
컴컴한데로 들어와 가벼운 현기가 나고, 눈이 잘 보이지 않는다. 그는 잠깐
발을 멈추었다가 자기네칸으로 들어갔다.

누렇게 뜬 얼굴이 부숙한 아내는 벼개대신에 빈 헌 옷뭉치위에 머리카락을 헤치고 가쁜듯이 숨을 불고 있고, 더러운 머리가 더부룩하게 귀를 덮은 네살난 아들이 코투성이가 된 얼굴로, 누가 쑤어다 준듯한 죽그릇을 다리 새에 끼고, 멍석바닥에 흘리며 먹고 있었다.

아내는 남편을 보자, 미안한듯 눈을 감고 억지로 웃어 보이려하였다. 그러나 누렇게 부운 얼굴은 약간 찌그러졌을 태현이는 우뚝 선채, 말없이 아내를 내려다 보았다. 이럴때 무슨말을 하여야 좋을것인가? 아내는 남편의 시선에서 자기의 때묻은 살을 감추려 하는듯이 마디가 굵어진 더러운 손으로, 이불은 땡겨 올렸다. 아내는 그런 여성이었다. 그런 여성이기에 무능한 남편과 함께 떨어질대로 떨어진 사람이었다.

이 몇년동안 태현이에게 권태를 느끼게 하던 아내의 성격이, 이 누습한 창고속 멍석위에 누운 이때, 애달프도록 그의가슴을 흔들었다.

대청에 길게 끈 다홍치마에 금박이 노란 반회장 저고리를 입고, 소소하게 섰던 아내의 옛모습이, 빨래뭉치를 비고 드르누운 누렇게 부은 얼굴에 와 겹쳤다. 무릎이 나온 양복을 입고있는 자기도, 황해도 대지주의 외아들로 단정한 성대(京城帝大)의 제모 아래 수재다운 깨끗한 얼굴을 가진 행복한 청년이었다.

그러나 학창시대의 행복한 수재는 사회에 나가서 무엇을 하였는가? 상아탑을 나온 그는 결국 육지에 오른 물고기에 지나지 않았던 것이다. 그의 비극은 자기의 열등(劣等)을 긍정 못하는데 있어서, 그는 쉴새없이 직업을 바꿀수 밖에 없었다.

이리하여 인생의 길밖으로 굴러내려가기 시작한 그였다. 그러나마 서울서는 그럭저럭 그리 궁박은 느끼지않고 지내왔는데, 부산에와서 지향없는 생활을 여관방에서 보내는중 수중에 돈이 떨어져서, 초속도록 전락을 계속하여 이 창고속으로 굴러들어 왔던 것이다.

악취가 코를 찌르는 이불을 턱까지 끌어 올리고 눈을감은 아내의 얼굴을 내려다보는 태현이의 머리속에서, 기아에 광란한— 혹은 나란히 시체가 되었을 늙은 부모의 노기띤 얼굴이 힐책과 단죄의 몸짓을 하며 그를 노려보았다.

그는 들어올때와 같이 어깨를 떨어뜨리고 말없이 바깥창고밖에서는 아직도 맷돌질을 하고 있는 송서방네 옆에서, 옆칸 새댁이 태현이의 젖먹이 딸을 업고, 무어라고 큰 소리로 이야기를하며 똥걸레를 빨고 있었다.

태현이는 눈시울이 뜨거워지는것을 느꼈다. 그는 그런 자기를 부끄러워하듯 시선을 반쯤, 부서진 화차랑 말뚝이랑 헌 레—르 같은것이 너절하게 늘어져 있는 역구내에 돌렸다.

수북하게 싸올린 헌 레—르위에 일곱살나는 큰아들 홍인이가 서 있다. 한쪽 밑방이 떨어진 누덕누덕 기운, 누런 담뇨 바지를 입은 홍인이는 철뚝을 나란히 걷는, UN군 병사와 머리를 등에 풀어헤치고 새빨갛게 입술을 물들여 젊은 창녀에게, 송서방네 두식이하고 둘이서 손짓으로 외잡(猥雜)한 욕을 하고 있었다.

사람이 살아가는 층계에까지, 조롱조롱 매달린 화차가 검은 연기를 뿜고 땅을 울리며 우르를 지나갔다.

철뚝에서 키가 큰 사나이가 한사람 내려온다. 홍인이와 두식이가 환성을 지르며 쫓아갔다. '청년'이었다. 청년은 양쪽에서 매달리는 아이들 손을 하나씩 부뜰고 휫바람을 불며 가까이 왔다.

태현이는 이 청년에게 치사를 할 의리가 있었다. 아내의 발병이후 이 청년에게서 많은 은고를 받아왔던 것이다.

어떤 신분을 가진 사람인지는 모르나, 청년은 창고생활에는 당치도 않는 무선래디오를 가졌고, 양담배를 피나 하면 식사는 노무자들 틈에서 먹든가 그렇지 않으면 전연 먹지 않고 지날때도 있었다.

동숙자들중에서 태현이가 이유없는 막연한 존경을 부당하게 받고있는 것과 같은 정도로, 이 청년에게는 의아와 경계와 호기의 눈초리가 향해져

있었다. 송서방네는 정신 이상자라고도 한일이 있다.

"오늘은 일찍 들어오시는구만요"

태현이는 이렇게 말하고 초췌한 얼굴에 엷은 웃음을 띄웠다.

"네"

청년은 가볍게 대답하고 태현이앞에서 발을 멈추었다. 그는 팔을 잡아당기는 아이들에게 호주머니에서 껌을 하나씩 꺼내주고 저리가라는 듯이 손짓을 했다.

이윽고 뛰어가는 아이들을 한참 바라보다가 태현이가 서있는 옆에 싸놓은 헌 레ー르위에 걸터앉았다.

"하나 어떠세요?"

주머니에서 꺼낸 럭키ー스트리익을 내민다. 태현이는 잠시 망서리다 어색하게 손을 뻗쳐 한개를 뽑아 입에 물었다 .청년은 재빨리 라이타ー를 대어 불을 붙여준다. 오래간만에 즐기는 담배의 향기ー

"앉으시죠"

태현이는 권하는대로 청년옆에 나란히 앉았다.

"걱정이시겠어요"

말없이 담배만 태우던 청년이 문득 입을연다. 태현이는 귀밑이 뜨거워졌다. 청년에게 끌리지 않으면 치사의말하나 할수없는 자기였던가.

"참 여러가지로 심려해 주셔서 무어라구 ー"

청년은 그말은 들리지 않는것처럼 덤덤히 앉았다가 갑자기 한쪽 뺨으로 씽긋 웃었다.

"박선생은 모독의 쾌감을 느낀일이 이있으십니까?"

청년은 상대의 얼굴을 보지도 않고 이런 질문을 하였다. 그는 애초부터 답은 기대하지않았던 모양으로 곧 말을 이었다.

"모독의 쾌감! 상식에의 반역! 하하……"

웃으니깐 덧니가 둘이나 애교있는 얼굴이다.

"내가 지금 무엇을 하고 왔는지 아시겠읍니까?"

청년은 이렇게 말하고 푸른광채가 나는 눈을 똑바로 뜨고 태현이를 응시하였다.

잠시 침묵이 흘렀다.

"나는 지금 이 주머니에 상당한 돈을 가지고 있읍니다. 어디서 난 돈이 겠어요? 무엇을 하고 얻은 돈이겠어요? 하하……"

태현이는 점점 이 청년이 무서워졌다.

"나는 이돈을 그냥 이자리에서 버려두 좋습니다. 전혀 필요 없는 돈이니깐요. 그런데 아버지를 협박하구 — 외아들에게 모든 희망을 걸고 있는 것과 부유층에 속한다는 것이 죄라면 죄일까, 아무 힘 없는 현재의 아버지를 협박허구—"

청년은 음울한 구조로 말을 이었다.

"용서 못할짓을 나는 했지요. 그런데 아버지가 돈을 내노신건 물론 공포에서가 아닐것입니다. 그렇지만 역시 내논 이상 자식이라두 무서운 생각이 들었는지 모르지요. 아니 그렇다면 무슨 방법이라두 쓰셔서 — 아아 무엇인지 알수가 없어졌읍니다. 하였든 사건의 목적이 있다든가 줄거리가 있다든가 하는것과는 다르고, 한만디로 말하면 모든것이 무의미한것 — 그것두 추악한 것에 지나지 않으니깐요. 아, 무엇을 예쭐려구 했는지—"

청년은 혼란한듯이 한손을 이마에 대었다.

"네 그렇읍니다. 아버지가 나를 단죄해 주셨으면 — 저두 이렇게 혼란하지 않은 텐데, 아니 이것두 아니구"

그는 여전 손을 이마에 댄채 상념을 정리하려는듯이 눈을 감고 있다가, 이번에는 꽤 명확하게 줄거리를 세워 말을 계속해 갔다.

"저는 다른 사람들이, 그 혼란을 겪은후 또 다시 먼저 궤도를 걸어가는 것을 보면 기적 같습니다. 아까 모독이라 했읍니다만, 모독이란 어디다 쓰는 말인지조차 판단할수없는 것이 사실입니다"

청년은 이마에 대었던 손을 떼고 머리를 흔들어 울렸다.

"정의(正義)란 말이 이렇게 함부로 씌여진 시대가 있겠읍니까? 원칙이 이렇게 동요되고 전환된 시대가 어디 있었겠읍니까? 나는 죄란 말이 무엇인지 알수가 없게 되었읍니다. 사람을 재판하는 자는 사람이 아니라고 믿어야 되겠읍니까? 생각하면 이런 생각을 처음 가진다는 것이 우스운 일입니다만 ─ 한편에서 죄악시 하는 사실이 한편에서는 오히려 숭고한 행동으로 찬양을 받게 되는 사실, 도저히 용납할수없는 일이 아무 모순없이 합리화 되는 사실 ─ 누누히 말씀할것은 없읍니다만 ─ 불행하게도 나는 내눈으로 모든 것을 보았읍니다."

청년은 말을 끊었다가 곧,

"내 눈으로 보았어요"

거듭 말했다.

"그래서 나는 선악의 구별을 할수가 없게 되었읍니다."

"세기의 비극이지요 너무 생각할것 없읍니다."

태현이는 이렇게 말하고 한숨을 쉬었다.

"아니 들어주세요. 제게 친구가 둘 있었읍니다. 동기가 없는 저는, 순수하게 열열하게 그들을 사랑했던 것입니다. 모두 젊고 씩씩하고 총명하고 아름다운 청년들이었지요. 우리들은 같은 대학에 적을 두고 사랑과 정열을 가지고, 진리를 탐구하고 인생을 구가하였읍니다. 그러나 폭풍이 왔읍니다. 사람을 광란시키는 무서운 폭풍이. 그리고 지금 이렇게 저 혼자 남아 버렸읍니다. 한사람은 여름에 저들의 손에 죽고 한사람은 그를 죽인 자를 따라 북으로 가구 ─ 나에게 있어서는 두 사람이 다 죽은 것이지요."

"한두사람의 예가 아니니깐요"

태현이는 이렇게 공허한 말로 위로를 할수밖에 없었다.

"부산으로 피난올때 일입니다. 가족들이 추럭으로 남하한후 최후까지 남았다가 인천서 배루 떠나게 되었는데, 공포에 광란한 사람들이 쇄도하여 그 혼잡이란 한마디루 말할수가 없는 광경이었습니다. 개인소유에 조고만 배라 적재정량을 훨씬 넘었는데, 공포와 초조에 살기 찬 사람들이 소리를 지르고 뛰어 오르려 합니다. 참 생각하면 무어랄까요. 누가 그리 애틋하게 따뜻이 맞어줄 것이라구, 누가 간절 손을 잡어 이끌어 줄것이라구 그렇게 애들을 썼는지요. 하옇든 그냥두면 배가 침몰할수밖에 없게 되었을때 — 나는 보아서 안될것을 보았어요 — 완강한 선원이 몇사람, 선측에 서서 뛰어 오르려는 사람을 발길루 차서 바다속에 처넣기 시작했던 것이에요. 나는 내눈을 의심했읍니다. 적지않은 사람이 그 홀란속에서 바다속에 떨어져 영영 보이지 않어졌습니다 — 나는 여지껏 그광경을 잊지 못해서 이렇게 되어 버렸읍니다. 무엇보다도 견딜수 없는것은 그때의 선원들의 행동을 정당방위상 불가피한 것이라고 긍정하지 않을수 없는 일입니다. 그렇게 안했으면 배는 침몰할수밖에 없었으니깐요. 그후부터 제이성은 극도루 혼란하여 제 성격이 이렇게 무너저 버렸읍니다.”

태현이는 잠자코 입맛을 다셨다. 잠시 침묵이 흐른후에 청년이 또 입을 열었다.

“저는 모든것을 다시 고처보게 되었어요. 전쟁이란 사실두 — 그러나 확고한 신넘이 없는 저는 점점 더 혼란해 갈수밖에 없어졌읍니다. 목숨이 주체스러워 공연히 많은 물을 휘저어 흐리게 하곤 결국 제일 많이 구적물을 뒤집어 쓰구 —”

청년은 현기나 나는것처럼 손을 또 이마에 갖다 대었다. 태현이는 한참 말을 선택하다가 입을 열었다.

“고뇌(苦惱)에의 기호(嗜好)를 가지셨달까요?”

“네?”

“고뇌에의 기호를요. 아시겠어요? 외람합니다만 내게 한마디 하게 해 주신다면 —”

“말씀 허세요”

"모―든 인간생활의 제약을 믿을수 없게 되셨다면 ―"

"네"

"로망·로랑이 이런말을 한것을 기억하고 있습니다. '자기 내부에 있어 자기를 의식하는 존재물로서만 신을 믿는다' ― 당신에서 출발하여 당신에서 그치는 도덕에 의지하시지요"

"―"

청년은 손을 이마에 댄채 말없이 태현이를 응시하다가 일어섰다.

"자기 내부에 있어서 자기를 의식하는 존재물로서만 신을 믿는다"

그는 가만히 입안에서 되뇌었다.

태현이는 문득 부끄러운 생각이 들어 얼굴을 붉히고 청년을 따라 일어섰다. 도덕이니 신이니 한것이 부끄러웠다. 여지껏 팔아먹고 사는 생활에, 한번도 직접 물건을 시장에 들고나갈 용기조차 못가졌던 자기가 남에게 주제넘게 설교다운 말을 한것이 부끄러웠다.

길가에서 담배장사를 하여서 그래도 하루에 얼마씩 떨어지게 하던 아내가 누워버린 후, 팔만한것은 거의 다 없애버리고 값나갈만한 것은 자기 양복한벌밖에 남지않았는데, 아내는, 이 품질은 극상이나 구식번이 되어버린 양복을 가보(家寶)나 되는것처럼 소중히 싸서 벽에 걸어 놓고 있었다. 그것마저 없애버리면 취직이 되더라도 입고 다닐 옷이 없었고, 첫째 그럴듯한 취직운동을 하러 나갈수도 없었다. 그러나 이수삼일전부터 태현이의 시선은 언제나 벽에 걸린 보퉁이가를 감돌고 있었다.

청년과 나란히 창고를 돌아가는 그의 머리에는 또 이 양복 보퉁이가 떠올랐다.

"뭐가 어쨌다구요? 뭐요? 아 그게 무슨 소리에요 그럴수가 있어요"

울상을 한 질자배기 깨어지는 소리가 창고밖에서 들려 온다. 아까아까 서울로 올라갈날도 얼마 안남는다고 좋아하던 송서방네의 음성이다.

"아이구 저걸 어째! 그래 그런법두 있나요?"

이윽고 울음이 터져 나왔다.

"아이구 아이구"

송서방네가 목을 놓고 울며 들어오는 데에서, 풀이 탁 죽은 송서방이 고개를 숙이고 힘없이 들어와 자기칸에 턱 주저앉았다.

"웬일이에요? 네? 무슨일이 났어요?"

창고안 사람들은 눈이 휘둥그래가지고 모여 들었다. 송서방은 외면을 하였을뿐 말이 없고, 송서방네가 악다구니부터 하기 시작했다.

"아이구, 도적같은 눔들 같으니. 그래 약사발을 앤기는게 낫지, 그래 이렇게 사람을 생으루 잡어야 옳담— 아이구 후—ㄱ"

"대체 무슨 일이에요?"

"아 글쎄 물건을 몽탁 뺏겨버렸다는구먼요. 글쎄 이럴데가 어디있어요? 온 도둑질을 헌 물건인가 뭐, 있는걸 박박 긁은데다가 남의돈꺼지 얻어 시작헌 장산데 그래 그렇게 뺏어가는데가 어딨단 말이에요. 아이구"

"물건을 뺏겼다니요?"

"글쎄 삽시에 삼지오겹으루 MP허구 경관들이 국제시장을 둘러싸서, 개미새끼 하나 못나가게허군 물건을 하나 없이 다 뺏어서 차에 실어갔다누먼요"

"미군 물자뿐이지요? 먼저부터 그런 말이 있읍디다만"

이장호가 딱한듯이 말하자, 송서방네가 악을 쓰며 덤볐다.

"그럼 왜 진작 알려주지 않으셨어요? 네 그래 한자리에서 지내면서 그럴데가 어디있어요?"

이상호는 무안하여 여자같이 귀여운 얼굴이 벌개졌다.

"드끄러 닥치구 있어!"

송서방이 소리를 꾁 지른다.

요즘 영감을 잃은 배노인의 마누라가 무표정한 얼굴로 그쪽을 눌러보았다. 그러나 그 빛없는 눈에는 아무것도 비치지는 않는것 같았다. 그의 가슴에는 두아들의 모습과 쓰레기 같이 간단하게 치워버려진 불쌍한 영감외에는 아무것도 넣을 여지가 없었던 것이다.

"가엾어라!"

누은채 소동을 들은 태현이의 아내가 누렇게 뜬 얼굴을 찌프리고 가만히 말했다.

태현이는 변양된 아내의 얼굴을 보고 또 벽에 걸린 보따리에 시선을 옮겼다.

아내의 병든 얼굴과 이제와서는 물질이상이 되어버린 최후의 의류와—. 그것을 없애버리는 것은 자기가 고집하려는 세계와의 절연을 의미하는 것이었다. 그는 어디가 아프기나 하는것처럼 미간에 주름을잡은 고뇌를 띤 눈초리로 벽켠을 더듬다가 힘없이 일어나 고개를 떨어뜨리고 바깥으로 나갔다.

바깥에서는 헌 레—르위에 앉은 옆칸 새댁이, 자기의 젖먹이 딸을 안고 어을리고 있었다. 무어라고 혀짧은 소리로 어린것을 어을리고는 조그만 가슴에다 얼굴을 묻고 부빈다. 젖먹이는 간즈러워 깔깔 소리를 내고 웃었다. 이른 봄의 부드러운 햇살이 둘의머리를 쪼이고 있다. 수무살 난 새댁은 처창한 창고 생활도 더럽힐수 없는 순결을 그대로 간직하고 있었다.

봄이었다. 매연과 먼지에 덮인 철뚝에도 푸른것이 싹트기 시작하고, 아침이면 앞산허리에 안개의 띠가 걸렸다. 서울 탈환이 목첩에 있어 전재민촌에도 약간 생기가 돌았다.

새댁은 한참동안을 이 병든 어머니를 가진 옆칸 어린것을 어을리다가 문득 어느 충동을 받아, 보는 사람도 없는데 귀뿌리까지 밝애졌다. 가슴이 두근거렸다. 자기몸속에서 싹터 자라는 새생명의 움직임을 느꼈던것이다. 그는 갑자기 어린것이 놀라 울도록 조그만 그몸을 꼭 껴안고 미끄러운 뺨에 상기된 자기뺨을 갖다대었다.

새댁앞을 청년이 호주머니에다 두손을 넣고 발끝에 눈을 떨어뜨리고, 체조나 하듯 무릎을 꺾고는 발을 내더듬으며 생각에 잠긴채 느른느른 지나갔다. 그는 젊은 과부라는 환경이 더욱 매혹을 가져 애욕을 느꼈던 신미령 — 요즘 창고에서 자취를 감춘 신미령과 지금 길에서 만나 헤어지고 오는 길이었다.

요란스럽게 머리를 지져붙이고 가늘게 눈섭을 그리고, 아이샤도우를 칠한 고운 눈을 재긋이 감으며 샛빨갛게 칠한 도톰한 입으로 요염하게 웃던 신미령의 자태가 눈에 아른거렸다.

화장과 차림차림으로 자기의 신분을 또렷이 표시하고 있는 미령은, 그러나 조금도 어색하지 않은 표정으로, 창고속에서 같이 살때도 한번는 말을 건너 본 일이 없는 청년에게 이런 말을 하였다.

"선생님은 비오시는날 이런일을 경험허신 일이 없으신지요? 서울서였어요. 어느날 곱게 차리구 외출을 했는데, 갑자기 날이 궂어져서 비가 쏟아지기 시작했어요 청우겸용의 우산을 가지구 나갔기에 비맞을 염려는 없었읍니다만, 새하얀 진솔버선에 긴새치마를 입고있던 저는, 어떻거면 이 치마와 버선을 드레지 않구 집에까지 갈수있나하고, 조심조심 치마를 휘어잡고 물이 고이지 않은대로만 골라디디며 길을 걸어갔어요 그 조심이란 이루 말할수가없어 한방울의 물도 흙도 묻히지 않고 갔읍니다만 종노에서 안국동까지 가는데 거의 이십분이나 걸렸어요 그렇게 온갖 신경과 시간을 쓰며 가는데, 뒤에서 달려온 자동차가 전속력으로 옆을 지나가는것을 피헐새가 없어 아스팔트 패어진 곳에 고인 더러운 흙물을 머리에서부터 뒤집어 써버렸구면요 얼마나 약이 올랐겠어요 저는 울상을하고 달려가는 자동차를 쏘아봤습니다만 물론 부질없는 일이었읍니다. 그런데 예기안했던 일이 생겼읍니다. 글쎄 옷을 쫄딱 버린후부터는 그저 마른땅 걷는것과 마찬가지로 진땅을 걸을수가 있지않겠어요? 전차두 기다리지 않구 내처 돈암동까지 걸어버렸어요. 나중에는요 일부러 진창을 철벅철벅 걷기두 허구, 그기분이란 무어랄까요? 참 자유롭구 거리끼는 것이 없구, 말하자면 불명예의 향락이

랄까요? 네 그래요 옷을 버리지않으려구 애를 쓰지않으니깐 아주 쉽게 힘
안들이구 걸어갈수가 있었어요. 호호……"

그 웃음소리가 귓전에 잔잔하다. 문득 언젠가 박태현이가 하던 말이 머
리에 떠올랐다.

"자기로부터 시작되어 자기에서 그치는 도덕 ―"

확신이 없었다. 그러기 때문에 여전 무의미하게 이 더러운 창고속으로
돌아가는 그였다.

그는 머리를 크게 한번 가로 흔들고, 창고속으로 들어가 습습한 멍석위
에 벗지도 않고 쓰러졌다.

얼마를 지났는지 눈을 떠 보니 이상호내외가 밖에서 막 들어오고 있었
다. 누운채 그들을 바라본 청년은

"?"

하고 일어나 앉았다.

여자같이 귀여운 이상호의 얼굴에 이상한 표정이 새겨져 있었다.

그는 똑바로 앉아 이상호의 얼굴을 쏘아보았다. 이상호는 그 시선을 세
차게 받아 한참을 섰다가 억양이 없는 소리로 불쑥 던지듯이,

"제이국민병 소집령을 받았어요"

하고 씽긋 웃었다.

이때까지 아내에게는 말을 안했든지 새댁은 그말을 듣자 무의식중에 한
번 몸을 움쭉하고 얼굴에서 핏기가 싹 가셨다.

밖에서 들어온 태현이가 심중한 표정으로 옆에와 섰다. 청년과 태현이는
이 전시에 있어서는 오히려 보통인 사실에, 왼일인지 혼동한 모양이다. 경
종을 들은 사람모양으로 우두머니 서서 서로의 얼굴을 쳐다보았다. 그들도
역시 해당자였던 것이다. 두사람은 다 이럴때 쓰는 말이 얼핏 머리에 떠오
르지 않아 말없이 이상호의 손을 쥐었다.

낙양성 십리허에

　높고 얕은 저 무덤에

　　영웅 호걸이 몇몇이며

　　　허험 허 허……

한잔 한듯한 지상이 탁한 음성으로 소리를 하며 들어온다. 새끼로 묶은 생선을 바른손에 들고 왼손에는 시금치 뭉치를 안고있다.

"허허…… 박선생 아주머니께 좀 헤헤……"

그는 겸연쩍은듯이 웃으며 생선을 내밀고 자기칸에가서 턱 앉았다.

태현이는 문득 정민택씨와 변지용이의 생각이 났다. 세상에는 남에게서 여러가지로 정성을 받으며 받는쪽이 오히려 주는쪽에게 은혜다운것을 입히는 경우가 있다. 선량하고 둔중한 이 노무자인 지상도, 지식계급인 자기가 이 소박한 선물을 사양한다면 모욕이라고도 할수있는 감정 — 오히려 섭섭하고 부끄러운 생각을 갖으리 — 이런 상념이 번개같이 머리를 스쳤다.

"고맙읍니다. 온 염체가 없어서 —"

선량한 지상은 이 한마디 치사에 만족하여 가죽같은 얼굴에 희색을 띄었다.

태현이는 마음이 풀려지는 것을 느끼고 옆칸 이상호를 건너다 본후, 시선을 돌려 누렇게 부은 아내의 얼굴을 내려다 보았다. 이윽고 내일은 꼭 벽에 걸린 보따리를 내려서 시장에 들고 나가려고 결심하였다.

청년은 무슨 생각을 하는지 도로 자리에 드러누워 움직이지도 않는다. 이상호의 웅크는 그에게 충동을 준 모양이다. 창고생활을 청산하고 동시에 자기 성격도 추려가다듬으려고 하는지 더욱 혼란을 받고 있는지는 미동도 안하는 사세에서 엿볼수는 없었다.

창고속에서 밥을 짓는 연기가 먹서리를 걷어올린 문으로 함부로 들어와, 새댁등에서 곤드라졌던 젖먹이가 콜콜거리며 눈을떴다. 여러가지 반찬냄새가 이곳 독특한 취기, 습습하고 퀴퀴한 곰팡이 같은 썩은 냄새에 와 섞였다.

태현이는 아내의 머리맡에 놓은 풍노위에서, 괴상한 냄새를 내며 부글부글 끓고있는 잡탕냄비 뚜껑을 열어 무쇠같이 찌드른 숟갈로 한번 획 저었다.

지상은 멍석위에 벌떡 자빠져 콧소리를 하고있다. 태현이는 그 음성에 갑작스레 깊은 친밀감을 느꼈다.

넋두리를 하고는 한숨을 쉬던 송서방네가 치맛자락을 쓱 뒤집어 코를 핑 풀고 일어나 마음이 내키지 않는 모양으로 냄비를 들고 바깥으로 나갔다.

아무도 불을 켤 생각을 안하는 창고속은 점점 어둠빛이 짙어갔다. (五. 二八)

『피난민은 서글프다』(수도문화사, 1951), 81-118면.

김일등병(金一等兵)

"면회는 한시부터요"

보초는 딱 끊어 말하고 어깨를 흔들어 총을 고처메는 동작을 하였다. 이 동작으로 그 사람과의 관계에는 금을 걷고 다시 무표정한 얼굴로 도라갔다.

물은 쪽은 미쓱하고 한참 지싯지싯 하다가 전체가 기우러진 '뿌룩' 담옆에 느러서 있는 사람들 틈으로 드러가선다. 머리에 쓴 명주수건을 턱아래에다 아무렇게나 매고, 멧년이나 개여두었던 구김살이 아주 펴지지않는, 명지치마 바로 염인 걷 자락을 쓱 돌려 허리에 꼽고 불끈 동인 중등매, 옷고름이 개여두었던대로 멧층이나 접힌 흰옥양목 적고리에, 마디가 마른나무 같은 손고락에는 은가락지 까지 꼽고 있다. 시골 마나님의 최대의 성장—

"오매, 쪼메이만 더 기다리문 될 기인데"

줄에 늘어섯던 옥색치마 진분홍 저고리의 시골처녀가, 두어발 물러서서, 어머니 자리를 내여주며 얼굴을 붉힌다. 어머니는 머리를 흔들고 한숨을 쉬었다.

"보이소. 멘해(面會)는 이분이 처음인교?"

뒤에섯던 사십된후의 부인이 말을 걸었다. 지미 긴 얼굴에 분을 바르고, 풀머리 끝을 약간 뻐트인 맥물로는 아니보이는 이 고장 부인이다.

"야아. 가아가 닷처서 빙운(病院)에 있단 말이사 들었지만, 집이 함안이라, 올수가 이이야지요"

어머니는 또 머리를 흔들고 한숨을 쉰다.

"오늘이 삼지 아닌교? 아이고, 삼지날, 가아한테 쑤그굴레(쑤굴리)물일라꼬 이리바삐 왔는데"

"쑥굴레 라니요, 함부레 그런 생각마이소 묵는건 하나도 몬가지고 들가요"

"무어라구요?"

그 뒤에 섯던 무명두루마기에 낡은 중절모를 쓴 오십 가아운 남자가, 줄 밖으로 한거름 나 서며, 뭇고, 미간에 주름을 잡었다.

"묵는건 몬 가지고 들가요. 일절 금지라오"

중년부인은(금지)라는 말에 힘을 주었다.

"허!"

남자는 힘없이 줄에 둘어서고 한손으로 코를 펑 풀었다.

"뭐라카요?"

담에 기대 쪼그리고 앉었던 젊은 여인이 궁금한듯이 고개를 빼며 뭇는다.

"음식물을 일체 않 받는다구요. 허"

하고 바른 손에든 보따리를 내려다본다.

"예에?"

여인은 아 그런말 같으면 ― 하는 얼굴로 도로 주저앉었다.

옛날의 소위 봉안전(奉安殿)자린듯한 육군병원 한구석 돌 층게로 싸 올린 수목이 욱어진 곳에서 집펑이를 집은채 담아래를 내려다보며 육군 일등병 김영배는 면회인들의 말을 무심히 듣고 있었다.

담에 붙어 늘어선 면회인들 중에는 큰 보따리를 들고 있는 사람은 모도 오늘이 처음인 모양이고 아므것도 않든 사람들 중에는 어느새 익숙해 진 얼굴도 간간 보였다.

무명두루메기의 남자에서 대여섯 사람 건너 담에 기대앉어있는 노인은 올때마다 울고 가는데, 오늘은 아직 면회도, 하기전에 울고 있었다.

둘레에 앉어있는 사람들도 모도 옷고름을 눈에 대는것을 보면 아들인지 누구인지도 몰으나 환자는 어지간한 중태인 모양이다.

고름을 눈에 대고 있는 사람중, 얼굴이 붉화한 엉둥이가 퍼진 아주면네는 영배와 한 병실에 있는 정희영 이등상사의 어머로 올때마다 소매속에 먹을것을 감추고 들어온다.

영배는 집패ㅇ이에 힘을주고 담 아래를 내려다 보았다.

오늘 따라 면회인이 많다. 군인도 있다. 월급쟁인듯 한 청년도 석겨있고 중학생, 소학생, 이윽고 꽃같은 아가씨들도 줄에 들어 있다. 아가씨들은 꽃같이 단장하고 손에는 꽃 까지 들고 있었다.

함안서 왔다는 아주머니 말대로 오늘이 삼월 삼지날인 까닭도 있으려니와 일요일이라는 것이 더욱 절실한 이유인 모양이다.

삼월 삼지날— 일요일—

문득 영배는 웃으운 생각이 들었다.

삼월 삼지면 버들 강아지가 피고 보리밭이 부드러운 봄바람에 가는 물결을 이르키고 울타리의 복사꽃이 만발 하였다. 어느듯 추녀끝에 제비가 와서, 집을 짓고— 즐거워ㅅ다. 삼지날 오는 제비, 아니 그는 꼭 삼지날 오는 것은 아니겠지만 하로 이틀쓰ㅁ 어긴다 하드라도 그가 오는날은 그에게 있어 항상 삼지날이었다.

꽃이피고 지고 제비가 오고 가고— 이렇게 자연은 한없이 정없이 흐르는 세월에 매듭을 지어주었다.

산골 태성인 그의 시간관념은 그렇게도 소박하였던 것이다.

하로가 수물네시간이고 일주가 일해, 일해를 경과하면 휴식일인 일요일이 오고— 영배는 요즘와서 이수작이 새삼스레 기이 하다.

일요일— 먼저 일요일날 외출 하느라고 새로 가러입은 웃저고리가 아직도 '새옷'이라는 관념을 버서나지 못했는데 벌서 일해가 또 경과되여 일요일이 왔다.

영배는 그가 부상을 입었을때를 상기하였다.

지튼 가을 그들은 ○○부락에 주둔하고 있었다. 전국이 어찌되여가는지는 몰랐으나 승전이라는 것은 뚜렷한 사실임으로 병사들의 마음은 활달하였다.

모닥불을 놓고 산에서 따온 밤을 구으며 웃고 즐기는데 갑자히'빨지산'의 습격이었다.

대장의 기동성있는 지휘아래 각자 부서에서 대기하였을때의 그 긴장, 몸을 땅에 깔고 기관총 방아쇠에 손을 대며, 적이 사정거리에 이르는것을 기달리던 그 순간―박눌(朴訥)[1]한 영배에게는 아무리 애를 써도 표현할수 없는 그 순간―아아 얼마나 지루했더냐? 그는 그멫분동안에 완전히 하나의 삶을 살아버렸던것이다.

그런데―지금은 이 몇삭을 그저'치료'의 두자로만 메구어 버리는것이었다. 시간에도 양(量)과 질이 있는 것인가?

그는 픽 웃고 또 담아래를 내려다보았다.

"김일등병 무얼 보구있어?"

한 병실에 있는 박상등병이 싱글싱글 웃으며 옆에 와 섯다.

"오늘은'산'이 많이 왔는데"

그는 새하얀 붕대로 어깨에 멘 부자유한 팔을 담우에다 기대놓고 아래를 내다보았다. 영배는 까닭없이 얼굴을 붉혔다.

"저 까만 벨벹치마에 힌 저고리입은 애 말야"

무엇이 벨벹이고 무엇이 유똥이고 양단이고 하는것은 영배도 오랜 치로 기간에 얻은 지식이었다.

까만 벨벹치마에 새하얀 저고리를 입은 그 소녀는 다른 처녀들 틈에 끼여는있었으나 같이 온것은 아닌 모양이었다. 말없이 서서 조용이 기달리고 있는것이었다.

혈관이 비쳐보이도록 깨끗한 피부에 맑은눈, 이마도 미간도 넓어 묘연(杳

---

1) 박눌(朴訥)한. '됨됨이가 수수하고 말이 없음'을 뜻함.

然)한 표정을 하고 있었다.

영배는 이 소녀를 어디선지 본것 같았다.

어느날 그가 병우들과 같이 거리에 나갔을 때였다. 남에서 미국공보□
으로 빠지는 큰길을 집패ㅇ이에 몸을 의지하고 가는중 저쪽에서 화려한 덩
어리가되여 재재거리며 오는 처녀들의 일단과 마주쳤다. 그중에 한소녀의
차림새가 인상에 남았다.

다른 처녀들의 난한 색채에 끼여 엄숙하고 청순한 흑과백(黑白)의 콘트라
스트 가 신선하였다.

그들이 그옆을 지날때 처녀들의 한사람이 쩨 큰 소리로 하는 말이 화ㄱ
실이 들렸던 것이다.

"난 훈장을 많이 찬 장군님을 보면 위압만 느끼만 상이병을 보면 길가에
서라두 절을 허구싶도록 지경과 친애와 그리구 눈물까지 — 그래 눈물까지
금치존 하겠어"

못 순간 영배는 가슴이 어는것같은 충동을 느꼈다. 눈시울이 뜨거워젓다.

까만 벨벹치마 힌 저고리의 그아름다운 처녀의(그는 웬일인지 이말이 그
처녀의 입에서 나온것을 의심치 않았다)이말은 그의 모든 슬픔과 아픔을
씻고도 남음이 있었다.

지금 면회인들사이에 끼여있는 이소녀가 그때의 그 소녀인지 않인지는
몰을일이다. 사실은 그때 그소녀의 얼굴을 그가 화ㄱ실이 본것도 아니라
아름다윘는지 않었는지 조차 모르는 것이었다.

그러나 고아인 그에게는 삼짓날이 와도 쑤ㄱ굴리를 가지고 힘것 성장하
고 찾어올 어머니도 누이도 없고 일시 왼쪽, 다리를 절단 하려하도록 중태
에 빠졌을 때도 울어줄 사람이 없었다. 소매속에 먹을것을 감추고 올 사람
은 물론 없었다. 그림으로 언제나 면회인들은 그에게는 그저 사람들이지
'면회인'이라는 의의를 가지지 못했던것이다.

그러나 이레야 그도 면회인들과 매줍을 가지게 되었다. 그것만으로도 그

는 고독이 채워지는것 같었다.

까만 벨벳치마 흰 저고리의 소녀도 자기에게 걸처진 보이지않는 줄을 느꼈는지 껄리듯이 눈을 들고, 고개를 개웃하며 의아한 얼굴로 잠시 영배쪽을 응시하였다.

이마와 미간이 넓은 묘연한 얼굴로는 감정을 엿불수는 없었으나 그 표정은 호의에 차 있었다.

가야ᄇ슨 김일등병! 그러면, 육군병원 면회인의 한사람인 다감한 처녀가 병원안에 있는 검누른 얼굴을한 상이병에 대할때 다른 표정을 지으리라고 생각하였던가?

김일등병은 얼굴이 확 취하고 가슴이 써늘하고 나릿하고 화―해지는것 같었다. 마치 박하잎이나 씨ᄇ은것같이. 이윽고, 그나릿하고 향긋한 느낌은 상처처럼 그의 가슴에 남었다.

서울출신인 박상등병은 소녀의 시선을 대담이 받은 후 씩 웃고, 영배의 어깨를 툭 친후 병사내로 드러갔다.

영배의 눈앞에서 면회인의 줄이 음즈기기 시작했다. 담에 기대앉었던 사람들도 당황이 이러나 줄에 들어섯다. 영배는 소녀가 손에 들었던 꽃을 고쳐드는것을 보았다. 무슨 꽃인지 다른 소녀들이 가진것과는 다른 새하안 소소한 꽃이었다.

면회인들이 다 돌어가고 난후에도 영배는 우두머니 서있었다. 전신이 느른하여 서있기가 어려웠다.

그는 자신의 위치가 꿈같었다. 태백산밑 산골 면장의 외아들로 태여나 귀염동이로 자라던 몸이 농업학교 이학년때 아버지의 작고로 말미아마 우수한 성적을 애껴하는 선생님들과 이별하고 부득이 퇴학한후 집에 도라가 그리던 학교생활―그러나 때의 흐름은 그상처도 씻어주어 어느듯 도야지 뜬물에 힘을쓰는 농촌의 단순한 청년이 되여있던 그 였다.

홀어머니를 잃은 슬픔이 가시지도 않은 몸을 군대에 던지고 종시일관 명령하의 행동—이윽고 상이병이 된 현제.

그는 얼굴을 들어 이 좁은 항도 처처에 서있는 언덕에 눈을 던졌다. 고향을 나온지 일년이 못되것만 그는 자라던 고장의 그 창울한 산들이 아련하였다.

그산 기슬에 사는 사람들도 그리 변하도록 세월을 거듭한것도 아니건만 과거의 사람들이요 지금도 저기서 그때와같이 삶을 다스리고 있으리라고는 생각되지 않었다.

그러나 역시 고향은 그리웠다. 애틋이 생각해줄 사람도 엇는 고향이었건만. 아아 그들에게 하고싶은말이 얼마나 싸여있는것인가. 자랑하고 싶은말 놀라운말 기맥힌말 장한 말—검누른 얼굴에 집평이를 짚은 시굴 출신의 상이병인 자기가 자기견해와 의사를 안심하고 베풀수가 있는곳은 역시 고향밖에 없는것같았다.

어언 제시간이 지났는지 병사내에서 면회인들이 쏘다저나왔다.

까만 벨벹치마의 그소녀도 고개를 숙이며 잔거름으로 병원문을 나갔다.

소녀는 영배아래를 지날때 눈을들어 담위를 처다보았다. 이번에는 한빠ㅁ에 우물까지 지어 보였다.

영배의 가슴은 이제 아프도록 쒸였다. 그는 갑자기 집패ㅇ이가 원망스러워졌다. 그러나 병실로 도라가는 상이병 김영배의 다리는 오늘 따라 더욱 몹시 절었다.

동향인 영배의 병실에는 황혼의 빛이 지텃다. 영배는 덤덤히 침대에 걸터앉어서도 모르는 사이에 생각에 잠겼다.

댕그랑 댕그랑 랑, 댕그랑—창아래골목 길을 두부장사가 지나간다. 저녁 연기가 저무러가는 하늘에 고요히 올라 퍼진다.

맵고 쓰거운 두부찌개—오랫동안 잊었던 그맛이 향수와같이 가슴에 떠오른다. 이윽고 아무 연락도 없이 까만 벨벹치마의 그 소녀의 한뺨에 우물을 지은 깨끗한 모습이 떠올랐다.

넓은 이마와 미간을 가지고 비치도록 깨끗한 피부를 하고 세련된 차림새를 한 그 소녀가 자기에게보인 풀기 어려운 수수꺼기 같은 호의.

영배의 가슴은 뚝뚝 소리가 나도록 크게 그러나 느른느른 뛰었다. 그렇다고 소박한 이 상이병은 그 소녀의 호의를 그이상의 것이라고 자부하기에는 너무나 겸허하였다.

검누른 얼굴을하고 한다리를 저는 상이병—그러나 자기가 완쾌하여 씩씩하고 건강한 청년으로 도라간다면 그 소녀의 호의를 지금같이 □겨웁게 생각하지는 않으리 하는 생각이 그의 머리를 스칫다. 순간 여지것 전선에 재출정하는것이 유일의 목적이었던 자기의 투병(鬪病)이 또하나의 희망과 목표를 얻은것같았다. 식사종이 울렸다. 그러나 영배는 전혀 식욕을 느낄수가 없었다. 경상의 병우들이 식당으로 몰려가는 소리가 들렸다.

영배는 여전이 덤덤이 앉어만있었다. 움지기기만하면 그 도취에서 깨여질것 같었던것이다.

얼마가 지났는지 또 복도가 소요해지고 병우들이 식당에서 돌아왔다.

"김일등병 왜 식사를 않어루갔어?"

박상등병이 성한쪽 손으로 그의 어깨를 툭쳤다.

"응"

영배는 겸면적은 듯이 씩 웃었다.

"지금부터 강당에서 ××악극단의 위안공연이 있때.

애, 김청자두 왔다더라"

박상등병은 영배의 팔을 껄다시피 이리키는것이었다.

영배도 웃으며 같이 이러서 창엽으로 걸어갔다. 그러나 그의 표정은 갑작히 험해졌다. 유리창은 지터진 박앝어두음으로 거울같이 실내의것을 비치는데 영배는 그 유리창에 비친 자기 얼굴을 본것이었다.

눈등이 솟은 실룩한 눈 넙데데한 코 이윽고 우둔한 두꺼운 입술, 좁은 이마에 난 여드름—순간 그는 허허 웃고싶었다.

그는 이제야 까만 벨벹치마의 그소녀가 자기에게 한뺨에 우물까지 지어 보인 이유를 알은상 싶었다.

검누른 얼굴을 하고 한다리를 저는 상이병은 묘령의 처녀라도 서슴지 않고, 한뺨에 우물을 지어보일수 있는 서글픈 영예를 진 존재였든것이다.

수물한살의 젊음 이 어느 한구석에서 신음하였다.

만일 자기가 완쾌하여 건강한 청년으로 도라간다면 넓은 이마와 미간을 갖인 묘연한 그 얼굴에서는 호의의 빛이 사라지고 경계와 혹은 혐오의 빛이 드러설지도 모를 일이 아닌가?

김일등병은 아모말이 없이 발길을 돌려 침대로 돌아갔다.

"왜 않가려구?"

박상등병이 의아스러운듯이 물었다.

영배는 대답은 않고 담요를 머리에서부터 쓰고 침대우에 쓰러졌다.

조국에 몸을 밧친 상이병에게 힘껏 보인 순진한 소녀의 감사와 찬양과 위로에찬 얼굴이 다시 눈앞에 떠 욜랐다. 고마운 일이었다. 목숨을 걸고 싸운 보람이 있는 일이었다.

그러나 담요밑의 영배의 얼굴에는 눈물이 줄기쳐 흘렀다.

먼곳에서 쾌활한 째즈 소리가 들려왔다. 영배는 그 소리에서 귀를 막기나 하려는듯이 더욱 담요를 얼굴위에 끊어 덮었다. (一九五一, 四, 五)

『신조』1호, 1951.4, 62-68면.

아버지

이석종 영감은 딸을 찾아올적 마다, 소사실에서 한바탕 익살을 부리고 간다. 모도, 자기 지난 애기였으나 거기엔 물론 남의 일화를 주어다 부칠때도 많다. 그런대로 재미는 있기때문에 중공군이 압록강을 넘었다는래디오 ‘뉴—스’에 우울들 하든 판이라, 외투앞을 푸러헤친 영감의 짝달마한 모습이 나타나자, 입도 버리지기전에 벌서들 웃고 반기었다. 영감은 권의하는대로 ‘스프링’이 빠진 의 자에 털석 걸터앉어, 소시에 팔도강산을 유람할 때 이야기를 시작했다.

“해는 뉘엿엿 넘어가뉘는데 배는고프구 머물곳은 없구 그것 참난처했지”

석종영감은 눈을 휘둥그렇게 뜨고 힛끗힛끗한 걸너던분한 수염을 쓰다 듬는다. 와—하고 우슴소리가 일어났다. 영감은 시침이를 뚝 떼고

“속절없이 오늘은 노숙이구나 허는판인데 맛침 개울가에서 어떤 마누라 하나가 대여섯살쯤 되는 아이놈하나를 데리구 빨래를 허구있구먼”

하고 눈을 껌벅껌벅한다. 그리 우숭지도 않건만 듣는쪽은 공연이 또 낄낄거린다.

“난 창졸간에 손을들어 냅다 그아이놈의 따귀를 붙였지”

“허 —”

“그랫드니 그에미가 막 핏대를 세우구 비템지 않겠나? ‘아 여보 마누라 내말 좀 들으시우’ ‘뭐 엇제구 엇채! 왜 괴니 남의애헌테 손찌검 허는거야!’ ‘아—니 이마누라가. 그레 내말 좀 드르래니깐. 다른게 아니라 내가 좀 아는게 있는데 아까부터 이애 관상을보니 참 걸줄이구요. 대장강이야. 그런데 음성이 어떤가 궁금해서 들어보려구 부지중 손을 댔오구료’”

"능천스럽게"

"암. 그러니깐 방정마진 에미가 '아유—그러세요? 그래 음성은 어떠헙지요?'하고 반색을 허는구면"

"'그눔 우는소리 우렁차구요 음성두 대장감이요 아들 하나 잘—두었오' 마누라가 기뻐서 '아이구 선생님 저의집이 바루 저긴데 좀들려가시죠' '뭐 페스럽게' 나는점잖게 사양했지"

"아—주"

"'아—이 섭섭하게 어떻게 그냥 가세요. 약주라도 한잔 잡수시구 가세요' 마누라가 성화로 졸라서, 그래야난 못 이기는채허구 따라갔지"

영감은 숙물스럽게 또 눈을 꺼벅꺼벅 한다.

"그날 저녁을 잘—대접받고 뜨뜨—ㅅ한 방에서 푸근이 쉬구 일어나니깐 밤세 일기가 변해서, 비가쏟아지고 있구면. 주인이 '선생님 우중에 떠나실것 무엇 있으십니까? 개일떼까지 몇일이구 쉬여가십쇼' 그러기에 정처구이 떠날길에 모우(冒雨)허구까지 갈 필요는 물론 없으니 또 못이기는체 허구 눌어붙었지"

"뱃장이시구면요"

"목침을 비구 잠을 횡허는데 밖이 소요해지드니 주인이 조심조심 얼굴을 내밀고 '선생님소문을 듣고 동리 아낙네가 옛줘볼 말슴이 있다구 왔는데요. 네, 괴로우드라두 잠간 봐주십쇼'허지 않겠나?"

"아하하……"

또 우슴소리가 터진다.

"참 진퇴유곡이지. 그러나 거죽으로는 아주거드름을부리며 불러드렸지. 설은고개를넘을가 말가하는 여인네가들어와 공손이 고개를 숙인다"

"큰일 났구면요"

하고 또 깔깔댄다.

"보니깐 머리를 빤질하게 빗고 차림새도 말숙해. 급한병자가 있어 왔다는 주인헌태들었는데 요옆편네가 제남편이나 자식이 앓을것같으면 머리빗

구 옷가라입구 올 겨를없었으리 허구 마구 '오 — 시부모가 편찮어 오셨구료?' 허구말을 건느니 고것이눈이 똥고래지드면"

영감은 빙그레 우섰다.

"그날 남풍이 심히 부렀는데 그예편네 꼴을보니 뒤는 말장헌데 앞은 위통 저젔이, 옳다……북쪽에서 왔구나 짐잭이가서 또 무턱대구 '임자는 북쪽에서 사니' 허구 숙몰스럽게손구락을, 집는척허구 '오늘중으루 남쪽 서씨 약을 쓰시오' 했지. 명판났다구 야단들이래, 이히히……"

"아하하……호호……"

급사의전갈로 아버지를 만나로나오던 규히는 복도까지 우슴소리에 움쭉하고, 발을멈추었다. 굴욕과 수치와 애정이 엉켜서 무거운 덩어리가 되여 그의가슴을 짓눌렀다. 눈물이 핑돌았다.

예순다섯살된 늙은 어린애같은 아버지가 남의우슴거리가 되고있는것이 슬펐다. 원망스럽기도하였다. 허긴 어느 타석에서라도 아버지의 이야기가 활기를 가지고 마좌를 이끄러가는데, 만족과 자랑을 느낀적도 있었다. 어린 추억에 남어있는 아버지 —

항상 주기를띤붉하한얼굴, 호뜀한 우슴소리, 재기있는 농담 — 그가 입을얼고한마디를 던지면 언제나 반향이 있었다. 거기엔 물론 스스럽지않는 친밀감과 함께 약간의 모멸이 섞여는 있었으나 그것을 깨닫기에는 너무나어린규히였다.

아니, 성인(成人)보다도 날카로운 어린격각으로그것을 깨다렀었는지도 모른다. 그러나 자애(自愛)만가장 강한 본능의하나임으로 그한가지 형상(形像)으로서 자기 육친인 아버지의 결점을 정시하지않고 그를 찬미할여유를찾으려고 힘썼는지 모를일이다.

이석종영감은 이조판서(吏曹判書) 이범직이의, 둘째아들로 어려서부터 호탈하고 영리하고재기가 비상하였으나있 일인지이판서는 자손층하가 심해 맞아들과 망내아들만 애지중지하고 그를 괄세하였다. 일세의 석학(碩學)인 이판서는 혹 둘재아들의 후일을 짐작할수있어서 그때부터 그를 괫심해 한

것인지 알수없는일이나 석종영감은 어려서부터 조롱적인 방종한, 기질과 관대한기질과 간헐적인 진지성이 교착되여 정신의평형(平衡)을 지닐수가없었다. 한마디로 말하면 '실없은부(府)사람'이었다.

틈만있으면 행낭에가서 비부들과 실없이 떠들고 상소리를 배워와서는 단정한 형과 아우의 눈쌀을 찌프리게 하였다.

열두살때 어머니를 여혔는데 어머니가 중태에빠저자 어린마음에 산삼을 구해오리하고 서울주변의 산을 헤메인 일이있었다. 진종일 산비탈에서 미끄러졌다 바위에부되쳤다 하며 나무가시에 옷은 찌처지고 손발은 회를치고 기진맥진 돌아가니 어머니의 임종이 가까워 왼집안이 뒤집혀지고 있었다. 그 수성스러운 분위기에 눈이 휘둥그레진 그외꼴을 보고 당숙하나가 기가 맥혀

"너 어딜갔다 이제 오니?"

하고 눈을 부릅뜨는데 석종영감은 저도 모르는사이에 씨-ㄱ우서버렸다. 나이 열두살이나 되는놈이 부모가 위중한것도 모르구 왼종일 쏘질러 나섰다고 호령을 들었다. 어머니 드릴려고 산삼구하로 간줄은 이내 아무도몰라주었다. 열섯살때 율숭지 망내딸과 성례하였는데 이삼년전에 작고한 그의 교전비 쌍가마어멈 말을 드르면 새애기씨 교전비가 다섯에 열두금침 치마저고리가 멧십숙 장통세간이 멧바리, 심지어, 다듸미돌 홍두깨 장독까지 실어왔다고 신이야 넋이야 주어대키는 하나 등나간 적삼에 코기인 고무신을 신고있는 마누라를 보면 이석종영감이 상류계급출신이라 그는 사실조차, 신화적불신(神話的不信)으로 듣고있는 터이라 모도 빙그레 웃고마는 것이었다. 그러나 쌍가마어멈 말에는 풍도섞여 있을런지는 모르나 엉뚱한 거진말은 결코아니다.

오종종하게 늙어 꼬부라진 마누라를 보면 재물붙을곳은 약에쓸래야 찾을수 없고 궁이 아주배여보이나 역시 쌍가마어멈말을 드르면 모란송이같이 탐스러운 자근아씨였었다고 한다.

다만 일생을 의탁한 남편이 이석종영감이고보니 그에 휩쓸려 밑으로 밑으로떠러질수밖에 없었을 따름이다.

철이나기시작할때 부터 규히가 그 아버지의 형위중에 부끄러움과 원망스러움을 어찌할수없는것이 두가지있었다.

한가지는 물론 음주(飮酒)였으나 또한가지는 치사스러운 허세(虛勢)였다. 석종영감은 난주가에혼이 있는조야한 쾌활(快活)에대한 기호(嗜好)를 가지고 있었다.

수삼일전에도 딸을 찾어와서 젊은 처녀아이들을 부뜰고 이런 애기를 하고 떠든일이있다.

"내친구 한눔이 있는데 말야. 그눔이 술한말 뱃속에 넝구는 댄겨두 지구는 못댄기는 작자야. 그작자가 하루는 나헌테 눌러왔단말야. 밤이 이슥허두룩 치거니 마시거니 허구나니 좀 취했던가봐. 그 자리에 쓰러저 잤지. 죽은듯이 한잠을 자구나니 목이 타는듯이 말으구면 — 해장을 허량으루 불두 켜지않고 머리맡을 더듬어벼게옆에 두었던 술사발을 움켜지고 주우욱 한숨에 드리켜구 또 잠이 들었는데 아침에 일어나보니 이런 질색이 술사발이 아니구 요강이 였었어. 이하하……"

"아하……" "오호……"

요란스러운 우슴소리가 터지는데 홍당무가된 규히는 슬적 그자리를 피해나갔다. 아버지가 술잔에 빠트려버린 모든 재물 채농 명예 이성(理性)의 대가가 이런 굴욕과 수치였던가? 왜 아버지는 자기자신을 나추고 짓밟히는데 괴감을 느낄가?

이럴적마다 상처를입은 자존심이 그의 효심(孝心)의순결(純潔)에 얼룩을 지였다. 그러나 규히는

"그 아버지헌테 어쩌면 저런 딸이생겼담. 얌전허구 효성스럽구 이뿌구. 닭이 봉을 났지"

동리에서 소문이나도록 효성스러운 딸이었다. 사촌오래비 원조로 천신만고 중학교를 나온후 어떤비료화사 타이'피스트로' 드러가 현재는 그 가냘픈 속으로 세식구 호구를 하고있는 셈이었다. 식종영감때문에 머리골치앓든 조카들도 규히의 취식으로 께름은 허나마 한시름 잊었다.

석종영감은 처음엔 그대도

"네게 짐을 실리다니"

하고 송구해 하였으나 요즘은 목이말으면 딸의 사무실에까지 찾어와서 안
타가운 돈푼을 졸라간다.

아버지가 근무처에 찾어올적마다 규히는 가슴이 내려앉는다. 오늘도 영
감 행색이 키막히다. 야미장에서 중고나마 조촐한 구두를 사준제가 일수일
도 못되었는데 어떻게 버렸는지 다 떠러진 '지까다비'를 껄고있다. 이추위
에 모자도없고 목도리도없고 걸너더분한 수염엔 입김울서리고— 젊은마음
에 소사들이 부끄러웠다. 국군진주이래 석달동안 부득이 금주했던 반동으
로 더욱정신을 잃은 영감이다.

규히가 "아버지"하고 밖으로 불러내니 영감은 덮은것이나 할는것같은
얼굴로 따라나왔다. 뒷문밖에서 마주섰다.

"얘 아침에 말헌것 어떻게 됐지?"

영감은 눈을 꺼벅꺼벅 했다. 친구가 하는고물상에서 한구식 얻어 장사를
할테니 미천을대여 달라고 하는데 만원만 있으면 오만원된다하니 그러면
규히가 버는돈에는 손을 안대겠다다니 늘어놓는말을 규히는 귀담아 듣지도
않고 나왔던것이다.

고물상이고 무어고 모든게획이 술에 녹어버린것은 한두번이 아닌까닭이다.

그러나 하로종일 실없은 소리를 하여가며 소사실에 눌어붙은 아버지가
부끄럽기도 하거니와 그렇게도 애달피 먹구싶어 하는것이 가련기도 하였다.

규히는 사면을 휘—ㄱ 한번 돌아보고 재빨리 아버지외투 호주머니에 백
원지전 몇장을 넣어주었다. 영감은요구액이 얼마였던것조차 잊었는지 열장
지전에 눈이 번쩍한 모양이다. 못내 겸연쩍어하며

"얘 네옷이 너무하지않니? 감기 들라"

하고 손구락으로 눈우에 코를 핑 풀고 골목길로 빠져나갔다.

대포몇잔에 거나하게 취한 영감은 청개천가를 헐렁헐렁 거러가다가저쪽으로부터 오던 검정락외투에 밤색 마카오 양복을 입은늘신한 중년신사와 마주쳤다. 큰집조카 규성이었다.

　"아 너규성이구나?"

　××무역회사 사장인 규성이는 이 말성꾸레기둘재삼촌과 노상에서 마주치는것이 질색이다. 주 체면손상이크기때문이다.

　"아 둘재아버지, 어딜 가시요?"

　"나말이냐? 길을가는중이지"

　술이 드러간영감은 누런 잇발을 들러내며 '이히……' 우섰다.

　규성이는 별안간 무슨 생각이 났는지 표정을 갈고

　"둘재아버지, 오랫만이니 약주나 한잔 대접해드리죠"

　천만 뜻밖의 이런말을한다.

　"대접이라니, 난 술을 사발루는 마셔두 대접으론 마시지 않는데. 이히……"

　영감은 자못 만족해하며 조카뒤를 따러갔다.

　다옥동 뒤골목 어느 목노집에 드러가자 규성이는 춥다는 핑게로 밖에서 보이지않는 온돌방으로 드러가 주안을 주문하고

　"날이 별안간 추워졌는데 별고들 없으신지요?"

하고 다시 한훤(寒喧)을 한다.

　"신탄준비가 되지않으셨으면 저에집에서 갔다 때세요"

　단순한 영감은 조카가 기특했다.

　"수다식구에 큰살림 해나가기두 힘드는데 내걱정꺼리야 바랄수있겠나만 좀 융통해주면 고맙지"

　"뭘 한집안내에서. 김장은 어떻거셨죠?"

　"온 김장같은 소리두"

　"그럼좀 갔다 잡수세요"

　주안이 들어왔다. 따끈하게 딘 술을 마시고 불고기 한점을 집어먹으니

영감은 눈이 슬슬 풀어지는것같다.

"허 간밤에 송장꿈을 꾸었더니 네게 고기를 얻어먹는구나. 이히……"

"온 별말슴을―"

규성이는 무슨 근심꺼리가 있는지 식욕이 조금도없는모양이다. 바투앉었다 고회앉었다 초조해 하다가 마침내 영감옆에 다가앉고 음성을 나추었다.

"그렇지않어두 둘재아버지를 뵈오루 가려허던 참니다"

"응"

"다른게아니라 둘재아버지두 아시다시피 여름애 남하못한 까닭에 어찌 혼이 났는지요 이번엔 남보다 먼저 좀 피해볼까 합니다"

"무어?"

영감은 들었던 잔을 놓고

"그럼 사태가 그렇게 긴박허단말이냐?"

규성이는 당황이

"아니요. 별걱정 없읍니다만 만일을 염례해서 그리는것이죠 더구나 회사두 타버렸으니 어디 부산까지 일을 좀 해 보려구요"

"그래서"

"가족들은 몇일후 추럭으로 보내기로했읍니다만―"

"그럼 됐지 뭐"

"되―기 되―"

규성이는 거북한듯이 한참 망사리다가

"좀 옛줍기 거북합니다만 둘재어버지 께서두 혹 아실런지 몰릅니다만 지가 수삭된에 들여 앉힌 게집이있는데요"

"응"

"그것두 제사람이구 보니 그냥두구 갈수는 없구먼요"

"데리구 가면 그만 아니냐?"

"그런데 그 애비가 있어요"

"그럼 애비두 데리구 가렴 장인아니냐?"

"온 별말슴을"

한참 침묵이 흘렀다.

"그래서"

영감이 재촉한다.

"그애비가 직금 풍병으루 누어있는데요 의지라구는 딸하나밖에 없어서요 옛태 시중 들던 할멈은 시굴루가버리구요. 그래서 애비를 맡는사람을 구허기된엔 않가겠다구 재랠이구먼요."

"그래서"

영감이 조카를 정시한다. 규성이는 삼촌의 시선을 피하며

"둘재아버지께선 노인이시구 도 별루 반동지목 받으실 조건두 없으시구 허시니깐 최악의경우에 그놈들이또 서울에 들어온다 허드라두 봉변허실 염려가 없으실듯 허셔서 —"

규성이는 말끝을 흐렸다.

"그래"

"죄송헙니다만 제별가루 합솔허셔서 그자를 좀 돌봐주시면 지내실만큼은 드리겠읍니다"

"너무 죄송스럽습니다만 둘재아버지께서두아시는 자니깐 스스럽지도 않으시겠구"

"내나 아는 자라니. 누구냐?"

"된데 강능댁에 있던 명필성이에난"

"무어!"

일순이간었다. 짝달마한노인은 있는힘을 다 드려 소리를 지르며 잔을 던지고 이러섰다.

"괴, 괴심헌눔 같으니!"

그는 격정에 말을 이을수가 없이 한참 허더거리다가

"그, 그래 아무리 기집에 눈이 뒤집어졌기루 그래 네 종첩년의 아범시중을 내게 들게헐 작정이냐? 이 후래자식 같으니"

불불떨리는 수염과 주먹이 부릅뜬 눈이, 허더거리는 숨결이 그의 격분을 말하고 남음이 있었다. 떨어질대로 떨어는 졌을망정, 선친 이판서의 오기(傲氣)가 역시, 그에게도 된해되 있었던것이다. 그는 어안이 벙벙해 서있는 조카를 돌아보지도 않고 말없이 집을 나왔다.

찬바람을 마구 쐬구가는 취기가 깬 주름진 뺨에 한줄기 눈물이 흘버내렸다.

명필성이는 석종영감의 삼촌댁 종이었다.

아무리 아무리 타락은 하였을망정 조카의 첩의 애비시중을─

영감은 또 한번 주먹을쥐고 부르르 떨었다.

"왼 게장인가?"

저녁상을 받은 영감이 눈이 휘둥그래졌다.

"옆집 호연어머니가 피난가면서 주고 갑디다"

"흐─ㅇ"

영감이 입맛이 획 다라났다.

"피난을─흥"

피난바람에 잘 얻어먹기는 허나 불안하기 짝이없다. 길거리로 나가면 왼통 짐, 짐, 짐, 피난짐투성이다. 둘만 모여도 피난이야기, 그러려니해서 그런지 거리의 사람이 부쩍 준것같다. 영감이 늘 소일을하로 가는 복덕방송 영감도 내종을 바라고 용인으로 소개하고 고물상을 열고있는 김첨지를 찾어가니 역시 문이 닫혔다.

규히도 사장이하 사원이 대부분 소개하여 집에서 놀고있다. 석종영감사 점점 초조해졌다.

"우리, 이통에 젤 좋사집 한체 골러잡어 살자. 대사주에 예순다섯이면 운이 터진다던대. 이히……"

하쏘 허세는 부렸으나 기운이없다.

더욱이 규사가 잠이들었을때는 사번이고 드려다 보곤한다. 워낙 말수없는 딸이였으나 수심에, 싸여보이는 요즘의 그를 보면, 가슴이 뭉클한다.

한참 살 나이다. 꽃다운시절이다. 측은했다.

간밤에는 누가 고랬는지 불온한 벽보를 부쳤는대 범인을 잡지는 못했다고 몇집않남은 동리집 명감이 찾어 와서 수근거렸다. 민, 포성이 들릴적도 있다. 정부에서 정식으로 퇴거명령이 내렸다느니, 수일래로 서울은 내놓을 작정이니, 들리는 소리마다 기가 맥혔다. 석종영감은 농담을 거둬버렸다. 체소한 몸이 더욱 초라해졌다. 피난을 가려니 돈도없고 서울태생이어 바라고 갈 시골부치도없었다.

이렇거나?

이날 낮잠에서 석종영감은 정말지척에서 은은한 포성을 드른것같었다. 선뜻하고 일어나보니 규히가 술상을 보고있다.

"왼 술이냐?

하고 물으니

"퇴직금 아직 많이 남었어요"

규히○ 나직이 대답하고 외면을했다. 그가날핀 새하얀 목 — 순간 석종영감의 가슴에 사욱이 서리어 있던상념이 한가지 결단으로 굳어저갔다.

이튿날 석종영감은 규성을 찾었다. 원성이는 큰집가족을 먼저 소개식히고 또서울로 되도라와 있었다. 아직떠나지못한것을 보면 첩의애비를 맥길 사람을 얻지 못한 모양이다. 병도 풍병이고 보니대소변시중까에 해야하겠고 말하자면 생명을 내걸고 맡어야, 할테니 그리 사람이 있을리 없었다. 허는수없이 그저 버리고 갈수밖에없어찌분찌분 눈물을 흘리고 있는판에 석종영감이 찾어갔으니 지옥에서 부처님 만난것만큼 좋와들 하였다.

석종영감이 의식적으로 굴욕을 무릅쓴것은 아마도 이것이 전무후무할것이다.

그러나 극진이 술대접을 받고규성이의집을 나온 영감의 얼굴은 핼식은했
으나 무거운 짐이나 부린듯 거운했다. 집에 도라가자 그는 문간에서 부터

"됐어, 됐어"

하고 너털우슴을 쳤다.

그는 마누라와 딸을 불러놓고 조카 규성의 호의로 자기들도 소개를 하게된
것, 그러나, 차관게로 한번에는떠나지 못하고 우선 규성이편에 규히가 먼저
떠나고 늙은내외는 다음사원들, 가는편에 뒤를 쫓도록 한것등을느러놓고 떠
들어대였다. 그날밤으로 많지않은짐이 꾸려지고 출발만 기다리게 되였다.

규히의 창백하던얼굴에 화기가 돌았다.

그러나그는 역시 불안했다. 많은 식구같으면 모르되 몇가지않되는 짐에
단두사람 더태울수없다는것은 박절하다기보다 좀 의심스러운 일이었다. 그
는 거이본능정으로 무엇을 직각했다. 자기를위하여 꾸며진 허위를 ― 그러
나 스믈한살의 왕성한 생명력이 그추궁을 허락지않었다. 오히려 애써 이기
적인 자기기만속에 자신의 양심의 짐을 덜려하였다.

출발날이왔다.

석종영감부녀는 큰길까지 나가서 추럭을 기다리고 있었다. 오랜 세월을
인생의 외부에 버려진채 자 기의지를 가진일이없는 어머니는 영감말대로
곧딸의뒤를 쪼차갈줄만알고 먼저가는 딸에게 "어서 자리를 잡어노라"고 를
탁까지 하였다. "네"하고 대답한 규히는 문득 자기가무서웠다. "어머니, 어
머니" 껴안고 울고만 싶었다.

간밤부터 내리기 시작한 눈이 아직도 부실부실 내려 초라한 두사람의 머
리와 어깨에떠러저 싸인다. 진 영감은 아까부터 눈읍 꺼버거리고있다. 수염
이 떨리고 입에문 파이프가 떨렸다. 손바닥을 몇번이나 마주 부빈다.

규히는 '마프라―'를 깊이 쓰고 말없이 서있다. 아버지와 딸이 서로 슬
픔과 사랑을 넘처흐르도록안고 이별을하는 이마당에 구구한 말이 무슨 필

요가 있으랴?

햇솜같은눈송이가 군앞을 아롱아롱 내려쏟는다. 피난짐을 만재한 추럭이 몇대나 질주해 지나간다.

드디어 규성이의 차가 달려와서 머므렀다.

규는히 '마프라ー'를 쓴채 아버지앞에 머리를, 숙이고 속입에서 가만이뇌다.

"그럼 먼저 가겠어요 곧 뒷이어, 오세요"

끝까지 고집하려는 자기기만ー 그는 자기말이 너무나 공히한데 스사로 놀랐다.

아버지는 대답을않고 딸의 가난난한 짐을 차에 올려 실른다.

차에올라탄 규히의, 눈물어린 눈에 아버지의 초라한 그 모습이 율곽이 흐터지기 시작했다. 떠러진 '지까다비'ー

"오ーㄹ 라이"

차가 움직인다. 석종영감은 멧거름 차뒤를 딿었다. 그러나 추럭이 속력을 내자, 쫓는것을 단염하고 발을멈추었다. 그의입에서 '파이프'가 떠러졌다.

차가 크게 '카ー브'를 돌아 그초라한 모습이 시아에서 사라지려할때 영감은 갑자기 무엇을 붙들려고나 하는것처럼 손을들고 다름질을 첬다. 그러나 수보를 옴기지못하고 눈우에 쓰러지는것이었다.

순간 규히는 충동적으로 추럭에서 뛰여내리려 하였다.

"아이, 떠러저요. 위험해"

누구인지 깜작 놀라며 그를 재게 잡아단겼다. 규히는 소으름이 쭉 끼치는것 같어 짐우에 기대았었다. 그를 잡어단긴것은 옆에 탄 사람뿐이 아니고 더욱 강력한힘ー 생명에의 집착이 였을런지도 모른다.

일순후 눈우에 쓰러진 아버지의 모습은 연원이 그의 시아에서 살아저버렸다. 은은한 포성이 계속해 울려왔다. (一九五一年 二月 二十七日)

『문예』 13호(3권1호), 1952.1, 114-126면.

군복(軍服)

전찻길에서 얼마 안들어가 벌써 길은 비탈이 되었다. 바다와 산 사이에낀 이 고장의 지리적 위치와 발전의 과정을 여실히 말하듯 두서없이 뚫린 미로와 같은 골목들, 그 골목들은 셀수없도록 가지를 치며 끈기있게 뻗어 산에 이른다.

인가의 분포 상태는 평지보다 오히려 밀도(密度)가 짙고, 위치는 계급과 반비례한다. 죽 올라갈수록 누옥이다. 점토질(粘土質)의 길은 비가 오면 마를때까지 범벅이고 식수 곤난은 말할 나위도 없다.

서울서 내려와 살던 은희는 산비탈에 사는 부족은 아니었으나, 그 골목길과 산은 그녀의 기억에 있어, 생미역 냄새와 멍기의 붉은 빛과 같이 언제나 그리웠다.

아련한 기억을 더듬으면 푸른 보리밭과 성긴 소나무 숲, 이윽고 바위와 산에 피는 꽃들이 눈에 떠올랐다.

연분홍빛 패랭이 꽃, 푸른 반디꽃들은 비가 오면 시내가 되는 산 골짜기를 덮고, 언덕에는 찔레꽃이 새하얗게 떠오르고, 바위 그늘에는 남빛 붓꽃이 곱게 피었다. 언덕 위에는 푸른 펭키로 창살을 칠한 선교사의 붉은 양관이 이국정서를 띠며 신비스럽게 침묵에 잠겨있고, 높고 곧은 백양나무가 세 그루, 해풍을 정면으로 받고 쏴르를쏴스를소리를쳤다. 구접스레한 인가에 끼어 꼬불거리던 길은 여기 와서 한가로이 뻗쳐 고개 위에 사라지고 있었다. 그 길을 따라 가면 아무도 모르는 곳에 이를것같은 그런 신비스러운 느낌을 주는 고갯길이었다.

그 길을 따라 고개를 넘고 벌판을 지나 등성이 평탄한 보리밭 속을 한참

가려면, 길은 내리받이가 되어 또 시가에 나가게 되는 것이었다.

은희는 자기집이 있던 골목길에 들어서며 눈시울이 뜨거워지는 것을 어찌할수 없었다.

홍역으로 어린 것을 잃었다는 형을 찾아 초량에 갓다 오는 길에 영주동 시장을 지날 때, 문득 가슴을 찌른 짙은 향수―그 향수를 채오고 싶어 이 길에 들어 선 그녀였다. 학교 앞을 지났다. 학교는 붉은 벽돌 본관과 목조 별관이 그대로 남아 있었으나 문전에는 보초가 서고, 교정에는 누런 군복이 오고 가고 할 뿐, 아이들의 모습은 눈에 띄지 않았다.

이러한 전시 풍경은 이미 새롭지도 않았건만 역시 은희는 쓸쓸했다.

그녀는 사면을 둘러보고 처음 보는듯한 느낌을 어찌할 수 없었다.

이런 곳이었던가? 하는 환멸에 가까운 놀라움, 그토록 그립고 그토록 아름답던 고장의 현실이 새삼스레 가슴을 멘다.

십여년이란 때의 흐름이 이토록 때를 묻혀 버린 것인가. 또는 애당초부터 이러한 곳이었던가. 그녀는 판단할 수가 없었다.

완강한 붉은 벽돌 교사, 약간 기울어진 뿔록담, 철문, 이윽고 담아래 더러운개천, 놀라울만큼 돌이 많은 길 옆에는 개천 친 찌꺼기가 처처에 쌓여 있고, 그 길 한편에 늘어선 집들은 추녀가 기울어진 고독들이었다.

아이들이 고무줄을 타며즐거이 노는옆을 은희는묵묵히 지났다.

옛날 그대로 서 있는 큰 고목나무 옆 골목에 들어 섯다. 열채 골목 가는 길이었다.

옛날 그대로였다. 좁은 길은 초라한 고목들을 끼고 여전히 꼬불꼬불 올라갔다.

열채 골목!

은희는 길목에 우뚝 섰다. 이것이 열채 골목이었던가?

뒤에서 어느 노인이 걸어왔다. 은희는 어느 집 대문 옆으로 길을 비켜 노인에게 길을 내어 주었다. 그토록 좁은 골목, 불결한 개천에서는 악취가 찌르고 마주 나란히 선 열채의 집은 납작하게 주저앉고 기둥은 기울어. 그중에는 몇 년이나 잊지 못한 썩은 초가지붕까지 섞여 있었다.

이것이 열채 골목! 은희의 머리 속에서 모든 추억이 와르르 소리쳐 무너지는 것같았다.

이것이 열채 골목이라면 이 열채 골목위에 쌓올린, 자기의 어린 추억의 정체도 모두 이런것이 아닐까? 이런 곳을 아름답고 그리운 곳으로 항상 알던 자기의 어리석음 보다도 그 당시 조촐한 중류 이상의 가정들만 살았던 열채 골목이 실상은 이토록 가난하고 초라했다는 사실이 새삼스레 놀라웠다.

열채 골목에는 본바닥 사람은 얼마없고 모두 딴 지방에서 온 사람들이 살았다. 잠시의 숙사로 안 까닭으로 만족하고 살았다고도 할수 있으나 그렇다 해도 지금 눈으로 보니 너무나 초라한 집모습들이다. 고가한 보석으로만 알고, 고이 고이 간직하던 것이 실상은 유리쪽에 지나지 않았던 것 같은 느낌이었다.

판장 너머로 넝마 같은 기저귀가 널린 것이 보이는 옛날 살던 집을 서글피 보며 골목을 나선 그녀는 발을 멈추었다.

어느새 된 것인지 신작로가 눈앞에 전개되고 있는 것이다. 자동차가 오고 가고, 사람들이 분주히 걷고, 아이들의 뛰고 놀고, 길 양편에는 집이 늘어서 있다.

그녀는 잠시 현깃증이나 난 것 같이 앞이 아찔해졌다. 산으로 가는 길이 어느 길인가 더듬었다.

그때였다. 저편에서 키가 큰 군인이한 사람 이쪽으로 내려 왔다.

군인은 키가 클 뿐 아니라 몸집도 컸다.

두 팔을 크게 저으며 내려 오는데 검은 얼굴에 약간 손티가 보이고, 굵은눈섭이 군모 아래서 위엄을 보였다. 순간 은희는 저도 모르는 사이에 상냥하게 웃으며 허리를 굽혔다.

군인은 젊은 여인에게 인사를 받고 놀란 모양이다. 그러나 다음 순간 그는 반가움에 눈을 크게 뜨며,

"은희씨!"

하고 소리를 질렀다.

은희는 그제야 가슴이 툭 내려 앉았다. 자기도 알수 없는 일이었다.

이 군인은 보통학교 시대의 남학생이었다. 두 반 위에 있었으나, 키가 크고숙성한 것으로 미루어 은희보다 너덧살 위임에 틀림없었다. 한 학교에는 다녔으나 말은 물론, 인사 한번 없고 은희 쪽에서는 거들떠 본 적도 없는 존재였다. 이름 조차 모른 채 잊어버린 사람이었다.

그에게 무엇 때문에 웃음까지 보이며 허리를 굽혔는가? 그녀는 얼굴이 확달았다.

"어디를 가십니까?"

군인이 하얀 이를 보이며 물었다. 굵은 베이스다. 언제 왔느냐고 묻지 않는것이 우스웠다.

"정말은 산에 가구 싶은데요, 길이 달라져서"

"산이라니요?"

"저 위읫 산을 넘어서 대신동으루 가 보구 싶어요"

"저도 대신동으로 가려고 전찻길로 나가는 중인데 그럼 동행 하실까요?"

"네?"

그들은 나란히 걸었다.

너무나 변함없는 학교 부근과 열채골목에 비해 산은 변모되어 있었다.

패랭이 꽃과 반디 꽃이 덮혔던 골짜기에는 집들이 서고, 나무는 하나 없이 베어져 벌거숭이가 되고, 산꽃이 피던 데는 사람의 발길 아래 풀 하나 나지 않았다.

선교사의 양관은, 페허가 되어 헐었는데 마구 판대기로 막아, 마치 헌 비단옷을 넝마쪽으로 기운 것같았다. 나무가지에 맨 줄에 빨래가 휘날리고, 더러운 꼴을 한 아이들이 몰려 놀고 있었다.

은희의 눈에 비로소 눈물이 떠 올랐다.

옛 모습을 찾을 길 없는 여기 와서 그녀는 오히려 그리운 그때의 그 모습을 그대로 상기 할 수 있었던 것이다.

그는 발을 멈추고 바다를 내려다 보았다.

"나는 내일 전선으로 출동 합니다."

여지껏 말이 없이 걷기만 하던 청년이 문득 말하고 은희의 옆얼굴을 쳐다 본다.

"네?"

"김철수, 목숨을 바칠 때가 왔나 봅니다."

"별 말씀을. 무운장구 허셔서 개선 허시기를!"

"감사합니다."

잠시 침묵이 흘렀다.

"그 동안 서울 기셨지요?"

"네"

"작년 이만 때 문리대 앞에서 은희씨를 뵈었읍니다. 짙은 보라치마에 미색 저고리를 입고 책을 옆에 끼고 푸라타나스 밑을 걸어 가시더군요"

철수는 예전부터 익숙하던 사람같이 자연스럽게 말을 하는 것이었다.

"김 선생님은 어디 기셨어요?"

"나? 해방 후에 문리대에 들어갔지요"

"네?"

"은희씨 옆을 몇 번이나 지났읍니다. 은희씨는 언제나 앞만 보고 다니시니깐 하하……"

은희는 내심 놀랐다. 아까 이 키 큰 군인에게 허리를 굽힌 것은 그러면 옛날 상급 학생에게 한 것이 아니고 서울서 가끔 만난 대학생에게 한 것인가— 그러면, 왜 서울서는 이 키 큰 대학생에게 옛날 상급 남학생의 모습을 보지 못했던가?

그러나 철수는 그런 점에는 조금도 구애 않는 자연한 태도로

"6·25 후 석달 숨어 있다가, 수복이 되자 정훈국으로 들어 갔읍니다"

담담히 신변을 설명하는 것이었다.

은희는 말 없이 옆에 있는 바위에 걸터 앉았다.

"한 가지 말씀 하는 걸 용서해 주시겠어요?"

갑자기 달라진 음성으로 철수가 말하였다.

"— ?"

"은희씨가 서울루 떠나실 때 나는 중학 일학년이었지요 나는 동무 누이의 입에서 그 말을 듣고 날마다 열채 골목 근처를 헤맸답니다. 떠나시는 날 정거장까지 나갔는데 프랫트홈에 들어갈용기가 없어 밖에 서 있다가 기차가 움직이자 같이 쫓았지요 구외(構外)를 기차와 병행해 쫓다가 말뚝에 걸려 쓰러졌답니다."

"네?"

"그때 흉이 지금두 남아 있지요 하하……"

철수는 겸연쩍은 듯이 웃었으나, 은희는 따라 웃을 용기가 없다. 고개만 숙으렸다.

어떤 뉘우침이 이 담담한 군인의 말과 함께 그의 가슴에 들어섰다. 열채 골목을 과대 평가 하였던 자기는 이진실한 청년을 너무나 얕게 평가한 것이 아닌가? 한 편 자기는 이 청년에있어 열채 골목이 되어 버렸을지도 모를 일이 아닌가? 은희는 청년의 입에서 나올 다음 말이 두려웠다.

"소학교 교원을 그만 두고, 대학에 들어간 것도 은희씨와의 기우(奇遇)를 바라는 마음에서 였었는지도 모르지요"

철수는 자기 말에 놀란듯이 말을 끊었다가,

"그러나 역시 나는 프랫트 홈에 들어 갈 용기를 얻지 못했읍니다. 언제나 구외를 차를 따라 쫓을수 밖에 없었읍니다. 이번에는 몸에는 흉이 남지 않았지만 다른데 더 큰 흉이 남았읍니다."

"네?"

"마음에 —"

철수는 말하고 얼굴을 붉힌채

"죄송합니다. 해선 안 될 말씀을 한것 같구먼요 나는 내일이면 전선을 떠날 몸, 웃고 잊어버려 주세요"

은희는 고개를 숙인채 그 한마디 한마디를 받아 들고 있었다. 가슴이 뜨거워지고 전신에서 힘이 빠져 나릿하고도 그윽한 느낌이 그녀를 사로잡았다.

이상한 일이었다.

이름도 모르던 군인에게 웃음까지 보인 자기, 프랫트홈에 들어갈 용기조차 없던 사람의 출정을 목전에 둔 대담한 고백 — 이것은 대채 무엇에 기인한 것인가?

부유한 가정과 미모와 어느 새 굳어버린 오만한 성격에서 오는 일종의 이완(弛緩)이 피난지라는 독특한 경우와 더불어, 조심성 없이 그에게 호의를 보이게 한 것이고 그것이 그의 고백의 도화선이 된 것일지도 모른다.

그렇다면 이 청년의 순정과 진실 앞에 자기라는 존재는 얼마나 경솔하고 저열한 것일까?

은희는 자욱해진 머리를 약간 흔들고 상기된 얼굴을 들어 철수를 바라보았다.

철수는 자기 말에 당황하여 벙벙해서 있다. 넓은 어깨와, 늘씬한 체구에 군복이 어울리고 햇빛에 반짝이는 모표는 소위의 계급을 표시하고 있다.

순간 은희는 마음이 남음 없이 밝아지는 듯한 즐거움을 느꼈다.

그렇다. 오랜 세월을 통해 그렇게도 오만하였던 그녀는 이 군복을 입은 모습 앞에서 비로소 겸허를 알았고, 철수는 이 군복을 몸에 붙인 이 때 힘을 얻은 것이 아닌가?

순간의 감명을 영원으로 부연할 수도 있을 것이다. 진실 앞에서 허식을 벗자, 은희는 당황해 하는 철수를 상냥한 눈초리로 응시 하다가 바다로 시선을 옮겼다. 문득, 행복 — 이제까지는 정의(定義)조차 모르던 이 문구가 가슴에 떠 오른다.

그녀는 가만히 입속에서 외쳤다.

"잊어 버리라구요? 오오 절대로!"

푸른 바다를 새하얀 배가 한척, 항구를 향하여 들어 오고 있었다.

(一九五三, 六)

『감정이 있는 심연』(현대문학사, 1957), 187-198면.
『전쟁문학집』(육군본부 정훈감실, 1962), 343-350면.

제3부

여성수필

김말봉 ●●●

김말봉(金末峰, 1901–1961)

- 필명은 김보옥(金步玉) 또는 김말봉. 아호는 끝뫼, 노초, 노엽
- 1901년 경상남도 밀양 출생
- 1918년 서울 정신여학교 졸업
- 1927년 일본 도지샤대학 영문과 졸업
- 1932년 「망명녀」가 ≪중앙일보≫ 신춘문예에 당선되어 등단
- 주요 경력 — 1929년 ≪중외일보≫ 기자, 1947년 공창폐지연맹 위원장, 한국독립노동당 부녀부장, 1957년 대한민국 예술원 회원 역임
- 대표작 — 장편소설 『찔레꽃』(1937), 『화려한 지옥』(1947), 『별들의 고향』(1953), 『푸른 날개』(1954), 『생명』(1956) 등 다수

• **수록 작품**

본대로드른대로 ‖ 내 아들 영이

●●●

본대로드른대로

내가 피난하고있는 좌천동(佐川洞)에서 볼일이있어 문총(文總)사무실로 대용(代用)하는 M다방으로 가는 길이었다 그 도중(途中)에는 국군(國軍)을 조련(調練)하는 광장(廣場)이있어 나는 가끔 흥미(興味)와 또 감격(感激)을가지고 때때로 그울타리속을 드려다보군하는것이다 어느날 나는 또 발길을 멈추고 책 내(內)를 드려다보다가 그만 가슴이 내려앉고말었다 상사(上士)인지 하사(下士)인지 매우 맹열하게생긴

교관(敎官)이 하졸(下卒) 한 사람을 잡아낙구치더니 발길로 어데를 찾는지 대변에앞으로 꼭구라졌다 미처 이러나기전에 이번에는 뒤로가서 꽁문이를 차니까 막이러서려고 바틔든 두손을 개구리같이 좍펴고 엎으러졌다 또 둘째발길이 한편옆구리로 드러오는 순간 그의꼴은 완전히 나동구라 지고말었다 이것을 내가 본대로 한다면 상관(上官)이 하졸(下卒)을 훈련(訓練) 내지(乃至) 교양(敎養)하는것이 아니라 좀더 강(强)한 적(敵)이 좀더약(弱)한 적(敵)에게 복수(復讐)하는것으로밖에 아무것도 아니었다 나는 그로부터 다시는 그책내(內)를 드려다보지않기로 하였다 장정(壯丁)

점호(點呼)를하니 부재자(不在者)는 대리인(代理人)이 가서보고(報告)를해야 된다는 반장(班長)의부탁대로내 □□□ 부재증(不在證)을맨들려 파출소(派出所)로간 아침의일이었다 교통정리(交通整理)를 하던 순경(巡警)한분이 매우혼란(混亂)에 빠진채 중(中)학교(校) 2·3학년이나 되어보이는 소년(少年)한사람을 끌고드러왔다

"이놈의 색기 네배경(背景)이 무어냐 나도 배경(背景)있다"

하면서 소년(少年)의머리를세메트벽에다 처밖기도하고 주먹으로 머리며억개며 몇개때렸다 이때 때리는것을 별로무슨큰

골병(骨病)들게 때리지는 않었는데

"이놈의 색기 너중학교에다닌다구날업수히 보나? 내게도중학교댕기는 동생이있다 네배배경이 머냐 나도 배경이있다—"

이순경(巡警)은 배경(背景)만있으면 경관(警官)에게 항거(抗拒)도할 수있고 교통도덕(交通道德)을 범(犯)하여도 무사(無事)히 피(避)할길이 있는것을믿고 있다는말인가

장정점호(壯丁點呼)에 갔다가점호(呼)가 그대로 입대(入隊)가되어 배에 올라탔든

해병(海兵)대(隊)소속의 나의 젊은친구의말이다

"수(數)많은 청년이 배에올라타서 있었는데 소곰도없는 주먹밥 한개식을 먹고나니 못견듸게도 목이 말러왔다나뿐만아니라 거기 올라탄 모든 사람의 소원이 꼭같이 '물이 먹고 싶은것'이었다 부두에서는 우리를 환송(歡送)하는 음악이 들려왔다 혼성합창단(混聲合唱團)의 정성으로 보내는 이노래가 이□만은 귀찮기보다도 어떤 증오(憎惡)의감(感)까지 자아내었다 '노래보다 물한목을 다오'

속으로 웨치고있는차에 □□□□시인(詩人)이 한동이 물이고 배로올라왔다 그때우리는 부지중(不知中)

박수(拍手) 갈(喝)채를보냈다 상관(上官)에게 소란(素亂)히 구운다는 책망(責望)을 받었지만……"

지도자(指導者)! 오오 하느님이시어 이땅에 올바른 지도자(指導者)를 보내주옵소서

≪경향신문≫ 1951.8.26. [盛夏·女流·五題 (2)]

내 아들 영이

영아!

너가 일선(一線)으로 나간뒤 발서 세번째의 6·25를 맞는다. 너의 부음(訃音)을 듣고 두번째의 6·25다.

생각하면 어처구니가 없다. 내가 먼저가고 네가 나를 위하여 추억(追憶)의 글을 써야만 옳을 것인데, 나의 덕(德)이 얕고 죄(罪)만 중(重)하여 너와 같이 찬란한 아들을 나보다 먼저 보내고 이즈러진 붓으로 너의 기억(記憶)을 더듬다니.

영아!

내 아들이라기에는 너는 너무도 아름다웠다. 마음이 그러하였고, 기백(氣魄)이 그러하였고, 또 용모(容貌)가 그러하였다. 광복동(光復洞) 넓은 길 오가는 모든 젊은이 가운데는 너보다 잘난이 있으리라. 그러나 너처럼 나를 사랑할 사람 있니?

네가 폐충(肺蟲)에 걸렸을 때, 네 일기장(日記帳)에 써논 한구절(句節)

'괴로워서 스스로 끊어버리고 싶은 목숨이건만 '뭇터'(어머니)가 슬퍼할 일을 생각하니 그리할 수는 없어'

이것이 너의 진정(眞情)이었다. 그 일기(日記)를 읽은 것을 네가 일선(一線)에 나갈때 까지도 나는 말하지 않았다. 네가 폐결핵(肺結核)의 진단(診斷)을 받던날

"어머니 내가 혹시 죽드래도 울지말아야해요 네? 어머니 울지 않겠다고

약속(約束)해 주세요"

그때 네 나이 열두살이었다. 네가 병마(病魔)와 싸워 이겨 중학교(中學校)에 입학(入學)하던 그 입학식(入學式)이 있던 날, 너와 내가 네 새 학교(學校)로 함께 갔던 그날의 일. 그날의 너의 추억(追憶)처럼 내 마음을 윤택(潤澤)케하는 일이 또 있으랴.

"여기는 개울입니다. 어머니"

번연히 내 눈에도 보이는 개울이었는데 너는 내 팔을 잡고 나를 위하여 개울 복판에다 돌을 굴러다 놓고

"어머니, 보선 버리시면 안되니깐요"

"얘 괜찮다. 내가 뛰어넘으면 되지안니?"

하고 애처러워서 말리는데도 너는 몇번이나 내 손을 잡고 쉽게 개울을 건느도록 나를 도와주었다 너는 그때 네가 일생(一生)에 할수 있는 최대(最大) 최선(最善)의 효도(孝道)를 내게 다한 것이었다.

나의 영아!

같은 곡조(曲調)라도 네가 치는 '피아노' 소리는 어쩌면 그렇게도 유량(幽亮)하고 오묘할수 있었니?

너의 다리는 너의 살빛은 어느 외국인(外國人) 남자(男子)와 비교(比較)해도 꼼물만큼의 손색도 없었지. 이것은 나보다 남들이 더잘 알고 있었던 일이다 그러나 그런것이 너를 수(繡)놓기에는 너의 두뇌(頭腦)와 너의 내적(內的) 인격(人格)이 훨씬 더 높았다.

75회(回)를 찔러서 내 정맥(靜脈)을 찾아 주사(注射)하는 내과의(內科醫)도 있는데 너는 단번에, 꼭 단번에 내 두꺼운 팔에서 정맥(靜脈)을 찾아냈지. 너의 찌르는 주사(注射)는 피하(皮下)나 정맥(靜脈)을 불문(不問)하고 한번이라도 나를 아프게한 일은 없었다.

너의 전공(專攻)이 철학(哲學)이였었는데 어데서 그런 재조(才操)를 배웠드냐? 네가 있었더면 금년(今年)에 연희대학(延禧大學) 철학과(哲學科)를 나왔을

내 아들아.

어여쁜 소녀(少女)와 사랑을 속사기기에알맞은 금년(今年) 스물네살되는 내 아들아.

여름이 닥쳐오고, 그리고 비내리는 밤이 찾아온다. 그 때 뜰악에 너를 위하여 지어진 뚜껑만 있는 정자(亭子)에서 자던 너. 어느 폭풍우(暴風雨)의 밤 유리문(門)을 두다리며

"문(門)열어라"

하고 맨발로 서있는 너의 뒤에 번쩍 번쩍 번개가 칼질하던 밤의 일 아, 가슴 아파라 나의 아들아.

여름이나 겨울을 물론(勿論)하고 대기(大氣) 오직 대기(大氣)속에서 밤과 낮을 보내야만 하던 너. 잊을 수 있으랴 마산(馬山) 요양원(療養院) 숲속에 거닐던 너의 모습은 그대로 숲의 정(精)인양 황홀(恍惚)하게도 아름답고 슬프게 보였던 너였다.

생각하면 오히려 너 살기에는 이땅이 맞지 않는 것이다. 너무도 무정(無情)하고, 너무도 엄청나게 배신(背信)만이 있는 이 지구(地球)가 너를 감당할 수가 있었으랴.

그런고(故)로 너는 훨훨 너 생명(生命)의 나래를 대공(大空)을 향(向)하여 펼쳤던 것이다. 그리하여 찬란한 옥(玉)그릇같이 부서져간 너.

너는 여인(女人)에게 더럽힘을 받지 않은채 너의 얼골에 주름살이 찾아오기 전(前), 너 산호(珊瑚)의 입술, 첨흑(添黑)의 머리, 순결(純潔)과 청정(淸淨)의 젊음으로써 영원(永遠)히 정지(停止)된 너의생명(生命).

슬프고나 내 아들아. 너는 죽어간 뒤에도 어미에게 효도(孝道)를 다하고 있는 사실(事實). 무리(無理)한 주문(注文)을 하는 상이군인(傷痍軍人)에게, 혹(或)은 무례(無禮)한 언동(言動)을 하는 군복(軍服)입은 청년(靑年)에게 곧잘 나는

"내 아들도 일선(一線)에서 전사(戰死)했는데……"

이말 한마디면 대개로 내게들 양보를 한다.

"멀리 '베니스'로 '유네스코'회의(會議)에 갔을 때에도 나는 대한민국(大韓民國)의 용사(勇士)의 이름으로 너를 팔았던 것이다. 대표(代表)로 온 노부인(老婦人)들의 눈에서 눈물이 흘러나오도록 너는 나를 웅변가(雄辯家)로 만들어주었던 것이다.

영아! 내 아들아.

이땅우에 너보다 더 아름다운 존재(存在), 있을찌도 모른다. 그러나 너와 같이 날 사랑하는 사람 없구나. 아, 나의 영아, 나의 아들아!

『문예』 17호(4권3호), 1953.9, 176-178면. [납량사인집(納凉四人集)]

김향안 ●●●

김향안(金鄕岸, 1916-2004)

- 본명은 변동림(卞東琳)
- 1916년 서울 출생
- 경성여자고등보통학교(경기여고)를 거쳐 이화여자전문학교 영문과 졸업
- 주요 경력—1938년 ≪매일신보≫에 첫 작품을 발표했다고 함, 1955년 부군 김환기 화백과 파리에서 5년간 체류하며 미술비평을 연구, 1964년 미국 뉴욕으로 이민, 1974년 부군이 세상을 떠난 뒤 1978년 환기재단을 설립, 1992년 서울 종로구 부암동에 환기미술관(국내 최초의 사설 개인 기념관) 설립
- 대표작—수필집 『파리』(1962), 『카페와 참종이』(1977), 『파리와 뉴욕에 살며』(1991), 『우리끼리의 얘기』(1994), 김환기 전기 『사람은 가고 예술은 남다』(1989) 등

・수록 작품

막다른 골목에서 ‖ 전선(戰線)의 후열(後列)에서

●●●●

막다른 골목에서
―그리운 서울―

그당시(當時) 사라ㅁ들의 심경(心境)은 부산(釜山)으로향(向)하되부산(釜山)에 머물르려는것이목적(目的)□ □니요 될수만있으면 똑딱선을 타고래도 바다를 건느자는것이 목적(目的)이라기 보다는 희망(希望)이였다 미(美) 군사시설(軍事施設)이 완비(完備)에 가까우ㅂ다는 그것도풍문(風聞)에 그러할뿐인□ 제주도(濟州道)로 갔다가 여자□면비행기로 날르자는 용의주도(用意周到)한 패들이 있었다 부라질이 안되면 필리ㅂ핀 태국(泰國)의 이민(移民)까지도 생각하는 해외망명(海外亡命)만을 유일(唯一)의 활로(活路)로 삼는패들이 있었을뿐 아무도 대한민국을 사수(死守)하자는서울을빼앗긴 대신 부산(釜山)은 사수(死守)해야 한다는 사라ㅁ은 내 주위에는한사라ㅁ도없었다

암만해도 순식간에 뒤쪼츠아 올것마같은포성(砲聲)이 귀에 쟁쟁해서도 그러했고제민족(民族)에게고만 서로 정(情)머리가 떠러저서들도 그러했다 나도 가정 내민족(民族)에 □증(□症) 나고 산다는것 조차도권태(倦怠)로워 얼마안되는 주위의것을 정리(整理)해서 떠나보낼사라ㅁ을 떠나보내고나면 바다소ㄱ으로래도 드러가는것이 나으리라고 새ㅇ각했었다 그러나 그도 저도안되고 생명이란모진것이부산(釜山)이란 지독스런 고장에서 한해가까히 견디고나니 이제는 밀고간대도 밀려온대도 무서울것이없게쯔ㅁㄴ도지독스러워젓다 지금나에게있어선 휴전(休戰)이나 정전(停戰)이문제(問題)가아니요 내나라금수가ㅇ산을버리고 어디가서살수있느냐 없느냐가 절실 문제(問題)이다지금은 불란서나 파리가 그리운것이아니라 진정 내고향 서울이 미친듯

이그리우ㅂ다

이것은 결코 계절(季節)이갖어오는 일시적인 감상(感傷)이 아니요 오도가 도할수없는 막다른 고ㄹ목에서 조(彫)□가 바다와맛다ㅎ은 절(絶)벽가에서 나만이 아닌나의 혈족(血族)들이 다가치 □험한 진리(眞理)이라 이제 나의 주위에는 날이 추워저도 아무도 장작걱정을하는 사라ㅁ이없다 대개가다다미바ㅇ이요 다다미에서 겨울을날것쯔ㅁ 이미 각오한바인듯 속옷을 있는대로 막겨이ㅂ고 나왔다고 투지(志)만(滿)々한것이 미ㄷ음직하다그러ㅎ게 버티고 버티면 무었이 나올는지 버티고 보아야 알일이다

서울사는사라ㅁ이다닐러왔다 아모생각말고서울와살라는거다 몬지속에서 제대로세수도모하고사는것에 비할것이냐 서울은공기맑고 물흔하고그내로 선경(仙境)이란다 수도(水道)도잘나오고 전기(電氣)불도 드러오고 전차(電車)까지다닌다니고만이지 시장에서 물 가싸기란 여기한달 생활비갖으면 두달도더 산다는데 무엇때무ㄴ에 여겨서 남의집다라ㄱ신세를하고 허리도제대로 못펴고살것이냐 는거다 미칠듯이 그리운생각만 한다면야 금시에라도달려가고싶은 서울! 내나라 내고향인데 내맘대로갈수없다는 원한(怨恨)은 어따대고 호소(呼訴)할것인가 그러나 나는가련다 누가말려도 나는기어히가고야마련다

서울서 다니ㄹ러온사라ㅁ과헤여저 밤이되여도 □분은가시지를안는다 폐허(廢墟)의 거리는쓸쓸하리라 친구가없고 이웃이 호젓해서 적막하리라

모도친구들을 부산(釜山)에두고가면 진절머리나는광보ㄱ동거리쯔ㅁ 간혹 생(生)각도나리라 그러나얼마안있어 폐허(廢墟)의거리에눈이 나리면 — 억센 사투리와 온가ㅅ눈에거슬리는풍속(風俗)과 아귀다트ㅁ하는 물싸움의기억같은것 눈속에무ㄷ혀 아늑히사라지리라 그리하여눈속에무ㄷ혀 서울□동(冬)이가건늘녹는이른봄날태(太)극기퍼ㄹ날리며 나라여환(還)도하라

≪부산일보≫ 1951.10.6. [문화 : 수필(隨筆)]

전선(戰線)의 후열(後列)에서

─여성(女性)은 이렇게 외친다! 국민교양(國民敎養)을 가추자!─

벌서 달포는 되였으리라고 기억되는데모신문에 전시국민생활강조운동에 대한 기사가낫었다제목부터가 너무나때늦은 느낌을 주으니 그러나 대체어떻게한다는 것일가 궁금스러워 그 계획과내용을 살펴보지 않을수없었다 그랬드니 역시 예기한바와같티이적지근한판에 박은듯한 탁상공론의되푸리였다 그중에 이러한구절들이있었다고 기억한다 사치를맙시다 요정출입을금합시다 상이군인을 위로합시다 ─ 등등 사치란 ─ 여성과 직접관계되는것이기에

관심이안갈수없었고 또평소에 느낀바있었기때문에 대체이눈에 거슬리는 전시후방여성의 사치를어떠한구체적인 방법으로 고처 없애자는것일가이광복동거리에 나타난사치 이전의 근본문제에 대한 어떠한구체적인타개책이 없이 덮어놓고사치를맙시다 ─ 란 자못불언스러웠다

그랬는데 그얼마후나타날것이 광복동거리소(小)로─타리의 잔디밭우에서 연출되는 전시국민생활

강조운동이였다

"이길을지나가시는 부인네들! 당신의옷채림은 전시에비추어 너무호화스러웁지나않으십니까? 당신의입술의연지는 너무 지나치게붉지나않습니까?" 이정도는 좋왔다 2, 3일후 완연히도이광복동거리의사치가 줄어들었을때는 누구나같이통쾌감을 느꼇으리라 전시엔 이렇게

팟쑈를 해야만한다고 이운동을 강력히지지하는 인사도있었고 비민주주의라고 비방하는인사도있었다 그러나 이것을알어들을만한 여성들은이미

이운동이전에 자신의몸채림에 유이해왔었을게고— 주관없는 여성들이 남의눈치를보아 한시 멈춧하였다가 다시또 남의눈치를보면서 하나 둘 나타나 뒷골목에 또하나의 광복동거리를이루기도하드니드디여는 대담한 여성군이 있어 한귀로듯고 한귀로흘리는듯 여전한몸채림으로

용감하게 활보하는것이 다시 눈에띄이기시작했다

어느날 무심히 이거리를 지나느라니까 갑작이 큰소리가 꽉하고 귀에드러오는ㅇ "비로―도 치마를입은 저기가는 저여자 이 길로 가지마시오 저기가는저마카오양복입은 저청년……" 이날로 광복동거리일대의 금은보석 시게포 양품 양장 라사점은ㅇ연히문을열고있다 여러날만에 오늘 10월4일 이거리를 지나니까 아직도 이

운동이 계속되고 있지 않은가 "저기가는 저여성 입술을 치마를 칼로 푹 찢을른지도 모릅니다" 잔디밭쪽을보니 헬멭을 쓰고 수염을 기른 신사가 걸상에 앉아있어 마카오의 카에다 악센트를주여 "마카오 양복을 버스시오 마카오치마를 버스시요"하는데 무슨 신파연극같기도하고 그야말로 그자신이 어떤 캥의

괴수같기도 보여 정말로 거리 어디 으슥한구석에 악한이 숨어있다 비수를들고 쫓아올것만같은 불안위구가 사뭇 길가는사람을 위협하다는것이였다…… 차마 들을수없는 야비저속한 언사들이다 "당신의 부모가 당신을 소학교에보낼때……" 아모리 민도가 얕기로서니 거리가 소학교 수신시간 일수는없다 이거리는 대한민국 국민의거리다 점잖은

부인도 지나가야한다 길가는 청년들이 소학생들이 담배파는 신문파는 구두닦는 아이들이 모두한마디식 길가는 부인네들을향해 흉내를 낸다 국민교양이란 중요한문제가 망각되여있는것이아닐가 또 전시 대한민국거리에는 외국군인도 내왕한다 (筆者·畵家 金煥基氏夫人)

《경향신문》 1951.10.14.

노천명 ●●●

노천명(盧天命, 1912-1957)

- 본명은 기선(基善)
- 1912년 황해도 장연 출생
- 1934년 이화여자전문학교 영문과 졸업
- 『신동아』에 「단상」, 「밤의 찬미」 등을 발표하면서 작품 활동 시작
- 주요 경력—1934년 ≪조선중앙일보≫ 학예부 기자, 1935년 『시원』 동인, 1938년 ≪중외일보≫ 여성지 기자, ≪조선일보≫ 출판부 근무, 『여성』 편집, 1943년 ≪매일신보≫ 학예부 기자, 1946년 부녀신문사 편집차장 역임
- 대표작—시집 『산호림』(1938), 『창변』(1945), 『별을 쳐다보며』(1953), 『사슴의 노래』(1958), 『노천명전집』(1960) 등 다수
  수필집 『산딸기』(1948), 『나의 생활백서』(1954) 등

●●●

서울에 와서

날이 감을 따라 서울의 모습이 옳게 내게 들어온다.

일전(日前)에 가주 왔을제는 없어진줄로만 알았던 집이 다시 한박휴 돌아 보니없어진것이 아니라 어엿이 남아있어 그집에 가서 점심을 사먹으며 웃 었거니와 사람도 없어진줄 알았던 사람이 이렇게 좀남아 있다면 얼마나 좋 으랴—

몰르는집들은 무심(無心)히 지나치는데 내가 일찌기 드나들던 친구의집 들을 지날때에는 웬일인지 내가슴이 문허진다.

비단 그집주인이 죽었다거나 납치가 되여서만은 아니다 어엿하게 지금 부산(釜山)에서 튼튼한 몸을 가지고 활동(活動)을 하고 있는데도 불고 하고 내게는 이집이말할수 없이 처량하게 보이는것이다.

이런경우 어떤집엔 들어가 보기도 한다. 물론 다른 낯선 사람들이 집을 보고 있는것을 발견(發見)하고 또 나는 집을 잘 보아 주라고 일르고 나오는 것인데 그렇게 마음은 기가 맥히는것이다.

처처(處處)에 이런 아는집들이 많을뿐 그집 주인이 들어와 가지고 내가 거기를 놀러갈수 있는 친구의집이란 극(極)히 드물다.

이러구보니 서울은 내게 적적(寂寂)한 곳일수 밖에,

말인즉 백만(百萬)의 시민(市民)이 들어왔다고 하것만 내가 아는사람은 이 중에서 1할(割)은 커녕 단(單) 백명(百名)도 되는것 같지 않다.

비가 오면 대야니 양재기니 그릇이 있는대로 동원(動員)이 되여 양금치는 소리를 내고 그대로 햇볕은 볼수가 없어 곰팡냄새에 파리도 살지 못하고 어려서 죽어 넘어지는 방(房)안에 나도 정있기가 괴로워 그저 집만 한모통이에서 자고나서는 아침을 먹기가 무섭게 나의 안식처(安息處) 다방(茶房) '문'으로 출동(出動)을 한다. 아침 10시면 나보다 먼저 출동(出動)을 한 양반들도 있다. 때로는 '문'의 주인(主人) K여사(女士)가 아직 나오기도 전(前)인 9시인 경우도 있다.

초복(初伏)을 넘어선 한창 더위가 견딜수 없이 맨든다.

세월이 좋은때 같으면 한강(漢江)에도 나갈수 있고 안양(安養)'풀'에 갈수가 있겠고 삼팔선(三八線)만 아니라면 그야 송전(松田)이니 원산(元山)이니 오죽 좋으랴만 오늘의 서울시민(市民)들은 도강증(渡江證)일래 한강(漢江)도 안양(安養)도 다 못 갈 형편(形便)이고 꼼짝없이 시내(市內)에 가쳐서 삼복(三伏)의 더위를 당(當)해내야할 처지니 가엽기 짝이 없다. 이 허덕이는 손님들을 위해서 '문'의 K여사(女士)는 보기만해도 시원한 어름 기둥을 다방(茶房) 한 복판에다 세워주었다. 행결 눈에 시원하다.

어느틈에 빈터에 심겨진 옥수수들이 제법 수염이 누우래 쩌먹게 되었다. 명동(明洞) 한복판에 옥수수받이 웬일이며 중국대사관(中國大使館) 옆빈테에는 숙때밭이 희안한데 들어서보지는 안았지만 오척(五尺)이 넘는 내키 보다 크면 컸지 결(決)코적지는 안을상싶다.

상전(桑田)이 벽해(碧海)도 된다하지만 서울의 변모도 지나친다.

옛육시조(六時調)에만 있는가 했더니 오늘 서울에 들어보니 정말로 북악산(北岳山)도 남산(南山)도 다 그대로 있는데 없어진 사람은 웨 이처럼 많은고 기둥만 남운 음산한 집들이 원수를 가퍼달라는듯이 깨여진 몸을 그대로 하고 우뚝 서 있는데는 그 앞을 지나가는 사람으로 하여금 가슴이 쩌릿하게 하는 것이 있다.

문허진 빈테에 수도(水道)는 어떻게 상하지 않고 있어서 행인(行人)들에게 물을 주는 좋은일을 한다.

언제나 서울을 다시 이러나보려느냐 깨여지고 부서지고 만신창이가 상처가 다 나서 정말 서울다운 모습으로 이러서볼날은 언제이며 잽혀간 사람들이 다시 돌아와 이 거리를 우리들과 더부러 거닐어볼날은 언제 오려느냐

인왕산(仁旺山)위엔 말없이 흰구름이 오늘도 떠나고 있다. 사람들은 모두 어떻게 살아가느냐는데 대(對)해서들 이뙤약볕 아래서도 분주히들 돌아간다.

상이군인(傷痍軍人)을 대(對)한것같은 기둥만 남은 건물(建物)들을 대(對)하며 나는 답답한 마음을 긴숨으로 내뿜는다. (七月二三日)

『문예』 8호(4권4호), 1953.10, 118-119면.

모윤숙 ●●●

모윤숙(毛允淑, 1909-1990)

- 호는 영운(嶺雲)
- 1909년 함경남도 원산 출생
- 1931년 이화여자전문학교 영문과 졸업
- 1931년 『동광』지에 「피로 새긴 당신의 얼굴을」로 등단
- 주요 경력 — 1931년 북간도 용정 명신학교 교사, 1933년 『시원』 동인, 1935년 경성 중앙
  방송국 근무, 1948년 파리유엔총회 참석, 1949년 잡지 『문예』 창간, 1958년 유네스코 총
  회 한국대표, 1960년 국제 펜클럽 한국본부 회장, 1969년 여류문인회 회장, 1974년 현대
  시인협회 회장, 1980년 한국문학진흥재단 이사장 역임
  1962년 대한민국 모란훈장, 1965년 예술원 문학상, 1979년 3·1 문화상, 1990년 대한민
  국 금관 문화훈장 수상
- 대표작 — 시집 『빛나는 지역』(1933), 『렌의 애가』(1937), 『옥비녀』(1947), 『풍랑』(1951),
  『정경』(1959), 『모윤숙전집』(1974), 『국군은 죽어서 말한다』(1983) 등 다수
  수필집 『내가 본 세상』(1953), 『회상의 창가에서』(1963) 등 다수

- **수록 작품**

  육군중위(陸軍中尉) C에게 ‖ 나는 지금 정말로 살아있는가? ‖ 천지(天地)가 지옥화(地獄
  化) ‖ 돌아온 시민(市民) ‖ 새로운 생활설계(生活設計)

●●●

육군중위(陸軍中尉) C에게

이밤엔 몸이좀어떠한지 아까저녁때 잠간 그대가 누어있는 육군병원(病院) ××호실(號室)엘단여와서 지금껏 마음을 놓지못하고. 희색빛으로 변한 창백한 얼골이며 다리를임의로 쓰지못하고 괴로워 얼골을 찡그리든 모양이며 게란도 사과즙도 다 — 싫다고 돌아눕든 그 형상이 지금도 눈에 어리어 저녁도 맛이 없이 그만두고 촛불 밑에서 이글을쓰오. 내일은 내가 어데어데서강연을 맡어 나가게 되었기때문에 아픈 그대방문을 못갈듯싶어 이글을쓰오.

날마다 아니 시간마다라도 그대 옆에가 시중을 들어주고 위로를 해주고 싶소마는 이리 저리 끄을니는 몸이되어 마음대로 되지않는 것이 안탑갑소이다.

C중위(中尉)!

『렌의 애가(哀歌)』를 읽었노라고 긴감상문(感想文)을 보냈든 지난봄일을 기억하오? 몇번이나 긴 편지를보낸 그대의 고마운 글을 나는 그저 평범(平凡)한 문학청년(文學靑年)의 감상적 기분이라고만 생각했기 때문에 한번의 회답도 보내지 못하였오. 영생(永生)을 위(爲)하여서만 눈물과 사랑을 허비하고 싶다든 그대의 편지를 나는 그저 하잘것없는 작문(作文)으로만 취급했었오이다.

그대는 대학(大學)을 졸업한 문학인(文學人)이었오. 찬 눈 날리는 서북전선(西北戰線)에서 피를 흘려 싸울수있는 병사(兵士)로서는 꿈에도 생각을 못하였오. 몇일전(前) 그대가 다리와 팔을 몹시닷처 병원(病院)에 누었다는 친필을 받고 나는 그저 놀랐을뿐이오. 내가 살었다는 사실이 기적으로만 생간된다고 맞나고싶다는 그대의 정겨운 글!

C중위(中尉)!

나는 그대의 얼골을 모른채 육군병원(病院) 어둑한 이층 골목에 그대를 용기있게 찾었던것이오.

내정성과 힘을다해서 그대를 위로하랴고 두어가지 국화가지를 들고 찾어가지않었오? 그러나 그대는 몸이 너머 아퍼 괴롬을 참노라고 눈을뜨지 못하고 누어있지 않었오. 지난봄에 세번이나 면회를 청해온 그대를 거절했든 후회로 내얼골을 실컨 보라고 달려갔오. 그러나 그대는 너무 힘이 없어 종내 눈을 뜨지못하고 겨우 내손만붓잡고

"선생임(先生任)! 어떻게 살었어요? 그 고생(苦生)하던 이야기를 좀 해줘요" 하며 눈물을 삼키지않었오? 그리고는 다리수술한데가 너무아퍼 신음소리를 연발하였오 나는 더앉어 있는것이 아픈 그대를 더 괴롭히는것같애서 드래도 돌아왔오

C중위(中尉)!

삼수(三水) 갑산(甲山)의 눈보래도 모질다거든 중공군(中共軍)의 총탄이 다리를 꿰뚫고 지나갈때 그대의 놀람은 어떠하였으리까? 지금까지 일선(一線)에서 그 어려움을 다―이겼거든 국경선(線)인 최종선(最終線)에 가서 그 몸을 다치었단말이오? 어서 수술한데가 아물어서 다시 일어나서 저 남은 원수를 물리치기바라오. 나는 정신이 아직 몽롱해있으나 앞으로 하든일을 그대로 계승해 해보려고 노력하니 안심하오. 문예(文藝)도 우선계속해서 내 보려하오 글쓰는 이들이 많이 없어진 사실은 슬픈일중(中)에도 슬픈일이오. 그만치 우리나라의 정신분야(分野)가 가난해질터이니 원통한일이오.

지난간 석달열흘동안에 당한일이야 어찌이붓으로 다―기록하리까? 그저 지금생각하면 그것은 완전(完全)한 지옥(地獄)의 일부(一部)였다고만 말하고싶소 공포, 암흑, 비겁, 쫓김, 주검 이 여러 지옥의 요소(要素)들이 활기(活氣)를펴고 우리살든세계(世界)를 침범해왔다고 생각하오.

나는 본능적(本能的)으로 단순한 공포에쫓기여 산(山)을넘고 강(江)을건느고 부락에숨고 하는동안 완전(完全)히 사람으로서의 생존권(生存權)을 잊어

버리고 몸으로 맘으로 하나의 외로운걸인(乞人)이되어 방황(彷徨)하였오. 뒤를 따르는적(敵)을 피하기 위(爲)해선 이런저런 변장도해보았오. 배가너머고 프면 풀을뜨더먹고 무덤옆에서 며칠밤을 새인 일도있고. 그래도 견딜수가 없어서 촌(村)부락에가서 식모노릇도 해보았오. 하도일을못해 쫓기어 나가지고 산(山)옆에서 밤을새여 울든일 천지(天地)가 밖위매 친구의맘도 변하고 변할뿐만아니라 합세(合勢)를해가지고 뒤를따라다니든 사실들. 어떤정치적 악형(政治的惡形)만을 발견한것이 아니라 인간(人間)의근성(根性)이 모조리 소리를 지르고 발로가되었다고보오. 이지옥의 도감속에서 겪어난 우리들에겐 미움도 원수도 사감(私感)에 치웃치는 모든 원망이 없어야할것이오.

C중위(中尉)! 우리는 공산당(共産黨)이라는 어떤정치적(政治的)인적(敵)보다도 인간생활(人間生活)을 지옥하려는 이악(惡)의뿌리를없애기위(爲)해서도 손을잡고 이러서야겠오.

지내간 괴롭든 이애기는 이전쟁이 다—끝나고 통일의 축배를드는날 피로하기로 합니다. 지금은 저—악(惡)의 세계(世界)와 대항(對抗)하는데 필요(必要)한 힘만을기르는데 우리의 성의를 다—해야하겠오.

밤이 임이 11시가 넘었오이다. 병실(病室)이 얼마나 치울가하오 달빛이 밝에 다정(多情)하게 나려빛이고 있오 아픈증(症)은 이밤 더하지나 않을가 염려되오 아모러튼 살아야하오. 살아서 아름다운 젊음의 용사(勇士)로 이땅을 다시 재건(再建)해야되오 살이떠러저 몹시 아픈증(症)이 생길 때는 옆에간호부라도 자조 와보아야 할텐데 그도없으면 이런 치운밤 그 외로움을 어듸에 풀겠오? 아모조록 그 다리를 짜르지않고라도 완치될 무슨약과 주사가 있기를 바라오

모래나 글피나 조흔책(冊)이있으면 들고가리다. 부대너머 상심말고 편히 이밤을 지내기바라오. 배추김치가 먹고싶다니 내가 김장을 하게되면 익는 대로 가지고가리다. 담료라도 더 필요하면 이 편지가지고 가는 사람에게 일러보내요. 미안해말고 그럼 오늘은 이만쓰겠오. 이불잘덮고 잘자요.

(十一月二十日 밤 열한시 회현동서 모윤숙)

『문예』 12호(전시판), 1950.7, 62-64면.

나는 지금 정말로 살아있는가?

一 괴뢰군입성(傀儡軍入城)

6월25일 정오(正午)라고 기억(記憶)된다. 평양방송(平壤放送)은 숨가쁜소리로, "……소위(所謂) 남조선국군(南朝鮮國軍)이 북조선침입(北朝鮮侵入)을 일제(一齊)히 개시(開始)하였으므로, 평화적방법(平和的方法)으로 조국통일(祖國統一)을 기도(企圖)하던 우리는 부득이(不得已) 이에대항(對抗)하여 총반격(總反擊)의 명령(命令)을내렸다……" 한다. 나는 다시 '다이알'을돌려 서울방송(放送)에맞추니, 일요일(日曜日) 새벽녘을 기(期)하여 북한괴뢰군(北韓傀儡軍)이 삼팔전선(三八全線)에걸쳐 불법남침(不法南侵)하였다고 보도(報道)한다. 나는 이것이 정확(正確)한보도(報道)라고 믿고, 위선(爲先) 그날부터 문화인(文化人)들을 총동원(總動員)시켜, 라디오로 혹(或)은 '삐라'선전(宣傳)으로 일선방비(一線防備)에 극력(極力) 협조(協助)하였다.

안개긴 27일 저녁때였다. 은은(殷殷)히 멀리서 총성(銃聲)이들려왔다. 길에는 짐을이고, 지고, 들고, 몰려가는 군중(群衆)이 물결을 이루고 있었다. 라디오는 맥아더사령부(司令部)에서 보내는 비행기(飛行機)○○대(臺)가 내일(來日) 아침 날아들어 서울하늘을 덮을것이요, 방비(防備)에협력(協力)할 지상부대(地上部隊)가 수일내(數日內)로 한국(韓國)에 도착(到着)할것이니, 국민(國民)은 경거망동(輕擧妄動)하지말고 절대(絶對)로 안심(安心)하라는 지시(指示)였다. 그러나 때는 이미늦었던지, 군중(群衆)은 어디로인지 피(避)할곳을찾아 이리몰리고 저리몰리며 큰길은 피난민(避難民)으로 목이메었다. 나는몸소 실정(實情)을 살펴보려고 서울교외(郊外)로 '찌프'를타고 나섰다. 대로(大路)에서는 국군(國軍) 추럭이 파도(波濤)같이 밀리며 되돌아오는것을 보았다. 전쟁체험(戰爭體驗)이 없는 나로서는 교대(交代)를 하느라고 그러리라 생각하며, 내일아침쯤에는 총(銃)소리도 멀어지리라고 믿어졌다. 총(銃)알이 바로 귀밑을 스쳐가는데도 국군(國軍)에대(對)한 나의신뢰감(信賴感)은 강(强)하고 동(動)함이있었다.

나는 저녁도 먹을사이없이 방송국(放送局)으로달려가서 자작애국시(自作愛國詩)를 낭독(朗讀)하고, 또다른 방송(放送)을 하였다. '스타디오' 창(窓)으로 내다보니 서울시가(市街)는 아까 저녁무렵보다도 훨씬 소요(騷擾)스러워졌다. 포성(砲聲)이 두세차례 귀청을때린다. 나는 마지막이된 방송(放送)을 끝마치고, '찌프'로 허겁지겁 집으로 돌아왔다.

유리창(窓)과 방(房)바닥이 우뢰(雨雷)같은 포성(砲聲)과더불어 떨린다. 총성(銃聲)이 가까와진다. 누구하나 전화(電話)로라도 정세(情勢)를 알려주는이가 없다. 여기저기로 전화(電話)를 걸어보았으나 벌써 피해(被害)를 입었는지 전화(電話)는 불통(不通)이다. ……걷잡을수없는 허무감(虛無感)에 몸서리를쳤다. 바로 문(門)밖에서 총성(銃聲)이 요랑하다. 얼겹결에 나는 지하실(地下室)로 뛰어내려가 귀를막으며 앉았다. 곁에는 자동차운전수(自動車運轉手)와 호위경관(護衛警官)이 몸을사리고, 귀를기울이고 있었다. 그는 권총(拳銃)을 쥐었으나 공포(恐怖)에 떨고있었다. 문(門)밖에는 총(銃)소리뿐만이 아니라 전차(戰車)달리는 음향(音響)으로 요란스럽기 짝이없었다. 캄캄한 밤중(中)이라 알아볼도리(道理)가 없었으나, 나는 이모든 소란(騷亂)스러운 음향(音響)이 국군측(國軍側)에서 나는 것으로 믿고 안심(安心)하려 애썼다. 지하실(地下室)의 하룻밤은 너무나 지루하고, 어둡고, 괴롭고, 안타까왔다.

날이밝으면 시내(市內)까지 들어온 적군(敵軍)이 물러가리라 생각되기에, 동(東)이트자 지하실문(地下室門)을 가만히 열고나와 바깥동정(動靜)을 살펴보았다. 거리로나서니, 지하실(地下室)에서 생각하던 나의 희망(希望)은 너무나 어이

없는 망상(妄想)에 지나지않았다. 길가에는 어마어마하게큰 쏘련제(聯製) '탕크'가 괴뢰병사(傀儡兵士)들과 더불어 거역(拒逆)할수없는 위압(威壓)을 떨치고있다. 모든것은 영(零)으로 돌아갔다. 하룻밤사이에 수도(首都) '서울'이 괴뢰집단(傀儡集團)의 손아귀로 완전(完全)히 들어가고말았음을 나는 확인(確認)ㅎ지않을 수가 없었다. 거리에는 이미 시민(市民)들의 자취는 사라졌고, 괴뢰(傀儡)들의 추럭과, 병사(兵士)들의 발자국소리, 연속(連續)되는 다발총(多發銃)소리들로 가득차있다. 나는 놀랐다기보다도 무거운 질식감(窒息感)에눌리어, 다리는들떠 안정(安定)을 잡지못하고, 어떻게하면좋을찌 전연(全然) 사고(思考)의방향(方向)을 잊어버리어 방으로 마루로 허둥거리다가 그만 엎드러지고야 말았다.

二 봉변(逢變)

몇시나 되었는지, 운전수(運轉手)와 호위경관(護衛警官)이 정신(精神)을차리고 어서빨리 도망(逃亡)가자고 나를 흔들었다. 바로이때다. 괴뢰군(傀儡軍)놈들의 거센목소리가 문(門)밖으로 들리며 벼락치듯 총(銃)알이 방문(房門)을 뚫고 날아든다. 나는 어디서 솟는지도 모르는힘에 끌리어, 반사적(反射的)으로 튀어일어나서 재빨리 뒷문으로 몸을빼며 골목새로 자꾸자꾸 기어올라갔다. 겨드랑이에서는 땀이 줄줄흐른다. 흥분(興奮)에젖은 시민(市民)들의 만세(萬歲)소리가 천지(天地)를울리며 들려온다. 과시(果是) 괴뢰군(傀儡軍)을 환영(歡迎)하는 만세성(萬歲聲)일까? 그렇잖으면 학살(虐殺)이두려워 아부(阿附)하는 아우성이냐? 만세(萬歲)소리는 무서운비명(悲鳴)으로 내등에 찬땀을 더솟게한다. 어젯밤 늦게까지 '서울을 사수(死守)하자!'라고 방송국(放送局) '마이크' 앞에서 절규(絶叫)하던내가, 불과(不過) 몇시간(時間)이못되어 이꼴을하고 천하(天下)의고아(孤兒)인양 산(山)길로 몸을 피(避)한다는 사실(事實)은, 아무래도 나는 꿈만같았다. 남산(南山)으로 올라가다가 어떤예배당(禮拜堂)에 이르러 또다시 지하실(地下室)에 숨었다. 장안(長安)을휩쓰는 아우성소리는 점차(漸次)로 높아만갔다―그무슨 사나운악마(惡魔)들의 들끓는 하소처럼 슬픈 암시(暗示)를 던지며, 지쳐빠진 이몸의 사색(思索)을 어둡게한다.

해질무렵을 기다려 나는 머리에 수건을쓰고 신촌(新村)을향(向)해 걸었다. 이화대학(梨花大學) 김활란총장(金活蘭總長)이 만일(萬一) 집에계시다면 함께 어디로든 가거나, 그렇지않으면 마지막 모습이나마 보고서 자살(自殺)이라 도 하자는것이 나의의도(意圖)였다. 어서바삐 나의삶을 종결(終結)지어 버리 려는 조급(燥急)한감정(感情)에 나는 사로잡히고말았다. 큰길을 부득불(不得 不) 건너야되므로 나는 가슴을조여가며 거리 한가운데를 지났다. 저물어가 는 어느길목에 다달았을제, 100명(名)이 넘을듯한 포로(捕虜)가된 국군병사 (國軍兵士)들을 몰아세워놓고, 잔인(殘忍)하게도 다발총(多發銃)을 쏘아대는 현장(現場)을 우연(偶然)히 목도(目睹)하게되어, 하늘이 무너지는듯 눈앞이 망막(茫漠)하다 ― 참을수없는 분노(憤怒)에 가슴이터지도록 저리고, 아프다. 이들을 구출(救出)할 한줄기 힘도없는 자신(自身)을 서글퍼여기며, 쓰러져가 는 그들에게, 나는 진정(眞情) 명복(冥福)을 기원(祈願)하며 걸음을 재촉하였 다. 나역(亦) 저놈들에게 발각(發覺)된다면 저꼴이되리라 생각하니 부르르 전신(全身)이떨린다. 원한(怨恨)의눈물을머금고 쓰러지는 국군병사(國軍兵士) 들을 구출(救出)할사람들은 이미 강(江)너머로 물러섰으니, 그들앞에는 오직 암담(暗憺)한 주검만이 남아있을뿐이다.

어디를 어떻게 걸어왔는지 총장사택(總長舍宅) 뒷산(山)에 이르렀다. 벌써 괴뢰군(傀儡軍)이 사택주위(舍宅周圍)를 포위(包圍)하고 있었다. 해가 기울어 졌다. 어서어서 어둠이 찾아들어서 이몸을 가려주기를 바랐다. 이제는 갈곳 이없다……

三 마포강변(麻浦江邊)에서

문득 마포강(麻浦江)으로 나가보면 하고 발을옮겼다. 짙어가는 어둠을 더

듬어가며 강(江)가에 다달으니, 강변(江邊)을 감시(監視)하는 보초(步哨)들의
총성(銃聲)이 쉴사이없이 귀를찢는다. 의지(依支)할바이없는 외로움에 더운
눈물이 앞을가린다. 나는 이이상(以上)더 이런 지옥(地獄)같은 현실(現實)에
이몸을 살려두고 싶지는 않다. 잡히면 필연(必然)코 생명(生命)을 더럽히게
되리라. 비록 이몸이 총(銃)에맞아 죽는한(限)이 있을찌언정, 그들에게 잡힌
다는것은 나의자존심(自尊心)이 허락(許諾)ㅎ지않는 일이다. ……나는 그자
리에서 죽기로 결심(決心)하였다. 강(江)물에 빠져죽으려고 물가로나서며 적
당(適當)한처소(處所)를 찾으려할때, 난데없는 낯선청년(靑年)이 앞을막는다.
가슴이 덜컥 내려앉는다. 너무나놀란 나는 두어걸음 물러섰으나, 신사적(紳
士的)인 그의거동(擧動)이 저으기 나의의아심(疑訝心)을 풀어주었다. 그는 나
에게 반시간(半時間)동안이나 자결(自決)의 어리석음과, 사흘만참으면 미군
(美軍)이 서울을 탈환(奪還)할것이니 목숨을 아끼라고 역설(力說)하였다. 그
는 나를 짐작함인지 자기(自己)집으로가서 사흘만 숨으라고 권(勸)하였다.
그가 '공산당(共産黨)'이 아니요, 우리를 지지(支持)하는 청년동지(靑年同志)
임을 확인(確認)하게되자, 어느덧 마비(痲痺)되었던 심경(心境)에 여유(餘裕)
를 얻게되었다. 나는 서슴지않고 그의권고(勸告)대로, 그청년(靑年)의 집으로
따라가 벽장속에 자리를잡고 밥을 받아먹으며 숨어있게되었다.

미국비행기(美國飛行機)가 서울 상공(上空)에 떠돈다고, 반가운소식(消息)
을 침침(沈沈)한 벽장속까지 전(傳)해주었다. 한강(漢江) 너머로 □□ 국군(國
軍)이 숨을돌려 전선(戰線)을 정비(整備)한다음, 미군비행기(美軍飛行機)와 호
응(呼應)하여 수일후(數日後)이면 서울을 회복(回復)하게 되리라고 믿었다.
사흘이지났다. 그러나 전(傳)하는 '뉴ー쓰'는 천만의외(千萬意外)로 괴뢰군(傀
儡軍)이 수원(水原)을 점령(占領)하였다는 것이다. 이윽고 그청년(靑年)은 나
를 더숨겨둘수는 없다고 냉담(冷淡)하게 말하였다. 나는 무어라 대구(對句)
할수 없으므로 삼일간(三日間)의 신세를 치사(致謝)하고, 별수없이 밤을타서
가까운 산기슭으로 들어섰다.

방향(方向)도모르고 지향(指向)도없이 산(山)허리를 둘이나 넘어보니, 인적(人跡)이 끊어진곳에 주인(主人)없는 작은초막(草幕)이 하나있었다. 다음날 몸에지닌 돈얼마로 감자를 구(求)해놓고, 낮에는 바위밑에 몸을가리고, 밤이되면 은하수(銀河水) 고요히흐르는 하늘을 쳐다보며 기구(崎嶇)한 운명(運命)의착오(錯誤)를 저주(咀呪)도 하여보았다. 밤이면 산(山)을 넘어오는 피난민(避難民)들 사이에는, 서울에서 벌어지는 잔인무도(殘忍無道)한 그들의 온갖행패(行悖)를, 낱낱이 보고(報告)해주는 친절(親切)한 사람들도 있었으므로, 심심산중(深深山中)이나마 서울의 '슬픈 뉴우쓰'에는 굶주리지 않았다.

나는 연명(延命)할수 있는날까지 이산중(山中)에 배겨보려 하였으나, 결국(結局)은 그것도 오래가지는 못하였다. 수일(數日)이지나자 이곳을지나는 피난민(避難民)들 입에서, 여기 숨어있는 나를잡으려고 내무서원(內務署員)이 동원(動員)되어 수색중(搜索中)이라는, 몸소리나는 소식(消息)이 전달(傳達)되었다. 이제는 정말로 죽을날이 다가온듯 구슬픈생각이 든다.

어지러운 마음을 가다듬으며 살길을 궁리하였다. 앞으로는 넓은강(江)이 가로놓였으니 남행(南行)은 단념(斷念)하고서, 차라리 서울시내(市內)로 뚫고 들어가, 예와는 반대방향(反對方向)인 동대문(東大門)밖으로 피신(避身)해봄이 한묘책(妙策)인상 싶어졌다. 그러나 동대문(東大門)까지 가자면 도심지대(都心地帶)를 돌파(突破)해야만 될터이니, 수배중(手配中)인 이몸이 무사(無事)할 리(理)가 없을께다. 7월15일로 기억(記憶)한다. 그산중(山中)에서 보름을지낸 나는, 나를 도와주고 나를 보호(保護)해줄이가 없으니 그렇다고 그놈들에게 걸려들기는싫었다. 나를잡으려고 총(銃)칼을 겨누고있다는 그들에게 나는 용감(勇敢)히 대적(對敵)하여 싸울 결심(決心)이 났다 ― 살아나자는 충동(衝動)은 강렬(强烈)한 본능(本能)이다. 쇠약(衰弱)한 두주먹에는 자꾸만 뜨거운 땀이 고인다.

몸을가누고 걸어나서려 하였으나, 벌써 여러날째 제대로 요기(療飢)조차 못한터이라 다리가 허청거리며 현기증(眩氣症)이난다. 그러나 이렇게 지체

(遲滯)할시기(時機)가 아니므로, 나는 머리를고쳐 비녀로 쪽을짓고, 헌치마를 두르고 맨발로 걷기로하였다. 가다가 잡히는한(恨)이 있더라도 나는 종로(鐘路)네거리를 버젓이 걷고싶었다. 아무리 궁리를 하여보아도 피신(避身)할곳이 없는 나로서는 결국(結局) 이길을 택(擇)해볼밖에 도리(道理)가없다. 이렇게 궁경(窮境)으로 몰리고보니 서울장안(長安)의 모습이나 한번더보고 죽는것이 남는 희망(希望)이랄까……. 이제는 어떠한위협(威脅)이 다가오든 대한민국(大韓民國)의 애틋한정(情)만은 잃지않고 죽는것이 마지막소원(所願)이 되었다.

四 관문(關門)을 돌파(突破)

어떤수단(手段)이든 써가지고 적(敵)을 피(避)해보리라는 결의(決意)가서자 나는 맨발로 나섰다 — 무지(無知)한 시골여인(女人)의 차림이다. 겨우 고개 하나를 넘었을때, 여린 내발에는 군데군데 붉은피가 맺혔다. 나는 오히려 그아픈자극(刺戟)에 시원스러움을 느꼈다. 너무 아파지면 신을신었다. 피가 흘러 그런지 발이 신에 제대로 담기지를 않는다. 걸음을멈추고 풀잎으로 발을 싸매었다. 훗훗한 풀내가 공복(空腹)을 채울듯이 반가왔다.

시내(市內)로 들어서는 길목으로 나서자 괴뢰군졸병(傀儡軍卒兵)들이 통행인(通行人)을 검색(檢索)하고있다. 모두 네명이서 우락부락한 말투로 위협(威脅)을주며 총(銃)머리로 후려치기도한다. 통행인(通行人)의 몇몇은 벌벌떨면서 꿇어앉았다. 잡힐것을 이미 각오(覺悟)는 했을망정, 막상 당도(當到)하고 보니 사지(四肢)는 그저 사시나무 떨리듯이 중심(重心)이 잡히지않는다. 생존권(生存權)이 완전(完全)히 박탈(剝奪)될순간(瞬間)을 앞두고, 혈관(血管)으로, 신경(神經)으로 스며드는 공포증(恐怖症)은 가슴깊이 때아닌 선풍(旋風)을 일으킨다. 3명(名)의 졸병(卒兵)은 칼꽂은 총(銃)을잡고, 곁에는 평복(平服)을한 내무서원(內務署員)인듯한자(者)가 서있다. 그들은 꿇어앉은 사람들을

바라보며,

"이산(山)속에서 모윤숙(毛允淑)이란여자(女子)를 못보았는가? 이산중(山中)에 숨은것이 확실(確實)하니, 바로 대주지 않는다면 반동(反動)으로 단정(斷定)하고 전부(全部) 총살(銃殺)에 처(處)하겠다……" 라고 호통을 치면서, 총(銃)자루로 어깨를친다.

"죽어도 모르와요, 그런여자(女子) 못보았어요"— 장삿군인듯한 노인(老人)의 목소리였다.

나는 고무신을들고 머리에인 감자꾸레미를 눈앞까지 내려이었다. 그자(者)들의 말소리를들으니 함경도출신(咸鏡道出身)이다. 나도 오래간만에 함경도(咸鏡道) 고향(故鄉)사투리를 써보리라 마음먹고 심문(審問)의 차례를 기다렸다.

"어데가능거야?" 퉁명스런 첫질문(質問)이다.

"감자팔라 간당이……" 하고 나는 무지(無知)한태도(態度)를 보였다. 그는 짐짓 반가운듯이,

"함경두 아주망이앙요?" 라고 묻는다.

"어찌앙이겠음. 내함흥(咸興)서온지 한십년(十年) 되능기……"

"그래 이산(山)넘에 모윤숙(毛允淑)이란여자(女子) 숨어있단말 못들었소?" 하고 소리를 크게한다. 다리와 팔에는 벼락이나맞은듯 공포(恐怖)의전율(戰慄)이 일었으나, 나는 입술을 꽉깨물고,

"그런여자(女子)를 내어찌알겠음. 천하(天下)에 그런이름도 첨들어보오. 어서가게 해주오. ㄱ자(字)하나 모르는 무식(無識)한여자(女子) 보구서 벨거다 물어보오." 하며 나는 정색(正色)을하고 연극(演劇)을했다.

그들을 무어라고 쑤군거리더니 양복(洋服)주머니에서 사진(寫眞)을 꺼내어본다. 나는 또다시 사지(四肢)가떨리며 가슴속에서 방마이질을 한다. 아무리 변장(變裝)은 했어도 사진(寫眞)과 대조(對照)를해보면 그만이다. 이제잡히면 어김없이 혹독(酷毒)한악형(惡刑)을 당(當)할것이다. ……그러나 천행(天

한국 여성문학 자료집 ❺

幸)으로, 사진(寫眞)의 차림차림과 지금의내행색(行色)이 너무나 달랐던지 아
래위를 훑어보더니 사진(寫眞)을 나에게보이며,

"자기는가도 이런 여자(女子)보거던 곧 내무서(內務署)에 안려야돼." 하고
으른다. 나는 그사진(寫眞)을 보자말자, 그것이 재작년(再昨年) 파리(巴里)에
서 호사(豪奢)스럽게 차리고박은 나의독사진(獨寫眞)을, 작게 복사(複寫)한것
임을 알았다. 지금의 내모양과는 너무나다른 모습이었다.

"그러고말고요. 어련하게 일러디릴라구요. 어디한번 그사진(寫眞) 더봅시
다." 하고, 나는 한번 더보는체하고 그관문(關門)을 벗어났다.

등과 앞가슴에는 어느덧 땀이 철철 흘러내린다. 불이라도 붙을듯이 눈에
서는 열(熱)이난다. 어쩌면 좋을까? 내가 이처럼 고난(苦難)을 겪고있는것을
누가 알아줄까? 강(江)건너간 우리동지(同志)가 이것을알까? 울고싶어도 주
위(周圍)가무서워 눈물을삼키며 또다시 걸어야하는 내신세(身世)……. 뒤에
서는 조사(調査)하던 그들이 쫓아오는듯하고, 앞에는 그무서운 내무서(內務
署)앞과 똑같은 관문(關門)을 몇번이나 지나야 될터이니, (차라리 거기에서
내가누구라고 자백(自白)하고, 즉석(卽席)에서 총□(銃□)이라도 당(當)한것이
나았을것을……) 하는 뉘우침이 가슴을메웠다.

아현(阿峴)마루턱을 넘어서면서부터 길에 오고가는 사람들이 점점(漸漸)
많아지는것이 또한 겁이난다. 몇번이나 식은땀에젖은 무릎은 허청거리고,
걸어갈힘을 잃어버린듯하다. 무수(無數)한벽보(壁報)와 스탈린·김일성(金日
成)의사진(寫眞)과 붉은기(旗)가널린 거리의풍경(風景)을 스쳐가며, 나는 용기
(勇氣)를내어 걷기시작(始作)하였다. 서대문(西大門)네거리를 지나 종로(鍾路)
를거쳐, 겨우겨우 동대문(東大門)까지 떨리는다리를 끌고갔다.

五. 구원(救援)을 받으며

통행금지시간(通行禁止時間)[下午 9시]이 되어 더갈수가 없을즈음, 나는

낙산(烙山)밑 빈민굴(貧民窟)로 들어가 어느 초가(草家)집문을 두드렸다. 남겨두었던 얼마안되는 돈을주고 보리죽을 한사발 얻어먹었다. 공포(恐怖)에 떨고 기아(飢餓)에 시달렸던차(次)라 허기(虛飢)를 풀어주는 그보리죽맛이란, 고난(苦難)을 같이겪은 사람만이 알아줄수있는 별다른바가있었다. 가족분위기(家族雰圍氣)가 인정(人情)이 있어보이기에 몇날만 머무르게 하여달라고 청(請)을 들여보았다. 다행(多幸)이랄까 그집은 열두식구(食口)가 끼니를 제때에 차리지못하는 가난한 천주교도(天主敎徒)이며, 반장(班長)을 본다고한다. 나는 어쩐지 생전(生前)처음보는 이들에게 의지(依支)하고싶었다.

한달동안 나는 이집 다락과부엌과 지하실(地下室)에서 지냈다. 이집은 하루에 겨우 한끼의 보리죽으로 지낼지경으로 가난한 형편(形便)이었으나, 다행(多幸)히도 라디오가 있었기에, 때때로 괴뢰측(傀儡側)이 선전(宣傳)하는 '뉴우쓰'를 들을수가 있었다. 어느날밤, 모국회의원(某國會議員)의 괴뢰정권(傀儡政權)을 영합(迎合)하는 방송(放送)이었다. 그의 목소리는 절망(絶望)에 빠진 인간(人間)만이 토로(吐露)하는 일종(一種)의 비명(悲鳴)이었다. 끝까지 그방송(放送)을 듣는다는것은 도저(到底)히 참을수없는 고통(苦痛)이었다. 그와같은 비운(悲運)에 내자신(自身)이 끌려들지 않으리라고야 뉘어찌 보장(保障)할수 있으랴? 차라리, 차라리 이가련(可憐)한 목숨을 내두손으로 끊어버리는것이 오히려 깨끗한주검을 이룰수 있으리라 ─ 나는 만일(萬一)의경우(境遇)를 생각하고 아편(阿片)을 간직하고 있었으므로, 이기회(機會)에 이것으로써 애착(愛着)을잃은 이생(生)에 작별(作別)를 하리라고 결심(決心)하였다. 이런 싸늘한사념(思念)에 사로잡히게되자 온몸에는 소름이끼치며, 이틀이 사정(事情)없이 떨린다.

벌레와습기(濕氣)로 가득찬 이지하실(地下室) 속에서, 여러날을 의탁(依託)할 희망(希望)도없이 견디어 난다는것은 참으로 지긋지긋한 일이다. 간혹(間或) 귀담아듣는 '라디오·뉴우쓰'는 괴뢰군(傀儡軍)의 승리(勝利)만을 구가(謳歌)할 따름이요, 손꼽으며 고대(苦待)하는 우리국군(國軍)의 용자(勇姿)는 아직도 묘연(渺然)하다. 헤어날수없는 번민(煩悶)과기아(飢餓)는 신경(神經)을 주켜내는듯 이는 참말로 지옥생활(地獄生活)이다.

그래도 밤이되면, 고요히 반짝이는 무수(無數)한별빛이 아무일도 없었다 는듯 고독(孤獨)한 이몸을 어루만져 주었다. 이대자연(大自然)의 위로(慰勞) 에도 저으기 권태(倦怠)를느낀 어느날밤, 나는 진정(鎭靜)할수없는 설음에 흐느끼며 그무엇을 각오(覺悟)한듯이 무의식적(無意識的)으로 장독대에 올라 섰다. 아롱진별빛이 흘러내리는 하늘을우러러, 최후(最後)의 향락(享樂)으로 청명(淸明)한대기(大氣)를 마음껏 마시었다. 북극성(北極星)을 등지고 아득한 남(南)쪽 하늘가로 남하(南下)하신 대통령(大統領)과 무쵸대사(大使)의 모습을 그리며, 두분이 뜻하시는바를 더듬어보려 애썼다. ……그러나 부산(釜山)은 나에게서는 너무나 멀었다. 이윽고 큰장독새로 몸을 듸밀었다. 모든것이 괴 롭고, 외로울뿐이다. 하염없이 흐르는눈물을 머금으며 간직하였던 아편(阿 片)을 서너알 입속에넣었다. 정녕 이제는 한(恨)많은 이삶도 그만이다. 이최 후(最後)의 순간(瞬間)까지도 서울를 탈환(奪還)하는 국군(國軍)의모습을 보지 못한다는것이 오직하나의 유한(遺恨)이다.

의식(意識)이 마비(痲痹)되기 시작한다.

이틀후(後) 나는 생각밖에도 도로 깨어났다. 맹렬(猛烈)한 허기(虛飢)와갈 증(渴症)을 느꼈다. 내가 혼수상태(昏睡狀態)에 빠져있는 동안에, 내무서원(內 務署員)이 나의사진(寫眞)을 가지고다니며 집수색(搜索)을 하였는데 요행(僥 倖)으로 고비를 넘기었으니, 한시(時)바삐 여기를 나가달라고, 공포(恐怖)어 린 말씨로 주인(主人)은 나에게 부탁(付託)하였다. 그러나 이제는 도피(逃避) 고 저항(抵抗)이고 할기력(氣力)이 없었기에, 다시 자살(自殺)을 결심(決心)하 고 양잿물을 구(求)하려했으나 수중(手中)에무일푼(無一分)이라 그도 단념(斷 念)ㅎ지않을수 없었다. 나하나로 말미암아 죄(罪)없는 이일족(一族)에 화(禍) 가미칠것을 생각하니, 나는더 이집에 머물러있을 용기(勇氣)가없었다.

六 사선(死線)을 넘어넘어

새벽녘에 그집을 떠나나왔다. 높은산봉(山峰)에서 뛰어내린다면 손쉽게 목적(目的)을이룰수 있을듯 하기에 산(山)으로 올라갔다. 그날아침에는 안개가 자욱하게 끼어있어 나를 보는사람은 아무도 없는것같았다.

길목에서 떡을 팔고들있는 부인(婦人)들앞을 지나게되자 굶주린뱃속이 몹시도 쓰렸다. 나는 걸음을멈추고, 장시간(長時間) 미친듯이, 아미도 한시간(時間)가까이나 더운김이 서리는떡을, 침을 삼켜가며 뚫어지게 들여다만 보고있었다 ― 돈이 한푼도 없었으므로……. 떡장수들은 남의속도 모르고 갖은아양을 떨면서 자기(自己)떡을 팔아달라고 아우성이었다. ……그러나 얼빠지게 보고만섰는 나를, 나중에는 쑤군거리며 식전(食前)부터 재수가없다고 귀찮게 여기었다. 나는 참다참다못하여 애걸(哀乞)끝에 흩어진 떡부스러기를 얻어먹었다 ― 수십년(數十年)이나 쌓아올린 교양(敎養)과 자존심(自尊心)이 가슴속 한녘에서 흐느껴울었다.

이것으로도 요기(療飢)가 되었는지 조금 정신(精神)을 차리게되자, 내가 달포나 신세를끼친 그가족(家族)이 화(禍)를당(當)하고, 뒤미쳐 그악독(惡毒)한 괴뢰경찰(傀儡警察)들이 나를 추격(追擊)하는것만 같아져서, 죽을기를 써가며 걸음을 재촉하였다. 다리는 부어오르고, 벗은발에서는 물집이터지며 피가흐른다. 그날밤 나는 어느 산(山)마루에 앉아서 하룻밤을 보냈다. 이름도모를 풀을 쉴새없이 씹으면서…….

밤이 깊어지자 자살(自殺)을 조급(早急)히서두를 아무이유(理由)가 없음을, 나는 비로소 깨달았다. 만약(萬若)에 살아 버티는것이 옳다면 응당(應當) 그렇게할것이요, 한편 죽음이 마땅ㅎ다면 더욱 시원스러운 일이라고 생각되었다. 조각달이걸린 하늘에 별안간 비행기(飛行機)의 폭음(爆音)이 요란스러웠다. 얼른 나는, 차라리 저비행기(飛行機)에서 내리쏘는 기총소사(機銃掃射)에라도 맞았으면 ― 괴뢰(傀儡)들의 더러운총탄(銃彈)에 쓰러지느니보다는,

과실(過失)일망정 UN군(軍)의 총탄(銃彈)에 희생(犧牲)됨이 오히려 떳떳하리라고 느껴진다. 이런 잡념(雜念)이 들게되는것도, 결국(結局)은 헛소리를 뇌까리게쯤된 화급(火急)한 허기증(虛飢症)의 탓인상싶다. 나는 기억(記憶)에남은 성서(聖書)의 여러구절(句節)을 순서(順序)없이 외어보고, 찬송가(讚頌歌)도 불러 보았다. 동무들의 이름도 큰소리로 외치면서…….

소위(所謂) 괴뢰측(傀儡側)의 의용군(義勇軍)을 피(避)하여, 서울을탈출(脫出)하는 수명(數名)의청년(靑年)들이 내앞으로 지나갔다. 나는 자석(磁石)에끌리는 철편(鐵片)처럼 그네들옆으로 다가섰다. 그리하여 나는 고이고이 간직하여 두었던 팔뚝시계(時計)를 꺼내어들며, 그들에게 이것을 사달라고 체면(體面)도없이 간청(懇請)하여보았다. 내일생(一生)을 통(通)하여 떨어질일이 영원(永遠)히 없으리라고 믿었던 그시계(時計)— 내가 가장 사랑하고 내가 죽은 뒤에라도 같이 묻히기를 원(願)했던 그시계(時計)를! 그들은 약간(若干) 당황(當慌)하였으나, 나의 소청(所請)이 절실(切實)함을 알자 그들은 응낙(應諾)하였다. 나는 그시계(時計)를 4천원에 팔았다. 한줄기 뜨거운눈물이 솟아오른다. 몸과더불어 아끼던시계(時計)와 떨어지고난나는 참을수없는 외로움이 더한층(層) 간절(懇切)하다. 나는 그돈으로산 수수떡으로 다시 산중(山中)에서 사흘을 더지냈다.

사흘이지나자 또다시 굶주림에 허덕이게된 나는, 하는수없이 산(山)기슭 어느마을로 내려갔다. 넉넉해보이는 농가(農家)를 찾아들어 식모(食母)로 써주기를 애원(哀願)하였다. 소원(所願)은 쉽사리 성취(成就)되었다. 그러나 매를갈며, 애를보며, 물을긷는 노동(勞働)은, 쇠약(衰弱)한몸에 이겨내기는 어려웠다. 더구나 장시일(長時日)에걸쳐 기아(飢餓)와 소찬(素饌)으로 이미 결단(決斷)난 위장(胃腸)이 이질(痢疾)에 시달리고 있었으므로, 겨우 찾은 이안식처(安息處)마저 불안(不安)스럽기 짝이없었다.

수일(數日)이 못가서 괴뢰경찰(傀儡警察)은 이마을에까지 손을뻗치어, 소위(所謂) '반동분자(反動分子)'를 숙청(肅淸)한다는 소문(所聞)이 떠돌았다. 나는다시 거기서 얼마안되는 다른마을로 옮기었다. 그러나 식모(食母)로서의 자격(資格)에는 이미 낙제(落第)였으므로, 인적(人跡)이드문 산(山)골짜기 밭으로 들어갔다. 나는 구뎅이를파고 속에는 수수깡이를 모아다가 깔고서, 또 거기서 며칠밤을 기거(起居)하였다. 남몰래 산야(山野)로 돌아다니며 태고인(太古人)의 생활(生活)처럼 먹을것을 구(求)했다. 날강냉이도 씹어먹고 날콩도 우벼먹으며, 밤이면 모기떼와 싸워나갔다. 여린피부(皮膚)는 갈레갈레 찢어졌으되 그상처(傷處)의 아픔보다는 항상(恒常) 허기증(虛飢症)이 앞섰다.

내가 요란한 포성(砲聲)을 들은것은 9월하순(下旬) 어떤밤이었다. 한행인(行人)이 15리(里) 상거(相距)된곳에 국군(國軍)이 다가왔다고, 눈물겨운 소식(消息)을 전(傳)해주었다. 나는 두말없이 그자리를 떠났다. 몇번이나 목숨을 끊어버리려던 쇠잔(衰殘)한 몸을이끌고, 산(山)을넘고 내를건너 남(南)으로남(南)으로 달리었다. 광주부근(廣州附近) 깊은 산(山)골짜기에 다달았을때, 달빛에 멀리 휘날리는 태극기(太極旗)가 보인다! 지친몸이언만 날아가는것 같았다. 뛰어들며 기(旗)대를 부둥켜안고 나는 울었다! 어찌할바를모르고 옆에서있는 국군병사(國軍兵士)의 목을 끌어안고 나는 소리쳐울었다……

『고난의 구십일』(서울수도문화사, 1950), 51~68면.

천지(天地)가 지옥화(地獄化)

　8월15일이 지난 어느 밤이었다. 8월15일엔 연합군이 꼭 서울에 입성(入城)한다던 비밀소문도 수포에 돌아가게되고 그캄캄한 절망이 다시 가슴을 어둡게하기 시작(始作)하여 몸 둘곳을 모르던 날이었다. 그날은 서울하늘에 비행기 폭격도 없었다. 부산, 대구가 다 함락이 되었다는 괴뢰군들의 말이 정말이 아닌가 하는 의아에서 마음은 더 안절부절이었다.

　내가 들어앉은 방은 양철집웅과 나무로 벽을 댄 방이었다. 빈대 벼룩의 피가 나무판에 빈틈 없이 묻어 있는 이 방은 빈대 내음새로 꽉 차있었다. 비가 나리면 집웅이 절반은 새기때문에 대야나 양재기를 갖다 놓고 5분에 한번씩 밖에다 내여 던져야만 하는데, 이것도 내다 던지려면 내가 꼭 손수 나가야만 했다. 혹시 문을 열고 나갔다가 지나가던 사람이 보면 잡힌다 하고 어떤때는 그대로 내버려두어 방은 빗물로 홍수를 이루운 때도 있었다. 그러나 나는 이 움막집 방이 나를 가리워 주는 한 방비였기때문에 빈대 벼룩과 싸우면서도 도저히 이 방을 반역할 수가 없었다 아마 이러다가 내 몸이 문둥이로나 화(化)하지 않을가 하는 정도로 내몸 군데군데에서 피가 나고 헐기 시작하였다. 생전(生前) 나를 처음보는 안방집 주인(主人)은 어서 내가 어디로 가기민 은근히 빌었다. 처음엔 손꾸럼이 속에든, 돈을 있는대로 다아 내여주고 보리 죽이라도 좋으니 조금씩 먹여 달나해서 그돈으로 열 몇식구가 몇일을 살었으나 그돈이 다 없어지자 그들은 차디찬태도로 나를 대(對)하였다. 더구나 피난민 조사를 왔을때 나는 헛간 속에 들어가 한

시간을 있은것이 그들에게는 수상하게 생각되어

"웨 죄없는 사람이면 적기를 끄려 하고 숨었느냐"

하며 어디로 나가라는 것이다.

니는 몸이 너무 아프고 열이 나서 일어설수도 없었다. 말할 기운도 없었다.

"어디를 가나?" 길에만 나가면 나는 죽는다. 나는 주인(主人)보고 오늘 하루밤만 재워주면 내일 새벽에 일직 떠나겠노라고 사정을 했다. 나는 이렇게 겨우 타협을 해놓고 앞일이 캄캄해서 잠을 잘수가 없었다.

물론 나는 사변이후 밤에 자본일은 없었지만 이밤은 더구나 눕지도 못하고 미다지에 비치는 달을 쳐다보며 자꾸 느껴 울었다.

12시반이나 되었을가? 동리집에서 들리던 라디오 소리가 그치고 사방(四方)이 잠시 조용한 때였다. 너무 몸이 더워 미다지를 가만히 열고 뜰에 나왔다.

하늘에 별이 환하다. 그 별들은 무슨 흡인력을 가지고 내괴로움 원통함을 시원한 하늘로 올러가는듯 했다. 이 보이지 않는 위안의 줄이 멀리 멀리 나를 어루만지었음인지 오직 그 별들만이 죽엄보다 더 어려운 내 생(生)을 알아주는 것 같았다. 나는 등에 찬물을 잠시 끼었고 들어가랴고 나왔으나 그것도 다 잊어버리고 장독대새에 끼어앉아 하늘로 달려가는 내마음을 그대로 내버려 두었다. 머리에 썼던 수건까지 벗어들고 앉아 있었다.

이렇게 깊은 밤에 누가 오랴했다. 그러나 누가 알았으랴? 별안간 구두발소리가 요란히 들리며 벌써 그 집 담에 총소리가 요란히 들리더니 담 위로 인민군(人民軍)이 세명 뛰어 넘어 들어 온다. 그러더니 뒷 문에서 또 총소리가 나며 세명이 뛰어 붙어 온다. 나는 혼이 다 빠져 일어설 수도 앉을수도 없었다.

전지를 켜고 직선으로 방으로 부터 달려 들어간다. 안방 건느방문이 덜컥덜컥 열리더니 아이 어른 할것 없이 잡아 내다 마루에 세워놓고

"이 집에 숨어있는 여자(女子) 있지?" 하며 위협이다.

나는 몸이 한줌만해 앉었다가 그소리에 혼비백산이 되어 떨었다.

'인제 죽엄이 오는구나' 생각은 되면서도 어디라도 숨어 볼 생각이 불현 듯 났다. 나는 바로 그집 부엌뒷문이 바로 내 옆에 있었다고 생각되어 재 빠르게 부엌으로 들어가 물독에 몸을 잠갔다. 지금 생각하면 피-하고 우 수운 일 같으나 그때는 본능적(本能的)행동이 솔직히 나로 하여금 이런 연 극을 하게 했다.

물독은 꽤 큰 독이어서 텀벙 텀벙 들어가매 몸에 물이 허리에까지 차왔 다. 앉으려니 앉을수가없어 조곰만 꾸부리고 광우리와 볏집들을 머리에 막 주서 올려 놓았다.

밖에서는 총소리가 연달아 들리는데 아마 나를 잡아 내오라거나 금세 여 기 이방에 앉었었는데 간곳을 모르겠다 거니 헤서, 싸움이 벌어진 모양이 다. 내이름을 부르고 역도, 반동, 국제스파이 무엇 무엇 섬기는 소리가 이 따금 들리는대로 그저 잇빨이 떡떡이었다. 나는 이렇게 머리와 허리를 꾸 부리고 여섯 시간(時間)을 지났다. 인민군(人民軍)들은 아침까지 안 잡아오 면 주인(主人)을 데려다 죽인다 하고 아침에 온다하고 겨우 퇴각을 한 모양 이다. 나는 내가 어디 숨어있었노라고 자백(自白)치 않을수가 없어 물에 젖 은 몸을 끌고나와 나때문에 이런 고초를 여러분이 당해서 죽을 죄로 미안 하다 하고 치마만 좀 화로에 말려 입고 떠나겠노라 했다. 내얼굴은 눈물때 문에 부어서 그런지 얼굴도 만질수없이 아팠다. 나는 조그만 보통이를 머 리에 이고 낙산 바위위을향(向)해 문을 나섰다. 다리가 자꾸 떨리고 추었다. 이틀전에 먹은 보리밥도 그대로 삭지를 않아 배는 끓고 설사가 계속되었 다. 그래도 가다가 잡히더라도 이 집은 떠나야지하고 나섰다. 천지(天地)도, 동리(洞里)도, 사람들 말소리도, 모두가 지옥(地獄)의 움직임 같았다. 해진 수건을 머리에 가리고 신도 없이 몽당발로 나선 나는 어떻게 떡장수 할멈 으로나 보여질까 하였던 것이다. 다리는 걷는대로 엎어져서 무릎에서 피가 흘렀다. 보통이를 인 내손은 와들와들 떨렸다.

"하느님, 하느님" 부르는 내 입술은 마를대로 말랐다. 그러나 부드러운 안개가 어디로부터 밀려왔는지 길에는 안개가 차 있었다. 아무도 나를 볼 수는 없었다 ─ 안개가 너무 자욱해서 ─ 안개를 맨들어 낸 하느님께 나는 그저 감사해서 진정으로 감사하다고 고맙다고 하느님께 기도를 올리며 걸었다. 갈곳도 방향(方向)도 없이 광나루 산(山)길로 자꾸 걸었다.

　여기서 부터 내 운명은 더 기구했다.

　어찌 다 쓰랴! 고만 쓰자.　(끝)

『전시문학독본』(김송 편, 계몽사, 1951), 64-69면.

돌아온 시민(市民)

一

황가(荒家**)** 삐끄러 내린 나무담장이첫눈에 띄느다 담장은 받침들이 그
대로 흘너저 구을너있는우에 간신이걸쳐저있다 하수도(下水道) 줄기가 예전
에는 다섯 여섯갈내로 아모러 케나 큰길을 향(向)하고 쭉뻣쳤다 햇볏도 갈
내가저서 그웅뎅이에 나려비치고있다

3년이란 세월속에 집은몸부림을 치다가 어느 시간(時間)에 정지된것같다
방이나 벽장이나 부어ㅋ이나 변소위치들이 간신이 그자리에 붙어있기는하
나 찢기고 떠러저 부스러지는 도중(途中)에있다 아마도 바람이나 비가 좀더
좋은역활을 해주었드면 떨어지고싶어 숨갑부게 매달려붙어있던 흙이나 돌
무데ㄱ이는 시원하게 그 위치(位置)에서 떨어저버리고 말았을것이다 나는
차라리 그런 현장을목도하는것이 지금심경(心境)으로는 시원하고 편할것같
다 먼지긴 나무층대끝 통해서 일간방(一間房)도 채못되는 2층(層)에 올랐다
맞으막층게를 올나섰을때 머리위가 훤해온다. 의식(意識) 없이훤한데로 눈을
쏘인다 천정(天井)으로오후(午後)햇빛이 다정(多情)하게나려빛인다. 힌구름송
이쫓아잠시지나간다 문(門)밖에서보든담장과 아래층컴컴한방이나 부엌 또는
침침한 내음새들거처온 내 기분은 2층(層)에올나와서 유쾌해젔다. 그검은 내
음새에파묻친 색채와는 너무 달니푸르고 맑은하늘이방에서발견(發見)되었기
때문이다.

나는 한참서서하늘을 쳐다보았다 발을움직이기가 싫었다 발을움직이고
몸의방향(方向)을 바꾸면 또다른 어두움과 짙은내음새들이 내기분을 짓누를
것이싫여 그대로한참서서 동구만하늘을 마주바라보았다 그러면서 머리에
떠오르는이집의과거 또이집을 향(向)하고올 미래를 연상해보았다

이집을 늘방문해주든승호형(兄) 회복이 □슈ㄴ이 얼골들이 획획지나간다
한몸도겨우들어갈가말가한 목욕간에서 교대(交代)로 목욕을 하고는 된장찌
게 깍두기 노인밥상에 둘너앉어부인회(婦人會)이얘기 남편이얘기아이들이얘
기 속괴로운여성(女性)들 팔자(八字)이야기를 느러놓던광경(光景)이 획획지나
간다 다시 그다정(多情)스런승호형(兄)이나 잠시도나를못잊어하든 희복이의
얼골은 여기다시나타나지않을것이다

혼자있다고 찾어와주던친구들은 이제다시 나를 찾어오지않을게다 혹시
어느공간(空間)속에서 지금도 이 지상(地上)에 살어있다면

'휴전(休戰)이라는게 되었으니 윤숙(允淑)이는 그집에도로왔을가?'하는 어
렴풋한추억(追憶)에 눈을 감을지도 모른다.

내가 저하늘을 기와장으로 막고 남들이하는 대로 분주(奔走)하게 도배지
를사다가 그문어진 벽을 바르고 무슨일이나 있을것처럼 걸네를들고 선반의
먼지를털고 이집을 예전 형상대로 만들어놓는다처도 옛현상에 맞는 이집의
분위기는 다시부활할 수가없다. 나는 더구나이집을 만지고 수리한다는 일
이 게을너지도록 이유(理由)가 막연하였다.

'또언제 문어질지도 모르는집아닌가? 아슬아슬해오는 감정속에 무서운
풍우(風雨)를 모라올 앞날이또 닥처안온다고 누가보장하랴? 사는대로 살지
방한간에 돗자리하나깔고현상유지나 하지' 이렇게생각을 초점없이하면서
뚫어진 이방저방을 천천히 걸었다. 현상유지를 하기엔 너머힐었다. 집웅 담
장 지하실(地下室) 구들장 모두가 우울한 수리조건(修理條件)이다 더구나 남
이오니까 서울로 찾어온나는 하도혼이난 6・25때생각이 치밀어 아모자신(自
身)이 서지않으매 집을매만질흥(興)이 안난다 길건너에서는 망치소리 흙익이

는 일군들소리가 이따금 매암이소리 속에 무슨비가(悲歌)처럼 들려온다.

맥이 탁풀린다. 지하실(地下室)에 숨어 귀를막고 인민군(人民軍)다발총을 치마에 받든생각이난다. 아모래도 이집에선 작고 그밤에 들니든울림이 들리는듯했다. 그래도 집은 매만져야하나? (繼續)

二

영혼(靈魂) R여사(女史)는 꼭 이렇듯 주위가 헛헛하리라고는생각지 않았다 끝의 아이가 여섯살이고 그위가열살이고 해서 애들을 옆에 재워놓고 나면 든든하려니했고 또 이제시일(時日)도 그만치 지났으니 부산 갖내려갔을때 처럼 마음이 메어지게 아프지는 않으리라했다 막상 올라와 창오지 구멍이라도막고 부엌세간나부랑이 몇가지라도 준비를하고나니 남편하고 같이 살던집이라 가만이 마루나 안방에 들어앉았기만하면 남편얼굴이 작고 떠오르기시작하는것이었다 남편은 몸이 든든하였으니까 평양감옥에 있는 것만 같았다 어떻게 포로교환처럼 풀려서 남한(南韓)에곧넘어오고 넘어와서는 그전살던 이집에서 또 같이 가난하게나마 즐겁게 살아가리라 꿈을꾸는 것이다 서울와서 며칠은 수선해서 몰랐던 것이 요즘으로는 옛집마당에 밤 10시나 11시에 건넌방문을 살그머니열고 들어오던 남편의 취한 얼굴이 작고보이는 것이었다 보이던 남편의얼굴이 실존(實存)한형상이아닌것을 깨달았을때는 허무(虛無)와 절망(絶望)이라고해도 좋을 무의미(無意味)한테두리속에 자기(自己)의상념(想念)이 꺼져가는듯한감(感)을누를수가 없는것이다

R여사(女史)는 그런허무(虛無)가 잠시 지나간후(後)면 그허무(虛無)를 처다보며 공포(恐怖)를 감하기 시작하고 오한(惡寒)이 몸을 엄습하는것을 다시 깨닫게 된다

이런허무(虛無)와 함께 생존(生存)하기위(爲)해 이허무(虛無)와 고적(孤寂)을 항(向)해서 그는 배꽃으로 수놓은 '베일'을쓰고 결혼을했고 아이를 나아가며

살았던가? 하는생각에 다시 사로잡힐때는 그는 안방문(門)을 박차고 초승달이
기우는 장독대앞으로 고무신을 끄을고 나온다 남편이 신문사에서 술이약간취
해 돌아올 시간이다 그가 들어오던 문(門)그옆에 적은문(門)간방 그앞으로 장
독대 마루 안방건넌방 모두가 그가 들어오던때 있던 그대로이다 이제 그만
그문(門)을통해 마당을거쳐 건넌방 미닫이를열고 들어오면 그만이다

　그러나 12시가 되도록 남편은 돌아오지않는다 1시가 2시가 되도록 남편
은 건넌방문(門)을 열지않는다

　초승달뒤에 큰별이 그대로 장독대위에 떴다 옆집에서오는 개짖는소리에
새벽이 가까운것도 알았다 R여사(女史)는 건넌방미닫이가 그리웠다 남편이
밤으로 애기가깬다고 가만이 열던 그미닫이에 남편의 손길, 입김이 그대로
다정(多情)할것만 같애 미닫이를 꽉 껴안았다 복바친 외로움 그리움 애달픔
이 뒤범벅이되어 느끼기 시작했다

　"안오는구려 안오는구려 혼자 어데가있소?"

　R여사(女史)는 서울이 싫어졌다 돌아온집마당, 부엌 안방건넌방이 금시
로 싫어졌다

　'부산서 오지말걸' R여사(女史)는 미닫이에 뺨을대고 남편의얼굴을 몸을
보려고 작고작고 기다리고 찾았다

三

　PX광장(廣場)　하우맛취 꾸ㄷ푸라이쓰?(How much good price?)그전
(前)동화백화점앞을 지나면서 들은 쏘푸래노 목소리다. 눈을힐끗돌리니 미국
지아이 하나가 수놓은잠옷가게앞에 어떤소녀(少女)와 상대(相對)하여섰다 그
는 그소녀(少女)의 영어를 잘알아들었다는듯이 OK, 하면서 손가락으로 값을
따지는모양이다 조금도이국(異國)사람들끼리라고 어색해하거나 예의에 구속
이되어 말조심을하거나 행동을 삼가거나 하는눈치는 하나도없고 자유자재

(自由自在)로 행동(行動)도하고 말을한다 일종(一種)의 모든세풍(世風)을 초월한 일선풍경(一線風景)의 하나인지도 모른다. 그소녀(少女)와 미군(美軍)지아이는 대단히 익숙한 사이처럼표정(表情)도하고 말도하는데 그렇다고흔히말하는 양공주식(洋公主式)의상대(相對)도아닌상풍적(商風的)인 사교풍경(社交風景)이다. P・X문(門)으로는 100명(名)도 넘을듯한 '유엔'군(軍)이 옥수수튀긴것도 씨ㅂ으며나오고 껌도 씨ㅂ으며 나온다 웬일인지 부산서보던 '유엔'군보다 겸허해뵈고 순박해뵈는품이 다정감(多情感)을준다 한국소녀(韓國少女)들도 그들을 어색한 외국군(外國軍)이라고 대(對)하질않는다 사람이 드물게 살던서울에서 일선(一線)총소리가 그들의 생(生)을 육박하던때부터 그들은 적막한 서울을 함께지키며살았던모양이다. 그들의 홈씨ㅋ같은 이한국소녀(韓國少女)들의상품진렬점(店)앞에서 잠시잊어졌을지도 모른다 그들은 P・X를 다녀나오는 길에 혹은 무엇을 사러들어가던길에 반드시널빤지로 꾸민 한국(韓國)상점앞에 머문다 피난갔던 서울 사람들이 몰려 들어왔대도 체면과 수집음으로해서 그들의우정(友情)이 비밀스러운 표정(表情)을 찾지는 않는다

서서(徐徐)히 걸어가는 이국병사(異國兵士)들은 음악(音樂)과 자동차(自動車)소리가 꽤많이 들리는 이 P・X광장(廣場)앞에서 가고싶은집생각을 잠시 멈추게 할수도 있는모양이다.

갈곳이나 만나볼 상대가 확연히 없는병사(兵士)들은 뚫어진 우편국 기둥에 기대서서 작고 작고 몰려드는 서울사람들을 부러워하는 눈치다 고향(故鄕)거리를 다시걷는 서울사람들이 부럽기도 한모양이다 '헬메트'을 쓴 젊은남자(男子)들이 분주(奔走)하게 지나가고 지나오고 옥색 분홍치마 입은 여자(女子)들도 해죽해죽 웃으며 활보들을 한다. 집이야 깨어젓거나 말았거나 궁전 널찍한 거리로 나와 예서서울을 회상(回想)하는 기쁘ㅁ으로 순간순간을 넘기는 심리(心理)다 무엇에나 버릇해나면 인생(人生)이란 어느불평(不平)이라도 곧 잘넘기고 살아간다 죽엄에대(對)한연습 쫓기는참화(慘禍)에대(對)한 훈련을 4년을 치렀는데도 여전(如前)히 우리는 태연 자약하다 많

은 사람을 잃어버렸다 그래서 사람들은 전에모르던 고독(孤獨)에 혼(魂)을 떨고있다 청춘(青春)과 부(富)와 전통(傳統)과가계(家系)와 족보를 빼앗어간 4년이다 허황(虛荒)한 회오리바람이었다 그뒤에 밀려온 낙엽(落葉)같은 이도 시(都市)의 얼굴.

태양(太陽)은세차게 미소(微笑)하는데 이서울엔 하늘을바라보는 즐거운 영혼(靈魂)의 소유자(所有者)가 없다 표정(表情)까지 잃어버린 이국(異國)의 젊은병사(兵士)들은 그래도 P·X광장(廣場)이 낙원이다 거기는 다정(多情)한 한국소녀(韓國少女)가 있기때문에.

四

인화(人和) 삼천만(三千萬)에서 이천만(二千萬)이 남한(南韓)에함께산다 남은인구(人口)만은 어떻게 살아갈방도(方途)를 차려준다고 좋은 사람들이 국무성에서 왔다갔다 했다. 인정(人情)으로 고맙고 의리(義理)로도 그런고마 울데가 없다. 먹을쌀과밀가루는물론(勿論) 공장(工場)과 광산(鑛山)같은 전에 없던 새규모의 건설(建設)이 시작(始作)될모양이다. 이러한 새 계획의 내용(內容)에 모두가우리나라사람들이 진실한행복(幸福)에살고 행복(幸福)을 소산(所産)시키려는 정신적목적(精神的目的)이 들어있지않으면 안될 것이다.

지나간 전쟁은 우리가가진재산(財産)송두리채 빼앗아가서 온민족은 가난 해졌다 가난으로부터 오는불안(不安)속에는 몰염치 시기 모략 강탈 사기등 (等)이 우리의정신(精神)을 농락하고있다 이때서 우리민족이 가졌던 아름다 운 마음씨 예의범절이 속절없이 그자취를감추고 험악한 인간성(人間性)의암 □앞에 우리모두 서로를쳐다보고 의심하고있다 그리고우리는 사람끼리가 가져야할애정(愛情)이라든가 순수성이라든가 정직성(正直性)을망각(忘却)해버 리고 이기적(利己的)인면(面)에서 애국(愛國)도하고 사회봉사(社會奉仕)도하지 않는가싶다 편(便)한길을 얻어서 이핑게저핑게로 나타하게 그대로 앉아먹는 것을 행(幸)으로 생각하는경향도 많다 아무리 몇사람이 편하게 잘산다 처도 그는한국(韓國)이란 불행(不幸)한 도가니 속에 든 역시불행(亦是不幸)한 존재(存在)임에는 틀림없다

벽돌이나 세면 철공크리트 만이 허물어진 남한(南韓)을 재건(再建)할 도구 (道具)라고생각하는이도 있을것이다 그러나 피곤(疲困)해질대로피곤(疲困)해 지고 도의(道義)와 의리(義理)가 이처럼 매몰되어가는 시대(時代)엔 무엇보다 잃어버린민족자신(民族自身)끼리 융화할수 있는 인화성(人和性)이야말로 재 건(再建)의 일대정신적(一大精神的)토대가 되지 않으면 안될 것이다 인화(人 和)의 성분(成分)만은 미국(美國)이나 '유엔'에서 우리에게 원조해 줄수없다 무형(無形)한 이인화(人和)의정신(精神)만은 우리가 소산(所産)하지않으면 안 될 커다란 과제(課題)다. 모름지기 우리는 한개의 새로운벽돌이나 판장을 건설(建設)에필요(必要)한 물자(物資)로 생각한다면 여기에만 도취하지말고 이기주의(利己主義)와 노력주의(勞力主義)와 파당주의(波黨主義)를 초월해서야 찾을수 있고 만날수 있는 민족애(民族愛)를 겸처서 집터를 닦지 않으면 안 될 것이다 문어진 도시(都市)와함께 사멸(死滅)해간 우리의 정신(精神)의 전 당(殿堂)은 누구의 손으로 재건(再建)되어야 할것인가? 이는 '운크라'나 '언□' 의손을 빌어 이루어질 재건(再建)은 아니다. 서울을 다시 만들어야 한다. 서 울의 음성(音聲)과 서울의몸짓과 서울의웃음과 울음소리를 우리는 다시 찾아 야한다. 그리고 서울의욕망(慾望)이 무엇인가도 알아야 할것이다.

태평양(太平洋)을 건너온 물자(物資)만이 서울을 구(救)할수는없다 서로 엉 기는 인간대인간(人間對人間)의 웃음과 마음이 뜨거운열(熱)을 내는때 비로 소 우리의재건(再建)은 형식(形式)을떠난 실력(實力)있는 존엄성(尊嚴性)을 갖 출것이다. 우리는이러한인화성(人和性)을 가졌는가? (끝)

≪조선일보≫ 1953.9.18~24. [수상(隨想)]

새로운 생활설계(生活設計)

아무리 여성(女性)이비이성적(非理性的)이요 관습적생활(慣習的生活)에 젖어 희로애락(喜怒哀樂)의 감흥(感興)이 둔(鈍)하다해도 아마 이번 동란(動亂)에만은 그몸도 마음도 한번 뛰었다 내릴만치 놀라고 겁이났으리라 믿는다 할머니의 이야기속에서나 듣던 난리이야기가 실제로 우리 생전(生前)에 눈앞에 그잔인한 모습을보여주었다

이제우리는 전쟁이라는것이 무엇인지 알았다 따라서 전쟁은남자들만이 하는것이아니고 온민족 전체(全體)가 같이 죽고사는 공동(共同)운명인것을알았다 이공동(共同)운명안에서 우리는 그전(前)에 몰랐던 인생(人生)의행(行)로를 알았다 적(敵)의총소리가나면 남편(男便)을 따라서 보따리를 꾸려가지고 어디로 피란이나하면 그만이거니 생각하였던여성(女性)들도 이제는 피란만이 전쟁(戰爭)을 도피하는길이 아님을 알았을것이다 많은여성(女性)은 무의식(無意識) 속에서 생존(生存)을 유지하다가 죽어버리고 말았지만 오늘은생존(生存)을감각(感覺)할줄알고이생존(生存)을위(爲)해 스스로싸우고나아가지 않으면안될것을알았다우리는 앞으로도 많은동란(動亂)을각오(覺悟)하지않으면 안될운명에 처(處)해있다 동란(動亂)이우리를 기다리는지 우리가 동란(動亂)을 기다리는지 그선(線)이 분명(分明)치 않도록 서로의 운명은 밀접하여있다 동란(動亂)은 여성(女性)에게더무섭고 괴롭고 벅찬시련이다 우리여성(女性)은 지난간 몇해동안에 우리가 간직하였던 미덕(美德)이라든가 고요함이라든가 무저항적생(生)에대(對)한태도(態度)가 아무고별(告別)의 의미(意味)

도 보여주지 않은채 한오리 회오리바람에 분산(分散)되어 없어져감을 목도
하였다 그보다도 우리여성(女性)의 전통(傳統)이가르쳐준안일한 게으름무의
미(無意味)한쾌락등(快樂等)이 얼마나우리 여성(女性)들의 현실(現實)투쟁욕을
감소시키고 나아가서는 앉은 자리에서 죽음까지맞이하도록 하여주었나하
는것을 알수있다죽음을 환영하면서까지과거를 가슴에 꼭끼어안은채 걸어
갈수는없다우리의치마에 매달린쓸데없고도 무가치(無價値)한 습속(習俗)들은
이제 버려도좋을때가왔다

질서없고 내용(內容)없는 비생명적(非生命的)인 과거우리의생활태도(生活態
度)는 암흑(暗黑) 그대로 자신(自身)을 어둠속에 매장하고 사회(社會)와민족
(民族)을 그늘밑에 울게하였다

한국(韓國)에도 여성(女性)이 있나하리만치 우리는 눌려서 그생존성(生存
性)을 발휘하지 못하였다 이제우리는 모든것에게 의문을보낸다 우리를 거
느리고 살아오던 주인공(主人公)들에게 묻는다 우리의 시대(時代)는 이제 창
조(創造)되고 건설(建設)되어 미래(未來)를떠받들고 힘차게나서야할것을 더방
해하지말라고 때는 너무급히 우리의 치마자락을 끈다 우리가 미처생각지도
못했던 어마어마한 세계(世界)로 우리를끌고 달음질친다 허수아비처럼매달
려 따라가는 여성(女性)은 없을가? 정신(精神)도 혼(魂)도내버린채 육체(肉體)
만을위(爲)해현실고(現實苦)를 극복(克服)하려는이는 없는가? 진실(眞實)로 수
난(受難)에 마주선 우리들이다 그러나누구를 바라고 쳐다보고 기다리는일은
너무 어리석다 생각하고 만들고 움직이는 모든율동(律動)이 우리에게서시작
(始作)되고운행(運行)되지않으면안될 단계에 이르렀다

동란(動亂)이 밀려간후 끼쳐진 비극(悲劇)속에는 여성(女性)의 울음으로 뭉
친 크나큰음향(音響)이 이사회(社會)를우울하게 한다 거리에안방에 과거보다
더무미(無味)한 생(生)을 이어가는 불쌍한 친구들이많다 이들은 쉬운 방법
(方法)을 택하여 아무렇게나 살아보고싶은 충동도 가져본다 그러나 사치와
안일 일하지않고 그냥살다가 받은 우리의 화(禍)는 너무 컸다

소위(所謂) 재건(再建)의 침찬 마치 소리가 드높은이때 우리여성(女性)의 한 팔한걸음이 얼마나 도움이되고 힘이되는것을 몰라서는 안될것이다 큰역사 (歷史)를끌고 가는 민족(民族) 이라면 이민족속에 살아있는등불은 여성(女性) 이어야할것이다 모름지기 여성(女性)의생존(生存)을위(爲)해 싸워줄 아무도 우리에겐 존재(存在)하지 않는다 여성(女性) 그 자신(自身)이여성(女性) 그를 구하고 일으켜야 할때는 왔다 어려움이 고생(苦生)이많으리라 그러나 이고 생(苦生)과 어려움을 극복하고야올 우리의행복(幸福)을 잊어서는 안될것이다

≪경향신문≫ 1953.10.26. [動亂이 가져온 것 ①: 女性에게]

박기원 ●●●

박기원(朴基媛, 1929-)

- 1929년 서울 출생
- 1949년 숙명여자전문학교 국문과 졸업
- 1955년 단편 「귀향」(『여원』)을 발표하면서 등단
- 주요 경력 ─ 서울신문사와 경향신문사에서 문화부기자 역임
- 대표작 ─ 단편 「문일씨」(1958), 「인간생물」(1960), 「집념」(1964), 「고혼」(1966), 「어느 부국장」(1972), 「망각(忘却)」(1972) 등과 신문연재소설 『망각의 선상에 서서』(≪전남일보≫, 1961), 『여자만이 알고 있다』(≪경향신문≫, 1964), 『남녀가도』(≪신아일보≫, 1967), 『화혼』(≪한국일보≫, 1969), 『검은 나비』(≪전남매일≫, 1972) 등 다수

- **수록 작품**
  떠나면서

●●●

떠나면서

성(星) 언니께.

먼저 떠납니다. 짐이라곤 별로 큰게 없지만 그래도 사철을 번갈아 입은 허잘 것없는 옷이 한고리나 됩니다.

그동안에 모은 새책 또 극정어려 이 구석 저 구석에 벌려 있던 종이 뭉치도 한 가방이 됩니다.

모두 내 손때가 묻고 지난날 어느 날 어느 시간이었든 지 스며 있던 내 감정이 그대로 묻어 있는 물건들입니다.

지금 그짐 뭉텡이를 머리맡에 놓고 바람과 비소리를 들으며 이 글을 쓰고 있습니다.

벌써 떠난다는것도 또 간다는것도 살뜰한 감정이 생기지 않습니다. 온 길이니 되돌아 간다는 담담한 마음입니다. 저기 챙겨논 짐이야말로 내 지금 생애(生涯)에 가장 간단하고 손 쉬운 여장(旅裝)일 것입니다.

조그만 추렁크 속에서는 까만 앨범 그 속에는 여러얼굴들이 언제나 담아 있습니다. 그리고 색이 변한 빨간 수첩(手帖) 그 안에는 노래도 적혀 있고 삼년전(前) 오늘의 기록(記錄)도 적혀 있고 또 주소(住所)들 전화번호(電話番號) 이런 것이 있습니다.

길고 긴 여행(旅行)를 마치고 목적지(目的地)에 도달하는 날밤 흐린 전등불밑에서 여장(旅裝)을 푼다는 것은 떠날때 보다 더 좋은것일 것입니다.

거기에는 사지가풀어지는것 같은 피로(疲勞)가 있으되 안식(安息)이 있고 또 침착(沈着)이 있을 것입니다. 또 추억(追憶)이 샘 솟듯이 감돌 것입니다. 그러나 우리에겐 이제 여장(旅裝)을 풀어 놓고 숨을 쉴 지역(地域)이 우리 발밑에는 영원(永遠)히 없어진것 같습니다.

"고향(故鄕)이 어디 있느냐? 살아서 정(情)들면 고향(故鄕)이지" 하는 말을 간혹 듣습니다. 그러나 어디 그렇습니까?

제가 어릴때 걷던 그 비탈길 돌담 밑이 어찌 새고장에 와 막 사귀어 버린 그런 낯선 길과 같을리 있읍니까?

언니! 우리는 우리 둘만이 아니라 이 땅위에 사는 모든 사람들이 이제 제각기 여장(旅裝)을 풀어놀 안윽한 곳을 완전(完全)히 잃은것 같은 서글픈 감(感)만 듭니다.

할박눈이 평평 쏟아 지는 깊은 밤이면 우리 이전에 살던 옛사람들의 아름다운 평화스런 이야기를 듣던 그런 밤이 안올것 같고 또 우리 뒤에 오는 뭇사람들에게 알리고 남겨 놓고 갈 평화스런 용맹스런 이야기가 말라 버릴 것만 같습니다.

이렇게 학대 받고 이렇게 괴롭고 이렇게 불안하게 살다가 이렇게 멸망했다는 무서운 이야기만 남겨 놓고 갈 것 같습니다.

우리가 처음 부산(釜山)에 와 언니하고 만나던 날을 나는 지금 생각하고 있읍니다.

그것은 아마 부산(釜山) 온지 이듬해 초가을이지요. 역전 뒤 조그만 밀크홀에서 처음으로 그렇게 긴 이야기를 하였던 것을 기억(記憶)합니다. 언니의 인상(印象)이란 언제나 한가지로 똑같습니다.

즉 10여년전(餘年前) 국민학교(國民學校) 2년 윗 반이었던 그때의 언니의 모습이 하나도 나에게는 먼거리 같이 느껴지지 않습니다. 지금도 언제나 그 어릴 때 언니옆에 있기만해도 신비롭고 황홀하던 그 감정은 가시지 않습니다.

이제 다른것은 성숙(成熟)한 여자(女子)로서 서로 말이 통(通)한다는 그 세로운 점(點)이지 내가 언니한테서 느끼는 그 감정은 그 대로인것 같습니다. 나는 모든것이 생소하고 서먹서먹하고 낯서른 이 거리에서 옛 일을 찾을수 있고 생각할수 있는 언니를 만났을때 참으로 반가웠습니다.

한꺼번에 모든것을 잊은것 같은 언니에게는 괴롭고 슬퍼하는 모습보다 아직도 그 무서운 탁류(濁流)에 휩슬리지 않고 타협(妥協)할줄 모르고 또 타협(妥協)하지 않은 성품(性品)이 놀랄만 했읍니다.

언니 우리는 이시대(時代) 이속에서 산다는것이 전부(全部) 마이너스라고 생각할수는 없읍니다.

우리는 전쟁(戰爭)속에서 낳고 또 전쟁(戰爭)속에서 자랐고 또 제일 참혹한 전화(戰火)속에서 젊음을 받았읍니다.

어떤때는 무한이 게르고 비겁한 생각이 들다가도 그래도 어느 순간 어떻게 살아볼가 하는 절실한 부디침에도 다달아 보는것은 아마 이런 험한 세태를 안고 타고난 우리들의 음향일지도모릅니다.

내가 아는 여자중(女子中)에는 그래도 언니는 이 물음에 제일 정확한 답을 할수 있는 사람이라고 여깁니다.

훌적 떠나려 하니 그래도 길고 좁고 싫증만 나던 이 거리가 섭섭합니다.

부산의 인상은 활작 개인 날보다 그래도 비가 구질구질 한없이 오던 날이 좋았읍니다.

모든것이 그대로 빗발속에 뽀얗게 얼대게 보이는 것이 거기 모여 사는 사람들 의 심사같이 허전하고 또랑 또랑 한데가 없어 정이 갔읍니다.

비옷과 우산 하나와 조그만 가방이면 어딘지 갈수 있는것 같은 마음의 단조로움이 요새 누구나 지니고 있는 생활 태도인것같습니다.

내가 떠나는 아침에도 비가 왔으면 좋겠어요 비를 맞으며 아침 기차를 타고 떠나고 싶습니다.

올라 가는대로 청운동(淸雲洞) 언니댁에는 곡 들러보겠읍니다.

그러면 뒤 따라 오실것을 기다리며 먼저 갑니다.

부디 만나는 날까지 안녕히.　(京鄕新聞記者)

『문화세계』 1권3호, 1953.9, 126-127면. [수필(隨筆)]

손소희 ●●●

손소희(孫素熙, 1917-1987)

- 1917년 함경북도 경성 출생
- 1936년 함흥 영생여고 졸업
- 1961년 한국외국어대학교 영문과 졸업
- 1942년 『재만조선시인집』에 시 수록
- 1946년 단편 「맥에의 결별」(『백민』 10월호)로 등단
- 주요 경력―1939년 《만선일보》 학예부 기자, 1946년 『신세대』 기자를 거쳐 여성신문사 기자, 1949년 전숙희·조경희와 종합지 『혜성』 창간하여 주간, 1951년 육군 종군작가단 가입, 1956년 한국문학가협회 이사, 1961년 서라벌 예술대학 대우 교수, 1974년 한국여류문학인회 회장, 1979년 대한민국 예술원 회원, 1981년 한국소설가협회 대표 위원 역임 1961년 서울시 문화상, 1982년 대한민국 예술원상 수상
- 대표작―소설 『리라기』(1949), 『태양의 계곡』(1959), 『그날의 햇빛은』(1960), 『남풍』(1963), 『갈가마귀 그 소리』(1971), 『사랑의 계절』(1977) 등 다수

●●●

이 선생(李先生)님께

1의 1

R씨!

인사 말쓰ㅁ을 드리기에는 너무 긴세월(歲月)이 가로 놓인 공간(空間)이 있었읍니다

멀리 또 멀리 하늘이 가로 마킨 천애(涯)와 지각(地角)을 아득히 느끼는 거와도 흡사한 거리(距離)가 있었읍니다

어찌 이제 새삼스레 안부(安否)를 물어 오리가

R씨!

라이락 향기(香氣)가 포근이 마음속에 파고 듭니다 사과 궤짝을 부셔 아무렇게나 만들어진 식탁(食卓) 겸 책상속에 놓인 깡통에 몇 송이의 흰 라이락이 꽃쳐 있읍니다

그 몇 송이의 라이락은 하이야ㅎ꼬 둥그스럼 합니다 먼 추억(追憶)의 실마리를 생각하면서 저는 피여지는 도정(道程)에 있는 라이락을 보고있읍니다 향기(香氣)가 새로히 풍겨 오ㅂ니다 그러나 이 라이락의 향기(香氣)로서 이실내(室內)에 가득 찬 된장 간장 생선 저린비린 냄새가 가셔 지지는 않습니다 이것은조국(祖國)의 동란(動亂)을 상징(象徵)하는 냄새인 때문입니다 단간 방(房)이 어떻게 이용(利用)되고 있는가를 보여주는 피난(避亂)살림의 여운(餘韻)인 까닭입니다

기간(其間)— 뵈옵지 못한 긴 일월(日月) 우에서 투는 불꽃과 투0기는 운명(運命)의 물 방울을 몇번이고 뿌려 지는대로 맞고는 털고 닦고 하면서 그 때 때로 저는 푸른하늘을 쳐다 보았읍니다 □□□보기를 있지 않았읍니다

그럴때 마다 하늘에도 고개가 있고 골자구니가 있다고 알았읍니다 또 그 때 마다 떠 오르는 하나의 구(句)가 있었읍니다

너 정말 가는 것이냐……칸살 없는 편지지에 머ᄌ진 글씨로 이렇게 한 줄만 쓰시고 남은 여백(餘白) 맨 끝 머리에 커다랗게 서명(書名)하신 다음 두절로 접어 큰 봉투에 넣은편지를 제가 받은 일이 있읍니다

"꺼내서 읽어 봐—"

그 편지를 저에게 주신 부ㄴ도 당신이었고 읽으라고 하신 부ㄴ도 당신이었읍니다

……너 정말가는것이냐……안에ㅅ걸 꺼내 나직이 □번 외이고는 의(疑)아스러워 저는 당신의 얼굴을 쳐다 보지 않을 수 없었읍니다

"싱거워—?"

웃으시면서 당신은 이렇게 말쓰ㅁ하시고는 안경을 쓴채 수건으로 눈을 닦으시 었읍니다그때 저는 갑작이 눈물이 펑펑 쏘다지어 이루 주체할수가 없었읍니다 슬프다는 생각도없었는데 그냐0 눈물이줄다름으로 내달아 끝내흙ᄉ느껴 울었던것을 기(記)억합니다 그날 제가떠난다는 인사를디리려 갔던것도 기(記)억합니다

1의 2

R씨!

□□ 하십니까 저를 기(記)억하시겠읍니까? 저□ 당신은 바로 저의 스승이었고 저는 촉망을 받던 당신의 제자였읍니다

그 □□ 저의 여□(旅□)에 있어 어떤 새로운 사건(事件)에 봉착(逢着)할

때 또 어떤 새로운 사실(事實)이 저를핍박(逼迫) 할때 혹은 외롭고슬픈 또 즐겁고 기쁘ㄴ 그러한 순간순간(瞬間瞬間)마다 — 정말 너는 가는것이냐— 를 생각했읍니다

인간(人間)의상관(常關)이란 알고도 남음이있는 평범(平凡)한이치(理致)를 스승이신 당신은 웃고 저는울었던 것입니다 그러면서도 끝내 떠나는 시간(時間)을 알려드리지않은것도 기(記)억합니다 그닥크지도않은 소녀(少女)가 별로 까닭도없이 그저떠난다는이유(理由)만으로 울기만했으니까 웃으실 밖에! 지금 문득 이편지를쓰다말고 목가적(牧歌的) □□(□□)에 유행가(流行歌) 곡□(曲□)가 흐르는 조고마한항구(港口)의 이별(離別)이 연상(聯想)되어 가만이 웃고있읍니다

혼자웃은게 싱거워저 일부러 라이락의 향기(香氣)를 가만이 마트읍니다 그리고는 삼군(三軍)을 질타(叱咤)하시는 당신의 모습을 연상(聯想)하면서 엄숙(嚴肅)해 지려고 노력(努力) 합니다 처음 제가 이편지를 쓰려고 마음 먹었을 때는 여러가지 많은 주문(注文)을 하려고 했었읍니다 그러한 주문(注文)이 부질 없는 것 같이 이펴ㄴ지를 쓰면서 느ㄱ겨지기도 합니다만 저와 당신 사이에 가로 마킨 공중(空中)으로 뛰어 넘어 좀 더가까운 거리(距離)에서 이펴ㄴ지를 써보고 싶읍니다

지금 Z기(機)의 푸로페라 소리가 하늘을 누르는 세기(世紀)의 시(示)위성(聲)과도 같이 저에게 들려옵니다

R씨!

제가 이러ㅎ게 부르는것을 용셔합십시요 저는 당신의 군복(軍服)에붙인 별의 수(數)효를 모를뿐더러 당신이 지난날 저의 스승이였기에 선생님 이외(以外)의 쏘 다른 칭호로 부름이 쑥 스러워서 그러는 것입니다 그리고 또 한편 은근한 자랑을 가즈이 많을수 없읍니다 그것은 당신이 그 구비힐줄모르는 의지(意志)와 불의(不義)에 항거(抗拒)하는 관심(關心)과 자부(自負)만으로도 당신은 □히 군(軍)의 사표(師表)가 되리라 믿어지기 때문입니다 뿐아

니라 그러한 군인(軍人)이우리의 군문(軍門)에 있다는 사실(事實)만으로도 저
윽이 즐거워지며안심(安心)되어집니다 국제(國際)의 □□인 모든 청년(青年)
은 국토(國土) 방□(防□)하는 성(聖)스런 임무(臨務)의 무거운총(銃)대를메고
군(軍)문으로달립니다 군(軍)문은곧 □□과 □해있읍니다 그청년(青年)들 가
운데는 저의 사랑하는 조카도 둘이나있읍니다 만일(萬一) 우연(遇然)히 이들
당신의부하(部下)인□□ 상관(上官)인당신에게 상관(上官)으로서 또 인간적
(人間的)인 면(面)에서 스승도 되고 선배(先輩)도 될수있는당신에□□ 불만(不
滿)을품게된다면 그들은 주검의□의식(意識)를상실(失)할는지도모릅니다

1의 3

조국(祖國)의 통일(統一)과 그방위(防衛) 자유(自由)를위(爲)해 목숨을바치이
는 그들의열의(熱意)□ 상관(上官)인 당신에게 통(通)해서않거나 또받어지지
않는 경우(境遇) 그들의 열의(熱意)는 어름같이 식어질는지도 모릅니다

후방(後方)에있는 어느일부(一部)의 모리배(謀利輩) 혹(或)은 고르지못한 인
사처우(人事處遇)를 보고 아아 우리는 누구를위(爲)해 싸워야만 하고 싸워서
죽어야만 하느냐고 개탄(慨嘆)을금(禁)치 못하는 청년(青年)□ 저는 보았읍니
다 그것은 차라리 개탄(慨嘆)이 아니라 젊은 그억세ㄴ 근육(筋肉)이 푸 푸들
떨면서 통곡(痛哭)에 가까운 부르짖음이라고 보았읍니다 그 정의(義)에불타
는 청년(青年)들의 □□을 당신은 알아 주시리라고 상도(想到) 하면서 귀를
기우리□않을수 없었읍니다

그럼 R씨!

당신 지(地)위는 정녕 어떻□것입니까 무척 알고 싶으면서도 저는 모르
는대로 있기를 희망(希望)하지않을수 없읍니다. 지리적(地理的)으로 저와 가
까운 거리(距離)에 계시다면 저는또 당신의 □□에 힘입으□는 속(俗)된 욕
□(欲□)이 생길런지도 모르는 때문입니다 그러나 그런말은아닙니다

어느 청년(靑年)은 지□(地□)에서 한낮에 일□(日□)가 □□이는 □□□ 아래서 빙빙 돌아 가는 □□ 의자(椅子)에 □ □□이 몸을 기대고 노□ 또 □□의 소리도 볼거리를 □험(□險)하는 □□□, □□이 쇄도(殺到)하여 두 손으로 마구 당신의 소ㄴ을 잡고 가쓰라도 할듯이 악수(握手)하며 덤비는 친구(親舊)들의 영송(迎送)에 날을 보내ㄴ 자리는 아니기를 바랍니다

그 큰 손ㄴ을 몇개의 손ㄴ 가락에 찬연이 빛나는 다이야가 오색 무지개 □ 발을 뵈이면서 당신을 유혹하는 자리가 아니기를 바랍니다

저는 그러한 자리에 앉은 당신을 상상하기 실ㅎ읍니다 그옛날 재가 잘 아는 어떤 분을 방문(訪問)했을 때 □화(□和)의 손인상 □은 큰 손이 그분 의 억쎈 소ㄴ을 꽉 붙 잡고 으스러지게 두소ㄴ으로 마구 쥐고 흔드는 것을 보았읍니다 그때 저는 방문(訪問) 했던 목적(目的)도 잊고 그대로 돌아서 나 온 □을 기(記)억합니다 그광경(光景)은 □사(□謝)가 아니라 감격(感激)이 었 고 감격(感激)이 아니라 실로 보기에도 딱한 아첨과 학력(學歷)□ 통(通)하는 연극(演劇) 었읍니다 그러나 그것도 또 좋읍니다

사람이 산다는것은 거이가 어떤 운명(運命)에 관(關)해 아첨이오 학력(學歷) 이 아니면 권력(權力)이 금력(力)의 행진(行進)인 까닭에 그것을 탓할 아무런 근거(根據)도 이유(理由)도 없다고 먼 □□을 쳐다 보면서 수궁(首肯) 했읍니 다 □□□ 곧 □□입니다 권력(權力)앞에 금력(金力)이 □하고 금력(金力) 앞 에 □력(□力)이 머리숙이는 □□을 저이는 □□으로 알고 있읍니다

1의 4

그러나 R씨!

이것은 이 사회(社會)의 전모(全貌)가 아니오 그 극소수(極少數)의 일부(一 部) □□된 현상(現象)이라고 저는 믿고 싶고 또 그러ㅎ기를 희망(希望)하는 바입니다 이희망(希望)은 어느 개인(個人)에 한(限)함이 아니라 저의 스승인

당신과 당신의 제자(弟子)인 저의 자신(自身)에 희망(希望) 하는 바입니다

그러므로 그 극(極) 소수(少數)의 일부인생(一部人士) 가운데 당신□ 끼□ 있지 않기를 □□희망(希望) 하는 것입니다

R씨

이러ㅎ게 거듭 부르는 것을 용서하십시요 이러ㅎ게 부름으로 인(因)해서 저는 당신의 위계(階)의 별의 수(數)효도 쏘 그지(地)위의 자리도 알려고 하지 않는 것입니다

당신이 □□이 거나 영급(領給)이 거나 혹은 위급(尉級)이 거나 아니면 하사(下士)의 자리에 계시드라도 당신은 군인(軍人)이며 동시(同時)에 이나라 적은□□가 동원(動員) 혹(或)은 목숨을 □고 싸움터로 내다드는 전사(戰士)의 일원(一員)임에는 틀림이 없는 군문(軍門)에 계신분이 아니겠읍니까

R씨!

당신은 생명(生命)의 존귀(存貴)를 저에게가르처 주시었읍니다 가르처 주시었읍니다 가령(假令) 저의 남편(男便)이 □□이 떨치는 □□이요 저의 아들이 무명(無名)한 일개(一個) 하졸(下卒) 병(兵)사라 하더라도 그 조국(祖國)을위(爲)하는 마음에는 변함이 없을 것이고 그 죽은이 저에게 주는 비통(悲痛)한 슬픔은 그 심각(深刻)의도(度)를 숫자(數字)로 그러뵈일수없으□ 라고 저는생□합□다 그런 까닭에 만약(萬若) 당신이 삼일(三一)을 질타(叱陀)하는 군(軍)문의 □이 실때 온정(溫情)으로 보살펴 주심을 바랍니다 구체적(具體的)으로 말쓰므드리면 이 국가(國家)□ 장정(壯丁)들이 어떤 음식을 먹고 있는가 어떤 옷을 입고 있는가 얼마□ 고단한가를 관심(關心)을 갖이고살펴 주심을 바랍니다

군령(軍令)이 엄격(嚴格)하면 엄격(嚴格)할스록 투쟁(鬪爭)이 치열(烈)하면 치열(烈)할스록 그군문(軍門)에 장(將)이신 당신의 온정(溫情)은 모든병사(兵士)의 피와살과 힘이 되는 원천(源泉) □수도 있을 □입니다 따라서 그피와 살과힘을 그들은 조국(祖國)을 위(爲)해 기꺼히 받힐 수있으리라고 생각 합니다

그 누구나가 하나 밖에 찾이 하지 못한 생명(生命)의 존귀(尊貴)를 알면서도 허술이 여기지 않으면서도 우리가 일찌기 상상(想像)도 하지 못한 세기(世紀)의 비극(悲劇) 앞에 홍제(鴻第)같이 받히지 않으면 내놓지 않으면 안될 젊은 용사(勇士)의 존귀(尊貴)한 피를 당신은 물론 후방(後方)에 있는 우리가 허술이 여기지 않아야 그들은 그 보람을 자랑 하면서 그들이 사랑하는 조국(祖國)을 위(爲)해 혹은 죽고 혹은 불구자(不具者)가 되는 것이 아니겠습니까

1의 5

그들이흘리는 머ㅇ이진 붉은피를 가름삼아 우리는 그리고또 우리의 뒤를 있는 이나라 모든 젊은이와 어린이들이 자유(自由)를 구가(歌)하는날이 멀지 않은장래(將來)에 이동란(動亂)의 조국(祖國)우에 구현(具現)될것을믿습니다

R씨! 당신은 지금도하늘을 쳐다보십니까. 그리고 하늘에도 나타나는 고게가 보이십니까? 그리고 또 저ㅇ말시간(時間)과 더부러 진격(進擊)을하고 계십니까. 또 그 억눌림을 당(當)하던저래은날의 보복(報復)을 위(爲)해 그꾸김을 당(當)하고주름 살이 지던지난 식민지시대(民地時代)의 아픈 경험을 통(通)해조국(祖國)의 자유(自由)를 침해당(侵害當)하는 울분에서 드디어 군(軍)문으로 달린것이라고저는 생가ㄱ합니다

R씨 —

이곳은 바다가 바라다 보이는 항구(港口)입니다 수없이 많은 갈매기는 원무(圓舞)라도 하는듯이 바다우에서 나르고 있읍니다 황혼(黃昏)의 어스름한 빛도 바다에 먼저 옵니다

희미한 새벽 빛이 어두ㅁ을 밀고 밝음도 바다에 먼저 옵니다

햇쌀도 바다에 먼저 쏠립니다

R씨!

봄도 역시(亦是) 이남해안(南海岸)의항구(港口)에 먼저온것 같읍니다

눈어름이 들같이 쌓였던 언덕에도 봄풀이 푸릅니다 깊은 산(山)꿩이 기고 곰이 발ㅂ던 등성이와 골작이에도 아지랑이가 끼고뻐꾹새가 분명 울것입니다 어느 뫼 우에서어느 골작이 밑에서 당신은 지금 싸우고 계신것이나 아닙니까

어느 험(險)한 산(山)준령에서 당신은 지금 진격(進擊)의 지휘(指揮)를 하고 계신 것이나 아니ㅂ니까

R씨!

만약(萬若) 그러시다면 용감(勇敢)히 싸워 주십시오 그리고 휘하(下)의 병(兵)사들을 사랑하여 주십시요 그속에는 저의 조카도있을 테니까

그리고 또마음 든든히 생각(覺)하여 주십시오 기쁘ㅁ도 꿈도 전선(前線)의 여러 장병(將兵)과 꼭같이누리려는 국민(國民)이 후방(後方)에 있다는것을? 당신과 당신의 병(兵)사에게 알려드립니다

R씨!

눈을 감으시고 몇 송이의 라이락의 모습을 그려 보십시오

사과 궤짝을 부셔서 만든 식탁(食卓)겸 책상우에 깡통 꽃병이 놓였읍니다 그 한 모통이에서 저는 지금 이글을 쓰고 앉았읍니다 행여이꽃향기가 이글월 속에 배여 졋으면 원하면서 이글월이 저의 스승이신 당신에게 전달되□를 충심(衷心)으로 바라면서

……정말 너는가는 것이냐……를 상기(想起)하면서 이글월을 쓰ㅂ니다 평범(平凡)한인생(人生)의 길이 얼마나 험준(險峻)한 가를! 당신은 하늘에도 나타나는 고개가있다고 일러 주시었읍니다 저는 잊지않고 그모든것을 기억하고있읍니다 끝으로 선생(先生)님의 건강(健康)과 무운(武運)을 충심(衷心)으로빌면서 붓을 놓습니다 (四二八四年 四月日)

≪부산일보≫ 1951.6.17-26. [공개(公開)하는 편지(1)-(5)]

윤금숙 ●●●

윤금숙(尹金淑, 1918-?)

- 1918년 함경북도 회령 출생
- 1936년 간도 용정 광명여고 졸업
- 1946년 『대조』에 작품을 발표
- 주요 경력—1938년 일본 명고옥(名古屋)에서 교편생활, 1940년 만주에서 《만선일보》 문화부 기자를 지낸 뒤 해방 후 귀국, 1953년 『민생공론』 편집위원, 1955년 『주부생활』 주간 역임
- 대표작—단편소설 「파탄」(1949), 「불행한 사람들」(1950), 「들국화」(1951), 「절도」(1953), 「폐허의 빛」(1954), 「여인들」(1958), 「정」(1959), 「젊은 주변에서」·「단짝」(1964), 「정의 기록」(1965) 등과 소설집 『여인들』(1976) 등 다수

대구(大邱)의 하로

  날씨는 좀 풀린듯 하지만 피난민신세(避難民身勢)라서 그런지 얼은 몸이
통 풀리질 않는다. 서울보다 남(南)쪽이므로서 기후(氣候)는 확실(確實)이 다
온화(溫和)하런만 자꾸 어깨가 움츠려지고 "추워 추워"하는 소리가 어느틈
에 입밖으로 튕겨 나온다. 아마 몸보다 마음이 더 추운탓이리라.

  어제밤도 아침에 눈이 뜨여질 그때까지 서울꿈을 꾸었다. 몸은 비록 낯
설은 이고장 낯설은 문깐방에서 달팽이처럼 꼬부린채 잠들었건만, 마음은
자유로이 날개를 돋쳐, 밤마다 나의 눈과귀에, 손과 발에 정(情)들고 길이
든 서울을 향하여 날러가는 모양이다.

  오늘도 그냥 서울에 최후(最後)까지 머믈러있었더라면 하는 후회(後悔)가
거듭 치민다 위지(危地)를 한발 버서나고 보면 그처럼 중(重)한것같고 그처
럼 죽기가 억울하고, 아깝기만 하던 목숨이 그무게와 빛을 잃고 마는것인
지 대수롭지 않은것으로 녁여진다. 기어히 살어야겠다던 욕망(慾望)에 이와
같이 한가닥 회의(懷疑)가 서림도 가장 타산(打算)적인 인간심리(人間心理)의
한 작란(作亂)인가보다.

  대구(大邱)거리라도 하바퀴 돌아볼 생각에 밖으로 나섰다

  크리스마쓰날이라서 그런지 거리는 딴날보다 한산(閑散)하다. 보통날은
연달어 질주(疾走)하는 찚차(車), 츄럭때문에 자칫하다가는바퀴속으로 휩쓸
려 들어갈것만같던 대로(大路) 한복판에서, 술취(醉)한 미인(美人), 흑인(黑人)
병정들이 양주병(洋酒瓶)을 들고 서로 권커니 자커니 야단이다. 그 옆에는

술병(甁) 임자 인듯한 할머니가 게발같은 손꾸락을 폈다 꾸부렸다 하며 돈을 달라고 법석이고—

그때 권투장갑같은 검정주먹이 번쩍하고 공간(空間)을 날르더니 할머니 뺨으로 딱— 떠러졌다. 울부짖는 할머니의 비명(悲鳴)을 무슨 '쨔즈송'이나 듣는 기분(氣分)으로 발장단을 치며 그들은 가버렸다.

나는 어느새 행길옆 낯몰을 처마밑에 비켜서서 그광경(光景)을 슬픈 눈으로 바라보고 있었다 분명코 그 주먹은 내뺨을 갈기지는 않았건만 웬일인지 경련이나 이르킬드시 내얼굴이 실룩어려지고 홧홧 달아 올랐다. 자력(自力)으로 제앞길을 개척(開拓)못하고, 제힘으로 자기(自己)의 미래(未來)를 약속(約束)못하는 삶! 그런 비굴(卑屈)한 생명(生命)을 지니고 있으면서도 살어있다는 기맥(氣脈)은 뼈골에 남아있어 어리석은 격분(激憤)이 치밀었나보다.

병자(病者)처럼 무거운 발거름은 방향(方向)도 없이 거리를 돌아 정거장앞으로 나왔다

역(驛)앞 넓은 광장(廣場)에는 사람의 무리라기보다는 무슨 추(醜)한 두엄무데기같은 피난민(避難民)들이 몬지와 바람속에서 아우성을 친다 모두들 때와 피로(疲勞)와 불안(不安)에 쌓인 똑같은 표정(表情)들이다

보따리 보따리 틈에 끼어 얼룩진 얼굴들은 축— 느러트리고들 앉어있다. 그 기진맥진(氣盡脈盡)한 얼굴들을 나는 하나 하나 드려다 보며 걸어간다. 전부터 낯익은 얼굴일지라도 그 껌정얼굴속에서 누군가를 골라내기란 여간 힘든 노릇이 아니겠거든, 하물며 한번 만난일조차 없는 그 얼굴속을 헤치고 나는 누군가를 찾어 내려는것이다. 아니 내가 찾으려는 얼굴은 그 껌정얼굴 몇백몇십을 한데 뭉쳐놓은 그리운 서울의 모습일런지도 모른다. 향수(鄕愁)에서린 타향(他鄕)의 외로운 넋이 그들속에 섞여서 그들의 절규(絶叫)를 듣고 그들 얼굴을 바라보는 동안 나는 잠깐 그리운 서울의 모습과 속삭여보기나 하는것같은 위안(慰安)을 느낀다.

피난민열차(避難民列車)는 또 드러온모양, 질머지고 이고 이끌은 초라한

서울시민(市民)들이 기다싶히 허리를 꼬부리고 나온다. 나는 얼마동안 그들을 주시(注視)하다가 그중의 누군가를 붙잡고 목다오르는 음성으로

"그동안 서울은 별일 없었읍니까?" 라고 물어본다. 그러면 그들의 대답은 한결같이 한숨섞인 목소리로

"별일은 없지만 온 동리(洞里)라 외통 떠나고보니 그대로 백일수 있어야지요. 또 그놈들에게 봉변(逢變) 당할까바 떠나왔지요 그러나 갈곳이나 있읍니까"

아아! 암담(暗澹)한 무리들이여!

일조일석(一朝一夕)에 안락(安樂)한 보금자리를 잃고 길바닥에서 방황(彷徨)하는 가련한 신세(身勢)들이여! 앉아있어도 죽고 떠나와도 죽엄이상(以上)의 고난(苦難)을 당(當)하는 그대들에게 아아, 무심(無心)할소냐 하늘이여 땅이여 하로바삐 광명(光明)의 찬란한 계시(啓示)를 퍼부어 주라. 한시급히 어린아희의 마음과같은 평화(平和)와 자유(自由)의 날개로 우리의 누리를 덮어주지않으려는가. (一月八日)

『전시문학독본』(김송 편, 계몽사, 1951), 88-91면.

무제(無題)

봄은 소리에도 나부껴 오나보다. 집집을 문풍지가 뜯기우고, 들창(窓)들이 활짝 열린 탓일까—진 음향(音響)이 구름뭉치처럼 부프른듯 즐거운듯 가볍게 하늘 하늘 날아든다. 그런 감미(甘味)한 음향(音響)들이, 컴컴한 방속에 웅숭구리고들 앉아있는 내 귀에 속삭이듯 달려붙는 것이다. 나는 소리나는 방향(方向)을 찾아 창문께로 눈을 더듬는다.

한겨울을치르고난 문 창우지는 먼지와 연기와 손때가끄실어서, 까므스럼하고 후줄군하다. 거기다가 또 사방(四方)이 집채로 둘러쌓인 그속에 폭—파묻혀있는 방문이라 겨우내 햇볕은 받아들이□ 못해본 음산한문이었다. 그래도 책상만은 흐미한 광선(光線)이나마 의지하고저 바로 이 창문 옆에 자릴 잡고 있었다. 아침 저녁 부엌일만 끝나면 나는 이 창까 책상 앞에 도사리고 앉아, 무엇인가 하는 사이에 지루한 겨울도 갔나보다.

그리고 내방 옆으론 네개의 방이 연달아 붙어있다. 언제나 오전 10시에서 11시—그맘때면 제일 조용한 시간(時間)이 이 울안으로 찾아든다 방방의 가장(家長)들과 학교(學校) 다니는 아이들이 제각기 갈곳을 찾아 가버린 뒤에 시간(時間)이란 마치 조수(潮水)가 밀려나간 뒤와도 같이 고요하고 단조(單調)로워서, 나는 홀로 그 정적(靜寂)을 즐겨왔던것이다. 그런데 요새로 그 정적(靜寂)은 양지(陽地)를 찾아드는 아낙들로 해서 또 남몰으게 깨어서 버리고말았다. 나는 오늘도 약간 눈쌀을 찌프려 바깥 음향(音響)에 귀기우려 본다 문간방 행길쪽으로 면한 툇마루는 이집 울안에서 제일 양지(陽地)바른 곳이다.

"아이 따뜻해, 불땐 방안보다 여기가 더 따시네"

"요기 좀 앉으소, 얼매나 좋은가"

아마도 문간방 젊은댁과 끝의방 용순엄만가보다.

"행길에서 꽤 시끌 시끌하기에 나가 봤더니 모두들 동래로 꽃구경 가노라고 야단이네"

"글세 지난 공일날은 동래가는 길이 귀경가는 사람들로 꽉 차서, 자동차가 다 가지못하고 줄줄이 느러섰다니 알쪼가 아닝기오"

"아이구 어쩌면……난 부산 왔다 동래 '사꾸라' 꽃 구경도 못하고 이렇게 밤낮 뒷장만 보니 글세 어째 신세타령이 않나오겠오"

"그럼 시방이라도 용순일 업고 쫓아가소. 내사 그까지 꽃구경보다 감래쑥을 뜯어다가 쑥떡이나 실컨 해묵었으문 좋겠드라 마아"

"그야 어렵쟌지 지금이라도 쑥 뜯으러 갑시다. 쑥이나 캐주구 떡개나 얻어먹게"

"그라소 호호호……"

나도 어느새 옴추리고 앉았던 몸을 일으켰다. 그리고 그소리에 끌리우듯 까맣게 끄실은 창문을 활짝 열어제켰다.

"어이쿠……윤이 엄마가 다 나오는 걸 보니 봄은 봄이구먼. 그래 대관절 동래 꽃구경이 가구싶어서 나오시오, 감래 쑥떡이 자시구 싶어서 나오시오?"

용순엄마가 익살을 떨며 말하자, 젊은댁도 양보하기 싫다는듯

"아, 윤이엄마는 방밖에도 통 나오지 않는데 동래가 다 뭐—꼬, 쑥떡이나 좋다할께구마"

나는 두 여인의 싱갱이를 탄력(彈力)없는 웃음으로 받아 안으며 마루 한 옆에 앉았다.

맑고 반짝이는 햇살이 응달속에서 싸늘해졌던 내이마와, 뺨을 살 살 간 지러 준다. 털내의를 두겹씩 껴입어도 으시시하기만 하던 몸이 금방 혼혼 이 녹아든다. 꽃구경보다 쑥떡보다 이 햇발이 나는 제일 좋다. 훈훈한 바람 이 옷깃속으로 솔―솔―기어드니 고양이처럼 그자리에 엎드려 한잠 들 고싶어진다. 어디선가 흥겨운 봄노래가 노근한 신경(神經)을 흔들어 놓는다. 나는 햇볕에 취한듯한 눈으로 좌우의 여인들을 더듬어 본다.

여인들 손에는 제마끔 일꺼리가 쥐어져있다.

용순엄마는 오늘도 여전하구나. 나는 이 여인을 볼때마다 개미를 연상하 리만큼 그는 늘 부지런하고 약삭빠르다. 지금도 용순일 등에 업은채 서성 대며 입으론 연성 말참례를 해 가면서 버선을 깁고 있다.

체질도 단단한 편인듯 한울안에 사는 아무도 그가 자고 깨는 시간을 몰 을만치 남보다 늦게 자고 일찍이 일어나는 것이다. 언제나 보면, 일손을 놓 지않고, 삭바느질이던 삭다드미던 하여서 살림그릇도 요것 저것, 김치항아 리도 크고 작은것, 대광우리도 각가지 모양의 것을 사드려 좁은 부엌이 터 질지경이었다. 부두노동을 하는 남편의 아내로서는 지나치게 옷도 얌전하 고 용순이도 말끔하게 거둬놓는다. 한 여인의 불행한 운명이 오로지 한 사 나이로부터 시작된다면 한 남자의 행(幸) 불행(不幸)도 한 여자에게서 시작 될 것이 아닌가 하는 생각을 해본다.

문간방 젊은댁은 풀 멕인 빨래를 마루에 놓고 밟고있다. 남편은 세무관 리(稅務官吏)인데 결혼(結婚)한지 3년도 지났건만 아직 애기가 없어서 밤낮 걱정이 태산(泰山)같았다. 값진 옷도 많고 잡곡(雜穀) 한알 섞지 않는 밥도 먹을수있도록 이 울안에서는 제일 유족(裕足)한 아낙이다. 부산 태생인 모 양인데 동글납작한 얼굴이 귀염성스러울뿐더러, 성미도 싹싹하고 야무지다. 밤마다 술취(醉)해 들어오는 남편(男便)과 말다툼도 잘 하지만, 또 남편(男便) 의 서투른 키―타에 마춰서 유행가(流行歌)도 잘 부르고, 때로는 화투(花鬪) 치기를 해서, 남편한테 팔뚝을 호되게 얻어맞으면, 울안이 떠들석하도록 옴

살을 피워보기도 하는 명랑(明朗)한 여인이다.

가운데 방 새댁은 오늘도 파리한 얼굴에 수심(愁心)만 가득 서려서 말수도 없이 동구마니 앉아있다. 결혼(結婚)한지 두달만에 남편은 응소(應召)되어 싸움터로 가버렸고 홀로 군수공장(軍需工場)에 다니면서, 정(情)들자 헤어진 남편(男便)을 그리고 사는 여인(女人)이다. 군복(軍服) 짓는 일이 많을때는 밤에도 돌아오지않고 밤샘을 하지만, 또 일이 없는 날은 오늘처럼 낮에도 놀고있다. 그는 날마다 자기(自己)가 짓고있는 군복(軍服)이 요행 남편(男便)한테로 찾아가주기를 바라는 마음에서 바늘 한뜸 한뜸 정성(精誠)을 기우린다 했다. 나는 같은 여인(女人)인지라 그심정(心情)을 안타까이 역여서 였던지 지난밤 꿈에, 그 새댁 남편(男便)이 새 군복(軍服)을 입고 돌아와서, 새댁이 반겨 마지하는것을 보았다. 그러나 나는 헛된 꿈이야기투가 도리어 젊은 아내의 마음을 슬프게 할가 두려워서 아무 말도 하지 않고 그의 핼쑥한 얼굴만 바라보아 주는것이다. 그의 마음은 지금도 멀리 일선(一線)으로 달려가는 것인지 광채(光彩) 없는 눈길이 북녁 하늘을 주시(注視)한다 멍—하니 정신(精神) 잃은 사람처럼 앉았다가도 간혹 꿈틀 놀라는 자세(姿勢)를 짓음은 포탄(砲彈)이 터지는 소리가 들려서일까—혹은 남편의 절규(絶叫)……자기를 목마르게 부르는 소리에 사로잡힘일까—나마저 이런 덧없는 환상(幻想)에 잠겨 있을때, 용순엄마의 또랑 또랑한 음성이 굴러나왔다.

"참 오늘은 호랭이 할머니도 어딜 가셨나 안보이니……"

"흐웅, 그것도 몰으고 뭘했능기요? 아침에 좋은 옷 끄내입고 앞집 할매랑 함께 '하이야'불러타고 동래범어사(魚寺)로 절노리 간줄 몰으오?"

"어쩌면……그래요……"

용순엄마는 '하이야' 타고 동래(東萊)간 호랭이할머니가 부러웠을지 몰으나, 내 눈 앞에는 지게를 질머지고 매일(每日) 삭짐 지러 다니든 할아버지의 모습이 서언하게 떠올랐다. 할아버지란 물론(勿論) 할머니의 남편이다. 호랭이할머니란 별명(別名)도 그가 할아버지를 너무 구박하는데서 생겨진 이름인것이다. 할머니는 할아버지가 돈을 벌어가지고 들어오지 못하는 날은 가뜩이나 주름살투성이의 얼굴을 쭈구령박처럼 잔뜩 찌프리고 으르렁대는 통에, 옆방 사람도 못견딜 지경이었다. 비 오는날이나 방 아랫목에 좀 앉아 있을래도 "비 온다고 밥 안 묵고 굶느냐" 하며 내여 몰다시피 법석을 쳤다. 그러면 할아버지는 지게 위에다가 째진, 비옷같은것을 걸쳐서 우산대신(雨傘代身)으로 하고 지게 밑에 몸을 숨기듯 질머지고 비 오는 거리로 나가는 것이다. 비가 나리면 택시-의 수입(收入)이 부쩍 올으듯 '지게버리도 걸리기만 한다면 훨신 수지가 맞는다는것을 할머닌 알 고 있기 때문이다. 어른이나 아이고 또 남자(男子)나 여자(女子)고간에 결국(結局) 성격(性格)이 강(强)하고 독(毒)한 사람이 이기게 마련이라, 유(柔)하고 선량(善良)한 할아버지는 언제나 할머니한테 지기만 하였다. 그리고 꿉어진 등으로벌은 돈은, 꼬박 꼬박 할머니의 주머니로 들어가서, 오늘도 할아버지가 며칠 두고 벌어들니 돈을, 하루에 소비(消費)하러 간 모양이다. 6·25이후(以後) 군문(軍門)에 들어간 아들이 나돌아오면, 할아버지도 지게를 벗어놓고 편히 쉬일 안식처(安息處)가 마련될려는지 나는 부디 그 아들의 효성(孝誠)이 지극(至極)하기를 바랄뿐이다.

성미가 강(强)한 할머니와 나는 별로 호흡(呼吸)이 맡지않는 편이어서, 주고 받을 말도 없지만, 할아버지가 아들한테 보내는 편지(便紙)만은 고분 고분 잘써드렸다. 그래서 자기(自己)의 잇속만 차리려드는 할머니는 무슨 일이던지, 나한테 청(請)드릴 일이나 혹은 빌려갈것이 있으면 반드시 할아버지를 심부름 시켰다. 나는 그런 할머니의 아름답지못한 마음이 픽으나 미웠기 때문에, 때로는 거절(拒絶)을 하여버릴까 하다가도 할머니한테 들볶일 할아버지가 가엾어서, 본의(本意)아닌 선심(善心)을 쓰기도 하논것이었다

용순엄마와 젊은새댁은 여전히 구김살 없는 표정(表情)으로, 이야기도 무진장(無盡藏)이다. 호랭이 할머니가 지금쯤은 절밥 한상 잘 자시고 술이 □ 근히취(醉)해서 춤이라도 덩실 덩실 추겠다는둥, 절도 그전과 달라 인심이

야박해져서 돈 없는 사람은 푸대접한다는둥, 가끔 공비(共匪)들이 밤에 나타나서 식량(食糧)을 뺏어가는 일도 있다는 등……이렇게 주고 받는 말을 들으며 한옆에 앉았는 새댁(宅)과 나는 줄창 무료(無聊)한 눈길로 하늘만, 더듬고 있다.

그 하늘은 집웅위에, 큰이불폭 만큼 밖에 둘려있지 않컨만, 바라보아도 바라보아도 실증이 안나고, 끝 없는 상념(想念)마자 불러 이르켜 준다.

저 하늘이 줄 닿은곳─연달아 천리(千里)를 가면 영영 하직하다싶이 내버리고 온 서울의 하늘이 나타날테지……그리고 그 하늘 밑에는 용감(勇敢)한 국군(國軍)과 포악(暴惡)한 공산군(共産軍)이 번가라가며 포화(砲火)의 불덩어리를퍼붓던, 남산(南山)도, 인왕산(仁旺山)도 창경원(昌慶苑)과 덕수궁(德壽宮)도, 남대문(南大門)과 동대문(東大門)도, 불타고 허물어져서 변모(變貌)된 명동(明洞)과 충무로(忠武路)거리도 앉아 있을터지……

창경원(昌慶苑)꽃송이 욱어진 나무아래에서 물오리 쌍쌍이 헤염치는 덕수궁(德壽宮) 연못까에서, 비운(悲運)을 겪은 아니 또 겪어야만할 하루사리의 족속(族屬)들을, 찾아든 이 봄을 즐겨 마지하고 있을건가, 혹은 애달픈이눈물에 젖어 있을건가─

피 비린내나는 전쟁(戰爭)─ 무슨 고지(高地), 무슨능선(陵線)의 쟁탈전(爭奪戰)과, 후방(後方)의 쪼들린 피난생활(避難生活)─ 비새는 하꼬방과 볕 못보는 오막사리에서 지칠대로 지쳐버린 우리들 앞에 정말 꿈같이…… 그저 거짓말 같이 저 삼팔(三八)의 장벽(障壁)이 허물어진다면 그리고 우리 온겨레가 한꺼번에 몰리들어갈, 그 평화(平和)의 문(門)이 활짝 열려만준다면, 맞이고 보내는 춘정(春情)도 오즉이나 즐겁고 가벼우랴.

『문화세계』 창간호, 1953.11, 90~93면. [수필(隨筆)]

이명온 ●●●

이명온(李明溫, 1911-1981)

- 본명은 현숙(賢淑)
- 1911년 서울 출생
- 1925년 숙명여고를 거쳐 1926년 도쿄문화학원 양화과 중퇴
- 1955년 『흘러간 여인상』을 ≪자유신문≫에 연재하면서 문필활동 시작
- 주요 경력—1929년 ≪매일신보≫ 문화부 기자 역임. 1952년 해병대 문관으로 『해군』을 편집하면서 종군, 수필과 참전기 등을 발표
- 대표작—수필 「한국과 여성의 생활문제」(1952), 「민주여성의 진로」(1954), 「금남의 출입구」(1956), 「내일의 유혹」(1956), 「아류적인 것」(1957), 「애욕의 삭상」(1957), 「낭만벽」(1958), 「어느 탐미주의자」(1958), 「소운에게」(1958), 「문화적인 넌센스」(1959), 「낙인」(1959), 「죽음의 찬가」(1959), 「시가의 입장에서 본 친정 대 시가의 갈등」(1961), 「길」(1962), 「와병사우기」(1963) 등

- **수록 작품**

  말예(末裔)의 비곡(悲曲)

●●●

말예(末裔)의 비곡(悲曲)

　사약(死藥)을 마시려면 접시굽까지 할트라는 말—

　전에 이런말을 드를때 나는 그말자체(自體)가주는 모지른 잔인성(殘忍性)과 심각(深刻)한 극단성(極端性)이 소름끼치게 진저리가 처지고 일종(一種)의 떼카다니슴인 과격파(過激派)의 불온(不穩)한 사상(思想) 같아서 그런종류(種類)의 사람을 끔직이 싫여하였고 도대체(都大體) 내생리(生理)가 그것을 받아드리려 하지않았다. 그러나 그때는 내생활(生活)과 시대(時代)가 평온(平穩)하였고 그평온이주는 생활(生活)속에서 마음은 언제나 아름다운 화단(花壇)을 소요(逍遙)했었기 때문이다.

　오늘 민족(民族)이 생활(生活)의 모든안정(安定)을 잃고 피난에서 환도(還都), 환도(還都)에서또 피난 또다시환도(還都)를 거듭하고보니육체(肉體)에 남은것이라고는 살가죽위로노출(露出)해버린 칼날같은 신경(神經)뿐이라하여도 과언(過言)은 아닐것이다. 성급(性急)하게구러서 되는일이아닐건만 공연히 갈팡질팡하고 탄하지않을 일을 탄해서 언쟁(言爭)을하고 침착(沈着)하고 인내(忍耐)해야 될 것을 번번히 알면서 경솔(輕率)하고 비루(卑陋)스러운 행동을 하게되는것은 우리의 환경이주는 운명의 비극(悲劇)이다 남을 위하야 일을하고 우정(友情)을 애끼고 친족(親族)의화목(和睦)을 생각하는것은모두 짐스러운 부담이 되어버렸다. 나를 중심(中心)으로한 축소(縮小)된 세계(世界)— 나와 생활 나와사랑 나와사회(社會)라는 영악스럽고 인색한 개인주의(個人主義)가 우리의 모든 윤리(倫理)를 전복시킬따름이다. 오늘날 인간(人

間)과 사회(社會)에 흐르고 있는 이새로운 '모라리티ー' 인생(人生)의 거래는
재빠르고 영리하고 결론적(結論的)이며 노골화(露骨化)되어 버렸다. 거창스
러운 질서(秩序)를 밟는일 장편소설(長篇小說)처럼 지루한 연애(戀愛)는 오늘
의 감각기능(感覺機能)이 소화(消化)하려 하지않는다.

　가만히 눈을감고 앉아 나는 인간(人間)사이에 부대치는 과학성(科學性)과
금속성(金屬性)의 날카로운폭음(爆音)을 들어본다.

　사람으로서 해서는 아니될일을 하는 과단(果斷)! 그것은 어느정도(程度)
현실(現實)을 극복(克服)할수있을 것이나 근육(筋肉)을 파고드는 패륜(悖倫)의
회오(悔悟)는 정화(淨化)될수 없을것이다.

× ×

　산입에 거미줄을 느릴수없는 세상이니 원고(原稿)한줄을 쓰면 돈이 얼마
라는 숫자적(數字的)인 계산서(計算書)가 먼저 마음을 점령(占領)해버린다. 붓
대와 마음이 병행할수없는 안타까운 격투(格鬪)속에서 피의한방울처럼 소중
한 시간을 헛되이 노쳐버리고만다. 눈에보이지않는 무서운 불안이 덜미에
서 챗죽질을 하고 쪼껴가는 사람처럼 허둥대면서 그래도 술을마시고 담배
를 피우고 연애(戀愛)를 하려는 그심정(心情)! 이런속에서 식성(食性)과 구미
(口味)를 찾을수없다는것을 그들은 잘알고 있을 것이다. 도박적인 심리(心
理)와 위선적(僞善的)인 행동(行動)에 평온(平穩)과 진실(眞實)이 있을수는없
다. 흥분(興奮)과긴장(緊張) 초조와 실신(失神)의 창백한 빛이 모든사람들의
신경을 피곤(疲困)하게 할뿐이다. 그래도 어딘지 모르게 어진 천성(天性)이
남아있고 빈곤(貧困)을 달게받아드리는 숙명적(宿命的)인 혈통(血統)이 반가
우면서도 서글프다. 신형(新型)의 B36이 젯트기(機)를 달고 올라가 항공모
기(航空母機)의 역할(役割)을하는 오늘 우리의 생리(生理)가 균형(均衡)을 잃
어버렸나 해서 놀랠 필요(必要)는 없는 일이다.

빈한(貧寒)한 세대(世帶)의 민족(民族)에게는 모든 것이 꿈속같은 이야기다. 그것보다도 우리에게 다급한 사활문제(死活問題)는 식생활(食生活)을 해결(解決)할수 있느냐 없느냐의 남부끄러운 사정이다.

　환도(還都)한지 몇일이되어도 서울거리에서 그타개책(打開策)을 얻지못한 친구들이 모여앉으면 흔히 이런소리를한다.

　"앗나, 재조만있으면 사기횡령은 고사하고 강도질도 하겠네 ―"

하는 답답한 농담을 들을때 마음을 스치는 가을바람이 유난히 싸늘하게 느껴졌다. "불가사리가 쇠(鐵)를 주서먹는다"는 옛말은 과연 적재적용(適材適用)한실감(實感)을 오늘 사람들의 그표정(表情)에서 생활(生活)에서 사회분위기(社會雰圍氣)속에서 찾을수있게끔 되었다.

　오늘의 원형(圓形)이 내일(來日)은 각형(角形)으로 변(變)할수도있고 오늘의 허구(虛構)가 내일(來日)은 실존(實存)할수있다는 과학적(科學的)이며 유기적(有機的)인 사실을 시인(是認)해야 하기때문인지도 모른다. 솔직이말하면 우리는 살기위하여 돈이 필요(必要)하다. 곁방사리에서 처자(妻子)를 먹여살린다는 그한가지가 개인(個人)을싸고도는 중대(重大)한고민(苦悶)이라면 우리는 세계생활수준(世界生活水準)에있어 영점이하(零點以下)가 될것이며 문화(文化)가또한 빛날수 없는것은 너무도 규정적(規定的)인 사실이다. 이것은 오직 개인(個人)의 무능(無能)만도 아니요 한가정의 슬픔만이 아니다. 국가경제(國家經濟)의 빈약(貧弱)이 힘과 용기(勇氣)와 노력(努力)을 받아드리지못하는 까닭이다. 민족(民族)이 국가(國家)를 버서나 개인적(個人的)인 생활문제(生活問題)에 중점(重點)을 두지않으면 아니된다는 것은 다만 이나라백성에게한(限)한 비극(悲劇)일는지도모른다.

　진실로 돈의 필요성(必要性)과 그용도(用途)와 목적(目的)은 국가적(國家的)인 사업(事業)을 운용하기 위하여 필요(必要)하게 되어야만 비로소 우리는 세계무대(世界舞臺)를 바라다볼수있을것이다. 오늘과 같이 식수(食水)가 귀하고 전기(電氣)사정이 나뿌다는 이나라에서 그래도 악착같이 사라보겠다는

모지락은 행여나 생애(生涯)에 한번쯤은 남과같이 가슴을 펴고 다시한번 아
름다운 화단(花壇)을 거니러 보겠다는막연한 희망(希望)을 지녔기 때문이다.
꿈이 아닐손 그희망(希望)! 그희망(希望)을안고 모두들 모두들 서울로 도라
왔다. 지옥(地獄)의 사(四)거리같은 부산역(釜山驛)을 3년만에 나 벗어고향(故
鄕)으로 돌아온 사람들! 그래도 병들지않고 굶지않고 하로하로를 무사히 보
내왔다는 기적(奇蹟)과같은 사실을 도라보곤 빙그레 웃는 표정(表情)이 환도
(還都)를 장식하는단 한가지의 선물(膳物)처럼 인상(印象)에 남을뿐이다.

『신천지』 8권5호, 1953.10, 197-199면. [여인수필(女人隨筆)]

장덕조 ●●●

장덕조(張德祚, 1914-2003)

- 1914년 경상북도 경산 출생
- 1932년 이화여전 영문과 중퇴
- 1932년 「저회」(『제일선』 8월호)로 등단
- 주요 경력—1932년 『개벽』사 기자, 1950년 ≪영남일보≫ 문화부장, 1951년 육군 종군
  작가단 가입, ≪평화신문≫ 기자, ≪대구매일신문≫ 문화부장 겸 논설위원, 1976년 통일
  주체국민회의 대의원 역임
  6·25전쟁 종군기자로 활동하며 휴전협정을 취재한 공로로 문화훈장 보관장 수상
- 대표작—『은하수』(1937), 「함성」(1947), 「저회」(1949), 「삼십년」(1950), 『여인상』(1951),
  『광풍』(1953), 『다정도 병이련가』(1954), 「벽오동 심은 뜻은」(1963), 『이조의 여인들』
  (1968) 등의 역사소설과 『우후청천(雨後晴天)』, 『연화촌(蓮花村)』 등의 방송소설, 『누가
  죄인이냐』(1957)와 소설집 『훈풍』(1951), 『여자삼십대』(1954), 『격랑』(1959), 『지하여자대
  학』(1969), 『이조의 여인들 1~8』(1972) 등 다수
  75세가 되던 1989년 『고려왕조 5백년』 14권 출간

・수록 작품

내가 본 공산주의(共産主義) ∥ 후방(後方)에서 전선(前線)으로 ∥ 군인(軍人)과 여성(女性) ∥
영예(榮譽)의 귀환(歸還)을 ∥ '빽'과 S소장(小將)

●●●

내가 본 공산주의(共産主義)

　공산(共産)주의(義)니 공산(共産)주의정책(義政策)이니 하는말은 그전(前)에도 혹 들어왔고 신문 잡지(雜誌) 기타서적(其他書籍)이나 월남동포(越南同胞)들의 입에서 진상(眞狀)을 알기는했지만 이번이야말로 직접(直接) 공산(共産)주의(義)를 눈앞에 보았다.

　공포(恐怖)와 전율(戰慄)과 기만과 살상(殺傷)으로 가득찬 생지옥(生地獄)이 바로 공산(共産)주의(義)의 세계(世界)인것이다.

　이 세계(世界)속에서 살자면 눈을 가리우고 입을 봉(封)하고 귀를 틀어막힌채 산 송장이 되어야했다.

　그들이 즐겨 쓰는 문구(文句)를 빌면 '무자비(無慈悲)하고 몰인정(沒人情)'한 정체(政體)다.

　아즉도 얼떨떨한 정신(精神)으로 생각하면 모두가 악몽(惡夢)같고 내가 사실(事實)로 그같은 경험(經驗)을 했든가! 의심(疑心)스럽기도 하다.

　그러나 파괴(破壞)와 약탈(掠奪)과 방화(放火)로 폐허(廢墟)가된 주위(周圍)의 참경(慘景)과 남편(男便)을 살해당(殺害當)하고 부모형제(父母兄弟)를 잃고 자식(子息)을 빼앗겨 비탄(悲嘆)해하는 사람들을 볼때 비로소 지난일이 현실(現實)이었든것을 깨닫고 송연(悚然)해진다.

　몇번이나 몇번이나 겪었든 생명(生命)의 위기(危機), 2만원이 넘었든 쌀값, 밤마다 다리러오는 동원령(動員令) 챙피한 아부(呵附),

　고개를 흔들어 지우려하나 지워지지 않을때에는 그만 형용할수없는 괴로움이 엄습해 오는것이다.

이런때는 무너진 벽(壁)위에 상반신을 기대인채 눈을 감고 앉아있는 내 귀에 흑! 흑! 사람의 느끼는 소리가 들린다.

핏득 정신이 돈다.

방안에는 아무도 없다.

그 느끼든것은 나자신(自身)의 울음소리였든것이다.

"아! 괴로운 시일(時日)이었다"

하고 입에 내어 부르짖어본다.

어서 그 무서운 기억(記憶)을 잊어버리자 하면서도 서울이 탈환(奪還)되고 정부(政府)가 환도(還都)한지 2개월(個月)이 가깝도록 아직 이렇게 그 상흔(傷痕)을 고치지못하고 있다.

실(實)로 그 석달동안에 받은 압박(壓迫)과 굴욕(屈辱)과 수난(受難)의 기억(記憶)은 내 생(生)애를 통(通)하여 — 아니 그야말로 자손만대(子孫萬代)에까지 잊을수 없을것이다.

자유(自由)라고는 손톱 만큼도 찾아볼수없는 노예(奴隷)의 생활(生活)이었다.

칼날을 딛고 서서 생명(生命)의 공포(恐怖)에 떨든 불안정(不安定)의 시기(時期)였다.

이것이 공산(共産)주의(義)치하(治下)의 생활(生活)이었다.

6·25사변(事變)은 우리들에게 공산(共産)주의(義)란 어떤것인가를 확실(確實)히 가르켜주었다.

공산(共産)주의(義)에 대(對)한 우리들의 태도(態度)를 확연(確然)히 결정하게 해주고 이에 대비(待備)하는 우리들의 태도(態度)를 분명(分明)히 가추게 해주었다.

"공산(共産)주의체제하(義體制下)에서 사는것보담은 차라리 죽자"

이것이 이제 우리들의 진정(眞正)한 부르짖음이오 구호(口號)다.

거듭말하거니와 우리는 그들이 부르짖는 체제(體制)아래서는 도저(到底)

히 살수가 없는것이다.

그들의 무기(武器)는 허위기만(虛僞欺瞞)과 감언이설(甘言利說)이었다.

거짓말을 아무리 잘한다하드래도 처음에서 끝까지 하나에서 백까지 그렇듯 허위(虛僞)와 기만(欺瞞)으로만 일관(一貫)했을까.

이것도 지금생각하면 무슨 독가비에게 홀린것도 같고 꿈을 꾼것도 같은 어이없는 일이다.

그러나 그자(者)들은 계산적(計算的)이었다.

처음부터 이 두가지 무기(武器)로 그 악마(惡魔)같고 잔학(殘虐)한 근성(根性)을 가리어가며 전염병(傳染病)같은 민족멸망(民族滅亡)의 병균(病菌)을 사람들의 가슴속에 주입(注入)하려했든것이다.

그러나 허위(僞)선전(宣傳)이란 곧 탄로(綻露)가 나는법(法)이니 그들의 악정(惡政)도 즉시(卽時) 폭로(暴露)가 되고 말았다.

거리거리 김일성(金日成)의 사진과 나란히 '스딸린'의 사진이 나걸리고

'위대한 쏘련만세'

'스딸린 대원수만세'

의 기빨이 휘날리는날 사람들은 모두 낯을 돌리고 소위(所謂) '인민(人民)'을 위한다는 그자(者)들의 의도(意圖)가 어데 있는것을 분명(分明)하게 깨닫지 않을수없었다.

그들은 '인민(人民)'이란 미명(美名)아래 민족(民族)을 팔아 적국(赤國)의 영원(永遠)한 노예(奴隷)를 만들려했든것이다.

그들에게는 조국애(祖國愛)도 민족의식(民族意識)도 없다는 말을 익히 들으면서도

'참아 그렇게까지야 민족(民族)을 팔라구 ―'

하고 생각해왔든 일체(一切)의 서울시민(市民)들도 이같은 증거(證據)를 볼때 확연(確然)히 악귀(惡鬼)의 피묻은 손톱을 연(聯)상하고 여기저기서 들끓기 시작했다.

이 같은 동태(動態)을 느끼자 악귀(惡鬼)들은 아연(俄然)히 본색(本色)을 나타내어 강압수단(强壓手段)으로 나오는것 같았다.

소위(所謂) '자수(自首)'를 강요(强要)했다.

눈에 피빨을 세우고 수(數)많은 애국지사(愛國志士)를 검거투옥(檢擧投獄)하며 자수(自首)하려 들어간 민족진위(民族陳爲)의 인사(人士)들을 살해(殺害)하고 시민(市民)들을 잔학무도(殘虐無道)하게 들복았다.

행길에서 잡담(雜談)을 하고 섰는 두 부녀자(婦女子)를 부뜰어다 철사로 입을 꼬매였다는 소문(所聞)도 들니었다.

시민(市民)들은 공포(恐怖)에 떨었다.

길을 걸어도 꼭 정면(正面)만 바라보았지 옆을 돌아보거나 뒤를 돌아보거나 아는이를 맞나 인사(人事)만 교환(交換)해도 무서운 눈초리로 주시(注視)했다.

물론(物論) 국제정세(國際情勢)같은것을 논(論)한다거나 알려고 한다거나 해서는 안된다.

이웃집 일에 참섭을 해서도 알되였다.

어느놈이 내생명(生命)을 노리는놈인지 어느집이 내집의 감시원(監視員)인지 서로 알지도 못하면서 그저 경계(警戒)해야했다.

사람들은 모두 신경쇄약증에 걸닌것만 같았다.

얼굴도 몰라보게 변형(變形)들을 했다.

갑자기 나희를 먹은듯 주름 잡힌 뺨이며 움푹한 눈가장자리며 우뚝해진 콧마루에 누구나 입만이 커다랬다.

"죽었으면! 양잿물처럼 솔솔솔 녹아버렸으면!"

하고 탄식한 여인이 '인민공화국'을 비방햇다는 죄목으로 잡혀가자 동네안에서는 죽고 십단 소리도 마음대로 못햇다.

이것이 소위 인민공화국이었다.

이것이 소위 공산(共産)주의체제(體制)였다.

공산주의자들은 이렇게 그들의 손톱을 갈아 동족상잔(同族相殘)의 용구(用具)로 했든것이다.

그러나 이 날카로운 손톱에 한번 움켜잡히우면 누구나 좀체로 면(免)해 나가기가 어려운 법이다.

한번 그자(者)들의 모략(謀略)에 넘어가 그물에 걸니기만하면 비밀감시(秘密監視)가 붙고 그뒤에 또 감시(監視)가 따르고 이리하여 아무리 자기네의 계열(系列)에 충성(忠誠)을 다하든 사람이라도 한번 과오(過誤)만 있으면 처단(處斷)해 버린다.

실(實)로 전율(戰慄)할 행동(行動)들이 아니고 무엇이랴.

나는 이같은 그들의 정책(定策)에 희생(犧牲)된 가엾은 문화인(文化人) 몇 사람을 알고있다.

그들도 공산(共産)주의가 무엇인가를 알지못했든가. 불상한 사람들이다.

J씨는 내게 자수(自首)를 권(勸)하는 사람이었다.

"아무리 대한민국(大韓民國)을 지지(支持)하고 충성(忠誠)을 다했드라도 자수(自首)하면 포섭(包攝)하오, 인민공화국(人民共和國)은 참 문화인(文化人)을 待遇(대우)하니까, 집도 주구 직업(職業)도 주구 200자(字)한장에 원고료(原稿料)가 3천2백원이야"

그는 그때 간엷은 흥분(興奮)에 발발떨며 이런소리를 했다.

"우리 문화인(文化人)은 이제 살았어, 살았다니까……"

그러나 얼마후에 다시 만났을때 그는 기운이 없었다.

"아츰 여덟시에 문맹(文盟)에 나가야거든, 미아리(彌阿里)집에서 종로(鐘路)회관까지 나올려면 새벽다섯시에 나서야 해요"

"……"

"전차비두 없구, 점심값두 물론 없구 걸어댕길려니 부지헐수 있어?"
하는 그의 여윈몸은 날것같았다.

"한장에 3천원짜리 원고료는 어떻게 됐어요?"

내가 어이없이 물어보아도 무슨말을 할듯 할듯 하다가는

"이제 모두 알게돼. 고료(稿料)두받구"

할뿐 이내 입을 담을고 고개를 숙인체 걸어가는 것이었다.

그리고 또 얼마후에 나는 J씨가 그들에게 체포(逮捕)되었다는 소문(所聞)을 들었다.

"K씨도 R씨도 L씨도 모두 들어갔대, 남로당(南勞黨)두 소용없대요, 저이 계열(系列)끼리 물구 찢구 죽이기야, 아이 무서"

그때 이말을 전해준 G씨는 정말 공포(恐怖)에 떨며 간신히 속삭이었다.

"글세 다 소용없대요, 북한(北韓)에서 나온 몇몇 사람들만의 독재(獨裁)야, 모두 장님이되구 벙어리가 되구 귀머거리가 돼서 가만히 바보처럼 업데 있어야 해"

회관(會館) 한구석에서 억지로 목에 꺽꺽 맥히는 웃음소리를 내며 선배(先輩)도 없고 상하(上下)도 없고 노약(老弱)도 모르고 다만 투쟁경력(鬪爭經歷)만이 있다는 어린 '동무'들의 앞에서 얼골이 벌개 앉아있던 K씨의 모양과 그 여윈 다리로 걸어 미아리에서 새벽 다섯시에 집을 나와 부즈런히 시간(時間)을 대여 온다는 R씨, 그렇게 치성(致誠)을 드렸건만 결국 그자(者)들의 손에 잡히어 서대문형무소(西大門刑務所)의 원혼(冤魂)으로 사라진것을 생각할때 우리는 모르고 아부(阿附)한자(者)의 어리석음을 한탄(恨嘆)할수밖에 없는것이다.

인간(人間)은 본능적(本能的)으로 생명(生命)을 아낀다.

그럼으로 이 생명(生命)을 수호(守護)하기 위해서 체면(體面)도 염치(廉恥)도 버리는수가 없지않다.

그러나 때가 경과(經過)한뒤에 생각하면 흉흉(凶凶)히 생명(生命)을 유지(維持)하기 위해서 압박(壓迫)과 굴욕(屈辱)에 찬 나날이 있었든것이 생명(生命)을 잃은것보담 더욱 부끄러웁다.

우리는 인제 분명(分明)히 보고 알았다. 아부(阿附)한다고 포섭(包攝)하는 그자(者)들이 아니었다.

남한(南韓)땅에 발을 붙이고 살았고 대한민국(大韓民國)의 백성(百姓)이 되였든것만해도 이미 그자(者)들의 비위에는 거슬리고 있는것이다.

더욱이 문자(文字)를 해득(解得)하고 사색력(思索力)을 가지고 특(特)히 판단력(判斷力)을 가진사람은 그들의 앞에서 아무 근거(根據)도 없이 그대로 반동분자(反動分子)다.

어데까지나 무지(無知)하고 포악(暴惡)하고 살육(殺戮)만을 알뿐 인정(人情)도 의리(理)도 조국(祖國)도 인민(人民)도 없든 무리들이었다.

이밖에도 물론 내가 본바 그들의 소위(所謂) '무자비(無慈悲)한 정책(政策)'에 대(對)해서는 할말이 무한(無限)하다.

모두 생각만해두 몸서리쳐지는 기억(記憶)들이다.

그러나 한편 도리켜 생각해보면 이번 수난(受難)은 오히려 공산(共産)주의를 확실(確實)히 알고 그에 대비(待備)하는 태세(態勢)를 가추기위한 좋은 기회(機會)였는지도 모른다.

누구나 말하는것같이 이제는 중간파(中間派)도 없고 회색분자(灰色分子)도 있을수 없다.

30년에도 해당(該當)할수있는 그 지루한 3개월(個月)동안 우리는 경험(經驗)할것은 다 경험(經驗)하고 깨다를것을 깊이 깨달았다.

이제는 그 얻은바 철석(鐵石)같은 이념(理念)의 길로 생명(生命)을 걸고 내달을뿐이다.

반공(反共)이라 부를것이 아니라 타공(打共)의 길로 멸공(滅共)의 길로 내달을 그것뿐이다.

『적화삼삭구인집(赤禍三朔九人集)』(국제보도연맹, 1951), 69-78면.

후방(後方)에서 전선(前線)으로

울밑에 심고가신 개나리꽃도
이봄들며 노랗게 피었습니다
싸움터는 얼마나 추우십니까
어머니도 오빠걱정 하신답니다

아이들이 노래를 부르고 있다.
은엽아!
그노래소리를 들으면서 나는 지금백설에 덮인 전선(戰線)을 생각한다.
게々한 힌 눈길을 헤치고 굴러가는 전차(戰車)와 그 전차(戰車)뚜껑을 열고 우뚝 전면(前面)을 노려 보는 너.
얼음에 덮인 호(壕)속에서 언손을 불어가며 기관총(機關銃)에 매달려 있는너.
그것은 실(實)로 산상(山上)의 고행(苦行)을 즐겨하고 화중(火中)의 순교(殉教)를 사랑했다는 종교상(宗敎上)의 옛현인(賢人)들의 모습같이 내마음속에 감동이라느니 보담 어떤 아픔을 가져오는 관경이다.
정말 싸움터는 얼마나 추우냐.
너는 물론 울밑에 개나리꽃을 심어놓고 도라보며 도라보며 전지(戰地)로 떠난사람은 아니었다.
"암만해도 전선(戰線)으로 가야겠어요. 지원(志願)했읍니다"
문화(文化)극장에서 뉴―쓰를 보고 도라오는길 너는 못마땅한듯이 주위를 흘겨보며 힘있게 말했다.

나는 놀라 너를 쳐다보았다.

너는 우정 내편을 바라보지않고 뚜벅 뚜벅걷지 않았느냐.

그때 네 이마에는 땀이 맽이고 우리는 여름옷을 입고 있었는데 벌서 삭풍(朔風)이 문풍지를 날리고 거리에는 '크리쓰마쓰'장식이 한창이로구나.

은업아.

전선(戰線)에도 크리쓰마쓰가 있느냐.

새해가 있느냐.

눈을 감아 본다. 네가 빼았은 고지(高地)와 능선(稜線)이 보인다.

진격(進擊)의 북소리 우렁차게 울리고 승리의 기빨 휘날리며 만세성 높이 저무는 하늘을 뒤흔들고 있는것이 들린다.

눈을 떠본다.

나의 용사(勇士)야 내 새삼스레 네게 줄 무슨말이 있으랴. 무슨 부탁이 있을가부냐.

내 어떠한 문장(文章)도 찬양의 시가(詩歌)도 격려의 언사(言辭)도 눈 부릅뜨고 사신(死神)과 대결(對決)하고 섰는 네앞에는 한낫 넉두리에 지나지 않으리라.

오로지 인생(人生)의 진리(眞理)를 탐구하려느너. 철석같은 이념(理念)에 살려는 용사 번민할 것을 번민하고 도라볼것을 도라보고 주저할것을 주저한 남어지 정의(正義)의 기빨아래 정정당당하게 나선 정인(征人)의 앞에 내 초라한 속세(俗世)의 언사(言辭)가 모다 무색(無色)할것만 같구나.

×

은업아!

그러나 이 저녁, 웬일인지 나는 네게 무슨 이얘기를 자꾸 들려주고 싶다.

내가 오늘 거리에서 본 조고만 광경(光景)을 하나 적어볼까.

나는 오늘도 너와 함께 건던 그 길을 고개를 숙이고 걸어왔다.

자동차(自動車)가 달려가고 성장(盛裝)한 여인(女人)이바쁘게 지나가고 목수건을 둘러쓴 소녀(小女)들이 발을 굴르며 담배와 군밤들을 팔고 있었다. 그들이 상증하고 있는것은 모두가 육체적(肉体的)인호(好), 불호(不好)가 아니면 '금전(金錢)'이었다.

'정전반대(停戰反對)'의 첩지(貼紙)가 가개마다 붙어있고 곳장 눈이 나릴듯 하늘이 흐렸다.

나도 네 생각을 하며 집을 향해걸었다.

이때였다 내눈은 문득 어떤사람에게 끌리었다. 한편다리를 절단(切斷)한 젊은 장교(將校)가 조고만 의자차(倚子車)에 앉아 거리를 지나가고 있던것이었다.

은업아! 너는 상상(想像)할수 있느냐. 그것은 요즘 흔히 길에서 볼수있는 광경이다.

그러나 내 주의(注意)를 끈것은 그 의자(倚子) 위에 앉아 있는 젊은 중위(中尉)가 아니었다.

그 의자차(倚子車)를 밀고가는 여인(女人)의 표정(表情)이었다.

내 관심(關心)은 오로지 그 여인(女人) 한사람에게만 집중(集中)되었다.

다른사람들도 더러 그편을 바라본다.

내앞을 건너가던 다채(多彩)로운 양장(洋裝)을 한 몇사람의 여성(女性)도 그편을 바라보았다.

그러나 모다 바쁜듯이 이내 자기네가 걸어가야할길을 걸어갔다.

바람만이 세차게 불었다.

여인(女人)은 연해 병자(病者)가 두르고 있는 담뇨깃을 염여주었다.

웃는얼굴로 설명(說明)을 해준다.

그 황홀 하도록 인자(仁慈)해 보이는 표정(表情). 명랑(明朗)한 동작(動作).

내가슴속에 한가지 커단 감동(感動)이 깃들기 시작했다.

그 감동(感動)은 새벽 찬빛이 점점 더움을 헤치고 퍼저나가듯 내 가슴속으로 퍼저나갔다.

은엽아

나는 부상(負傷)한 네 의자차(倚子車)를 밀고가는 내 모습을 상상(想像)했다.

불길(不吉)한 상상(想像)이라고 나물하느냐.

나만이 그 복잡(複雜)한 보도(步道)우에 묵연(默然)히 발을 멈춘채 언제까지 나음산한 섯달의 가두(街頭)를 지나가는 그들을 바라보고 있었다.

그것은 옛날 어떤 성녀(聖女)의 젓가슴처럼 더러운 눈으로는 차마 울어러 보기조차 황송한 모양이었다.

그 여인(女人)의 태도에서는 감각적(感覺的)인 호(好)불호(不好)를 조곰도 찾아볼수 없었다.

발물론 '금전(金錢)'도 연상할수 없었다.

솟아나는 인생(人生)의 우물에서 그 아름다운 진미(眞味)만을 정성껏 깃고 있는 담담(淡淡)한 한개 인간(人間)의 모습만이 었을뿐이 었다.

나는 또 너를 생각했다.

네가 자원(自願)해서 전선(戰線)으로 나가고 내가 그것을 말리지않은 것을 알았을때 어떤사람은 고개를 기웃거렸을는지 모른다.

부상병(負傷兵)의 의자차(倚子車)를 밀고가는 젊고 아름다운 여성(女性)을 보며 '다른 직업(職業)'이 있을텐데 — 하고 까닭을 이해하지못하는 사람이 있는것처럼 —

은엽아

나는 다시 한 번 정신적유열(精神的愉悅)이란 말을 생각했다.

정신적유열(精神的愉悅) — 발을 떼놓은 뒤에도 좀체로 내가 받은 충격은 가라앉지 않았다.

'참된 인생'이란 문구가 오래된 포도주처럼 지금도 내머리속을 취(醉)하게해준다.

육체(肉体)와 생명(生命)을 바친 노고(勞苦)가운데 유연(悠然)한 마음의 즐거움이 있는것을 이해(理解)할수가 있는것이다.

나는 이 조고만 이야기를 기록(記錄)하여 네게 보내리라 했다.

×

어린 신애(信愛)가 너를 위해 털실조끼를 떳다.

필승(必勝)의 신념(信念) 멸적구국(滅敵救國)의 기원(祈願)이 서투른 한뜸한 뜸에 매듭저 있을것이다

은엽아!

지금 내옆에는 이 털조끼가 전진(戰塵)에 딩굴고 초연(硝煙)에 걸어 다시 승리(勝利)의 귀환(歸還)을 하는 날을 헤이며 얼고 조고 만 손이 그것을 싸고 있다.

싸다말고 붉게 상기된 얼골을 처들며

"엄마 은엽 아저씨 조국을 위해 싸우는거지"

하는 것이다.

나는 그만 가슴이 꽉! 매키며 눈앞에 확대(擴大)하듯 한개의 문자(文字)가 날아나니는것을 본다.

아! 조국(祖國).

바람소리가 요란하다.

은엽아! 조국을 위해서 싸우는 너는 어느 낯서른 지역(地域) 차디찬 호(壕)속에서 또 이밤을 새이려느냐

나도 커텐을 나리고 등(燈)불을 밝혀야겠다.

너와 우리 모든 용사(勇士)들을 위해 ─ 그들의 용감(勇敢)한 싸움과 빛나는 승리(勝利)와 영광(榮光)스런 개선(凱旋)을 빌어 무릅을 꿀런다.　(끝)

『전선문학』 1권1호, 1952.3.3, 40-41면. [편지]

군인(軍人)과 여성(女性)

　이같은 제목(題目)을 받았을때 문득 내 눈앞에는 어떤 기억(記憶)이 떠올랐다. 얼마전(前) 전몰장병위령제(戰歿將兵慰靈祭)가 있었을때였다. 소복(素服)한 여학생(女學生)들의 가슴에 영령(英靈)의 유골(遺骨)이 안기여 지나가는 뒤에 수(數)많은 유족(遺族)들이 애곡(哀哭)을 하며 따라갔다. 대부분(大部分)이 여성(女性)들이 었다. 우리 한국식(韓國式)으로 목청을 높여 슬피 울고가는 젊은 여인(女人)들 틈에 섞이어 조곰도 울지않고 걸어가는 노부인(老婦人)이 꼭 한사람 있었다. 옷도 무명배가 수수하고 얼골도 볕에 걸어 싫거멓게 주름이 잡히고한것이 분명(分明) 시골 마누라였다. 그러나 고개를 똑 바로하고 타올로 된 세수수건을 접어 머리에 얹은채 묵묵(默默)히 걸어가는 그의 모양에는 확실(確實)히 어떤 거룩한 체념(諦念)의 빛이 보였다. 길 양(兩)옆에 늘어서서 영령(英靈)을 마지하고 있던 다른사람들의 눈에도 이 시골 노부인(老婦人)의 특이(特異)한 모습은 한개 의문(疑問)였던 모양이었다.

　"저이봐. 저이는 조곰도 안우네"

　"눈물두 마른게지"

　이같은 속삭임이 들려왔다.

　눈물조차 마른게지 ― 들으면서 나는 얼마나 높고 아름다운 말인가 시쳤다.

　체념(諦念)이란 긍정(肯定)은 아니지만 실(實)로 거룩하고 아름다운 경지(境地)라 생각했다.

　나는 그가 아들을 전지(戰地)로 내 보낼때의 광경(光景)을 상상(想像)해 본다. 아직도 우리 나라에는 최초(最初)부터 어떤 신념(信念)을 가지고 만족(滿足)하여 그 아들이나 남편(男便)이나 사랑하는 사람을 전지(戰地)로 내보낼수 있는 여성(女性)은 그리 많지못하다.

"얘 좀 어떻게 모면해 보자. 나라보담도 집안 생각을 좀 해주어야지"

"네가 지원(志願)을 하다니. 네가 지원(志願)을하다니 네가 죽으면 나는 어쩌란 말이냐"

이것이 시골의 어머니 누나 아내들 의례히 한번씩 해보는 넋두리다. 소원(所願)은 크고 먼것보담도 곧 좋은 자손연면(子孫連綿)히 이어가는 가내(家內)의 번영(繁榮)인것이다.

범용(凡庸)과 평온(平穩). 그 마나님도 오히려 이것을 원하는 한사람이 었다. 그러나 마나님의 이같은 만류(挽留)는 아무소용(所用)도 없었다. 집안 대대(代代)의 번영(繁榮)보담 더 큰 힘 국가(國家)의 간난(艱難)을 방관(傍觀)할수 없는 젊은 청년(靑年)은 군문(軍門)으로 군문(軍門)으로 달려가지않고는 못백였다.

군(軍)에 들어간다는것은 곧 죽엄을 예측(豫測)해야 하는 일이었다. '죽엄'이란 군인(軍人)에게 있어 시(始)요 종(終)이다. 생사(生死)의 기로(岐路)가 항상(恒常) 군인(軍人)의 서있어야하는 초점(焦點)이요 이것을 떠나서는 그들의 생활(生活)도 없고 존재의의(存在意義)도 없는것이다. 마나님은 이 죽엄이란 말이 사위스러워 아들이 떠난뒤로는 다시 이말을 입에 올리지 않으려 했을는지도 모른다. 그러나 군인정신(軍人精神)이란 최초(最初)부터 죽엄을 긍정(肯定)하고 거기에서 출발(出發)하는것이 었다. 다만 정당(正當)한 죽엄을 목표(目標)로 하고 이 목표(目標)를 향(向)해 도덕(道德)도 생활(生活)도 이루어지는것이다.

마나님의 고투(苦鬪)는 시작(始作)되었다. 그는 아들의 무공(武功)보담 다만 아들이 살아 돌아오기만을 산천초목(山川草木)에게 빌었을는지 모른다.

— 마지막 쓴잔(苦盃)만을 받지 않게 해 주소서 —

그는 밤마다 정안수를 떠놓고 무운장구(武運長久)를 빌었다. 그것은 실(實)로 일시적(一時的) 감정적(感情的) 육체(肉體)의 싸움과같이 화려격렬(華麗激烈)한것이 아니라 눈에 보이지않는 고투(苦鬪)인만큼 더욱 뼈아픈것이었다.

그러나 끝내 받아야할 잔(盞)은 이르고야 말았다.

아들전사(戰死)의 비보(悲報)다.

마나님은 기절(氣絶)해서 쓰러지고 집안사람이 아무리 말려도 침식(寢食)조차 폐(廢)했을는지 모른다.

그러나 며칠후 그는 일어나 앉았다.

떨리는 손으로 상청(喪廳)을 모으고 아들의 명복(冥福)을 빌었다. 아무리 노력(努力)하고 애를 써도 몸부림치며 억제(抑制)해도 어쩔수없는 인간(人間)의 운명(運命)을 깨닫고 고요히 신(神)의 앞에 구원(救援)을 구(求)하는것이다.

눈물과 땀을 흘리며

— 이 잔을 내게서 떠나게 하소서 —

하고 빌어보나 결국(結局) 그 잔을 받고야마는 경건(敬虔)한 마음 자기자신(自己自身)과 그리고 대외적(對外的)인 모든것에 대항(對抗)해서 싸우다가 구경(究竟)은 다 단념(斷念)하고 업데여 비는 기도(祈禱)다. 그것이 곧 체념(諦念)이 었다.

극복(克服)할수 없는 커단 운명(運命)을 향(向)하여 부단(不斷)히 노력(努力)하다가 모두 집어 던지고 오로지 비는 마음으로 신(神)에게 접근(接近)하는 것처럼 커다란 체념(諦念)은 없을것이다.

불행(不幸)이란 누구나 싫어하고 기피(忌避)하는바다. 그러나 그 불행(不幸)을 초월(超越)할수 있는것이 체관(諦觀)이었다. 불행(不幸)을 초월(超越)하고 자기자신(自己自身)을 넘어서서 좀 더 높은 곳에 몸과 마음을 받힐수 있는것 이번 전란(戰亂)을 통(通)해서 얼마나 많은 여인(女人)들이 이 체관(諦觀)의 오도(悟道)에 달(達)했을까를 생각하면 눈물겨운 마음이 난다.

그러나 한편 많은 어머니나 아내나 누이가 그 사랑하는 청년(靑年)의 죽

음을 앞에 놓고 부득이(不得已) 체념(諦念)에 이르는것과는 달리 최초(最初)
부터 희생(犧牲)과 불행(不幸)을 긍정(肯定)하고 들어가는 일군(一群)의 젊은
여인(女人)들이 있다. 곳 상이군인(傷痍軍人)과의 결혼(結婚)을 자원(自願)하는
여성(女性)들이다. 순수(純粹)한 인간성(人間性)과 그렇게 하는것이 진실(眞實)
로 나라를 위하는 길이라는 신념(信念)이 있는 사람이었다. 진정(眞正)한 애
국자(愛國者)만이 즐겨 그 몸을 산화(散華)시킬수 있듯이 참으로 인생(人生)
의 의의(意義)를 깨다른 여인(女人)들만이 또한 스스로 이 수난(受難)의 길에
나갈수 있다. 그들은 육체상(肉體上)의 쾌(快), 불쾌(不快), 호(好) 불호(不好)
를 찾는것이 아니라 솟아나는 인생(人生)의 우물에서 그 황홀(恍惚)한 진미
(眞味)만을 담담(淡淡)히 길을려고 하는것이다. 정신적유열(精神的愉悅)을 희
구(希求)하는것이다.

정신적유열(精神的愉悅)! 그럼 수(數)많은 여인(女人)들이 몸의 번거로움을
물리치고 그 정신적(精神的)기쁨을 취(取)하는것은 무슨 까닭일까.

그 기쁨이 그 괴로움보담 크기 때문이다. 그리하여 육체적노고(肉體的勞
苦)가운데 유연(悠然)한 즐거움이 있는것을 깨달을수 있는 여인(女人)만이
이길에 나갈수 있다.

그것은 찬 어름을 깨트리고 뛰어들어가 한중수영(寒中水泳)을 하는 운동
가(運動家)나 즐거운 학창생활(學窓生活)을 헌신같이 집어던지고 군대(軍隊)
로 군대(軍隊)로 솔선지원(率先志願)하는 학도병(學徒兵)이나 멀리는 산상(山
上)의 고행(苦行)을 기뻐하고 화중(火中)의 순교(殉敎)를 사랑한 종교상(宗敎
上) 현인(賢人)들에게 상통(相通)할수있는 정신적법열(精神的法悅)인 것이다.

진실(眞實)은 인내(忍耐)하며 모든것을 덮는다. 하긴 진실(眞實)의 미명(美
名)아래 어떤 허위(虛僞)가 감행(敢行)되는수도 없지않은 것이다. 그러나 이
같은 불순(不純)은 멀지않은 시일(時日)을 두고 명백(明白)해 진다.

끝으로 지금 사회문제(社會問題)의 하나로써 가장 논의(論議)되고 있는것
이 군인미망인(軍人未亡人) 문제(問題)가 있다. 숭고(崇高)한 신정(神精)으로

조국수호(祖國守護)와 전(全)겨려를 위(爲)하여 호국(護國)의 신(神)이된 군인(軍人)의 미망인(未亡人)들이 속속(續續) 전락(轉落)하고 있다는 것이다. 심각(深刻)한 생활문제(生活問題)를 타개(打開)할길이 없어서도 그렇고 고독(孤獨)에서 오는 허무감(虛無感)에서도 그렇케 되는 모양이다.

하긴 일부면(一部面)에서는 이에 대(對)하여 어떤지도방법(指導方法)을 계획(計劃)하고 있다는 말도 들었으나 요(要)는 쌀이고 나무고 일시적(一時的)으로 보조(補助)해 주는것보담 전사(戰死)한 사람의 명예보존(名譽保存)과 산 사람들을 생활의욕(生活意慾)의 고취(高吹)에 지도요점(指導要點)을 두어야한다.

살려는 의욕(意慾). 생명(生命)의 의지(意志). 인간(人間)의 무상(無常)을 깨닫고 있는 사람일수록 그 무상(無常)을 꾀뚫고 생명(生命)의 불은 맹렬(猛烈)히 타올을수 있는 것이다. 그것이 전진(前進)하고 생장(生長)하여 살려는 저력(底力)을 이루는 것이다.

아무튼 이번 전란(戰亂)은 모든 여성(女性)들을 역경(逆境)으로 모라넣는 거대(巨大)한 괴물(怪物)이 었다. 아들을 빼앗긴 어머니 애인(愛人)을 잃은 처녀(處女) 미망인문제(未亡人問題) 모든것이 결국(結局)은 커다란 사회문제(社會問題)에 결부(結付)된다.

흔히 여성(女性)은 약(弱)한것이라 한다. 이 약(弱)한 여인(女人)들을 위(爲)하여 정신적(精神的)으로 물질적(物質的)으로 사회(社會)의 선도(善導)가 있어야 하겠다.

『전선문학』 1권2호, 1952.12, 26-28면.

영예(榮譽)의 귀환(歸還)을

비파산(琵琶山) 등성이에 낙엽수(落葉樹) 가지가 오늘도 하얗게 눈을 쓰고 있습니다. 그 위로 펼쳐 있는 석양(夕陽)하늘. 그 하늘에 날아가는 가마귀떼를 바라보며 나는 지금 같은 하늘가를 날라갈 C를 생각합니다.

C! 얼마나 기쁘십니까. 이번에 공군사관학교(空軍士官學校)의 졸업식(卒業式)이 있었고 C도 우수(優秀)한 성적(成績)으로 대망(待望)의 공군장교(空軍將校)가 되었단 말은 L선생으로부터 들었습니다. 이 메마른 강토, 가난하고 실리적(實利的)인 생활(生活) 속에 피어난 영웅(英雄), 내 화려한 대공(大空)의 용사(勇士)를 무슨 말로 축하(祝賀)하오리까.

내 정성을 다한 찬양(讚揚)의 시가(詩歌)도 부탁의 언사(言辭)도 격려(激勵)의 문장(文章)도 C의 오늘 영광(榮光) 앞에는 한개 넋두리처럼 무색(無色)한 것이 되어 버릴 것 같습니다.

×

C! 그러면서도 나는 지금 C가 공군사관학교(空軍士官學校)에 들어가던 때를 생각하고 있습니다. 공군(空軍)이라면 으례 비행기(飛行機)를 타야하고 비행기(飛行機)를 타는 것은 기차(汽車)나 자동차(自動車)를 타는것보담 위험(危險)하다는 관념(觀念)을 아직도 가지고 계신 어머니는 외아들인 C를 위하여 극력(極力) 이를 반대(反對)하시고 할머니는 우시었습니다. 그들은 입에

내여 분명히 표현(表現)하지는 않았으나 그들의 소원(所願)은 곧 좋은 며느리 좋은 손부(孫婦) 그리하여 연면(連綿)히 이어가는 가문(家門)의 번영(繁榮)만이었을는지 모릅니다.

그러나 C는 이 모든 난관(難關)을 물리치고 C가 소신(所信)하는 바 길을 감연(敢然)히 걸어갔읍니다. 자기 한 사람의 욕망(慾望)과 사정(事情) — 곧 미미(微微)한 소아(小我)를 버리고 유구(悠久)한 대의(大義)에 살려는 결연(決然)한 모습이었읍니다. 그 때 C의 모양은 한개 감동(感動)이라느니보담 어떤 아픔을 주위(周圍) 사람들의 가슴 속에 아로 새겨주는 것이었지요.

그 때부터 C는 벌써 싸움터에 서 있는 사람이 되었읍니다. 가정(家庭)의 반대(反對), 시설(施設)의 불비(不備). 그러나 C의 젊고 순수(純粹)한 감수성(感受性)과 발(潑)랄한 이해력(理解力)이 이제 모든 것을 학습(學習)하고 이해(理解)하고 탐구(探求)하여 순서(順序) 있게 소기(所期)의 과정(過程)을 맡게 된 것은 C가 혁극의 길 위에 서 있었기 때문에 더우기 의의(意義) 깊고 즐거운 정복(征服)이었다고 나는 생각합니다.

이제 행진(行進)의 나팔소리는 높이 울리었읍니다. 광영(光榮)의 기(旗)빨은 휘날리고 출격(出擊)의 함성(喊聲)도 하늘을 뒤흔들고 있읍니다. 그동안 C가 격은 모든 고난(苦難)과 고충(苦衷)과 모든 번민(煩悶)은 이제 합동(合同)하여 인고(忍苦)의 미덕(美德)이 되었읍니다.

C! C는 지금 그 승리(勝利)의 유열(愉悅)을 기(旗)치처럼 휘날리며 창공(蒼空)을 향(向)하여 첫은익(銀翼)을 펼치려 하는 것입니다.

×

C ! 인간(人間)의 일생(一生)은 한개 도박(賭博)의 연락(連絡)이라 합니다. 그것이 진실(眞實)이라면 C는 이제 그 최초(最初)의 하나가 해결(解決)된 것입니다. 그러나 앞으로 또 다시 몃개의 승부(勝負)가 기다리고 있을지 이

승부(勝負)의 하나 하나를 계속하여 이겨 나가기에는 아직도 많은 애로가 가로놓여 있을 줄로 생각합니다. 어떤 사물(事物)에 닥드렸을 때 판단(判斷)에 주저하든지 모순에 놀라든지 하는 일도 있겠지요. 남에게 호소(呼訴)할 수 없는 괴롬과 비밀(秘密)이 생길는지도 모릅니다. 그럴 때마다 이같은 주저와 괴롬을 순조(順調)롭게 지나서 사회(社會)에 대해서나 인생(人生)에 대(對)해서 자기자신(自己自身)의 경험(經驗)을 배울 수 있기를 바랍니다.

항상 청순(淸純)하고 명랑(明朗)하기를 —

세계(世界)를 바라보는 눈에, 사회(社會)의 추이(推移)에 대(對)한 인식(認識)에, 인간심리(人間心理)의 통찰(洞察)에, 더욱 깊고 넓고 정당(正當)한 비판(批判)이 가(加)해지기를 빕니다.

근면(勤勉)한 육체생활(肉体生活)과 충실(充實)한 정신생활(精神生活)을 하는 사람이 되기를 원합니다. 바라건댄 여태 배워온 모든 지식(知識)이 단순(單純)한 지식(知識)으로서 유리(遊離)하지 말고 종합적(綜合的)인 조화(調和) 있는 형식(形式)으로 C의 젊고 아름다운 인생(人生)과 생활(生活) 속에 결부(結付)해 주기를.

구비치는 역기류(逆氣流) 속에 나래를 펼치고 구름 깊은 창공(蒼空)을 정복(征服)하기에는 조종술(操縱術)의 숙련(熟練)만이 필요(必要)한 것이 아닙니다. 강력(强力)한 체력(体力)과 강잉[1] 불굴(不屈)하는 의지력(意志力)과 그보담도 헌신(獻身)과 희생(犧牲)의 신념(信念)이 가장 긴요(緊要)하다고 생각합니다.

C! 그리고 인간일생(人間一生)의 도박(賭博)을 지배(支配)하는 운명(運命)의 여신(女神)은 실(實)로 기분파(氣分派)요 신경질(神經質)이요, 가혹(苛酷)하다는 것을 잊어서는 안될 것입니다. 더우기 운명(運命)은 젊음과 아름다움에 대(對)해서는 질투(嫉妬)가 심(甚)합니다. 행운(幸運)의 앞에 도취(陶醉)하

---

1) 한자어로 강잉(强仍)을 가리키며 '억지로 참음, 또는 마지못하여 그대로 함'이라는 뜻.

지 말고 불운(不運)의 앞에서 좌절(坐折)되지 말기를 바랍니다.

순수(純粹)하면서도 안가(安價)한 감상(感傷)에 빠지지 말고 용감(勇敢)하나 가혹(苛酷)한 군인(軍人)이 되지 마십시오, 적(敵)을 무찌르되 독재(獨裁)의 철편(鐵鞭) 아래서 피를 흘리고 신음(呻吟)하는 동포(同胞)들을 구원(救援)하는 것을 목표(目標)로 해주셨으면 합니다.

×

C는 땅 위에 발을 붙이고 사는 모든 속세(俗世)의 사람보담 높은 정신적(精神的)인 호화(豪華)와 긍지(矜持)와 영혼(靈魂)의 사치(奢侈)를 가졌을 줄 내가 믿습니다. 그 혼(魂)이 하늘 같이 높고 맑기 때문에 구태어 갖은 난관(難關)을 물리치고 공군(空軍)을 지망(志望)했을 줄로 생각합니다.

이제 나래를 타고 창공(蒼空)에 오를 때 C는 오로지 한사람의 개선장군(凱旋將軍)일 것입니다. 그때 C의 머리 속에 떠오르는 것은 결(決)코 이해타산(利害打算)이 아닐 줄 압니다. 애증문제(愛憎問題)에 대(對)한 번뇌(煩惱)도 아닐 줄 압니다. 더군다나 세상(世上)의 속(俗)된 명예심(名譽心)이나 남의 이목(耳目)에 대(對)한 번잡(煩雜)한 마음 같은 것은 이미 안저(眼底)를 떠나 소멸(消滅)하고 없을 것입니다.

황홀비장(恍惚悲壯)한 감격(感激). 이 감격(感激)에 대(對)한 동경(憧憬)이 C를 이끌어 오늘의 기쁨을 얻게 한 것이 아닐까요.

C! 이같이 귀중(貴重)한 심정(心情)을 땅 위에서도 언제나 간직하고 있는 사람이 되어 주기를 바랍니다.

×

눈을 쓴 낙엽송(落葉松) 가지 끝에도 가마귀떼가 날라갑니다 저녁이 되었나 봅니다.

　C！이번에 새로 입은 그 파란 장교복(將校服)이 전진(戰塵)에 찌들고 초연(哨煙)에 걸어 다시 영예(榮譽)의 귀환(歸還)을 하는 날을 기대(期待)하며 이만 붓을 놓습니다.　(筆者小說家・陸軍從軍作家團員)

『코메트』3호, 1953.2, 30-32면.

'빽'과 S소장(小將)

장성급(將星級)에 있는 사람으로 아는 사람은 많다. 그러나 좋아하는 사람은 ― 그리 쉽지가 않다.

대체 좋아 한다는 말은 그저 친(親)하다는 말과도 약간 다르다고 생각한다. 숙친(熟親)하면서도 인격(人格)이나 실력(實力)이 구비(具備)하여 가(可)히 존중(尊重)할만한 사람이어야 할 것이다.

× ×

S소장(小將)은 그런 의미(意味)에서 내가 가장 좋아하는 사람이오, 좋아한다고 만천하(滿天下)에 공개(公開)할수 있는 사람이다.

그는 자기(自己) 사택(私宅) 문앞에 보초(步哨)를 세우지 않았다. 누구나 아는 사람이면 신분(身分)의 고하(高下)를 막론(莫論)하고 'S선생'하거나 'S형'하며 서실(書室)앞까지 저벅저벅 들어온다.

집무처(執務處)에 나와도 걸려오는 전화(電話)는 부관실(副官室)을 통(通)하지않고 손수 받는다. 청탁(請託)해 오는 원고(原稿)도 비서(秘書)의 손을 빌지 않고 꼭 손수 집필(執筆)한다. 서류(書類)가 돌아 오면 고치고 깎고 조고만것 하나라도 눈 감고 결재(決裁)해 버리는 법(法)이 없다. 지극(至極)히 청렴결백(淸廉潔白)하여 그만한 자리에 있으면서 때때로 쌀이 떨어지고 나무가 없어 부인(夫人)이 고생을 한다는 사실(事實)도 좋다고 생각한다.

그러나 그의 이 모든 미덕(美德)보담도 내가 그를 좋아하는 이유(理由)는 그가 전사군인(戰死軍人) 유가족(遺家族)이기 때문이다. 그의 열아홉살 된 동생이 학도병(學徒兵)인 포병이등병(砲兵二等兵)으로 가평전선(加平戰線)에서 장렬(壯烈)한 전사(戰死)를 한 것은 아는 사람이 많지 못하다. 그때 S소장(小將)은 바로 포병사령관(砲兵司令官) 이었다. 젊은 동생을 사관학교(士官學校)에 남겨두던지 자기사령부(司令部)에 데리고 있던지 아무튼 죽이지않을 방도(方途)는 얼마든지 있었을것이다. 그러나 지금도 전사(戰死)한 동생의 일을 이야기 할때면 "그 애는 '럭'이 없어 죽었나 보지요" 하고 웃는다. 그리고는 집무실(執務室) 또어 위 벽(壁)에
    '전사(戰死)할때는 '럭'하고 죽는다'
라고 커다랗게 써부쳐 놓았다.

×　×

아무튼 S소장(小將)만한 교양(敎養)과 높은 인간성(人間性)을 간직한 사람이라면 누구나 친(親)할수 있고 누구든지 좋아할수 있을줄 안다. 나는 언제나 이분이 주위(周圍)에 흔들리지 않고 똑 같은 자세(姿勢)를 가추고 있어주기를 바란다. (끝)

『전선문학』 4호, 1953.4, 44면. [作家와 軍人]

전숙희 ●●●

전숙희(田淑禧, 1919-2010)

- 1919년 함경남도 원산 출생
- 이화여자고등학교를 거쳐 이화여자전문학교 문과 졸업
- 1938년 단편 「시골로 가는 노파」(『여성』)를 발표하면서 창작활동 시작
- 주요 경력—1954년 아세아문화재단 후원으로 1년간 미국 문화계를 시찰하고 컬럼비아대학교에서 비교문화를 연수. 1959년 문화사절단의 일원으로 대만 방문, 그 후 일본·독일·미국·프랑스 등의 국제 펜클럽 세계대회에 참석. 1970년 동서문화교류를 목적으로 월간지 『동서문화』 창간. 국제 펜클럽 한국본부 명예회장, 계원조형예술대학 이사장 역임. 금관문화훈장 추서
- 대표작—첫 수필집 『탕자의 변』(1954), 기행수필집 『이국의 정서』(1957), 전기 『여수상 깐디』(1966), 두 번째 수필집 『밀실의 문을 열고』(1969), 『삶은 즐거워라』(1972), 네 번째 수필집 『나직한 발소리로』(1973) 등 다수

•수록 작품

내일(來日) 아침신문(新聞) ‖ 어떤 상이군인(傷痍軍人) ‖ 다시 서울에 돌아와서 ‖ 꽃다발을 그대에게

●●●

내일(來日) 아침신문(新聞)

上

한창불벼ㅌ이 내려쪼이는 서너시경이되면 아이들은 그 태양벼ㅌ보담도 더째ㅇㅅ한 목소리로 "내ー르아침 ○○신문이요 내ー르아침○○일보요"하고 얼골에서 등떠리에서마구흘러내리는땀도 모르는척남보다 한장이라도 더팔려고 쏜살같이 뛰어다닌다 언제부터 이러ㅎ게 내ー르아침신문을 간절히 기다리는버릇이 생겨ㅅ는지는 모르지만 하여튼 피난내려오면서부터는 이버릇이 부쩌ㄱ 더심해저 오후 두세시만되면 꼭무엇을기다리는 그런 막연한 초조함이 왼ー몸에퍼지곤한다

그것은 내게있어 내ー르아침신문이 아니라 오늘의생활(生活)에 지친남어지 명일(明日) 운명(運命) 혹은 희망(希望)이랄까 그런것을 은근히기다리는 애달픈심사(心思)일지도 모른다 더구나정전(停戰)이니 뭐니하고 실(實)□국제적(國際的)인 동시(同時)□ 개인적(個人的)인운명(運命)에 커다란숙제(宿題)□ 내걸고 있는요즘에 있어서 나뿐아니라 누구나가 다 모든신경이 내ー르아침 신문기사(記事)에모□고 있을것이다

하여튼 나는 이 아이들의 웨치는 소리가나면 뛰어나가 위선한장사들고 들어오는것이중요(重要)한 일과(日課)□ 하나□ 신무ㄴ을 펴든다 「삼팔정전 결사반대(三八停戰決死反對)」 이런 타이틀을 내걸고 우리는정전(停戰)을 결사반대(決死反對)하고 삼팔선(三八線)을 뭃어트리고 처올라가 국토통일(國土統

一)을 해야한다고 했다 국민총궐기대회(國民總蹶起大會)를 열고 시위행렬(示威行列)을 하는사진도 낫다 따라서 이 기사(記事)를읽고 그사진을 보는 나 역시 모으든것이 그래야할것만 같고 정전회담(停戰會談)이 깨지고 빨리빠르리 처올라가야만 우리의 살길이 열린다고생각되었다

신문지상(新聞紙上)에 정전회담(停戰會談)과 동시(同時)에 세인(世人)의이목(耳目)을 끄는 또 나의 큰기사(記事)는 소□방위□사건(防衛□事件)이다 재판정(裁判廷) 사진까지나고 날마다 톱기사(記事)로서 보도되는 이사건(事件)은 동족(同族)이면 누구나 피눈물과의분의 주먹이 쥐어지지 않을수없는 비참한 사실이다 몇억(億)이니 몇십억(十億)이니 하는 숫자(數字)와 또 그범죄내용(犯罪內容)에대(對)해서는 나는상상도할수없고 쏘 자세(仔細)히읽기조차 수고스러운일이거니와 다만눈앞에 떠오르는것은 오다가다눈에뜨이든 제이국민병(第二國民兵) 소위(所謂)적령기장정(令期壯丁)들의 초라한모습이다

나같이 뼈ㄱ다귀우에다 쌉찔 씨운듯한노란얼골들혹은푸석푸석한얼골들 오즉눈알들만이힘없이 한발한발벅차게내드디르발뿌리를 내려다볼□이다

셋씩 너댓씩 보따리하나씩을 질머지고 쫘ㄱ지어 다니는 이젊은이들을 나는처음볼때 피란오는 거지 거지중에도 굶고 주려 진액이 다아빠진 거지때로만알었다 그러나 나종 이들이 우리삼천만겨레의 운명(運命)을 등진 우리들 젊은 장정(壯丁)이라는것□ 알았을때 나는 참으로놀라지 않을수없었다 썩은 고기눈처름 허리멍덩한 눈알 거기에서불붙는 애국심(心) 적(敵)을무찌르고야말겟다는의욕(意慾)조차 찾어볼수는없었다 그럼 이트록 그들의 젊은 피를 말리고 살을깍아내린건 누구란말인가

下

피끌른 젊은 그네들에게서 나라와 동족(同族)을사랑하는 정열(情熱)과 싸와이기고야말겠다는 투지(志)를 다 바ㄱ탈해버린건누구란말인가! 물론(勿論)

방위군간부되는 그들이 민족적(民族的)으로 도의적(道義的)으로 이러ㅎㄴ 무서운결과(結果)를내리라고는 상々도못했을것이다

결과(結果)가 어떻게되리라는 점(點)을 상상조차하지못한 무지(無智)가낳은 무서운죄악(罪惡) 그것은마치 어린애에게 칼을주엄 마구휘둘르고 찔른것이나 다름없는일이였다 어듸를가나 사람이 모인곳이면 다아이이야기에 핏대를올리고 그런인간(人間)들은 열번죽여맛다ㅇ하고 주먹들을 쥐였다

며칠후의 신문은 정전회담(停戰會談)이 잠시(暫時) 결렬(決裂)되었다고 보도했다 거리의 표정(表情)과 호흡(呼吸)을 따라서 일변(一變)한것도 같다 이기사(記事)를 읽는 순간 나역(亦) 가슴속이 웨ㄴ일인지후련하지 않은것을 느껴ㅅ다 정전(停戰)을결사반대(決死反對)하든 우리들이 결렬(決裂)되었다는 소식을듣는 순간 맛당히 시원하고 통쾌해야만할 마음속이 아직도 어쩌ㄴ지 답々함은 웨ㄴ일일가

혹은 나는 정전(停戰)이안되야할것을뻔히알면서도 또 마음한구석에서는 은근히이것을 바라왔는지도 모른다 그러나 나는 이러한 나의설명(說明)할수없는 심사(心思)를 ☐으로 해석하고 싶지는않다

오래ㅅ동안 무서운 전쟁(戰爭)과 불안(不安) 피난(避難)과 불안정(不安定)속에서 허더ㄱ여오는대가 은근히 한사람씩 어찌되ㅅ든 피흘리는 전쟁(戰爭)을 그치고 고향(故鄕)으로 도라가 다무ㄴ한시라도 안정(安定)된 생활(生活)과 따뜻한 우의(友誼)속에 살고싶은 그애틋한 심정(心情)은 그 목적(目的)만을 바라고아무것도 시끄러운 문제(問題)를 따지고싶지 않다 위선질식할듯한 숨결을돌려쉬고 싶다 그러나 알고보면 이것은 다른사람만의 심정(心情)같지도 않다 피난민이면 누구나가다아 마음속 한구석에서 은근히 바라지는천갈래만갈래의 조각조각 부서진마음의 한조각 단편(斷片)일지도 모른다 며칠전 방위군사건☐☐보도를 하든 신무ㄴ은 또방위군간부 5명(名)에 대(對)해 사형언도(死刑言渡)한것을 보도하고 호외(號外)를 돌렷다 사람들은 통쾌하고 적절한 처사라고햇다 그러나 똑같은 의분을느끼는 나는 이사실(事實)을듣자

웨ㄴ일인지 통쾌함보다도 먼저 가슴이뭉클함을 느껴ㅅ다 총을 맞고쓰러지는 그들의 모습이 눈앞에떠오른다그중(中)에도 두어사람 아는사람들의모습이 더욱뚜렷이 처참하게떠오른다 나는 눈을 가리고 이런 불길(不吉)하고 불□(不□)한 상념(想念)에서노ㅎ이려한다 이것이 소위 안저ㅇ이라는것일까! 하여튼사람이 같은 사람을 정죄(定罪)하고 죽인다는것은 슲은일이다 그보다도 또 사람이 같은 사람에게서 죽임을 당할수 밖에 없도록 같은 사람끼리의 삶에서 죄악을저질럿다는건 더욱 슲은 일이 아니ㄹ수없다

이러ㅎ게 현사태(現事態)에만족할수없는 인류(人類)의 심사(心思)! 명일(明日)을 동경하고좀더 다른지를 희구(希求)하는건 영원(永遠)히인간(人間)의방황하는 심사(心思)일지도모른다

≪부산일보≫ 1951.9.15-6. [여류수필(女流隨筆)]

어떤 상이군인(傷痍軍人)

　　대구에서 부산으로 향하는 기(汽)차안은 언제나 처럼 발 하나 드려늘 틈도 없이 복잡한데 그날은 더구나 무슨 특별한 일이나 있었든지 전에없이 상이군인들이 무척 많았읍니다, 나는 다행이 그 복잡한 틈에 서있지 않고 한패의 상이군인들이 앉어있는 옆에 자리를 잡을수가 있었읍니다. 내 마즌 켠 의자에는 한쪽다리를 절단해 절름바리가된 군인과 또 그 가운대론 얼골에 화상(火傷)을 입어 눈과 코와 입과 그리고 피부까지 다아 그 원상(原狀)을 잃고 타으그라진 바가지 쪽 처럼 한대 부터버린 군인 그다음엔 창가를 의지하야 눈 먼 군인 하나이 새파란 색안경을 쓰고 앉어 있었읍니다. 나는 그 복잡한 중에서도 이 가엾은 불구자(不具者)된 군인들과 또 씩씩하게 서 있는 수많은 군인들을 잠간 비교해 보고 한가닥 애수(哀愁)가 마음에 사무치는것을 어쩔 수 없었읍니다. 더구나 원래는 다아 같이 저렇게 보기 좋고 씩씩하든 젊은이들이 오늘날 이자리에 마음대로 걷지못하고 보지도 못하는 한낱 불구자(不具者)로, 희망과 기쁨만이 차 있어야할 그 가슴속엔 오즉 절망과 비애(悲哀)만이 깃드리고 있을것을 생각할때, 더구나

　　이 생명을 보존한 대가(代價)의 이 보기싫은 육체(肉體)가 되기 까지의 그 죽엄을 초월한 아프고 괴로웠든 과정(過程)이 잠간 내 머리속에 스쳐갈때 전쟁이란 얼마나 비참하고 잔인한 것인가를 새삼스럽게 느껴 보는것이 였읍니다.

　　나는 가방에서 잡지를 꺼내 들었읍니다. 조곰후에 건너편에 앉은 다리를 절단한 군인이 캬라멜을 두각 샀읍니다. 그는 한자리에 앉은 동료들에게 모조리

몇알씩 손바닥에 쏟아 주고, 나에게도 받기를 권했읍니다. 그저 감사합니다 하고 인사만 한채 받지 않고 가만이 앉아 있었읍니다. 그랫드니 이 군인은 갑짜기 화를 발끈 내며 "왜병신이 드리는게 되서 싫으십니까?" 하지 않겠습니까, 나는 이 뜻하지 않은 공격에 당황해서 "아니에요. 그럼 도루 주세요" 하고 곽채로 받아 얼떨결에 한 알을 까서 입에 넣었읍니다. 그러자 이때까지 무표정한 채 창밖으로 얼굴을 향하고 우둑허니 앉아있든 눈먼 군인이 입을 열었읍니다.

"여자의 음성이군요, 정답습니다 아름답습니다." 나는 다시한번 깜짝 놀랐읍니다. 눈멀고 살아 있는것만해도 지긋지긋할텐데 아직도 무슨 흥이 남어 남의 여자를 놀리기까지 하는가 하⬚ 약간 불쾌한 생각으로 그의 얼굴을 곁눈질해 보았읍니다. 콧날이랑 오뚝 서고 히멀끔한 얼굴입니다. 그리고 이제 금시 삼문(三文) 시인같은 어조로 나를 놀렸다고 생각한 그의 표정은 하나도 흐트러짐이 없이 단정하게 얼굴을 들어 여전히 보이지도 않을⬚밖을 응시하고 있었읍니다. 나는 그의 너무도 엄숙한 표정에 다시 얼굴을 돌려 묵묵히 숙으리고 잡지만을 드려다보고 앉아 있었읍니다. 기차는 기인 굴을 뚫고 나와 넓은 들을 자꾸 달리고 있었읍니다. 조곰 있다가 그 눈먼 군인은 다시 입을 열었읍니다.

"하늘이 보이지? 김(金)중위!"

이 말에 맞은편에 앉았던 중위 계급장을 단 동료인듯한 군인이

"응"

하고 대답을 했읍니다. 나는 그때서야 비로서 이 눈먼 군인의 계급장이 소위 인것을 보았읍니다.

"우리 고향에서 보든 똑 같은 하늘이야!"

"그럼 하늘은 어디든지 있으니까……"

김(金)중위란 군인이 대답을 했읍니다. 나는 고향이란 말에 그의 말투가 약간 함경도 '액쎈트'를 띠운것을 느꼈읍니다.

"그 하늘엔 가벼운 흰 구름이 떠돌고 — 자아 이번엔 들이로구나 — 잔

디는 아직도 누우렇게 기름이 져있구나, 지금은 조그만 산 옆을 지나가지? 산엔 어린 소나무가 그래도 새파랗구나! 저건 우리들이 학교 다닐 때 해마다 식목일이면 열심히 떠다 심은 나무들이지…… 그 애송이 소나무들이 내가 일선에 나가 전쟁을 하고 또 이렇게 눈이 멀고 하는 동안 저렇게 시퍼렇게 자랐어! 세상은 참 아름다운 거야!"

나는 깜짝 놀라듯 그의 얼굴을 다시 쳐다 봤습니다. 그것은 아까 나에게 조롱의 말을 던졌다고 생각해 쳐다보든 그때 표정과 다름이 없이 엄숙하고 또 아무 티끌도 없이 밝은 얼골이었습니다. 유리창을 통해 비치는태양을 받어 그의 얼골은 좀더 빛나는 듯 했습니다. 나는 그의말, 그의 표정에 갑자기 가슴속이 뿌듯해 지는것을 느끼며, 눈먼 그가 보이는것처럼 말한, 그 창밖으로 시선을 옮겼습니다. 거기엔 정말 맑게 개인 하늘이 보이고 산이 보이고 또 그 산에 새파란 소나무가 보이고 있었습니다. 맑고 고요한 풍경입니다. 나는 색안경 밑의 그의 눈을 다시 한번 곁눈질 해 봤습니다. 분명히 감겨저 있는 두 눈입니다, 그러면서 왜 나는 눈을 감은 그가 볼수있고 느낄수있고 즐길수있는 세상을보지 못했을까요? 뜨여저있는 내 두눈을 가리우게하는 안개는 무엇이었을까요?

눈을 감고도 볼수있는 그 세상을눈을 뜨고도 보지 못한다면 장님은 과연 누구라고 하겠습니까? 그러고보니 신(神)은 우리에게 이 두개의 육안(肉眼) 이외에 또 하나의 눈을 깊이 마련해 주셨는지도 모르겠습니다. 그리고 그것이 진짜 눈일런지도 모르겠습니다. 그것은 그 소위의 눈을 보아 잘 알수 있지 않습니까? 그는 그의 육체의 눈이어두어 졌을망정 그의 감춰진 또하나의 눈이 밝어짐으로 오히려 떳떳이 유유하게 살아갈수 있는것이 아니겠습니까. 그러고보니 아까 나에게 첫마디로 던저진 히롱이라고 생각했든 말 그것도 가장 진지한 그의 여성에 대한 심정이엿든것 같습니다.

우리의 감춰진 또하나의 눈! 그것을 밝히 떠서 온갖 진실한것과 아름다운것과 또 사랑스러운것을 추구(追求)하고똑바로 보지못한다면 우리는 어떤 의미로 또하나의 맹인(盲人)이 아닐수 없읍니다. 이렇게 내가 생각에 잠겨 있는 동안에도 기차(汽車)는 수많은 눈뜬 사람들과 또 수많은 맹인(盲人)들을 싣고 여전히 산과 들을 달리고 있었읍니다. (끝)

『전선문학』 4호, 1953.4, 54-55면. [수필(隨筆)]

다시 서울에 돌아와서

　그렇게 가슴 조려가며 오고 싶던 서울을 드디어 오고 말았읍니다.

　다분의 불안과 또한편 희망을 안고 살어름을 밟듯 조심스레, 남들이 오기에 나도 왔읍니다.

　역사가 뒤집히고 인심이 변한 오늘날 까지 텅비인 서울을 홀로 지켜 예나 다름없이 솟아 있는 남대문을 대하자 나는 오래 그리던 어버이를 맞난 듯 가슴이 뿌듯했읍니다.

　플라타나쓰의 녹음이 짙게 그늘진 을지로네거리, 종로네거리, 광화문동 모다가 그립던 거리입니다.

　뉴―욕엘 가도 세계 어대를 가도 그 거리들 처럼 정답고 좋은 거리는 없을것 같습니다.

　어쩌다 푸뜩 푸뜩 그 거리에서 맞나는 아는 사람들은 더욱 반갑습니다.

　몇백년이나 떠러졌다 맞난 친구 처럼들 신기하게 반갑습니다.

　물론 그들은 대개 부산 대구에서 환도해온 사람들입니다. 그러나 어제 당장 부산거리에서 맞났던 사람도 이 서울 거리에서 다시 맞나는 정은 각별합니다. 우리는 남자건 여자건 수없이 손을 흔들고 또 공연히 자꾸 웃읍니다.

　"언제 오셨오?"

　"그래 집은 무사합니까?"

　"가족은 다 같이 오셨나요?"

대개 이런 종류의 회화가 상식인가 합니다. 그러나 누구에게나 듣는 이 말도 그저 새롭고 반갑기만 합니다.

나는 황폐했을망정 이거리들이 그리워 또가난 하고 무뚝뚝 하나마 그 사람들이 정다워 꿈속 같이 아름답다는 시드니－의 항구도 나포리－의 달밤도 가고 싶지 않읍니다.

그저 슬픈 우리들끼리 한대 어우러저 된장내와 김치내 또 흙내에 파묻혀 이땅에서 기러 기러 정답게 살고싶읍니다. 그러기에 나는 그 반가운 사람들이 모다 몰여드는 이 서울엘 참말로 잘왔다고 생각합니다.

이 거리가 아모리 화려해도 또 저 욱어진 플라타나쓰의 미풍(微風)이 아무리 향기러워도 그 오다 가다 맞나는 반가운 사람들이없었던들 나는 얼마나 쓸쓸했을까요?

피란사리 삼년에 몸은 비록 지쳤을망정 나는 분명 정만은 좀더 애틋 하고 짙게 살었나 봅니다.

허물어진 집터를 찾었읍니다. 한번 오붓하게 살아 보리라고 내 맘에드는 아담한 정원과겨울에도 꽃을 볼수 있는 조그만 온실과 사면이 유리문으로 트여 장안이 아름답게 내려다보이는 객실이 있는 집을 사놓고 신접사리처럼 세간사리들을 만들어 왔었읍니다. 정원엔 눈에 뜨이는대로 재미 있는 정원목도 떠다 심었읍니다.

등나무도 넝쿨이 올라 그늘이 좀더 어우러지면 동무들을 불러 야외식사도 하리라 맘먹었읍니다.

6·25가 터지자 나는 이 모든것을 초개와 같이 던저버리고 달아났고 그후 이 집은 인민군들의 숙소가 되어 포격의 중심이 되어버리고 말았읍니다.

나는 6·25 당시의 너무도 몸서리 치는 추억으로 인해 피란사리에 그렇게 쪼들리면서도 이 집에 대한 미련이나 애착이라곤 완전히 잊어버리고 말았읍니다.

그러나 이렇게 환도를 하게 되고 남들이 옛집을 찾아드는것을 보자 나도 푸뜩 그 옛집이 그리워서 이렇게 찾아온것입니다.

그러나 이제는 이미 그 화려하던 객실도 아담하던 온실도 간곳이 없읍니다. 정원의 나무들도 쓸만한것은 보이질 않습니다. 다만 덩글하니 허물어진 허전우에 한구둥이 남은 꽃은 집웅과 이제는 한결 무성하게 얼크러진 등나무 넝쿨이 한결 처량하게 보일뿐이 였읍니다. 아침저녁 닦아 윤끼를 내던 내손때 묻은 방세간들도 여기저기 백화점에서 눈에 뜨이는대로 하나씩 사모은 부엌세간들도 간곳이 없읍니다. 그렇게 애껴서 입지도 않고 농속에만 넣두었던 옷들도 없읍니다.

사기접시에 금 하나만 가도 그렇게 마음이 서운하던 내가, 혹 대림질을 하다 옷자락 하나만 눌어도 종일 가슴이 찌잉하던 내가 이렇게 비로 쓸듯 다아 없애버리고도 생(生)에 아무런 지장이 없음은 신기한 일이기도 합니다 이렇게 허물어진 터전 우에서 잃어진 과거를 추억 하며 나는 이상한 김개에 가슴이 뿌듯했읍니다.

눈에 보이는것에 대한 허무감 공허감이 더욱 가슴에 사무칩니다.

하로아침에도 이슬처럼 슬어저 버릴수있는, 한 순간에도 구름 처럼 흩어저 없어질수 있는것으로 이내 울고 웃고 싸우고 땀을 흘리고 귀한 시간을 허비하던 지나간날이 새삼스럽게 어리석어 보였읍니다.

이 폐허위에 서서 없어질수 있는것에 대한 공허감이 절실하면 할수록 나는 영원한것에 대한 동경이 좀 더 크게 눈뜨는것을 어쩔수없었읍니다.

『신천지』 8권4호, 1953.9, 48-49면. [환도유감(還都有感)]

꽃다발을 그대에게

−총성(銃聲) 그친터를 찾아서−

上

결코 자랑스런이야긴 아니지만 나는 전쟁삼년에 일선지구라는데를 처음
으로가보았다 그것도이미 정전이된지 한참되는 바로며칠전의일이다

포로교환이 끝이난다는날 나는차편을 얻어 자유촌으로 향하였다

홍제원을 넘어인가없는 벌판에는 누런벼이삭만이 구비쳐흔들리고 길양
편으론 푸라타나쓰의그늘이 아롱져있다

포로인수소 본부에이르자 아−취로 된 귀환용사 환영의문이 서있고 그
앞으론 아침햇살을 받아 눈부시게 번뜩이는 은빛 헬멭 을 쓴 군악대 들이
악기를들고 대기하고들 있었다

십분후 두명의여자포로를 포함한 열세명의 용사들이 네대의 엠뷰랜쓰에
분승하여 그라운드에 도착했다

대기하고 있던 각단체의 대표들과 군인들 보도반들이 제각기 태극기를
흔들며 환영의 손벽을 쳤다 첫 엠뷰랜쓰의 문이열리며 두사람의 여인이 남
색바지 저고리의 포로복을 입고 까만 머리를 단정히 따어느리고 오래 그리
던 고국의 땅위에 내려섰다 다음 엠뷰랜쓰에서는 서너명의 용사들이 국방
색 사루마다1)만을 걸치고 맨몸으로내렸다

---

1) 사루마다(さるまた)는 원고(猿股)라는 일본어로 속잠방, 즉 남성용 속바지를 뜻함.

그다음 또 그다음문에 서도 그랬다 열세 명의 용사들이 다 내리자 네대의 차는 스스로 미끄러지듯 그마당을 빠져 나갔다

여인 대표가 나와용사들에게 꽃다발을 바쳤다 앞에서는 고요히 국가의 연주가 흘러나오왔다

나는 온몸에 옷싹소름이 끼침을 느꼈다 늘 심상히 듣던 국가가 이렇게도 좋왔던가

이렇 게도 가슴의줄을 건드려 줄수 있었던가

내 마음이 이럴진대 철의 장막속에서 내일의 운명을 모르는채눈을 뜨나 감으나 그리워하던 고국의 땅 을 꿈이 아닌 현실에밟고서 이그리운 국가를 불는 그용사들의 가슴이야얼마나 설레이고 감격에 북바치랴 그러나 이상하게도 그들의얼굴엔 표정이없다 슬픔도 기쁨도 나타내지 않으려 애를쓴다 눈시울에 흐려지는 눈물조차 꿈벅거려 지워버린다

진찰을 하고 목욕을 하고 세군복을 갈아입은후 그들은 약간의음식과 과일이 준비 되어있는 천막으로 언도되었다 쌀밥과 계란과고기반찬에 더운차와실과가있다

한 끼니에 강냉이삶은 것이 많을땐 이백알 적으면 그나마 일백오륙십알 밖에는 얻어먹지못하고 자나 깨나배고픈것 이외에더 절실한것이 없더라고 말하는 그들이 좋은음식을 앞에놓고 아무도먹지를 못하고 앉아 있는것은 웬일일까

"시장하실텐데 왜안잡수세요"

대한부인회의 한 대표가 물으니

"목이 타서 안넘어가요"

하고 한용사가 대답을한다

나는 문득 이런어구가 떠올랐다

'사람이 떡으로만살지 못할지니……

육체적인 본능위에서는것그 것은 영혼의흔들림이아닐까'

천막에서 내려다 보이는 북쪽벌판, 바로얼마전까지 전쟁마당이었다는 그 벌판에 이미총소리그쳐 고요하고 무성한 갈때만이 가을바람에 서글프게 흔들리고있다 꾸불꾸불 가로질려있는 임진강저쪽에 병풍처럼 돌려있는 송악선은 우리겨레의 많은 슬픈 이야기 들을 홀로 지키는듯 뽀오얀 안개속에 말없이 솟아있다

下

포로인수본부를 나와서는 일선 진지라는두개의고지를 보러갔다

고지라는 조그만 산언덕엔 끝없이 길게 참호가 파져 있다 그 참호의 군데군데엔 사면을 둥근 통나무로 짜올리고 대포가 포문만이 토굴밖으로 나와있다 그 안으론 이토굴속에서 목표를 쏘고 진지를사수하고있는 두병사의 잠자리 까지 마련되어있고 흙위에 짚을깔고거기 담요를 폈을뿐이다

이제는 총알이 날아오지않기 때문에 맘놓고 언덕위에서 밥을지어먹는다는 큰 느티나무 아래에는 귀떨어진 양은솥이 돌위에 걸려있고 식탁처럼 사용되는 낡은널판자위엔 쭈그러진 양재기와 군대용식기가 몇개 엎어져있다 사오명의 사병들이 이렇게 끓혀먹어가며 이자리를지키 고있다 한사람의 위병은 아직도 육중한 총대를매고 단정한 자세로 셔있다

지금은이렇게 서있어도 외롭고피곤한것 이외에는 죽음의위협은없으나 얼마전까지도 여기는 불꽃이펑펑떨어지던곳이라한다 그럴땐겨울이라도 불기를 피울수없어 눈덩이처럼꽁꽁언 밥덩이를 잇발로갈가먹는다고한다 그나마 수송이 차단되어보급이 끊어질때면 며칠씩굶으며 싸움을 계속했다고한다

그러나 이렇게 떨고 굶주려가며 백지장 사이 같은 삶과 죽음의 위협을 순간 순간받으면서 도 가끔 총소리 뜨음한 밤이면 이흙구덩이 참호 속에서도 곧잘 이야기의 꽃이편다고 한다 그리운 고향 이야기, 부모 이야기, 애

인의 이야기, 금시 옆에서 피 흘리고 넘어진 전우들의 이야기, ─ 이렇게 해서 이불 구뎅이 속에서도이피바다 안에서도 그들의 젊은 가슴 속엔사랑의 꽃이 핀다고 한다

민족을 위해 젊은생명들을 아무런 후회도 없이 바치는 그들옆에서 부상당한 전우를끌고가다 같이죽는 그들 이런죽음터에서도 틈틈이 제각기마음의 등불들을 밝히는 그들

진정아름다운 이야기는 여기에있다

진정아름다운 인간상은 여기에있다

나는 이렇게 싸우다가 쓸어진 그들이 영원히 누워있는 산꼭대기 합동묘지를 찾았다 이것은 해병대 용사들의 묘지로서 오백사십주의 무덤과 그앞에제각기 흰십자가가 서있었다

높은 언덕에서 내리 열을지어 주욱주욱서있는 그십자가 앞에서자 나는 갑자기 옷깃을여미고 싶은 엄숙한마음이들었다

대게 공동묘지 같은데를 가면 인생의 허무함을 느끼는것이 보통이나 나는 여기서 웬일인지 그러한 느낌을 가질수없었다 대신존경과 어떤 동경이 날개처럼 가볍게 내가슴을 덮어주었다 나는 그앞에 머리를 숙여 잠간 묵상을 올렸다 그들의 죽음은 개인을 위해 물고 싸우다 늘어빠져죽은 것이 아니다 남의 행복과 의를 위해 싸우다 쓰러진 젊은 용사들이다

분명 그들의 죽음은 사랑의 승화요 승리의 상징이었다 그들이 뿌린 붉은 피는 높이하늘을향해향불을피우고있다

그리고 그들 인생의 승리의 용사들은 지금 저 맑은 하늘을 우러러보며 앞뒤에 둘려있는이름모를나무와풀잎향기에싸여 그나무사이를 오고가는 바람소리 새소리 구원한 노래속에벼이삿 물결치는 기름진 들을 내려다보며 평화롭게 잠들어있는 것이다

무덤에는 제각기 푸른 잔디가 무성했고 그옆으론 사람이다닐수있는조그만길이 트여저있다

나는 같이간장교에게

"무덤에 꽃이없어 좀 쓸쓸하군요 길대신이땅에다 쭈욱꽃밭을 만들면 어때요!"

"네에, 그러지않아도 우리도 틈만좀나면 그럴계획을 가지고 있읍니다"

나는 진정 이승리의 용사들의무덤앞에마음의 꽃다발을바쳤다. (끝)

≪부산일보≫ 1953.9.17−18.

정충량 ●●●

정충량(鄭忠良, 1916-1991)

- 1916년 함경남도 고원 출생
- 1939년 이화여자전문 문과 졸업
- 주요 경력―1948년 ≪경향신문≫ 문화부 기자, 1956년 ≪연합신문≫ 조사부장 및 논설위원을 거쳐 1958년 YWCA 이사, 세계통신협회에서 주최한 논문 모집에 당선되어 1960년 미국 국무성 초청으로 도미(渡美), 백악관회의에도 참석. 1962년 여성단체협의회 상임이사, 1963년 신문윤리위원, 이화여자대학 교수 겸 출판부장, 대한 주부클럽연합회장, 여성단체협의회 부회장 역임. 1972년까지 ≪이대학보≫ 주간, 1983년 이후 숙명여고 교장 역임
- 대표작―수필 「여성의 오락과 취미」(1950), 「사이비 뺑커생활 시말기」(1956), 「조국의 이방인」(1958), 「세기의 여성 루즈벨트 여사」(1961), 「애국에 통하는 생활자세」(1961), 「여성과 직장」(1962), 「제주도의 여성미」(1963) 등과 평론집 『마음의 꽃밭』, 『여성과 에티켓』(1964), 『수문장의 변』(1977), 『문명의 얼굴, 미개의 얼굴』(1977) 등 다수

- **수록 작품**
  평화사도(平和使徒)의 소지(素地)

●●●

평화사도(平和使徒)의 소지(素地)

　전쟁(戰爭)이란 폭발물(爆發物)은고요하던 이나라 여성사회(女性社會)에 모진물결을 일으켜 비애(悲哀)와 현명(賢命)과 우(愚)매를 선(善)과악(惡)을 동시(同時)에 가져왔다

　민주주의(民主主義)가가져온 여성(女性)의향유(享有) 자주독립(自主獨立)하려는 정신(精神)이강해진것 시야(視野)가 넓어진것 반면(反面)에방(放)종 사(奢)치의극치(極致) 전쟁미망인(戰爭未亡人)의 사(沙)태 남성부족(男性不足)과 경제력(經濟力)의 빈곤(貧困)에서 오는 여성(女性)들의 자타락(自惰落) 사랑의 황폐(荒廢)내지(乃至)상품화(商品化)는 전쟁(戰爭)으로해서 뚜렷하게 여성(女性)에게 군림(君臨)하게된현상(現象)들일것이다

　상기(上記)제현상중(諸現像中) 선(善)한조건(條件)을 제외(除外)한 악조건(惡條件)은 여성(女性)들로하여금 가장심각(深刻)한 사고(思考)를하게끔 내식구만이 잘살려고하는 어떻게하면 내남편(男便)을내아들을 내아버지 내오빠를 살육(殺戮)의 전쟁(戰爭)터전에서 구(救)할수없을가 피(避)하게 할수없을가 옛부터 봉건사회제도(封建社會制度)밑에서 압박(壓迫)을받던 서민(庶民)들이 스스로 자기생활(自己生活)을 좁히고 자아독단(自我獨單)의 도피(逃避)에서 이루워진 '에고이즘'이 시류(時流)에 합(合)쳐서 혈육(血肉)만을 엄호(護)하려는지극한 '에코이스트'로지극히 소극적(消極的)으로 지극히 정저와(井底蛙)를 맨들었다

　이것은 양대진영(兩大陣營)의틈바구니에서 자주적(自主的)인전쟁(戰爭)을

수행(遂行)할수없는 기형적(奇型的)인 현상(現象)에 기인(基因)한 것이겠으나 보편적(普遍的)으로 세계각국여성(世界各國女性)이 가지는 이기주의(利己主義) 일것이다

그러나 비단한국여성(韓國女性)만이 전쟁완수(戰爭完遂)란엄숙(嚴肅)한 도 장(道場)에 임(臨)해서 강대국여성(强大國女性)의 적극성(積極性)보다 소극성 (消極性) 건설면(建設面)보다 소비면(消費面)을 더많이 시현(示顯)하는 것은 약 소민족(弱小民族)의비굴과 체험(體驗)에서 오는것도 있겠지만 한국(韓國)의 특수(特殊)한 환경(環境)즉 양대진영(兩大陣營)에끼인 채한국자(韓國自)신이자 주적(自主的)인의사(意思)로전쟁(戰爭)을수행(遂行)할수없는 데서고귀(高貴)한 피의대가(代價)의보상(補償)을받을수없고 미래(未來)를 관측(觀測)내지(乃至) 낙관(樂觀)할수없고 따라서 내일(來日)을 무시한 '모맨타리스트'의 범람(氾 濫) 미의미식주의자(美衣美食主義者)의팽(膨)창, 과거(過去) 봉건주의(封建主義) 에대(對)한반발(反撥)과 도덕심(道德心)의 저하(低下)에서오는 일부여성(一部女 性)의 자타락(自墮落) 성(性)의문란등(紊亂等) 인간(人間)과인간(人間)의 접촉 (接觸)이적고한 가정(家庭)에선 아버지와 오빠, 출가(出嫁)해선 남편(男便)만 을 울타리삼던여성(女性)들에게닥쳐온 일시적혼란(一時的混亂)은아직 제반문 명(諸般文明)의혜택(惠澤)이멀고케케묵은 봉건주의(封建主義)탈을벗지못한 우 리환경에 사고(思考)하고 비판(批判) 반성(反省)할여지(餘地)도 없이 밀려 드 는 가지가지 시련(試鍊)에 부닥쳐 세련(洗練)될 시간(時間)의 여유(餘裕)가 없 는데서오는 일시적(一時的) 현상(現象)으로 이러한 현실문제(現實問題)는 국 가재건(國家再建)에 따라 사회질서(社會秩序)도 잡히고 여성자신(女性自身)의 자각(自覺), 독립(獨立)하려는 의욕(意慾)에서의 기술면(技術面)의 연마, 교양 (敎養)과 지성(知性)의 함양(涵養)에 아울러 국가대책수급여하(國家對策收給如 何)에 따라 호전(好轉)할수있는 사실(事實)이다

이렇듯 전쟁(戰爭)을 기화(奇貨)로 일어나는 과도기적단계(過渡期的段階)를 비관(悲觀)하기에는시기상조(時期尙早)의 기우(杞憂)가 아닐가 왜 우리는이런

악조건(惡條件)을 극복(克服)하는데발전적(發展的)인더좋은 환(環)경이나타나는 사실(事實)을 잘알기 때문이다 또한 시간(時間)이 서서히 우리의길을 지도(指導)해줄것이기 때문이다 특히 여성자신(女性自身)들의 자각(自覺)과 노력(努力)은 이과도기적(過渡期的)인 현상(現象)을 시간적(時間的)으로 단축(短縮)할수있고 회복(回復)을 조속(早速)히 할수있는 동시(同時)에 그것은 또한 새로운것을 지향(志向)해서 발전(發展)할것이다

그러나 이번 전쟁(戰爭)은 과도기적현상보다 총탄(銃彈)과 공습(空襲)보다도 그얼마나사상전(思想戰)이 무섭다는것 무기발전(武器發展)에서오는 인류전멸(人類全滅)의 공포를 뼈아프게느꼈다 우물안의 개고리식으로 자아독존(自我獨尊)이 존재(存在)할수 없다는것 따라서 세계(世界)가 한덩어리가 되어야만 민주진영(民主陣營)의 승리(勝利)를 가져온다는 대국적(大局的)인 인생관(人生觀)을 체득(體得)하게 되었다 더욱이 북반신(北半身)이 공산주의(共産主義) 진영(陣營)에 유린되어 부자간(父子間)에 형제간(兄弟間)에 총뿌리를 겨누고 죽이고 으르렁대야하는 인간최대비극(人間最大悲劇)의 소산지(所産地)인 한국여성(韓國女性)의 전쟁(戰爭)에대(對)한 환멸(幻滅)과 비애(悲哀)는 세계(世界)어느나라여성(女性)보다 더 심각(深刻)한것이다

휴전(休戰)은 되었으나 정치회의(政治會議)를 앞두고 언제 풍진(風震)이 다시 일지모르는 공포(恐怖)속에서 전전(戰戰)긍긍하며 비극(悲劇)의 심연(深淵)에서 헤여나려고 애쓰는 한국여성(韓國女性)이야말로 장차(將次)의 평화사도(平和使徒)로서의 소지(素地)가 충분(充分)이 이루워졌다고본다 그들의 살을 나눈 자식이나 혈육(血肉)으로하여금 다시는 전쟁(戰爭)의 기회(機會)를 가지지않도록하는 사랑의 사도적역(使徒的役)할은 이제부터다

세계(世界)의 단위(單位)는 국가(國家)요 국가(國家)의 단위(單位)는 가정(家庭)이다가정(家庭)의 가정임무(家庭任務)는 여성(女性)에게있다

우리는 우리의비극(悲劇)을 다음세대(世代)에 계승(繼承)시키지 않기위해서의 절대적(絶對的)인 노력(努力)만이 우리여성(女性)이이번체험(體驗)한것중

가장고귀(高貴)한체험(體驗)인동시에 임무(任務)라 하겠다

오늘의 민주진영(民主陣營)의 단결(團結)은 국제연합기구(國際聯合機構)의 역(役)할이크다 그것은 또한 제일세계(第一世界)를지향(志向)하는 초입단계(初入段階)일것이다

세계인류(世界人類)가 평등(平等)하게 서로의 인권(人權)을 존중(尊重)하고 아름답게 평안(平安)하게 행복(幸福)하게 살려는 노력(努力)은 인간(人間)의본능(本能)이다 이러한 세계(世界)를 이룩하기 위해서 혼란(混亂)속에서 광명(光明)을 찾고자 헤매는젊은영(靈)과 정(情)서를 올바르게 인도(引導)한다는것은 역시 여성(女性)의 선천적(先天的)인 임무일것이다

이러한중대(重大)한책무(責務)를다하려면 여성자신(女性自身)이 이대사조(二大思潮)를 완전(完全)히 파악 비판(批判)해서 뚜렷한 이념(理念)을 가지고 다음세대(世代)로 하여금 공산주의(共産主義)를 비판함으로써 민주주의(民主主義)의 고원(高遠)한 이념(理念)을 실천(實踐)하는 지성(知性)의 소지(素地)를 만들어 그들로하여금 지구(地球)덩어리에서 살륙을 일삼는 전쟁(戰爭)을 말살시키도록 교육(敎育)시킬것은 사랑의 심볼인 여성(女性)이아니고는 이지상(地上)에 아무도 존재(存在)할수없는것이다

항상 시야(視野)가 좁고지성(知性)이 얕은 데서 오는 판단(判斷)은 언제나 과오(過誤)를 범(犯)하기 쉽다

여기에 우리는 치렬한 전쟁(戰爭)이 가져온 가혹한 산 체험(體驗)을 고도(高度)로 살리는데서만 우리는 전쟁(戰爭)에서받은 경제적(經濟的)정신적(精神的) 육체적(肉體的) 피해(被害)를조금이라도 보충할수있을것으로 믿는다

≪경향신문≫ 1953.10.30. [動亂이 가져온 것 ③: 女性에게]

조경희 ●●●

조경희(趙敬姫, 1918-2005)

• 1918년 경기도 강화 출생
• 1939 이화여자전문학교 문과 졸업
• 1938년 수필 「측간단상」이 『한글』에 당선되어 등단
• 주요 경력—1939년 ≪조선일보≫ 학예부 기자, 1952년 『여성계』 주간, 1956년 ≪평화신문≫ 문화부장, 1965년 한국여기자클럽 회장, 1971년 한국수필가협회 회장, 1974년 ≪한국일보≫ 논설위원, 1979년 한국여성문학인회 회장, 1984년 한국예술문화단체 총연합회 회장, 1988년 제2정무장관, 1995년 한국여성개발원 이사장 역임
  1975년 한국문학상, 1987년 대한민국 문화예술상, 2005년 대한민국 예술원상 수상
• 대표작—수필집 『우화』(1955), 『가깝고 먼 세계』(1963), 『얼굴』(1966), 『음치의 자장가』(1971), 『웃음이 어울리는 시대』(1988), 『낙엽의 침묵』(1994) 등 다수

• **수록 작품**
  미망인(未亡人)의 모습

미망인(未亡人)의 모습

전쟁이 끝난후의 도덕이 다소 문란해졌다고 하는 것은 도덕자체에만 책임이 있는것이 아닙니다 도덕을지킬수 있는 사람들의경제적인 토대가 문란해졌기때문에 도덕도 어지러워 진것입니다

휴전후의 여성문제만 보더라도 삼십만(三十萬)을 젤수 있는 전쟁미망인들 중에서 도덕을 필요로 하지 않을 만큼 도덕적인 여성들과 생활토대를 지키지 못해서 허물어져나가는 일부여성들의 문란스러운 현상을 보고 여성의풍기문제를 상당히 우려하는 분들도있지만 생활 전선에서 뒤떨어져나가는 여성들보다 싸워서 이겨가고있는 여성들의 힘이 강하다는 것을 말하고 싶읍니다

고난을 참고 견디어나가는 여성들과 참다가 인생을포기해 버리는 여성의 비중을 볼때에 역시 앞서 말한 여성들이 많습니다

특히 6·25 당시 여성들의 숨은 활약은 눈부신바가 있고 그후 부산에서 피난살이하는 동안에도 여성의 력능을시험해볼수있는 좋은 기간이었다고 생각합니다

6·25당시 폭격에 남편이 맞아죽었던지납치되었던지 현재 전쟁미망인이 되어있는 여성들의 씨익씨익한 모습은 눈물겨웁도록 다행한것을 느끼게 합니다

그밖에 남편을 일선으로 내보내고 여성의 손 하나로 생계를 끌고 나가기 위하여 애쓰는 모습도 보았읍니다

뜻있는 사회의인사들은 사회질서를 문란케할정도로 도덕이 퇴폐하지나 않았나하고 한심스럽게 생각하는분도 있읍니다만특히 우리나라의고유한미덕인부덕이 허물어지지나않았는가염려하는 분이많은데 그것은 하나의기우입니다

실제적인면에서 전후라하더라도 제2차대전에패전한 독일이라든지 일본과는 그실정이 다릅니다 이상의두나라는 그야말로 전쟁에진나라입니다 우리나라는 전쟁에 이겨나가는 과정에있는 나라입니다

전쟁에 진나라와이겨나가는나라의도덕은 자연히 다를 것입니다 전쟁에 져서 생의목적을잃고 아무렇게나 살아버리겠다는 사람들과 전쟁에 이겨나가면서수도 서울에수복하여 재건과 부흥의 희망속에서 생활하는 국민들의 정신과 모랄은 다른것입니다

여기에따라서 패전국의여성들과 우리나라여성들의 모랄은 다를것입니다

우리나라 여성들은국란때문에진정한연애를느껴보지나 않는가생각합니다 수많은 여성들이 지금까지 하늘같이믿고사랑하던 사람들이 다시돌아오기를 기다리고 있는 모습입니다

어디까지나 마음속비밀리에 그사랑은 불타고있을 것입니다 그러나 그사랑은 멀지않은 상태에 미국의 여류시인 '살리·이스벨'의 시구와 마찬가지로 불이꺼지는것 처럼 잊어버려야될 사랑인지도모르겠읍니다

하나 둘 아는사람들사이에 화제를 던지고 있는 남편을 가진 여성이 아내가있는 남성들과 밀회를 하고 사건을일으키는문제는 전쟁때문에 생긴 현상은 아니리라고 생각합니다

전체 아내를 가진남성과 남편을 가진아내가 문란한 성거래를 하는 '스캔들'을퍼뜨린다고는 아무도 믿지 않고있기 때문입니다 그러한 현상은 일시적인 감정의 유희로밖에는생각할수 없읍니다 왜 그러냐하면 남성들은 자기의 아내들을 누구보다도사랑하고 소중히 여기고 있는것을 아내들이 알고있기때문입니다 이러한 도덕관이 전쟁을통해서 오히려 견고해진 감이있읍니

다 그것은 가장위급하던 순간에 아이들과 남편을 버리고 애인하고도망한전
례가크게 '크로즈업'된것이었읍니다

우리나라대부분의 여성(불행하게된)들은돌아오기를 기다리는 연애속에
살고있을것입니다 기다리다 기다리다 못해 참을수없으면 재혼이라도 해볼
가생각할 것입니다 재혼이라는 이것도 어디까지나 남성들의 협력이 없으면
불가능한것입니다 남편 없는 여성과 아버지없는 아이들의 아버지가 되어주
겠다는각오가선남성들의협조가필요합니다

무턱대고 이불행한여성들을 희롱하는교유는 삼가주어야할것입니다

재혼의조건을 갖추지 못하고 헛되게 남녀관계를 맺는수도 있는데 이런
현상이 정말등한히 생각할 문제가 아닙니다. 윤락의길로떨어져가는 첩경이
라고생각하면 한불행한여성이 아이들과 가족들의 생활문제까지 염려하던
끝에 손쉬운 길로 흐르게되는 현상은 그것을 방관하는 사람들보다도 그본
인이 얼마나 기가막힌일을 당하게 되는가를 생각해주어야 될것입니다

(筆者 『女性界』 主幹)

≪경향신문≫ 1953.11.2. [動亂이 가져온 것 ④: 女性에게]

최정희 ●●●

최정희(崔貞熙, 1906-1990)

- 호는 담인(淡人)
- 1906년 함경남도 단천 출생
- 1928년 숙명여자고등보통학교를 졸업하고 1929년 서울 중앙보육학교 졸업
- 1931년 「정당한 스파이」(『삼천리』 10월호)로 등단
- 주요 경력─1931년 『삼천리』 기자, 1936년 ≪조선일보≫ 출판부 입사, 1942년 경성 방송국 근무, 1950년 공군 종군 작가단 가입, 1969년 한국 여류문학인협회 회장 1958년 서울특별시문화상, 1964년 제1회 여류문학상, 1972년 대한민국예술원 회원상 본상, 1982년 3·1문화상 수상
- 대표작─소설 「흉가」(1937), 「지맥」(1939), 「인맥」(1940), 「천맥」(1941), 『풍류잡히는 마을』(1949), 「정적일순」(1955), 「인간사」(1964) 등 다수

·수록 작품

난중일기(亂中日記)에서 ‖ 나는 「도로꼬」의 아이

●●●

난중일기(亂中日記)에서

1950년 6월 27일

동내에 잠복했던 좌익분자(左翼分子)들이 무섭다고 파인(巴人＝夫君 金東煥) 피난(避亂)을 해야한다고 한다.

오후(午後) 5시나 되어서 우리는 아이들하고 동생네가 있는 '보리수' 다방(茶房)으로 가다.

6월 28일

새벽 5시나 되었을가. 싸이렌이 길게 울더니 그렇게 콩복듯 잦던 총 소리가 깜짝 끊진다.

'항복이란건가'

엽헤집 정훈국(政訓局)도 잠잠하다.

'어떻게된 셈인가'

궁금하기 짝이 없다.

그러고 있는데 다시 총소리가 요란하다. 우리가 누워있는 방(房)을 쌔앵 쌔앵 지나간다.

적(敵)이 가까워진 것을 알겠다. 우리는 거리에 나섰다. 한강(漢江)쪽으로 향(向)해 걷다. 거리엔 우리들외(外)에 수만(數萬)의 피난민(避亂民)들이 앞으로 앞으로 밀리고 있다.

동화백화점(東和百貨店) 앞에 이르자 총소리가 우리앞에 닫는다. 앞에 가던 한사람이 맞았다고 한다.

수만명(數萬名)의 군중(群衆)이 와악 뒤로 물러서서 바람에 쓰러지는자(者), 넘어지는자(者), 아우성이었다.

그러는데 또 여기에 총알이 와 닫는다. 이번엔 어린아이가 다리를 맞았다고 한다.

큰길은 못가고 뒷골목으로 뒷골목으로 해서 어지간히 걸어 한강(漢江) 가까운데 이른즉, 철교(鐵橋)가 끊어졌다는것이고, 한강(漢江)을 건너자던 사람들이 되 돌아 들어 온다.

나가던 사람들과, 돌아들어오는 사람이 한테 얼려서 피난민(避亂民)은 글자 그대로 처참(悽慘)하다. 스크린에서나 보아온 중국(中國)이나 독일(獨逸)을 우리가 실제체험(實際體驗)하는 것이다.

몰려 돌아 오는 사람, 몰려 나가는 사람, 사람위에 사람 덮씨워서 아우성인데,

"가만 앉아서 죽지못하고 웨들 야단이야" 하고
장교(將校) 두사람이 밀리고 밀리우는 피난민(避亂民)들을 보고 비웃는다. 한강(漢江)에선 군인(軍人)과 일반민(一般民)이 배를 타려고 야단이다.

오, 신(神)이여 우리는 어디로 가야 합니까.

이렇게 누구의 지시(指示)도 없이 이 민족(民族)이 이 거리에서 헤매여야 합니까. 그러다가 적(敵)에게 맞아 죽으랍니까.

6월 30일

밤 11시반이라고 한다. 동인민위원회(洞人民委員會)에서 파인(巴人)과 나를 붓들러 왔다. 이유(理由)는 인민(人民)의 피를 빨아먹은 문학(文學)을 했다는 것이다.

아무리 생각해도 남의 피를 빨아 먹은 문학(文學)은 한것같지 않으나, 총앞에 대항(對抗)할 용기(勇氣)가 없다. 항란(蘭)인 그냥 두고 아란(娥蘭)일 업었다. 아란(娥蘭)인 병(病)이 든 탓으로 혼자 남겨 둘 생각이 안든다.

내가 앞서고 파인(巴人)이 뒤에서고, 우리는 총을 멘 사람 앞에 아무런 소리도 못하고 걷기만 한다.

때때로 뒤에서 '카아빙' 총이니 뭐니 하는 소리가 들린다.

'이렇게 걷는걸 쏠 모양인가'

나는 아란(娥蘭)일 업은 채 자각돌이 많이 깔려서 불편한 밤길을 걷는다. 하늘엔 별이 그냥 떠 있다.

인민위원회(人民委員會) 사무실(事務室)엔 우리 외(外)에도 많은 사람이 재판(裁判)을 받고 있었다. 아란(娥蘭)인 떨며 울기만 한다. 우리는 새벽 5시에 총을 멘 사람이 대리고 집에 돌아 왔다. 아침 10시에 다시 나가기로 명령(命令)을 받고.

6월 31일

비가 내린다. 어제밤엔 별이 총총하더니 비가 내린다.

파인(巴人)은 한쪽 뒤축이 떨어져 나간 구두를 신고 어디로 가버렸다. 비 오는 거리를 걸어 다 떨어져 물이 막 들어 오는 구두를 신고 아침도 못먹고 어디로 가 버렸다.

문리과대학(文理科大學) 뒷마당에 인민(人民)재판이 있다고 한집에서 한사람씩 꼭 나가야 한다고 한다 안나가면 총살이라고 한다.

'우리도 다시 나오래서 총살을 식히자고 그랬구나'

금방 대문에서 사람 소리가 들리는것 같다. 잠겨있는 대문을 나가 열어 놓았다. 와서 열어 달낼때 여는 일이 무서워서.

그런데 또 열어 놓고 보니, 더 무서워서 다시 나가 대문을 닫아 잠겼다.

그리고 허둥 지둥 하는 나를 진정식히기 위해서 아이들 둘을 세수도 식히고 발도 씨쳐 놓고 내가 또 세수를 하고 화장(化粧)이랑 했다.

오후(午後) 2시나 되었을 것이다. 이웃에서 모두 재판장으로 나간다고 철 없는 아이들은 이애기 한다.

'파인(巴人)을 하는것이 아닐까' '가다가 붓잽혀서 당(當)하는 것이 아닐까' 그러면서도 나는 그 마당으로 나가 볼 용기(勇氣)가 없다.

내게로 총을 갖이고 오는때, 나는 내 어린것들 둘을 한팔에 하나씩 끼고 죽여달랄 용기(勇氣)를 준비(準備) 하면서 인민(人民)재판이 있다는 대학(大學)마당에 귀를 기우린다. 두어시간 지난 뒤에 이웃집 아낙이 덜덜 떨면서 들어 온다. 인민(人民)재판장(場)에서 온다는 것이다. 나는 파인(人)의 소식을 갖이고 오는줄만 알고 깜앗게 질렸다.

"아이고 이게 웬 세상인지 모르겠어요."

아낙의 말소리가 떨린다. 다리도 무릎팍도 그냥 떨린다.

"'해방의 노래' '김일장장군의 노래' '애국가'를 불으구 그 시퍼런 청년을 그냥 총으로 쏴 죽이는거 아니요."

나는 누구드냐는 말 조차 나오지 않는다.

"한번 쏘니까, 쓸어졌다가 정신없이 일어서잖아요, 그러는걸 또 쏘는구려. 그런데두 청년은 허둥거리며 손질 발질 하는구려. 그러는걸 또 한방을 쏘니까, 그제사 아주 쓸어지더구만."

"여편네들이랑 처녀들이랑 입을 짝짝 벌리며 노래랑 언제 그렇게들 배웠는지…… 사람 죽이는데, 뭐가 그렇게 좋다고 노래 부르는건지…… 그 처녀들이 어떻게 시집을 간담. 그것두 그렇지만, 웬 애 밴 여편네 하나는 뱃때기가 남산만해 가지구, 아 그런놈은 죽여야 한다구 죽어 싸다구 떠들구 있구만. 그년두 애 날때 바루 못날걸."

이웃 아낙은 연상 떨면서 내 귀전에 이런 말을 작게 작게 해 들린다.

오후(午後) 4시. 동인민위원회(洞人民委員會) 사람이 샛빨갛게 젖은 밧줄을 내 앞에 내 놓으며 대학(大學)마당에서 인민(人民)재판을 하고 돌아오는 길이라고 한다. 너이들도 나오라는 시간에 나오지 않았으니, 이 밧줄에 묶어서 이렇게 샛빨간 피를 뿜게 하겠다는 것이다.

나는 그 사람에게 오후(午後) 5시까지 파인(人)을 찾아 온다고 말을 하고 집을 나섯으나 파인(人)을 어디 갔는지도 모르려니와 죽이자는 마당으로 파인(人)을 끌어 갈수도 없다.

거저 이거리 저거리 골목길을 걷다가, 큰거리를 걷다가, 날이 저믈기 시작할때, 우리가 그를 잘 알고 또한 그가 우리를 잘아는 한사람을 생각해 내고 그리로 찾아 갔다. 마는 허사(虛事)였다.

우리가 학대받을때 너이들이 잘 살았으니, 응당 받아야 하지않겠느냐는 투의 냉정(冷情)한 말 두어마디를 들었을뿐이다.

돌아서 걸으면서 아무리 생각해도 잘 살아 본적도 없은것 같고, 더구나 죽엄을 받아 마땅하리만큼, 잘 살아본 일은 없은것 같다.

날이 다 저믈어서 그야말로 죽을방 살방, 동인민원회(洞人民員會)를 찾아 갔다. 가서 파인(人)을 아무리 찾아도 없드라고 말한즉 눈을 부릅뜬 사나이가 내 말이 떨어지자 마자,

"총살이다. 총살이다"

하고 미친것처럼 소리를 지른다.

나를 총살 한단말인지, 파인(人)을 총살 한다는 말인지, 아무튼 나는 다 어두운 실내(室內) 한구석에 장승처럼 서서 부릅뜬 사나이의 얼굴만 처다 볼 뿐이었다.

7월 3일

작가(作家) K씨(氏)를 모처(某處)에 찾아가서 문학가동맹(文學家同盟)에 가입(加入)하겠다는 말을 하고 S여사(女史)와 둘이서 가맹(加盟)하려고 동맹(同盟)

을 찾아간 즉, 나만은 본래의 맹원(盟員)이 아니라면서 거절을 했다. 부릅뜬 눈을 한 동인민위원회(洞人民委員會) 사나이앞에 문학가동맹(文學家同盟)에 들어서 활약(活躍)하겠느라고 약속했던것인데, 동맹(同盟)에서까지 나에게 가맹(加盟)을 거절한다면 나는 그사람에게 또 '총살'이라는 위협을 받을 것이요 파인(人)을 곧 찾아 내라고 못 살게 굴것이 겁이 나서 후들 후들 떨고 있는데 전(前) 삼천리사(三千里社) 사원(社員)이던 작가(作家) 모씨(某氏)가 동맹책임자(同盟責任者)에게 사정(事情)을 말하고 가맹(加盟) 식혀 주었다.

7월 4일

아침을 호박에 보리쌀 서너 알갱이를 집어너어 죽을 끄려 먹고 문학가동맹(文學家同盟)으로 나갔다. 넓은 홀에 사람들이 쫴 많았다. 그런데 나와 인사하는 사람은 몇 없다. 눈이 마조치워도 이내 피해 버린다. 모르는체 외면하는 사람도 있다. 평소(平素)에 그처럼 친하던 사람들도 아는체를 하지 않는다. 그중에서 시인(詩人) T씨(氏)만이 전(前)과 꼭같은 얼굴로 나를 대(對)해 준다. 고맙다. 반갑다.

정(情)없는 눈초리가 총탄(彈)보다 무서운것을 나는 이날 비로소 알았고 공산주의(共産主義)가 인간성(人間性)을 잃어 버리게 하는 주의(主義)란것도 이날 비로소 알았다.

그러나 또 나는 어썬 세상(世上)에서라도 인간(人間)이래야만 한다는것을 더 절실(切實)히 깨닫는다.

견딜수없는 외로움에서 나는 밖에 나왔다. 작가(作家) R씨(氏)가 내 귀전 가까히

"동리(東理)도 보고 싶고 정주(廷柱)도 목월(木月)도 지훈(芝薰)도 보고 싶다"고 속삭인다. 다아들 어디로 살아진 사람들의 이름을 R씨(氏)는 막걸리 한잔에 붉어졌다는 얼굴에 몹시 그리운 색을 뵈이며 외이는 다이것.

집에 돌아오니 아란이가 아빠가 보고 싶다고 구석에서 몰래 몰래 울고 있다.

7월 8일

나는 아침을 먹으면 문학가동맹(文學家同盟)으로 나간다. 아무날도 내게 있어선 마찬가지 얼굴들이다. 다리에 납덩어리를 달아맨듯, 나는 무겁기만 하다.

T씨(氏)에게 내 이런 심경(心境)을 말하면 T씨(氏)는 나에게 아뭇소리도 말고, 거저 부지런히 나오라고도 하고, 네 진실(眞實)은 이마당에 어울리지 않는다 하고 결국 남는것은 인간(人間)이네라고 이런 말을 해서 나를 달래주곤 한다.

그런데 나는 벽보를 붙친다든지, 가두행렬(街頭行列)을 한다든지 하는일은 싹 질색이다. 구멍이 있으면 쑥 들어가고 싶은 마음이면서도 벽보를 붙친다든지 얼굴에 부채를 가리고 가두행렬(街頭行列)을한다든지 하는일을 나는 왜 하고 있는지 모르겠다. 자신(自身)에게 대(對)한 반발(反撥)이 심(甚)한 때는 꼭 죽고 싶은 마음밖에 나지 않는다.

그리면서도 날마다 마찬가지 행동(行動)을 계속하고 있는것은 다 뭐냐.

더구나 문학가동맹(文學家同盟)에 새로운 얼굴이 나타나는때마다 눈이 둥그래서

"저 사람이 누구냐?"

고 묻는때면 기가 싹 맥힌다. 내가 자기(自己)네들을 해(害)칠 사람을 대리고나 다니는 것처럼 그들은 나를 못믿어워 하는것이다.

내가 믿지 못하고 또 나를 믿어 않주는 세상(世上)처럼 싫고 괴로운것은 없을것이다.

문맹원(文盟員) 하나가 나에게 참 친절히

"최선생 면회왔읍니다. 저 아랫층에요"

하고 말한다. 나는 나를 찾아주는 사람이 있다는 사실이 너무 반가워서 층

층대를 한거름에 달려 아래층으로 내려갔다.

아무도 없다. 나 아는 사람이라곤 보이지 않는다.

두리번 두리번하고 있으랴니까, 면회 왔다고 알리던 사람이 내려온다. 그러더니, 한사람의 남자(男子)에게 나를 대여 준다. 그 남자(男子)는 나를 자동차(自動車)에 타라고 한다. 이상하다. 그냥 반갑게 태워주자는것이 아니다. 차(車)를 타고 있으랴니까, 또 S여사(女史)도 나 모양으로 한사람의 동맹원(同盟員)과 함께 나온다. 그래서 대리려 온 사람과 우리들 네 사람은 차(車)를 한테 타고 어디로 가는것이다.

'어디로 가는 것일까' 하고 궁금하고, 두렵고, 하면서도 말은 못하고 앉아 있으랴니까, 차(車)는 어느새 내가 썩잘 아는 집 문깐에 가서 머물은다. M여사(女史)의 집인 것이다.

'어쩐일일까. M을 붙잡아다 논것일까.' 방맹이질 하는 가슴을 진정하면서 낯설지 않은 층층게를 올라가서 또한 낯설지 않은 방(房)에 앉아서 우리는 한시간(時間)쯤 취조를 받았다. 거기서 취조가 끝난즉 또 다른데로 대리고 간다. 동맹원(同盟員)들은 몬져 돌려보내고 S여사(女史)와 나뿐이다. 우리는 여기서 각각(各各) 다른 방(房)에서 날이 저물기까지 취조를 받았다.

7월 23일

끝내 파인(巴人)을 찾아 노라는것이다. 싀골에 양식 구(求)하려 갔다고 해도 듣지 않는다.

나를 집어 넣는다고 한다. 나 또는 아란일 어떻게하나 하는 걱정을 하지 않을 수 없다. 아란이만 아니었으면 어디로 도망할수도 있는 일이지만 아란인 항상(恒常) 주사(注射)와 약(藥)이 있고 병원(病院)이 있어야 사는 아이기 때문이다. 처음부터 파인(人)과 함께 피신을 못할것도 이 아이 때문이다. 돈한푼 없이 이 병(病)든 아일 대리고 아무데도 갈수 없다. 한몸도 숨을 곳이 없는 이때, 아무리 생각해도 갈데가 없다.

하는수없이 파인(人)을 찾아 이얘기 했다. 파인(人)은 하염없이 하늘을 쳐다 보다가

"아란이때문에 내가 가야해"

한다. 그 얼굴은 내가 보아 온 그의 얼굴중(中)에서 제일(第一) 슬프고 처참(悽慘)한 것이었다.

파인(人)과 나는 거리로 나섰다. 인제 파인(人)을 잡아 오라는 집을 향(向)해 가는것이다. 종로(鍾路) 뒷골목으로, 청진동(淸進洞) 뒷골목으로 인사동(仁寺洞) 뒷골목으로, 다시 종로(鍾路) 뒷골목으로 청진동(淸進洞) 뒷골목으로 잡아 오라는 집 방향(方向)과는 딴 방향(方向)에서 우리는 큰 길도 아닌 골목 길을 왔다 갔다 한다. 어느집 마당에 피여 있는 봉선화가 5, 6차 눈에 띠이도록 우리는 붙잡혀 갈 집 방향(方向)과는 딴 방향(方向)에서 왔다 갔다 한다. 그러나 또 그집과 아주 멀리 떨어져 있는 방향(方向)은 아니다. 아주 멀이 떨어진 방향(方向)은 택(擇)할수가 없다. 인제 곧 그집을 찾아 가야 하겠으므로 거저 청진동(淸進洞) 뒷골목으로 종로(鍾路) 뒷골목으로 인사동(仁寺洞) 뒷골목으로 이렇게 두시간(時間) 이상을 걸었다. 아무 말도 없이 걸었다. 말이 없어도 행동(行動)이 어긋나지 않는다.

그러다가 내가 먼저 배고프으지 않느냐고 그에게 물었다.

그는 배가 고프으다고 대답했다.

내게 100원이 있으니 고구마나 빈대쩍이나 하겠느냐고 한즉 자기(自己)에게도 100원이 있으니 국밥을 사서 둘이 나누자고 한다.

국밥집 문턱을 넙는데 그의 구두가 훌쩍 뵈인다. 발바닥이 뵈이도록 떨어진 바닥은 그대로 있다.

국밥을 갔다 둘의 앞에 놓은즉 서로 안먹고 둘이 서로 먹으라고 권하기만 한다.

나는 그에게 들어갈 사람이 먹어야 한다고 하고, 그는 나에게 자기(自己)

는 들어가면 밥을 먹을수 있으니 나를 먹으라고 한다. 둘이 먹고 어쩌고 할것도 못되는 비린내나는 국물에 보리밥 알갱일 대강 띠운 국밥이다.

파인(巴人)을 잡자는 집에 이른즉 12시가 넘었다고 한다. 10시까지 오랬는데 12시가 넘었다고 부르대는 남자(男子)는 파인(巴人)과 나를 딱 갈라서 파인(人)은 짠방(房)으로 보낸다. 내가 쩔아가며 할 이얘기다 있다고 해도 듣지 않고 문을 딱 닫아 버린다. 파인(人)은 닫친 문 져쪽에서 아란에게 주사(注射)를 마치라고 소리친다. 자기(自己)가 아는 의사(醫師)의 이름을 불르며 그를 찾아가서 사정을 하라고 소리친다.

그러나 다시 아무 소리도 안들린다. 6시까지 그문앞에 서서 기다려도 다시 소리가 없다.

밤이 어두우니 거리에 오고 가는 사람도 적고 그앞에 나 모양으로 서 있던 사람들도 하나 둘 다 가고 있다. 파인(人)은 그 집속에 있고 나는 집으로 돌아왔다.

이튿날도 사흗날도 똑같이 그앞에 서서 서성대여도 파인(人)은 불수가 없다.

파인(人)이 들어가서 닷새만에 내가 불려갔다. 내가 한창 취조관 앞에 말을 하고 있는데 파인(人)의 기침 소리가 들린다. 파인(人)이 내 소리를 들었던 모양이다. 그는 나를 보자 아란일 주살 마쳤느냐고 묻고 지나간다. 내가 대답도 하기전에 그 말만 묻고 지나간다. 뒤에서 감시병(監視兵)이 소리를 뻑 질르기 때문에 내 대답을 들을 사이도 없이 지나간다.

9월 16일

낮잠을 자는데 파인(人)이 왔다. 지금 부산(釜山)쪽으로 대군(大軍)을 거느리고 떠나는 길이니 밥을 좀 달라고 한다. 나는 밥상을 채려 그의 앞에 갖다 놓았다. 그는 보리밥을 물에 놓아서 된장 지진것을 허기져서 먹는다.

그러면서 열흘만이면 오겠노라고 한다.

내가 전쟁에 나가면 죽을텐데 어떻게 열흘만에 오겠느냐고 한즉.

그는 거느리고 간 군대(軍隊)를 대장(隊長)에게 맡기기만 하고 자기(自己)는 돌아오겠느라고 한다. 올때엔 말을 타고 오겠느라고 한다.

나는 그에게

"죽으면 어쩌느냐"고 말했다. 그러니까, 그는 죽으면 혼(魂)이 오겠느라는 말도 하고, 집은 위험하니 산(山)에 있는 '방공호에' 올라가 있으라는 말도 했다. 그리고 그만이었다. 그리고 그는 어디로 가버렸다. 눈을 뜨고 보니 꿈이었다. 해볓이 쨍쨍 내려 쪼이는 한낮의 꿈이었다.

그러나 열흘만이면 돌아 온다는 그의 말이 하도 또렷했기 때문에 나는 9월 26일을 고대(苦待)한다. 날마다 그날을 기다리느라고 지리한 하루도 천년같이 보낸다.

9월 23일

S여사(女史)가 와서 나에게 피신하라고 일러 준다. 괴뢰군이 퇴각할때, 우리들을 가만 두지 않으리라는 것이다. 나는 그가 얼마전(前), 낮잠에 나타나서 일러주던 방공호를 생각해 내고 그리로 올라갔다. 아이들 둘만 데리고 올라 갔다.

산(山)에 '방공호'가 있다고 듣긴했어도 한번 올라가 본적이 없다. '방공호'에 어린것을 둘만 데리고 올라갔다. 밖은 해볓이 쨍쨍 내려 쪼이것만 '방공호' 속은 길고 깜깜 하기만 하다. 그러나 갈데가 아무데도 없으니 하는수 없다.

밤이 어두어 방공호 입구(入口)로 뵈던 동그란 밖앗세상(世上)까지 아주 깜앟게 어둠속에 녹아버리자 아이 둘이 와앙 욱름을 터트린다.

포탄(砲彈) 소리는 밤과 함께 맹렬하여 화강암(花崗巖)을 뚫어서 맨든 '방공호'는 포성(砲聲)에 울릴때마다 우시시 문허진다.

나는 아이들의 눈을 수건으로 싸매주고 솜으로 귀를 막아준뒤에 양(兩)무릎팍우에 두 아이를 꼭 껴안은체 밤을 보낸다.

개 한마리드라도 곁에 있으면 싶으게 밤은 길고 어두워서 창세기전(創世記前)을 연상케 한다.

어서 빨리 새날이 와지라. 새세상(世上)이 와 지라. 그가 말하던 26일을 나는 마음속에 고대(苦待)한다. 26일엔 새역사(歷史)가 지여질것같기 때문이다.

9월 26일

날이 저물기까지 아무런 변화도 나를 위해 있지 않다.

전쟁(戰爭)이 가까워 진다고 아랫 마을, 이웃마을에서 가마니짝과 냄비등속을 들고 이고 '방공호'로 올라 밀린다. 아란 항란은 무섭고 어둡던 밤이 많은 사람들로하여 번창해 지는 일이 좋아서 괜이 시시대며 떠든다.

아품도 잊어 버리고 떠드는 아란의 모양은 어둠속에 처량하다.

그가 꿈속에 말해 준 26일은 아무 변화 없이 어두워 간다. 그는 전쟁(戰爭)이 가까워 질것을 나에게 암시(暗示)해 준것인다.

9월 27일

유엔군(軍)과 국군(國軍)이 남대문(南大門)까지 왔다는 손문을 듣고 조급해 하는데, 산(山) 아래 거리에서 만세(萬歲)소리 요란하다. 방공호속에 죽은듯이 웅크리고 있던 마을 사람들이 밖으로 밖으로 뛰여 나가며 "만세""만세"를 연발 한다. 아이들도 "만세"를 부른다. 어룬들도 "만세"를 부른다.

90일동안 담을고 있던 입을 열어 모두들 "만세"를 부르며 산(山)아래로 산(山)아래로 내려간다. 가마니짝 냄비등속을 버려둔채 거져 "만세"만 부르며 내려 가는 사람도 있다.

그는 내게 이 날이 있을것을 암시(暗示)하느라고 열흘만이면 돌아 오겠느라고 말한것일까.

9월 28일

어디 갔던 사람들이 그처럼 많이 나왔을가. 어디. 숨었던 사람들이 그처럼 많이 뛰어 나왔을가. 네 활개 쭉 쭉 펴고 사람들은 큰 길을 마음대로 걷고 있다.

그런데 그 많은 사람중(中)에 그는 없다. 아무리 찾아도 그는 없다.

지구(地球)위 어느 귀텅이에 있든지 살아만 주었으면 —. 사지(四肢)가 다 떨어저 나가드라도 살아만 주었으면 —.

10월 21일

익조가 돌아 왔다. 엄마가 죽었다는 소문을 듣고도 살던 집터라고 보고 가려고 왔다고 한다. 밖에서 "아란아." 부르는 익조의 음성을 알아들으면서도 나는 그냥 앉은채일어 설수가 없다. 8월 20일에 대구(大邱)에서 입대(入隊)했다는 소식만 듣고, 다시 소식을 못 들어 하던 익조가 키도 크고 음성도 부풀어 훌륭한 군인(軍人)이 되어 문턱안에 들어서는데 나는 그냥 앉은채 일어 서지 못한다. 거저 그를 처다 보며

'네가 몸받쳐 피흘리는 국가를 위하여 엄마도 몸받쳐 피를 흘리겠다.'고 이렇게 속으로 부르지졌다.

실상 나는 이때까지 — 그를 만나지 않은 이때까지 — 민족(民族)은 사랑했어도 국가(國家)는 사랑해 보지 못한것 같다. 이제 나는 익조와 함께 익조가 피흘려 받치는 국가(國家)를 위(爲)해 나도 받치기를 맹세한다.

『적화삼삭구인집(赤禍三朔九人集)』(국제보도연맹, 1951), 258-273면.

나는 「도로꼬」의 아이

피난생활(避難生活)이 골몰해서가 아니었다. 좋은집 좋은방(房)에서 주인
(主人)네들 신세를 입었을 뿐 아니라 함께 피난(避難) 내려간 나의벗과 친구
들은 육친(肉親)과 같이 살틀하게 아껴주고 보살펴 주어서 나로서는 지나친
호사가아닐수없었지만 남보다 무척빨리서울에 돌아온것은 오직내늙은 어
머니 때문이었다.

지금72세(歲)다. 적(敵)마저 다물러가고 개한마리 어릉 거지 않는빈동네
에 단혼자서 오히려 밝은것이 두려워 1년반동안을 꼬박불을켜본일이없이
어머니는살았다.

아침저녁으로겨우다리를이끌어 산(山)에올라가어느 굴뚝에서 연기(煙氣)
가솟아 오르나, 어느거리에사람의 그림자가 피나 하는것을 살피며 1년반
동안을 살았다.

까치가 가까운 나무에 와 울고있으면 끌러간 사위, 행방불명(行方不明)이
된 아들, 북(北)쪽에가사는 딸네들 피난(避難)내려간 딸네들 소식(消息)이라
도 들을 길죠(吉兆)라알고아이처럼가슴을 뛰우며 살았다. 나무가 많아서 까
치가 언제나와서 우는것은 잊어버리고 —.

내 어린것들이 가지고놀던 장난감을 부둥켜안고 "너희들을 다시 볼때가
있을가. 한번다시 보구 죽을가." 목메어울며 살았다.

아무도 두드리는 이 없건만 허둥 지둥 대문(大門)을 열어주는 소동(騷動)
을 열고패도 더하면서 살았다. "누구냐" 고불러보면 아무 댓구없이 오직

먹칠같이 검은밤이 그의앞을 가루막았을뿐이었다.

어머니가 굳이서울에 남아 있은것은 행방불명(行方不明)이된 아들 끌려간 사위를 기다리기 위함에서였던것이다.

빨치산이나오면어쩌느냐고 걱정해 주는이가 있도록산(山)밑에 호젓이들 앉은 우리집이다. 사람이우굴우굴할적에도도깨비가 드나들것 같다고 어머니는 시골서 다니러 오셔도 혼자있기를 꺼려하던 집이다. 바람이 떨어져 내려드리운 채양쪽을 흔들고가도 간(肝)이 콩알만했다.

바람이 나무를 스치고 가는 소리에도등골에 땀이 배었다. 또 그 위에 잡술것도없었다.

어머니는 1년반 동안을 이렇게 사느라고 귀신이 다되어있었다. 어머니는 내가 돌아온 후(後)에 10년은 젊어져보였다. 그때가 작년(昨年)7월이었다.

어머니는 좋았으나나는 질식(窒息)할것만같았다. 나무들은 어째 그다지도 푸르고 달은 또그렇게 밝을수있을가. 일찌기핀것들은졌으나늦게피는 꽃들은 한창이었다.

꽃송이 하나 풀포기 한그루에도 파인(巴人)의 손이가지않은데 없고눈길이가지않은데없었던것이다.

쓰던 모자 읽던책, 펜, 잉크병, 재떨이, 이것들은 입을벌려 말이라도할것만 같이 닥아들었다.

이리하여 나는 얼마동안은 무섭다는것, 외롭다는것 조차 잊어버리고 살았다. (繼續)

八

내가외롭다는것을깨닫게되기는꽤 오랜뒤였다. 귀뚜 라미 소리가차거웁게떨리 고 천지(天地)에 가을색(色)이 지터간때였다.

나는원고(原稿)보다편지 쓰는일을더 많이했다.

― 너무지나친고독(孤獨)은아무것도 안됩니다. 문학(文學)도 안됩니다 거 저내몸과마음을 꼭얼러붉이고맙니다.

친구에게 이렇게 써서보낸일도있다.

― 산(山)에서내뿜는샘(泉)이얼고 다시 얼어서우리집은 완전(完全)히 얼음 속에 묻혀있읍니다 대문중(大門中)턱에까지 얼음이어서 대문(大門)은 밤이고 낮이고닫아보지못합니다. 그렇지않을적에도 찾아오는사람이라곤 없었는데 요새는 물길러 오는사람 하나 볼수없읍니다. 반장(班長)할머니도 대문(大門) 밖 저 멀리서 전갈할말을 소리쳐 일러주고가고 체신부(遞信夫)도 대문(大門) 밖저멀리서 종이비행기 날리듯 울타리 너머로 들여던지고갑니다. 아이들이 학교(學校)에 갈때, 또는 돌아오는 때면 재(灰)를 뿌려 통행(通行)을 하게 합 니다. 이러한 얼음속에서 나는 완전(完全)히 '에스키모'의 생활(生活)을 하고 있읍니다. 도둑이 드라도 와 주었으면하는 마음입니다. 강도(强盜)가 오더라 도 무섭지 않을마음입니다. 지구(地球)밖에뚝 떨어져 나가 앉은것같이 허전 합니다. 어느 벗에겐 이렇게도 써보내었다.

― 눈이 자꾸 내립니다. 누가 올것만 같아 내리는 눈을 자꾸 만 쓸어서 길을냅니다. 온통 얼음이니 눈이 덮이면 큰일이겠기에. 그러나 쓸어 놓은 길에는 아무의 발자쳐 소리도 들리지않습니다.

또 어느친구에겐이런 말도 써 보낸 일이 있다. ― 꽃잎이 마구 바람에 흩날려서방(房)에 까지 날아 드는군요. 문(門)이란 문(門), 창(窓)이란 창(窓) 을 모조리 닫아 버렸읍니다. 외계(外界)와 격리(隔離)된 이 방(房)엔고독(孤獨) 이물결처럼 출렁입니다.

이런 편지도 썼다. 이러한 내편지를받는친구와 벗들은 나에게다시 부산 (釜山)이나 대구(大邱)에내려와 살기를 권(勸)하는답장(答狀)을 주기도하고 혹 은 '폐(廢)허에 우는 소조(小鳥)' 이러한 명령(命令)을내게 부쳐주기도하고 또 '부엉새야 울지마라. 가슴아프다.' 이러한 유행가(流行歌)의 한구절(句節) 을적어 보내주기도했다. 좀 웃어보라고 해서 장난해보낸것이리라.

어머니가 시골집에돌아간뒤엔 집보아줄사람이 없어서 나는거리에 나가
는일도 용이(容易)하지못하다. 아이들이 학교(學校)에서 돌아온 뒤면 아이들
의 저녁밥을 지어놓고 돈이 있으면 '택씨ー'로, 없으면 전차(電車)로 또 그
것도 없으면 도보(徒步)로 명동(明洞)에 나간다. 무슨 별(別)일이 있을것만
같아서 나가는것이나항상(恒常) 아무런 일도 없이 돌아온다. 어떤때엔 보고
싶은 얼굴 하나도못보고돌아온다. 그들은 집에 돌아가고 없은뒤기 때문이
다. 오늘아침에도 '택씨ー'로나갔다. 볼일이 있은것도 아니다. 돌아 오는길
에는 전차비(電車費)마저 없어서 한시간이상(時間以上) 어둠이 온통 고독(孤
獨)이 되어출렁이는 길을걸어 돌아왔다. '아꾸다가와(芥州)'의 '꽁트'ー「도
로꼬」의아이와 같은모양으로 돌아왔다.

　사람과 자동차(自動車)와 또 무엇무엇 하는것들로해서 서울이 터지게복작
복작 하더라도 나의돌아오는 길은 항상(恒常) 「도로꼬」의 아이와 같으라.

≪경향신문≫ 1953.9.1-3. [서울에 돌아와서(7)-(8)]

한무숙 ●●●

한무숙(韓戊淑, 1918-1993)

- 호는 향정(香庭)
- 1918년 서울 출생
- 1936년 부산고등여학교 졸업
- 1942년 「燈お持つ女 등불드는 여인」이 『신시대』에 당선되어 등단, 1948년 『역사는 흐른다』가 ≪국제신보≫ 장편소설 모집에 당선
- 주요 경력— 1980년 한국여류문학인회 회장, 1990년 한국소설가협회 상임대표 위원 역임 1957년 자유문학상, 1973년 신사임당상, 1986년 대한민국 문화훈장, 1990년 대한민국 문학상, 1991년 대한민국 예술원상 수상
- 대표작— 단편 「정의사」(1948), 「내일 없는 사람들」(1949), 「파편」(1951), 「허물어진 환상」(1953), 「감정이 있는 심연」(1957), 「우리 사이 모든 것이」(1971), 「생인손」(1981) 등과 장편 『역사는 흐른다』(1950), 『빛의 계단』(1960), 『석류나무집 이야기』(1964), 『만남』(1986) 등, 창작집 『월운』(1956) 등 다수
  수필집 『열길 물속은 알아도』(1963), 『이 외로운 만남의 축복』(1981), 『내 마음에 뜬 달』(1990) 등

●●●

사선(死線)

　근10년만에 옛동무를 만났다 6 · 25당시(當時)에 수도잔류시민(首都殘留市民)에 대(對)한 거이 상(常)투적(的)인 인사(人事)가끝난후 이번에는 체험담(體驗談)을 듣자는것이었다.

　나는 얼른은 입이열리지않았다. 부처님의 얼굴도 세번보면 황송한마음이 없어진다는격(格)으로 같은말을 되푸리하면 나의모든

　관찰(觀察)과느낌에서 김이 빠저버리는것같은 공허감(空虛感)이앞서기때문이다 그럼으로 그럴때마다나는단한마디 "말마라 애. 너인 상상두 못해!" 씹어배앗드시 말하여 그어죠(語調)로 모든것을 표현(表現)해 버리려는것이 버릇이 되었다.

　동무는 안됏다는듯이 얼굴을 찌프리고 "고생했지"

　하며 새삼스럽게 나의 손을 부뜨렀다 그 소박(素朴)한 동정(同情)에 나는 문뜻이상한 느낌을받엇다

　생각하면 확실히 공포(恐怖)와기아(飢餓)와 전(戰)율의 석달에틀림이없고 아슬아슬한 고비도 수많이넘엇다 그러나 그인상(印象)은 어디까지나 그모—든사실(事實)을 과거(過去)란 밑창빠진 구멍에서 주서모아 재구성(再構成)한것이고 그당시(當時)에는 오히려절실(切實)한 실혹(實惑)을 가지지못한것이 나의솔직(率直)한고백(告白)이다나는그

　고난(苦難)의 석달동안 감각적(感覺的)으로도 □□□□□□을하였다 6월28일에 □□□□는다리가 끊어서버린한강강안(漢江江岸)에서 절망(絶望)에 잠기어있었다

강(江)을건느지못하고 머뭇거리던우리들은 어느듯육박(肉迫)해오는 공산군(共産軍)과 그와대항(對抗)하여 옹진(雍陣)을친 국군(國軍)사이에 기어저버렸던 것이었다 진퇴(進退)유곡(谷)이었다 우리는공포(恐怖)에질리어 어느집에들어가 지린내가 코를찌르는 더러운이불때기를 얻어쓰고 운명(運命)을 하늘내맡겼다 어느쪽의포탄(砲彈)에 맞아죽을가? 이런기맥힌생각에 앗질하면서도나에게는 "지금 나는주검을체험(體驗)하고있다 죽엄! 이것이 죽엄인가?" 이런 오히려

환멸(滅)에 가까운 느낌이있었다 자기가놓인위치(位置)가 양군(兩軍)의사정거리(射程距離)안에있다는 끔찍한사실(事實)도 그당시(當時)에는그다지는 큰실감(實感)을주지않었다

내가지나치게 과대망상광(誇大妄想狂)이었었는지 공포(恐怖)에 아주무감각(無感覺)이 되어버렸었는지 여하간(如何間)나는사람이 죽을수밖에없는경우(境遇)는더욱더욱 끔직하고무섭고기맥힌것이지 이쯤은아니리 — 그런생각에사로잡혔던것이다 아무근거(根據)도없이 생(生)에자신(自信)이있었다

우리에있어서 기적적(奇蹟的)으로 국군(國軍)이단한발(發)의 포탄(砲彈)도 쏘지않고 퇴각(退却)을 하여 우리는주검을 면할수있었는데 이것이또 어쩐지 나에게가벼운환멸(滅)같은것을 주었다 무엇 모험(冒險)이니사선(死線)을넘어 하는것도 결국(結局)이정도(程度)로구나 — 하는 느낌을 —

나는 이런감각(感覺)의

혼란(混亂)을그 쓰라린 석달동안에 수없이 겪었다

그리고보면 내가당시(當時)의 체험담(體驗談)을 거듭하는것을 피(避)하려 는것도 인(印)□□□□□□□□□□가 아니고 나의 이상감각(異常感覺)이 어느구석에서 나의고난(苦難記)를

"거짓이다 거짓이다……"

하는것 같은 착각(錯覺)에서가 아닐까?

나는 동무의손을 슬그머니 풀어노흐며 공연히 씩 웃었다 (一九五一・五・九)

《경향신문》 1951.8.25. [盛夏. 女流. 五題 (1)]

한국전쟁기(1950-53) 여성문학

이덕화(평택대학교 국어국문학과 교수)

1. 한국전쟁기 문학

1950년대는 우리 민족이 이전에 겪지 못했던 피비린내 나는 전쟁으로 인간의 근원에 대한 성찰, 즉 실존적 고뇌를 불러일으킨 시대였다. 전쟁으로부터 도처에 널려 있는 주검, 그로부터 촉발된 공포 및 위기의식은 무력하게 폭력 앞에 노출된 많은 개인들을 생과 사의 엇갈리는 운명의 포로로 만들었다.

1950년 전쟁기의 남한 문단은 완전히 보수 우익 문인들만 남아 있었다. 1947년 말 '정판사 사건1)'으로 관련된 공산당 인사의 체포령이 떨어지자, 남한의 좌익 진영 인사들이 속속 북으로 넘어갔다. 그동안 문단을 주도했던 '문학가동맹'측의 임화, 김남천을 비롯, 많은 '문학가 동맹' 측의 문인들도 함께 북으로 갔다. 그러자 남한의 보수 우익 문예조직인 '전국문필가협회'와 '청년문학회협회'를 통합한 '한국문학가협회'가 결성(1949.12.9), 문단의 주도권을 잡게 되었다. 이 문인 단체는 전쟁이 시작되면서, 또 한 차례의 홍역인 '부역문인 사건'을 겪게 된다. 이 '부역문인 사건'은 1950년 9·28 수복

---

1) 1947년 10월 20일부터 6회에 걸쳐 조선정판사 사장 박낙종 등 조선공산당 7명이 위조지폐를 발행한 사건. 남한에 공산정권 수립을 위하여 당의 자금 및 선전활동비를 조달하고 남한 경제를 교란시킬 목적이었다고 함.

이후 인민군의 점령기간 동안 서울에 남아있던 문인들의 행적을 사법처리 대상으로 심사한 사건이다.[2] 이 사건을 계기로 문학인들의 좌, 우 이데올로기의 축은 자유로운 선택이 폐쇄되고, 반공 이념을 중심축으로 기울여졌다.

또 그 당시 우익 진영의 대표라고 할 수 있는 김동리나 조연현의 민족문학 논리 역시 좌측 문학 논리의 계급적·이념적·공리적 인과의 대척점인 순수문학론으로 요약된다. 이 민족문학론은 좌익진영에 맞서는 반공논리의 연장선상에 있었다. 전쟁 하의 남한 문인들이 '부역문인 사건'으로 자유롭지 못한 상황과 순수문학론으로 요약되는 남한 문인들의 탈이데올로기적 경향은 전쟁기의 문학 형상화에도 많은 영향을 끼친다. 그러다 보니, 이데올로기의 맹목적인 강조 속에서, 문단은 더욱더 반공 이데올로기를 내면화한다. 전쟁이 난 지 3일 후 종군문인단체의 '문총구국대'(1950.6.28)가 조직된 것을 비롯하여, 전쟁기에 몇 차례의 종군작가단이 결성, 전장에 간접 참여한다. 그러니까 전쟁기의 남한 쪽 문단은 이데올로기의 무화를 강조하다 전쟁이라는 상황 속에서 더욱더 반공 이데올로기를 내면화, 냉전 이데올로기를 공고화하기에 이른다. 이에 반해 전쟁기의 북한 당의 문예 정책은 조국해방전쟁에 대한 선전, 선동, 투쟁의 무기화로 분명한 목적의식을 가지고 사회주의 노선의 문예정책을 강화시키는 것이었다. 결국 남·북한 문단은 각자 쪽의 전쟁 이데올로기를 재생산하는 도구로 이용, 확산되었다고 할 수 있다.

전쟁기의 남한 문학은 전쟁에 대한 구체적 현실 인식은 결여된 채, 반공 이데올로기의 내면화와 함께 전쟁의 참상에 대한 직접적인 고발, 비애, 탄식을 그려낸다. 또 삶의 무상성을 강조하거나, 자신의 정체성의 혼란, 혹은 전쟁으로 잃은 고향 상실에 대한 아쉬움을 그린 작품들이 대부분이다. 또 이 글에서 다룰 전쟁기의 여성 소설, 수필, 시 세 장르의 작품이 다 일천하지 않기 때문에, 한마디로 작품의 특징을 설명하기는 어렵다. 물론 위의 작품들은 전쟁기의 특징을 고루 갖추고 있다. 그러나 감성을 더 중요시 여기는 여성작

---

2) 조연현, 『문학과 사상과 인생』, 문학과 세계사, 177-180쪽.

가들이기 때문에 전쟁이라는 상황 속에서 인간의 내면적 분열을 다룬 작품이 있는가하면, 냉전 이데올로기를 내면화한 작품들도 있다.

그러나 소설 작품의 경우 대부분 전쟁이란 거대한 운명에 대하여 한 개인의 무력함을 지적하는 내용이 대다수를 이룬다. 그러나 그 전쟁의 비참한 상황 속에서 타자를 통해 자신을 되돌아보는 타자에 대한 새로운 시선의 작품도 보인다. 이 대부분의 작품들은 타자에 대한 연민, 혹은 자기 나르시시즘에 의해서 모성본능을 촉발, 그들을 가슴으로 끌어안는 인간의 원초적 본능을 드러내고 있다. 시의 경우 역시, 전쟁이라는 폐허 속에서 고향 상실의 아픔을 그린 작품이 많았다. 수필의 경우 주로 르포 형식의 글로 피난 가는 과정, 피난지에서의 고생담 등을 사실적인 문체로 그리고 있다. 여기서 수필은 부분적으로만 다룬다.

2. 전쟁기 소설작품에 드러난 타자의식

1950년대 소설의 특징으로 꼽는다면, 첫 번째 장용학의 「요한 시집」, 「원형의 전설」 등의 작품으로 대표되는 실존주의 작품의 경향, 두 번째가 이범선의 「오발탄」, 송병수의 「쇼리 킴」, 황순원의 「학」 등을 대표로 하는 휴머니즘 계통의 작품들, 또 전쟁의 폐허와 공포 속에서 허무주의 경향의 작품들이 대체적인 특징을 이룬다고 할 수 있다.

여기서는 여성문학과 관련 1950년대 특징을 서술하자면, 두 번째 휴머니즘 경향의 작품과 맥을 같이 하는 황폐한 현실, 전쟁을 통해 형성된 타자의식을 보여주는 작품들이다. 전쟁기의 특이한 상황을 토대로 현실을 반영하는 소설은 그 자체만으로도 1950년대 특색을 형성했다. 그리고 이들의 소설에 흐르고 있는 대체적 경향은 전쟁이 빚어 놓은 심연과 그 심연에 던져진 인간의 참상들에 대한 것들이었다. 이러한 인간의 참상은 인간을 생각하고 그 인간의 존재를 어떻게 부각시켜 현실에 대응해 나가겠느냐 하는 논리적 체계

의 철학서보다도, 그 참상을 통해 인간으로서 느끼는 비애 그 자체가 중요시
되었다. 전쟁기의 작품들의 주인공 대부분이 매춘부, 실직자, 병자, 고아, 소
시민 등 사회로부터 유리되거나 거세당하여 무기력하고 낙오되고 힘없는 사
람들의 참상을 작품 소재로 선택했다. 전쟁의 참상에 대한 비애가 그들에 대
한 책임, 그 자체의 목적으로 환원되었기 때문이다. 그들에게 주위를 기울인
다는 것은 그들의 무언의 호소에 귀기울인다는 것이고,3) 전쟁으로 인한 참상
의 비애가 바로 자신, 자신의 가족, 자신의 이웃의 비애로 연결되었다.

이것은 전쟁으로 인해 사랑하는 가족을 잃고, 애인, 이웃을 잃음으로써 작
가 스스로가 고아, 디아스포라적인 이방인으로 실존적인 고독을 느꼈기 때문
이다. 인간은 본래 가지고 있는 선천적인 고독 때문에 타자지향적이라는 레
비나스의 주장처럼4) 그들 속에서 자신들의 존재의 흔적을 보았기 때문이다.
즉 작가들은 그들의 고통 속에서 자신들의 아픔을 느꼈기 때문이다. 이런 아
픔은 타자에의 열림으로 나타나고 타자지향성으로 드러난다. 타자는 '나'라
는 존재의 흔적과 같이 이미, 존재 자신의 원인이 되면서 '나'의 동일성을 타
자적인 것으로 구성하고 있다.5) 타자의 아픔을 호소함으로써 그들 스스로를
위로 받고자 하는 것이다. 이런 타자의식으로 대체로 모성의 원초적 본능에
호소하는 작품들이 많다. 이런 작품들은 전쟁기의 문학의 한 특징을 드러내

---

3) 그들로부터 호소를 받아들이는 것은 그들과의 관계성을 말하는 것이며, 그들과 관계한다
는 것은 그들 타자를 돕는 것이다. 그들은 책임져야 할 그 당대의 타자, 매춘부, 과부, 고
아, 실직자 들이다. 신옥희, 「여성학적 시각에서 본 레비나스: 타자성의 윤리학」, 『철학과
현실』 29, 1996, 242쪽.
4) 윤대선, 「에로스의 현상학 또는 형이상학」, 『레비나스의 타자철학』, 문예출판사, 2004, 147쪽.
레비나스는 서구의 존재론적 철학, 즉 주체가 자유로이 행사하는 동일성의 사유 방식에 내
재된 전체성과 폭력성이 바로 세계에서 지속적으로 벌어져 온 각종 전쟁과 폭력의 원천이
라고 진단한다. 서구의 기존 철학적 사유 방식에 대한 가차 없는 비판과 함께 레비나스는
존재에서 윤리로, 동일자 논리에서 타자성 수용으로 철학의 방향을 획기적으로 전환시키기
를 촉구한다. 이 방향 전환이 바로 타자 윤리학인 바, 레비나스는 우리에게 나의 자유와 권
리 추구를 포기하고 타인을 받아들일 것, 나의 관계없는 일까지도 책임질 것, 나를 희생시
키고 고통받는 타자의 요청과 호소에 응답할 것을 강력하게 요청한다.
5) 윤대선, 위의 책, 157쪽.

는 휴머니즘 작품과 일맥상통한다. 여성들은 전쟁의 폐허 속에서 버려진 고아, 죽음을 통해서 자기 나르시시즘을 느끼고, 그 나르시시즘을 통하여 타자의 아픔이 자신의 아픔으로 환원되는 경험을 통해서, 모성 본능을 느꼈을 것이다. 모성의 원초적 본능은 죽음 충동과 맥이 닿아 있는 본능이다. 김말봉의 「합장」, 「어머니」, 「사천이백원」, 「인순이의 일요일」 같은 작품은 전쟁의 폐허 속에서 타인을 통해 자신의 아픔을 느끼고 모성의 본능을 보여주는 글들이다.

「합장」의 순희는 간호사이다. 어느 할머니가 데리고 온 어린 아이가 영양실조에 폐렴까지 걸려 수혈을 해야 함에도, 돈 5만원이 없어 수혈을 못해 어쩔 수 없이 집으로 돌아간다. 그런데 안타까운 마음으로 창문을 통해 지나가는 군인 행렬 속에서 어린 아이 아버지의 환상을 본다. 할머니를 다시 불러 자신이 5만원을 주며 수혈을 하게 한다. 전쟁이라는 극한 상황 속에서 한 사람의 목숨은 아무 것도 아닐 수 있지만, 군인 가족을 가족처럼 돌보아야 한다는 모성 본능이 순희를 자극, 도움을 주게 되는 것이다.

「어머니」 같은 작품은 전쟁이라는 상황 속에서 여성의 수난사를 보여주고 있다. 즉 기아와 함께 겁탈을 당하는 이중고 속에서 임신, 가족의 만류에도 모든 것을 뿌리치고 미혼모로 아이를 낳아 기르기로 결정함으로써 강한 여성의 모성본능을 보여주는 작품이다.

위의 두 작품에서는 초점 인물이 여성이기 때문에 당연한 여성의 모성본능이 그려졌다고 하더라도, 「사천이백원」에서는 초점 인물이 남성임에도 똑같은 모성본능을 보여준다. 지게꾼인 도삼이는 짐을 들어다준 할머니 집에 몸이 아픈 상이군인이 있음을 보고 일선으로 나간 동생이 생각나서 자신이 생일날 가족이 모여 식사하기로 모은 돈 사천이백을 두고 나온다는 이야기다.

「인순이의 일요일」에서 인순이는 오빠가 일선에 나간데다 부모마저 전쟁 중에 사망하자 할머니와 남산 아래 양철움막에 살고 있다. 그런 인순이가 학교에 내야 할 돈 마련을 위해 산에 나무하러 갔다가, 소나무 아래 누워 있는 갓난아기를 발견한다. 돌봐주어야 할 것 같아 그 아기를 집에 데려간다. 마침 따라 온 군인이 사실 자기 아기라며 아기 엄마가 전쟁 통에 죽어 아기를 길러줄 사람이 없어서 소나무 아래에 두면 혹 누가 데려가지 않을까하여 기다리고 있었다고 한다. 할머니가 키워 주면 인순이 공부를 시켜주겠다며, 군인은 자신의 집에 와서 살 것을 당부한다. 그래서 인순이네는 군인이 살던 집에서 생활하게 된다.

위의 작품에서처럼 전쟁기의 소설에서 발견할 수 있는 것은 누구나 가족 중에 한 사람 쯤은 일선에 나가 있는 군인이 되었거나, 전쟁 중에 가족이 사망, 전쟁이라는 상황 속에서 자신의 몸이면서, 고향인 가족을 통해 바라 본 타자화를 통해 타자 한사람 한 사람을 자신의 가족의 일원으로 받아들이는 것이다. 특히 김말봉 작품에서 일관되게 나타나는 타자의식은 김말봉의 수필 「내 아들 영이」를 통해서 알 수 있다. 이 세상에서 둘도 없이 아름답고 착한 아들이 6·25 전쟁에서 전사한다. 그 아들을 위해 자신이 직접 추모의 글을 써야 하는 아픔을 통해서 아들을 바라보는 엄마의 마음이 모든 타자들에게 도 적용되는 것이다. 이것이 바로 작품으로 발현된 것이기 때문이다. 이는 마치 대지의 여신이 지상의 모든 것을 품는 큰어머니의 사랑과 같은 것이다. 전쟁이라는 상황을 통해서, 민족이라는 큰 틀 안에서 타자들을 품는 것이다. 전쟁 상황 속에서의 군인은 나라를 대표하는 상징체계이다. 군인을 통하여 국가를 생각하고 가족, 친척, 고향을 떠올리며 자연스럽게 자기희생을 각오 하는 것이다. 이것은 국가를 위해 일선에서 희생하는 군인들과 같은 동질의 국가에 대한 희생정신으로 받아들이는 것이다. 즉 국민이라는 테두리 속에 자신을 복속시켜 스스로 애국자가 되는 것이다. 애국자가 되는 통로 역시 자신의 타자화를 통한 모성 본능 촉진에 의해 가능한 것이다.

베네딕트 앤더슨은 민족은 사랑을, 때때로 심오한 자기희생의 사랑을 고취한다는 사실을 기억한다는 것이 유용하다고 했다.[6] 특히 민족주의의 문화적 산물인 시, 산문 소설, 음악, 조형 미술 등은 수많은 다른 형태의 스타일

---

6) 베네딕트 앤더슨, 『상상의 공동체』, 나남출판, 2002, 183쪽.

로 이 사랑을 매우 명백하게 보여준다는 것이다.

손소희의 작품들은, 냉전 이데올로기에 의해 공산당을 비판한 「결심」, 「쥐」, 「마선」 등을 제외한 대부분이 타자의식에 의한 모성 촉발, 그로 인한 자기희생 이미지를 형상화하고 있다. 윤금숙의 「폐허의 빛」이나 「바닷가에서」, 장덕조의 「어머니」, 「젊은 힘」, 「매춘부」, 「풍설」, 「선물」, 전숙희의 「미완의 서」, 「두 여인」, 최정희의 「사고뭉치 서억만」, 「유가족」, 한무숙의 「김일등병」「아버지」「군복」 등 대부분의 전쟁기의 소설 작품들이 어머니의 자기희생과 같은 사랑을 타자, 조국 혹은 민족에 바치려는 서사로 이어진다. 그것은 전쟁이라는 특수한 상황 속에서, 타자들을 통해 자신의 얼굴을 보았고, 자신의 나르시시즘을 통해 모성 본능을 촉발 시켰기 때문에 가능한 것이다.

전쟁의 상징물, 군인이라는 이미지를 통해 가족과 친족을 떠올렸고, 또 삶의 본향인 고향을 떠올림으로써 '아름다운 조국'을 자연스럽게 생각하게 된다. 베네딕트 앤더슨은 민족됨은 피부색, 성(젠더), 태생, 출생 시기 같이 사람이 어떻게 할 수 없는 것에 동화된다고 했다.[7] 이 자연적 연결에서 공동체 민족, 조국을 떠올리게 된다고 했다. 특히 전쟁이라는 극한 상황 속에서 그런 감성은 더 절절해진다. 그런 메커니즘 속에서 자기희생을 통한 조국의 구국을 소망하게 되는 것은 당연하다.

3. 한국전쟁기 여성시에 나타난 원초적 고향 이미지

남한은 또 한국전쟁을 계기로 전 세계 반공 지도의 중심에 스스로를 배치시켰고[8] 공산화의 위협에 더욱 더 방어적이었다. 해방 직후 1947년 가을부터 시작된 미군정에 의해 대대적으로 좌파 인사가 축출된 이후에도, 우리 사

---

7) 베네딕트 앤더슨, 위의 책, 186쪽.
8) 장세진, 『상상된 아메리카와 1950년대 한국문학의 자기 표상』, 연세대학교 박사학위논문, 2007, 52쪽.

회에는 미군정에 대한 부정적인 시각이 팽배했고, 여전히 좌파 지식인들이 활개 치는 사회였다. 그러나 전쟁 발발 후 3개월 동안 서울에서 인민군 하의 지옥 같은 생활을 통하여, 이후 많은 사람들이 공산당의 실체를 직접 체험, 더욱더 반공 이데올로기가 내면화된다.

또 전쟁 이후 이런 분위기는 놀라운 변화를 보여주었다. '미국은 한국을 도우며, 미국은 강하며, 미국은 인권을 옹호하며, 또한 우호적이며 진실되다'[9]라는 인식이 한국전쟁을 통하여 널리 확산되었다. 이러한 인식의 밑바탕에는 전쟁의 경험을 통하여 북한을 새로운 타자로 간주하는 의식이 깔려 있었다.

또 미국식 자유 민주주의에 대한 새로운 인식을 하게 된 것도 바로 전쟁을 통해서이다. 전투에서 승리를 거두는 미군의 직접적인 모습과 한국전쟁을 전후로 해서 미국이 남한에 지원했던 막대한 원조 물자와 같은 재화의 힘은 미군정의 강력한 파워를 과시했으며, 자유 민주주의에 대한 추상적 이념들을 새롭게 인식하는 계기로 작용했다. 한국전쟁 발발 직후 신속한 참전을 결정했던 미군이나, 미군이 주축이 된 유엔군의 이미지는 '친한 벗'이라든가 '자유'라는 수식어와 쉽게 연결되었으며 한국전쟁과 함께 남한의 대중들 사이에 급속하게 확산되고 있었다. 이와 동시에 미국이 지원하는 막대한 원조 물자에 의한 풍요의 경험은 댄스홀의 퇴폐적 분위기, 유엔 마담, 양공주 등의 팜므파탈 형의 여성들을 등장시켰으며, 이는 전쟁 후의 미망인, 고아, 상이군인 등과의 이미지와 함께 전쟁 후의 1950년대 현실을 해석하는 기표로서 작용한다.

그러나 여기에서 다룰 작품은 대체로 1953년까지의 작품이다. 미국에 대한 우호적 인식은 아직 작품에서 나타나지 않는다. 적치 하의 서울에서의 지옥 같은 생활, 피난에서의 어설픈 일상, 폐허가 된 서울의 모습 등을 통하여,

---

9) 정일준, 「미국의 냉전 문화와 한국인 친구 만들기」, 『우리 학문 속의 미국』, 한울, 2003, 45쪽.

고향 상실의 모습을, 다시 재건될 수 있을 지 막연한 불안감 등이 작품 속에 나타난다. 시에서는 장르적 특성상 간접적으로 수필에서는 직접적으로.

홍용희는 전쟁기 시를 분류하면서, 국군 예찬시, 유엔군 예찬 및 반소시, 휴머니즘 지향의 시, 전쟁 일반시, 모더니즘 시로 나누고 있다.[10] 전쟁기 여성시는 똑같이 분류 할 수는 없지만, 모윤숙처럼 전쟁 동안의 현실대응을 위한 국군 예찬시를 비롯한 냉존 이데올로기가 내면화된 시들과 '너'와 '나'가 하나 된 민족의 거룩한 순간을 염원하는 원초적 본향을 그리는 시들도 있다. 즉 전쟁기의 여성시 역시 남성작가들의 경향을 어우르면서, 전쟁의 참혹한 현실 앞에서 적과의 대치 관계에 있는 전쟁을 벗어나 타자와의 합일을 지향하는 원초적 고향, 어머니의 자궁과 같은 시절로 돌아가고 싶은 열망을 강하게 드러내고 있다. 이 또한 소설 작품과 다를 게 없다.

> 砲聲이 하늘을 뚫어 놓았다
> 무르익은 石榴알처럼 알알이 튀어오르는 아픔 살점들
> 여기 죽엄이란 이름의 분주한 活用이 있고 여기 사람이 만든 火星의 野蠻이 있고— 참말 난 科學도 知慧도 모르고 살고 싶었다 네 가슴위 동그랗게 귀여운 세월을 그으며 너랑함께 오래오래 이 땅에서 살고 싶었다[11]

위의 김남조 시에서 나타나는 '너'와의 합일은 결국 타자와 분류되지 않은 화해의 세계를 노래하고 있다. 과학도 지혜도 필요 없는 요람기의 유아기로 돌아가서 '너'와 분류되지 않은 일치의 세계 속에서 오래도록 살고 싶은 염원을 보여주고 있다.

또 한편 김남조는 이성을 따지고 경쟁을 주도하여 전쟁을 일으키는 태양

---

10) 홍용희, 「한국전쟁기, 남, 북한의 시적 대응 비교 고찰」, 『전쟁의 기억, 역사와 문화』, 월인, 2005, 216쪽.
11) 김남조, 「다시 한번 목가(牧歌) 내 그리운 요람(搖籃)의 노래를」, 『목숨』, 수문관, 1953, 76-77쪽.

의 세계가 아닌 달의 세계를 희원한다. 달의 이미지는 '햇빛을 어히는 설분 땅마다 / 가슴을 덮어주는 까닭이리라 / 엄마처럼 품어주는 까닭이어라'(「월백(月魄)」)에서처럼 어머니의 이미지로 나타난다. 달은 혼돈의 세계지만 자신을 끌어안는 모체이다. 태아처럼 달의 가슴에 안기는 날엔, 이웃과 함께 엉겨 영원한 영혼의 질서 속에서 살 수 있을 것이라는 염원이 드러나는 노래이다. 그 열망은 태초에 하나님이 만든 질서, 하나님과 인간, 인간과 인간이 분류되지 않은 화해의 세계를 소망하고 있다고 할 수 있다.

또 노천명은 일제의 압박으로 해방되어, 우리 민족이 하나 되었던 그날로 돌아가자고 노래하고 있다.

> 태극기 흔들며 怒濤모양 밀려들어
> 척을 진 친구와도 입을 마추던 그날—
> 우리다같이 가슴에 손언고 착해졌던 날 이날을 잊지는 않았으리[12]

물론 노천명의 이 시는 북한 인민군을 타자로 인식, 원수를 물리치기 위해서는 온 국민이 해방된 그날의 하나된 기억을 되살려서 힘을 합치자는 냉전 이데올로기가 내면화된 시다. 노천명의 전쟁기의 시는 대체적으로 남의 나라에 와서 죽은 유엔군, 상이군인 등을 애처롭게 바라보는 연민의 시가 있는가 하면 또 우리의 「서울」을 불살르고 / 아버지와 남편을 끌어가고 / 죄없는 사람들을 죽이고 간 / 우리의 원수를 찾아서 북으로 가자는 적극적인 현실 대응시도 보인다.

그러나 노천명의 「그리운 마을」에서는 거렁뱅이조차 상을 바쳐주고, 조바심도, 시기도 없던 태고적 그 평화로운 마을을 염원하고 있다. 거렁뱅이조차 타자로 인식하지 않고 함께 어우르고, '너'와 '나'가 합치된 시간 속에서 조바심도 시기도 없는 그런 태고적 마을은 바로 김남조가 노래한 태고적 요람

---

12) 노천명, 「불덩어리 되어」, 『자유예술』 1호, 1952.11.

기의 어린이의 시절이다. 또 「고향」에서도 메밀꽃이 하얗게 피는 고향으로
가 살다 죽으리라며, 「희야 돌아가라」에서는 '남포동'거리에서 헤매지 말고
네 본모양으로 돌아가라고 외치는 인간의 원초적 본향을 그리고 있다.

조애실은 「고지(高地)의 장송곡 (葬送曲)」에서 민주주의를 부르짖던, 공산
주의를 부르짖던 젊은 군사가 마지막 외친 이름은 어머니였다며, 서로 원수
되어 싸웠던 그들은 죽어서야 하나되어 한 곳으로 흐른다고 노래한다. 또 홍
윤숙 역시 「백양(白楊)에 부치는 노래」에서 백양을 이름없는 전사처럼 먼 그
리움에 눈망을 젖어 하늘 우러러 목 느리는 백마로 상징화한다. 비록 전투에
참여하고 있는 전사지만, 먼 원초적 본향인 고향을 우러러 목을 빼고 그리워
하는 인간의 근본적인 심상을 그리고 있다.

위의 모든 시적 이미지들이 지향하고 있는 것은 전쟁이라는 혼돈의 세계
를 벗어나서 삶의 본래적 질서의 회복을 강하고 호소하고 있다. 태양이 주는
빛과 그림자라는 이중 구도를 통하여 선/악, 강/약, 삶/죽음이라는 경쟁
구도를 벗어나, 자신 속의 타자, 혹은 밖의 타자, 그림자, 혹은 거렁뱅이조차
함께 끌어안는 인간의 본래적인 심상을 찾자는 것이다. 그것은 해방된 날의
기쁨으로 하나된 이미지로 나타나기도, 달, 그리운 마을, 근본 심상 회복 이
미지로도 나타난다. 그래서 유아기의 어린이처럼 요람에서 행복했던 엄마와
내가 일치됐던 원초적 심상을 되찾자는 것이다. 적과 적의 대치 관계에 있는
전쟁 폭력을 벗어나서 유아기의 엄마와 일치되었던 기억을 찾아 '나'와 '너'
가 하나 되는 '화해의 세계'로 돌아가자는 것이다.

4. 어머니의 부재로 인한 죽음 충동

2, 3장에 분석했던 작품과는 달리, 손소희의 소설 작품이나, 모윤숙의 시
의 대부분, 노천명의 일부 시, 최정희의 수필 작품들에서는 적극적인 현실
대응 방식으로 국군 영웅성에 대한 예찬, 반공의식 및 전투 의식 고취, 북한

군에 대한 적개심 고취 등의 내용을 구체적으로 작품에 형상화하고 있다. 위의 분류된 작가들은 대부분 한국전쟁 시기 종군작가단에 참여한 작가들이었다.13) 그 당시 월북 작가들을 제외한 대부분의 작가들이 종군작가단에 참여하였으며, 참여한 작가나 참여하지 않는 작가들조차도 대세의 영향권에서 벗어 날 수 없었다. 그러니 전쟁기 문인들의 삶과 문학적 상상력은 냉전 이데올로기의 범주 안에서 형성되었고 확산되었다고 볼 수 있다. 한국전쟁 시기 종군작가들의 대표적인 전쟁에 대한 인식과 대응방식은 '문화전선구축론'으로 모아진다. '문화전선구축론'은 모든 자유세계의 문화는 하나의 전선을 구축하여 북한의 침략으로 대변되는 국제공산주의의 확산을 방어하고 나아가서 그것을 궤멸시켜야 한다는 논리이다.14) 그러나 이들의 논리나 작품들에서는 전쟁의 근본적인 역사인식이나 현실의 객관적 대응방식보다는 추상적 현실인식에서 오는 반전의식, 인민군 비판, 전투의식 고양, 인간성 옹호 등이 나타난다.

손소희의 전쟁기 작품 중 「결심」, 「바다 위에서」, 「쥐」, 「마선」 등은 모두 전쟁 바로 직후 서울이 인민군 하에 있던 상황을 묘사한 작품들이다. 작품은 짧은 미니픽션 정도의 분량이다. 「결심」은 화가인 화자가 동료들이 겪은 인민군 하의 서울의 상황을 통해서 자유 민주주의에 대한 절실함을 느끼는 내용이다.

초점인물 영희는 일찍이 애국투사가 되지 못했지만, 생리적으로 공산주의

---

13) 전쟁기 종군작가단은 기관지별로 참여했다.
　　육군-최상덕(단장), 김팔봉, 김송, 김이석, 이덕진, 최태웅, 정비석, 박영준 등 기관지 『전선문학』
　　공군-마해송(단장), 조지훈, 최정희, 박두진, 황순원, 김동리, 김윤성, 이상로, 방기환, 전숙희 등 기관지 『창공순보』(뒤에 『코메트』로 변경)
　　해군-이선구(단장), 윤백남, 염상섭, 이무영, 박계주, 안수길, 이종환, 이연희 등 기관지 『해군』
　　한국문인협회 편, 『해방문학 20년』, 정음사, 1966.
14) 문화전선구축론은 이헌구의 「문화전선은 형성되었는가」(『전선문학』 2호, 1952.12)와 김팔봉의 「전쟁문학의 방향」(『전선문학』 3호, 1953.2) 등에서 제시된다.

를 싫어하는 인물이다. 인민군이 들어온 지 사흘째 되는 날, 친구 정숙이 찾아 와 미술동맹에 가입할 것인지의 거취를 물어 온다. 해방 직후 미술동맹에 가입했다가 그 뒤 잘못을 깨닫고 보련(保聯)에 가입한 영희는 어쩔 수 없이 미술동맹에 정숙이와 함께 가입한다. 그러나 그들이 하는 일은 스탈린과 김일성의 초상을 그리는 것이다. 거기는 예술의 기본적인 개성의 발의나 창의력이나 생명의 재현 같은 것은 아예 무시한다. 예술가의 자존심과 양심을 헌신짝처럼 버리고 그 일에 매달려야 하는 영희는 굴욕감을 느낀다. 남자 선배 화가들이 굴욕감을 묵묵히 참는 것을 보고 머리를 수그린다. 그러나 날이 갈수록 선배들이 어깨가 쳐지고 말을 잃어가는 모습에 '자유'와 '민주주의'가 얼마나 소중한가를 깨닫고, 스탈린이나 김일성 초상화를 그리는 일보다, 남쪽으로 비밀 송전을 하고 있는 사촌 동생에게 송전에 필요한 밧데리를 가지고 자주 방문하곤 한다는 내용의 서사다.

「바다 위에서」 역시, 짧은 미니 픽션과 같은 작품이다. 인천을 떠나 피난가는 배 위에서의 멀미 고생과 괴뢰군에 대한 불안감을 보여 주면서 미군함을 보면서 안도의 한숨을 쉰다는 서사이다.

위의 손소희의 소설 「결심」이나 최정희의 수필 「난중(亂中) 일기에서」는 인민군하의 현실에 대한 공포로 '미술가동맹'과 '문학가동맹'에 가입, 공산주의의 실체를 체험하면서 냉전 이데올로기가 강화되는 서사구도이다. 인간성을 말살시키는 공산주의를 체험하면서, 비인간적인 공산주의 체제를 환멸하게 되지만 강제적인 체제 선택을 자신의 초자아에 의해서 강요받게 된다. 손소희는 이북 출신으로 축출과 배제의 체험을 가졌고, 최정희는 남편의 납북으로 인해 공산주의에 대해 혐오의 감정을 가질 수밖에 없었다. 이것은 손소희나 최정희의 초자아가 남북 대치라는 사회적 강제성에서 전쟁으로 이어졌으며, 그 강제성에 의해 이것 아니면 저것이라는 선택을 강요받게 되었음을 의미한다. 남북 분단으로 큰 조국을 상실한 어머니의 부재는 전쟁으로 더 큰 상처를 체험한다. 거기서 불쌍한 자아를 위로하기 위해서는 더 큰 어머니의 위로가 필요하다. 손소희는 자신의 대타자를 자유 민주의의 이념으로 상정하고, 그 선택을 통해서 위로를 받는다. 이것은 객관적 역사적 진실에 근거하지 않은 초자아의 낭만주의적 선택이다. 낭만적 자기 추상을 가지고 서사를 주도하는 것은 현실에 대한 왜곡의 위험을 안고 있다. 그러나 전쟁기의 작품 형상화는 미적 탐구의 대상이 아니라 삶과 죽음의 선택의 문제이다. 또 '문화전선구축론'이라는 작가적 대응 안에서의 어쩔 수 없는 선택이라 할 수 있다.

모윤숙은 김활란과 함께 여성 대표 친일 인사다. 일본 제국주의 하에서는 일본이 모윤숙에게는 바로 자신의 국가이다. 이광수나 최남선, 김활란과 같이 앞에 보이는 현실의 논리를 따라가는 자에게는 먼 미래는 보이지 않는다. 그리고 전쟁이 터진 6월 25일에 바로 종군 방송을 시작할 정도로 모윤숙에게 국가는 곧 자신이다. 항상 현실적 욕망을 향해 매진하는 그런 모윤숙 같은 사람일수록 내적 불안은 더 클 것이다. 라캉의 말대로 아무리 욕망을 향해 달려가지만 욕망은 언제나 구멍을 남긴다. 그 구멍을 채우기 위해서는 어쩔 수 없다. 또 달려야 한다. 구멍 속의 불안한 꿈이 욕망을 부추기고, 욕망은 또 다른 욕망을 부추긴다. 전쟁기의 모윤숙은 심리적 공황 상태에서 불안함이 처벌에 대한 반복 강박으로 죽음의 충동을 보여준다.

전쟁이 발발하자 모윤숙은 제일 처음 방송국을 달려가 자작 애국시를 낭독한다. 그리고 방송국을 나와 집으로 돌아왔지만, 자신의 집 앞까지 들리는 총성 소리에 불안하여 하루 전까지만 해도 절대적인 믿음을 가지고 있던 남한 군대에 의문을 가진다. 머리에 수건을 쓰고 뒷문으로 도망 나온 모윤숙은 김활란 총장 집으로 향한다. 그러나 거기에도 이미 인민군의 경계가 삼엄하다.

> 해질 무렵을 기다려 나는 머리에 수건을 쓰고 新村을 향해 걸었다. 梨花大學 金活蘭 總長이 萬一 집에계시다면 함께 어디로든 가거나, 그렇지않으면 마지막 모습이나마 보고서 自殺이라도 하자는것이 나의意圖였다. 어서바삐 나의삶을 終結지어 버리려는 燥急한 感情에 나는 사로잡히고 말았다.15)

나는 이以上 더 이런 地獄 같은 現實에 이몸을 살려두고 싶지는 않았다 (중략) 이제는 어떠한威脅이 다가오든 大韓民國의 애틋한情만은 잃지 않고 죽는것이 마지막所願이 되었다.16)

차라리, 차라리 이 可憐한 목숨을 내두손으로 끊어버리는것이 오히려 깨끗한주검을 이룰수 있으리라─나는 萬─의 境遇를 생각하고 阿片을 간직하고 있었으므로, 이機會에 이것으로써 愛着을 잃은 이生에 作別을 하리라고 決心하였다.17)

위에 제시한 인용문 외에도 죽음에 관한 수사는 모윤숙의 전쟁기의 수필과 시를 지배하는 이미지이다.

포격성이 들린다.
남에서 오는 기별인가 보다.
나를 쏘아다고 나를 쏘아다고18)

몸 지쳐 주저 앉은 적은 이 목숨
누가 들어 이 울음이 전해지오리
서백리아 긴 방랑의 먼저간 동포여!
아─나도 그대들을 따라가야 하는가 가야 하는가?19)

차라리 나는 진비를 맞으며
시체 곁에 주검을 빈다.20)

달은 더 조용한 서름의 덩이

---

15) 모윤숙, 「나는 지금 정말로 살아있는가」, 『고난의 90일』, 수도문화사, 1950.11.29, 56쪽.
16) 모윤숙, 「마포 강변에서」, 위의 책, 57-59쪽.
17) 모윤숙, 「구원을 받으며」, 위의 책, 63-64쪽.
18) 모윤숙, 「논도렁길」, 『풍랑』, 문성당, 1951, 8쪽.
19) 모윤숙, 「깨여진 서울」, 위의 책, 15쪽.
20) 모윤숙, 「무덤에 나리는 소낙비」, 위의 책, 20쪽.

함복 젖은 내 뺨에

그리운 사람들이 꽃 피듯 환 하건만

시체처럼 차고 어두운 地下室로

나는 달을 피해 들러가야 했다.[21]

위 수필이나 시는 대체로 전쟁이 발발 서울 수복이 되기 전 90일 간의 서울에서의 피신 생활 속에서 쓴 글이기 때문에 그만큼 더 절박하다. 언제나 자신은 조국과 일체라고 생각한 작가가 전쟁이 시작되면서 어떤 누구와도 연결이 닿지 않는 상황 속에서 더 할 수 없는 자기 소외에 빠진다. 해방 전의 친일로 인한 고통을 조국에 대한 헌신으로 보상하려는 욕구로 나타나고, 조국과의 일체화된 사랑으로 집착하게 된다. 모윤숙에게 조국은 바로 자신이며 자신의 어머니이다. 그런 자신이 총을 들고 직접 전쟁터에 나가 조국에 봉사할 기회를 박탈당한 자신에 대한 무력감 또한 더 큰 것은 해방 전의 친일로 인한 조국에 대해 부끄러움은 무수한 고통이 되어 양심을 공격하기 때문이다.

프로이드는 초자아와 죽음 충동은 같은 개념이라고 했다.[22] 모윤숙의 전쟁기의 시나 수필은 무의식적으로 나오는 무수한 중얼거림, 자신의 초자아이다. 조국이라는 어머니의 부재를 체험하면서 자기 소외에 빠진 불쌍한 자아를 위로하는 초자아이면서, 조국의 불행한 사태에 대한 아픔을 자신의 아픔으로 전환, 자신을 공격해 자신의 양심을 건드린다. 그와 같은 초자아는 죽음 충동을 느낄 수밖에 없다.

5. 나가기

이번 전쟁기(전쟁 시작하면서 1953년말까지) 여성문학 자료집에는 시인 7명의 작품 52편과 소설가 10명의 작품 37편, 수필가 14명의 작품 29편이 실

---

21) 모윤숙, 「달밤」, 위의 책, 32쪽.
22) 가라타니 고진, 「죽음과 네셔날리즘」, 『네이션과 미학』, 도서출판 b, 2009, 98쪽.

려 있다. 이 작품들의 선정 기준은 대체로 대표적인 여성작가의 작품을 선정했다. 대표적 여성작가는 지속적인 작품 활동을 해온 작가들로 선정 기준을 정했다. 이 자료집을 발간하는데 있어 자료를 찾는 어려움은 물론이고, 대부분이 그 당시 잡지나 신문 지질이 불량해 작품을 찾았다 해도 새로 워드 작업을 해야 하는 시간 싸움과 불분명한 글자의 확인 작업, 작품의 저작권 문제 등 지난한 작업이었음에도 불구하고, 김진희 책임연구원을 비롯 연구원들의 수고와 노동을 마다하고 인내로 버텨 준 노고에 우선 머리를 숙인다.

전쟁기 문학 연구는 최근에 와서 많은 연구가 이루어지고 있고 또 진행되고 있는 것으로 알고 있다. 그러나 이번 자료집에서 보여주는 것처럼 여성문학이라는 범주를 설정, 따로 연구가 되었거나 연구 계획을 하고 있는 경우는 거의 없다. 이번 숙대 구명숙 교수가 이끄는 '기초과제연구팀'에서는 해방기부터 1960년대까지의 여성문학 기초연구 과제를 한국연구재단의 3년 연구과제로 잡았는데, 이번 『한국전쟁기 여성문학 자료집』의 출간은 후반기 결과물 중의 하나이다.

전쟁기 어려운 시기에 여성 작가들의 감성을 확인하고, 그런 감성으로 드러내는 전쟁기 여성문학의 특징을 라캉이나 프로이드 정신분석학을 통해 살펴보았다. 전쟁기의 소설에서 보여주는 타자 의식, 시에서 보여주는 원초적 고향에 대한 염원, 현실 대응 방식으로 나온 냉전 이데올로기 작품들에서 보여주는 초자아에 의한 죽음 충동은 여성적 특징을 나타내는 특징이면서 전쟁기 문학에 나타나는 공통적인 특징이다. 그동안 주변화 되었던 한국전쟁기 여성문학작품의 발견은 우리 문학사를 더욱더 풍부하게 할 것이며, 그에 대한 다양한 연구는 여성문학에 대한 이해의 폭을 확대시킬 수 있으리라 생각한다.

편자 소개

구명숙 숙명여자대학교 한국어문학부 교수
김종회 경희대학교 국어국문학과 교수
이덕화 평택대학교 국어국문학과 교수
이재복 한양대학교 한국언어문학과 교수
김진희 숙명여자대학교 한국어문화연구소 책임연구원
송경란 숙명여자대학교 한국어문화연구소 책임연구원

한국 여성문학 자료집 ❺
한국전쟁기 여성문학 자료집

초판 인쇄 2012년 2월 20일
초판 발행 2012년 2월 29일

편 자 구명숙 김종회 이덕화 이재복 김진희 송경란 편
펴낸이 이대현
편 집 이태곤 이소희 박선주 전희성 임애정

펴낸곳 도서출판 역락
주 소 서울시 서초구 반포 4동 577-25 문창빌딩 2층
전 화 02-3409-2058, 02-3409-2060
팩 스 02-3409-2059
등 록 1999년 4월 19일 제303-2002-000014호
e-mail youkrack@hanmail.net

정 가 52,000원
ISBN 978-89-5556-979-7 94810
      978-89-5556-901-8(전5권)

* 잘못된 책은 바꿔 드립니다.